Nick Martell
Das Königreich der Lügen

Nick Martell

Das
KÖNIGREICH
der
LÜGEN

ROMAN

Deutsch von
Urban Hofstetter

blanvalet

Die Originalausgabe erschien 2020 unter dem Titel
»The Kingdom of Liars« bei Saga Press, an imprint of
Simon & Schuster, New York.

Sollte diese Publikation Links auf Webseiten Dritter enthalten,
so übernehmen wir für deren Inhalte keine Haftung,
da wir uns diese nicht zu eigen machen, sondern lediglich
auf deren Stand zum Zeitpunkt der Erstveröffentlichung verweisen.

Penguin Random House Verlagsgruppe FSC® N001967

1. Auflage 2022
Copyright der Originalausgabe © 2020 by Nicholas McDonald-Martell
Copyright der deutschsprachigen Ausgabe © 2022 by Blanvalet
in der Penguin Random House Verlagsgruppe GmbH,
Neumarkter Straße 28, 81673 München
Redaktion: Peter Thannisch
Umschlaggestaltung und -illustration: © Max Meinzold, www.meinzold.de
Karte/Illustrationen: © Markus Weber
JA · Herstellung: sam
Satz: Buch-Werkstatt GmbH, Bad Aibling
Druck und Bindung: CPI books GmbH, Leck
Printed in Germany
ISBN 978-3-7341-6209-1
www.blanvalet.de

Für meinen Vater

Prolog
Der Prozess gegen Mikael Königmann

Ich stand wegen Hochverrats und der Ermordung des Königs vor Gericht, spielte mit dem Ring meines Vaters und drehte ihn dabei um den Mittelfinger. Er war einer der wenigen Gegenstände, die sie mir bei der Festnahme nicht abgenommen hatten. Vielleicht weil sie wussten, dass er das letzte Geschenk meines Vaters an mich gewesen war. Aber möglicherweise scherte sich auch bloß niemand um einen alten Ring.

Obwohl ich ihn zehn Jahre lang getragen hatte, erst an einer Kette um den Hals und dann, als ich endlich groß genug war, am Mittelfinger, hatte ich nie begriffen, wieso mein Vater ihn mir gegeben hatte, bevor er für den Mord am damals neun Jahre alten Prinzen hingerichtet worden war.

Meiner Schwester gab mein Vater das rote Halstuch, das unsere Mutter bis zu ihrem Gedächtnisverlust jeden Tag getragen hatte. Mein Bruder erhielt das Lieblingsbuch meines Vaters und weigert sich bis zum heutigen Tag, es zu lesen. Aber ich bekam einen Ring. Einen extrem unauffälligen, einst schwarzen und mittlerweile verrosteten Stahlring. In meiner Kindheit dachte ich, mein Vater hätte ihn mir vermacht, damit ich ihn verkaufen und mit dem Erlös unsere Familie unterstützen kann. Als mir irgendwann ein Schätzer erklärt hatte, der Ring sei völlig wertlos, sagte ich mir, dass mein Vater einen anderen Grund für sein Geschenk gehabt haben musste. Vielleicht, so glaubte ich damals, hatte er ihn einfach sehr gemocht und dachte, dass ich in seine Fußstapfen treten würde.

Mit dieser Vermutung hatte mein Vater auf die schlimmstmögliche Weise recht behalten. Nun war ich derjenige, der vor Gericht stand, weil ich den König ermordet haben sollte. So als ob Königsmord etwas wäre, das der Vater an den Sohn vermacht. Ich fragte mich, wie viele Leute tatsächlich glaubten, ich hätte König Isaak ermordet. Die Beweislage schien eindeutig. Immerhin war ich dabei gewesen, als er starb.

Nicht dass es eine Rolle gespielt hätte, was in Wirklichkeit geschehen war. Niemand schien mir mehr zu glauben.

Und die meisten taten gut daran. Je nachdem, wen man fragte, war ich entweder ein Marionettenspieler, der den Adel genauso an seinen Fäden tanzen ließ wie das gemeine Volk, oder ich galt als geistlose Waffe, die andere nach Belieben einsetzen konnten. Doch ganz gleich, was über mich verbreitet wurde, ich hatte stets nur das getan, was ich für notwendig hielt. Was mir nicht immer leichtgefallen war. Vor allem als sich die Stadt nicht mehr zu verändern schien.

Seit der Hinrichtung meines Vaters war die ganze Stadt oder, besser gesagt, das ganze Land vor die Hunde gegangen.

Meiner Familie verdankte Kessel seine Gründung und seinen Erhalt. Diese Stadt war im Schatten meiner Vorfahren groß geworden – von Männern und Frauen, deren Lebensgeschichten fantastischer und beeindruckender waren als sämtliche Märchen über Drachen oder Gutenachtgeschichten über Kinder, die von Gott zu Herrschern auserkoren wurden, und über Räuber, die sich als rachsüchtige Dämonen verkleideten. Alle, die von sich behaupteten, Dämonenjäger, Götterschlächter oder Lieblinge der Götter zu sein, waren Aufschneider und berufsmäßige Lügner. Hochfliegende Narren, die noch nicht vom Mond erschlagen worden waren.

Der König wollte, dass die Bürger von Kessel die Wahrheit vergaßen. Daher fütterte er sie mit frei erfundenen Geschichten, als wäre die Vergangenheit so leichter zu ertragen. Leider schmerzte der Verrat meines Vaters die Menschen so sehr, dass sie die Arznei des Königs kritiklos schluckten.

Und dabei vergaßen sie, welche Opfer meine Familie für dieses Land erbracht hatte.

Wir hatten den Hass auf den König gelindert und für die einfachen Leute gesprochen. In allen Verhandlungen waren wir neutral geblieben, und es wäre uns nicht im Traum eingefallen, jemals selbst nach der Macht zu greifen. Stattdessen hatten wir uns damit begnügt, unsere Mitbürger vor dem Größenwahn anderer zu bewahren. Ohne uns waren die Differenzen mittlerweile so groß geworden, dass bei Gesprächen zwischen Adel und Volk fast nur noch Gift und Galle gespuckt wurde. Gegenseitiges Verständnis schien ausgeschlossen. Kein Wunder, dass kaum noch Flüchtlinge in die Stadt kamen, wo nur der Tod, Aufstände, Krieg und Armut auf sie warteten. Dass Kessel seinen einstigen Ruf als sichere Zufluchtsstätte verloren hatte, war nur ein weiteres Indiz dafür, dass unser Land im Abgrund der Geschichte zu versinken drohte. Irgendwann würde man sich nur noch an uns erinnern, weil wir den Mond Celona in Stücke gehauen hatten.

Doch über all diese Probleme würde sich bald ein anderer den Kopf zerbrechen müssen. Denn ich stand wegen Hochverrats vor Gericht, und ich wusste, dass man mich schuldig sprechen würde, da der Fall für alle, die nicht dabei gewesen waren, ganz eindeutig schien. Natürlich war der Junge, der blutbespritzt und mit einer Pistole in der Hand über der Leiche des Königs gestanden hatte, der Täter.

Wie dem auch sei, ich bin Mikael Königmann, und mein besudeltes Vermächtnis würde weiterleben, auch wenn mein Körper tot war. Es würde mehr nötig sein als diese Gerichtsverhandlung, um die Erinnerung an mich und meine Taten aus den Köpfen der Menschen zu tilgen. Inzwischen war mir das klar. Im Gegensatz zu früher, als ich mich stets an meinen Vorfahren gemessen und gehofft hatte, dass man mich ebenso wohlwollend in Erinnerung behalten würde wie sie. Was unmöglich ist. Denn meine Geschichte ist eine Tragödie.

Hier saß ich also, allein unter einem Deckenfenster in der Mitte des Gerichtsaals, vor einer großen halbkreisförmigen Bank und wartete. Normalerweise saßen auf dieser Bank die drei Glücklichen, die sich die Anklagepunkte anhören und über mein Schicksal entscheiden durften, aber im Moment diskutierten sie noch miteinander. Nur der Waage-Richter saß mir gegenüber und rührte sich nicht vom Fleck. Meine Hoffnung war, dass sich die drei beeilten und bald ihr Urteil verkünden würden. Ich rechnete mit einem schlimmen Tod.

Während der ganzen Wartezeit schaute ich kein einziges Mal zur Menge hin. Es hätte mich nicht gekümmert, hätten mich Fremde für einen Verräter gehalten, aber ich wollte nicht mitbekommen, wie Leute, die mir wichtig waren, mich ansahen, als wäre ich ein Monster. Ich vermied ihre Blicke, um sie zu beschützen, auch wenn es ihnen nicht bewusst war.

Und so konzentrierte ich mich auf die Bank und die goldene Skulptur einer Waage, die dahinter aufragte.

Das morgendliche Sonnenlicht drang in vereinzelten Strahlen durch die Schneeschicht auf dem Fenster über mir und wärmte meine schmerzenden Knochen und steifen Muskeln. Ein Sonnenbad zu nehmen war etwas so Alltägliches, dass ich mir nie Gedanken darüber gemacht hatte, als ich noch nicht in ewiger Dunkelheit eingesperrt gewesen war.

Meine Grübeleien wurden unterbrochen, als die Tür hinter der Bank aufschwang und die drei Menschen hindurchgingen, in deren Händen meine Zukunft lag.

Als Erster kam Gaius Haber, Flüsterer der Kirche des Ewigen Feuers. Er trug das Ornat seiner Glaubensgemeinschaft: eine schwere schwarze Robe mit grellrotem Innenfutter, der Saum mit Flammen bestickt.

Ihm folgte Hauptmännin Efyra Maurer, die nun anstelle von König Isaak die Raben anführte. Sie steckte in einer Rüstung aus verbeulten Stahlplatten und war mit einem Krummschwert bewaffnet. Die sieben in ihre schwarzen Haare geflochtenen Pfauenfedern zeugten von ihrem hohen Rang.

Zuletzt trat Carl Domet ein, der Mann, der mich auf den Pfad geführt hatte, an dessen Ende nun der Tod auf mich wartete. An diesem Tag lächelte der Wirtschaftsmagnat nicht. Stattdessen zupfte er an seiner falsch geknöpften Jacke herum. Seine schwarzen Haare waren zerzaust, und er stützte sich auf einen Gehstock, dessen Knauf einen Wolfskopf darstellte. Er wirkte viel ängstlicher als der Mann, den ich zwei Wochen zuvor kennengelernt hatte. Oder war es bereits drei Wochen her? Schwer zu sagen, wie lange ich schon im Kerker saß.

Als die drei rechts von ihm Platz genommen hatten, ergriff der Richter das Wort:»Mikael Königmann, Sohn von David Königmann, bevor die Geschworenen ihr Urteil verkünden, frage ich dich noch einmal: Worauf plädierst du?«
Während ich mich erhob, rasselten die Ketten.
Ich sah ihnen nacheinander in die Augen. Seit ich mich gestellt hatte, war mir kein Wort über die Lippen gekommen, und daran würde sich trotz all ihrer Bemühungen auch nichts ändern. Und so schwieg ich auch diesmal.
»Plädierst du darauf, ein Vergessener zu sein?«
Ich antwortete nicht. Ich war kein Vergessener. Ich hatte die Fabrikationsmagie der Adligen nicht so häufig eingesetzt, dass sie mir alle meine Erinnerungen genommen hatte. Mein Leid und meine Erfahrungen waren immer noch meine eigenen. Sie machten mich zu dem, was ich war: der Sohn meines Vaters und Erbe seines Vermächtnisses. Und ich erinnerte mich an alles, sogar mehr denn je.
Der Richter begegnete meinem unverwandten Blick.»Geschworene, wie lautet euer Urteilsspruch?«
Carl Domet erhob sich und las mit zitternden Händen von einem Blatt ab:»Wir befinden Mikael Königmann des Hochverrats im Sinne der Anklage ...« Domet suchte einen letzten verzweifelten Moment lang in meinen Augen nach Vergebung.»... für schuldig.«
Um mich herum erhob sich Geschrei. Ich hörte jede einzelne Stimme, nur nicht die meines Bruders Leon. Zweifellos saß er wie gelähmt auf seinem Platz und versuchte – das albtraumhafte Schicksal unseres Vaters vor Augen –, meine Schwester Jenn zu trösten. Wir, die einzigen Überlebenden der Familie Königmann, wussten besser als alle anderen, was als Nächstes passieren würde. Für Hochverrat gab es nur eine Strafe.

Zumindest dachte ich das.

Doch wie so oft tauchte ein mondsüchtiger Held auf und durchkreuzte den Plan. Als der Richter mit einer gepanzerten Hand auf die Bank schlug und die Menge anschrie, sie solle ruhig sein, sprang ein Mann über die Absperrung, die mich umgab. Er hielt eine Steinschlosspistole in der Hand und stank nach Alkohol. Wahrscheinlich hatte er sich Mut angetrunken. Der Lauf war auf mein Herz gerichtet. Ich wusste nicht, was ich ihm angetan hatte, war aber sicher, dass ich seinen Hass verdiente.

Also würde ich doch schneller und schmerzloser sterben, als es einem Königsmörder zustand.

»Ich lasse nicht zu, dass es noch einen gibt!«, brüllte der Mann. »Du wirst nicht in Erinn...«

Es wäre ein poetischer Tod gewesen. Das Schießpulver macht uns alle gleich, da selbst der mächtigste Fabrikator von einem gekrümmten Abzugsfinger getötet werden kann – wie jeder in der Stadt nur zu gut wusste.

Doch leider sah der arme Tölpel nicht, wie sich die Hauptmännin der Raben von ihrem Platz auf der Geschworenenbank abstieß und von Blitzen umzuckt auf ihn zuflog. Sie stürzte sich von oben auf ihn herab und entwaffnete ihn mit einem Blitzschlag. Während sich der Rauch legte und Husten den Gerichtssaal erfüllte, schnappte sich ein Advokator hastig die Pistole, ehe jemand anders danach greifen konnte.

Der Attentäter schrie nicht einmal auf, als sein Anschlag scheiterte, sondern starrte mich nur unverwandt an. Im nächsten Moment war er auf den Knien und jammerte, wie sehr die Stadt unter meinem Vater und mir gelitten habe. Und dass er sie davor habe bewahren wollen, den feigen Ausweg aus diesem Chaos zu wählen. Die Menge schwieg und wartete ab, was weiter geschehen würde.

»Mikael Königmann wird sterben, wenn wir es sagen«, knurrte Efyra. »Und zwar zu unseren Bedingungen. Nach allem, was er getan hat, wird er nicht friedlich aus dem Leben scheiden. Wir werden für Gerechtigkeit sorgen.« Sie wandte sich zum Richter um. »Was für eine Strafe steht in Kessel auf Schusswaffenbesitz?«

»Der Tod«, lautete die Antwort.

Efyra hielt eine Hand über den Mann. »So sei es.«

Ein einziger Blitz in sein Herz genügte, und er starb. Er wurde in die Menge zurückgeschleudert, wo er krachend zwischen den Sitzreihen landete. Von seinem schwelenden Körper stieg Rauch auf, und im Saal verbreitete sich ein fremdartiger, unnatürlicher Geruch, der mich noch lange in meinen Träumen verfolgen sollte.

Während andere sich um den Toten kümmerten, nahm Efyra mit dem gezogenen Schwert wieder auf der Geschworenenbank Platz. Sie legte sich die Klinge quer über den Schoß, als wollte sie meine Geschwister damit zu einem Befreiungsversuch herausfordern.

Als die Leiche weggeschafft war und allmählich wieder Ruhe einkehrte, fuhr der Richter mit der Urteilsverkündung fort: »Mikael Königmann, gerade von dir haben wir uns mehr erhofft. Trotz der Verbrechen deines Vaters bist du immer noch ein Königmann, und diese schweren Zeiten verlangen nach einem Mann, der uns anführt und beisteht. Doch stattdessen hast du dich als Königsmörder entpuppt.« Der Richter hielt kurz inne und betrachtete das Verräterbrandmal an meinem Hals, das mir der König zehn Jahre zuvor nach der Hinrichtung meines Vaters hatte einbrennen lassen. Ich schämte mich nicht mehr dafür. Der Richter schüttelte den Kopf. »Hiermit verurteile ich dich zum Tod. Heute in einer Woche wirst du wie dein Vater vor dir auf den Treppenstufen vor der Kirche des Wanderers hingerichtet. Möge Gott dir gnädig sein.«

Mir war nach Lachen zumute. Wäre der Möchtegernattentäter nur ein klein wenig geduldiger gewesen, hätte er genau das bekommen, was er wollte.

Nach der Verkündung des Strafmaßes gerieten die Zuschauer im Saal außer Rand und Band. Ich hörte, wie die Waage-Advokatoren hinter mir versuchten, die Menge zurückzuhalten. Als der Wächter kam, um mich zu holen, vermischten sich Jubel, Applaus und Drohrufe zu einem weißen Rauschen. Das Metallungeheuer wickelte meine Ketten um einen seiner Panzerhandschuhe. Dann zerrte es mich mit roher Gewalt von den Zeugen fort und in eines der Hinterzimmer. Als ich durch die offene Tür gestoßen wurde, drehte ich mich um und sah zum ersten Mal die Prozessbesucher an. Ganz vorne war meine Schwester. Sie warf sich gegen die Advokatoren und streckte die Arme nach mir aus.

Der Söldner Schwartz lehnte hinten im Saal an einem Türstock. Er hatte die Arme vor der Brust verschränkt und sah mich kopfschüttelnd an. Der Blick aus seinen mattgrauen Augen besagte, dass ich es hätte besser wissen müssen. Damit hatte er recht. Dennoch war ich hier. Offensichtlich bot ich einen sehr traurigen Anblick, wenn selbst ein Söldner Mitleid mit mir empfand.

Die Tür ging zu und schnitt mich vom Geschehen im Gerichtssaal ab. Ich schloss die Augen und wartete darauf, wieder die Sonne auf mir zu spüren, wohl wissend, dass ihre warmen Strahlen meinen Tod ankündigen würden.

Kapitel 1
Das Duell

Ich werde diese Geschichte so erzählen, wie ich sie erlebt habe.
Du kannst dich glücklich schätzen, sie aus erster Hand von einem Königmann zu hören. Eine Erzählung wie diese hat es noch nie gegeben. Und im Gegenzug für diese fesselndste Geschichte aller Zeiten bitte ich dich nur um einen kleinen Gefallen – und dass du mich lange genug leben lässt, damit ich sie dir zu Ende erzählen kann.

Um zu erfahren, wie ich mir den Titel Königsmörder verdient habe, müssen wir am Vorabend des Endlosen Walzers beginnen, in jener Nacht, als meine Jugend zu Ende ging.

Nicht dass ich je eine gehabt hätte.

Nach der Hinrichtung meines Vaters kämpfte ich jahrelang in einer Stadt ums Überleben, die mich in Ketten schlagen und einen Kopf kürzer machen wollte. Es überrascht dich möglicherweise nicht zu hören, dass ich einen Großteil meiner Zeit damit verbracht habe, Adlige hereinzulegen, was immer erstaunlich einfach gewesen ist. Dazu musste ich weder das Brandzeichen an meinem Hals noch meine zwielichtigen Absichten verbergen.

Und auch in dieser Nacht benahm ich mich gewohnt verdächtig, als ich ein Duell zwischen meinem Freund Sirash, einem ehemaligen Knochenmann, und seiner Zielperson überwachte: einem ziemlich betrunkenen und nervtötenden Landadligen, der zum ersten Mal in Kessel war. Er war so neu in der Stadt, dass er noch nicht einmal Zeit gehabt hatte, sich so anzuziehen, wie es sich für einen Adligen in Kessel geziemt. Stattdessen trug er nach wie vor mehrere Kleiderschichten übereinander, die weder vom Stil noch farblich zusammenpassten. Damit zeigte er aller Welt, wie niedrig sein Adelsstand war. Aber das wäre so oder so klar gewesen, da er Sirash einen kupferhäutigen Wilden genannt hatte. Die wirklich feinen Leute sagen so etwas nämlich nur hinter geschlossenen Türen.

Der Niederadlige richtete die Steinschlosspistole, die ich mitgebracht hatte, auf Sirash, dann zeigte er sie seinem viel zu nüchternen Bruder und blickte schließlich selbst am Lauf entlang. Dabei behielt er den Finger die ganze Zeit am Abzug. Zu seinem Glück war die Waffe nicht geladen, aber das konnte er nicht wissen. »Bist du sicher, dass du das tun willst, Knochenmann?«

Sirash antwortete nicht. Die Adligen saßen in unserer Falle, und aus der würden wir sie auf keinen Fall unbeschadet entkommen lassen.

Der Bruder jedoch versuchte, ihn noch umzustimmen. »Das sollten wir besser lassen, Adrianus. Schusswaffen sind hier immer noch illegal, und du willst ganz sicher nicht mit einer erwischt werden. Sie würden dich hinrichten.«

»Adrianus«, sagte ich ruhig, »ich muss dich darauf hinweisen, dass du dieses Duell nur noch vermeiden kannst, indem du dich entschuldigst. Tust du das nicht und verweigerst das Duell, noch dazu so kurz vor dem Endlosen Walzer, ist dein Ruf ruiniert.«

»Er ist ein Knochenmann!«, erwiderte Adrianus. »Was könnte *er* mir schon anhaben?«

Ich sah zu Sirash hinüber. Er saß seelenruhig auf der Steinmauer und fummelte an der zweiten Steinschlosspistole herum. Er war glatt rasiert und trug zur langen dunklen Hose ein fast durchsichtiges, weit aufgeknöpftes weißes Hemd. Das Einzige, was an seiner Erscheinung aus dem Rahmen fiel, war die Knochentätowierung auf seinem linken Handrücken. Es war ein Andenken an seine Vergangenheit. So wie der Ring am Mittelfinger mich an meine erinnerte.

»Seht ihn doch an«, sagte ich. »Er ist eindeutig gesellschaftlich aufgestiegen.«

»Etwa zum Niederadligen?«, fragte Adrianus.

»Vielleicht. Der Hochadlige Morales hat in den letzten Jahren viele Familien in den Adelsstand erhoben.«

»Sogar einen ehemaligen Knochenmann?«

»Es sind schon eigenartigere Dinge passiert.«

Adrianus dachte über meine Worte nach und betrachtete nickend die Steinschlosspistole in seiner Hand.

»Lass gut sein«, sagte Adrianus' Bruder. »Vergiss den Knochenmann. Wir sollten gehen und uns den Segen des Ewigen Feuers für den morgigen Endlosen Walzer holen. Der Hochadlige Maflem Braven kann uns sicher vor übler Nachrede schützen.«

»Aber was ist, wenn er mich einen Feigling nennt und die Frauen dann nichts mit mir zu tun haben wollen?«, fragte Adrianus. Dass er sich solche Sorgen um das andere Geschlecht machte, zeigte, wie wenig Selbstbewusstsein dieser Junge hatte. »Ich will mich nicht Vaters Willen beugen und Jessi heiraten. Nur Pferde züchten reicht mir nicht. Ich will Abenteuer erleben!«

»Was, wenn irgendwer das Duell hört, und du wirst verhaftet?«, fragte sein Bruder.

Ich legte Adrianus eine Hand auf die Schulter. »Wir sind mitten in den Fischereien. Hier kommen weder Waagen noch die Königsraben her. Außer es gibt Aufstände wegen der Steuern. Und die meisten, die hier wohnen, schlafen schon.«

»Ist ... ist die Pistole bereit?«, fragte Adrianus.

»Ja«, sagte ich, »Ich habe sie für dich vorbereitet. Alles, was du jetzt noch tun musst, ist zielen und schießen.«

»Dann lass es uns tun. Ich bin bereit.«

Ehe sein Bruder protestieren konnte, legte ich Adrianus mit einer schwungvollen Geste die Hand auf den Rücken und führte ihn an seine Position. »Hör gut zu, Adrianus. Anstatt zehn Schritte zu gehen und euch umzudrehen, werdet ihr einfach ein Stück voneinander entfernt stehen und schießen. So kann keiner schummeln und sich zu früh umdrehen. Einverstanden?«

Als er erneut nickte, gab ich Sirash ein Zeichen, dass er sich gegenüber von Adrianus hinstellen solle. »Ihr schießt bei drei. Ziel gut.« Nach einem letzten Klaps auf seinen Rücken ging ich an meinen Platz.

»Auf mein Kommando!«, rief ich. »Eins! Zwei! Drei!«

Sie schossen. Einen Moment lang waren die beiden von weißem Rauch eingehüllt. Als er sich lichtete, fiel Sirash mit einem dumpfen Schlag zu Boden und rührte sich nicht mehr. Dicht über dem Knie quoll Blut aus seinem Oberschenkel. Obwohl er selbst unversehrt war, stieß Adrian einen Schrei aus und ließ seine Pistole fallen.

»Scheiße!« Ich rannte sofort zu Sirash und presste eine Hand auf sein Bein, um das Blut zurückzuhalten. Doch es floss kalt über meine Hände und bildete ein Rinnsal auf dem Steinpflaster. »Er verblutet.«

Adrian stand da wie ein Mondsüchtiger. »Was hab ich getan? Das wollte ich nicht. Der Wanderer möge mir vergeben!«

Ich fühlte Sirashs Puls. »Dein Schuss hat eine Arterie durchschlagen. Nach ein paar Herzschlägen war er tot.«

Der Adlige würgte und übergab sich auf das Kopfsteinpflaster. Während ihm sein schockierter Bruder den Rücken tätschelte, wiederholte Adrianus immer wieder schluchzend: »Ich habe ihn getötet. O Wanderer, ich habe ihn getötet …«

»Ich dachte nicht, dass du ihn wirklich triffst«, sagte ich. »Wieso konntest du dich nicht entschuldigen?«

Adrianus' Bruder trat vor und zeigte auf mich. »Nein, so läuft das nicht. Ich wusste sofort, wer du bist, als ich dieses Brandzeichen gesehen habe. Du bist Mikael Königmann, der Sohn des Verräters David Königmann, und du wirst das hier in Ordnung bringen.«

Die in meinen Hals eingebrannte Krone pochte. Möglicherweise weil er mich an sie erinnert hatte. Aber vielleicht lag es auch einfach an meinem rasenden Herzschlag. »In Ordnung bringen? Wie soll ich ihn denn deiner Meinung nach von den Toten zurückholen?«

»Das meine ich nicht.« Er zog eine prall gefüllte Börse aus der Tasche und schüttelte sie. Wahrscheinlich steckte darin ein Großteil seines Taschengelds für den Endlosen Walzer. »Du wirst das hier nehmen. Dafür lässt du die Leiche verschwinden, und wir hören nie wieder von dir. Verstanden?« Er blickte verächtlich auf Sirash hinab. »Ich bezweifle, dass irgendwer ihn vermissen wird. Und wenn doch, kann sich derjenige jederzeit einen neuen Sklaven von der Knochenküste schicken lassen.«

»Du bittest mich, für dich und deinen Bruder einen Mord zu decken?«

Er drückte mir die Geldbörse gegen die Brust. »Ich bitte dich nicht. Ich befehle es dir.«

»Und wenn ich es nicht tue.«

Die knisternden Blitze, die sich um seinen rechten Arm bildeten, sprachen Bände. Ich hatte gar nicht bemerkt, dass er ein Fabrikator war, obwohl es natürlich erklärte, wieso diese mondsüchtigen Tölpel überhaupt zum Ewigen Walzer nach Kessel kommen durften.

Ich hielt den Mund, während er Adrianus vom Austragungsort des Duells wegstieß und ihn nach ein paar Metern am Hemd hinter sich herzerrte. Sobald die beiden außer Sicht waren, wischte ich die schmutzigen Hände an den Hosenbeinen ab und machte Sirash mit einem Fußstoß gegen die Rippen darauf aufmerksam, dass wir allein waren.

»Ernsthaft? Wie soll ich den Leuten denn glaubhaft machen, dass du an einem Schuss ins Knie stirbst?«

Sirash setzte sich auf und betrachtete angewidert seine dreckige Kleidung. »Oh, ich bin untröstlich. Beim nächsten Mal greife ich mir an die Brust, nachdem er auf mein Bein gezielt hat. Wenigstens hat er ungefähr in meine Richtung geschossen. Im Gegensatz zum Letzten.«

»Ich bitte dich ja nur um eine glaubwürdige Stelle, damit ich nicht ständig irgendwelche Arterien erfinden muss, um zu erklären, wieso du tot umgefallen bist. Sei froh, dass ich mich aus solchen Situationen rausreden kann.«

»Dass ich nicht lache. Jedes Mal wenn du den Mund aufmachst, reitest du uns nur noch tiefer rein.«

»Und warum bin dann immer ich derjenige, der redet und nicht schießt?«

»Weil niemand zögern würde, dich abzuknallen.« Sirash grinste mich an. »Sag schon, wie viel haben wir diesmal gemacht?«

Ich erwiderte sein Lächeln und ging in die Hocke. Nachdem ich den Beutel vor uns ausgeleert hatte, zählten wir gemeinsam die Gold-, Silber-, Kupfer- und Eisenmünzen. »Beinahe elf Sonnen«, sagte Sirash schließlich.

»Von einem Adligen, der auf Freiersfüßen nach Kessel kommt, hätte ich mehr erwartet.«

»Die waren wohl ärmer, als wir dachten. Du hättest versuchen sollen, auch noch Adrianus' Geld einzusacken.«

»Wenn er nicht so betrunken gewesen wäre, hätte ich es vielleicht sogar getan.«

Wir teilten die Beute unter uns auf. Sirash bekam sieben Sonnen, mit denen er seine laufenden Ausgaben decken und die Studiengebühren seiner Freundin Gianna am Musikkolleg bezahlen konnte. Das übrige Geld nahm ich. Damit konnte ich meine eigenen Rechnungen begleichen und vom Rest vielleicht noch ein Heilmittel kaufen, wenn ich es schaffte, die Kuriositätenhändler ein bisschen runterzuhandeln. Nachdem ich mir die Münzen in die Tasche gesteckt hatte, sah ich Sirash an. »Wie viel brauchst du noch, um über den Monat zu kommen?«

»Drei weitere Sonnen. Wenn wir nur wüssten, wie viele Niederadlige noch zu diesem lächerlichen Balztanz nach Kessel kommen …«

»Er heißt Endloser Walzer. Ich sage es dir seit zwei Jahren: Wenn wir uns als Niederadlige ausgeben wollen, müssen uns ihre Bräuche in Fleisch und Blut übergehen.«

»Wie viel brauchst du denn?«

»Keine Ahnung. Das sollte für die Behandlung meiner Mutter reichen. Ich spreche mit Trey und finde heraus, wie viel ich morgen brauche. Vielleicht muss ich ein paar seiner Rechnungen bezahlen, solange er an eine hochadlige Familie gebunden ist ...«

In der Stadt schlug eine Glocke, und wir hielten nach dem Brocken Ausschau, der vom Mond herabstürzte.

»Bei all dem Licht kann ich ihn nicht sehen«, murmelte Sirash.

Als ich gerade zu einer Antwort ansetzte, wurde die Stadt dunkel. Sirash und ich gingen mit den Pistolen in der Hand aus der Gasse und blickten an einer der großen Hauptstraßen entlang, die durch Kessel führten. Sie war von hell leuchtenden Gaslampen flankiert, die nun eine nach der anderen von den Laternenanzündern gelöscht wurden. In der Stadt herrschte Verdunklung. Die hereinbrechende Finsternis wurde von einer Symphonie aus zuschlagenden Fensterläden begleitet.

»Siehst du ihn?«, fragte Sirash.

Ich konnte den Brocken nicht entdecken. Unser kleinerer, bläulich oranger Mond, Tenere, stand voll am Himmel und war trotz der Entfernung gut zu sehen. Davor schwebte der viel größere, immer weiter auseinanderfallende Mond Celona. Die sieben größten Bruchstücke leuchteten blendend weiß. Sie waren von Staub und kleineren Felsen umringt, von denen die meisten früher oder später in die Welt darunter einschlagen würden. Die Sterne in ihrer Umgebung flackerten trüb ...

Plötzlich sah ich das herabfallende Stück von Celona. Ich versuchte zu erkennen, welche Farbe sein Schweif hatte, und hoffte auf Rot. Denn egal, wie sehr sich der König und die Waage auch bemühen würden, den Brocken abzufangen, falls er einen blauen oder weißen Schweif hatte, war es mit Kessel vorbei.

Ihr berühmt-berüchtigtes Celona-Abwehrsystem, mit dem sie die Öffentlichkeit beruhigen wollen, ist im Grunde nur ein Katapult. Wie gerne würde ich den Schwachköpfen, die dieses Ding bemannen, dabei zusehen, wie sie damit auf ein schnell herabfallendes Mondstück zielen, um Kessel zu retten. Das wäre wirklich ein lohnender letzter Anblick vor der dann unabwendbaren Zerstörung der Stadt.

»Wir müssen irgendwo in Deckung gehen, falls eine zweite oder dritte Glocke läutet«, sagte Sirash.

»Ich kann nicht. Celona hin oder her, ich müsste schon längst in der Anstalt sein.« Ich schlug Sirash auf die Schulter und rannte los. Er würde sicher wie immer, wenn die Glocken läuteten, in der Kanalisation Unterschlupf suchen.

Während ich die Straße entlanglief, hörte ich Sirash hinter mir lachen. »Mikael! Wenn du den Mondfall nicht ernst nimmst, wirst du eines Tages noch draufgehen. Du wärst der Idiot, den es erwischt.«

Das bezweifelte ich. Die Königmanns starben nicht auf so jämmerliche Weise. Unser Leben und Tod prägten den Lauf der Geschichte, und ob es mir gefiel oder nicht, ich würde da keine Ausnahme machen.

Kapitel 2
Die Frau
in der Irrenanstalt

Ich habe die herabfallenden Stücke von Celona nie gefürchtet, nicht so sehr wie die anderen Einwohner der Stadt. Und schon gar nicht, wenn nur eine Glocke läutete. Eine Glocke zeigt an, dass ein Mondstück abstürzt, zwei, dass es innerhalb der Landesgrenzen einschlagen wird, drei bedeuten, dass es Kessel treffen wird, und wenn vier erklingen, muss man mit Erdbeben oder Flutwellen rechnen, die tief ins Landesinnere dringen. Solange ich die dritte oder vierte nicht hörte, würde ich weiterlaufen.

Ich rannte, so schnell ich konnte, quer durch die Stadt zur Irrenanstalt in der Nähe der Hawthorne-Medizin-Akademie im Studentenviertel. Das Hohe Viertel, in dem nie Verdunklung herrscht, wirkte wie ein Leuchtturm inmitten eines Sturms. Was ein typischer Blödsinn der Adligen ist, da die Observatorien, die den Mondfall verfolgen sollen, von ihrem Licht behindert werden. Aber kaum jemand beschwert sich darüber, da jeder fürchtet, mit den Rebellen in Verbindung gebracht zu werden, wenn er etwas gegen die Königsfamilie und ihre Hochadligen sagt. Ich war einer der wenigen, die diese Angst nicht teilten. Schließlich konnten sie mir nichts mehr anhaben. Denn ich war ja bereits gebrandmarkt, und egal, was ich tat, mein Vermächtnis würde immer nur das eines gemeinen Betrügers sein.

Als ich vor der Anstalt ankam, war es dunkel im Studentenviertel. Ich stieß die Tür auf und eilte durch einen kalten weißen Flur. In der Stadt begann gerade die zweite Glocke zu läuten. Vor mir hörte ich laute Stimmen.

»Lass meine Mutter los!«, schrie meine Schwester. »Du wirst sie nicht rauswerfen, während die Glocken schlagen!«

Als ich um die Ecke bog, sah ich, wie einer der Anstaltspfleger meine Mutter an ihren langen schwarzen Haaren in Richtung Ausgang schleifte. So glasig, wie ihr Blick war, bekam sie davon vermutlich gar nichts mit. Meine Schwester Jenn ballte die Fäuste und entblößte dabei das Verrätermal auf ihrem rechten Handrücken.

»Torsten!«, sagte ich, als ich schlitternd vor ihnen zum Stehen kam. »Ich habe das Geld dabei. Nun beruhigt euch beide mal wieder.«

Der Pfleger, ein Mönch von der Kirche des Ewigen Feuers, der eine schwarze Kutte mit aufgestickten Flammen trug, warf mir einen Seitenblick zu. »Ihr Heiden seid schon wieder zu spät dran! Wie oft muss ich euch noch erklären, dass die Zahlung am Monatsende fällig ist? Da kenne ich kein Erbarmen.«

»Spielt das jetzt noch eine Rolle? Hier ist dein Geld.«

Der Mönch betastete die Goldmünzen, die ich ihm auf die Hand legte.

»Möchtest du hineinbeißen? Sie sind echt. Wir möchten jetzt gerne unsere Mutter ins Bett zurückbringen.«

Er winkte ab. »Ich fände es zwar schön, euch rauszuschmeißen, aber als treuer Anhänger des Propheten Haber muss ich Gnade walten lassen. Sogar euch Heiden gegenüber, die ihr

Celona, Gottes Meisterwerk, zerstört habt. Nächste Woche sind fünf Sonnen fällig. Mein Zehnt hat sich erhöht und damit auch eurer.«

Ich konnte eine Ader an Jenns Hals pulsieren sehen, und mir ging es auch nicht viel besser. Doch ich wollte es nicht noch schlimmer machen. »Entschuldige bitte, unsere Mutter muss jetzt zurück in ihr Zimmer.«

Der Pfleger ging ohne ein weiteres Wort davon.

»Du bist spät dran und stinkst wie eine ganze Kneipe«, fuhr meine Schwester mich an. Sie bückte sich und fuhr unserer Mutter mit den Fingern durchs Haar. »Du hättest schon vor Stunden hier sein sollen.«

»Es hat länger gedauert, als ich dachte, an das Geld zu kommen.«

»Wenn du mal länger als einen Monat einer geregelten Arbeit nachgehen könntest, hätten wir nicht andauernd Probleme. Wir haben es überhaupt nur so lange geschafft, weil eine der Aufseherinnen Mitleid mit uns hat. Aber die war heute Abend nicht da, und deswegen wäre es fast zu einer Katastrophe gekommen. Es ist immer dasselbe mit dir.«

»Ich tue mein Bestes, Jenn.«

Die Glocken verklangen, und wir seufzten erleichtert. Eine Sorge weniger.

Jenn bedeutete mir, unsere Mutter unter den Kniekehlen anzuheben. Dann trugen wir sie gemeinsam in ihr schlichtes Zimmer, das nur mit einem Bett aus Paletten und einer kratzigen Decke eingerichtet war. Der einzige tröstliche Anblick darin war ein Porträt von unseren Eltern an ihrem Hochzeitstag, das an der Wand gegenüber von ihrem Bett hing. Wir deckten sie zu und gingen dann hinaus in den Flur, wo wir uns unterhalten konnten, ohne sie zu stören.

»Du musst sie häufiger besuchen, Mikael. Sie fragt immerzu nach dir.«

Ich verschränkte die Arme vor der Brust. »Nach mir oder unserem Vater?«

Jenn zögerte. »Nach euch beiden. Aber du weißt, wie sehr sie geregelte Abläufe und Normalität braucht. Wenn du hier bist, geht es ihr immer besser.«

Ich verkniff mir einen Kommentar. Die Situation, in die Jenn mich damit brachte, war mir zuwider. Im Gegensatz zu mir hatte sie ihr Aussehen gleichermaßen von unseren beiden Eltern geerbt. Von unserer Mutter stammten ihre dichten schwarzen Haare und der dunkle Teint, von unserem Vater die bernsteinfarbenen Augen der Königmanns. Ich dagegen war meinem Vater wie aus dem Gesicht geschnitten. Daher konnte Jenn sich im Gegensatz zu mir, wann immer sie wollte, in die Öffentlichkeit wagen. Außerdem verdeckten die langen Ärmel der Anstaltsuniform ihr Brandzeichen.

»Bitte, Mikael. Sprich mit ihr, bevor du gehst. Es würde ihr sehr viel bedeuten.«

»Schön, ich habe sowieso etwas für sie dabei.« Ich betrat wieder das Zimmer, setzte mich auf die Bettkante und strich unserer Mutter übers Haar, während sie sich lächelnd aufsetzte. »Wie geht es dir, Mama?«

Sie umarmte mich mit aller Kraft, was nicht sehr fest war, da sie nur noch aus Haut und Knochen bestand. Sie lag mittlerweile so lange im Bett, dass ihre Muskeln verkümmert waren. »O David, ich habe dich so vermisst. Wo bist du denn gewesen? Warst du noch mal in den Streitenden Reichen, um dich mit dem Krüppel zu treffen? Oder musstest du wieder an die Goldküste?«

»Mutter …«, flüsterte ich. »Ich bin's, Mikael.«

Ihr Blick wurde wieder klar, und sie sah mich ernst an. »Diese bernsteinfarbenen Augen, das markante Kinn, dein schmales Gesicht und die zerzausten Haare ... Ach, Mikael, es tut mir leid. Du siehst deinem Vater so unglaublich ähnlich.« Sie schluchzte. Ich schwieg und erwiderte ihre Umarmung, so gut es mir möglich war. Obwohl meine Mutter nicht fabrizieren konnte, war sie zu einer Vergessenen geworden. Abgesehen von gelegentlichen Erinnerungsblitzen an die Zeit, bevor mein Vater den Prinzen getötet hatte, wusste sie nichts mehr von ihrem Leben. Anfangs hatten wir noch geglaubt, irgendjemand hätte ihr Gedächtnis mit einer Dunkel-Fabrikation manipuliert. Doch ganz egal, wie viele Licht-Fabrikatoren wir auch anheuerten, an ihrem Zustand änderte sich nichts. Und so hatten wir kurz nach dem Verlust unseres Vaters erkennen müssen, dass wir nun gar keinen Elternteil mehr hatten, auf den wir uns verlassen konnten.

»Geht es dir gut?«, fragte sie. »Isst du auch genug? Gibt es eine Frau in deinem Leben? Jetzt nimmst du ja bald am Endlosen Walzer teil. Wirst du an der Kessel-Akademie studieren, so wie dein Vater?«

Es war leichter, sie zu belügen, als sie mit der Wahrheit zu konfrontieren. Sie regte sich dann immer auf, und am nächsten Tag konnte sie sich ohnehin an nichts mehr erinnern.

»Der Endlose Walzer beginnt bald, und es gibt viele wunderbare Frauen, die du bestimmt gerne als Schwiegertöchter hättest. Und ja, Mutter, ich werde wie Vater an die Kessel-Akademie gehen. Wo sonst sollte ich lernen, wie man fabriziert?«

»Gut«, sagte sie. »Dein Vater war einer der besten Fabrikatoren, die ich je erlebt habe. Ich weiß noch, wie ich ihn das erste Mal etwas fabrizieren sah. Wir sind auf einem Fest in meinem Heimatland gewesen, und er hat die Kinder mit einem Feuer unterhalten, das er aus dem Nichts erschuf. Habe ich dir schon mal erzählt, wie wir uns kennengelernt haben, Mikael?«

Als sie kurz Luft holte, zog ich mit zitternden Händen ein kleines Säckchen mit Tiefseesamen von der Goldküste aus der Tasche. »Mutter, du siehst hungrig aus. Ich habe dir etwas mitgebracht.«

Sie aß die Samen, die ich ihr gab, mitsamt der Schale. Meine Nachforschungen hatten ergeben, dass Tiefseesamen den Vergessenen Augenblicke der Klarheit verschaffen konnten. Dabei erinnerten sie sich angeblich an das jeweilige magische Ereignis, das ihnen das Gedächtnis geraubt hatte. Diese Samen brachten keine endgültige Heilung, aber vielleicht würden wir mit ihrer Hilfe ja herausfinden können, was unserer Mutter zugestoßen war.

»Mutter, verzeih, dass ich dich beim Essen störe«, begann ich, »aber weißt du noch, was Vater getan hat?« Mit angehaltenem Atem wartete ich auf ihre Antwort.

»Was meinst du?«

»Mit Davi.«

Sie bekam große Augen. »Oh, natürlich erinnere ich mich daran. Bei Gott, wie könnte ich das je vergessen? Davi hat ja bald Geburtstag! Hat dein Vater daran gedacht, ihm ein Geschenk zu besorgen? Ich schwöre dir, dieser Mann ...«

Ihre Worte schmerzten mich mehr als eine Schwertklinge in der Brust. Also zeigte dieses Mittel genauso wenig Wirkung wie die vielen anderen zuvor.

Ich spielte mit dem Ring meines Vaters, und meine Gedanken schweiften ab, während sie mir erzählte, wie sie sich zum ersten Mal begegnet waren. Im Grunde war die Geschichte immer dieselbe, aber manchmal veränderte sie bestimmte Details: Diesmal beschrieb sie meinen Vater als Feuer-Fabrikator, während er beim letzten Mal noch ein Blitz-Fabrikator gewesen war und davor ein Metall-Fabrikator. Meine Mutter liebte es zwar, Geschichten über meinen Vater zu erzählen, aber es blieb unklar, welche davon stimmten.

Was ich selbst noch von ihm im Gedächtnis hatte, verriet ebenso wenig darüber, wie er wirklich gewesen war. Meine einzige konkrete Erinnerung an ihn stammte aus der Nacht, bevor er Davi Kessel umgebracht hatte. Damals hatte ich mich in sein Zimmer geschlichen und ihn auf dem Balkon arbeiten sehen. Um ihn herum lagen Papierstapel auf dem Boden verstreut. Er war wie immer glatt rasiert, aber er wirkte alt und erschöpft.

In dieser Nacht hatte ich beobachtet, wie er einen Moment lang mitten im Schreiben innehielt und lächelnd zu den Sternen aufsah. Dieser Anblick passte nicht zu dem Bild des Ungeheuers, das er angeblich gewesen war. Daher fragte ich mich manchmal, ob ich mir als Kind diese Erinnerung nur zurechtgelegt hatte, um mich gegen all das zu wappnen, was danach geschehen war.

Doch egal ob ich sie mir ausgedacht hatte oder nicht, ich hatte keine Ahnung, was für ein Mann mein Vater gewesen war, und würde es wahrscheinlich auch nie erfahren. Ich wusste nur, dass er kaltblütig den Königssohn ermordet hatte und seither als Verräter galt.

Ich hatte mir vor langer Zeit versprochen, dass ich nie in seine Fußstapfen treten würde.

Denn ich wollte eher sterben, als meine Familie im Stich zu lassen.

KAPITEL 3
DER GEHÄNGTE

Meine Mutter redete und redete. Als ihr schließlich die Augen zufielen, küsste ich sie auf die Stirn und ließ sie schlafen. Im Hinausgehen schloss ich die Metalltür hinter mir.

Draußen wartete meine Schwester auf mich.

Ich rieb mir die nackten Arme. Mir war immer kalt, nachdem ich meine Mutter besucht hatte. Es schien, als würde sie die Wärme aus mir heraussaugen, während ich ihre Hand hielt. Ich liebte sie und würde alles für sie tun, aber es war ein Kraftakt für mich hierherzukommen. Ich hatte keine Ahnung, wie Jenn das schaffte oder ob ich ein schlechter Sohn war, weil ich nicht häufiger kam. »Hast du denn keine anderen Patienten, um die du dich heute Nacht noch kümmern musst?«, fragte ich.

»Nein. Die schlafen alle. Ich muss jetzt nur noch bis zum Morgengrauen wach bleiben.«

»Klingt fesselnd.«

»Wir brauchen das Geld, damit sie hierbleiben kann. Sag mal …?« Sie klang plötzlich sehr ernst, und ich wusste, was nun kommen würde. »Hast du inzwischen die Pistole gefunden?«

»Die Pistole?«, fragte ich. Ich hob mein Hemd, um ihr die

beiden zu zeigen, die ich darunter verborgen trug. »Ich habe sogar zwei dabei.«

»Angelo wird es nicht gefallen, dass du sie ihm wieder geklaut hast ... Aber du weißt, welche Pistole ich meine, Mikael. Es ist die, von der ich schon seit zehn Jahren spreche. Die Pistole, mit der unser Vater Davi getötet haben soll. Hast du sie inzwischen gefunden?«

»Ich habe dir dieses Versprechen gegeben, als ich zehn war, weil ich wollte, dass du aufhörst zu weinen.« Damals hatte ich noch überall herumposaunt, dass ich meinen Vater für unschuldig hielt. Doch mittlerweile hatte ich lange genug in Kessel gelebt, um zu wissen, wie unklug das war.

»Versprochen ist versprochen.«

Ich sah sie an. »Jenn, unser Vater hat auf schuldig plädiert. Anstatt unsere Zeit mit Verschwörungstheorien zu verschwenden, sollten wir uns lieber auf wichtigere Dinge konzentrieren.«

»Du meinst, wir sollten lieber weiter unser Geld für Naturheilmittel vergeuden, um eine Vergessene zu kurieren? Obwohl das bereits unzählige Leute vor dir versucht haben? Aber vielleicht hältst du dich ja für klüger als alle anderen.«

»Nicht klüger, nur sturer.«

Sie drehte mir den Rücken zu, wie sie es bereits als Kind getan hatte. »Wir sind alle von irgendwas besessen. Meine Obsession werde ich nicht mehr erwähnen, wenn du mir einen guten Grund nennen kannst, wieso unser Vater den Sohn seines besten Freundes getötet haben soll.«

»Darauf lass ich mich nicht ein, Jenn. Ich bin müde und will nach Hause.« Sie hörte, dass ich wegging, und drehte sich wieder um.

»Na schön«, sagte sie resigniert. »Ich wollte dir noch etwas anderes sagen. Hier gibt es eine freie Stelle, die dich vielleicht interessieren könnte.«

Ich blieb stehen. »Was für eine Stelle? Als die Kirche des Ewigen Feuers das letzte Mal einen Pfleger gesucht hat, hätte ich es fast geschafft, dass sie uns beide rauswerfen und Mutter vor die Tür setzen.«

»Du würdest einen ambulanten Patienten begleiten und dafür sorgen, dass er keinen schlimmeren Rückfall erleidet.«

»In all den Jahren, die ich Mutter nun schon in dieser Anstalt besuche, habe ich noch nie von einem Patienten gehört, dessen Zustand sich verbessert hat.«

»Es ist auch das erste Mal, seit ich hier bin.«

»Wo ist dabei der Haken?«

»Der Patient ist der Hochadlige Carl Domet.«

Ich blinzelte sie an. »Nein.« Ich kannte die Geschichten über Carl Domet. Manche behaupteten, er sei reicher als alle Kirchen, Goldküsten-Clans und hochadlige Familien zusammen. Es hieß, dass er mit einem einzigen laut geäußerten Gedanken mehr Macht ausüben konnte als meine Vorfahren mit ihren Armeen. Und dass er unserem Monarchen vor all seinen Raben eine Ohrfeige verpassen und anschließend noch eine Entschuldigung von ihm erwarten könnte. Und das waren nur die Gerüchte, die in der Öffentlichkeit kursierten. Hinter verschlossenen Türen und Fensterläden erzählte man sich, was er mit Händlern anstellte, die ihn hereinzulegen versuchten. »Auslöschen« war dafür noch ein harmloser Begriff.

»Dabei verdient man fünf Sonnen am Tag.«

Jenn hatte gewusst, dass sie mich damit noch einmal zum Nachdenken bringen würde. Das war ein Vermögen. »Wie lange?«

»Einen Monat. Und was soll er dir in achtundvierzig Tagen schon groß antun. Anschließend hättest du zweihundertvierzig Sonnen.«

Mit so viel Geld ließe sich einiges anstellen. Ich hätte eine Weile lang keine Adligen mehr begaunern müssen und eine ganze Reihe von Heilmethoden an meiner Mutter ausprobieren können, bis sie irgendwann nicht mehr nur ab und zu einen klaren Moment gehabt hätte. Aber hier ging es um Carl Domet. Es gab einen guten Grund, wieso diese Arbeit noch nicht vergeben und weshalb man bereit war, so viel dafür zu zahlen. Nur ein Trottel legt die Hand ins Feuer, um auszuprobieren, wie heiß es ist.

»Die Antwort lautet immer noch Nein.«

»Domet ist ein Fabrikator. Er könnte dir möglicherweise beibringen, wie man fabriziert. Oder zumindest die Grundlagen. Dann könntest du dir vielleicht auch eine *echte* Heilmethode einfallen lassen. Du weißt doch genauso gut wie ich, dass diese natürlichen Heilmittel überhaupt nichts bringen.«

»Jenn, du sprichst über Domet den Wahnsinnigen. Er hat mal einen Diener aus dem Fenster geworfen, weil der ihm einen Löffel gestohlen hat. Meinst du wirklich, es wäre klug, wenn ausgerechnet ich mich mit so jemandem einlasse?«

»Du bist der Einzige, dem ich das zutraue«, sagte sie sanft. »Er liebt es genauso sehr wie der König, seine Untergebenen in Angst und Schrecken zu versetzen. Aber Domet mag es auch, unterhalten zu werden – sogar herausgefordert. Und darin bist du gut. Überrede ihn dazu, dass er dir gibt, was du haben willst.«

Ich fragte mich, wie lange sie schon von dieser Stelle wusste. Ob sie wohl abgewartet hatte, bis wieder eines meiner Naturheilmittel versagte, um mir dann davon zu erzählen? Wahrscheinlich. Jenn war geduldig, und sie wusste immer genau, wann sie etwas sagen musste, um ihr Ziel zu erreichen.

Zum ersten Mal hatte sie nicht abgestritten, dass ich vielleicht eine Heilmethode finden konnte ... Aber das änderte nichts an meiner Einstellung zur Magie.

»Nein.«

»Was für eine Möglichkeit gibt es denn sonst noch? Nur Magie kann ein magisches Leiden kurieren.«

»Und das Risiko, dass ich dabei wie Mutter ende? Willst du mich dann auch noch pflegen? Ich finde es schon schwer genug, für einen Patienten in der Familie zu sorgen.«

Ich ging davon aus, dass Jenn mir widersprechen würde, aber erstaunlicherweise ließ sie es dabei bewenden. Ich sah, wie sie an den Enden von Mutters Halstuch zog, um ihre zitternden Hände zu beruhigen. Wir versuchten beide, unsere Situation zu verbessern, und der Druck, der dabei auf uns lastete, schien mit jedem Tag größer zu werden.

Wie lange würde es wohl noch dauern, bis wir unter dieser Bürde zusammenbrachen?

Als sie sich wieder ein bisschen beruhigt hatte, holte sie ein Stück Stoff aus der Tasche und hielt es mir hin. »Für später. Ich weiß, dass du Streit suchen wirst, und das hier ist sterilisiert. Es ist besser, wenn du vorbereitet bist. Noch besser wäre es natürlich, wenn du dich gar nicht auf einen Kampf einlassen würdest. Aber das ist nur so eine Idee von mir.«

Ich nahm das Stoffstück, küsste sie zum Dank auf die Wange und verabschiedete mich.

Von der Anstalt bis zur Enge, wo wir wohnten, war es ein weiter Fußmarsch, und ich nahm eher aus Gewohnheit den

Weg durch die Hängegärten. Im Park wuchsen turmhohe Mammutbäume, deren Äste so dick waren wie mein Oberkörper. Da die Blätter der gewaltigen Wipfel tagsüber fast das gesamte Sonnenlicht abschirmten, herrschte in dem Park durchgehend Zwielicht. Ich sah neue Blumen in den Bäumen, blaue und violette, dicke und dünne, die an Seilen hingen und sanft im Wind schaukelten.

Während ich hochsah, stieß ich fast mit drei Männern zusammen. Es waren Advokatoren, das Fußvolk jener Privatarmee namens Waage, die in der Stadt für Recht und Ordnung sorgt. Zwei hängten weitere Blumen an die bereits dichtbesetzten Bäume, der dritte legte gerade eine Schlinge um den Hals eines Jungen, der ungefähr zehn Jahre jünger war als ich. Seine toten Augen starrten ins Leere. Seine Eltern baumelten bereits im Baum über uns, und bald würde die Familie wiedervereint sein.

Der Junge war tot, daran war nichts mehr zu ändern. Aber ich bin nun mal ein Königmann, und als solcher versuchte ich so viel Gutes wie möglich in der Stadt zu tun. Meine Familie hatte König Adrian dem Befreier dabei geholfen, die Bürger von Kessel im Kampf gegen die Wolfskönige zu vereinen, und ich würde nicht zulassen, dass unsere ruhmreiche Geschichte wegen eines einzelnen fehlgeleiteten Königmanns in Vergessenheit geriet.

»Was macht ihr drei da?«

Die beiden Männer ließen sich nicht von mir bei der Arbeit stören. Der mit der Schlinge sah mich an. »Das ist eine offizielle Angelegenheit der Waage, Junge. Wenn du dich nicht zu diesen Rebellen dort oben gesellen willst, verschwindest du besser von hier.«

»War dieses Kind ein Rebell?«

»Seine Eltern waren welche«, erwiderte der Advokator gereizt. »Sie haben dem Rebellenkaiser Brot verkauft.«

»Dann habt ihr also einen Bäcker, die Frau eines Bäckers und den Sohn eines Bäckers umgebracht, weil sie ihre Arbeit gemacht haben. Woher hätten sie wissen sollen, wer der Rebellenkaiser ist? Ihr habt ja keine Steckbriefe mit seinem Bild aufgehängt. Wisst ihr etwa selbst nicht, wie er aussieht. Das kann doch nicht sein, oder?«

Nun sah auch ein zweiter Advokator zu mir her. »Hau endlich ab, Junge, bevor wir dich auch noch aufknüpfen.«

Ich kratzte mich am Hinterkopf. »Ich wünschte, ich könnte.« Dann streckte ich unvermittelt den Mann, der mir am nächsten stand, mit einem Kinnhaken zu Boden.

Einer der beiden anderen griff mich an, und ich tat mein Bestes, um mein Gesicht vor seinen Schlägen zu schützen.

Während ich ihn abzuschütteln versuchte, näherte sich der dritte von hinten und streifte mir die Schlinge über den Kopf.

Gleich darauf hing ich in der Luft und zerrte an dem Seil um meinen Hals. Bei jedem Atemzug fühlte ich mich, als würde ich geschmolzenes Metall schlucken, und meine Augen tränten so sehr, dass ich alles nur noch verschwommen sah.

Die Advokatoren johlten und hievten mich noch höher in den Baum hinauf.

»Das ist ja Mikael Königmann!«, rief plötzlich einer von ihnen. »Seht euch doch nur sein Brandzeichen an. Los, schnell, schneidet ihn ab! Der König lässt uns hängen, wenn wir ihn töten.«

Ich krachte in einem Seilknäuel auf den Boden und zerrte mir die Schlinge über die Ohren. Mein erster Atemzug tat schrecklich weh, und die Kratzer, die ich mir mit den Fingernägeln am Hals zugefügt hatte, schmerzten sogar noch mehr. Als ich wieder klar sah, hatten sich die Advokatoren längst aus dem Staub gemacht. Der Junge, den sie noch nicht aufgehängt hatten, lehnte zusammengesackt am Baumstamm.

Ich kroch keuchend hinüber und setzte mich neben ihn. Es tröstete mich ein bisschen, dass sie mich nicht genauso leicht ermorden konnten wie alle anderen. Als Hochadliger, sogar als entehrter, durfte ich nur nach einer Gerichtsverhandlung und im Rahmen einer öffentlichen Hinrichtung getötet werden.

Aber vielleicht würde ich eines Tages auf Advokatoren stoßen, die das Brandzeichen nicht rechtzeitig bemerkten und mich bei den anderen in den Ästen hängen ließen. Ich bezweifelte zwar, dass es so kommen würde, aber dieser Gedanke beschäftigte mich noch eine ganze Weile, während ich in den Hängegärten blieb und mich ausruhte, froh, über den unerträglich brennenden Schmerz, weil er mich einen Moment lang von meinen Schamgefühlen ablenkte.

Kapitel 4
Der Visionär auf der Mauer

Nachdem ich den Jungen im Park begraben hatte, war es bereits kurz vor Morgengrauen, als ich durch das Fenster in mein Zimmer einstieg. Ich musste nicht ruhig sein, da Jenn Spätschicht in der Anstalt hatte und Leon, der zur Scharfrichter-Division der Waage gehörte, auf nächtlicher Patrouille war. Aber ich war es nun mal so gewohnt. Ich säuberte meine Wunden so gut wie möglich mit Jenns Stoffstück und legte mich dann hin. Da ich keine bequeme Position fand, in der mein geschundener Körper nicht das gesamte Bettzeug vollblutete, konnte ich nur dösen. Dabei bekam ich von meiner Umgebung nur wenig mit …

Bis plötzlich mein Pflegevater und Bewährungshelfer Angelo Ombra in mein Zimmer gestürmt kam. Er schüttete einen Eimer Wasser über mich und sagte: »Komm nach unten und bring die Pistolen mit, Mikael.«

Als er die Tür wieder hinter sich zuschlug, setzte ich mich stöhnend auf. Ganz langsam, da jede Bewegung schmerzte, inspizierte ich meine Verletzungen. Das geschwollene Auge, der übel aussehende, nässende Schnitt über einer Augenbraue, die rote Schwellung und die zahlreichen Kratzer am Hals sowie die blauen Flecken überall auf der Brust kamen mir wie Ehrenabzeichen vor.

Auf dem Weg nach unten legte ich das blutige Stoffstück und meine Kleidung vom Vortag in einem Haufen vor meinem Zimmer ab. Dabei nahm ich mir fest vor, die Wäsche zu waschen, bevor Jenn die sauberen Uniformen ausgehen würden.

Angelo wartete in der Küche auf mich. Er trug seine Waage-Uniform, eine dunkle Hose und darüber einen alten Mantel mit silbernen Knöpfen. Auf seinen Schulterklappen prangte jeweils ein goldenes Auge, das ihn als Mitglied der Wächter-Division auswies. Seine kurzen schwarzen Haare waren ordentlich geschnitten, seine Haut leicht gebräunt, und sein schlanker Körper ließ erkennen, wie wenig er von üppigem Essen hielt.

Nur an seinen Ringen, die nicht zu seiner Uniform gehörten, konnte man erkennen, dass er ursprünglich nicht aus Kessel stammte. Am linken Ringfinger trug er einen gläsernen, am linken Daumen einen breiten goldenen und an seinem Mittelfinger einen eisernen Ring mit einem Kronenwappen, den ihm seine Frau vor ihrem Tod geschenkt hatte.

»Pistolen«, sagte er und deutete auf den Tisch.

Ich legte die Waffen, die ich am Vortag aus seinem Büro gestohlen hatte, vor ihn hin.

»Dir ist klar, dass sie dich allein für den Besitz hinrichten könnten, oder?«

Ich nickte. Wir hatten das oft genug durchgekaut, um beide zu wissen, dass er mich durch nichts zum Umdenken bringen würde.

»Was war es diesmal, Mikael? Musstest du eine holde Maid beschützen oder gegen irgendein Unrecht aufbegehren? Oder hast du wieder einen Streit mit Advokatoren vom Zaun gebrochen, die bloß ihre Pflicht erfüllt haben?«

»Advokatoren. In den Hängegärten.«

»Und was wirst du tun, wenn sie dich anzeigen? Oder schlimmer noch: wenn du eines Nachts Leon über den Weg läufst?«

»Ich würde wahrscheinlich als Erster zuschlagen.« Ich sah, wie sich seine grauen Augen verengten, während er mich beobachtete, und nutzte die kurze Pause. »Kannst du mir den Schnitt über meinem Auge nähen?«

Angelo klopfte mit einem seiner Ringe auf den Tisch. »Ja, aber ich darf nicht zu spät kommen. Du musst mich also zur Arbeit begleiten. Außer du möchtest hier warten, bis Jenn kommt und die Wunde näht. Sie schiebt allerdings eine Doppelschicht.«

Ich fluchte. Aber da es mir immer noch lieber war, ihn zu begleiten, als den Tag drinnen mit Warten zu verschwenden oder mit einer offenen Wunde durch die Stadt zu laufen, folgte ich meinem Pflegevater durch die Falltür auf die Dächer hinaus.

Auf dem Weg zu Angelos Außenposten auf der Stadtmauer gingen wir hintereinander her über die Holzplanken, die in der Enge typischerweise die schmalen Lücken zwischen den Gebäuden überbrückten. Sie knarzten und bogen sich unter jedem unserer Schritte, brachen jedoch nicht durch, und dafür war ich sehr dankbar. Ich wollte mir gar nicht ausmalen, was man sich erzählen würde, wenn ein Königmann vom Himmel fiele. Die alten Damen in der Nachbarschaft würden sich am meisten darüber aufregen. Denn wenn ich von hier herunterstürzte, nahm ich auf dem Weg nach unten die meisten ihrer Wäscheleinen mit und besudelte ihre frisch gewaschene Kleidung mit Blut, wenn ich auf dem Steinpflaster aufschlug.

Was für eine Ironie es doch wäre, so zu sterben, nach allem, was ich überlebt hatte.

Näher an der Mauer waren die Planken stabiler und führten zu einer Leiter, die wir zum Wehrgang hinaufsteigen würden. Auf diese Klettertour freute ich mich gar nicht, da die Mauer immerhin doppelt so hoch war wie die angrenzenden Gebäude. Aber wenigstens würde ich nicht ungesichert an den Mauersteinen hochklettern müssen, wie ich es ein paar Jahre zuvor aus einer blöden Laune heraus getan hatte. Diesen Kraftakt, nach dem mir damals noch wochenlang die Muskeln geschmerzt hatten, wollte ich auf gar keinen Fall wiederholen.

Als wir die Mauer erreichten, legte Angelo eine Hand an die Leiter. Doch bevor er sie erklomm, drehte er sich noch einmal zu mir um. »Erinnerst du dich noch an die einzige Vorschrift, an die man sich auf dem Wehrgang halten muss?«

»Ich glaube nicht, dass mir diese Regel je entfallen könnte, selbst wenn ich ein Vergessener wäre. Schließlich regst du dich jeden Abend darüber auf, dass wieder irgendein dämlicher Gefreiter sie missachtet hat.«

»Und wie lautet sie?«

Ich spürte, wie seitlich an meinem Gesicht ein Blutstropfen herabrann. »*Du darfst schwadronieren, aber niemals salutieren.*«

Ich war ein wenig traurig, dass Angelo die Leiter bestieg, ohne mich für die richtige Antwort zu loben. Als er oben war, folgte ich ihm auf den Wehrgang, wo ich zum dritten Mal in meinem Leben auf die Welt jenseits von Kessel hinausblickte.

Ich sah einen Flickenteppich aus Ackerland, mit langen Weizen- und Maisfeldern. Dazwischen erstreckten sich Weideflächen für Kühe und Pferde sowie Pferche für Ziegen und

Hühner. Aus dem Augenwinkel bemerkte ich, dass das Lager der Rebellenarmee inzwischen doppelt so groß war wie noch beim letzten Mal, als ich den Weg hier heraufgefunden hatte. Noch beunruhigender fand ich, dass neben der Rebellenflagge mit der roten Faust mittlerweile Dutzende Banner von Niederadligen wehten. Ich fragte mich, wie lange es wohl noch dauern würde, bis sich ein Hochadliger den Streitkräften der Rebellen anschloss, und wie der König darauf reagieren würde.

Wenn ich mir vorstellen wollte, was hinter alldem lag, musste ich mich auf die Geschichten verlassen, die meine Eltern mir erzählt hatten. Als ich die Augen schloss, sah ich das Meer der Statuen vor der Goldküste vor mir. Und die gefrorene Wüste im Norden, wo niemals Bruchstücke von Celona herunterkamen. Ich bildete mir ein, die würzigen Lammgerichte zu riechen, die in den Straßen von Goldono serviert wurden, und glaubte sogar, die schwarzen Sandstrände von Eham unter den Füßen zu spüren. Doch als Angelo mir auf die Schulter tippte, verpuffte mein Tagtraum, und ich sah bloß wieder die Rebellenarmee sowie ein paar Wächter vor mir, die an einem Tisch auf dem Wehrgang saßen und Karten spielten.

Angelo stupste einen von ihnen an. »Gefreiter Dornwald, bring mir eine Medizinkiste, ein Glas und Alkohol aus den Baracken.«

Der Gefreite streifte mich mit einem Blick. »Soll ich auch einen Sanitäter holen?«

»Nein, die haben schon genug um die Ohren. Ich erledige das selbst.«

»Sehr wohl, Kommandant Ombra.« Der Gefreite rannte los, ohne vorher den Mantel zuzuknöpfen.

»Feldwebel Kalter«, sagte Angelo, bevor er sich an den Tisch setzte, »wie war die Nacht?«

»Im Westen sind die Rebellen nicht weiter vorgerückt. Die Äcker sind immer noch sicher. Unsere Spione bleiben vor Ort, aber die Rebellen haben gestern Nacht keine Kundschafter ausgesandt. Es kann sein, dass sich der Niederadelige Bartos der Rebellion angeschlossen hat. Sein Banner war eine Zeit lang über dem Lager zu sehen.«

»Diese Information gebe ich an die Kommandantin weiter. Sie wird sich nicht darüber freuen. Jeden Tag scheinen weitere Niederadlige aus den anderen Städten zu den Rebellen zu stoßen.« Angelo dachte kurz nach. »Wann kommt die nächste Karawane mit Nachschub? Und wer eskortiert sie?«

»Gegen Mittag, Kommandant. Die Orbis-Kompanie und ein paar Niederadlige aus der Gegend geben ihr Geleitschutz.«

»Weißt du, welche?«

»Das ist unklar.«

»Seit wann heuert die Waage zum Schutz der Karawanen Söldnerkompanien an?«, warf ich ein.

Einer der Soldaten lachte leise in sich hinein, während Angelo antwortete. »Die Rebellen werden die Söldner nicht angreifen. Niemand will sie provozieren, seitdem die Königliche Kompanie die Stadt Vurano gebrandschatzt hat. Es gibt einen Grund, wieso dieses Massaker den Schießpulverkrieg beendet hat.«

»Und wieso Kompanien angeheuert werden, um Städte zu stürmen und Könige und Kaiser zu töten«, fügte ein Soldat hinzu. »Vor gerade mal einem Jahr soll die Orbis-Kompanie ein halbes Dutzend von Palmers Schlachtschiffen versenkt haben.«

»Dafür haben sie nicht einmal eine halbe Kompanie benötigt«, sagte ein anderer. »Nimm's mir nicht übel, Kommandant, aber wenn mich je einer von denen angreift, klemm ich den Schwanz ein und renn davon.«

Um den Tisch herum ertönte Lachen. Sogar mein Pflegevater hob die Mundwinkel.

Söldner. Wie ich diese miesen Parasiten hasste. Wenn Kessel verzweifelt genug war, sich ihrer Dienste zu bedienen, war das mit der Rebellion offenbar eine viel ernstere Sache, als man der Öffentlichkeit glauben machte. Vielleicht erklärte das, wieso sie Tag für Tag mehr Leute hängten. Es war leichter, jeden Ansatz von Rebellion im Keim zu ersticken, als die Probleme zu lösen, aus denen sie erwuchs.

»Werden die Rebellen Kessel bald stürmen?«, fragte ich.

Diesmal sah keiner der Soldaten zu mir her. Zum Glück kehrte in diesem Moment ihr Kollege mit den Dingen zurück, nach denen Angelo verlangt hatte. Der entließ die Männer mit dem Befehl, vor dem Frühstück noch eine letzte Runde zu drehen. Keiner von ihnen widersprach.

Als sie weg waren, nahm Angelo die Wodkaflasche und goss einen großen Schluck in das Glas. »Trink das. Es wird wehtun.«

Ich leerte das Glas in einem Zug, hustete und blinzelte die Tränen aus den Augen. »Ich bin bereit.«

Angelo säuberte die Wunde mit Alkohol, beschimpfte mich, weil ich dabei zusammenzuckte, und begann, den Schnitt zu vernähen. »Du solltest vor meinen Soldaten nicht über den Krieg sprechen. Sie sind eh schon nervös genug. Weißt du eigentlich, wie lange ich gebraucht habe, um sie hier oben zum Lachen zu bringen?«

»Es war nur eine Frage.« Ich stöhnte, als die Nadel meine Haut durchstieß.

»Eine dämliche Frage. Ein Frontsoldat möchte nicht daran erinnert werden, dass er bald sterben könnte.«

Ich nahm die Flasche und trank einen weiteren Schluck. Doch der Wodka half kaum gegen die Schmerzen. »Das klingt, als würdest du jeden Moment mit einem Angriff der Rebellen rechnen.«

Angelo lehnte sich auf seinem Stuhl zurück und ließ das Ende des Fadens vor meinem Auge baumeln. »Natürlich tue ich das. Ein gewissenhafter Kommandant rechnet mit allem. Und er macht sich stets Sorgen. Genau wie gute Pflegeväter. Hast du dir eigentlich inzwischen überlegt, was du mit deinem Leben anstellen willst? Oder verfolgst du immer noch diesen schwachsinnigen Plan, als Märtyrer zu sterben?« Er betrachtete den Striemen an meinem Hals.

Nach all den Jahren, die ich in Kessel gelebt hatte, wusste ich immer noch nicht, was aus mir werden sollte. Das Einzige, was ich wirklich gut konnte, war, mich zusammenschlagen zu lassen und anschließend die Schmerzen zu ignorieren.

Gerne hätte ich meinem Vater die Schuld an meiner Unentschlossenheit gegeben, aber im Gegensatz zu Jenn hatte ich in meiner Jugend keinen Beruf erlernt, sondern bloß darüber gejammert, dass mein Vater das Vermächtnis unserer Familie ruiniert hatte und dass wir deswegen nun Bettler und Kriminelle waren.

Ich war immer davon ausgegangen, dass ich eines Tages ins Familiengeschäft einsteigen und ein ebenso legendärer Königmann werden würde wie meine Vorfahren. Zehn Jahre hatte ich gebraucht, um mir einzugestehen, dass das nicht passieren würde. Und nun hatte ich nichts vorzuweisen außer leeren Taschen, Fähigkeiten, die keiner brauchte, und den übermächtigen Wunsch, das Ansehen meiner Familie wiederherzustellen.

Aber rückblickend fällt mir nichts ein, was ich anders hätte machen sollen. Schließlich habe ich einen Großteil meiner Jugend mit der Suche nach einer Heilung für meine Mutter verbracht. Zwar vergebens, aber immerhin hatte ich nicht aufgegeben, so wie die meisten es irgendwann tun, wenn aus einem geliebten Menschen ein Vergessener wird. Blut ist dicker als Wasser, und ich würde so lange weitersuchen, bis sie wieder gesund war.

Anstatt Angelo zu antworten, trank ich noch einen Schluck Wodka.

Er machte einen weiteren Stich. »Geh an die Goldküste. Ich hab ein paar Freunde dort, die dich bestimmt in die Lehre nehmen würden. Besonders wenn dieser Brocken gestern in den Ozean gefallen ist und Granen von einer Mondwelle überflutet wurde. Sie würden dich hart rannehmen, und wegen der unberechenbaren Gezeiten ist das Leben dort hart, aber in ein paar Jahren könntest du ein Geselle sein. Oder sogar ein Ritter. Die gibt es dort unten noch.«

Das war zwar keine schlechte Idee, aber ich konnte es dennoch nicht tun. Selbst wenn Jenn und Leon allein für die Betreuungskosten meiner Mutter hätten aufkommen können, ich hätte sie nie im Stich gelassen, solange sie nicht geheilt war. Wenn das geschafft war, würde ich mich vielleicht nicht mehr unserem Familiennamen verpflichtet fühlen und konnte mir ein eigenes Leben aufzubauen.

»Hast du noch irgendwelche anderen Vorschläge auf Lager?«

»Du könntest ein Stadtbote werden«, sagte er und führte die Nadel ein bisschen weniger behutsam als zuvor. »Die Post muss immer ausgetragen werden. Oder du schließt dich einer der Gilden an … Damit wärst du zwar kein Adliger, aber immerhin dicht dran.«

»Mein Ziel ist es, mich vom Adel möglichst fernzuhalten, nicht, näher an ihn heranzukommen.«

»So kindisch, wie du dich verhältst, erstaunt es mich ehrlich gesagt zu hören, dass du überhaupt Ziele hast …«

Ich sagte ihm nicht, dass ich meine Mutter wieder gesund machen wollte. Es war ein verrückter Traum, über den er sich lustig gemacht hätte, aber ich wollte daran festhalten, solange ich noch nicht alles versucht hatte, solange ich mir noch nicht sicher war, dass wirklich keine Hoffnung mehr für sie bestand.

»… und fühle dich nicht dieser Stadt verpflichtet, weil du dieses Brandzeichen trägst. Oder wegen deines Nachnamens.«

Nach kurzem Schweigen fragte ich: »Und was ist, wenn ich nicht anders kann?«

»Dann komm zu mir auf die Mauer, wenn die Rebellen angreifen. Hier stirbst du entweder als Held oder lebst lange genug, um zu erkennen, dass der König deiner Familie niemals verzeihen wird.«

Wenn es wirklich nicht möglich war, die Ehre meiner Familie wiederherzustellen, was sollte ich dann tun?

Wer war ich denn, wenn nicht ein Königmann?

»So«, sagte er und schnitt den Faden durch, »fertig.«

»Danke, Angelo.«

Er stand von seinem Stuhl auf und lächelte. »Dafür bin ich ja da. Aber wenn du noch mal meine Pistolen klaust, setz ich dich vor die Tür. Du bekommst keine zweite, dritte, vierte oder fünfte Chance mehr. Ich stecke in genauso großen Schwierigkeiten wie du, wenn sie zu mir zurückverfolgt werden. Hast du das verstanden?«

Ich nickte.

»Und zum Dank für meine bemerkenswerten heilerischen Fähigkeiten wirst du mir nächste Woche jeden Morgen das Frühstück machen.«

Ja, das war mehr als angemessen für seine Hilfe. Nachdem ich bereits ein paarmal mit Infektionen zu kämpfen gehabt hatte, wusste ich das nur zu gut.

»Willst du nachher immer noch ins Stadion gehen und den Königmann-Tag feiern?«, fragte Angelo.

Ich berührte die Naht, um zu sehen, wie empfindlich sie war, und merkte gleich, dass das eine dumme Idee war. »Ja, ich habe noch nie einen verpasst. Aber vorher treffe ich einen Freund. Kochst du heute Abend etwas?«

»Nein«, sagte er, während er das Nähmaterial einsammelte. »Du wirst heute Abend allein sein. Es gibt zwar nichts Frisches, aber dafür jede Menge Eingelegtes in der Vorratskammer.«

Ich seufzte. Essen einzulegen war eine Leidenschaft von Angelo, und er liebte es, dabei herumzuexperimentieren. Plötzlich erschien es mir wie eine glückliche Fügung des Schicksals, dass ich an diesem Morgen nichts gefrühstückt hatte, da ich später richtig hungrig sein musste, um etwas davon herunterzubekommen. Ich winkte ihm zum Abschied zu und machte mich auf die Suche nach Trey.

Wenn ich meinen Familiennamen aufgab, würde dort draußen eine ganze Welt auf mich warten. Aber fürs Erste erwartete mich ein Freund, und ich musste zu einer Hinrichtung.

Vielleicht würde ich ja morgen keine Angst mehr vor der Zukunft haben.

Kapitel 5
Die lebende Laterne

Trey lebte im Ostteil von Kessel unter Dieben und Betrügern, doch bei der Arbeit auf der Insel war er von Gelehrten umgeben.

Normalerweise war es kaum möglich, eine Anstellung außerhalb des eigenen Bezirks zu finden. Aber da die Archivarin, deren persönliche Aufzeichnungen Trey in Ordnung hielt, blind war, kümmerte es sie nicht, woher er stammte, sondern nur, dass er seine Aufgaben zuverlässig erledigte. Hätte Trey richtig lesen und schreiben können, wäre er der perfekte Helfer für sie gewesen. Aber es gab Wörter, die er nicht kannte, weil angekokelte Bücher aus dem Müll das Einzige gewesen waren, mit dem er sich selbst das Lesen hatte beibringen können. Und so verbrachte ich einen Gutteil meiner Vormittage damit, ihm zu helfen.

So wie an diesem Tag.

Ich betrat das Haus der Archivarin und ging zu Trey in den Keller, wo ein Dutzend Dokumente vor ihm ausgebreitet lagen. In der einen Hand hielt er einen Bleistift, die andere hatte er zur Faust geballt und schlug jedes Mal auf den Tisch, wenn er an irgendeiner Stelle hängen blieb. Um ihn herum war einiges umgekippt, was darauf schließen ließ, dass es ein frustrierender Morgen gewesen war.

»Du bist spät dran«, sagte er.

Ich setzte mich ihm gegenüber. Obwohl wir äußerlich so verschieden waren – er schlaksig, leichtgewichtig und relativ dunkelhäutig, ich breit, muskulös und hell –, war er für mich mehr ein Bruder als Leon. Vielleicht weil wir uns nicht anschrien, wenn wir verschiedener Meinung waren. In einer Familie muss so etwas möglich sein.

Während Trey mit den Knöcheln knackte, nahm ich das Dokument, an dem er gerade arbeitete, und las es schnell durch:

Am vierzigsten Tag des siebten Monats wurde im Iliar-Gebirge ein Brocken geborgen, der von Celona herabgestürzt war, als der Mond sich an seinem Scheitelpunkt befand. Anfänglich war es uns nicht möglich, seine Botschaft zu verstehen, doch schließlich gelang es einem Kind, sie an uns zu übermitteln:

»Genug von der Vergangenheit, lasst sie mit ihnen sterben.«

Nachdem wir die Nachricht korrekt aufgezeichnet hatten, legten wir sie zur Sicherheit in den Tresor. Archivarin Laetitia, Du müsstest persönlich mit Deinem Assistenten Treyvon herkommen, um sie Dir anzusehen. Wie versprochen transkribieren wir gerade unsere Erkenntnisse darüber, wieso nur einige wenige diese Botschaften hören können. Möge dies für Dein Unterfangen hilfreich sein.

Das Institut für Amalgamation

»Wie ich sehe, ist Archivarin Laetitia immer noch von den Celona-Brocken besessen. Bitte sag mir, dass sie nicht zu diesen Fanatikern gehört, die glauben, es wären Botschaften von Gott.«

»Ich weiß nicht, was sie glaubt«, sagte Trey. Er legte das Dokument auf einen Stapel und machte sich eine Notiz. »Darüber sprechen wir nicht.«

»Bist du nicht neugierig?«

»Nicht neugierig genug, um meine Anstellung hier zu riskieren, falls wir an unterschiedliche Dinge glauben. Du weißt ja, wie Archivare sind. Sie sehen die Welt immer nur aus ihrem eigenen Blickwinkel.«

»Wenn du hier aufhörst, kannst du wieder mit Sirash und mir Adlige übers Ohr hauen.«

»Und Jamal jede Nacht allein lassen? Nein, vielen Dank.« Trey schob ein Blatt Papier zu mir herüber. »Was hältst du hiervon?«

»Du hast Unterfangen falsch geschrieben. Mit zwei *n* nach dem *U*. Schreib stattdessen doch einfach Aufgabe.«

»Nein, es ist besser, wenn ich die gleichen Wörter verwende wie die Archivarin in ihren Berichten. War das der einzige Fehler?«

»Deinen Namen hast du auch falsch geschrieben. Mit einem *a* statt einem *e*.«

Trey fluchte ein paarmal und korrigierte die entsprechenden Stellen mit seinem Bleistift. »Wir können von hier abhauen, sobald ich damit fertig bin. Die Archivarin lässt mich heute früher gehen, damit ich am Auswahlverfahren für die Fab-Armeen des Hochadels teilnehmen kann.«

»Ich dachte, du hättest noch mehr Arbeit heute.«

»Ich bin schon seit dem Morgengrauen hier und mache gerade Schluss. Du willst immer noch mit Jamal angeln gehen, oder?«

»Natürlich.«

»Du schwörst, dass du nicht zum Königmann-Tag gehst?«

»Nach dem, was letztes Jahr passiert ist? Auf keinen Fall. Wo steckt Jamal überhaupt?«

»Er besucht das Grab unserer Mama.«

Schweigend sah ich dabei zu, wie Trey seinen Arbeitsplatz aufräumte. Dabei fiel mein Blick auf ein paar von ihm beschriebene Seiten. Seine Schrift war klar und präzise. Niemand wäre je auf die Idee gekommen, dass er vor wenigen Jahren noch Analphabet gewesen war. Abgesehen davon, dass er seit neustem Wörter falsch buchstabierte, die er zuvor fehlerfrei hatte schreiben können. Allen voran seinen eigenen Namen. Dafür gab es nur eine einzige logische Erklärung.

Wir hatten auf dem Weg zum Friedhof bereits die östliche Brücke überquert, als ich schließlich nicht mehr an mich halten konnte. »Du hast wieder mit Fabrikationen experimentiert, oder?«

Er runzelte die Stirn. »Was hat mich verraten?«

»Bei allem, was du während der letzten Woche geschrieben hast, ist dein Name falsch buchstabiert.«

»Ich habe gehofft, es würde dir nicht auffallen.«

»Was hast du dir dabei gedacht?«

Trey hielt eine Hand in die Höhe, von der ein konstanter Schimmer ausging. »Ich weiß, dass ich auf Licht spezialisiert bin, aber meistens kann ich es nicht kontrollieren. Doch das muss ich, weil ich ansonsten die nutzloseste Laterne der Welt bin.«

»Es selbst auszuprobieren ist gefährlich. Warum wartest du nicht, bis du in eine der Fabrikatoren-Armeen des Hochadels eingetreten bist?«

»Weil sie mich nur unterrichten, wenn ich mich im Gegenzug dazu verpflichte, acht Jahre lang alles zu tun, was sie mir befehlen. Aber ich will nicht so viel Zeit mit diesen selbstgerechten adligen Vollidioten verbringen müssen, wenn es auch noch eine andere Möglichkeit gibt. Es geht mir nur darum, dass ich meine Fabs kontrollieren lerne, nicht darum, dass man sich an mich erinnert. Ich möchte nur ohne Angst leben können.« Er zuckte die Achseln. »Also habe ich experimentiert. Und sogar versucht, ein Buch zu diesem Thema zu finden.«

Während wir an ein paar Kindern vorbeigingen, die mit Stöcken Kämpfen spielten, sah ich ihn fest an. »Jeder will, dass man sich an ihn erinnert.«

»Ich nicht.«

»Du lügst, aber du kannst so oder so nicht dein Leben lang unbedacht fabrizieren. Du würdest noch vor deinem fünfundzwanzigsten Geburtstag ein Vergessener sein. In der Armee könntest du mit sechsundzwanzig lernen, wie es geht.«

»Aber sobald ich meine Fabs im Griff habe, werde ich sie nie mehr einsetzen, und ich glaube, ich habe es fast raus. Es hat etwas damit zu tun, wie ich die Welt sehe. Das Leuchten entsteht, wenn ich mir Dinge heller vorstelle. Aber ich habe keine Ahnung, was mit den Schatten passiert ...«

»Ist dir deine Freiheit mehr wert als das Leben?«

Trey blieb stehen. »Abgesehen von meinem Bruder, ist meine Freiheit alles, was ich hab.«

»Und ist sie dir mehr wert als dein Bruder? Was ist, wenn du dich an ihn nicht mehr erinnerst? Im Moment vergisst du nur einzelne Worte, aber dabei wird es nicht bleiben, so viel Glück hat keiner. Such dir einen Lehrer und lass dich von ihm unterrichten, bevor es zu spät ist.«

Trey schaute mich böse an, ging aber weiter. »Ich würde es mir nicht selbst beibringen oder in eine der Fab-Armeen eintreten müssen, würde an der Kessel-Akademie noch gelehrt.«

»Gib meinem Vater die Schuld daran, weil er gestorben ist. Oder dem König, weil er sie geschlossen hat, statt einen anderen Akademieleiter einzusetzen.«

»Der König ist völlig unfähig, aber die Leitung der Akademie ist immer schon eine Aufgabe der Königmanns gewesen.« Er grinste. »Daher erscheint es mir nur vernünftig, dem einzigen Königmann Vorwürfe zu machen, den ich kenne.«

»Als Nächstes wirfst du mir noch vor, Celona zerbrochen zu haben.«

»Da du schon davon sprichst …«

»Dann werde ich dir wohl vorhalten müssen, dass du ein mondsüchtiger …«

»Lass es gut sein. Ich habe deinen Rat längst angenommen und mich bei den Fab-Armeen beworben. Das Auswahlverfahren wird nicht vor heute Abend enden.« Trey wirkte unruhig. »Ich muss jetzt los. Sicher werden sie behaupten, ich hätte mich verspätet, und mich ablehnen, wenn ich nicht zu früh auftauche.«

»Na gut«, sagte ich und fragte mich, ob das wirklich der Grund war, warum Trey wegwollte. Vielleicht wollte er auch nur nicht das Grab seiner Mutter sehen, denn mittlerweile hatten wir das schmiedeeiserne Tor des Friedhofs erreicht. »Soll ich Jamal anschließend zu Burg Marget bringen?«

»Ja, bitte. Ich hab ihm versprochen, dass wir später Hühnchen essen, egal, ob ich angenommen werde oder nicht. Du hast immer noch vor, heute angeln zu gehen, oder?« Trey war stets besorgt, wenn es um seinen kleinen Bruder ging, und wollte immer ganz genau wissen, was Jamal tat.

»Ja.«

»Danke, Mikael. Fang einen Rotbarsch für mich.« Trey schlug mir auf den Rücken und brach zu seinem Auswahlverfahren auf.

Ich betrat derweil den Friedhof und stieg einen mit Gräbern übersäten Hügel hinunter. Ich fand Jamal im Schatten eines eingefallenen Steinturms, wo er mit überkreuzten Beinen vor einer kürzlich umgegrabenen Erdfläche saß. Wie immer hatte er den Stoffdrachen dabei. Er war sein größter Schatz, und er nahm ihn überallhin mit.

»Wie geht es deiner Mutter?«, fragte ich.

Jamal war kleiner als Trey und seine Haut dunkler, aber sie hatten die gleichen Augen. Ich hoffte, eines Tages eine Familie zu haben, die ebenso fest zusammenhielt wie die beiden.

Jamal trat gegen den Erdhaufen. »Sie ist immer noch tot. Aber ich fühle mich besser, wenn ich weiß, wo sie ist.« Er sah über meine Schulter. Als er sicher war, dass sich Trey nirgendwo versteckte, wurde er ganz lebhaft. »Wir gehen doch immer noch ins Kolosseum zum Königmann-Tag, oder? Und zur Hinrichtung?«

»Wohin sonst!«

Bevor wir aufbrachen, blickte Jamal noch mal auf das Meer der Gräber hinter uns zurück. »Ach. Möchtest du nicht das Grab von deinem Papa besuchen, wo du schon hier bist?«

Ich drehte mich nicht um. »Nein, der läuft mir ja nicht davon.«

Wenn ich einen Königmann sehen wollte, der mich enttäuscht hatte, dann lieber meinen Scharfrichterbruder als meinen Kindsmördervater. Wenn Leon jemanden tötete, konnte ich mir wenigstens einreden, dass derjenige es verdient hatte.

Kapitel 6
Ein Scharfrichter in Ketten

»Weißt du schon, wer am diesjährigen Königmann-Tag hingerichtet wird?«

»Nein, leider nicht.«

Ich wusste so etwas nur, wenn ich am Vortag in einer Bäckerei gewesen war. Dort sprachen sie immer über die neusten Adelsdramen, die mich jedoch nicht besonders interessierten. Die Person, die hingerichtet wurde, war möglicherweise ein Rebell, vielleicht aber auch nicht. Es bereitete mir stets Unbehagen, dass die Schuld des Verurteilten nicht immer zweifelsfrei feststand. Und ebenso, dass die Königsfamilie und die Hochadligen den Tag, der einst dazu gedacht war, meine Familie zu ehren, zu einer Veranstaltung gemacht hatten, bei der mein Bruder vor einer Menschenmenge andere exekutierte.

Die Hochadligen nahmen an diesem Ereignis noch nicht einmal selbst teil, sondern verfolgten das Geschehen lieber aus der Ferne.

»Es ist der Niederadlige Philip Großmann«, sagte Jamal.

Den kannte ich. Als er vor ein paar Wochen nach Kessel gekommen war, um am Endlosen Walzer teilzunehmen, hatten Sirash und ich ihn ausgenommen. Er war eines unserer leichtesten Opfer gewesen und ein unglaublich schlechter Schütze.

Während des vorgetäuschten Duells hatten seine Hände so sehr gezittert, dass er ausgesehen hatte wie ein Hund, der Wasser aus seinem Fell schüttelte.

»Wofür wurde er verurteilt?«, fragte ich.

»Schmuggel von Feuerwaffen von Neu-Drakon nach Kessel mit dem Vorsatz, sie in Kessel zu veräußern«, zitierte Jamal die Anklage.

»Der Niederadelige Großmann verwaltet eine Gruppe Getreidebauern. Ich bezweifle, dass er klug genug ist, Pistolen nach Kessel schmuggeln zu können, geschweige denn sie hier an den Mann zu bringen.«

»Die Königsfamilie hätte ihn nicht zum Tode verurteilt, wenn es nicht stimmt.«

»Wenn du das sagst.« Mir war klar, dass diese Exekutionen für Jamal eher unterhaltsam als eine Form von Gerechtigkeit waren. Wahrscheinlich weil er und Trey seit ihrer Kindheit alle Adligen beneideten und deshalb hassten. Es hatte Jahre gedauert, bis Trey einen Freund in mir sah, und noch länger, bis er mich seinem Bruder vorgestellt hatte.

»Trey wird das heute sicher gut hinbekommen«, sagte Jamal, der offenbar gemerkt hatte, dass ich nicht ganz bei der Sache war.

»Ich weiß. Aber seit eure Mutter gestorben ist, mache ich mir Sorgen um ihn. Er scheint es nicht gut ...« Ich verstummte, da ich nicht wusste, wie ich den Satz beenden sollte.

»Mama war immer nach Schwarzbeeren süchtig«, sagte Jamal. »Er hat mich vor ihren Wutausbrüchen beschützt und davor, dass sie uns stets beklauen wollte. Als sie gestorben ist ... Ich glaube, er versucht einfach herauszufinden, was er mit seinem Leben anfangen soll. Wir haben die östlichen

Viertel überlebt, und jetzt hat er eine Möglichkeit, mehr aus sich zu machen.«

Das war noch etwas, was Trey im Gegensatz zu meinem echten Bruder mit mir gemein hatte. Leon unterwarf sich dem Adel, was ich nie getan hätte.

»Er will mir nicht erzählen, wie sie umgekommen ist«, sagte ich.

»Mir auch nicht. Bloß dass sie gestorben ist, wie sie gelebt hat: allein und ausschließlich auf sich selbst bedacht.«

»Hat sie nicht Essen von euch beiden geklaut, als ihr klein wart?«

»Jeden Tag.«

»Dann hat sie ihr Schicksal wohl genauso verdient wie mein Vater«, sagte ich, während wir uns den vielen Menschen näherten, die auf die Hinrichtung warteten.

Der Königmann-Tag war früher auf dem Großen Steinplatz auf der Insel oder vor der Burg im Hohen Viertel gefeiert worden. Doch seitdem er sich in ein Spektakel verwandelt hatte, bei dem die Köpfe angeblich aufrührerischer Adliger rollten, fand er an einem Ort statt, wo der Adel niemals hinging. Den Leuten aus dem Ostteil der Stadt war das herzlich egal.

Das Miliz-Viertel war einer von Kessels ursprünglichen Bezirken, die es bereits seit Gründung der Stadt gab. Die Gebäude bestanden aus einem bunten Durcheinander verschiedener Materialien, da das Miliz-Viertel mehr als jedes andere vom Mondfall betroffen war und es daher immer wieder zu Verwüstungen kam. Alles in diesem Viertel schien fehl am Platz und heruntergekommen, von den zerbrochenen Pflastersteinen, die durch Schuhsohlen stachen, bis zu den gesplitterten und mit Schlaglöchern übersäten Straßen.

Sirash und sein Bruder arbeiteten in einer der Bäckereien. Doch wegen des Königmann-Tags war alles Brot bereits am Vortag gebacken worden, sodass die beiden ungestört die Festivitäten genießen konnten.

Ich war froh, dass es dieses Jahr keine Masken mit den Gesichtern meiner Vorfahren gab. Diejenigen, die meinen Vater darstellen sollten, sahen ihm zwar nicht ähnlich, machten mich aber dennoch wütend. Zu der Veranstaltung gehörte auch ein Archivar, der den vielen Zuschauern eine irrwitzig detaillierte Liste sämtlicher historischer Fehler vortrug, die er und seine Kollegen im vergangenen Jahr aufgedeckt hatten. Er legte fest, was die Wahrheit war. Sobald ich mich davon überzeugt hatte, dass er dieses Jahr nicht wieder meine Familie verleumden würde, schenkte ich den restlichen Adelsskandalen keine Beachtung mehr.

»Wir sollten einen guten Platz für die Hinrichtung finden«, sagte Jamal. »Ich will die letzten Worte des Rebellen hören. Ich möchte wissen, ob er bereut, was er getan und wem er geholfen hat.«

Normalerweise weinten sie nur.

»Möchtest du nicht die Essenszuteilung holen?«

Jamal schüttelte den Kopf. »Wenn ich damit heimkomme, wird Trey nicht mehr so tun können, als wären wir angeln gewesen. In letzter Zeit essen wir, was der König ihm vorsetzt, und so etwas Grauenhaftes möchte ich auf keinen Fall ruinieren. Außerdem ist die Schlange vor der Ausgabe zu lang. Bis wir da an die Reihe kämen, gäbe es kein Brot mehr.« Abrupt und ohne nachvollziehbaren Grund wechselte er das Thema. »Trey lernt jetzt, wie man fabriziert. Wann fängst du damit an?«

»Gar nicht.«

»Aber du bist ein Königmann. Du musst doch Blitze fangen können, wie der Namenlose Königmann es getan hat!«

»Man kann Blitze nicht fangen. So funktioniert das nicht. Bestenfalls kann man welche fabrizieren, wenn man darauf spezialisiert ist, aber ...«

Jamal brachte mich mit einem lauten Zischen zum Schweigen. »Mach mir nicht meine Königmann-Geschichten kaputt. Für mich war es immer das Schönste, wenn Mama mir etwas über deine Vorfahren erzählt hat. Und wenn ich schon mit dem lahmsten Königmann aller Zeiten befreundet sein muss, dann lass mich wenigstens so tun, als könntest du eines Tages zu einer Legende werden.«

»Du möchtest doch nur, dass ich eine Legende bin, damit du selbst in den Geschichten auftauchst.«

»Ja«, gab er zu, »nur so wird sich irgendwann jemand außer dir und Trey an mich erinnern.«

Ich kratzte mich am Arm. »Tut mir leid, dass du kein Fabrikator bist, Jamal.«

»Mir auch, aber es überrascht mich nicht. Trey ist nur ein Fab, weil sein Vater, dieser Versager, ein Hochadliger war. Meiner war Fischer. In meinem Blut gibt es keinen einzigen Tropfen Magie. Es sind halt leider nicht alle Menschen gleich.«

»Ich ...«

Er sah mich ernst an. »Spar dir dein Mitleid. Ich bin kein Fab, aber du. Also solltest du lernen, wie man fabriziert. Dann wird man sich auch an mich erinnern.«

Wäre es nur so einfach gewesen. Meine Vorfahren waren Giganten, kein Sterblicher hätte sie je bezwingen können. Doch je älter ich wurde, desto weniger glaubte ich, dass meine beiden Geschwister und ich in so guter Erinnerung bleiben würden wie sie. Oder dass wir auch nur als die Generation gelten würden, die zwar keine echte Größe hervorgebracht, aber immerhin dafür gesorgt hatte, dass der Name Königmann weiterexistierte, obwohl er eigentlich zusammen mit meinem Vater hätte untergehen müssen.

»Sind wir nicht mit deinem Freund und dessen Bruder verabredet?«, fragte Jamal, als ich nichts mehr sagte.

»Sie halten uns Plätze im Kolosseum frei.«

»Dicht am Schafott?«

»Nicht zu dicht. Ich möchte nicht versehentlich auch meinen Kopf verlieren.«

»Ich würde dich retten.«

»Oh, würdest du das? Würdest du durch die Menge stürmen und gegen die Miliz kämpfen?«

»Na klar«, entgegnete Jamal und spannte die Muskeln an. »Sie müssten schon Raben schicken, um mich aufzuhalten.«

»Das würden sie bestimmt tun.«

»Glaubst du mir etwa nicht? Wart nur ab. Wenn du je in Schwierigkeiten gerätst, werde ich dich retten. Das verspreche ich dir. Ich bring sogar Trey mit.«

Ich konnte mir nur mit Mühe ein Lachen verkneifen. »Trey? Niemals. Es bräuchte schon einen Krieg, bei dem du in Gefahr gerätst, damit er ein Schafott betritt.«

Jamal sah mich von der Seite an. »Ich würde es zumindest versuchen. Vielleicht würde er mich ja unterstützen, wenn ich ihn darum bitte.«

»Das glaub ich erst, wenn ich es sehe.«

Wir bahnten uns einen Weg durch die Menge und betraten das Kolosseum, das ein wahres Wunderwerk aus Stein war, höher als die Stadtmauer und so tadellos instand gehalten wie die Burgen der Hochadligen. Einige Archivare behaupten, es stamme noch aus der Zeit, bevor die Wolfskönige die Kontrolle über Kessel verloren hatten, aber daran glaubte ich nicht, denn das Gemäuer schien mir nicht viele hundert Jahre alt, sondern wirkte brandneu.

Die meisten Zuschauer hatten sich um das Schafott in der Mitte des Kolosseums versammelt. Doch wir stiegen die Stufen zu den oberen Sitzreihen hinauf. Sirash und sein Adoptivbruder Arjay winkten uns zu sich her. Arjay hielt zwei Brotlaibe und eine Tüte mit kandierten Nüssen in den Händen.

»Ihr beide habt euch ja ganz schön Zeit gelassen«, sagte Sirash, als wir uns hinsetzten. »Wir haben uns schon Sorgen gemacht, dass ihr es verpasst. Habt ihr euch verlaufen?«

»Mikael hat sich verspätet«, sagte Jamal.

Arjay kicherte. »Wie immer.«

Zur Freude der beiden Jungs bekam Jamal von Sirash seine eigenen kandierten Nüsse, und die zwei begannen sofort, ihre Tüten miteinander zu vergleichen. Sirash erwiderte mein dankbares Nicken mit einem Lächeln. Er wusste aus eigener Erfahrung, wie gut ein bisschen Luxus tut, wenn man nur wenig hat.

»Wie stehen die Aussichten, dass wir noch einen Adligen ausnehmen können, bevor der Endlose Walzer beginnt?«, fragte er.

»Schlecht«, antwortete ich. »Obwohl heute zwei Niederadlige aus den Außenbezirken eintreffen sollen.«

»Weißt du, wie sie heißen?«

Ich schüttelte den Kopf. »Die würden wir nur mit sehr viel Glück finden.«

»Wir haben selten Glück«, erwiderte er und dachte einen Moment nach. »Der kommende Winter wird hart«, sagte er dann. »Besonders wenn weniger Karawanen nach Kessel kommen.«

»Ich werde euch helfen, so gut ich kann, und stehle bei jeder Gelegenheit Holz aus den Parks der Adligen.«

»Das erwarte ich auch von dir.« Er stieß mich mit der Schulter an. »In einer Familie kümmert man sich umeinander, stimmt's?«

»Immer.« Ich zögerte, denn ich dachte wieder an Jenns Vorschlag, der mir schon den ganzen Tag im Kopf herumspukte. »Sag mal, Sirash: Angenommen, mir böte sich die Gelegenheit, vielen Leuten zu helfen, ich müsste dafür aber ein paar faule Kompromisse eingehen ... Was meinst du, sollte ich es tun?«

»Geht das auch ein bisschen genauer?«

»Ich könnte für einen Hochadligen arbeiten und dabei viel Geld verdienen.«

»Für welchen?«

»Den Wahnsinnigen Domet.«

»O verdammt. Wollen wir vielleicht nachher zusammen was trinken gehen? Darüber müssten wir uns wohl ein bisschen ausführlicher unterhalten.«

»Ja, das fände ich gut. Danke, Sirash.«

Ich wollte gerade Jamal ein paar kandierte Nüsse stibitzen, da sah ich meinen Bruder die Stufen zum Richtblock hinaufsteigen, ganz in Schwarz und mit einem gezackten Großschwert in den Händen. Auf seinen rechten Arm war eine Liste mit den Namen aller Adligen tätowiert, die er hingerichtet hatte, damit sich irgendjemand an sie erinnerte. Die Namen seiner Opfer aus der Unterschicht, Bauern und Händler, trug er auf dem Rücken. Ich hatte sie nie gesehen, doch ich vermutete, dass unter seinem Hemd nur noch wenig unbeschriftete Haut übrig war.

Leon blieb vor dem Richtblock stehen. Links und rechts von ihm verharrte jeweils ein Mönch der beiden Kirchen, um die letzten Worte des Rebellen aufzuzeichnen. Leon wandte sich der Menge zu, wobei er die Spitze seines Schwerts dicht über dem Boden schweben ließ. Dann senkte er den Blick und zeigte allen das Verräterzeichen über seiner Augenbraue, damit auch ja niemand vergaß, dass die Adligen einen Königmann zu ihrer Marionette gemacht hatten.

Da mein Bruder nun da war, würde sein adliges Opfer auch nicht mehr lange auf sich warten lassen. Tatsächlich hörte ich schon bald, wie das Gemüse und die Steine ihr Ziel fanden, und dann sah ich ihn. Die Zuschauer bildeten eine Gasse für den mutmaßlichen Rebellen und seine Eskorte und bewarfen ihn mit allem, was sie hatten.

Man musste ihm zugutehalten, dass er die Menge weder anschrie noch beschimpfte, wie manche es taten. Stattdessen weinte er leise und ununterbrochen, während er einen Fuß vor den anderen setzte. Nachdem er das Schafott erklommen hatte, konnte ich ihn besser sehen: Er war ungefähr so alt wie ich, unter seinen Lumpen zeigten sich zahlreiche Prellungen, und sein Blick verriet, dass er längst alle Hoffnung aufgegeben hatte.

Während ihn seine weibliche Waage-Eskorte an den Richtblock kettete, trat mein Bruder vor und räusperte sich. »Ich bin hier im Auftrag von König Isaak, um den Niederadligen Philip Großmann hinzurichten – wegen Verrats, Schmuggel und Manipulation von Finanzbüchern. Niederadliger Großmann, hast du noch irgendetwas zu sagen?«

Großmann rang einen Moment lang um Fassung, dann stieß er mit gepresster Stimme hervor: »Ich hab es nicht getan. Ich hab es nicht getan. Sagt meinen Eltern, dass ich es nicht getan habe. Sagt, dass sie sich an mich erinnern sollen. Bitte. Bitte ... Ich will nicht vergessen werden. Ich bitte um die Gnade Gottes. Ich will nicht sterben. Bitte. Bitte ...«

Leon hob das Schwert über den Nacken des Adligen. »Du wirst nicht vergessen. Dein Name wird weiterleben, auch wenn dein Körper tot ist.«

Mein Bruder, der schon jahrelang Menschen exekutierte, trennte den Kopf des Adligen mit einem einzigen Schlag vom Körper. Ich hörte, wie Blut spritzte, gefolgt von einem dumpfen Aufprall, als der Kopf in den Korb fiel. Dann herrschte wie immer nach dem Tod ein Moment lang Ruhe, bevor die Menge zu jubeln begann, am lautesten von allen Jamal.

Leon säuberte mit routinierten Bewegungen sein Schwert und breitete ein Tuch über den Korb, um den Kopf darin zu bedecken. Dann hob er ihn hoch und war bereits verschwunden, als sich die beiden Frauen, die den Adligen zum Richtblock eskortiert und aus nächster Nähe seine Hinrichtung beobachtet hatten, von ihrem ersten Schock erholten.

»Ziemlich viel Blut diesmal«, sagte Jamal.

»Es fließt immer viel Blut«, stellte Sirash fest.

»Man sollte doch eigentlich meinen, dass sich mal jemand eine weniger unschöne Methode einfallen lässt«, äußerte Arjay.

Ich stand auf. »Das Blut ist heute unsere geringste Sorge.« Nachdem der Trubel nun vorbei war, machten wir uns auf den Weg nach unten und gingen in Richtung Ausgang.

»Du glaubst doch nicht, dass die Rebellen so dumm sind, Kessel anzugreifen, oder?«, fragte Jamal.

»Was sollen sie denn sonst tun?«, entgegnete ich. »Wie viele Rebellen köpfen oder hängen wir jede Woche? Ein Dutzend? Zweit Dutzend? Wann werden wir so viele getötet haben, dass sie ...«

Ich schaffte es nicht, den Satz zu beenden, da in diesem Moment ein Mann mit einem Schwert in der Hand aus der Menge trat. Auf sein Gesicht war eine rote Faust gemalt, das Symbol der Rebellen. Blitzschnell tötete er einen der Mönche und rief: »Lang lebe David Königmann!«

Dann schloss er die Augen, legte den Kopf in den Nacken – und explodierte in einer grellen blauen Flamme.

Wie gelähmt stand ich da und konnte nicht fassen, dass sich ein Fabrikator den Rebellen angeschlossen hatte. Ich hoffte, dass Jamal und Arjay immer noch hinter mir waren.

Während das Feuer das Schafott verschlang, wurden das makellose Kolosseum und die verfallenen Straßen des Miliz-Viertels von zahlreichen weiteren Explosionen erschüttert. Eine Druckwelle schleuderte uns nach hinten. Die Wände des Kolosseums bekamen Risse und stürzten um uns herum ein. Überall wallte schwarzer Rauch, die Menschen, die im Inneren des Bauwerks eingeschlossen waren, stießen verzweifelte Schreie aus. Angelo hatte recht behalten: Die Rebellen waren tatsächlich gekommen, um die Stadt zu zerstören, genau wie in Naverre. Das Letzte, woran ich mich erinnere, war der Moment, als ich mit dem Gesicht über die geborstenen Steine schlitterte und mich fragte, wie sich wohl der Tod anfühlt.

KAPITEL 7
FAMILIE

Statt meiner Vorfahren erwartete mich im Jenseits nur Dunkelheit.

War ich wegen meiner Lügen und der ehrlosen Taten, die ich begangen hatte, um zu überleben, ins Nichts geschleudert worden? War mein Vater irgendwo in der Nähe? Wenn ich schon büßen musste, würde es seine Nähe sicherlich leichter für mich machen. Und vielleicht konnte ich ihn dann auch endlich fragen, wieso er Davi getötet hatte – und erfahren, ob ich den falschen Mann vergöttert hatte.

Verwirrenderweise tat mein Körper weh. Dabei hatte ich immer gedacht, nach dem Tod gäbe es keine Schmerzen mehr.

Kein Wunder, dass alle von dieser falschen Annahme ausgingen. Wer wollte sich auch vorstellen, dass er im Jenseits weitere Qualen erleiden würde. Das Diesseits war sicher schon grausam genug. Ich hoffte, dass Jamal, Sirash und Arjay noch lebten und dass sie in Sicherheit waren. Es machte mir nichts aus zu sterben, wenn sie dafür am Leben blieben. Dann konnte ich mir wenigstens einreden, ich wäre genauso selbstlos wie meine Vorfahren.

Jemand rief meinen Namen. Wieso rief jemand nach mir, da ich doch tot war?

Mikael. Mikael.

Ich kannte diese Stimme. War es die meines Vaters? Nein, sie klang anders. Jünger. Ängstlich. Brauchte mich jemand?
Mikael. Wach auf! Bitte!
Meine Familie brauchte mich noch.
Ich tat einen Atemzug, der in meiner Lunge brannte.

Kapitel 8
Niemand

Der Gestank von verbrannten Haaren, Schwefel und Fäkalien raubte mir den Atem. Ich lag auf dem Boden, spitze Steine bohrten sich mir in die Wange. Ich zuckte mit den Fingern, dann mit den Zehen und stemmte mich schließlich erst auf die Arme und dann auch auf die Knie. Während sich meine Sicht langsam klärte, flutete ein dumpfer Schmerz durch meinen Körper.

Um mich herum lagen Dutzende von Körpern. Einige waren schwarz verbrannt oder zerfetzt, während andere in merkwürdiger Verrenkung dalagen, als wollten sie ausprobieren, wie biegsam sie waren. Aber am schlimmsten waren diejenigen, die offensichtlich schreiend gestorben waren und deren Münder noch immer offen standen. Asche und Staub rieselten wie Blut von ihren Lippen, und ihre Augen waren schmutzig grau. Ich rollte mich von ihnen weg und versuchte, mich auf den Grund zu konzentrieren, wieso ich aufgewacht war, aber das Blutbad um mich herum war zu überwältigend.

Unkontrolliert zitternd, klopfte ich mir den Staub von der Kleidung und beschmierte sie stattdessen mit meinem klebrigen Blut. Selbst mit geschlossenen Augen sah ich das Massaker noch vor mir, während ich versuchte, mit ruhigen Atemzügen meine Kopfschmerzen zu vertreiben und wieder einen klaren Gedanken zu fassen. Noch nie hatte ich solche Schmerzen gehabt. Ich stand schwankend auf und taumelte rückwärts gegen eine Steinsäule.

Sie gehörte zu den wenigen Dingen, die noch standen, denn nach der Explosion war das Kolosseum größtenteils in sich zusammengefallen. Offenbar war ich in einen der Korridore hinabgestürzt, die unterhalb des Bauwerks verliefen. Vor mehr als zehn Jahren hatten sie unter Wasser gestanden und waren anschließend für baufällig erklärt worden. Angesichts der zahlreichen Risse in der Decke, durch die vereinzelte Lichtstrahlen fielen und meinen Weg erhellten, bezweifelte ich, dass es hier unten seither sicherer geworden war.

Ich musste Sirash, Arjay und Jamal finden. Im Moment konnte ich mich nur damit trösten, dass mein Bruder aller Voraussicht nach in Sicherheit war. Leon war stets darauf bedacht, nach den Hinrichtungen so schnell wie möglich von den Zuschauern wegzukommen, falls die in ihrer Blutgier plötzlich anfingen, sich für ehemalige Adlige zu interessieren. Davor hatten wir beide uns schon immer gefürchtet.

Aber die anderen waren mit mir zusammen von der Explosion erfasst worden. Also hätten sie eigentlich auch hier unten sein müssen, zwischen den Leichen, der Asche und dem Geröll.

Ganz sicher hätten sie mich nie alleingelassen.

Hieß das etwa, dass sie sich unter den schwarz verbrannten Körpern befanden?

Ich fügte mich ins Unvermeidliche und begann, sämtliche Leichen um mich herum zu inspizieren. Während ich durch die sterblichen Überreste dieser Menschen stakste, fragte ich mich, ob ich zuerst auf einen verkohlten Stoffdrachen oder einen meiner Freunde stoßen würde.

Ich versuchte, meine Hände mit der wenigen Spucke zu säubern, die ich noch im Mund hatte. Es funktionierte zwar nicht, beruhigte aber nach dem, was ich gerade hatte tun müssen, meinen Magen. Da ich meine Freunde unter den Toten nicht entdeckt hatte, setzte ich die Suche nach ihnen fort und brüllte dabei immer wieder ihre Namen. Der Boden der zerstörten Korridore war von einer dünnen Schicht aus Staub und zermalmten Steinen bedeckt. Und überall roch es nach Abfall, der eine Woche lang in der heißen Sommersonne gestanden hatte.

In der Hoffnung, Überlebende zu finden, untersuchte ich alle Leichen, auf die ich stieß. Einige von ihnen lehnten umgeben von ihren Ascheumrissen zusammengekauert an Wänden und rissigen Säulen. Andere lagen herum wie Puppen, die ein Kind achtlos in seinem Zimmer herumgeworfen hatte. Immer wieder traf ich auf Leute, die im Sterben lagen, und blieb bei ihnen, bis der Tod sie ereilte. Die meisten waren so weggetreten, dass ich nur noch ihre Hand nehmen und mir ihre letzten Worte anhören konnte. Ich achtete darauf, sie in einer möglichst respektvollen Position zurückzulassen. Aus reinem Egoismus war ich jedes Mal erleichtert, wenn ich merkte, dass ich weder Sirash noch Arjay oder Jamal vor mir hatte, und gleichzeitig war ich wie betäubt vor Trauer, weil ich diesen Menschen nicht besser helfen konnte. Ich kam mir wie ein Heuchler vor.

Seit ich aus meiner Bewusstlosigkeit erwacht war, hatte ich niemanden gesehen, der so quicklebendig war wie ich. Nur Tote oder Sterbende. Wie hatte Kessel bloß den Schießpulverkrieg überstanden, wenn der Feind zu solcher Zerstörung fähig war? Würde irgendwer von uns überleben, wenn die gesamte Rebellenarmee Kessel angriff? Falls sie es nicht bereits getan hatte.

»Du da! Bleib stehen!«

Ich drehte mich um und sah eine der beiden Frauen, die Großmann zur Hinrichtung geführt hatten. Sie war ebenso schmutzig wie ich, einzelne Haarsträhnen klebten im getrockneten Blut an ihrem Hals. Ihrem Gesichtsausdruck nach fühlte sie sich genauso verloren wie ich.

»Sag mir deinen Namen.«

Ihre Stimme drang nur gedämpft an meine Ohren. Ich riss den Mund auf, und meine Trommelfelle knackten. Was sich anfühlte, als stäche mir jemand ein Messer in die Stirn. Ich hätte mich beinahe übergeben.

Die Frau wiederholte ihren Befehl.

»Mikael«, sagte ich.

»Und wie weiter?«

Ich deutete auf die Verwüstung um uns herum. »Was spielt das für eine Rolle?«

»Entweder du befolgst meine Anweisungen, oder ich nehme dich fest.«

Ich konnte mir ein Lachen nicht verkneifen. »Was willst du mir vorwerfen? Verrat? Weil ich nicht meinen Familiennamen sage? Siehst du überhaupt, was hier passiert ist? Wir müssen einander helfen. Wen kümmert es, wer ich bin?«

»Bist du Mikael Königmann?«

Es wäre ein Leichtes gewesen, sie anzulügen. Da sie mir diese Frage stellte, konnte sie offenkundig mein Brandzeichen nicht sehen. Wahrscheinlich war es unter einer blutigen Schmutzschicht verborgen. Ich hätte ihr hundert verschiedene Namen nennen und hundert verschiedene Personen verkörpern können. Doch nachdem ich gehört hatte, welchen Namen sich dieser Rebell für seinen Schlachtruf ausgesucht hatte, wollte ich niemand anders sein. Es wäre zwar besser für mich gewesen, aber mir war nicht peinlich, wer ich war. Auch wenn mir der Rest der Welt weismachen wollte, dass ich mich dafür schämen sollte.

Ein einziger verdorbener Apfel bedeutet nicht, dass der ganze Baum gefällt werden muss.

Ich kratzte mir den Dreck vom Hals und drehte mich dann so, dass sie das Kronenzeichen sehen konnte. »Ob du es mir glaubst oder nicht, ich habe den Rebellen nicht bei diesem Anschlag geholfen. Ich war hier, um zu sehen, wie mein Bruder diesen Adligen hinrichtet. Dann hat mich die Explosion von meinen Freunden getrennt. Hast du irgendwelche Überlebenden gesehen?«

Erstaunlicherweise gab sie nach. »Es gibt nur wenige. Sie haben sich dort oben versammelt.« Die Frau deutete zur Decke hinauf, die aussah, als würde sie jeden Moment einbrechen. Noch beunruhigender fand ich jedoch das Wasser, das von ihr herabtropfte.

»Danke.«

»Danke mir noch nicht«, entgegnete sie. »Wir sitzen hier unten in der Falle. Teile des Kolosseums sind eingestürzt und blockieren den Ausgang, durch den alle anderen raus sind.«

»Und warum hast dann gedroht, mich festzunehmen?«

»Es gibt noch einen anderen Weg nach draußen, aber für den brauche ich deine Hilfe.«

»Vielleicht solltest du so etwas beim nächsten Mal als Erstes erwähnen.«

»Ich wollte nur wissen, mit wem ich es zu tun habe.«

Bevor ich sie nach ihrem Namen fragen konnte, kehrte mir die Frau mit den strahlend blauen Augen den Rücken zu und ging zu einer schrägstehenden Säule. Ein Ende ragte aus einer

Art Tümpel, wo sich im zerbrochenen Boden bereits Wasser gesammelt hatte, das andere wies zu einem Loch im Geröll, durch das Tageslicht fiel. Es war mein erster ungehinderter Blick in den Himmel, seit ich hier unten war.

»Was müssen wir tun?«, fragte ich.

»Siehst du die Öffnung über der Säule? Hilf mir dort hinauf, dann ziehe ich dich hoch.«

»Das ist eine dumme Idee. Ich glaube kaum, dass die Säule mich trägt, ganz zu schweigen von uns beiden. Und woher weiß ich, dass du mich nicht im Stich lässt, sobald ich dich hinaufgehoben habe.«

Nun war sie dran mit Lachen. »Willst du hier raus oder nicht?«

Natürlich hatte sie recht, mir blieb gar keine Wahl. Also wappnete ich mich einen Moment und kletterte dann auf die umgekippte Säule. Sie wankte und knarzte bei jedem Schritt. Während ich mich dem geborstenen Ende näherte, sah ich, wie sich Steinbrocken von der Säule lösten und ins Wasser fielen. Ich musste mich dazu überwinden, den Blick zur Öffnung über mir zu heben. Ich konnte sie dort hinaufbringen, aber ich bezweifelte, dass ihr danach noch viel Zeit bleiben würde, um mich hochzuziehen. Ich würde springen, ihre Hand packen und das Beste hoffen müssen.

Ich sah zu ihr hinunter. »Es kann losgehen!«

Sie schüttelte wie eine Kurierin vor einem langen Lauf die Beine aus und dehnte die Arme. Dann lehnte sie sich kurz ein bisschen zurück und sprintete im nächsten Augenblick los. Als sie das untere Ende der Säule erreichte, machte ich mich für meinen Einsatz bereit. Sie sprang – und schwebte durch die Luft, als würde der Wind sie tragen. Nach einem leichtfüßigen Zwischenschritt, der die Säule leicht ins Wanken brachte, sodass ich fast das Gleichgewicht verlor, stieg sie sogar noch höher.

Es war, als würde sie fliegen!

Ich wusste, was ich zu tun hatte. Mit den Händen bildete ich eine Räuberleiter und schleuderte sie, als sie den Fuß hineinsetzte, so schwungvoll wie möglich auf die Öffnung zu. Sie knallte mit der Brust gegen die Kante, und ich dachte schon, sie würde fallen. Doch sie krallte sich fest, und es gelang ihr, sich hochzuziehen und sich über den Rand zu schwingen.

Gerade als sie außer Sicht verschwand, begann die Säule unter mir zu schwanken.

Sie ließ mich im Stich. Ich hatte ja gewusst, dass ich einer Waage nicht trauen konnte. Nicht nachdem ich ihr die Wahrheit gesagt hatte. Es blieb mir also nichts anderes übrig, als …

Plötzlich war sie zurück. Sie lag flach auf dem Bauch, streckte beide Arme zu mir nach unten und zog mich dann hoch.

»Du hast mir gar nicht gesagt, dass du eine Wind-Fabrikatorin bist«, sagte ich, als ich oben war. »Kein normaler Mensch hätte so hoch springen können.«

Sie rollte sich von der Kante weg und stand auf. »Das musstest du auch nicht wissen. Ich habe von dir nur ein bisschen zusätzlichen Schwung gebraucht.«

»Danke, dass du mich nicht alleingelassen hast.«

Sie sah mich von der Seite an. »Bedank dich nicht. Eigentlich hatte ich das vor. Viel Glück bei der Suche nach deinen Freunden.«

Damit ging die Waage-Frau davon und ließ mich verwirrt neben dem Loch sitzen.

Hier oben war es viel sicherer als in den unterirdischen Korridoren, wenn man von den riesigen Löchern im Boden absah. Aber denen konnte ich leicht ausweichen, und so war ich schon bald aus dem eingestürzten Gebäudeteil heraus und gelangte ins Freie. Ich ließ den Blick über die Verwüstungen schweifen. Es war kaum zu ertragen, wie tief diese Stadt trotz der guten Absichten ihrer Gründer gefallen war.

Das Kolosseum war eine Ruine. Das Gebäude stand nur noch zur Hälfte, während der Rest verschwunden schien, als wäre er in einem Erdloch versunken. Wo das Schafott und die meisten Menschen gewesen waren, befand sich ein großer Krater. Das Schafott selbst war in zwei Teile gesprengt, und am Holz hingen verbrannte Stofffetzen. Sie waren das Einzige, was von den Menschen geblieben war, die hier gestanden hatten. Im Zentrum der Detonation aber hatten die Toten lichterloh gebrannt und waren miteinander zu einem grau-schwarzen Gebilde verschmolzen, an dem mit ruhiger Beharrlichkeit Aaskrähen herumpickten.

Außerhalb des eingestürzten Kolosseums war es dem Rest des Miliz-Viertels nicht viel besser ergangen. Die Bäume in der unmittelbaren Umgebung waren entweder verbrannt oder umgeknickt, sodass nur noch zersplitterte Stümpfe aus dem Boden ragten. Die anliegenden Gebäude waren zu Steinhaufen zusammengefallen, zwischen denen sich wie Unkraut kleine Feuer ausgebreitet hatten. Nur das Summen der Fliegen durchbrach die Stille. Doch gleich darauf erklang eine so ohrenbetäubende Kakophonie aus klirrenden Schwertern und Pistolenschüssen, dass ich meine eigenen Gedanken nicht mehr hören konnte.

Wo waren die Rebellen? Und wo die Überlebenden? Wo blieb die Verstärkung?

Wo waren bloß alle?

Inmitten der Verwüstung bemerkte ich ein gutes Dutzend Leute, die sich ein Stück vom Kolosseum entfernt aneinanderdrängten. Ich kniff die Augen zusammen, um zu erkennen, ob sich meine Freunde unter ihnen befanden. So schnell ich konnte, bahnte ich mir stolpernd und schlitternd einen Weg aus dem losen Geröll heraus, und als die gefährlichsten Stellen hinter mir lagen, rannte ich auf die Gruppe zu.

Jamal, Arjay und Sirash kamen mir entgegen. Als wir zusammentrafen, schloss ich Jamal fest in die Arme und zerzauste Arjay das Haar. Sirash lächelte. Und mit einem Mal schien die Welt wieder in Ordnung. Sie sahen genauso schmutzig, lädiert und schockiert aus, wie ich mich fühlte, aber ansonsten ging es ihnen offenbar gut. Ich war froh zu sehen, dass Jamals Stoffdrache noch immer in seiner Tasche steckte. Heute war bereits genug verloren gegangen.

Ich grinste. »Entschuldigt, dass ich mich verspätet habe.«

»Wir sind zurückgekommen, um nach dir zu suchen«, erwiderte Sirash.

»Was ist passiert?«

»Die Rebellen haben angegriffen«, erklärte Arjay.

»Und davon abgesehen?«

»Wir wurden durch die Explosion getrennt«, sagte Sirash. »Als du in das Loch gestürzt bist, hab ich noch versucht, dich festzuhalten, aber ich war nicht schnell genug. Und danach ist das Chaos ausgebrochen. Die Druckwelle hat das Fundament der Arena zerstört. Danach ist das Kolosseum eingestürzt. Draußen haben als Advokatoren verkleidete Rebellen gewartet und alle getötet, die ins Freie liefen.«

»Wir haben getan, was wir am besten können«, ergänzte Jamal. »Wir haben uns versteckt und darauf gewartet, dass all die Wahnsinnigen aufhören, sich gegenseitig umzubringen.«

»Die Miliz hat die falschen Advokatoren angegriffen und sie damit von uns Zivilisten abgelenkt«, erklärte Sirash.

»Heißt das, dass die Milizionäre die Rebellen zurückgetrieben haben?«

Die drei sahen einander an. Schließlich sagte Jamal: »Nein. Ich glaube, sie sind alle tot. Die Rebellen haben auf die heranstürmenden Milizionäre geschossen. Und als sie sich zurückzogen, sind die Rebellen ihnen gefolgt. Wir haben noch gesehen, wie das Hauptquartier der Miliz in Flammen aufging.«

»Also ist das hier ein Kriegsgebiet, und die Rebellen gewinnen?«

Sie nickten.

»Dann müssen wir abhauen, bevor noch mehr Rebellen auftauchen«, sagte ich.

»Niemand muss irgendwohin«, unterbrach uns ein Advokator. Er hatte eine übel aussehende Verletzung an der Stirn, und seine Vorderzähne waren ausgeschlagen. »Die Waage wird bald Hilfe schicken. Bleibt hier und lasst uns unsere Arbeit machen.«

»Dieses Risiko möchte ich lieber nicht eingehen. Vor allem wenn sich ein Teil der Rebellen als Angehörige der Waage verkleidet hat.«

Der Advokator schüttelte den Kopf und murmelte etwas Unfreundliches. Aber er bedrängte uns nicht weiter, sondern kümmerte sich wieder um einen Verletzten, dessen Wunden er verband. Außer uns gab es ungefähr noch zehn weitere Überlebende.

»Die Rebellen sind überall«, sagte Sirash. »Wie willst du von hier wegkommen?«

Ich nahm einen spitzen Stein und zeichnete eine grobe Karte in den Staub. »Das ist der östliche Teil von Kessel. Wir sind mitten im Miliz-Viertel. Die Raben oder die Waage haben bestimmt beide Brücken zur Insel und die östlichen Tore blockiert, als sie vom Angriff erfuhren. Also bleiben uns noch drei Möglichkeiten: der Regenbogen-Bezirk, der Friedhof oder die Werft.«

»Der Regenbogen-Bezirk ist ebenfalls abgeriegelt.« Jamal nickte in Richtung seines Heimatviertels. »Ich hab von ein paar Leuten gehört, die dorthin wollten, aber abgewiesen wurden.«

»Ich glaube, wir sollten uns aufteilen«, sagte ich. »Wenn wir jeweils zu zweit unterwegs sind, werden wir weniger Aufmerksamkeit erregen.«

Sirash stimmte mir zu und zeigte auf die Karte im Staub. »Arjay und ich gehen zur Werft und suchen Gianna. Wir werden schwimmen müssen, und ich möchte nicht dafür verantwortlich sein, dass Mikael ertrinkt.«

Jamal sah uns ernst an. »Dann bleibt für uns nur der Friedhof, wo die Mauern so hoch sind wie acht ausgewachsene Männer. Wie sollen wir die überwinden und auf den Wehrgang gelangen?«

»Wenn man sich Mühe gibt, kann man an der Mauer hochklettern«, entgegnete ich. »Ich glaube, ich kenne eine Stelle, wo der Aufstieg nicht allzu schwer ist. Und sobald wir auf dem Wehrgang sind, wird mein Pflegevater uns beschützen.«

Wir verfielen in ein nervöses Schweigen. Unser Plan war gefährlich und basierte größtenteils auf Spekulationen, aber wir wussten nicht, was wir sonst tun sollten.

»Tun wir das Richtige?«, fragte Sirash. »Sollten wir nicht

besser abwarten? Seit dem ersten Angriff sind keine Rebellen mehr aufgetaucht. Wir haben sie gehört, aber ...«

»Ich wusste es!«, schnitt der Advokator ihm das Wort ab. »Ich habe euch doch gesagt, dass die Waage Verstärkung schicken wird! Seht mal, das sind ja sogar Aufseher. Wir sind gerettet!«

Ungefähr zwanzig Personen kamen auf uns zu. Sie trugen die typischen Aufseher-Uniformen, dunkle Rüstungen und Helme mit gebogenen Hörnern, und riesige Schwerter auf dem Rücken. Das Einzige, was fehlte, waren die blendend weißen Umhänge. Die Aufseher würden nirgends ohne sie hingehen, schon gar nicht in eine Schlacht.

»Denkst du das Gleiche wie ich?«, fragte ich Sirash.

Er nickte. »Höchste Zeit zu verschwinden. Passt auf euch auf.«

»Ihr auch.« Ich streckte die Hand aus, die Sirash, ohne zu zögern, ergriff. »Sehen wir uns auf der anderen Seite?«

»Wir sehen uns unter den Sternen«, antwortete er.

Ich versuchte, die restlichen Überlebenden zu warnen, aber sie hörten mir nicht zu. Also packte ich Jamal an der Hand, und wir liefen davon, bevor es zu spät war. Als wir die Schreie der anderen hörten und noch schneller rannten, redete ich mir ein, dass ich mich tapferer verhalten hätte, wenn Jamal nicht dabei gewesen wäre.

Er und ich durchquerten schnell und leise den Bezirk. Wir vermieden jeden in Uniform und versteckten uns, wenn wir Schreie hörten – oder welche, die plötzlich abbrachen. Dabei half uns, dass die Rebellen sich nicht die Mühe machten, heimlich vorzurücken. Ein paar von ihnen sangen sogar Lieder über nutzlose Könige, korrupte Adlige und den hohen Brotpreis. Sie forderten die einfachen Menschen dazu auf, sich zurückzuholen, was ihnen gehörte. Doch mit jeder Leiche, an der wir vorbeikamen, fand ich ihre Parolen weniger überzeugend. Wenn sie wirklich eine Revolution anstrebten, warum töteten sie dann diejenigen, die seit jeher machtlos waren? Ein Umsturz würde nur funktionieren, wenn das Volk selbst König Isaak, seine Raben, den überlebenden Prinzen und die Prinzessin sowie all die anderen Hochadligen absetzte.

Als wir durch das eiserne Tor den Friedhof betraten, holte ich zum ersten Mal seit unserem Aufbruch tief Luft. Das Schlimmste hatten wir nun hinter uns. Da es auf dem Totenacker weder lebende Menschen noch Reichtümer gab, war er für die Rebellen uninteressant. Jamal und ich drangen in den verwilderten Teil des Friedhofs vor. Auf dem Weg zur Mauer mussten wir das Grab meines Vaters passieren.

Jamal hielt seinen Stoffdrachen fest umklammert. »Ich hoffe, Trey sagt wegen dieser Sache nicht unser Hühnchenessen ab.«

»Möglich wäre es. Aber vielleicht wird er auch feiern wollen, aus Freude darüber, dass wir beide noch leben.«

»Ich kann mich nicht erinnern, wann er sich zum letzten Mal über irgendetwas gefreut hat.«

»Und was war, als er die Goldsonne auf der Straße gefunden hat?«

»Na gut, und wann noch?« Jamal zuckte die Achseln. »Aber du bist da ja nicht anders. Wann warst du denn das letzte Mal über irgendwas glücklich? Als ihr nach der Hinrichtung eures Vaters nicht ins Heim musstet, stimmt's?«

Damit hatte er nicht unrecht. Meine Geschwister und ich waren erleichtert gewesen, als Angelo uns fast unmittelbar nach dem Tod unseres Vaters in seine Obhut genommen hatte. Egal, wie nutzlos der König war, sogar er hatte gewusst, dass wir nach der Erstürmung von Burg Königmann dort nicht mehr sicher gewesen waren. Damals hatte es genug Tote ...

»Mikael.« Jamal zupfte mich am Ärmel. »Wir haben ein Problem.«

»Was meinst ...?«

Dann sah ich, wovon er sprach. Am Grab meines Vaters standen zwei Rebellen, und eine Frau kniete davor, als wäre sie ins Gebet versunken. Was lächerlich gewesen wäre, da meine Familie noch nie an Gott geglaubt hatte.

Wir versteckten uns hinter einem toten Baum. »Was machen wir jetzt, Mikael?«

Fast wie zur Antwort bohrte sich mir etwas in den Rücken, und ich spürte warmen Atem im Nacken. »Wenn du nicht eine Kugel in den Leib haben willst, hebst du jetzt schön vorsichtig die Hände und gehst zu den anderen hinüber.«

Ich tat wie geheißen und bewegte mich langsam auf die Rebellen zu, die sich im hohen Gras um das namenlose Grab meines Vaters versammelt hatten. Jamal wurde von unserem Häscher, der mir weiterhin die Pistole in den Rücken drückte, mitgeschleift. Seine verzweifelten Versuche, sich aus dem Griff des Mannes zu winden, zog die Aufmerksamkeit der anderen auf uns.

»Was soll das?«, rief ein kränklich aussehender dünner Mann, der sich an einer Seite die Rebellenfaust in die Haare rasiert hatte. »Wir brauchen keine Geiseln. Moment, ist das ...? Schau mal links an seinem Hals nach. Hat er da ein Brandzeichen?«

»An seinem Hals?« Der Rebell mit der Pistole ließ Jamal los, packte mit der nun freien Hand meinen Kopf und drehte ihn brutal so, dass er das Kronenzeichen sehen konnte. »Mann, ich hab einen Verräter erwischt!«

»Nicht irgendeinen Verräter. Das ist Mikael Königmann, das perfekte Replikat des Erhabenen.«

Der Rebell konnte sein Glück kaum fassen. »Mikael Königmann! Und schaut mal, sein Brandzeichen ist wirklich an derselben Stelle wie meine Tätowierung. Ich hätte euch beiden glauben sollen. Damit will Gott uns sicher sagen, dass wir heute gerecht gehandelt haben.«

Der blasse Mann trat auf mich zu. Obwohl seine Haut, soweit ich sie sehen konnte, von Schlamm und Blut bedeckt war, roch er nach Zitronen. Er kniff mich in die Wangen und sagte: »Oh, ein Königmann ist besser als ein Zeichen Gottes.« Und der Frau rief er zu: »Em, komm her und schau ihn dir an!«

»Du wirst nie vergessen werden, genauso wenig wie dein Opfer«, murmelte die Frau, die mit geschlossenen Augen vor dem Grab meines Vaters kniete. Dann stand sie auf und schritt elegant wie eine Tänzerin zu uns herüber. Unterhalb ihres rechten Auges begann eine breite silbrige Narbe, die am Unterkiefer entlang bis zum hinteren Schädelansatz verlief, wo sie unter dem aufgestellten Kragen ihrer Bluse verschwand. Sie war auf furchterregende Weise schön. »Mikael, wie lange haben wir beide uns nicht mehr gesehen!«

Ich hatte keine Ahnung, wer diese Frau war, und das sagte ich ihr auch, mit ziemlich deutlichen Worten.

Sie kicherte. Ein Laut, bei dem es mir kalt den Rücken herunterlief. »O Mikael, immer der Rebell. Und das schon, bevor es uns gab. Bist du gekommen, um dich uns anzuschließen?«

»Lieber würde ich sterben.«

Sie strich mir mit zwei Fingern sanft übers Kinn. »So stur.

Du weißt gar nicht, wie ähnlich du deinem Vater siehst. Bist du sicher, dass du nicht bei uns mitmachen willst? Gemeinsam könnten wir das Vermächtnis der Königmanns wiederherstellen.«

»Unser Vermächtnis wiederherstellen? Ihr ermordet unschuldige Menschen. Ich glaube nicht, dass du begreifst, wofür meine Familie stand …«

Die Frau packte mich am Kragen und zog mich dicht an sich heran. »Wir sind die *Einzigen*, die das noch verstehen. Wir haben uns keine leichte Aufgabe ausgesucht, aber irgendwer muss es tun. Wir sind hier, um die Welt von einem Tyrannen zu befreien, dessen Regime ohne uns niemals enden wird. Er igelt sich in seiner Festung ein, wo er sich am Wein und seinen Erinnerungen labt. Aber jetzt haben wir etwas getan, was er nicht ignorieren kann. Wenn er nicht alles verlieren will, was er aufgebaut hat, wird er handeln müssen. Und dann werden wir ihn bezwingen, die nächste Generation einsetzen und alle Spuren der alten auslöschen.«

»Ihr glaubt wirklich, dass ihr in die Nähe des Königs gelangt? Nach alldem?«

»Wir stehen kurz vor dem Ziel. Es ist eine Schande, dass du genauso blind bist wie die anderen. Das mit uns hätte großartig werden können.« Sie drehte meinen Kopf von einer Seite zur anderen und musterte mich. »Aber vielleicht bist du ja noch nicht dazu bereit, dich uns anzuschließen. Ich frage mich … wie gut du dich an deine Kindheit erinnern kannst.«

»Tu mir einen Gefallen«, knurrte ich, »und halt einfach die Klappe.«

Sie kicherte erneut. Die anderen Rebellen schlossen sich ihr an und hörten erst auf zu lachen, als sie es tat. »Ich habe immer vermutet, dass du dich nicht erinnern kannst. Woran das wohl liegt? War es eine Dunkel-Fabrikation? Oder hast du selbst fabriziert und dabei deine Erinnerungen verloren? Wer weiß. Aber es besteht immer noch Hoffnung, solange du nicht an der gleichen Krankheit leidest wie deine Mutter.«

»Ich habe keine Ahnung, wovon du sprichst. Ich habe nie fabriziert, ich erinnere mich an alles. Und wage es ja nicht, noch einmal meine Mutter zu erwähnen.«

Sie lächelte. »Habe ich da einen wunden Punkt berührt? Weißt du, Mikael, wenn du dich wirklich an alles erinnern könntest, wärst du einer von uns und würdest die Wünsche deines Vaters erfüllen. Hast du dich nie gefragt, wieso ein Königmann jemanden aus der Königsfamilie getötet hat? Noch dazu ein Kind?« Sie verschränkte die Hände hinter dem Rücken und beugte sich zu mir vor. »Ich verrate es dir, wenn du meinen Namen sagst.« Als ich nicht antwortete, zuckte sie mit den Schultern. »Wie schade. Aber nun gut, dann will ich dir nicht die Überraschung verderben. Wir werden uns bestimmt wiedersehen. Sobald du dich daran erinnerst, weshalb dein Vater in Wahrheit den jungen Prinzen getötet hat.« Sie wandte sich von mir ab und winkte zum Abschied. »Und damit du das nicht vergisst … Töte diesen Niemand.«

Der Schuss übertönte meinen Schrei. Jamal riss die Augen auf und brach zusammen. Auf seinem Rücken breitete sich ein Blutfleck aus.

Der Rebell hinter mir lachte gackernd und hielt immer noch die Pistole ausgestreckt, als ich ihm einen Ellbogen ins Gesicht stieß. Seine Nase brach mit einem Knacken. Ich drehte mich um und schleuderte ihn gegen einen Baum. Beim Aufprall knackte es erneut, und ich hoffte, dass es sein Rücken war.

Der bleiche Rebell riss mich von ihm weg und warf mich zu Boden. Während er seine Pistole auf meine Brust richtete, ging die Frau um mich herum.

»Lass ihn!«, befahl sie. »Ein Königmann ist zu wertvoll, um ihn zu verschwenden. Und ich will nicht, dass er stirbt, bevor er sich daran erinnert, wer ich bin und weshalb wir kämpfen.«

Sie ließen mich im hohen Gras vor dem Grab meines Vaters zurück, wo ich Jamal in den Armen hielt und ihn immer wieder anflehte aufzuwachen, bis mich schließlich ein Trupp der Waage mit seiner Leiche fand.

Sie brachten uns in ein Gebäude, das zu elegant und zu sauber wirkte, um wahr zu sein. Trotz meiner Proteste nahmen sie mir Jamal weg. Dann brachten sie mich in ein dunkles und kaltes Zimmer, wo mir eine Frau mit kastanienbraunem Haar ein Schlaflied vorsang, während sie meine Wunden reinigte und verband. Erst als sie ihr beruhigendes Lied zu Ende gesungen hatte und ging, wurde mir vollends bewusst, was geschehen war.

Ich hielt Jamals Stoffdrachen mit beiden Händen umklammert und fragte mich, wie ich meinem besten Freund erklären sollte, dass sein Bruder vor meinen Augen gestorben war. Und dass ich nichts dagegen hatte tun können.

Die Wind-Fabrikatorin aus dem Kolosseum trat ein. Sie schien nur ein wenig älter zu sein als ich und damit deutlich jünger, als ich gedacht hatte. Sie trug die typische Militäruniform der Scharfrichter-Division, die aussah wie die Aufmachung eines Advokators, allerdings nicht violett, sondern weiß und in ihrem Fall unfassbar dreckig. Anstelle der üblichen Goldwaage zierten zwei überkreuzte Äxte ihre Schulterklappen. Die goldene Krone auf ihrem Jackenaufschlag verriet, dass sie am bald beginnenden Endlosen Walzer teilnehmen würde.

»Mikael«, sagte sie wesentlich sanfter, als ich von einer Waage erwartet hätte, »ich heiße Nana Deuter. Wir sind uns vorhin nach der Explosion im Miliz-Viertel begegnet. Ich bin hier, um deine Aussage aufzunehmen. Fühlst du dich dazu imstande?«

Ich nickte. Da ich Jamal so lange angeschrien und angefleht hatte weiterzuleben, tat mir der Hals weh, und ich wusste nicht, wie meine Stimme klingen würde, wenn ich zum ersten Mal wieder sprach.

»Was ist passiert?«

»Rebellen«, krächzte ich.

»Ich kann dich nicht hören.«

»Rebellen«, wiederholte ich lauter. »Sie haben ihn umgebracht.«

»Kannst du mir schildern, was geschehen ist?«

»Sie waren zu dritt.« Während ich sprach, schlug sie ein Buch auf und begann, darin Notizen zu machen. »Einer von ihnen sah wie ein Schläger aus. Vermutlich ist seine Nase gebrochen … vielleicht auch sein Rücken. Der Zweite war bleich, wirkte ungesund und roch nach Zitronen. Und dann war da noch eine Frau mit einer Narbe, die sich über den Großteil ihres Gesichts zog.«

»Erzähl mir mehr von dem Mann, der nach Zitronen gerochen hat.«

»Was genau?«

»Ganz egal. Hat er irgendetwas über ihre Pläne gesagt? Einen Name genannt oder einen Ort erwähnt? Irgendetwas, das uns helfen könnte, ihn zu erwischen?«

»Wenn ich irgendetwas Wichtiges wüsste, würde ich es dir

erzählen«, sagte ich mit gepresster Stimme. Ich versuchte die Tränen zurückzuhalten. Darüber nachzudenken, was auf dem Friedhof geschehen war, brachte die Erinnerung an Jamals Tod zurück und …

Nana legte den Stift auf den Schreibtisch und bedeckte meine Hände mit ihren. Trotz der Schmutzschicht fühlten sie sich warm an. »Ich weiß, dass es dir schwerfällt, darüber zu sprechen. Und was mit deinem Freund passiert ist, tut mir sehr leid, Mikael. Diese Rebellen haben uns allen viel genommen. Ich … ich rede nicht gern darüber, aber sie haben in Naverre meine Mutter umgebracht. Seither habe ich es mir zur Aufgabe gemacht, sie zu bekämpfen, damit sie niemandem mehr Leid zufügen können. Bitte versuch dich daran zu erinnern, was sie zu dir gesagt haben. Du bist im Moment eine unserer besten Spuren und, ehrlich gesagt, vielleicht unsere einzige Möglichkeit, ihnen ein für alle Mal das Handwerk zu legen.«

Ich riss mich zusammen und seufzte tief. Dann durchforstete ich mein Gedächtnis nach allem, was dabei helfen könnte, dass so etwas nie wieder geschehen würde. »Der bleiche Mann hat kaum etwas zu mir gesagt. Aber die Frau …«

»Bleib bei dem bleichen Mann.« Sie drückte meine Hände. »Was hat er zu dir gesagt? Ich möchte alle Einzelheiten hören. Auch wenn es dir nicht wichtig erscheint, es könnte eine nützliche Information für mich sein.«

»Da waren auch andere. Warum interessierst du dich so sehr für diesen einen Mann?«

»Weil es gut sein könnte, dass er der Kaiser, der Anführer der Rebellen ist. Also, weißt du irgendetwas über ihn oder nicht?«

»Nein, tut mir leid.«

Nana ließ ganz langsam meine Hände los und lehnte sich mit verschränkten Armen auf ihrem Stuhl zurück. »Sie haben keine anderen Zeugen am Leben gelassen. Hast du irgendeine Erklärung, warum sie dich nicht getötet haben?«

»Weil ich ein Königmann bin. Sie sagten, ich wäre zu wertvoll, um mich zu töten.«

»Und wieso bist du zu wertvoll, um dich zu töten?«

»Ich weiß es nicht«, sagte ich und spürte, wie mein Schädel pochte.

Sie machte eine weitere Notiz. »Sei ehrlich, Mikael. Arbeitest du mit den Rebellen zusammen?«

»Was? Wieso fragst du mich das? Ich bin ein Königmann, und Königmanns töten keine ...«

»Kinder?«, unterbrach sie mich. »Dein Vater würde dir da vielleicht widersprechen.«

»Ich bin nicht mein Vater.«

»Der Rebell, der sich in die Luft gesprengt hat, berief sich auf deinen Vater. Du warst dort. Und nachdem du das Kolosseum verlassen hast, bist du am Grab deines Vaters dem Rebellenkaiser begegnet. Das kann kein Zufall sein.«

»Ich gehe jedes Jahr zum Königmann-Tag. Ich war mit Freunden dort. Wir wollten vor den Angreifern fliehen. Ich habe versucht, Jamal zu beschützen und ihn zur Stadtmauer zu bringen. Unterwegs haben uns die Rebellen erwischt, und sie ...«

Nana beugte sich zu mir vor und betrachtete mich mit einem undurchdringlichen Blick. »Es sieht nicht gut für dich aus, Mikael. Du hast deinen Bezirk verlassen, um an einem Angriff teilzunehmen, der im Namen deines Vaters geführt wurde. Du wolltest dich nicht von mir verhören lassen. Du hast nur geringfügige Verletzungen, als hättest du gewusst, wo du dich während der Explosionen aufhalten musst. Deine mysteriösen Freunde, die ebenfalls Rebellen sein könnten, sind nirgends zu finden, und du hast den Rebellenkaiser getroffen. Komm schon, du bist ein Rebell. Gib es zu.«

Ich hatte sie unterschätzt, und zwar gewaltig. »Hast du mir deswegen geholfen, aus den Ruinen zu entkommen? Um mir den Angriff anzuhängen?« Ich lächelte über meine eigene Naivität. »Ist deine Mutter wirklich in Naverre gestorben?«

»Ist das wichtig?«

Ehe ich antworten konnte, flog die Tür hinter Nana auf, und mein Pflegevater stürmte herein. »Nana, ich habe dir doch gesagt, dass niemand Mikael Königmann befragen soll, solange ich nicht da bin. Verschwinde, bevor ich noch auf die Idee komme, deinen dummen Fehler als Ungehorsam aufzufassen.«

Die Stuhlbeine scharrten über den Boden, als sie aufstand und vor Angelo salutierte. »Er wollte gerade gestehen ...«

»Ich möchte mich nicht wiederholen müssen.«

Nachdem Nana mit gesenktem Blick den Raum verlassen hatte, setzte sich Angelo auf ihren Stuhl. »An Tagen wie diesen wünsche ich mir, ich hätte nicht mit dem Trinken aufgehört. Gibt es irgendetwas, das du mir erzählen möchtest?«

»Ich habe nur versucht, meinen Freund zu beschützen. Stecke ich denn in großen Schwierigkeiten?«

Er trommelte mit den Fingern auf den Tisch. »Schwer zu sagen. Auf den ersten Blick sieht das alles ziemlich verdächtig aus, vor allem dein Treffen mit dem Kaiser, und Nana ist wild darauf, dich zum Sündenbock zu machen. Nur der Tod des Jungen spricht für deine Unschuld. Obwohl es helfen würde, wenn ein Familienmitglied eure Freundschaft bestätigen könnte. Ich hätte früher hier sein sollen. Tut mir leid, Mikael.«

»Leon?«, fragte ich.

»Er macht sich Sorgen, aber ist in Sicherheit.«

»Haben sie euch auf der Mauer angegriffen?«

»Nein, sie haben sich irgendwie nach Kessel hineingeschlichen. Die Kämpfe beschränkten sich ausschließlich auf das Miliz-Viertel.«

Mir drehte sich der Kopf. »Und was geschieht jetzt?«

»Du wirst nicht hier festgehalten. Ich habe meine Vorgesetzten davon überzeugt, dich einen Monat lang auf Bewährung zu setzen. So wie damals, als ihr zu mir gekommen seid. Aber wenn die Waage irgendeinen Hinweis findet, dass du mit den Rebellen kooperierst – oder wenn sie dich dabei erwischen, dass du kämpfst, stiehlst, Hausfriedensbruch begehst, oder wenn du auch nur ihre Fragen nicht beantwortest –, dann werden sie dich verhaften und anschließend wahrscheinlich hinrichten.«

»Werden sie mich hängen oder mir den Kopf abschlagen?«

Angelo schlug mit der Faust auf den Tisch. »Nimm das bitte ernst, Mikael. Sie könnten dich wegen Verrats anklagen!«

Da ich das Brandzeichen bereits am Hals trug, würde mir diese Anklage nichts ausmachen. Außerdem hatten mir das Verrätermal und meine berüchtigte Familie schon so oft das Leben gerettet, dass es nur eine Frage der Zeit war, bis irgendwer das Zeichen zu spät bemerkte oder beschloss, es ganz einfach zu ignorieren. Allein während des vergangenen Tages hatte man mich fast erhängt, ich wäre beinahe von einer Explosion zerfetzt worden, und man hatte mich mit einer Pistole bedroht. Und alles, was ich mir dabei zugezogen hatte, waren ein paar Prellungen, Verbrennungen, ein Klingeln in den Ohren und Schnittwunden …

… und ich hatte die Schuld an Jamals Tod auf mich geladen. Er war in meiner Obhut gewesen. Würde Trey mir das je verzeihen?

Angelo stand auf und umarmte mich so warm und herzlich, wie ich es in diesem Moment brauchte. »Schon gut, mein Sohn. Schon gut. Es war nicht dein Fehler.«

Er blieb bei mir, bis ich nicht mehr weinte und wieder in ganzen Sätzen sprechen konnte. Angelo war für mich da und machte den Schmerz erträglich. Das war etwas, was mein Vater nie gekonnt hatte. Nicht nachdem er seine Ambitionen über die Familie gestellt hatte. Da es keinen Grund mehr gab, mich dazubehalten, und Angelo sehr viel Arbeit zu erledigen hatte, zeigte er mir noch, wo Jamals Leiche war. Dann eskortierte er mich aus dem Gebäude – dem Hauptquartier der Waage, wie ich feststellte – und entließ mich in die Freiheit.

Auf der Gerichtshöhe herrschte Normalität, und nur der schwarze Rauch jenseits des Flusses ließ erahnen, was im Kolosseum und dem Miliz-Viertel geschehen war. Dieser Anblick weckte in mir den Wunsch, mich unter meiner Bettdecke zu verkriechen und nie wieder darunter hervorzukommen.

Aber das konnte ich nicht tun. Ich musste weitermachen.

Höchste Zeit, dass sich etwas änderte. Ich war zu einer Spielfigur für die Adligen und die Rebellen geworden und offensichtlich auch zum Sündenbock für die Waage … Nachdem ich mich zehn Jahre lang Monat für Monat darum bemüht hatte, meine Familie zu beschützen, empfand ich mittlerweile einen unauslöschlichen Hass auf die Mächtigen. Wenn ich wirklich das Vermächtnis der Königmanns weiterführen und in Erinnerung bleiben wollte, musste ich einen Weg finden, mich selbst zu schützen.

Auch wenn ich Angst davor hatte, das Fabrizieren zu erlernen – hätte ich diese Fähigkeit auf dem Friedhof beherrscht, wäre die Sache mit den Rebellen dort vielleicht anders ausgegangen und Jamal wäre noch am Leben.

Wenn ich Glück hatte, würde ich so vielleicht sogar ein magisches Heilmittel gegen die Krankheit meiner Mutter finden. Oder herausbekommen, weshalb ich mich nicht an diese Rebellin erinnern konnte.

Doch bevor ich lernte, wie man fabriziert, musste ich zuerst Trey finden.

Und so machte ich mich mit dem Stoffdrachen auf den Weg zur Burg Marget.

Kapitel 9
Der vergessene Junge

Obwohl er auf der falschen Seite des Flusses und mit einer Hautfarbe zur Welt gekommen war, die ihn überall zum Außenseiter machte, hatte Trey achtzehn Jahre lang auf sich allein gestellt überlebt. Über ein Jahrzehnt davon hatte er seinen Bruder an der Seite gehabt – das einzig Wertvolle, das ihm seine Eltern je gegeben hatten. Gerade in diesem Moment bewarb er sich bei den Hochadligen für eine Position in einer ihrer Fabrikatoren-Armeen, um Jamal ein besseres Leben zu ermöglichen. Sobald er hörte, was geschehen war, würde er nicht mehr derselbe sein.

Ich machte mir Sorgen, dass er mit seinen umgeschulten Fähigkeiten einen Rachefeldzug gegen die Rebellen beginnen und dabei all seine Erinnerungen an Jamal verlieren würde. Dennoch beeilte ich mich, zur Burg Marget zu gelangen. Denn das war keine Nachricht, die warten konnte. Trey verdiente es, die Wahrheit zu erfahren. Und zwar von mir.

Zum Glück durfte jeder, der Eintritt zahlte, beim Auswahlverfahren für die Fabrikatoren-Armeen zuschauen. Und so nahm die Wächterin am Eingang trotz meiner blutbesudelten und vor Schmutz starrenden Kleidung, in der ich wie ein Drogensüchtiger aussah, kommentarlos meinen Silbermond entgegen und ließ mich in die Burg. Obwohl es allen freistand, diese Veranstaltung zu besuchen, konnte ich mir kaum vorstellen, dass das auch für die verräterischen Königmann-Kinder galt. Also senkte ich den Kopf, stopfte Jamals Stoffdrachen tiefer in die Tasche und bemühte mich, allen aus dem Weg zu gehen, die irgendwie wichtig aussahen.

Doch das war gar nicht so einfach. Überall sah ich hochadlige Familien, die wegen des Auswahlverfahrens hergekommen waren. Sogar die Bravens, was bemerkenswert war, da sie für gewöhnlich nur an religiösen Zeremonien teilnahmen. Alle, die nicht zum Hochadel gehörten, waren entweder Händler, fremdländische Botschafter, hochrangige Waagen oder Söldner.

Der Königmann-Tag im Kolosseum war dazu gedacht, die Massen zu unterhalten, Nahrungsmittel auszugeben und publikumswirksam Rebellen zu töten. Das für den Adel inszenierte Auswahlverfahren zeichnete sich hingegen durch seine Ausschweifungen aus. Die Flure waren von langen Tischen gesäumt, die sich unter einer Vielzahl dekadenter Speisen bogen, denen Angelo nur schwerlich hätte widerstehen können. Im Eingangsbereich sprudelte sogar Wein in einem Brunnen, und alle trugen Kleidung aus bunter Seide, Spitze oder Leder, nach der neusten Mode geschnitten, darunter auch dümmlich aussehende kurze Umhänge. Eigentlich hatte ich immer gedacht, bei dieser Veranstaltung ginge es darum, geeignete Fabrikatoren zu ermitteln, doch in Wahrheit schien es sich um eine Feier zu handeln.

Wie sehr ich mich getäuscht hatte, erkannte ich allerdings erst, als ich den Ballsaal betrat.

Dies hier war keine Prüfung und Beurteilung durch erfahrene Fabrikatoren, sondern eine Art Viehmarkt. Die Bewerber standen wie auf dem Präsentierteller. Sie mussten ertragen, dass man an ihnen herumzupfte, und auf Kommando ihre Fähigkeiten vorführen. Während die Niederadligen an ihren Familiensymbolen zu erkennen waren, trugen alle anderen eine dicke Metallkette an einem Handgelenk, und es war klar, was damit zum Ausdruck gebracht werden sollte.

Während ich nach Trey Ausschau hielt, beobachtete ich, wie verschiedene Fabrikatoren ihre Fähigkeiten auf der Hauptbühne vorführten. Ich bekam mit, wie eine bürgerliche Fabrikatorin eine Bö erzeugte, die wild an den Umhängen und Kleidern der Umstehenden zerrte. Ein niederadeliger Feuer-Fabrikator beschwor eine Flammenkugel, mit der er wie ein Gaukler jonglierte. Ich sah sogar, wie eine Eis-Fabrikatorin ein elegantes Kleid für eine Marmorstatue schuf. Wäre es nicht so barbarisch gewesen, Fabrikatoren wie Jahrmarktsattraktionen auszustellen und zu verhökern, hätten mich diese zahlreichen Talente wahrscheinlich in Erstaunen versetzt.

Wenn ein Auktionsbesucher auf einen Fabrikator bieten wollte, rief er eine merkwürdig aussehende Person mit einem lächerlich großen Hut herbei. Soweit ich feststellen konnte, betrug der gängige Preis für einen Wind-Fabrikator, der bereits ein wenig fabrizieren konnte, ungefähr zweihundert Sonnen. Ein Blitz-Fabrikator, der sich so gut wie gar nicht auskannte, war rund dreimal so viel wert. Ich fragte mich, wer das Geld bekam, denn bestimmt würde nichts davon in Treys Taschen landen.

Im Gegensatz zu den sichtlich verwirrten und nervösen Bürgerlichen schienen die meisten Niederadligen bereits eine Position in den Armeen jener Hochadligen sicher zu haben, denen ihre Familien die Treue geschworen hatten. Und so versuchten sie bei dieser Gelegenheit, andere Familien davon zu überzeugen, wie nützlich sie in deren Armeen wären, und den für sie aufgerufenen Preis in die Höhe zu treiben und ihre Position zu verbessern. Das wichtigste Kriterium waren die jeweiligen Spezialisierungen. Die hochadelige Familie Braven hielt zum Beispiel ausschließlich nach Feuer-Fabrikatoren Ausschau, während die Solarins sie ganz bewusst mieden.

Die gesamte Veranstaltung stieß mich ab, und so war ich erleichtert, als ich Trey in einer Ecke des Raums entdeckte, wo er allein auf einer erhöhten Plattform stand. Es erstaunte mich, dass er bei dieser Ungeheuerlichkeit mitmachte. Ich hätte es nicht ertragen.

Bevor ich Trey ansprechen konnte, ging einer von den Männern mit den spitzen Hüten zu ihm hinüber. Der Mann hatte zwei Hochadlige bei sich – einen aus der Familie Andel und der Bergers. Also beschloss ich, im Hintergrund zu bleiben und abzuwarten, bis sie wieder gingen.

»Das hier ist der Bewerber mit der Nummer fünfundfünfzig«, sagte der mit dem Kegelhut. »Er wurde im Osten der Stadt, im Regenbogen-Bezirk, geboren. Seine Mutter ist vor Kurzem gestorben, der Vater ist unbekannt und vermutlich der Grund, wieso er Licht fabrizieren kann. Das Mindestgebot liegt bei achthundert Sonnen.«

Der Hochadlige Andel verschränkte die Arme vor der Brust und musterte Trey von Kopf bis Fuß. »Hat dieser Bewerber Kampferfahrung?«

»Kaum, Hochadliger Andel. Und wenn, dann nur im unbewaffneten Nahkampf.«

»Ein Jammer«, meinte der Hochadlige und kniff Trey in den Bizeps. »Er ist muskulös. Nach ein paar Monaten mit dem Waffenmeister sollte er in der Lage sein, ein Schwert zu schwingen. Aber danach müsste er sich schnell spezialisieren. Vielleicht auf den Streitkolben oder den Kurzspeer.«

»Wieso willst du jemanden mit einer so seltenen Fabrikations-Spezialisierung an ein Kampftraining verschwenden?«, wollte der andere Hochadlige wissen. »Lass ihn stattdessen lieber sofort eine Ausbildung an der Hawthorn-Medizin-Akademie beginnen. Wenn er sich bewährt, verheiratest du ihn mit einer der niederadligen Familien, die uns dienen. Dann hast du sein Talent immer in Reichweite.«

Während die Hochadligen weiter über seine Zukunft beratschlagten, stieß Trey einen tiefen Seufzer aus und schloss die Augen. Als er sie wieder öffnete, bemerkte er mich. »Mikael? Was ... Wieso bist du ...? Moment mal, wo ist Jamal?«

Auf dem Herweg hatte ich die Worte so oft geprobt, dass sie mir eigentlich wie von selbst über die Lippen hätten kommen müssen. Doch als ich das Gesicht meines Freundes sah, fielen sie mir nicht mehr ein. Und so hielt ich ihm nur schweigend Jamals versengten Drachen hin.

Er nahm ihn mir aus den Händen und bemerkte das getrocknete Blut darauf. »Wo ist mein Bruder?«

»Rebellen haben das Miliz-Viertel angegriffen«, sagte ich mit bebender Stimme. »Beim Königmann-Tag. Ich habe versucht, ihn zu beschützen, aber ... aber ...«

Er hielt den Drachen fest umklammert. »Wo ist mein Bruder?«

Meine Tränen wollten nicht fließen, aber meine Augen brannten, und mir tat die Kehle weh. »Im Hauptquartier der Waage. Sie bewahren dort seinen Leichnam auf. Es tut mir so leid, Trey.«

»Bewerber«, sagte der Mann mit dem spitzen Hut und

schnippte mit den Fingern, »zeig uns deine Licht-Fabrikationen. Wir müssen sichergehen, dass du deine Spezialisierung nicht nur erfunden hast.«

Trey bekam einen glasigen Blick, und er geriet ins Schwanken. Hatten die Hochadligen denn nicht mitbekommen, was gerade geschehen war?

»Bewerber, mach schon!«, forderte der Kegelhut.

Die drei Männer flüsterten einander etwas zu.

»Bewerber!«, rief einer der Hochadligen. »Bist du taub? Entweder zeigst du uns jetzt sofort deine Fabrikationen, oder …«

»Verzeiht, Hochadlige.« Trey richtete sich auf. »Ich zeige Euch mein Licht.«

Mit einem Mal strahlte er heller als die Sonne.

Und inmitten dieses weißen Gleißens war nur Treys Schluchzen zu hören.

»Trey!«, schrie ich mit gerötetem Gesicht. Mir wurde immer wärmer.

Sofort verschwand das Licht wieder, aber ich musste mehrfach blinzeln, bevor ich wieder klar sehen konnte.

Trey klappte zusammen. Dabei hielt er immer noch den Drachen umklammert, als würde dieser sonst davonfliegen. Sein Auftritt zog nun andere Zuschauer an. Die Hochadligen, die gerade noch an ihm interessiert gewesen waren, wichen hingegen vor ihm zurück. Vermutlich hielten sie ihn für unkontrollierbar leichtsinnig.

Aus dem Augenwinkel bemerkte ich, wie sich ein Mädchen mit einem roten Kleid und einem Endloser-Walzer-Aufnäher nach vorn drängte, um besser sehen zu können. Einen Moment später schickte sie die übrigen Umstehenden, die bereits wieder das Interesse verloren hatten oder sich unverhohlen über das Geschehen lustig machten, sanft, aber nachdrücklich davon.

Trey, der immer noch zusammengekrümmt auf dem Boden lag, fand nur allmählich die Sprache wieder. »Wieso? Wieso haben sie ihn getötet?«

Angesichts seiner Trauer konnte ich nicht anders, als ihm alles zu erzählen. Über den Angriff, die Explosion, unsere Flucht durch das Viertel und auf den Friedhof, die unbekümmerte Grausamkeit der Rebellen ... Da ich mir in meinem Schock die Schuld an Jamals Tod gab, verriet ich ihm sogar, dass ich nur noch lebte, weil ich ein Königmann war und damit in den Augen der Rebellen zu wertvoll, um zu sterben, solange ich mich nicht an alles erinnerte.

Kaum hatte ich ausgesprochen, sprang Trey auf und verpasste mir einen Kinnhaken. Erst als ich am Boden lag und er mit unbewegter Miene über mir aufragte, wurde mir bewusst, wie meine letzten Worte für ihn geklungen haben mussten.

»Ich habe dir vertraut. Du warst mein Freund. Und jetzt ist wegen dir mein Bruder tot.« Trey packte mich am Kragen und zog mich dicht an sein Gesicht heran. »Wegen dir habe ich alles verloren.«

»Trey, bitte, lass es mich dir erklären ...«

»Was erklären? Dass das Leben meines Bruders nicht so wertvoll war wie deins? Dass er es verdient hat zu sterben, damit du weiterleben kannst?«

»Nein, das wollte ich ...«

»Halt's Maul!«, schrie er mich an. »Mein Bruder ist tot! Und das ist deine Schuld, du hochadliger Dreckskerl!«

»Treyvon Wickert!« Das Mädchen mit dem roten Kleid näherte sich uns. »Dein Verhalten geziemt sich nicht für einen

Fabrikator einer hochadligen Familie. Die Auktion ist fast vorbei, also reiß dich ...«

»Als ob mich das noch kümmern würde«, presste er hervor. »Ich wollte nur für meinen Bruder lernen, wie ich meine Fabrikationen kontrollieren kann. Das alles hier habe ich überhaupt nur *ertragen*, um ihm ein besseres Leben zu ermöglichen. Aber jetzt?« Er wandte sich zu mir um. Die anderen Leute um uns herum beachtete er nicht. »Ich werde meinen Bruder rächen. *Du* bist verantwortlich für seinen Tod. *Du* hast meine Familie zerstört. Also werde ich im Gegenzug deine Familie zerstören und euer ach so wertvolles Vermächtnis auslöschen. Du wirst der letzte Königmann sein.«

Für einen Königmann geziemt es sich nicht zu betteln, aber ich wollte es dennoch tun, in der verzweifelten Hoffnung, dass mein Freund mir doch noch vergeben würde. »Trey ...«

»Hast du mich gehört, Königmann?«

»Bist du jetzt fertig, Treyvon?«, fragte das Mädchen. »Was glaubst du, welche hochadlige Familie dir nach diesem Ausbruch noch beibringen wird, wie man fabriziert?«

»Eine ganz sicher.« Trey sah auf mich herab. »Leb wohl, Königmann. Genieße die Zeit mit deinem Bruder und deiner Schwester, solange du noch kannst.«

Damit drückte er sich Jamals Stoffdrachen an die Brust und stürmte davon. Ich wäre ihm gern gefolgt, aber ich konnte nicht aufhören zu zittern. Außerdem bezweifelte ich, dass ich die richtigen Worte finden würde, um es besser zu machen. Falls das überhaupt möglich war.

Vielleicht würde er, wenn er einige Zeit getrauert hatte, ja nicht mehr so wütend auf mich sein. Aber ... war das vorstellbar? Würde ich ihm im umgekehrten Fall je verzeihen können, wenn Jenn und nicht Jamal gestorben wäre.

Doch darüber konnte ich im Moment nicht nachdenken, denn nun schickte das Mädchen mit dem roten Kleid mit einem knappen Wink die letzten Zuschauer weg und kniete sich neben mich auf den Boden. Ich sah, dass sie sich dabei das Kleid schmutzig machte. »Geht es dir gut?«, fragte sie mich sanft. »Was ist passiert? Wieso hat er dich bedroht?«

»Mit mir ist alles in Ordnung«, log ich. »Das ist eine Sache zwischen uns beiden, die niemanden sonst etwas angeht.«

»Ich verstehe«, erwiderte sie. »Obwohl die Umstände ungünstig sind, freue ich mich, dich wiederzusehen, Mikael. Warum hast du eigentlich alle meine Kontaktversuche ignoriert?«

Immer noch zu benommen, um einen klaren Gedanken fassen zu können, sah ich sie an. »Und wer bist du noch mal?«

Daraufhin gab sie mir eine so heftige Ohrfeige, dass ich für den Moment vergaß, was zwischen Trey und mir vorgefallen war, und mich stattdessen auf sie konzentrierte. Das Mädchen biss sich auf die zitternde Unterlippe und ballte beide Hände zu Fäusten. Ich rechnete damit, dass sie mich noch einmal schlagen würde.

»Willst du vielleicht raten?«, fragte sie.

»Nicht wenn du mich dann noch mal ohrfeigst.«

Doch das hatte sie gar nicht vor. Stattdessen boxte sie mich in den Magen, und ich ging keuchend wieder zu Boden. Noch nie im Leben war ich so fest geschlagen worden. Dabei hatte sie nicht einmal richtig ausgeholt.

»Wir waren Kindheitsfreunde. Und eigentlich dachte ich, sehr enge, aber dann bist du nach der Hinrichtung deines Vaters einfach verschwunden. Da du uns alle so spurlos aus deinem Leben gestrichen hast, habe ich mich wohl getäuscht.

Warst du der Ansicht, dein komplettes altes Leben würde mit dem Tod deines Vaters einfach aufhören?«

Ich murmelte etwas Unverständliches und hoffte, dass ich mich wieder an sie erinnern würde, wenn ich sie nur lange genug aus zusammengekniffenen Augen anstarrte. Sie war kleiner als die meisten in Kessel geborenen Frauen und hatte drei tätowierte Sterne hinter dem linken Ohr. Ihre zu einem lockeren Dutt zusammengedrehten braunen Haare kamen mir vage bekannt vor. Konnte es sein, dass Jenn manchmal so eine Frisur trug?

»Und behaupte ja nicht, du hättest mich wegen irgendwelcher Fabrikationen vergessen«, sagte sie. »Treyvon hätte es mir gegenüber erwähnt, wenn du aus Versehen welche erzeugt hättest. Oder es wäre irgendjemand anderem aufgefallen. Schließlich sind die meisten Fabrikationen sichtbar.«

»Bis auf die, die man nicht sehen kann, und dann wüsste es niemand.«

»Willst du, dass ich dich noch mal schlage?«, fragte sie.

Da ich das auf keinen Fall wollte, wägte ich meine nächsten Worte sehr sorgfältig ab. »Es tut mir leid.«

»Was?«

»Alles. Es tut mir leid, dass ich mich nicht an dich erinnere und dich deswegen seit Jahren nicht kontaktiert habe.«

Sie verschränkte die Arme. Offensichtlich erwartete sie weitere Erklärungen.

»Seit dem Tod meines Vaters habe ich permanent ums Überleben gekämpft. Damals ist an einem einzigen Tag meine ganze Existenz zerstört worden. Ich hatte das Gefühl, dass alle gegen uns waren – vor allem nach den Aufständen in der Burg Königmann. Ich bin nie auf die Idee gekommen, dass irgendwer, der nicht zu meiner Familie gehörte, ebenfalls von diesen Ereignissen betroffen sein könnte … dass irgendjemand sich Sorgen um uns machen oder nach uns suchen könnte. Natürlich erklärt das nicht, warum ich mich nicht an dich erinnere … Aber ich würde mich freuen, wenn du mir noch eine Chance gibst. Ich weiß nicht, ob du mich mögen wirst oder die Gesellschaft eines Menschen ertragen kannst, der sich nicht mehr an dich erinnert, obwohl du ihn für einen Freund gehalten hast. Aber wenn du dazu bereit bist, bin ich es auch.«

Ihr Gesichtsausdruck veränderte sich. Sie wurde rot und wich meinem Blick aus. »Ich … ich glaube, ich schulde dir auch eine Entschuldigung. Ich hätte dich nicht schlagen dürfen. Deine Bemerkung hat mich unvorbereitet getroffen, und ich habe falsch reagiert. Ich habe gedacht, nach all den Jahren täte es nicht mehr weh, aber gerade eben war ich wieder eine unsichere Achtjährige, die das Gefühl hatte, dass man sie im Stich gelassen hat. Ich schäme mich wirklich.«

»Solche Momente kennen wir alle.«

»Ja, das stimmt.« Das Mädchen gewann allmählich die Fassung zurück. »Wie auch immer. Wollen wir irgendwohin gehen, wo nicht so viel los ist, und noch mal von vorn anfangen? Meine Aufgabe hier ist fast beendet, und in den letzten zehn Jahren hat sich sicher reichlich Gesprächsstoff angesammelt.«

»Das würde ich sehr gern, aber nach dem, was gerade mit Trey passiert ist, muss ich …«

»O mein Gott, wie egoistisch von mir. Das habe ich völlig vergessen, und …«

»Ist schon gut«, erwiderte ich. »Ehrlich. Aber im Moment muss ich mich um ein paar Dinge kümmern. Wir sprechen ein andermal.«

»Ja, geh nur. Ein andermal …«

Nach einer kurzen unbeholfenen Umarmung ließ sie mich stehen und kehrte zur Fabrikatoren-Auktion zurück. Erst als sie außer Sicht war, fiel mir auf, dass ich weder ihren Namen kannte noch irgendeine Ahnung hatte, wer sie war. Genau wie bei der Rebellin.

Allmählich dämmerte mir, dass irgendetwas mit meinem Gedächtnis passiert sein musste. Aber weshalb fiel es mir erst jetzt auf? War es erst kürzlich oder bereits vor langer Zeit geschehen? Oder legte mich gerade jemand herein? Zwei Vorfälle dieser Art an einem Tag konnten kein Zufall sein … Oder?

Ich wusste es nicht.

Obwohl es mir das Herz brach, konnte ich Trey nicht helfen, solange er nicht genügend Zeit zum Trauern gehabt hatte. Eines konnte ich jedoch tun, aber nur wenn ich aufhörte, ein Talent zu vergeuden, auf das Jamal immer neidisch gewesen war.

Es war an der Zeit, dass ich Jenn und den Hochadligen Carl Domet in der Anstalt besuchte.

Kapitel 10
Ein Mann mit Gewissensbissen

»Du brauchst ein Bad«, sagte Jenn. »Ich kann dir das Wasser aufheben, wenn du möchtest.«

Ich schüttelte den Kopf, während ich in der Tür zu einem der Patientenzimmer stand und meiner Schwester dabei zusah, wie sie mit einem Schwamm und einem Eimer Wasser einen Mann wusch. Er saß inmitten eines Rings aus Kerzen und achtete peinlich genau darauf, dass keine einzige Flamme von verirrten Wassertropfen gelöscht wurde. Was mir übertrieben vorkam, da die gesamte verfügbare Fläche im Zimmer, vom Boden über den Schreibtisch bis zum Bett, mit Kerzen vollgestellt war. Die Stellen, an denen keine standen, waren mit geschmolzenem Wachs bedeckt.

»Es war ein langer Tag«, sagte ich.

»Wer war es diesmal? Advokatoren? Aufseher? Beschwörer?« Jenn sah auf ihren Patienten hinab. »Kannst du bitte den Arm heben, Dunkelberg?«

Der Mann ließ die Kerzen keine Sekunde aus den Augen, während er ihrer Anweisung folgte.

»Rebellen«, erwiderte ich.

Sie blickte zu mir auf. In der einen Hand hielt sie den Schwamm, mit der anderen Dunkelbergs Arm. »Rebellen? Wo?«

»Sie haben das Miliz-Viertel angegriffen. Jamal und ich gerieten zwischen die Fronten. Ich würde dir gern sagen, welche Schnitte und blauen Flecke von letzter Nacht und welche von heute sind, aber ich weiß es nicht … Jamal ist tot. Sie haben ihn umgebracht.«

Schockiert ließ Jenn Dunkelbergs Hand los, und sie fiel in den Eimer. Als das herausspritzende Wasser ein paar Kerzen löschte, brach der Mann in Panik aus. »Mein Licht! O Gott. Wenn es dunkel ist, kommen sie mich holen.« Ohne Vorwarnung gingen seine Hände in Flammen auf. Jenn wich fluchend vor ihm zurück, als er zitternd eine Hand über die Kerzen hielt und nacheinander die Dochte wieder entzündete.

»Das wird mir jetzt zu viel«, murmelte Jenn. Rasch rieb sie Dunkelberg trocken und zog ihn an.

Als wir das Zimmer verlassen hatten und nachdem sie die Tür hinter uns schloss, bombardierte sie mich mit Fragen: »Rebellen? Ist das der Grund für den schwarzen Rauch über dem Fluss? Sind Leon, Angelo und Trey in Sicherheit? Hast du die Rebellen mit eigenen Augen gesehen? Hast du mit ihnen gekämpft? Warte mal. Du warst beim Königmann-Tag! Was hast du dir nach letztem Jahr bloß dabei gedacht?«

»Angelo ist in Sicherheit – außer sich, aber in Sicherheit. Von Leon habe ich nichts gehört, aber Angelo sagt, dass er auch besorgt ist. Trey ist … Ich weiß nicht, wie es ihm geht. Ich hab ihm erzählt, was passiert ist, und er ist durchgedreht.« Auch jetzt kamen die Tränen nicht, obwohl es dringend nötig gewesen wäre. »Ich habe ihn hängen lassen. Ich hätte Jamal vor ihnen beschützen müssen … Warum sie es getan haben oder was sie vorhatten, weiß ich nicht. Es schien ihnen nur darum zu gehen, Menschen zu töten.«

Jenn zog sich, wie sie es schon seit Jahren tat, das Halstuch über den Mund, sodass alles, was sie sagte, nur noch gedämpft zu hören war. »Ich hätte nicht erwartet, dass sie die Stadt angreifen. Ich dachte, der König wäre inzwischen mit ihnen fertiggeworden.«

»Nach der Eroberung von Naverre hatte er sieben Jahre, um mit ihnen fertigzuwerden. Aber es werden immer mehr, und auf dem Land machen sie längst, was sie wollen. Es überrascht mich nicht, dass sie nach Kessel gekommen sind. Ich hätte bloß nicht gedacht, dass es heute passieren würde.«

»Glaubst du …?« Sie zögerte. »Glaubst du, die Waage wird die allgemeine Wehrpflicht einführen?«

»Nach einer einzigen Attacke auf den Ostteil der Stadt? Das bezweifle ich. Dafür wissen sie zu wenig über den Gegner. Sie haben keine Ahnung, wer der sogenannte Kaiser der Rebellen ist oder wie viele es sind und wo sie sich abgesehen von Naverre und dem Lager vor den Mauern aufhalten. Sie wissen ja nicht einmal, was die Rebellen vorhaben. Da wäre es zu früh für eine Zwangsverpflichtung.«

Jenn stieß erleichtert den Atem aus. »Also gut, ich will ja nicht deine brüderliche Zuneigung hinterfragen, aber weshalb bist du hier?«

»Wegen Carl Domet.«

Sie hob eine Augenbraue. »Was ist mit ihm?«

»Ich möchte die Anstellung.«

»Erzähl keinen Quatsch. Du willst es *wirklich* tun?«

Ich rieb mir den Nacken. »Ja.«

Sie konnte nicht verbergen, wie schockiert sie über diese Neuigkeit war. Doch kurz darauf fasste sie sich wieder … Da erst fiel mir siedend heiß ein, dass ich, abgesehen von der Bezahlung, rein gar nichts über diese Arbeit wusste. Ich hoffte nur, dass mir Domet das Fabrizieren beibringen würde.

»Dann solltest du mit ihm darüber sprechen.« Sie sah mich von Kopf bis Fuß an. »Vielleicht morgen, nachdem du …«

»Nein, ich würde es gerne heute Abend tun.«

»Warum?«, fragte sie. »Du bist nach alldem doch sicher erschöpft. Musst du dich denn gar nicht ausruhen?«

Ich wusste nicht, wie ich ihr die Wahrheit sagen sollte. Dass mich das, was im Miliz-Viertel und auf dem Friedhof geschehen war, verändert hatte. Dass ich mir Sorgen machte, noch mehr Menschen, die mir am Herzen lagen, könnte etwas zustoßen. Dass ich nicht in der Lage sein würde, mich auszuruhen, solange ich nicht wusste, wie ich meine Familie beschützen sollte. Ich hatte bereits Jamal verloren und vielleicht auch Trey. Noch mehr Verluste würde ich nicht ertragen. Also musste ich weitermachen, egal, wie sehr sich mein Körper nach Erholung sehnte. Und so log ich.

»Ich brauche etwas, womit ich mich ablenken kann«, sagte ich. »Auf keinen Fall möchte ich jetzt in meinem Zimmer sitzen und über Jamal nachdenken müssen. Damit wäre sein Tod … nur noch schwerer zu akzeptieren. So tue ich wenigstens etwas.«

»Mikael, ich …«

Ich lächelte und legte ihr eine Hand auf die Schulter. »Mir geht es gut, versprochen.«

Seit der Hinrichtung unseres Vaters machten wir einander nichts vor. Also glaubte Jenn mir, auch wenn eigentlich deutlich zu erkennen sein musste, dass es mir überhaupt nicht gut ging.

Manchmal macht Liebe eben blind.

»Vielleicht ist es gar nicht schlecht, wenn du heute Abend mit ihm sprichst«, räumte sie ein. »Bevor er geht, muss schließlich noch der ganze Papierkram erledigt werden. Währenddessen kannst du dich ja ausruhen.«

»Dann ist es ja gut.« Ich wies mit einer ausladenden Geste den Korridor entlang. »Du gehst voraus.«

Ich hasste es, in der Anstalt zu sein, wo die Korridore immer enger zu werden schienen. Je weiter wir in das Gebäude vordrangen, desto unregelmäßiger wurden die Steine, aus denen es errichtet war, und umso mehr neigten und krümmten sich die Wände. Ich fühlte mich wie in einem unterirdischen Kerker. Die unheimlichen Kratzgeräusche, die an mein Ohr drangen, machten es auch nicht besser. Als meine Mutter damals eingeliefert worden war, hatte ich angenommen, eine Irrenanstalt wäre permanent von Lärm, Stöhnen und Geschrei erfüllt. Diese jedoch nicht, und das machte mich nur noch nervöser. Immer wenn ich hier war, rechnete ich halb damit, dass jeden Moment eine Tür aufspringen und ich in eines der Zimmer gezerrt werden würde, wo ich mein restliches Leben als stummer Gefangener fristen musste.

Nach einer Weile blieb Jenn vor einer Metalltür stehen, in die eine 27 eingraviert war.

»Erstens«, sagte sie und hob einen Finger, »du weißt, dass Domet reich ist. Keiner kann sagen, wieso. Fast alle Adligen stehen bei ihm in der Kreide oder hatten schon mal Schulden bei ihm. Zweitens hat es weder seinem gesellschaftlichen Ansehen noch seiner Macht bei Hof geschadet, dass er hier ist. Wahrscheinlich wird irgendwer ein Fest für ihn veranstalten, wenn er rauskommt. Als Letztes musst du wissen, dass er Alkoholiker ist. Du kannst ihn nicht vom Trinken abhalten. Sorg nur dafür, dass er nicht stirbt.«

»Ist er deshalb hier?«, fragte ich. »Ich wusste gar nicht, dass in dieser Anstalt auch Suchtkranke behandelt werden.«

»Das ist auch nicht so. Aber das ist der einzige Grund für seinen Aufenthalt, den ich mir vorstellen kann.«

Jenn löste ihren Schlüsselring vom Gürtel und suchte einen heraus, dessen Bart wie Kaninchenzähne geformt war. Sie steckte ihn ins Schloss und entriegelte die Tür, wobei es laut knirschte. Gleißende Helligkeit strahlte mir entgegen, und während sich meine Augen an die neuen Sichtverhältnisse gewöhnten, bekam ich einen ersten Eindruck von Carl Domet. Sein Zimmer war unglaublich vornehm eingerichtet, mit einem luxuriösen weißen Teppich, einem großen Federbett und einer Vitrine, die besser bestückt war als die meisten Lokale in der Stadt. Das Licht, das mich so unvorbereitet getroffen hatte, fiel durch ein großes Fenster mitten in der Wand. Dem ersten, das ich je in der Anstalt gesehen hatte.

Carl Domet saß in einem rosafarbenen Sessel und las in einem Buch. Neben ihm standen eine halb volle Flasche Rum und ein Spazierstock mit einem Wolfsschädelknauf. Er hatte das kultivierte Aussehen eines Hochadligen, die Statur eines Bauern und einen unfassbar stechenden Blick. Als er uns bemerkte, legte er das Buch mit einem Knall auf den Beistelltisch. »Jenn, meine Liebe, wie geht es dir heute? Wen hast du denn da mitgebracht?«

Jenn machte vor ihm einen Knicks. »Mir geht es gut, Hochadliger Domet. Das ist mein Bruder Mikael.«

Domet nahm seinen Stock, stemmte sich aus dem Sessel hoch und kam zu uns. Er hinkte und schonte sein linkes Bein. Wir waren ungefähr gleich groß, aber er schien mich mit seiner bloßen Präsenz in den Schatten zu stellen. »Es ist mir eine

Ehre, Mikael Königmann. Verzeih mir meine Direktheit, aber was führt dich zu mir?«

»Er ist hier, weil er Euch begleiten will, sobald Ihr die Anstalt verlasst, Hochadliger Domet«, antwortete meine Schwester für mich.

»Wunderbar! Nimm es mir nicht übel, meine Liebste, aber ich langweile mich allmählich hier drinnen. Und es ist ein bisschen kalt, oder geht das nur mir so?«

»Es ist tatsächlich kalt, Hochadliger Domet. Seit dem letzten Wetterumschwung sind Wintermäntel wieder in Mode.«

Domet legte meiner Schwester eine Hand auf die Schulter. »Vielen Dank für den Hinweis, meine liebe Jenn, aber die Leute werden anziehen, was ich trage, nicht andersherum. Lass uns gehen, Mikael. Es gib so vieles, was ich mit meiner wiedererlangten Freiheit anstellen möchte.«

Domet schritt um uns herum und verließ das Zimmer. Überrascht von seinem plötzlichen Abgang folgten ihm Jenn und ich.

»Hochadliger Domet!«, rief meine Schwester. »Ich habe noch gar nicht erklärt, was mein Bruder tun soll.«

Er drehte sich nicht einmal um. »Das ist auch nicht nötig. Ich mache das nicht zum ersten Mal und werde ihm unterwegs alles sagen. Später kann er immer noch mit dir Rücksprache halten. Komm schon, Mikael, wir sind schon viel zu spät dran!«

»Was ist mit den Formularen? Und Euren Sachen? Was soll ich mit denen anstellen?«

Der Hochadlige Domet warf Jenn eine Goldsonne zu. »Kümmer dich für mich darum. Zur Entschuldigung für meinen unvermittelten Aufbruch werde ich dem Personal eine Kiste Wein zukommen lassen. Und lass alles so, wie es ist. Wer weiß, wann ich das nächste Mal eine Ruhepause brauche?«

Ich warf meiner Schwester einen Blick zu, und sie formte mit den Lippen eine lautlose Entschuldigung und schob mich hinter Domet her. So folgte ich ihm aus der Anstalt. Jedem, der seine Entlassung infrage stellte, steckte er ein paar Münzen zu und hebelte so mühelos die rigorosen Sicherheitsmaßnahmen der Anstalt aus. Sobald wir draußen waren, packte er die Seiten seines Mantels, schloss die Augen und holte tief Luft. »Riechst du das, Mikael? Das sind Fischgedärme, Schwefel und schlechtes Parfüm. Kessel stinkt immer noch so, wie ich es in Erinnerung habe. Bis auf den Schwefelgeruch, der früher nicht so intensiv war.«

Ich wusste nicht, was ich darauf antworten sollte. Eigentlich hätte er doch so etwas sagen müssen wie die Stadt röche nach Freiheit, Beeren oder irgendetwas anderem Schönen. Dass er ihre Gerüche derart ehrlich beschrieb, überraschte mich. Schließlich stand er nicht gerade im Ruf, ein aufrichtiger Mann zu sein. »Werdet Ihr mir sagen, wie die Anstellungsbedingungen aussehen?«

»Nein«, erwiderte er und ging in Richtung Hohes Viertel. Da mir keine andere Wahl blieb, folgte ich ihm.

Wir gingen in einseitigem Schweigen nebeneinanderher, was bedeutete, dass er ununterbrochen redete und ich kein einziges Wort sagte. Domet fand alle möglichen Gesprächsthemen faszinierend, sprach über Politik und Religion und dachte sogar laut darüber nach, eine eigene Weinmarke zu gründen. Während wir gingen, zog er immer wieder einen Flachmann aus der Tasche und trank daraus, sodass sein Atem mit der Zeit immer säuerlicher roch.

Bevor wir das Hohe Viertel erreichten, nötigte Domet die

Inhaberin eines Blumenstandes dazu, ihr Geschäft aufzumachen. Während ich ein paar Schritte entfernt neben einem Schuster wartete, der gerade ein Paar Schuhe flickte, schien Domet jede einzelne Blume genau in Augenschein zu nehmen. Immer wieder bat er die Floristin, dem Strauß, den sie für ihn zusammenstellte, eine bestimmte Blumenart hinzuzufügen, nur um im nächsten Moment darauf zu bestehen, dass sie sie wieder entfernte. Es dauerte so lange, dass mir der Schuster in der Zwischenzeit gut und gerne meine abgetragenen Stiefel hätte flicken können. Als Domet schließlich eine endgültige Wahl traf, war ich kurz vorm Einschlafen. Im Weitergehen bemerkte ich, dass sein Strauß aus Mondtränen und Zaunwinden bestand, den Sonnenaufgangs- und -untergangsblumen.

»Wofür sind die«, erkundigte ich mich. »Für eine Dame?«

Er lachte leise über meine Frage. »Nicht für *eine* Dame, sondern *die* Dame.«

Danach beantwortete er meine Fragen nur noch sehr wortkarg. Als wir das Tor zum Hohen Viertel durchquerten – die Advokatoren, die es bewachten, bemerkten kaum, dass ich mit Domet unterwegs war –, fiel mir auf, dass Jahre vergangen sein mussten, seit ich zum letzten Mal in diesem Teil der Stadt gewesen war. Im Gegensatz zu anderen Stadtteilen, in denen außer den Narben der wöchentlichen Mondfälle immer noch Schäden zu begutachten waren, die der Schießpulverkrieg vor fünfundzwanzig Jahren hinterlassen hatte, sah das Hohe Viertel makellos aus. Die Luft roch süß, die Gebäude glichen einander wie ein Ei dem anderen, und die Kopfsteinpflaster waren viel glatter als die spitzen Steine, die andernorts aus dem Boden ragten. An alldem konnte jeder erkennen, wie sehr sich das Hohe Viertel von der restlichen Stadt unterschied und ihr offenkundig überlegen war.

Als wir an der Stadtmauer ankamen, führte Domet mich durch eine Gasse in einen Hof, in dem ein Schrein von Patronin Viktoria stand. Eingepfercht zwischen hohen Gebäuden, war er ein grüner und moosbewachsener Schlupfwinkel in einem Dschungel aus Ziegelsteinen. Sein Herzstück war ein aus verschiedenen Materialien erbauter Tempel. Er stand auf einer kleinen von trübem Wasser umgebenen Insel, die man über eine marmorne Brücke erreichte. Ich hatte noch nie einen Schrein der Patronin gesehen, der so wunderschön erhalten war. Normalerweise wirkten sie klapprig und altersschwach, ganz ähnlich wie all die älteren Anhänger der Patronin, die sie geradezu anzuziehen schien.

Domet sah ein Paar zierliche Silbersandalen auf dem Marmor und blieb stehen, bevor er die Brücke überquerte. »Anscheinend hat die Dame bereits eine Besucherin.«

»Und?«

Er sah mich mit gerunzelter Stirn an. »Also müssen wir warten, bis sie fertig ist. Es bringt Unglück für beide Parteien, wenn man einen Besuch bei der Patronin unterbricht.« Domet holte den Flachmann aus der Tasche und trank ihn leer. Als er ihn wieder absetzte und schüttelte, glänzten seine Lippen. »So. Fertig. Nie wieder.«

»Werdet Ihr mir je erklären, wieso wir hier sind und was ich für Euch bei dieser Arbeit tun soll?«

»Ich glaube, das sollte ich. Du wirst mich einen Monat lang jeden Tag in meinem Haus im Hohen Viertel besuchen – dem roten Ziegelbau gegenüber dem Eroberer-Brunnen, vor dem Tausendschön wächst –, um sicherzugehen, dass ich nicht mit der Flasche in der Hand gestorben bin. Dafür gebe ich dir jeden Tag fünf Sonnen. Leicht verdientes Geld, würde ich sagen.«

»Das ist alles?«, fragte ich.

»Das ist alles«, bestätigte er.

»Wieso habt Ihr mir das nicht bereits in der Anstalt gesagt?«

Domet rieb sich das Kinn. »Ich glaube, ich wollte einfach Gesellschaft haben. Du kannst jetzt gehen, wenn du möchtest.« Er kramte in seinen Taschen herum, bis er fünf Goldsonnen gefunden hatte, die er mir reichte. »Wir sehen uns morgen, Mikael Königmann. Komm, wann immer es dir passt. Ich werde entweder trinken oder schlafen.«

Ich wog die Münzen in meiner Hand. Es waren sehr viele für so wenig Arbeit. Die Sache musste einen Haken haben. Vermutlich konnte ich den bloß nicht finden, weil Domet mich in seine Betrugsmasche eingewickelt hatte. Ich wäre wirklich gerne gegangen, aber ich brauchte mehr als nur Geld von ihm. »Ihr könnt fabrizieren, richtig?«

»Wieso?«

»Ich will lernen, wie es geht.«

Domet verdrehte die Augen. »Dann schließ dich einer Fabrikatoren-Armee an.«

»Ich kann nicht. Ich habe es schon ein paarmal versucht, und sie haben mich alle abgelehnt«, log ich. »Sie behaupten, der König würde sie köpfen, wenn sie einem Königmann das Fabrizieren beibrächten. Aber Ihr seid Carl Domet. Keiner sagt Euch, was Ihr tun sollt ... nicht einmal der König.«

Damit entlockte ich ihm ein Lächeln. »Du hast tatsächlich versucht, dich einer Armee anzuschließen? Interessant, das habe ich nicht erwartet.«

»Überrascht Euch das wirklich? Mein Bruder ist bei der Waage, obwohl er ein Königmann ist.«

»Ja«, erwiderte Domet, »aber die Adligen haben ihm keine

Wahl gelassen. Sie mussten ihn wie einen Hund an die Kette legen, um dem einfachen Volk zu veranschaulichen, dass niemand über dem Gesetz steht. Ich habe geglaubt, du wärest zu stolz, um dir vom Adel helfen zu lassen.«

»Ich tue, was nötig ist.«

»Sag mal, was genau willst du eigentlich lernen? Weißt du, die Magie ist gar nicht so großartig, wie man allgemein behauptet. Ein einziger Fehler genügt, und du bist ein Vergessener. In den meisten Fällen lohnt sich das Risiko nicht, da es fast immer bessere Wege gibt, die zum gleichen Ziel führen.«

»Das ist mir bewusst«, sagte ich. »Aber bei allem, was in der Stadt passiert, muss ich meine Familie irgendwie beschützen.« Bei diesen Worten dachte ich vor allem an die Rebellin. »Egal, was ich dafür tun muss.«

»Egal, was du dafür tun musst? Und was ist, wenn du deine Gegner angreifen musst, bevor sie gegen dich losschlagen können? Würdest du so weit gehen, um deine Liebsten zu beschützen? Wenn ja, sind wir im Geschäft, Mikael. Eine Hand wäscht die andere.«

Mein Gesicht wurde heiß. Ich hatte immer alles getan, um bei so wenig Leuten wie möglich in der Schuld zu stehen … und nun dachte ich über eine Vereinbarung mit Carl Domet nach, neben dem selbst die anderen Hochadligen wie Zwerge wirkten. Aber ich musste es für meine Familie tun. Und wenn es nicht funktionierte, hatte ich wenigstens alles versucht, was in meiner Macht stand. Jamal wäre stolz auf mich gewesen. »Was verlangt Ihr von mir?«

»Nimm am Endlosen Walzer teil – aber nicht, um eine politische Ehe anzubahnen, sondern um die Wahrheit über deinen Vater aufzudecken. Ich weiß, dass er von einem Mitglied der Königsfamilie oder einem Hochadligen reingelegt wurde. Allerdings habe ich keine Ahnung, von wem … Ach komm, schau mich nicht so schockiert an, Mikael. Schließlich bin ich nicht in der Irrenanstalt gelandet, weil ich trinke oder unter Gedächtnisverlust leide. Nein, ich sollte zum Schweigen gebracht werden, weil ich der Wahrheit auf die Schliche gekommen bin.«

Wer hatte genug Macht, um Domet zum Schweigen zu bringen und ihn sogar in eine Anstalt stecken zu lassen? Es erschien mir unglaublich – genau wie seine Behauptung, mein Vater sei hereingelegt worden. Er log … oder etwa nicht?

Das Geräusch von nackten Füßen auf Marmor unterbrach meine Gedanken. Ich drehte mich um und sah eine junge Frau in einem kurzen dunkelblauen Kleid und mit schulterlangen krausen Haaren.

»Hochadliger Domet. Ich habe nicht damit gerechnet, dass Ihr schon so bald aus der Anstalt entlassen werdet. Entschuldigt bitte, wenn ich Euch vom Besuch bei Patronin Viktoria abgehalten habe.«

»Du musst dich nicht entschuldigen, Chloe. Ich habe es nicht eilig. Aber ich dachte, du und deine Mutter, ihr glaubt an die Lehren des Wanderers.«

Chloe sah ertappt zur Seite. »Das tun wir … beziehungsweise meine Mutter tut es. Ich weiß noch nicht, an was ich glaube. Ich unterziehe mich morgen der Rabenprüfung und habe gehofft, ein Besuch bei der Patronin Viktoria würde mich beruhigen.«

Ich machte große Augen. Diese zerbrechlich aussehende Frau wollte sich der königlichen Garde anschließen? Im Vergleich zu den Raben, die ich bisher gesehen hatte, wirkte Chloe wie eine Feder im Wind.

Domet klopfte ihr unbeholfen auf den Rücken. »Ich habe größtes Vertrauen in dich. Immerhin bist du Efyras Tochter.«

Ich biss mir auf die Zunge und hoffte, dass man mir meine Gedanken nicht ansehen konnte.

»Wir werden sehen«, sagte sie und fing meinen Blick auf. »Und wer ist das, Hochadliger Domet? Euer Begleiter ist mir nicht bekannt.«

Domet stellte sich zwischen uns. »Hochadlige Chloe Maurer, darf ich dir …?«

»Mikael Königmann«, fiel ich ihm ins Wort und richtete mich auf, »der jüngste Sohn von David Königmann.«

»Meine Mutter hat mir von deiner Familie erzählt«, sagte sie.

»Bevor oder nachdem sie ihn hat hinrichten lassen und seinen Platz beim König eingenommen hat?«

Sie hielt meinem Blick ungerührt stand. Nur die Geräusche der Natur und der Stadt um uns herum waren für einen Moment zu hören. »Wir sind nicht alle mit denselben Geschichten aufgewachsen«, sagte sie dann. »Ihr müsst mich entschuldigen. Das morgige Turnier der Raben beginnt sehr früh, und ich muss davor noch einiges erledigen. Ich wünsche dir alles Gute, Mikael Königmann.« Chloe schlüpfte in ihre silbernen Sandalen und ging davon. Nach ein paar Schritten drehte sie sich noch einmal um. »Ich hoffe, wir begegnen uns noch einmal unter günstigeren Umständen.«

Als sie außer Sicht war, wandte ich mich wieder Domet zu. »Jetzt könnt Ihr mir erklären, was Ihr meint.«

»Ich dachte, das wäre klar. Irgendwer aus der Königsfamilie oder ein Hochadliger hat deinem Vater den Mord an Davi Kessel angehängt. Wenn du mir dabei hilfst, es zu beweisen, bringe ich dir bei, wie man fabriziert.«

»Habt Ihr denn irgendeinen Beweis?«

»Nur Indizien.«

»Weshalb sollte ich Euch dann glauben?«

Domet breitete die Hände aus, als wollte er mich umarmen. »Weißt du was, Mikael, das ist ja das Schöne. Es ist gar nicht nötig, dass du mir glaubst. Du musst der Sache einfach nur nachgehen, und wenn ich mich täusche, ist es einfach so. Wenn du mir hilfst, bekommst du einen Monat lang jeden Tag fünf Goldsonnen. Außerdem werde ich dir die Grundlagen des Fabrizierens beibringen. Und weißt du was, ich werde auch noch deine Mutter aus der Anstalt holen und irgendwo anders unterbringen, wo man sich richtig um sie kümmert. Damit könnte auch deine Schwester noch mal neu anfangen und etwas aus sich machen, anstatt immer nur die Rechnungen zu bezahlen.«

Mein Herz fühlte sich an, als würde es gleich zerspringen. Als ich die Stelle angenommen hatte, hatte ich nichts erwartet, und nun wollte Domet mir alles geben. »Wieso kümmert Euch mein Vater und was mit ihm geschehen ist?«

»Vor zehn Jahren habe ich den Fehler gemacht zu schweigen, als ich etwas hätte sagen sollen. Ich wusste, dass dein Vater unschuldig war … aber ich war nicht in der Lage, ihn zu verteidigen. Zu viel Wein und Wodka. Keiner hätte mir geglaubt. Aber nun geht es mir wieder besser, und ich kann etwas tun.« Er holte tief Luft. »Ich will nicht sterben, ohne meine Untätigkeit von damals wiedergutgemacht zu haben. Manchmal treibt mich die Sorge um, mein Fehler könnte der Grund sein, wieso sich unser Land von einer Weltmacht in dieses vergessene Durcheinander verwandelt hat.«

»Also gut, aber weshalb soll ich am Endlosen Walzer teilnehmen? Wenn sie mich schon nicht in eine der Fabrikatoren-

Armeen aufnehmen wollen, wieso sollten die Adligen mich dann bei etwas noch viel Elitärerem mitmachen lassen?«

»Überlass mir die Einzelheiten. Ich bekomme dich schon da rein. Und ist es nicht offensichtlich, weshalb du am Endlosen Walzer teilnehmen musst? Wir leben in einem Land, in dem die Adligen eine Magie wirken, die sie ihres Gedächtnisses beraubt. Dazu haben wir einen König, der Angst davor hat, wie man ihn nach seinem Tod in Erinnerung behalten wird, und der deswegen die Geschichte klittert, um sich und seine Entscheidungen in ein besseres Licht zu rücken. Die Wahrheit über deinen Vater ist in seinen Erinnerungen verborgen. Daher gibt es nur eine Möglichkeit: Während du so tust, als würdest du am Endlosen Walzer teilnehmen, wirst du dem König seine Erinnerungen stehlen. In ihnen wirst du alles finden, was du benötigst.«

Mir wurde schwindelig, und ich wich vor ihm zurück. »Das ist Wahnsinn. Ihr seid wahnsinnig. Ist Euch eigentlich klar, was mir blühen würde, wenn ich am Endlosen Walzer teilnähme? Vom Diebstahl am König ganz zu schweigen.«

»Du würdest dein Geburtsrecht einfordern. Bist du ein Königmann oder ein Kümmerling?«

Ich war ein Überlebender, und eine Rückkehr in die Welt der Adligen würde mein Überleben gefährden. Es wäre wie ein Hechtsprung ins Feuer. Aber was er mir dafür anbot, war nicht zu verachten: Pflege für meine Mutter, Freiheit für Jenn, die Fähigkeit zu fabrizieren und Geld. Konnte ich das alles wirklich ausschlagen?

»Ich tue es, aber nur unter einer Bedingung«, sagte ich schließlich.

Domet bedeutete mir, dass ich fortfahren solle.

»Wenn mir etwas zustößt, kümmert Ihr Euch um meine

Freunde und meine Familie und sorgt dafür, dass sie sich für den Rest ihres Lebens keine Sorgen mehr machen müssen. Das gilt für meine Mutter, Jenn, Leon, Angelo und meine Freunde Sirash, Arjay, Gianna, Ja…« Ich schluckte. »Und Trey.«

»Einverstanden.« Domet reichte mir die Hand. »Möchtest du, dass ich einen Blutschwur ablege, oder genügt dir mein Ehrenwort?«

Blutschwüre hatten nichts zu bedeuten und waren in der Vergangenheit der Königmanns so oft gebrochen worden, dass ein Ehrenwort viel mehr Gewicht hatte, besonders das eines Hochadligen.

»Euer Wort genügt mir.«

Wir schüttelten die Hände, und damit gab es für mich kein Zurück mehr.

Kapitel 11
Der Mann,
der zum Fenster hereinstieg

Ich ließ Domet am Schrein zurück. Aus höheren Wesen, Propheten, Patronen oder Gott hatte ich mir noch nie viel gemacht, und ihm schien es ganz recht zu sein, dass er so lange bleiben konnte, wie er wollte, ohne sich über mich Gedanken machen zu müssen.

Allerdings bezweifelte ich, dass er auf mich allzu große Rücksicht genommen hätte, wenn ich geblieben wäre.

Auf dem Heimweg legte ich einen Zwischenhalt beim öffentlichen Bad im Studentenviertel ein, weil es das einzige war, das auch während der Verdunklung geöffnet hatte. Es war fast komplett leer, da die meisten Leute nach den Ereignissen im Ostteil von Kessel lieber zu Hause blieben. Es dauerte eine ganze Weile, bis all das Blut, der Matsch, der Schweiß und der Staub von mir abgewaschen waren, und noch mal länger, bis ich sämtliche Glas- und Steinsplitter unter meinen Nägeln herausgezogen hatte. Danach sahen sie aus, als hätte ich sie bis zum Nagelbett abgekaut.

Als ich zu Hause ankam, war niemand da. Also kümmerte ich mich um unsere Wäsche, aß so viel Eingelegtes, wie mein Magen vertrug, und fragte mich gerade, ob ich nach Trey suchen sollte, als Sirash an mein Fenster klopfte. Nachdem ich es aufgemacht hatte, kletterte er eilig herein und fiel mir in die Arme. Ich war froh, dass ich ihn nicht auch noch verloren hatte.

»Jamal?«, fragte er, als wir uns schließlich voneinander lösten.

»Er wurde von Rebellen erschossen.«

»O Mikael. Wie geht es Trey? Wie geht es dir?«

Während ich Sirash alles erzählte, wurde mir erneut schwindelig.

»Es tut mir leid, Mikael«, sagte Sirash schließlich.

»Was ist mit Gianna und Arjay?«

»Im Moment geht es ihnen gut, aber ich brauche deine Hilfe.« Sirashs Blick zuckte hin und her.

»Nach dem Angriff auf das Miliz-Viertel wurden alle Flüchtlinge vorübergehend in den Regenbogen-Bezirk geschafft. Dort gibt es viele leer stehende Häuser, aber auch mehr Beerensüchtige denn je, und die Menschen geraten sich wegen jeder Kleinigkeit in die Haare. Außerdem hab ich gehört, dass sich ein paar der Beerensüchtigen zu einer Bande zusammengeschlossen haben. Kannst du dir das vorstellen? Ich muss Arjay da rausholen.« Er hielt kurz inne, um Atem zu holen.

»Wie kann ich dir helfen?«

»Ich brauche Geld«, erwiderte er. »Ich habe einen Platz für uns in den Fischereien gefunden. Er ist nicht perfekt, aber dort leben wenigstens nur Dimmer.«

»Wie viel brauchst du?«, fragte ich und holte die Sonnen heraus, die Domet mir gegeben hatte. »Die kannst du haben. Im Moment muss ich keine Rechnungen bezahlen. Und wenn du ein paar Tage wartest, kann ich dir noch mehr geben.«

Zögerlich nahm Sirash die Münzen. »Vielen Dank, aber ich kann nicht länger warten, weil es immer schlimmer wird. Wir müssen noch heute Nacht von dort weg.«

Ich hatte ihn noch nie so nervös erlebt. Was immer im Regenbogen-Bezirk geschah, war schlimm genug, um einem ehemaligen Knochenmann Angst einzujagen. »Wie viel brauchst du noch?«, wiederholte ich.

»Weil es so schnell gehen muss, zusätzlich zu dem, was du mir gerade gegeben hast, noch mal fünfzehn Sonnen. Und zwar bis Mitternacht.«

Ich stieß ein paar Flüche aus. »Wie willst du denn in einer einzigen Nacht an so viel Geld kommen?«

»Ich habe heute Nacht einen Auftrag, der genug einbringt, aber dafür brauche ich dich.«

Von so einer lukrativen Tätigkeit hatte ich noch nie gehört. Niederadlige übers Ohr hauen brachte kaum je so viel ein, und nachdem Sirash die süchtigen Kinder im Regenbogen-Bezirk gesehen hatte, war er immer dagegen gewesen, Schwarzbeeren zu verkaufen. Also fragte ich ihn, worum es bei diesem Auftrag ging.

»Er kommt von einem Söldner.«

Noch bevor Sirash das Wort ganz ausgesprochen hatte, schüttelte ich bereits den Kopf. »Nein, Sirash. Ich bin heute im Miliz-Viertel erwischt worden und auf Bewährung. Wenn ich irgendetwas tue, was mich mit den Rebellen in Verbindung bringen könnte, werden sie mich einsperren. Die Zusammenarbeit mit einem Söldner wäre höchstverdächtig.«

»Mikael, bitte, ich würde dich nicht darum bitten, wenn es eine andere Möglichkeit gäbe. Ich habe bei uns zu Hause einen Vorrat Schwarzbeeren gefunden, der Arjay gehört. Ich weiß nicht, ob er sie verkauft oder selbst nimmt, aber ich mache mir Sorgen, dass er in große Schwierigkeiten gerät, wenn wir nicht noch heute Nacht verschwinden.«

Ich ging fluchend in meinem Zimmer auf und ab. Da die Taten der Königmanns häufig den Lauf der Geschichte beeinflussten, hatten meine Geschwister und ich viel über die Welt lernen müssen. Vor allem über die Anrainerstaaten – die fünf Streitenden Reiche, die einst ein einziges Imperium gewesen waren, die Goldküste und Neu-Drakon. Aber wir hatten auch einiges über Länder erfahren, die weiter entfernt lagen – unter anderem Eham, Goldono, Azil, das Thebische Imperium und die Knochenküste. Unsere Lehrer hatten es sich zum Ziel gesetzt, uns zumindest in groben Zügen mit ihren jeweiligen Kulturen vertraut zu machen. Doch mit den Söldnern und deren Kompanien hatten wir uns länger befasst als mit all diesen Ländern zusammengenommen. Wir kannten ihre Entstehungsgeschichte und wussten, warum sie so berüchtigt waren. Es waren Kompanien, die sich zu nomadischen Stadtstaaten entwickelt hatten, die kein Adliger, König, Kaiser, Prophet oder Gott zur Rechenschaft ziehen konnte.

Das hatte uns Angst eingejagt, und ich hatte nie etwas mit ihnen zu tun haben wollen.

Aber nun spukte mir Trey im Kopf herum, und ich hatte nicht das Gefühl, Sirash meine Hilfe verwehren zu können.

»Was will er von uns?«

»Es geht um die Übermittlung von Informationen. Allerdings weiß ich nicht genau, ob wir sie stehlen oder liefern sollen.«

»Je nachdem, was für Informationen das sind, könnten wir damit Verrat begehen.«

»Das ist mir bewusst.«

»Sirash, das ist mit Abstand das Dümmste, worüber wir je nachgedacht haben. Bist du sicher, dass es keine andere Möglichkeit gibt? Könnt ihr nicht drei Tage lang irgendwo anders bleiben, während ich den Rest des Geldes besorge?«

»Nein, außer dein Pflegevater ist dazu bereit, uns bei sich aufzunehmen.«

Das würde Angelo nicht tun. Da er drei hungrige Mäuler zu stopfen hatte, war er ständig knapp bei Kasse. Wenn er noch zwei weitere zu versorgen hätte, und sei es nur für wenige Tage, würden wir die finanziellen Nachwirkungen noch monatelang spüren. Selbst wenn ich Angelo verspräche, ihm die Kosten zurückzuerstatten, würde ich ihm einiges erklären müssen, da aus meiner Familie nur Jenn, Trey und meine Mutter überhaupt von Sirashs Existenz wussten.

»Wenn es Probleme mit dem Söldner gibt, haust du ab«, sagte Sirash. »In dem Fall treffen wir uns in sechs Tagen wieder, um sicherzugehen, dass du während deiner Bewährungszeit keine Probleme bekommst. Gut?«

»Gut.«

Da wir uns nun einig waren, kletterten wir durch das Fenster hinaus, um Sirashs Söldner zu treffen.

Sirash hatte nicht erwähnt, dass wir in den Ruinen der Burg Königmann mit ihm verabredet waren, meinem alten Zuhause auf der Insel zwischen dem östlichen und dem westlichen Teil von Kessel.

Viele Generationen lang war Burg Königmann wie ein Leuchtturm gewesen, dessen Licht von überall in der Stadt zu sehen war. Nun aber war sie schwarz wie ein von Sternen beschienener Obsidian. Selbst die angrenzenden Straßen und Häuser, in denen die Ritter und Diener der Burg gelebt hatten, waren verlassen und nie wieder bezogen worden. Es sprach Bände, dass die Menschen lieber auf der Ostseite von Kessel als im Schatten der Burg Königmann leben wollten.

Das Gebäude selbst hatte unter den Aufständen gelitten, die Löcher im Mauerwerk waren notdürftig mit ausgeblichenen Holzbrettern vernagelt worden. Einzig das Observatorium am höchsten Punkt der Burg war damals weder zerstört noch niedergebrannt oder geplündert worden. Doch es stand ebenfalls seither leer und war zu einem weiteren beschädigten Andenken an die Vergangenheit geworden.

Die Burg war halb von fahl leuchtenden weißen Mondtränen und ihren Ranken überwuchert, als versuchte die Natur zu richten, was der Mensch verbrochen hatte. Dadurch sah sie allerdings nur noch baufälliger und einsamer aus, eine Ruine, die nur darauf wartete, endgültig zu verfallen. Doch selbst wenn ich sie aus meinem Gedächtnis hätte streichen wollen, wäre es mir nicht gelungen. Wenn ich die Augen schloss, sang mich jede Nacht Burg Königmann mit den Schreien all jener in den Schlaf, die vor über zehn Jahren bei den Aufständen ums Leben gekommen waren.

»Du hast mir gar nicht gesagt, dass wir uns hier drinnen mit ihm treffen«, erklärte ich, als wir uns dem Dienstboteneingang an der Seite der Burg näherten.

»Tut mir leid«, murmelte er. »Mir war klar, dass du das mit dem Söldner schon schlimm genug findest, und ich habe befürchtet, dass du dem Treffen nie zustimmen würdest, wenn du wüsstest, dass es hier stattfindet.«

»Warum? Nur weil ich das letzte Mal während der Aufstände hier gewesen bin? Weil ich damals erleben musste, wie unsere sogenannten Freunde versucht haben, mich zu töten, um ihren plötzlichen gesellschaftlichen Absturz rückgängig zu machen? Hast du etwa gedacht, ich würde diese Erinnerungen nicht noch einmal durchleben wollen?« Ich zögerte. »Damit hattest du recht.«

»Möchtest du gehen?«

»Ja«, erwiderte ich. »Aber ich werde dich nicht im Stich lassen. Versprich mir nur, dass du nächstes Mal die Wahrheit sagst.«

»Entschuldige, ich war verzweifelt.«

Ich hatte meinen Ärger noch nicht ganz heruntergeschluckt, als wir ein Stück voraus einen hochgewachsenen Mann sahen, der offenkundig auf uns wartete.

Der Söldner wirkte ungepflegt. Seine langen schwarzen Haare fielen ihm bis auf die Schultern, ein dichter Bart bedeckte sein Gesicht. Seine Augen waren rauchgrau, und er trug dicke Winterkleidung über seinem massigen Körper, der, wie ich deutlich erkannte, eher muskulös als fett war.

»Guten Abend, meine Herren«, rief er. »Seid ihr beide die Betrüger, die mich heute Abend freundlicherweise unterstützen werden?«

Ich hielt den Blick fest auf den Söldner gerichtet und warf Sirash nicht einmal einen Seitenblick zu. Er hatte mir gar nicht erzählt, dass er den Auftrag schon vor unserem Gespräch angenommen hatte. Vertraute er mir etwa nicht?

Sirash räusperte sich. »Ja, das sind wir. Du musst Schwartz von der Orbis-Kompanie sein. Kannst du uns sagen, worum genau es bei dieser Sache eigentlich geht?«

»Selbstverständlich! Wir treffen uns hier drinnen mit zwei Leuten. Einen von ihnen werde ich wahrscheinlich töten und den anderen foltern, um Informationen aus ihm herauszupressen. Vielleicht lasse ich die beiden aber auch am Leben, das habe ich noch nicht entschieden. Ich improvisiere gern. Sobald ich die Informationen habe, müsst ihr sie an einen anderen Ort bringen. Wohin, sage ich euch, wenn es so weit ist.«

»Das soll ein Witz sein, nicht wahr?«, fragte Sirash.

»Nein«, antwortete der Söldner und wippte lächelnd auf den Fußballen. »Irgendwer wird heute sterben, und das bin ganz sicher nicht ich. Vielleicht ja einer von euch beiden. Nun, wir werden sehen.«

Ich trat dichter an ihn heran. »Hast du wirklich geglaubt, wir würden bei einem Mord mitmachen?«

»Natürlich. Ich ...« Schwartz verstummte und starrte mich an. »Das Zeichen an deinem Hals. Du bist Mikael Königmann, oder?«

»Wenn du danach fragst, kennst du die Antwort schon.«

»Ich glaube, ja«, sagte er und musterte mich von Kopf bis Fuß. Sein Ton und seine Haltung veränderten sich, er wirkte angespannter als zuvor. Aber das geschah häufig, wenn die Leute herausfanden, wer ich war, das störte mich nicht. Nicht einmal bei einem Söldner. »Wenn das keine glückliche Fügung ist: Ein Königmann kehrt endlich in seine Burg zurück. Lasst uns hineingehen. Wir wollen doch nicht zu spät kommen.«

»Hast du ernsthaft vor, jemanden umzubringen?«, fragte ich.

»Ja«, erwiderte er. »Wenn ihr beide nichts damit zu tun haben wollt, könnt ihr gehen. Aber ich nehme an, ihr seid hier, weil ihr dringend Geld braucht. Ich will gar nicht wissen, wieso ihr das hier tun müsst und weshalb ihr glaubt, ihr wärt bessere Menschen als ich. Wir sind alle selbstsüchtige Ungeheuer. Manche sind in dieser Hinsicht einfach nur ehrlicher sich selbst gegenüber.«

Als weder Sirash noch ich etwas erwiderten, legte er eine Hand auf das Schloss, auf dem sich daraufhin sofort eine Eisschicht bildete. Mit der anderen zog er ein Beil aus seinem Gürtel und zerschlug damit die Verriegelung. Metallsplitter regneten wie Glasscherben auf Schwartz' Füße herab. Er riss die Tür auf und winkte uns hinein. »Haltet da drinnen die Köpfe unten und versucht, euch euer Geld zu verdienen.«

Zu dritt betraten wir mein altes Zuhause, in dem es so kalt war wie in einer Gruft. Anstelle der Diener aus meiner Kindheit sah ich Staub und Spinnweben, rostiger Stahl ersetzte die Ritter, und nur die Blutspritzer auf den Steinen erinnerten an die Menschen, die früher an diesem Ort gelebt hatten. Wir gingen durch Korridore, in denen damals ehrwürdige Wächter gestanden hatten, bereit, ihr Leben für die Königmanns zu geben. Schließlich gelangten wir in den großen Saalbau.

Der Steinboden war versengt, und die Wände waren mit einer dicken Rußschicht bedeckt. Die Holzbrüstungen der Balkone waren verkohlt, die Bogengänge teilweise eingestürzt. Die Buntglasfenster, um die uns die anderen Hochadligen beneidet hatten, lagen in roten und grauen Scherben am Boden. Unter den einst so imposanten hohen Decken herrschte nun drückende Finsternis, doch als ich mitten im Raum stehen blieb und mich umsah, hatte ich das Gefühl, ich müsste bloß kurz die Augen schließen, um den Saal wieder in seiner alten schattenlosen Pracht erstrahlen zu lassen.

»Wo ist der Kartenraum?«, fragte Schwartz mich.

»Dort drüben.« Ich wies mit einem Nicken zu dem am weitesten entfernten Raum auf der rechten Seite.

»Dann mal los.«

Ich erreichte die Tür als Erster, packte den Griff aus schwerem Metall und zog so fest an ihm, wie ich konnte. Als nach einem Moment das schrille Kreischen der ungeölten Scharniere von den Wänden widerhallte, stellten sich mir die Nackenhaare auf. Schwartz schob mich beiseite und trat dicht gefolgt von Sirash ein.

Hinter dem zerbrochenen Kartentisch in der Mitte des Raums warteten zwei verhüllte Männer. Schwartz, Sirash und ich stellten uns auf die andere Seite des Tisches und sahen ihnen fest in die Augen. Da sie vor der einzigen Lichtquelle im Raum standen, waren ihre Gestalten in tiefe Schatten getaucht.

»Hast du, wonach wir verlangten?«, blaffte der Mann auf der Linken mit herausgereckter Brust.

»Wer von euch beiden hat Kontakt mit mir aufgenommen?«, fragte Schwartz.

Der Mann rechts nickte ihm zu.

»Danke.« Schwartz zog einen Revolver aus dem Mantel und schoss ihm in die Brust. Weißer, nach Schwefel stinkender Rauch wehte mir ins Gesicht. Während der Schuss noch von den Wänden widerhallte, sah der Mann Schwartz kurz verwirrt an und brach dann tot zusammen. »Wie war noch mal deine Frage?«

»W-wieso hast du ihn getötet?«, stotterte der Mann. »Er war es doch, der dich kontaktiert hat!«

»Und jetzt ist er tot. Ich gehe davon aus, dass du die echten Informationen einstecken hast. Bei ihm würde ich nur eine gefälschte Version finden, richtig? Reich sie mir rüber, bevor ich anfange, dir die Finger abzuhacken. Ich bin kein sehr geduldiger Mensch.«

Der zitternde Überlebende legte einen großen braunen Umschlag auf den zerschrammten Tisch. Schwartz bedeutete mir mit einem Klaps auf die Schulter, dass ich ihn holen solle. Als ich es tat, konnte ich den Blick nicht von dem Toten wenden, um den sich eine Blutlache ausbreitete. Mit dem Umschlag in der Hand kehrte ich zu Schwartz zurück und verstand plötzlich, was er damit gemeint hatte, dass wir alle Ungeheuer seien und ein paar von uns bloß ehrlicher zu sich selbst waren.

Schwartz nahm einen Brief aus seiner Jacke und warf ihn zu dem Mann hin. »An deiner Stelle würde ich mich bemühen, die Leiche so schnell wie möglich loszuwerden. Die Beschwörer von Kessel finden es gar nicht gut, wenn jemand ermordet wird.«

Ich schwieg, bis wir im großen Saal zurück waren. »Du hast ihn ermordet.«

»Das hatte ich doch angekündigt.«

»Wieso hast du das getan?«, wollte Sirash wissen.

Schwartz blieb stehen. »Wäre es für euch leichter zu ertragen, wenn ich behaupten würde, dass der Mann, den ich getötet habe, ein Mörder, Vergewaltiger und Tierquäler war?«

Keiner von uns beiden antwortete.

»Nun, das war er nicht«, erklärte Schwartz. »Wahrscheinlich war er ein anständiger Kerl. Mit einer Familie, Kumpels, vielleicht einer Freundin oder einem Freund beziehungsweise einer Frau oder einem Ehemann. Und er war heute Abend einfach nur zur falschen Zeit am falschen Ort. Er hat sich auf Leute verlassen, die ihn nicht beschützen konnten, und ich habe mich nur selbst beschützt. Ihr habt keinen Grund, so schockiert zu sein, schließlich habe ich euch gesagt, dass ich das tun würde. Ist nicht mein Fehler, dass ihr mir nicht geglaubt habt.«

»Gib uns einfach das Geld und sag uns, wohin wir den Umschlag bringen sollen«, entgegnete Sirash.

Ich brachte es nicht über mich, Sirash anzuschauen. So etwas wie das hier hatten wir noch nie getan, ganz gleich, wie verzweifelt die Umstände gewesen waren. Ich hoffte, dass es das wert war.

Würde ich selbst auch so weit gehen, um meine Familie und ihr Vermächtnis zu schützen?

»Na gut«, erwiderte Schwartz. »Zeigt mir den Umschlag, und dann werde ich …«

»Lasst die Waffen fallen und hebt die Hände, sodass ich sie sehen kann. Wenn ihr euch weigert, werden wir das Feuer eröffnen.«

Rufe erfüllten den Saal, während an den Wänden mit einem Schlag eine ganze Laternenkaskade zum Leben erwachte. Durch alle Ein- und Ausgänge strömten Bewaffnete und umzingelten uns. Ich konnte nicht erkennen, wie viele Personen um uns herum Stellung bezogen hatten, da die Schatten ihre Anzahl zu verdoppeln schienen. Daher hob ich schnell die zitternden Hände mitsamt dem Umschlag, während ich zu Schwartz hinübersah.

Der schüttelte den Kopf und zischte: »Diese senilen Trottel haben tatsächlich schon wieder Advokatoren geschickt, um mich zu verhaften.«

Das Herz schlug mir bis zum Hals, und alles, was ich in der Dunkelheit sah, waren die leuchtenden Spitzen der Blitze, die sie vom oberen Stockwerk aus auf uns richteten.

»Wer führt bei euch das Kommando?«, rief Schwartz.

Von einem der Balkone, die den Saal säumten, erklang eine Stimme. »Ich heiße Franz Russel und bin Leutnant der Scharfrichter-Division. Wir sind gekommen, um dich wegen der zahlreichen Verbrechen, die du in unserer schönen Stadt begangen hast, der Gerechtigkeit zuzuführen. Wenn du deinen Waffen nicht niederlegst, werden wir dich gleich an Ort und Stelle töten.«

»Und welcher Prophet oder welches Gesetz ermächtigt euch eurer Ansicht nach dazu, mich zu verhaften?«, fragte Schwartz. »Ich bin Söldner, und eure Gesetze gelten nicht für mich. Wenn ihr irgendwelche Anklagepunkte gegen mich vorzubringen habt, könnt ihr euch damit vertrauensvoll an die Orbis-Kompanie wenden. Dort wird man sich mit eurer Beschwerde vielleicht den Hintern wischen. Was eine große Ehre für euch wäre.«

»Leg deine Waffen nieder und verschwinde für immer aus Kessel, sonst schießen wir.«

Mit einem breiten Lächeln beugte Schwartz sich zu Sirash und mir herüber, damit wir seine geflüsterten Worte verstehen konnten. »Wenn es losgeht, dürft ihr euch nicht bewegen, andernfalls kann ich für nichts garantieren. Und, Königmann, wenn dir dein Leben lieb ist, lässt du auf keinen Fall den Umschlag fallen. Verstanden?«

Wir nickten. Uns blieb gar nichts anderes übrig, als uns seinen Anweisungen zu fügen. Besonders mir. Wenn die Waage mich dabei erwischte, wie ich gemeinsame Sache mit einem Söldner machte, würde ich sicher nicht nur im Gefängnis landen. Bestenfalls würde ich mir vielleicht aussuchen dürfen, wo ich geköpft werden wollte. Vor dem Palast hätte ich noch ein letztes Mal den König verfluchen können, doch traditionell wurden die Angehörigen meiner Familie auf den Stufen vor der Kirche des Wanderers hingerichtet.

Ich fragte mich, ob mein Bruder mich töten würde.

»Ihr habt heute Nacht einen schweren Fehler begangen«, erklärte Schwartz. »Gut möglich, dass ihr für die Waage arbeitet, aber an diesem dunklen Ort seid ihr bloß ein paar Freischärler, denn euer König kann sich nicht zu euch bekennen, wenn er keinen Krieg gegen sämtliche Söldnerkompanien auf dem Kontinent riskieren will.« Er bleckte die Zähne. »Also tue ich allen einen Gefallen, wenn ich euch gleich selbst töte.«

Der Saal versank in tiefer Finsternis, als wäre sämtliches Licht aus ihm verbannt worden, und dann fing es an.

Obwohl ich die Augen offen hielt, konnte ich nicht sehen, was geschah. Keine meiner Kindheitslektionen über Söldner hatte mich auf dieses Ereignis vorbereitet. In all dem Chaos nahm ich das Kampfgeschehen nur in Schlaglichtern wahr. Krallen schabten über die Steinwände, und die Schreie wurden immer lauter. Knisternde Blitze zischten durch die Luft und schlugen im Boden und in den Wänden ein. Eis zerbrach, Steine bröckelten, und Metall klirrte. Die Temperatur im Raum schwankte so extrem, dass ich abwechselnd schwitzte und vor Kälte zitterte. Die einzige Konstante waren die gebrüllten Befehle und Hilfeschreie der Advokatoren.

»Für wen haltet ihr euch, dass ihr euch erdreistet, mir einen Hinterhalt zu stellen?«, grollte Schwartz.

Endlich hatten sich meine Augen an die Dunkelheit gewöhnt, und ich *sah*, was passierte. Die Schatten im finsteren Saal wirkten lebendig, sie wurden zu gekrümmten Händen und menschlichen Umrissen, die über die Wände krochen und tanzten, wie Wasser, das aus den Ritzen herausfloss. Ein paar der Advokatoren schwangen ihre Schwerter, doch die blitzenden Klingen glitten wirkungslos durch die Schattengestalten hindurch. Andere stürzten schreiend vom Obergeschoss herab, das unverkennbare Knacken ihrer Knochen hallte von den Wänden wider.

Schwartz stand im Mittelpunkt und dirigierte das Geschehen mit den Händen. Die Schatten waren seine Instrumente, die Schreie seine Musik. Wenn schon ein einzelner Söldner solch ein Gemetzel anrichten konnte, wagte ich kaum, mir auszumalen, wie es in Vurano zugegangen sein musste, als eine ganze Kompanie die Stadt gestürmt hatte.

Sirash robbte zu mir herüber. »Mikael, du musst verschwinden! Du darfst dich hier nicht erwischen lassen!«

»Sirash, ich kann nicht …«

»Hau ab!«, fuhr er mich an. »Ich kann selbst auf mich aufpassen, und es ist meine Schuld, dass du hier bist. Los jetzt!«

Also rannte ich davon, weil es das Einzige war, was ich tun konnte. Meine geflickten Stiefel glitten über den Boden, als bestünde er aus purem Eis. Ich schlitterte auf die erstbeste Tür zu, hinter der mein altes Zimmer lag, und warf mich mit der Schulter dagegen. Die gefrorenen rostigen Scharniere zerbrachen sofort, und ich fiel gemeinsam mit dem schweren Türblatt in den Raum.

Der Söldner sah mich. Seine Augen waren so rot wie die eines Beerensüchtigen. »Mikael!«

Ich stemmte mich von der Tür hoch und rannte durch das mit Spinnweben verhangene Zimmer auf das Fenster zu. Mit dem Umschlag in der linken Hand und dem rechten Unterarm vor den Augen sprang ich durch die Scheibe. Dabei zog ich mir eine Vielzahl kleiner Schnitte zu.

Doch auch draußen fand ich keine Ruhe, nur eine Armbrust, die auf mein Herz zielte.

»Mach keine plötzlichen Bewegungen, oder ich schieße!«

Als ich mich langsam und mit erhobenen Händen aufrichtete, erkannte ich, dass Nana mich bedrohte, die gewissenlos ehrgeizige Frau, die mich über den Tod ihrer Mutter angelogen hatte.

»Mikael Königmann?«, fragte sie und ließ fast die Armbrust sinken. Doch gleich darauf fasste sie sich wieder. »Mikael Königmann, es ist mir ein Vergnügen, dich ...«

»Warte, du musst mich gehen lassen.«

Sie zögerte und senkte ein wenig die Armbrust, sodass sie auf meinen Magen gerichtet war, was mir auch nicht besser gefiel. »Was?«

»Du wirst es nicht bereuen, wenn du mich gehen lässt und niemandem von unserer Begegnung erzählst.«

»Was könntest du mir schon anbieten?«, fragte sie mit unüberhörbarem Widerwillen. »Wenn ich dich jetzt verhafte, überzeuge ich alle davon, dass du mit den Rebellen unter einer Decke steckst. Ich wäre eine Heldin.«

»Aber nur für einen Tag«, entgegnete ich. »Wenn du mich festnimmst, werde ich morgen als der Königmann-Rebell in die Geschichtsbücher eingehen, während du im Schatten meines Verbrechens bereits wieder vergessen sein wirst – egal, wie sehr du dich um eine bedeutende Rolle bemühst. Oder du arbeitest mit mir zusammen und erlebst, wie es ist, wenn die Welt deinen Namen kennt.«

Wieder sah ich dieses Funkeln in ihren Augen, noch deutlicher als beim letzten Mal.

Also forderte ich mein Glück heraus und zeigte auf den Kronen-Aufnäher an ihrem Revers. »Das bedeutet, dass du am Endlosen Walzer teilnimmst, richtig? Ich bin auch dabei.«

Endlich ließ sie die Armbrust gänzlich sinken, sodass sie an ihrer Seite baumelte. »Das kannst du nicht.«

»Es weiß noch keiner; es soll eine Überraschung werden. Aber das ist jetzt egal. Jemand ohne adligen Familiennamen wie du ... Also ich glaube, es wäre gut für dich, wenn ich dir während des Endlosen Walzers den Hof mache. Obwohl ich ein Verräter bin, wird das deine gesellschaftliche Position verbessern. Die Hochadligen werden dann nicht mehr nur eine Bürgerliche in dir sehen, die nicht weiß, wo sie hingehört, sondern eine mögliche Ehepartnerin. Und stell dir nur mal die Reaktionen vor, die Aufmerksamkeit, die du bekommen wirst, wenn du mich abblitzen lässt.«

»Wieso sollte ich dir vertrauen?«

»Du wirst dich auf mein Wort verlassen müssen.«

»Das Wort deiner Familie ist schon seit Jahren nichts mehr wert. Ich brauche etwas Greifbares, so etwas wie ein Pfand.« Ihr Blick fiel auf den Ring meines Vaters. »Den da. Den will ich haben.«

Ich nahm die Hände runter. »Nein.« Ich hätte mich eher erschießen lassen, als den Ring meines Vaters herzugeben.

»Ist dir der Ring mehr wert als dein Leben? Ich werde sogar so nett sein, ihn dir zurückzugeben, wenn ich dich in der Burg Reitter beim Endlosen Walzer sehe. Betrachte ihn also als Leihgabe, wenn du dann besser schlafen kannst.«

Während ich den Ring betastete, verklangen in der Burg die letzten Schreie. Eine Seite hatte gewonnen. Aber ich hatte keine Lust herauszufinden, welche. Nachdem Schwartz gesehen hatte, wie ich davongerannt war, bezweifelte ich, dass er gnädiger mit mir umspringen würde als die Waage.

Verdammt, ich hatte wirklich keine Wahl.

Ich streifte den Ring meines Vaters vom Mittelfinger, zögerte kurz und legte ihn ihr dann in die ausgestreckte Hand. »Wenn du ihn verlierst, werde ich dein Haus finden und es bis auf die Grundmauern niederbrennen.«

Sie verdrehte die Augen. »Ich werde es mir merken. Dann mach es mal gut, Mikael Königmann. Und komm nicht zu spät zum Endlosen Walzer.«

Ich rannte los und lief auch dann noch weiter, als Burg Königmann bereits längst außer Sicht war. Unterwegs spürte ich die blutenden Schnitte, die ich mir beim Sprung durch das Fenster am Unterarm zugezogen hatte. Doch auch sie brachten mich nicht zum Anhalten. Erst als ich völlig außer Atem war, meine Beine verkrampften und meine Finger taub wurden, blieb ich stehen und ließ mich vor dem Ort, an dem man mich zuletzt vermuten würde, auf dem Bordstein nieder.

Erst da bemerkte ich, wie gut ich Schwartz' Anweisungen befolgt hatte. Sein Umschlag befand sich immer noch in meiner Hand, allerdings halb zerknüllt, weil ich ihn mit aller Kraft umklammert hatte. Ich legte ihn neben mich. Während ich mir den Schweiß von der Stirn wischte, ließ ich noch einmal die Ereignisse der Nacht Revue passieren. Ich hatte mich zum Komplizen eines Mörders gemacht und dennoch nicht das Geld bekommen, das Sirash so dringend benötigte. Ich war ein elender Versager, der nicht einmal sich selbst beschützen konnte, geschweige denn seine Familie.

Dann fiel mir wieder ein, was Schwartz in der Burg getan hatte. Er hatte sowohl Eis als auch Dunkelheit fabriziert, was, soweit ich wusste, völlig unmöglich war. Angeblich konnten sich Fabrikatoren jeweils nur in eine Richtung spezialisieren. Aber ich hatte ihn diese Regel brechen sehen und begriff nicht, wie ihm das möglich war.

Da ich Sirash erst in ein paar Tagen wiedersehen würde, blieb mir im Moment nur die Hoffnung, dass er entkommen war und sich in Sicherheit befand. Und dann war da noch die Vereinbarung, die ich mit Nana getroffen hatte, einer Frau, über die ich rein gar nichts wusste – außer ihren Namen und dass sie nun den Ring meines Vaters in ihrem Besitz hatte. Ohne ihn fühlte sich mein Finger ganz nackt an.

Außerdem hatte ich einen Söldner bestohlen, der mich deswegen höchstwahrscheinlich umbringen würde, auch wenn es keine Absicht gewesen war.

Neugierig, wofür er unser Leben riskiert hatte, öffnete ich Schwartz' Umschlag, zog wahllos eines der Blätter darin halb heraus und las den Satz, der über den Rand ragte: *Es sei darauf hingewiesen, dass es kein Problem war, David Königmann festzunehmen.*

»Mikael.«

Ein Schauder lief mir über den Rücken. Hatte Schwartz mich gefunden?

Doch es war nur mein Bruder Leon. Ich war so sehr in Gedanken vertieft gewesen, dass ich ganz vergessen hatte, wo ich saß.

»Mikael, was machst du so spät hier draußen?«

Beim Betrügen von Adligen hatte ich gelernt, wie wichtig es war, immer einen Ausweichplan zu haben. Vor allem wenn die Person, in deren Händen mein Schicksal gerade lag, dazu neigte, sich die Wahrheit so zurechtzubiegen, dass sie zu ihren eigenen Vorstellungen passte.

Ich brauchte ein Alibi für diese Nacht.

Und das würde mir mein Bruder, der Scharfrichter, verschaffen.

KAPITEL 12
DIE ERWEITERTE FAMILIE

»Du willst *was* von mir?«, fragte mein Bruder, während er vor mir auf und ab lief. »Du musst ja in wirklich argen Schwierigkeiten stecken, wenn du damit zu mir kommst!«

»So ist es, aber es ist nicht so schlimm, dass ich deswegen zu Angelo gehen würde. Du hättest mich gar nicht am Hals, wäre ich nicht auf Bewährung. Ich bin heute Nacht in eine etwas missliche Lage geraten und brauche ein Alibi. Nur für den Fall.«

»Nur für den Fall? Das beruhigt mich kein bisschen, Mikael. Ich habe dir schon vor Monaten gesagt, dass du nicht mehr zu den Hinrichtungen kommen sollst. Ich wusste, dass irgendwann so etwas geschehen würde. Dass der Rebell den Namen unseres Vaters gerufen hat, ist Wasser auf die Mühlen all derer, die uns drankriegen wollen.«

»Und ich habe dir gesagt, dass du aufhören sollst, dich wie der Schoßhund der Adligen aufzuführen. Damit nimmst du uns den letzten Rest Respekt, den man uns in dieser Stadt noch entgegenbringt.«

Da Leon gerade nicht zu mir heruntersah, rollte ich schnell Schwartz' Umschlag zusammen und steckte ihn mir in die Gesäßtasche, wo er ihn nicht sehen konnte. Sein Verrätermal befand sich direkt über einer Augenbraue, weil der König verfügt hatte, dass er als der Älteste am sichtbarsten gezeichnet wurde.

»Steh auf!«, sagte er scharf.

»Gehen wir irgendwohin? Nein, vielen Dank. Ich bin müde und will nach Hause. Du musst für mich nur ...«

Leon sah mich an, und ich verstummte. »Willst du ein Alibi oder nicht? Ich werde dir eins verschaffen, das mehr zählt als mein Wort.«

»Und wo ist dieser geheimnisvolle Ort, zu dem du mich bringen willst?«

Anstatt zu antworten, zog mich mein Bruder auf die Füße. »Das wirst du schon sehen.«

»Hab ich schon gesagt, dass ...«

»Wenn es kein Dankeschön ist, will ich gar nicht hören, was du zu sagen hast.«

Während ich meinem Bruder durch die Straßen folgte, hielten wir nur einmal an, damit ich mir an einem Brunnen das Blut abwaschen konnte. Wir näherten uns dem Hohen Viertel, und ich wurde immer nervöser. Ich hatte immer befürchtet, dass Leon nicht bloß so tat, als wäre er ein treu ergebener Hund des Adels, sondern sich eines Tages gegen unsere Familie wenden würde, damit Jenn, unsere Mutter und ich ihn nicht länger am sozialen Aufstieg hinderten.

»Was machen wir mitten in der Nacht im Hohen Viertel?«, fragte ich. »Was verbirgst du vor mir?«

Mein Bruder antwortete nicht und ging in ein lang gestrecktes niedriges Gebäude, das in dieser Gegend merkwürdig deplatziert wirkte. Ich folgte ihm schweigend in einen schlicht eingerichteten Raum, in dem nur ein paar Stühle standen.

Auf einem von ihnen saß ein blonder Junge ungefähr in

meinem Alter, der einen schwarz-gelb gestreiften Schlafanzug trug und ein Buch in der Hand hielt. Beim Lesen strich er mit einem Finger über die Seiten. Er sah aus wie eine Biene und roch nach Holzrauch und glühenden Kohlen. Irgendwie kam er mir vage vertraut vor.

»Kai, ich bin's, Leon«, sagte mein Bruder und ging auf den Jungen zu. »Ist Karolin noch hier?«

Der Junge nickte. »Sie kommen gerade zum Schluss. In ein paar Minuten werden sie fertig sein. Du kannst zu ihnen gehen, wenn du willst.«

Ich sah die beiden an. »Erklärt mir mal irgendwer, was hier los ist?«

Leon schenkte mir keine Beachtung. »Ich bin gleich wieder da, Kai. Pass bitte auf, dass mein Bruder nicht weggeht.«

Ich stieß einen leisen Fluch aus, während er durch die Tür auf der anderen Seite des Raumes hinausging und sie hinter sich zuzog. Da ich sonst nichts zu tun hatte und ein Alibi brauchte, setzte ich mich neben den Jungen.

»Hat dich jemand aus dem Bett gezerrt?«, fragte ich ihn.

»Ich war heute Morgen in Eile. Anstatt der Kleidung, die ich mir herausgelegt hatte, habe ich aus Versehen meine Schlafsachen angezogen, bevor ich das Haus verließ. Wenigstens sind sie in einem guten Zustand und nicht voller Löcher.«

»Wie ist dir denn das gelungen? Kannst du den Unterschied nicht erkennen? Bist du blind?«

Der Junge wandte sich zu mir um, und ich sah, dass er tatsächlich blind war. Seine Augen wirkten wie trübe Tümpel, und nun sah ich auch, dass alle Buchstaben in seinem Buch hochgeprägt waren, damit er sie ertasten konnte.

»Tut mir leid«, beeilte ich mich zu sagen. »Ich wollte mich nicht über dich lustig machen. Entschuldige bitte.«

Der Junge antwortete nicht.

»Können wir noch mal von vorn anfangen? Ich heiße Mikael.« Ich zögerte kurz. »Mikael Königmann. Es freut mich, dich kennenzulernen.«

Er schlug das Buch zu. »Ich heiße Kai Reitter. Es wundert mich, dass ich seit der Hinrichtung deines Vaters nicht mehr von dir gehört habe. Die Königmanns waren noch nie gut darin, sich unauffällig zu verhalten. Normalerweise sind sie immer an vorderster Front, wenn es Probleme gibt.«

»Nun ja, es ist schwer, etwas anderes zu sein als der Sohn eines Verräters, wenn der einzige Kontakt meiner Familie mit den übrigen Adligen darin besteht, dass mein Bruder sie hinrichtet.«

Während ich sprach, zog ich so leise wie möglich Schwartz' Umschlag aus der Gesäßtasche. Ich öffnete ihn und begann vorsichtig seinen Inhalt zu inspizieren. Ich war neugierig, ob ich mehr über meinen Vater herausfinden würde. Da ich hier festsaß, bis mein Bruder zurückkehrte, wollte ich mir den Umstand zunutze machen, dass die einzige andere Person in dem Raum blind war.

Machte mich das zu einem schlechten Menschen? Vielleicht.

Ganz unten im Umschlag steckte ein gläserner Ring. Nachdem ich ihn eingesteckt hatte, nahm ich die Hälfte der Blätter heraus und begann, ohne mein Gespräch mit Kai zu unterbrechen, mit der Lektüre.

Ich glaube, ich werde heute sterben.

Jeder hat schon einmal Geschichten über Söldner gehört, die in den Krieg ziehen, aber keine davon hätte mich auf die momentane Situation vorbereiten können. Die Söld-

ner der Tosburg-Kompanie belagern die Kessel-Akademie. Alle Lehrer sind tot. Sie starben, als sie uns zur Bibliothek brachten. Wir haben sämtliche Türen und Fenster verrammelt, aber ich weiß nicht, wie lange wir uns hier ohne Hilfe noch halten können. Wir haben den König und Malko Königmann verständigt und gebeten, Soldaten zu schicken, aber ich bezweifle, dass sie hier sein werden, bevor den Söldnern der Durchbruch gelingt. Ich glaube, nicht einmal sämtliche Wachen und Ritter aller Hoch- und Niederadligen zusammengenommen könnten eine Söldnerkompanie aufhalten. Dieser Ort wird mein Grab sein. Ich weiß es. Mein einziger Trost ist, dass irgendwann jemand meine Aufzeichnungen finden und erfahren wird, was uns widerfahren ist. Dann werde ich nicht vergessen sein.

»Hast du irgendwelche Pläne für die Zukunft?«, fragte Kai. »Wenn du nicht die Königsfamilie unterstützen kannst, wie deine Vorfahren es getan haben, was wirst du dann tun? Können sich die Königmanns überhaupt im Hintergrund halten?«

»Keine Ahnung«, sagte ich. »Was möchtest du denn werden? Ist irgendwer in deiner Familie ein Fabrikator?«

Während er antwortete, las ich weiter. Damit er nicht merkte, was ich in Wahrheit tat, warf ich hin und wieder einen Kommentar ein.

Mein letzter Eintrag ist noch nicht lange her. Seither haben uns die Tosburg-Söldner eingekesselt. Noch haben sie nicht angegriffen, aber die Studenten werden unruhig. Nichts deutet darauf hin, dass wir mit baldiger Unterstützung rechnen können. Ich glaube, dass wir auf uns allein gestellt sind, obwohl niemand mutig genug ist, es zuzugeben. Wir reden uns alle immer wieder ein, dass Malko Königmann mit einer Armee zu uns kommen wird. Ich habe versucht, die anderen zu beruhigen, und ich glaube sogar, dass sie es mir abkaufen, aber ich habe große Angst vor dem, was kommt.

So will ich nicht sterben.

Niemand glaubt mehr, dass noch irgendwer kommen wird, um uns zu retten. Die Reitters und die niederadligen Familien unter ihrem Kommando sind in den Kampf gezogen und wurden verheerend vernichtet. Ich habe schon früher Menschen sterben sehen, aber nicht so. Es war ein Massaker. Sie wurden wie Ameisen zertreten. Die Söldner haben die Köpfe der Ritter um die Bibliothek herum aufgepfählt. Unter den Gefallenen ist auch Anton Reitter. Die Söldner haben seinen Kopf erst hin und her getreten, bevor sie ihn neben den anderen aufgepflanzt haben. Alexander hat den Anblick nicht gut verkraftet. Er will Blut sehen, und ich habe versucht, ihn zu beruhigen, ihn davon zu überzeugen, dass wir weiter auf Verstärkung warten müssen. Aber es ist schwer, vernünftig mit jemandem zu reden, der den aufgespießten Kopf seines älteren Bruders vor Augen hat. Früher oder später wird er in Raserei geraten.

Ich habe keine Ahnung, was ich tun soll.

Aber wenn Malko Königmann zu uns kommen will, braucht er Zeit. Zuerst muss er eine Strategie entwickeln, und er wird sicherheitshalber doppelt so viele Truppen ausheben, wie für einen Sieg nötig erscheinen. Leider werden unsere Aussichten immer schlechter, je länger er auf sich warten lässt. Ich wünschte, ich wüsste, wieso die Söldner bislang noch keine Forderungen gestellt haben. Übersehen wir irgendetwas? Sind wir bloß ein Köder? Was haben sie vor?

Ich habe es herausgefunden. Ich weiß jetzt, wieso die Tosburg-Kompanie hier ist.
Sie wollen etwas aus den Archiven haben! Die Archivare haben die ganze Zeit geschwiegen und sind erst mit der Wahrheit herausgerückt, als ich einen von ihnen gegen die Wand gedrückt habe. Die Söldner sind hinter etwas her, »Das Tagebuch des Erzmagiers« heißt. Sie wollen mir nicht verraten, was darin steht, aber das spielt keine Rolle. Damit habe ich etwas in der Hand. Ich weiß, worauf diese Blutsauger aus sind. Ich werde nicht länger warten, bis sie kommen, um uns zu töten. Das hier ist mein Krieg, und ich werde ihn gewinnen.

Ich habe den Anführer der Tosburg-Kompanie getroffen und ihm erzählt, dass wir »Das Tagebuch des Erzmagiers« verbrennen werden, wenn sie sich nicht zurückziehen. Er war stinksauer und hat gedroht, mir den Penis abzuschneiden und ihn mich vor den Augen meiner Freunde essen zu lassen. Danach sind wir natürlich zu keiner Einigung gelangt. Aber damit habe ich ohnehin nicht gerechnet. Wichtiger ist, dass ich nun weiß, wo sich die Söldner aufhalten. Wir bereiten uns auf einen Ausfall vor. Wir gehen davon aus, dass wir ungefähr genauso viele sind wie sie. Natürlich haben sie wesentlich mehr Kampferfahrung als wir, und ich gebe zu, dass ein Angriff auf die Söldner einem Selbstmord gleichkommt. Aber wir sind uns alle einig, dass wir lieber im Kampf sterben, als untätig auf unsere Mörder zu warten. Wilhelm und Alexander sprechen bereits darüber, wie sie unsere Gesellschaft verändern wollen. Sie wollen alles reformieren – die Regierung, die Armee und die Adelsfamilien. Sie werden hier drinnen nicht sterben. Dafür sorge ich. Ich habe einen Plan.

Ich habe das Gerücht in die Welt gesetzt, dass der Boden, auf dem die Arena der Kessel-Akademie errichtet wurde, eine Kraftquelle für Fabrikatoren wäre und dass wir unsere Kräfte steigern könnten, wenn wir dort Stellung bezögen. Das ist natürlich Unsinn, aber ich muss die Söldner in die Arena locken, und ich wusste nicht, was ich den Studenten sonst erzählen sollte. Sollte ich ihnen sagen, dass die Arena der einzige Ort auf dem Campus ist, wo wir die Söldner umzingeln können? Dass wir getötet werden, wenn es uns nicht gelingt? Nein, es ist besser, wenn sie die Lüge glauben und Kraft daraus schöpfen. Nur wenige von uns wissen, dass die Söldner ebenfalls Fabrikatoren in ihren Reihen haben.

Bei Tagesanbruch werde ich sie mit unserer Vorhut in die Arena der Kessel-Akademie locken, wo Wilhelm und Alexander mit den Studenten und Archivaren, die an unserer Seite kämpfen wollen, auf sie warten werden. Alexander wird bei den Bogenschützen auf der Tribüne sein, und Wilhelm soll die Söldner hinterrücks attackieren. Die Vorhut wird am meisten einstecken müssen, und ich hoffe nur, dass die anderen schnell genug bei uns sind, bevor die Feinde uns alle abschlachten.

Es kann gut sein, dass dies meine erste und letzte Schlacht sein wird. Der Großteil der Vorhut wird sie nicht überleben. Da niemand gezwungen wurde, sich uns anzuschließen, sind wir nur wenige. Alle, die sich freiwillig gemeldet haben, sind sich der Risiken bewusst. Ich werde wohl nie wieder so tapfere Menschen kennenlernen. Alexander und Wilhelm woll-

ten beide mitmachen, aber ich habe ihnen gesagt, dass das nicht gehe. Wir haben zu wenige Studenten mit Führungserfahrung, und sie werden an anderer Stelle gebraucht. Sie müssen überleben. Für die Zukunft von Kessel.

Falls dies mein letzter Tag ist, möchte ich, dass etwas von meinem Leben in Erinnerung bleibt. Deshalb hinterlege ich diese Aufzeichnungen in meinem Lieblingsbuch in der Bibliothek. Mama, Papa, meine Schwester, wenn Ihr diese Zeilen lest, dann vergesst nicht, dass ich das hier tue, um alle zu beschützen. Ich bin der Einzige, der über genügend militärische Erfahrung verfügt, um die Vorhut anzuführen. Ich habe von den Besten gelernt und kann die Verteidigung Kessels niemand anderem überlassen.

Ich hoffe, dass wir uns wiedersehen werden, entweder morgen oder im Jenseits. Ich hoffe, dass Ihr auf mich stolz sein werdet, egal, was passiert.

Ich habe Euch alle lieb, vergesst das nie.

Bitte vergesst mich nicht.

Ich blätterte um, aber die nächste Seite war leer. Und es gab keinen Hinweis, was Schwartz mit diesen Aufzeichnungen anstellen wollte. Sie enthielten auch nicht nur einen Satz über meinen Vater und Davi. Der einzige Königmann, der hierin erwähnt wurde, war mein Großvater Malko.

Interessant erschien mir allerdings »Das Tagebuch des Erzmagiers«. War es das, was Schwartz wollte, so wie die Söldner in diesem Bericht? Was war so Besonderes daran, dass sie die Kessel-Akademie und die Bibliothek angegriffen hatten, um es in die Finger zu bekommen?

In diesem Moment hörte ich Kai sagen: »... das will ich tun, wenn ich weiß, wie ich Klang fabrizieren kann. Ich glaube, ich kann etwas ausrichten, auch wenn ich seit meiner Kindheit blind bin. Das ist übrigens der Grund, wieso meine Augen offen sind, falls du dich das fragen solltest. Wäre ich von Geburt an blind, hätte ich geschlossene Augen.«

Im Umschlag steckte noch ein weiteres Blatt, das ich bisher nicht gelesen hatte. »Wie bist du erblindet? War es ein Unfall?«

Kai schüttelte langsam den Kopf. »Ich habe als Kind etwas fabriziert. Es war für einen guten Zweck ... Ich habe einem Freund das Leben gerettet. Aber es hat mich einiges gekostet.«

»Was? Ich dachte, Fabrikationen rauben einem nur die Erinnerungen. Wie konnten sie dir das Augenlicht nehmen?«

»Entschuldige bitte, wenn ich es so unverblümt sage, aber du denkst zu simpel. Es gibt viele verschiedene Arten von Erinnerungen. Du erinnerst dich auch daran, wie sich dein Körper bewegt oder deine Organe funktionieren. Deine Erinnerungen an vergangene Ereignisse machen nur einen Teil deines Gedächtnisses aus. Ist das nicht schrecklich? Es kann durchaus vorkommen, dass jemand etwas fabriziert und am nächsten Tag nicht mehr weiß, wie man geht.«

Ich konnte also mehr verlieren als nur die Erinnerung daran, wie jemand aussieht oder was in meiner Vergangenheit passiert ist. Da ich mit Domet ausgemacht hatte, dass er mir das Fabrizieren beibrachte, hoffte ich jedoch, dass ich mit dem Erlernten in der Lage sein würde, meine Liebsten zu beschützen, so wie Kai es geschafft hatte.

»Ja, das ist wirklich schrecklich«, erwiderte ich. »Aber sag mal, da du fabrizieren kannst, könntest du dich doch den Fabrikatoren-Armeen der Hochadligen anschließen und gegen die Rebellen kämpfen. Willst du das nicht?«

Während er zu einer Antwort ansetzte, las ich bereits die letzte Seite. Ich hatte jede öffentliche Bibliothek und Dokumentensammlung nach einem Eintrag über den Prozess gegen meinen Vater durchforstet. Doch er war nirgends auch nur ein einziges Mal erwähnt worden. Man hatte ihn und seine Errungenschaften komplett aus allen offiziellen Aufzeichnungen getilgt, doch hier las ich:

David Königmann, die rechte Hand des Throns, wurde in dem Zimmer aufgegriffen, in dem David »Davi« Kessel ermordet worden war. In der Hand hielt er – wie die Chirurgen später bestätigten – die Tatwaffe.

Um Verwechslungen zwischen David »Davi« Kessel und David Königmann zu vermeiden, wird der Verstorbene im weiteren Verlauf Davi genannt. In die Kugel, die aus der Leiche entfernt wurde, sind zwei Hände eingekratzt, die eine zerbrochene Krone halten. Das ist nicht das Wappen der Familie Königmann – eine offene Hand, die eine Krone darreicht –, aber ähnlich genug, um als Beweis zugelassen zu werden.

Es ist uns nicht gelungen, die Hersteller der Waffe und der Kugeln ausfindig zu machen. Der Anfangsverdacht, beide kämen aus Neu-Drakon, hat sich nicht bestätigt. Sobald wir wissen, woher die Waffe stammt, werden wir diese Information nachreichen. Wegen ihres einzigartigen Kalibers und der raffinierten Bauweise sind wir zuversichtlich, dass wir sie irgendwann bis zu ihrem Ursprung zurückverfolgen können.

Es sei darauf hingewiesen, dass es kein Problem war, David Königmann festzunehmen: Es spricht für ihn, dass er weder einen Fluchtversuch unternahm noch diejenigen attackierte, die ihn ergriffen. Dies sind: Kendra Dunkel-

berg, eine Königsrabe, und Konrad Dunkelberg, ihr Ehemann und Stammhalter der niederadligen Familie Dunkelberg. In ihren Zeugenaussagen gaben beide an, die Sternenkammer zum Zeitpunkt des Mordes betreten zu haben. Da an diesem Tag weder David Königmann noch Davi Kessel einen Grund hatten, sich in der Sternenkammer aufzuhalten, ist immer noch unklar, weshalb die beiden dort gewesen sind. David Königmann sagte später aus, er habe in diesem Raum einen Mann namens ...

»Was liest du da?«

Ich sah Kai an. »Was?«

»Was liest du da?«, wiederholte er seine Frage. »Du liest schon die ganze Zeit, und ich frage mich, was.«

Die Tür ging auf, und mein Bruder trat ein, mit einer Frau am Arm, die Kai ähnlich sah und schön war. Sie hatte hochgestecktes dunkelblondes Haar und Diamantenstecker an den Ohrkanten und in den Ohrläppchen.

Bei ihrem Anblick fiel mir wieder ein, dass die Reitters neben den Königmanns das älteste Hochadelsgeschlecht in Kessel waren. Ich hatte immer noch keine Ahnung, weshalb Leon und ich hier waren, und ich fing an, mir Sorgen zu machen, als ich sah, wie ruhig sich mein sonst so ungestümer Bruder in der Gegenwart dieser Frau benahm.

»Mikael«, sagte Leon, »ich möchte dir Karolin Reitter vorstellen, Kais ältere Schwester. Außerdem ist sie ... Ich weiß nicht, wie ich es ausdrücken soll, aber ... sie ist meine ... besser gesagt, sie wird bald meine ...«

»... Ehefrau. Das Wort, nach dem er sucht, ist Ehefrau.« Sie legte eine Hand auf ihren Bauch. »Und die Mutter seines Kindes.«

Was sie danach sagte, bekam ich nicht mehr mit. Während der Hochadligen Karolin Reitter höfliche Nichtigkeiten über die Lippen kamen, stand mein Bruder neben ihr, errötete und kratzte sich mehrfach am Hinterkopf. Da ich nicht fassen konnte, was ich gerade gehört hatte, sprang ich schließlich vom Stuhl auf. »Willst du wirklich einen weiteren Königmann in diese Stadt setzen, Leon?«, rief ich aufgebracht. »Bist du verrückt geworden? Hast du wirklich vor, noch einen Unschuldigen mit unserem verfluchten Familiennamen zu belasten?« Ich konnte nicht an mich halten, und die Worte sprudelten nur so aus mir heraus. »Karolin, du darfst dieses Kind nicht bekommen, das wäre ein Fehler. Selbst wenn es nicht so ein Brandzeichen bekäme wie wir, wäre sein Schicksal besiegelt, sobald es vom Vermächtnis der Königmanns erfährt. Für alle, in deren Adern unser Blut fließt, gibt es keine Freiheit. Und die Erwartungshaltung, dass wir genauso fehlerlos sein müssen wie unsere Vorfahren, ist …«, ich schluckte, »… erdrückend.«

Alle drei wandten sich mir schockiert zu. Mein Gesicht fühlte sich heiß an, und ich wusste, dass ich etwas Unverzeihliches gesagt hatte, aber es war die Wahrheit. Also stopfte ich Schwartz' Dokumente und den Ring in den Umschlag zurück und ging. Dann erhielt ich eben kein Alibi.

Ich hatte noch nicht die nächste Querstraße erreicht, als mich mein Bruder einholte. Er packte mich an der Schulter, riss mich herum und schlug mir so fest ins Gesicht, dass ich zu Boden ging. Leon sah auf mich herab. »Was, zum Teufel, sollte das da eben, Mikael?«

»Was stimmt denn nicht mit dir, Leon? Hat unsere Familie denn nicht schon genug Probleme? Musstest du wirklich auch noch eine Hochadlige schwängern?«

»Das Kind war vielleicht nicht geplant, aber ich liebe sie! Mir ist es egal, dass sie eine Hochadlige ist, und ihr ist es egal, dass ich ein Königmann bin. Ich habe das Recht, glücklich zu sein, Mikael. Ich will nicht den Rest meines Lebens damit verbringen, mich um ...« Er verstummte.

Ich rappelte mich auf. »Um wen willst du dich nicht mehr kümmern, Leon? Um mich und Jenn? Uns beiden musst du schon seit Jahren nichts mehr geben. Wir kommen für uns selbst auf. Oder hast du von unserer Mutter gesprochen? Ist deine vergessene Mutter für dich ein Klotz am Bein? Hast du es satt, ein Teil deines Schoßhundgehalts für ihre Unterbringung in der Anstalt abzuzweigen?«

»Tu nicht so, als wäre ich ein Schuft, Mikael. Als du und Jenn noch zu klein wart, um etwas anderes zu tun, als den Verlust unseres Vaters zu beweinen, habe ich mich jahrelang um euch alle gekümmert.«

»Was willst du damit sagen? Dass du deine Zeit abgesessen hast und dich jetzt nicht mehr mit ihr abgeben musst?«

»Ihr Zustand wird sich nie bessern, Mikael. Was immer mit ihrem Verstand passiert ist, lässt sich nicht mehr rückgängig machen. Das müssen wir akzeptieren.«

»Sollen wir sie etwa aufgeben? Unser Vater hat immer gesagt, die Familie ist das wichtigste ...«

»Unser Vater war ein Verräter!«, schrie er mich an. »Dieser Mistkerl hat ein Kind ermordet und seine eigenen Kinder zu einem Leben mit diesen Brandzeichen verdammt. Er und das Vermächtnis der Königmanns können mir gestohlen bleiben. Im Gegensatz zu dir und Jenn will ich versuchen, mir ein neues Leben aufzubauen und meinen eigenen Platz in der Welt zu finden. Und damit fange ich jetzt an!«

»Und ich nehme an, dabei stehen wir dir im Weg, oder?«

»Wir sind Familie«, erwiderte er. »Aber irgendwann wirst du genau wie ich erkennen, dass wir für unsere Mutter nichts anderes tun können, als es ihr so bequem wie möglich zu machen, und dass unser Vater verdient hat, was ihm widerfahren ist. Er hat das Familienvermächtnis zerstört, und wir sind nicht dafür verantwortlich, es wiederherzustellen.«

»Die Familie Königmann hält zusammen.«

Leon schüttelte den Kopf. »Seit seiner Hinrichtung sind wir alle keine echten Königmanns mehr. Wir werden nicht die Armeen des Königs anführen und auch nicht in diplomatischer Mission durch die Welt reisen. Wir werden nur als eine Generation von Zaungästen in Erinnerung bleiben. Es wird Zeit, dass du das akzeptierst. Bis dahin wirst du dich von Karolin und unserem Kind fernhalten. Wenn es dir hilft, werden wir dein Alibi sein, aber wir haben uns bereits darauf geeinigt, dass unser Kind als Reitter zur Welt kommen wird, nicht als Königmann. Und sobald es statthaft ist, werde ich den Namen Königmann ablegen und ihren annehmen.«

»Wie feige von dir!«

»Dann werde ich eben als der Feige Königmann in Erinnerung bleiben und diesen Beinamen mit Stolz tragen. Genau wie die Untröstliche Königmann es getan hat.« Er zögerte. »Ich will nur ein guter Vater und Ehemann sein. Egal, was es mich kostet.«

»Du weißt, was passiert, wenn du dich von unserer Familie lossagst, oder?«

»Ja«, erwiderte Leon. »Aber du wolltest das Vermächtnis eh immer auf deinen Schultern tragen, nicht wahr?«

Mein Bruder ließ mich zurück, wie er mich aufgegabelt hatte: aufgewühlt und allein auf einem Bordstein irgendwo im Westteil von Kessel. Nun hatte ich zwar ein Alibi, aber dafür hatte ich meine Beziehung zu meinem Bruder zerstört. Und wenn es ihm ernst damit war, dass er den Namen Reitter annehmen wollte, würde ich demnächst der Stammhalter der Familie Königmann sein.

Wie würde ich in die Geschichte eingehen?

Während ich über meine Familie nachdachte, wurde ich allmählich ruhiger und holte noch einmal die Seite heraus, die ich zuletzt gelesen hatte.

David Königmann sagte später aus, er habe in diesem Raum einen Mann namens Shadom treffen wollen. Der Name ist das Pseudonym eines nicht identifizierten Hochadligen, der im Osten der Stadt für seine Großzügigkeit berühmt ist. Seine Identität aufzudecken ist eine der Prioritäten dieser Ermittlungen.

Ende des ersten Berichts über den Mord an Davi Kessel, dem Erbe von Kessel.

Erstellt vom Leiter der Beschwörer-Division Idris Ardel.

Ich sah die Seite ungläubig an. Domet glaubte, mein Vater sei von einem Hochadligen hereingelegt worden. Und nun lagen mir Informationen aus einer von ihm unabhängigen Quelle vor, denen zufolge es tatsächlich möglich war. Ich betrachtete es als meine Pflicht, dem nachzugehen, egal, was Leon über die Schuld unseres Vaters sagte.

Höchste Zeit, dass ich das beschädigte Andenken der Familie Königmann ein wenig aufpolierte.

Kapitel 13
Der Fabrikator und der Historiker

In Kessel konnte ein guter Bäcker berichten, wer in seinem Distrikt schwanger war, wen man aufgehängt hatte und wo es diverse illegale Waren zu kaufen gab – und das alles in der Zeit, die er benötigte, um einen Laib Schwarzbrot einzupacken. Da in den Fischereien die besten Bäckereien zu finden waren, hoffte ich, dort zu erfahren, was aus Sirash geworden war.

»Tut mir leid, Mikael, Sirash ist nicht hier«, sagte Lissa. »Er arbeitet erst nächste Woche wieder. Aber wenn er kommt, werde ich ihm ausrichten, dass du nach ihm gesucht hast.«

»Nein, ist schon gut«, erwiderte ich. »Ich wollte ihn nur schnell was fragen.«

Sie legte ein Roggenbrot auf die Theke. »Tut mir leid, dass ich dir nicht weiterhelfen kann, aber ...«

»Lissa, frag ihn nach dieser Sache!«, rief jemand aus dem rückwärtigen Teil des Ladens.

»Das wollte ich gerade tun, Papa!« Sie wandte sich mir wieder zu und senkte die Stimme. »Viele Kunden fragen uns nach den Rebellen, Mikael, ob sie sich verstecken oder lieber aufs Land ziehen sollen. Hast du irgendwas von deinem Ersatzpapa gehört, das ihnen diese Entscheidung erleichtern könnte?«

»Das Banner des Niederadligen Bartos ist über dem Lager gesichtet worden.«

Lissa verdrehte die Augen und beugte sich zu mir vor. »Das wusste ich schon. Hast du noch irgendwelche anderen Informationen?«

»Nein, tut mir leid.«

Sie sah enttäuscht aus. »Schade. Dann macht das einen Pfennig.«

Ich legte einen Bronze-Pfennig auf ihre Handfläche und nahm das Brot. »Wenn ich etwas höre, sage ich es dir.«

»Das will ich dir auch geraten haben. Der Wanderer möge dich leiten, Mikael.«

»Das wünsche ich dir auch, Lissa.«

Mit dem Brot in der Hand verließ ich die Bäckerei. Draußen wartete Jenn auf mich.

Fünf Tage noch, bis ich persönlich nach Sirash sehen konnte. Oder waren es sechs? Er hatte nicht gesagt, ob für ihn dieser oder der vergangene der erste Tag war. Ich wollte nur einen kurzen Blick auf ihn werfen, um mich zu vergewissern, dass es ihm gut ging.

»Nicht da?«, fragte Jenn.

»Nein.«

»Arbeitet er nicht in verschiedenen Bäckereien überall in der Stadt? Vielleicht ist er ja in einer näher bei sich zu Hause.«

»Er wollte in den Westteil ziehen«, sagte ich. »Er hatte da was in Aussicht.« Ich riss das Brot auseinander, und wir aßen es, während wir zum Hohen Viertel gingen. »Wie lange weißt du schon von Leons zukünftigem Kind?«

»Seit Karolin den Verdacht hatte, schwanger zu sein. Er musste mit jemandem darüber reden. Und du und Angelo kamt dafür nicht infrage.«

So wie ich in der Nacht zuvor reagiert hatte, konnte ich ihm das nicht verdenken.»Und du findest das gut?«

Jenn strich sich eine verirrte Strähne aus den Augen und klemmte sie sich hinters Ohr. »Wenn du mich fragst, ob ich es gutheiße, dass er Vater wird, lautet die Antwort Ja. Er kann auf sich selbst aufpassen. Oder willst du wissen, ob es mir gefällt, wie er sich in letzter Zeit unserer Familie gegenüber verhält? Ich weiß nicht, ob ich dir darauf eine Antwort geben kann. Allerdings finde ich, dass du dich auch nicht richtig verhalten hast, Mikael. In einer Familie hält man zusammen, auch wenn man mal unterschiedlicher Meinung ist.«

»Sag das Leon.« Ich stieß die Luft aus. »Tut mir leid. Das war blöd von mir. Wenn ich ihn das nächste Mal sehe, werde ich mich bei ihm entschuldigen.«

»Und bei Karolin.«

»Und bei Karolin. Ich habe mich von meiner Wut hinreißen lassen, aber ... Ich weiß nicht ... Es ist eine Sache, unseren Vater zu verachten, aber er sagt sich auch von all unseren Vorfahren und unserer Mutter los. Nach allem, was sie für unser Land getan haben, haben sie das nicht verdient.«

»Das stimmt«, erwiderte Jenn. »Ohne sie wäre Kessel nicht gegründet worden. Wir wissen das, aber wer sonst noch? Wer nicht Geschichte studiert oder auf uns hört, sieht wahrscheinlich nur Relikte aus der Vergangenheit in ihnen.«

Wir erreichten den Platz der Flüchtlinge, von dem die Straßen zum Hohen Viertel, dem Schwerter-Bezirk und der Irrenanstalt von Kessel abgingen. Normalerweise fand an diesem Ort ein belebter Markt statt, auf dem gehetzte Reisende überteuerte Waren erwarben, doch an diesem Tag wirkte er seltsam verwaist. Es war noch nicht einmal jemand aus der hochadligen Familie Hirmann da, um die Händler zu beaufsichtigen, nur eine Frau mit rotbraunem Haar, die sich vor der Statue der Flüchtlinge im Zentrum des Platzes verneigte. Der Markt hatte in letzter Zeit an Bedeutung verloren, da immer weniger Reisende nach Kessel kamen und stattdessen lieber Neu-Drakon aufsuchten. Ich konnte es ihnen nicht verdenken. Neu-Drakon war unserer Stadt eindeutig überlegen ... abgesehen davon, dass ihre Herrscher so korrupt und skrupellos waren wie Söldner und es verdient hätten, bei lebendigem Leib in einem flachen Grab verscharrt zu werden.

Die meisten in Kessel hassten Neu-Drakon, weil sie sich daran erinnerten, was seine Regierung unserem Land während des Schießpulverkrieges angetan hatte ... Aber für uns noch verbliebenen Königmanns war dieser Hass ein Familienerbe, denn die Machthaber von Neu-Drakon hatten unter dem Deckmantel friedlicher Diplomatie meine Großeltern, meine Tante und die Königin ermordet. Das war schwer zu vergessen, und ich bezweifelte, dass wir oder unsere Nachfahren es ihnen je vergeben würden.

Als wir uns der anderen Seite des Platzes näherten, sah ich zwei Geopferte. Als sie uns aus dem Augenwinkel bemerkten, sammelten sie schnell ihre Sachen zusammen und machten sich davon. Ich wies Jenn nicht auf sie hin, und sie selbst schien sie nicht wahrzunehmen. Wir hatten alle etwas, das uns daran erinnerte, was wir verloren hatten, und bei Jenn waren es die Geopferten. Im Unterschied zu Leon und mir fühlte sie sich schuldig an ihrem Schicksal.

»Wegen alldem, was gerade in Leons Leben geschieht, denke ich inzwischen auch über meine eigene Zukunft nach«, sagte Jenn. »Ich habe schon vor langer Zeit beschlossen, dass ich am Endlosen Walzer teilnehmen werde, wenn ich alt genug bin und keine Wahl mehr habe. Obwohl ich eine Königmann bin, werden sie mich als Frau wahrscheinlich eher mitmachen lassen als dich oder Leon. Für die meisten der Teilnehmer wäre eine in Ungnade gefallene Königmann als Ehefrau immer noch erstrebenswerter als eine Bürgerliche, eine Händlerin oder eine Niederadlige.«

Ich gab mir keine Mühe, meine Überraschung zu verbergen. »Wenn du das wirklich tust, zwingst du dir selbst eine politische Heirat auf, Jenn.«

»Möglich«, erwiderte sie. »Aber was soll ich denn machen? Weder die Raben noch die Waage werden mich aufnehmen, kein Hochadliger will eine Königmann in seiner Fabrikatoren-Armee haben, und wenn mich nicht mit viel Glück ein Arzt in die Lehre nimmt, endet meine medizinische Laufbahn in der Anstalt. Als die Frau eines Adligen müsste ich mich wenigstens nicht mehr verstecken.« Jenn seufzte übertrieben laut. »Nachdem die Mutter Königmann die Raben gegründet hat, möchte man doch eigentlich annehmen, dass Frauen mittlerweile mehr Möglichkeiten offenstehen. Demnächst werden wir sogar von einer Königin regiert! Aber ich kann nicht mehr werden als eine Ehefrau.«

»Wenn du die freie Auswahl hättest, was würdest du tun?«

»Es spielt keine Rolle, ob ich …«

»Nein, ich möchte es wirklich wissen.«

Jenn streckte mir die Zunge heraus.

Als ich ihr das Haar zerzauste, stieß sie mich weg und versuchte dann fluchend, ihre Frisur wieder zu richten.

Ich sah ihr dabei zu. »Na schön, dann sag es mir nicht. Aber du bist eine Königmann, und Königmanns können alles tun. Mach, was für dich am besten ist, Jenn. Ich für meinen Teil kümmere mich um unsere Familie.«

»Du kannst dich doch kaum um dich selbst kümmern, geschweige denn um unser Familienvermächtnis.«

»Ich schlage mich besser, als du glaubst.«

Damit brachte ich sie zum Lachen. »Warum wirst du kein Archivar? Dann könntest du dafür sorgen, dass die Familie Königmann nicht in Vergessenheit gerät. Nach allem, was wir durchgemacht haben, wäre das eine schon viel.«

Wir verabschiedeten uns voneinander. Sie wollte vor ihrer Schicht in der Anstalt ein paar Freundinnen treffen, und ich hatte mir vorgenommen, Domet noch am Vormittag zu besuchen. Dies war mein erster Tag als sein Begleiter, und ich hatte keine Ahnung, was mich erwarten würde.

Niemand behelligte mich, als ich das Hohe Viertel betrat und zum Eroberer-Brunnen ging. Die halb zerfallene Statue eines meiner Vorfahren, die darin stand, erinnerte mich erneut daran, wie tief meine Familie gesunken war.

Obwohl Domet versprochen hatte, dass sein rotes Ziegelhaus leicht zu finden sein würde, sah es für mich genauso aus wie die übrigen noblen Gebäude, die an diesem Ort standen. Ohne das Tausendschön, das davor wuchs, wäre ich wohl achtlos daran vorbeigegangen. Da es keinen Pförtner gab, stieg ich die Stufen hinauf und ließ mich selbst hinein. Die Klingel wollte ich nicht betätigen, weil ich nicht ausschließen konnte, dass der Hausherr einen Kater hatte.

Das Haus war exquisit eingerichtet. Der teure rosafarbene Marmorboden passte perfekt zu den azurblauen Wänden. Die gerahmten Bilder daran schienen von allen großen Meistern zu stammen, die je gelebt hatten.

Ich erwartete, von einem Diener abgefangen zu werden, doch es kam keiner. Also ging ich weiter ins Haus und hörte schließlich zwei Menschen, die sich ruhig miteinander unterhielten.

Ich verstand nicht, was sie sagten, bis ich Domets Wohnzimmer betrat. Er trug einen seidenen Morgenrock und lag mit einer leeren Wodkaflasche in der Hand auf einem Diwan, eine weitere, ebenfalls leere Flasche stand auf dem Fußboden. In einem Sessel daneben saß sein Gesprächspartner, ein alter Mann mit dickem Bauch und unterschiedlich großen Augen, der eine Priesterrobe der Kirche des Ewigen Feuers trug.

»Mikael!«, rief Domet aus. Er versuchte aufzustehen, verhedderte sich jedoch in seinem Morgenmantel und sank wieder zurück. »Endlich! Wo warst du?«

»Wir hatten keine Uhrzeit ausgemacht, und es ist noch nicht mal Mittag.«

»Ich dachte, das hätten wir«, brummte er. »Aber egal, du bist so oder so zu spät, denn wir haben heute viel vor.«

»Aha.«

Ich fragte mich, ob er überhaupt geschlafen hatte. Wahrscheinlich nicht. Es war noch zu früh, um schon so betrunken zu sein.

Domets Besucher watschelte zu mir herüber. »Ich entschuldige mich für Domets Verhalten. Wir trinken bereits seit gestern Abend, fürchte ich. Nach den furchtbaren Zuständen in der Anstalt brauchte der arme Mann etwas Entspannung. Er ist ein alter Freund von mir, und als ich von seiner Entlassung erfahren habe, bin ich gleich los, um ihn zu besuchen.«

»Mir war nicht klar, dass Domet Freunde hat.«

»Doch, doch, einige. Wir sind eine ganze Clique, auch wenn wir uns längst nicht mehr so oft sehen wie früher. Das ist einer der Nachteile, wenn man älter wird. Man scheint nie genug Zeit zu haben.« Er schlug sich gegen die Stirn. »Ach, entschuldigt! Ich habe mich ja noch gar nicht vorgestellt. Ich heiße Rian Schmork und bin ein Brenner des Ewigen Feuers. Wie Euch vielleicht aufgefallen ist, bin ich nicht ganz so fanatisch wie meine Brüder, da ich die meiste Zeit als ...«

»... Drache herumfliege!«, juchzte Domet und versuchte erneut, sich aus dem Diwan hochzustemmen, nur um gleich lachend wieder zurückzusinken.

Wir sahen beide den betrunkenen Mann an, der sich wild gackernd auf dem Diwan wälzte.

Der Priester seufzte. »Damit will er sagen, dass ich der Kirche des Ewigen Feuers als Drachen*historiker* diene. Ich schwöre beim Ewigen Feuer, dass er diesen Witz jedes Mal macht.«

»Es gibt keine Drachen«, entgegnete ich. Ich hasste es, wenn Erwachsene behaupteten, sie würden wirklich existieren, da es mindestens kindisch, wenn nicht sogar dumm war.

Zu meiner Überraschung stimmte er mir zu. »Ihr habt ganz recht! Es gibt sie nicht. Ich erforsche die zahlreichen Drachenmythen in den verschiedenen Kulturen, um zu verstehen, wie es zu diesem Mythos gekommen ist. Die meisten Legenden können bis zum Zahnlosen Lindwurm zurückverfolgt werden, einer großen, überwiegend harmlosen Echse, die sich von Pflanzen ernährt hat und über weite Strecken durch die Luft segeln konnte. Die Bauern haben lieber diese Geschöpfe als Banditen für die geraubten Schafe und verwüsteten Felder verantwortlich gemacht, da die Herzöge dann eher dazu bereit waren, ihnen den Schaden zu erstatten. Banditenüberfälle sind also die wahrscheinlichste Erklärung für unsere viel geliebten Geschichten über feuerspeiende Drachen.« Er sprach schnell und machte kaum Pausen, wie ein Kind, dem man erlaubt hatte, über sein Lieblingsthema zu sprechen.

»Von einem Zahnlosen Lindwurm habe ich noch nie etwas gehört.«

»Das wundert mich nicht«, erwiderte Rian. »Sie starben ungefähr in der Zeit aus, als Celona zertrümmert wurde. Ich glaube, dass sie mehr oder weniger blind waren und das Licht beider Monde brauchten, um Nahrung zu finden. Ohne Celona waren sie verloren. Schade, aber so ist die Natur nun mal. Nichts lebt ewig.«

»Es war aber nicht die Natur, die Celona zertrümmert hat«, mischte sich Domet ein, der plötzlich gar nicht mehr wie ein lustiger Trunkenbold klang.

»Vielleicht doch«, sagte ich.

»Die Archivare behaupten etwas anderes.«

»Die Archivare biegen sich die Geschichte so zurecht, wie es ihnen gefällt«, erwiderte ich und merkte, wie mir das Blut in die Wangen schoss. »Auf die kann man sich nicht mehr verlassen. Und ganz egal, was sie behaupten, meine Familie hätte niemals den Mond zerbrechen können. Kein Fabrikator ist so mächtig.«

»Seit wann bist du denn ein Experte für Fabrikationen?«

»Das bin ich nicht. Aber es ist doch ein seltsamer Zufall, dass die Archivare gerade mal ein Jahr nach der Hinrichtung meines Vaters einen Beweis dafür fanden, dass die Königmanns Celona zerstört haben sollen.«

»Dieser Beweis stammt aus den alten Glaubenslehren des Ewigen Feuers«, sagte Domet. »Es gibt Menschen, die sie ihr ganzes Leben lang studieren.«

Ich verschränkte die Arme vor der Brust. »Mit genügend Zeit und Entschlossenheit kann man alles aus ihnen herauslesen.«

Rian sah zwischen mir und Domet hin und her. »Ich

glaube, ich sollte jetzt gehen. Wie es scheint, habt Ihr viel miteinander zu besprechen, und ich werde nicht gern an die Fanatiker erinnert, mit denen ich es jeden Tag in der Kirche zu tun habe. Mikael Königmann, es war mir eine Freude, Euch kennenzulernen. Ich hoffe, Domet behandelt Euch gut. Und falls Ihr Euch je über Drachen unterhalten wollt, wäre es schön, wenn Ihr mich in meiner Kirche besucht. Domet kann Euch den Weg zeigen.«

Damit ging der fette alte Mann. Als Domet hörte, wie die Tür ins Schloss fiel, stand er von der Couch auf, bog seinen Rücken durch, dass es knackte, und ging dann zur Schnapsvitrine, um sich ein weiteres Glas zu genehmigen.

»Wie wollt Ihr mir denn das Fabrizieren beibringen, wenn Ihr so besoffen seid, dass Ihr kaum noch stehen könnt?«

»Beruhige dich, Mikael. Nur in einer der Flaschen war Wodka. Ich bitte dich, glaubst du wirklich, dass ich mich so benehme, wenn ich betrunken bin? Ich bin ein funktionierender Alkoholiker, kein Kind.«

»Aber warum ...«

»... ich es vortäusche? Weil die Menschen jemandem in meiner Position fast nie etwas umsonst geben. Aber wenn sie glauben, mich ausnutzen zu können, verraten sie mir allerlei interessante Dinge. Wenn sie mich für betrunken halten, erzählen sie mir im Austausch für ein paar unnütze Informationen, die mir scheinbar aus Versehen rausrutschen, alles, was ich wissen muss.«

»Aber er hat gesagt, er wäre Ihr Freund.«

Domet nippte an seinem Getränk. »Ich habe keine Freunde, nur Komplizen und Feinde. Und du ahnst gar nicht, wie oft sie die Seiten wechseln. Jetzt setz dich an den Tisch. Wir haben noch einiges zu erledigen, bevor der Endlose Walzer beginnt.«

Ich wurde nicht schlau aus Domet. Jedes Mal wenn ich glaubte, ihn und seine Absichten durchschaut zu haben, stellte er sofort alles wieder auf den Kopf. Wenn ich weiter für ihn arbeiten wollte, musste ich mir Klarheit über ihn verschaffen – damit ich nicht noch versehentlich zu einem seiner Feinde wurde.

Sobald wir uns hingesetzt hatten, holte Domet eine kleine rechteckige Kiste unter dem Tisch hervor. Er öffnete den Deckel mit einem Klicken und verbarg ihren Inhalt vor mir, während er sie durchwühlte. »Aus irgendeinem Grund – wahrscheinlich weil es ihm beliebt, den ganzen Hof in Unruhe zu versetzen – hat der Prinz den Beginn des Endlosen Walzers auf heute Abend vorverlegt. Und wir müssen dich noch dafür wappnen.«

»Die erste Veranstaltung ist heute Abend?«

Domet nickte. »Meine Schneider arbeiten mit Hochdruck an angemessener Kleidung für dich. Darüber musst du dir also keine Sorgen machen. Aber es gibt andere Dinge, auf die wir dich vorbereiten müssen. Was weißt du über den Endlosen Walzer?«

»Er ist die Brautschau der Adligen. Oder hat sich daran in den letzten zehn Jahren etwas geändert?«

»Ja. Krempel den Ärmel hoch und gib mir deinen Arm. Ich brauche eine Blutprobe.« Domet holte eine Spritze aus der Kiste.

»Nein. Wozu braucht Ihr die?«

»Wir haben keine Zeit für dumme Fragen. Entweder tust du, was ich sage, oder du verschwindest.« Domet schob meinen Ärmel hoch. Dann band er mir eine Aderpresse um den Bizeps und klopfte gekonnt auf die Venen, bevor er eine in der Ellenbeuge anstach. Sobald der Kolben der Spritze mit

Blut gefüllt war, zog er sie wieder heraus und reichte mir Verbandsmull, den ich mir auf den Einstich presste. Nachdem er die Spritze neben die Kiste gelegt hatte, nahm er mehrere mit Flüssigkeit gefüllte Ampullen, aus denen er jeweils ein paar Tropfen in eine Kupferschale gab. »Ich überprüfe dein Blut, um zu sehen, ob du ein Fabrikator bist. Es hat ja keinen Sinn, dich zu unterrichten, wenn du gar nicht die Anlagen dazu hast. Deine Mutter war keine, es kann also sein, dass es bei dir genauso ist.«

»Ist Leon ein Fabrikator?«

»Die Scharfrichter-Division glaubt es nicht, aber laut seinen Unterlagen wurde er nie daraufhin getestet. Wenn er einer ist, weiß er es erstaunlich gut zu verbergen. So, jetzt hör mir gut zu, ich werde dir den Endlosen Walzer nur einmal erklären. Seit dem Tod deines Vaters hat er sich verändert. Früher mussten sich die adligen Debütanten einer Reihe von Herausforderungen stellen, um Allianzen zu schmieden – die manchmal, aber nicht immer romantische Verbindungen waren. Die Paarungen ergaben sich aus den individuellen Leistungen und Fähigkeiten der Bewerber und hatten nichts mit ihrem jeweiligen gesellschaftlichen Rang oder Reichtum zu tun. Mittlerweile ist dieser Prozess zu einem irrwitzigen Machtgerangel verkommen. Im Lauf der Jahre hat der Verdorbene Prinz eine Art Treuetest daraus gemacht. Wer sich ihm gegenüber als loyal erweist, wird am Hof von Kessel aufgenommen, egal, was für einen Status er hat. Diejenigen, die es nicht schaffen, können im nächsten Jahr noch einmal antreten. Ein paar wenige verlieren dabei aber auch ihre Titel und werden verbannt.«

»Dann geht es also nicht mehr um Brautwerbung?«

»Nein, die jungen Adligen sollen den Anspruch des Verdorbenen Prinzen auf den Thron festigen. Beim Endlosen Walzer wird man zwar immer noch dazu ermutigt, Bindungen einzugehen, aber vor allem will die ältere Generation herausfinden, mit welchen Emporkömmlingen sie in Zukunft am besten zusammenarbeiten kann. Damit du eine Gelegenheit bekommst, die Erinnerungen des Königs zu stehlen und die Unschuld deines Vaters zu beweisen, musst du dir eine Einladung zur königlichen Geburtstagsfeier verdienen. Das ist die Abschlussveranstaltung des Endlosen Walzers, bei der die erfolgreichsten jungen Adligen und deren neue Gefährtinnen dem versammelten Hof von Kessel vorgestellt werden.«

»Also muss ich jemanden aus der Königsfamilie beeindrucken, damit ich Zugang zum Hof von Kessel erhalte?«, fragte ich.

»Nicht irgendjemanden, sondern den Verdorbenen Prinzen, einen der abscheulichsten Königlichen aller Zeiten. Bei der Prinzessin hättest du bessere Chancen, da sie das Mitglied der Königsfamilie ist, zu dessen Schutz du seit deiner Geburt verpflichtet bist. Aber wer weiß, wo sie gerade steckt. Am Hof ist sie schon seit Jahren nicht mehr gesehen worden.«

»Das funktioniert auf keinen Fall. Der Verdorbene Prinz wird mich schon aus Prinzip nicht einladen.«

»Du musst ihn dazu zwingen. Der Endlose Walzer besteht aus drei Anlässen.« Er legte die Ampullen weg und hielt drei Finger in die Höhe. »Der Empfang in der Burg Reitter, die Jagd im Königsgarten und ein Konzert der bekannten Sängerin Rot. Das sind drei Gelegenheiten, bei denen du dich hervortun und mit so vielen jungen Adligen wie möglich verbünden wirst. Du musst dafür sorgen, dass der Prinz dich nicht des Hofes verweisen kann, ohne einen Keil zwischen seine eigenen Anhänger zu treiben. Er befindet sich zwar in einer stärkeren Position als du, aber die anderen Hochadligen können ihn durchaus unter Druck setzen. Die Niederadligen natürlich nicht.«

»Also«, sagte ich gedehnt, »muss ich die anderen Adligen in meinem Alter beeindrucken und zur Geburtstagsfeier des Königs eingeladen werden. Dort stehle ich dann dessen Erinnerungen, damit wir beweisen können, dass ein Hochadliger meinem Vater den Mord an Davi Kessel angehängt hat. Richtig?«

»Stimmt.«

Ich starrte ihn an. »Euch ist schon bewusst, wie verrückt das klingt, oder?«

Er zuckte die Achseln. »Es ist unsere einzige Möglichkeit, die Wahrheit herauszufinden.«

Ich griff in meine Tasche und zog eine Seite aus Schwartz' Umschlag. »Was ist damit? Das habe ich letzte Nacht gefunden, und es scheint mir ein guter Ausgangspunkt zu sein. Darin stehen Namen von Personen, die wir zu den damaligen Ereignissen befragen könnten.«

Domet riss mir das Blatt aus der Hand. »Was ist das?« Er las es leise durch. »Wo hast du das her? Das sind geheime Informationen. Selbst ich hätte Schwierigkeiten, an sie heranzukommen.«

»Ich habe sie aus Versehen einem Söldner gestohlen.«

»Du hast *was* getan? Was hast du mit einem Söldner zu schaffen? Ist dir klar, dass du alles gefährdet hättest, wenn du erwischt worden wärst?«

»Ich bin nicht erwischt worden. Aber diese Informationen sind gut, oder?«

»Nein, sind sie nicht. Sie verraten uns nur, dass die Beschwörer nach einem Hochadligen mit dem Pseudonym

Shadom gefahndet haben. Und auch die anderen Namen sind nutzlos. Die erwähnte Rabe wurde vor Jahren zusammen mit anderen Adligen in Naverre auf dem Scheiterhaufen verbrannt. Ihr Ehemann, Konrad Dunkelberg, ist kurz danach von der Bildfläche verschwunden. Und auch von Idris Ardel hat niemand mehr was gehört oder gesehen, seit er vor ein paar Jahren nach Goldono gegangen ist.«

Mürrisch nahm ich ihm die Seite wieder weg. Für die handschriftliche Schilderung des Gefechts an der Kessel-Akademie würde er sich noch viel weniger interessieren. »Mal angenommen, ich werde zur Feier des Königs eingeladen und finde seine Erinnerungen ... Wonach genau suchen wir darin?«

»Wir müssen herausfinden, wieso sich dein Vater schuldig bekannt hat. Die Öffentlichkeit hat nie etwas über sein Motiv erfahren, und ich glaube, dass uns diese Information zu demjenigen führen wird, der ihn hereingelegt hat. Der König kann die Wahrheit nicht länger unter den Teppich kehren, wenn wir eine Aufzeichnung seiner Erinnerungen haben ... ganz egal wie sehr er sich bemüht, die Geschichtsschreibung in seinem Sinne zu verändern.«

Der Plan klang gar nicht mal so schlecht. Da die meisten Adligen täglich fabrizierten und dabei Gefahr liefen, das Gedächtnis zu verlieren, hatten sie verschiedene Methoden entwickelt, die wichtigsten Erinnerungen festzuhalten. Unter anderem mithilfe von Tätowierungen, Tagebüchern oder Gemälden. Wenn wir die offizielle Version der Geschichte mit den Erinnerungen des Königs vergleichen konnten, wären wir in der Lage, Wahres von Falschem zu unterscheiden.

Domet schob ein dickes Buch über den Tisch. »Das hier brauchst du für heute Abend.«

Ich blätterte es durch: Es war ein handschriftlich verfasstes Kompendium über sämtliche Adligen im Land, das bis zum ersten König von Kessel, Adrian dem Befreier, zurückreichte. Daneben fanden sich auch noch ein paar Einträge über ausländische Herrscher.

»Habt Ihr das geschrieben?«

»Stellst du immer Fragen, deren Antworten so offensichtlich sind? Bis heute Abend musst du das auswendig können.«

Es waren Hunderte von Seiten, schon allein über die verschiedenen Könige und Königinnen jeweils ein Dutzend. Ich würde es an einem einzigen Tag nicht lesen, geschweige denn mir irgendetwas davon merken können. »Dazu brauche ich mehr Zeit.«

»Die haben wir aber nicht.« Er schob die mit einer eigenartigen Flüssigkeit gefüllte Kupferschüssel vor mich hin und nahm die Spritze in die Hand. »Möchtest du jetzt herausfinden, ob du ein Fabrikator bist, Mikael, oder nicht?«

Ich zögerte kurz. »Ja.«

Ich weiß nicht, womit ich rechnete, als Domet mein Blut in die klare Flüssigkeit spritzte, aber zuerst geschah gar nichts. Während wir abwarteten, hatte ich das Gefühl, als würde jeden Moment mein Herz zerspringen. Meine jahrelang verdrängte Furcht, ich könnte kein Fabrikator sein, regte sich wieder. Dann begann sich mein Blut in der Schale zu bewegen. Es stieg in einer Spirale aus der Flüssigkeit auf und verfestigte sich zu einem spinnennetzartigen roten Turm.

»Heißt das, dass ich ein Fabrikator bin?«, flüsterte ich.

Domet räusperte sich und trank einen Schluck. »Offensichtlich. Wenn nicht, wäre gar nichts passiert. Allerdings verrät uns dieser Test nicht, was für eine Art Fabrikator du bist. Es dauert eine Weile, die Spezialisierung zu bestimmen. Aber darum kümmern wir uns ein andermal.« Er stand von seinem Stuhl auf.

»Wollen wir das nicht jetzt tun?«, fragte ich, während ich mich ebenfalls erhob.

»Dafür haben wir keine Zeit. Du musst dieses Buch auswendig lernen, und ich sorge in der Zwischenzeit dafür, dass für heute Abend alles vorbereitet ist.« Damit ging er zur Tür.

»Ihr werdet mich zu den Adligen schicken, obwohl ich keinen Schimmer habe, wie man fabriziert?«

Domet sah über die Schulter. »Du hast das Buch. Es wäre dumm, wenn ich dir das Fabrizieren beibringe und du bereits bei der ersten Veranstaltung in einen Kampf gerätst, denn dann wärst du bis zum Ende der Woche ein Vergessener. Arbeite lieber an deiner Selbstkontrolle, Mikael. Eine gewaltsame Auseinandersetzung sollte immer nur der allerletzte Ausweg sein.«

Ich ersparte mir eine weitere Diskussion mit ihm. Schließlich hatte ich ohnehin kaum Zeit, mich auf die erste Veranstaltung des Endlosen Walzers vorzubereiten. Außerdem musste ich vor dem Abend noch ein paar andere Dinge erledigen und wollte nicht, dass Domet deswegen misstrauisch wurde.

Er gab mir fünf Sonnen und dazu ein bisschen Lesestoff über die Grundprinzipien des Fabrizierens. Schließlich erklärte er mir noch, wann und wo wir uns treffen würden, und verabschiedete sich dann von mir.

Ich nahm das Buch vom Tisch, sagte aber: »Einen Moment noch.«

»Einen Moment?«, fragte er herablassend. »Wir haben keine Zeit zu verlieren, Mikael. Du musst lernen …«

»Muss ich nicht erst die feierliche Segnung empfangen, bevor ich am Endlosen Walzer teilnehmen kann?«

»Die feierliche Segnung? Unwichtig. Viele Hochadlige gehen ohne sie hin. Und du bist ein Königmann. Deine Familie ist dafür bekannt, dass sie mit den Kirchen auf Kriegsfuß steht. Die Adligen werden das verstehen.«

»Aber wäre es nicht hilfreich? Vielleicht würden sie dann eine bessere Meinung von mir haben.«

»Ich hätte nie gedacht, dass du das überhaupt in Erwägung ziehst.«

»Solange Ihr Euch an Euren Teil der Abmachung haltet, werde auch ich alles tun, was nötig ist.«

»Interessant«, sagte Domet. »Die Kirche des Wanderers wird dich nicht segnen, nachdem du sie öffentlich kritisiert hast. Die Kirche des Ewigen Feuers würde es möglicherweise tun, aber ... da du ein Königmann bist, bestehen sie vielleicht darauf, dass du ihrem Orden beitrittst, und das können wir nicht zulassen.«

»Was ist mit Eurem Freund Rian?«

»Rian? Ja, warum nicht? Wenn ich gewusst hätte, dass du darüber nachdenkst, hätte ich ihn gefragt. Er wird etwas dafür haben wollen, aber ich habe schon eine Idee, wie ich seinen monströsen Appetit stillen kann.«

Domet verfasste rasch einen Brief an Rian, versiegelte ihn mit Wachs und gab ihn mir. »Er ist in der Kirche des Ewigen Feuers im Hohen Viertel. Wenn du das Haus verlässt, musst du nach links gehen und dann einfach so lange geradeaus, bis du vor der Kirche stehst. So wie sie glitzert, kannst du sie gar nicht übersehen. Versteck dein Brandzeichen und sag dem ersten Mönch, der dir über den Weg läuft, dass du gekommen bist, um mit dem Brenner Rian über eine Buchlieferung zu sprechen. Dann wirst du sicher sofort zu ihm gebracht. Verstanden?«

»Verstanden.«

Indem ich mich umdrehte, um zu gehen, verbarg ich mein Lächeln vor ihm. Ich hatte nicht die Absicht, mich beim Adel einzuschmeicheln, indem ich mich von einer der Kirchen segnen ließ.

In Wahrheit war ich hinter Domets Geheimnissen her.

Kapitel 14
Die Kathedrale

Ich vertraute nicht darauf, dass Domet sich an unsere Vereinbarung halten würde, und wollte unbedingt mehr über ihn in Erfahrung bringen, bevor es zu spät war. Rian, der sich als Freund dieses Egomanen betrachtete, schien mir dafür eine gute erste Anlaufstelle zu sein.

Als die funkelnde Kirche in Sicht kam, holte ich tief Luft, um mich zu sammeln. Obwohl ich auch für die Kirche des Wanderers nicht viel übrighatte, teilte ich die Mehrheitsmeinung, nach der die Kirche des Ewigen Feuers die schlimmere der beiden großen Konfessionen von Kessel war. Ihre Kathedrale war mit mehr Gold und Edelsteinen geschmückt, als in der Schatzkammer des Königs lagerten, und dass sie mit ihren vielen Türmen nach dem Königsschloss das zweithöchste Gebäude im Hohen Viertel war, hatte ich immer schon für einen Ausdruck von übersteigerter Arroganz gehalten. Meine persönlichen Erfahrungen mit den Anhängern des Ewigen Feuers untermauerten diese Einschätzung noch.

Es kursierten Gerüchte, dass die Kirchenobersten in Kessel noch mächtiger werden wollten als die an der Goldküste. Wenn der König nichts dagegen unternahm, würden sie wohl schon bald unauflösbar mit dem Adel und seiner Familie verflochten sein.

Zu meinem Glück hatte sich gerade ein Großteil der Kirchengemeinde direkt vor der Kathedrale um ein zeremonielles Feuer versammelt. Als ich meine lahme Ausrede vortrug, wieso ich Rian sehen musste, brachte mich einer der Mönche zu ihm und kehrte anschließend sofort wieder zur Messe zurück. Obwohl ich mein Brandzeichen unter dem Kragen verborgen hatte, überraschte es mich, dass er sich nicht einmal die Zeit nahm, mich einen Heiden oder Häretiker zu nennen. Meistens schienen sie es mir einfach anzumerken.

Als ich an die Tür von Rians Arbeitszimmer klopfte, hoffte ich, dass es mich nicht allzu viel kosten würde, bei ihm etwas über Domet in Erfahrung zu bringen.

Ich vernahm ein »Herein!« und öffnete die Tür.

Drinnen bot sich mir ein erstaunlicher Anblick: Bis auf einen sehr schmalen Pfad, der geradewegs zum Schreibtisch führte, war jede freie Fläche mit Unmengen von Büchern vollgestellt. Es roch nach Leder, Tinte und Tabakrauch.

»Mikael!«, begrüßte mich der Brenner. »Was für eine Überraschung, Euch so bald wiederzusehen. Ich hatte frühestens nach dem Endlosen Walzer mit Euch gerechnet. Entschuldigt bitte das Chaos. Ich versuche gerade herauszufinden, wann und wo die mythischen Seeungeheuer der Eham zum ersten Mal erwähnt wurden. Was kann ich für Euch tun, mein Freund?«

Da ich nicht wusste, wo ich mich hinsetzen sollte, blieb ich unbeholfen in der Tür stehen. »Domet hat mich hergeschickt, um mich vor dem Endlosen Walzer segnen zu lassen.«

Rian lachte so laut, dass sein Bauch wackelte. »Mikael, so gerne ich …«

Ich hielt Domets Umschlag in die Höhe. »Er hat mir sogar das Schreiben hier mitgegeben, um Euch zu überzeugen …

Aber tatsächlich bin ich hier, weil ich Informationen über Domet von Euch haben möchte.«

»Informationen über Domet?«

»Nach allem, was ich über ihn weiß, gehe ich davon aus, dass er mich hintergehen wird, sobald ich nicht mehr nützlich für ihn bin. Daher muss ich wissen, woran sein Herz hängt.«

»Ich betrachte Domet als Freund«, entgegnete Rian. »Wieso sollte ich Euch helfen?«

»Weil Domet keine Freunde kennt, nur Komplizen oder Feinde. Und seine Ansicht, wer in welche Kategorie gehört, ändert sich schnell. Das gilt auch für Euch.«

»Möglicherweise kann ich Euch weiterhelfen – aber dafür will ich außer dem Umschlag noch etwas anderes haben.«

»Was denn?«

»Ein Versprechen. Dass Ihr mir Bescheid gebt, wenn Ihr je jemandem begegnet, der auf zwei Fabrikationen spezialisiert …«

»So wie der Söldner?«, unterbrach ich ihn.

»Was?« Rian sprang auf und stieß mit seinem Stuhl zwei Buchstapel hinter sich um. »Ihr kennt so jemanden? Wie heißt er? Seid Ihr ihm in Kessel begegnet? Habt Ihr selbst gesehen, wie er zweierlei fabriziert hat, oder hat er nur damit geprahlt?«

Ich war eigentlich davon ausgegangen, dass Rian Schwartz gemeint hatte und nur seinen Namen nicht aussprechen wollte. Aber nach dieser Reaktion war ich mir nicht mehr so sicher.

»Ja«, sagte ich. »Ich weiß von jemandem, der zwei Spezialisierungen hat.«

Rian wandte sich ab und murmelte etwas Unverständliches. Dann drehte er sich wieder zu mir um. »Sein Name? Habt Ihr seinen Namen gehört?«

»Erst müsst Ihr mir verraten, woran Domet hängt.«

Er schenkte mir ein Raubtierlächeln. »Das Einzige, was ihm am Herzen liegt, ist der Schrein der Patronin Viktoria. Er zahlt sogar Abgaben an die beiden Kirchen, damit sie nichts gegen diese Kultstätte unternehmen. Das hat hier bei uns für einige Diskussionen gesorgt, da laut unseren Glaubensgrundsätzen ausschließlich unser Prophet und unser Gott verehrt werden dürfen. Aber diese Zweifel hat er mit seinem Geld ausgeräumt.«

»Der Schrein?«, fragte ich. »Das ist alles? Kein uneheliches Kind oder eine heimliche Liebe? Keine Geschwister oder Eltern? Nur ein Schrein?«

»Wenn Ihr an meinen Worten zweifelt, kennt Ihr Domet schlecht. Seine Eltern sind tot, er hat keine Geschwister, und ich habe ihn nie jemanden küssen sehen, geschweige denn davon gehört, dass er ein Kind gezeugt hätte. Nein, dieser Schrein ist sein Ein und Alles.«

Wenn Domet unsere Vereinbarung brach, wusste ich nicht, wie ich diesen Schrein gegen ihn verwenden sollte. Ich bezweifelte, dass sich die anderen Hochadligen überhaupt für dieses Geheimnis interessierten. Im Notfall würde ich mir also etwas einfallen lassen müssen.

»Der Name«, knurrte Rian. »Wer ist dieser Söldner mit den zwei Spezialisierungen?«

»Ich kenne ihn nicht persönlich«, log ich. »Mein Pflegevater hat mir von ihm erzählt. Angeblich hat es in der Burg Königmann einen Zusammenstoß zwischen der Waage und einem Söldner gegeben, der zwei verschiedene Fabrikationen beherrscht hat. Erst neulich. Vielleicht steht in dem entsprechenden Bericht ja sein Name.«

»Ihr habt gesagt, dass Ihr ihn kennt.«

»Nein, ich sagte, ich *weiß* von ihm.«

»Wenn Ihr mich angelogen habt, wird Domet von diesem Gespräch erfahren.«

»So wie ich Domet kenne, ist er wahrscheinlich stolz darauf, dass ich die Initiative ergriffen und versucht habe, mehr über ihn herauszufinden.«

»Möglich.« Rian kehrte zu seinem Stuhl zurück. »Verzeiht meine Direktheit, aber ich habe noch eine Menge Arbeit vor mir. Wenn noch was ist, wisst Ihr ja, wo Ihr mich findet. Und ich werde dafür sorgen, dass Domet glaubt, Ihr wäret von unserer Kirche gesegnet worden. Vergesst nicht, den Brief hierzulassen, Mikael.«

Da ich nun die Information hatte, die ich wollte, und es einen Vermerk über meine Segnung gab, auch wenn ich gar nicht gesegnet worden war, zog ich mich zurück und wich auf dem Weg hinaus den Mitgliedern der Kirche des Ewigen Feuers aus. Draußen schlug ich Domets Buch auf und las beim Gehen so viel wie möglich über jeden, der an der ersten Veranstaltung teilnehmen würde. Seine Aufzeichnungen frischten meine lückenhaften Erinnerungen an die Adligen meiner Generation auf.

Überraschenderweise schenkten mir die Advokatoren, die mich normalerweise bis nach Hause verfolgt hätten, keinerlei Beachtung, während ich die Nase in das Buch steckte. Vielleicht hielten sie mich für einen Gelehrten, da die Armen sich nur selten eigene Bücher leisten konnten. Abgesehen von den dicken Propagandapamphleten, die sie von den Ausrufern bekamen, aber die zerrissen die Bewohner der Enge meistens zu Klopapier.

Da der Großteil des Tages noch vor mir lag, tat ich das einzig Vernünftige und suchte mir ein Plätzchen am Fluss, wo ich mich hinsetzen und möglichst viele Einzelheiten über die Hochadligen auswendig lernen konnte. Dabei hielt ich insbesondere nach Einträgen über das Mädchen mit dem roten Kleid und der Rebellin Ausschau, da ich immer noch nicht wusste, wer die beiden waren und wieso ich mich nicht an sie erinnern konnte.

Kapitel 15
Der Verdorbene Prinz

»Zähle die Kinder der Familie Reitter auf und fang mit dem ältesten an«, forderte Domet, während wir miteinander zur Burg Reitter gingen.

»Die Älteste ist Karolin ›Karo‹ Reitter, die zukünftige Frau meines Bruders«, sagte ich. »Dann kommt Katrina ›Karin‹ Reitter, die derzeitige Zwei-Feder-Rabe, danach Karel ›Kai‹ Reitter, der Blinde, der mit mir zusammen am Endlosen Walzer teilnehmen wird, und zu guter Letzt Jonathan ›Jon‹ Reitter, ein kränklicher stummer Junge, der nur bei Hof erscheint, wenn seine ganze Familie dabei ist.«

»Gut.« Domet richtete den Kragen des Kostüms, das ich zu diesem Anlass trug. Er behauptete, ich müsse so aussehen, wenn ich an den Hof von Kessel zurückkehrte, aber ich kam mir in dieser Aufmachung wie ein Narr mit einer Papierkrone vor, der auf einem gläsernen Thron saß.

Doch ich hatte zugesagt, dass ich alles tun würde, um unsere Vereinbarung einzuhalten, und wenn es mich meinem Ziel näher gebracht hätte, wäre ich auch in einem Schafspelz vor einem Wolf aufgetreten. Während Domets Schneider mich angekleidet und allerletzte Änderungen vorgenommen hatten, hatte er mich über sein Kompendium ausgefragt und mir bei jedem Fehler eine Kopfnuss verpasst. Er schien zu glauben, dass mein Erfolg davon abhing, wie genau ich über meine Standesgenossen Bescheid wusste. Tatsächlich kannte ich die Adligen gut genug: Sie waren längst nicht so aufrichtig, wie sie von sich behaupteten, doch ich hatte in den letzten zehn Jahren Schlimmeres als diese Fatzkes überlebt, während sie wohlbehütet und lammfromm in ihren Burgen gesessen hatten.

»Beschreib mir ihr Wappensymbol«, wies Domet mich an. »Nenn mir die Namen ihrer Eltern und deren Positionen in der Gesellschaft.«

»Ihr Symbol ist ein schwarzer Drache auf goldenem Grund. Alexander Reitter ist der Hochadlige der Gesundheit. Seine Frau heißt Amalia Reitter, geborene Ahorn, und sie ist die Hebamme der hochadligen Familien.«

»Für welche Regierungsaufgaben sind die Andels, die Bergers und die Bravens verantwortlich?«

»Landwirtschaft, Entwicklung und die Gilden, in dieser Reihenfolge.«

»Hervorragend. Du könntest es schaffen, wenn du im richtigen Moment den Mund hältst.« Als wir uns der Burg Reitter näherten, rückte Domet seine Jacke zurecht. »Erinnerst du dich an den Plan? Sobald wir da drinnen sind, wirst du weitestgehend auf dich allein gestellt sein.«

»Ich lasse mich nicht mit dem Verdorbenen Prinzen ein, aber beeindrucke die Hochadligen«, rezitierte ich. »Ich überzeuge sie davon, dass ich mein Familienvermächtnis wiederherstellen möchte. Außerdem vermeide ich sämtliche Händler, die sich dort möglicherweise aufhalten. Sie können mir nichts anbieten, was der Mühe wert wäre.«

»Ganz genau.«

Wir waren am Seiteneingang der Burg angekommen, der

dem Ballsaal, wo die erste Veranstaltung stattfand, am nächsten lag. Wir waren absichtlich zu spät gekommen, damit ich bei meiner Rückkehr einen spektakulären Auftritt hinlegen konnte. Vor diesem Eingang standen nur zwei Wachen, und laut Domet galt ihre Treue ihm und nicht den Reitters. Als ich dies hörte, fragte ich mich, wie viele andere insgeheim loyal zu Domet hielten.

»Sobald du den Ballsaal betrittst, wird deine Teilnahme am Endlosen Walzer verkündet werden«, erklärte Domet. »Es wird vielleicht Proteste geben, aber wir haben es schwarz auf weiß, dass du ein legitimer Teilnehmer bist, auch wenn die Palastbeamten die Dokumente erst morgen einsehen können.« Die Wachen hatten uns entdeckt und machten sich bereit, uns hineinzugeleiten.

»Sonst noch etwas?«

Domet schüttelte den Kopf. »Das Wichtigste ist, dass du ihnen nicht zeigst, worauf wir es wirklich abgesehen haben.«

»Das würde mir nicht im Traum einfallen.«

Domet legte mir beide Hände auf die Schultern, drückte sie kurz und führte mich dann mit sanfter Hand und ein paar aufmunternden Worten in die Burg. Vom Eingang ging es geradewegs zum Ballsaal, sodass ich mich kaum hätte verlaufen können. Bei jedem Schritt dachte ich darüber nach, die Stufen wieder hinabzusteigen und alldem den Rücken zu kehren. Aber ich war ein Königmann und kein Feigling.

Ich musste das für meine Familie tun. Meine Mutter benötigte ein Heilmittel gegen die unbekannte Magie, die ihren Verstand verwirrte, und Jenn sollte eine Zukunft haben, auf die sie sich freuen konnte und in der sie nicht in einer lieblosen politischen Ehe gefangen wäre. Ich würde es für meine Familie tun, und Leon sollte verdammt sein. Auch er konnte unserer Familie nicht einfach den Rücken kehren, egal, wie sehr er es wollte.

Wir mussten akzeptieren, wer wir waren. Wir waren Königmanns, und dies war unsere Stadt.

Ich stieß die Tür zum Ballsaal auf und trat auf den Balkon hinaus, von dem man den ganzen Raum überblicken konnte. Das Licht über mir betonte das Rot und Grau meiner militärisch geschnittenen Jacke. Angesichts dieser Farbkombination würde sofort jeder wissen, wer ich war, da sie seit der Hinrichtung meines Vaters niemand mehr getragen hatte.

»Mikael Königmann schließt sich dem Endlosen Walzer an!«, verkündete unter mir ein Herold, und alle Blicke richteten sich nach oben zum Balkon.

Während ich die Treppe hinabstieg, hörte ich, wie die Leute nach Luft schnappten, fluchten, seufzten und miteinander tuschelten. Die meisten Teilnehmer am Endlosen Walzer waren in den bunten Farben ihrer Familien gewandet, ein paar wenige zeigten sich zu Ehren der Königsfamilie in Blau und Gold. Alle Männer steckten in Militäruniformen, nutzlosen stilisierten Rüstungen oder Priesterroben, während die Frauen Ballkleider und Handschuhe trugen, deren Länge auf ihren jeweiligen Status hinwies: Die der Niederadligen reichten bis zum Handgelenk, während die Handschuhe der hochadligen Damen die Unterarme bis zum Ellbogen bedeckten. Nur die Königin und die Prinzessin würden noch längere tragen. Falls sie überhaupt anwesend waren. Die einzige Ausnahme bildeten die Ewigen Schwestern der Kirche der Ewigen Flamme, die sich ihre typischen schwarzen und mit Flammen bestickten Halstücher wie Schleier über die Arme gelegt hatten.

Die Menge teilte sich vor mir, während ich zu den einzigen Leuten hinüberging, die ich erkannte: Kai und das Mädchen mit dem roten Kleid, das sichtlich schockiert war, mich zu sehen. Sie saßen mit einem jungen Mann an einem Tisch. Kai lächelte mich breit an.

»Was hab ich verpasst?«, fragte ich.

»Eine ganze Menge«, erklärte das Mädchen mit dem roten Kleid.

»Zum Beispiel das Abendessen«, fügte Kai hinzu.

Mit immer noch heftig pochendem Herzen sah ich ihn an. »Ist zwischen uns beiden nach gestern Abend alles gut, Kai?«

Das Mädchen mit dem roten Kleid hob eine Augenbraue, während Kai nickte und sagte: »Ja. Aber du hättest deine Meinung geschickter formulieren können, diesen Vorwurf musst du dir gefallen lassen. Aber manche aus meiner Familie denken … ähnlich wie du. Sie drücken es nur höflicher aus.«

Dadurch fühlte ich mich nur noch schlechter. Leon hatte sich wahrscheinlich Unterstützung von mir erhofft, und ich hatte mich stattdessen in den Chor seiner Ankläger eingereiht. Doch daran konnte ich im Moment nichts ändern, und so wechselte ich das Thema. »Habt ihr schon den Verdorbenen Prinzen gesehen?«

»Nein«, sagte Kai. »Normalerweise taucht er erst zur Jagd im Königsgarten auf.«

Ich hoffte, dass es so war. Denn dann hatte ich mehr Zeit, mich von ihm ungestört mit den Hochadligen gutzustellen.

Als Nächstes wollte ich mich mit dem jungen Mann bekanntmachen, der mit ihnen am Tisch saß, aber das Mädchen mit dem roten Kleid schob seine ausgestreckte Hand fort. »Spar dir die Mühe. Er ist meine Verabredung. Ich bezweifle, dass er noch lange hier sein wird.«

Ein wenig verwirrt über ihre Direktheit wandte ich mich dem Festsaal zu. Der Tumult, für den meine Ankunft gesorgt hatte, war mittlerweile zwar abgeklungen, aber ein paar der Anwesenden wirkten deswegen immer noch verstört, allen voran die Mitglieder der Kirche des Ewigen Feuers. Wie sie es wohl finden würden, dass ausgerechnet ihre Kirche meine Teilnahme gesegnet hatte? Ich suchte die Menge nach Nana ab, doch obwohl ich bezweifelte, dass sie sich verspätet oder gar ihre Teilnahme zurückgezogen hatte, konnte ich sie nirgends entdecken.

»Mikael Königmann, wie er leibt und lebt!«, sagte ein Mann mit rotbrauner Haut, der direkt auf mich zukam. Er trug die Farben des westlich gelegenen Goldono. Sein blondes Haar und der Bart waren makellos gestutzt, die Kleidung, die er an seinem hochgewachsenen und schlanken Körper trug, war wie in seiner Heimat üblich weit geschnitten und auffällig gemustert. Nichts in Domets Buch hatte mich darauf vorbereitet, dass auch jemand aus Goldono anwesend sein würde, und genauso wenig hatte ich mit dem olivhäutigen Azilianer oder dem Sklaven von der Knochenküste an seiner Seite gerechnet. Der Knochenmann trug eine viel auffälligere Tätowierung als Sirash, die sein halbes Gesicht bedeckte.

Der Goldani packte mich an den Schultern und küsste mich auf beide Wangen. »Ich dachte, Ihr und Eure Familie wärt ausgelöscht! Seitdem Ihr vorhin wie ein Wegelagerer aus der Deckung aufgetaucht seid, bin ich ganz aus dem Häuschen. Ich musste sofort zu Euch gehen und meine Freude mit Euch teilen.«

»Vielen Dank, aber ich muss mich entschuldigen. Ich habe mich seit ein paar Jahren nicht mehr mit Politik beschäftigt und bin daher mit Euch leider nicht ebenso gut vertraut wie Ihr mit mir.«

»Mikael, verzeiht bitte. Manchmal lasse ich mich von meiner eigenen Begeisterung hinreißen. Ich heiße Zain Antoun und bin der Botschafter des Goldader-Casinos in Goldono.« Seine Hände unterstrichen jedes Wort. »Das hier ist Lucca Azil.«

Der Azilianer ignorierte meine ausgestreckte Hand und verbeugte sich stattdessen vor mir.

»Stört Euch nicht daran, dass keiner von beiden spricht«, sagte Zain. »Lucca unterhält sich fast nur mit seinen Verwandten. Ihr wisst ja, wie die Azilianer sind. Großartige Künstler und Landwirte, aber sie haben die Umgangsformen von Kleinkindern. Sie sollten ihn erst mal im Gespräch mit einer Frau erleben. Und das hier ist mein Knochenmann.«

Der Knochenmann reichte mir wortlos die Hand.

»Versteht er nicht die Gemeinsprache? Ich kenne ein paar Worte ...«

»O nein, nein«, unterbrach mich Zain. »Er beherrscht die Gemeinsprache, aber er hat keine Zunge.« Er lachte. »Die bin ich schon seit ein paar Jahren los. Er hatte einen schrecklichen bäuerlichen Akzent, den ich einfach nicht ertragen konnte. Also hab ich ihn vor die Wahl gestellt: Entweder er tut selbst etwas dagegen, oder ich kümmere mich darum. Was immer er versucht hat, um dieses Problem aus der Welt zu schaffen, hat nicht gewirkt. Also musste ich selbst Maßnahmen ergreifen.«

»Na dann«, presste ich durch zusammengebissene Zähne hervor. »Es mir eine Freude, Euch und Eure Freunde kennenzulernen, Botschafter Zain. Ich hoffe, Ihr beachtet die Gesetze von Kessel, solange Ihr hier seid, und behandelt Euren Sklaven mit Respekt. Bei uns gibt es schon seit mehreren Generationen keine Sklaven mehr.«

Zain lachte und schlug mir auf die Schulter. »Ach, Mikael,

Euer Sinn für Humor gefällt mir. Wir wissen doch beide, was die Menschen in diesem Raum von den sogenannten Geopferten halten. Aber jetzt sollte ich Euch nicht mehr länger aufhalten. Ihr seid eine lebende Legende, und ich bin sicher, die anderen verzehren sich danach, mit Euch zu sprechen. Doch davor habe ich noch eine Frage an Euch: Auf welchen Eurer Vorfahren seid Ihr am meisten stolz?«

Das hatte noch nie jemand von mir wissen wollen. »Wahrscheinlich auf den Ersten Königmann. Er hat die Standards gesetzt, an denen wir uns nun schon seit Generationen orientieren. Dass er einen so nachhaltigen Eindruck hinterlassen hat, sagt alles darüber aus, was für ein Mensch er gewesen sein muss. Wäre ich nur halb so heldenhaft wie er, würde ich mich sehr glücklich schätzen.«

Zain drehte sich zu dem Azilianer um. »Ich habe dir doch gesagt, dass es nicht der Entdecker sein würde, du voreingenommener Narr! Eine bemerkenswerte Wahl, Mikael. Eine wirklich bemerkenswerte Wahl.«

Zain trat beiseite, und es war, als wäre eine Schleuse zwischen mir und den anderen Adligen entfernt worden. Plötzlich näherten sich auch andere und fingen ein Gespräch mit mir an.

Als Erste kam die Hochadlige Clara Berger, deren Familie für ihre Fruchtbarkeit berühmt war. Das wichtigste Exportgut der Bergers waren ihre eigenen Kinder, die sie bereits an zahlreiche mächtige Familien auf dem ganzen Kontinent verheiratet hatten. Ein Königmann würde sich in ihrer Sammlung wahrscheinlich gut machen. Dann kam Dara Hirmann, eine Hochadlige, die ein paar Jahre älter war als ich und sich darüber beschwerte, dass die Rebellion den Handel behindere. Eham versuche ständig, uns zu unterbieten, und Neu-Drakon reagiere auf unsere Anfragen zögerlicher als früher. Das war alles so interessant, dass ich nur zweimal ein Gähnen unterdrücken musste.

Auf Dara folgte ein regelrechter Ansturm von Mitgliedern aus diversen hoch- und niederadligen Familien, die ihre Bekanntschaft mit mir erneuern wollten, darunter die Solarins, Morales, Bravens, Holzhausers und Bodkins. Der Hochadlige Karius Solarin verlangte die beiden Kupfer-Pfennige zurück, die er mir als Kind geliehen hatte; ich tat so, als wüsste ich nicht, wovon er sprach. Die Niederadlige Rosa Bodkin wollte mir hingegen ihre neuen Tätowierungen zeigen. Alle siebzehn. Beide taten schockiert, als ich mich weder auf das eine noch das andere einließ.

Botschafter Zain blieb die ganze Zeit dicht an meiner Seite und schaltete sich, wann immer er es für angebracht hielt, ins Gespräch ein. Und während eine Unterhaltung nach der anderen in gelöster und fröhlicher Stimmung verlief, wurde mir allmählich bewusst, dass nicht alle nach dem angeblichen Verrat meines Vaters die Königmanns verabscheuen.

Als alle anderen nach einer Weile von den Waren eines ehamianischen Händlers abgelenkt wurden, fand ich mich mit dem Mädchen mit dem roten Kleid neben einem Weinbrunnen wieder. Der Junge, neben dem sie gesessen hatte, war nirgends mehr zu sehen, und ich fragte sie, was aus ihm geworden war.

»Er ist gegangen, weil ich im Gegensatz zu unseren Eltern nichts von arrangierten Ehen halte. Und irgendwann ist ihm klar geworden, dass er nichts tun oder sagen konnte, um mich von diesem Standpunkt abzubringen.« Sie strich mit einem Finger am Rand ihres Weinglases entlang. »Mein Vater möchte mich noch in diesem Jahr unter die Haube bringen, doch ich sabotiere alle seine Versuche, mich mit irgendwem zu verkuppeln. Meine Verabredung heute Abend war dabei nur ein weiteres bedauernswertes Opfer.«

»Normalerweise braucht man doch Jahre, um eine Ehe zu arrangieren«, erwiderte ich. »Wie viele Schritte müsste man denn auslassen, um innerhalb eines Jahres heiraten zu können?«

»Alle bis auf die Erinnerungstätowierungen. Aber mein Vater befürchtet, wenn ich nicht bald heirate, wird es … Moment mal, Mikael, weißt du eigentlich meinen Namen?«

Ich spürte, wie ich rot wurde, während sie lachte.

»Ich verspreche, dich nicht wieder zu schlagen. Um ehrlich zu sein, habe ich es momentan ziemlich satt, ich zu sein. Wäre es für dich in Ordnung, wenn ich bei dir jemand anders bin, bis du dich an meinen Namen und meine wahre Identität erinnerst? Jemand, der sich keine Gedanken über arrangierte Ehen und Adelspolitik machen muss? Und wenn es dir nie mehr einfällt, ist mir das auch recht. Dann hätte ich jemanden an meiner Seite, der mich nicht ausschließlich aufgrund meines Titels beurteilt.«

»Einverstanden, solange du mich nicht dafür verurteilst, was mein Vater getan hat.«

»Das habe ich nie«, erwiderte sie und erhob ihr Glas. »Auf einen Neuanfang.«

Ich stieß mit ihr an. »Auf einen Neuanfang.«

Wir tranken und lächelten uns an.

»Wie soll ich dich ansprechen, wenn ich deinen Namen nicht kenne?«

»Wie hast du mich denn bislang genannt?«, fragte sie.

»Das Mädchen mit dem roten Kleid.«

»Aber ich trage doch gar kein … Ach, stimmt ja, ich hatte

in der Burg Marget eines an.« Sie zögerte. »Das ist aber ein ganz schöner Bandwurm. Fällt dir nichts anderes ein?«

In diesem Moment betrat der Verdorbene Prinz den Ballsaal.

Bemerkenswerterweise hörte ich ihn, bevor ich ihn sah.

»Wo ist der Königmann?«, bellte er, während er sich mit schweren Schritten näherte und dabei alle Unterhaltungen zum Verstummen brachte. Die Menge teilte sich für ihn genauso wie zuvor für mich. Er ignorierte es, dass sich keiner der Adligen vor ihm verneigte. Respekt und Furcht war nicht dasselbe in Kessel.

Der Verdorbene Prinz war ein baumlanger Mann, der nur aus Muskeln und Knochen zu bestehen schien. Er trug das Blau und Gold seiner Familie und dazu eine Goldkrone, die mit allen erdenklichen Edelsteinen verziert war. Allerdings war sie in seinem für die Königsfamilie typischen dichten roten Haarschopf kaum zu sehen. Der Verdorbene Prinz hielt vor mir an.

Hinter ihm baute sich seine Entourage auf, die alle nur die Thronsucher nannten. Keiner von ihnen machte einen Hehl daraus, dass sie nach Machtpositionen im Land strebten und sich wünschten, der Prinz würde statt seiner Schwester den Thron besteigen, wenn der König starb. Da alle von seinen diesbezüglichen Ambitionen wussten, wären wir wegen meines Eides, die Prinzessin zu beschützen, in jedem Fall Gegner. Ich fragte mich, was sie wohl von ihm und seinen Freunden hielt.

Dank Domets Aufzeichnungen erkannte ich ein paar der Thronsucher, unter anderem den Hochadligen Gerit Andel, der als Schmarotzer bekannt war, und den Hochadligen Sebastian Marget, das schwarze Schaf seiner Familie und der

Halbbruder von Danila Marget – die ich wider Erwarten bei dieser Veranstaltung noch gar nicht gesehen hatte. Zu meiner Enttäuschung waren auch Nana und Trey bei ihnen. Die beiden wirkten in dieser Gruppe wie Fremdkörper, Trey wegen seiner abgerissenen Kleidung und seines finsteren Blickes, Nana, weil sie die einzige Frau in des Prinzen Begleitung war. Sie trug den Ring meines Vaters am Finger.

Treys Anblick versetzte mir einen Stich. Eigentlich hatte ich gehofft, dass nur der Zorn aus ihm gesprochen hatte, als er schwor, meine Familie zu zerstören. Doch dass er nun an der Seite des Prinzen war, verhieß nichts Gutes. Es blieb mir wohl nur noch die Hoffnung, dass er in seiner Trauer nichts unternahm, was er später bereuen würde.

Er bedachte mich mit einem undurchdringlichen Blick. Doch im Moment konnte ich mich nicht weiter mit ihm beschäftigen, da ich mich zuerst mit meinem königlichen Gegenüber befassen musste.

»Königmann«, sagte der Verdorbene Prinz und bleckte die Zähne.

»Adreann«, erwiderte ich und sah zu dem Mann auf, dessen Schutz Jenns Pflicht war.

»Es überrascht mich, dich hier zu sehen.«

»Dass ich als Hochadliger am Endlosen Walzer teilnehme, ist wohl kaum erstaunlich.«

»Seit wann werden dabei Verräter zugelassen?« Er klopfte auf das Schwert an seiner Seite.

»Ich trage zwar das Brandzeichen, aber ich bin immer noch ein Königmann. Und meiner Familie ist überall der Zutritt erlaubt.«

Er lachte, und seine Thronsucher stimmten zögerlich mit ein. Als er aufhörte, verstummten sie sofort. »Wie geht es deiner Schwester? Ich habe gehört, sie soll sich zu einer echten Schönheit gemausert haben. Ich würde sie gern mit eigenen Augen bewundern. Das ist auch mein gutes Recht, da sie nach wie vor dazu verpflichtet ist, mir zu dienen.«

»Dazu verpflichtet, dich zu schützen, meinst du wohl. Sie ist keine Sklavin, Adreann.«

»Beschützen, dienen … Wo ist da der Unterschied?« Ich setzte zu einer Antwort an, doch der Verdorbene Prinz beugte sich dicht an mein Ohr. »Dein Vater hat meinen Bruder ermordet«, flüsterte er. »Du bist hier nicht willkommen, Verräter.« Danach trat er einen Schritt zurück und begann, mit rotem Gesicht auf und ab zu laufen.

Mittlerweile hatten sich mehrere Zuschauer um uns versammelt, darunter auch Kai und das Mädchen mit dem roten Kleid, die sich die Begegnung zwischen einem Königmann und einem Kessel nicht entgehen lassen wollten. Beim letzten Aufeinandertreffen dieser Art war ein Kessel gestorben. Wahrscheinlich hofften viele der Umstehenden, dass die Sache diesmal ähnlich ausgehen würde. Schließlich war es kein Geheimnis, was die meisten vom Prinzen hielten.

Adreann hob eine Hand. »Alle mal herhören«, sagte er mit so lauter Stimme, dass er überall im Ballsaal zu verstehen war. »Hiermit verfüge ich, dass jeder, der sich mit Mikael Königmann einlässt, vom Hof verbannt wird, sobald ich König bin.«

»Aber du wirst niemals König sein«, entgegnete ich. »Deine Schwester erbt den Thron. Und als Hochadliger habe ich, ob es dir passt oder nicht, das Recht, am Endlosen Walzer teilzunehmen. Du kannst mich nicht von hier vertreiben.«

»Ich bin der Prinz von Kessel und kann tun und lassen, was immer mir beliebt. Ich habe hier das Sagen, Königmann.«

»Das hast du nicht, Prinz Adreann«, sagte Kai und trat aus der Menge auf uns zu. Er ging mit bewusst gesetzten Schritten, aber nicht so zögerlich wie viele andere Blinde. »Das hier ist mein Haus, und ihr seid beide Gäste hier. Zieht also nicht den Zorn meiner Familie auf euch. Ach, und Prinz Adreann, da mein Vater dem König zuliebe gerade zugestimmt hat, ein Krankenhaus in Brave zu gründen, schlage ich vor, dass du dir die Reitters heute Abend nicht zu Feinden machst.«

Der Prinz spuckte Kai vor die Füße, und die Menge verstummte. Wäre es irgendjemand anders gewesen, hätten die anwesenden Niederadligen der Reitters nicht gezögert, die Ehre ihres Lehnsherren zu verteidigen. Doch da es der Prinz war, traute sich niemand vor. »Verdammter Königmann-Sympathisant.«

Kai legte sich eine Hand aufs Herz. »Wir vom Alten Blut vergessen nicht so leicht, wie du es anscheinend tust, dass es in Kessel immer einen Königmann geben muss.«

Der Verdorbene Prinz brüllte etwas Unverständliches und holte zum Schlag aus. Doch ehe ich mich bewegen konnte, zischte etwas Goldenes vor mir vorbei, und die Faust des Prinzen landete direkt vor Kais Wange mit einem lauten Knall in der offenen Hand des Mädchens mit dem roten Kleid.

»Prinz Adreann«, sagte sie. »Wir wollen dich nicht länger von deinen gesellschaftlichen Verpflichtungen abhalten.«

Der Prinz sah Kai an. »Stellst du dich gegen mich, Krüppel?«

»Niemals, mein Prinz.«

Eine Warnglocke schallte durch den Ballsaal.

Der Verdorbene Prinz und das Mädchen mit dem roten Kleid traten voneinander weg, und alle gingen zu den großen Fenstern, die den Ballsaal säumten, um einen Blick in den Himmel zu werfen. Als eine zweite Glocke erklang, begannen die Gäste, unruhig zu werden.

»Das ist bereits das zweite Mal in einer Woche.«

»Kann irgendwer seinen Schweif sehen? Welche Farbe hat er?«

»Ist eines der Hauptstücke abgefallen?«

»Wir brauchen einen Unterschlupf!«

»Sind wir in Burg Reitter vor einem Bruchstück Celonas sicher?«

Kai stieg, mit den Fingern am Geländer, die große Prunktreppe hinauf. Nach ein paar Stufen drehte er sich zur Menge um. »Verehrte Gäste! Fürchtet Euch nicht. Burg Reitter ist eine der solidesten Festungen in Kessel. Ein Stück von Celona mit rotem Schweif kann ihren Mauern nichts anhaben.«

»Und wenn es einen weißen Schweif hat?«, rief einer der Niederadligen.

»Wir haben einen unterirdischen Schutzraum. Alle, die sich dorthin begeben möchten, schließen sich mir jetzt bitte an.«

Fast alle Adligen, die am Endlosen Walzer teilnahmen, folgten Kai aus dem Ballsaal und begaben sich zu dem Schutzraum, von dem er gesprochen hatte. Der Prinz und seine Thronsucher rührten sich nicht vom Fleck, genau wie Zain, sein Knochenmann und der Azilianer. Das Mädchen mit dem roten Kleid blieb bei mir.

Da sich nun weniger Menschen vor den Fenstern drängten, sah ich den roten Schweif des herabfallenden Bruchstücks. Es würde Kessel also nicht dem Erdboden gleichmachen, falls es innerhalb der Stadt einschlug. Aber es konnte durchaus gehörigen Schaden anrichten.

Der Verdorbene Prinz sah zum Fenster hinaus und lachte. Doch bevor er etwas sagen konnte, begann eine dritte Glocke zu läuten. Damit war es offiziell: An diesem Abend würde ein Stück von Celona auf Kessel herabfallen. Bald würde in den Straßen Chaos ausbrechen, und vielleicht würde es auf den Märkten des Handelsbezirks zu Plünderungen kommen. Mein Bruder würde sich gemeinsam mit anderen Waagen auf den Weg machen, um die Gilden zu schützen. Jenn war sicher bereits auf dem Weg zu unserer Mutter. Wo Angelo sein würde, wusste ich nicht. Wahrscheinlich stand er gerade zusammen mit seinen Soldaten auf der Stadtmauer und lachte in den Himmel hinauf.

»Hast du Lust auf einen Wettstreit, Königmann?«

Alle wandten sich zum Prinzen um.

»Was für ein Wettstreit?«

»Ist das nicht offensichtlich? In Kürze wird ein Stück von Celona in unserer wunderschönen Stadt einschlagen. Wenn du es mir bringen kannst, werde ich mich während des Endlosen Walzers nicht gegen dich aussprechen.«

Bruchstücke von Celona waren immens wertvoll. Aus ihrem Metall konnte man mächtige Klingen, dekorative Schwertgriffe und die bezauberndsten Schmuckstücke herstellen. Und wenn die Ammenmärchen stimmten, flüsterten sie dazu noch demjenigen, der sie in Händen hielt, die verlorene Geschichte der Welt ein. Wenn man den Kirchen glaubte, enthielten sie sogar Botschaften von Gott.

Falls ich mich auf diesen Wettkampf einließ, würde ich mich also gegen viel Konkurrenz durchsetzen müssen.

»Und wenn ich es nicht schaffe?«

»Dann steigst du aus dem Endlosen Walzer aus.«

Das Mädchen mit dem roten Kleid trat vor mich hin.

»Wieso sollte er sich darauf einlassen? Das Teilnahmerecht ist ihm bereits sicher.«

»Seine Chancen stünden schlecht«, stimmte Zain ihr zu. »Ich würde nicht auf seinen Erfolg wetten. Dabei wette ich auf so gut wie alles.«

»Er kann bei diesem Wettkampf nichts gewinnen«, wiederholte das Mädchen mit dem roten Kleid.

»Lass es mich so ausdrücken, Mikael«, sagte der Prinz. »Wenn du meinen Vorschlag nicht annimmst, wird mein Vater erfahren, dass du mich heute Abend bedroht hast.«

Mir wurde übel. Es war zwar eine offensichtliche Lüge, aber ich bezweifelte, dass der König mir glauben würde, ganz gleich, wie viele Zeugen ich zu meiner Entlastung beibringen konnte. Danach wäre meine mögliche Kooperation mit den Rebellen kein Thema mehr, da der König noch vor Tagesanbruch meine Hinrichtung anordnen würde.

»Na, was sagst du, Königmann? Lässt du dich auf den Wettstreit ein? Oder willst du herausfinden, was mein Vater tut, wenn ich ihm Halbwahrheiten ins Ohr flüstere?«

In der Ferne pulverisierte der herabfallende Brocken die Spitze eines Gebäudes. Steine regneten in die Straßen. Hinter den Fenstern leuchtete ein greller Blitz auf, gefolgt von einem gewaltigen Donner, der die gesamte Burg zum Erzittern brachte. Ein Stück von Celona war in Kessel eingeschlagen.

»Wie lautet deine Antwort, Königmann?«, fragte der Prinz, als das Beben nachließ.

Er war klüger, als ich gedacht hatte. Für einen stumpfen Rüpel, der nur Blut und Sex im Kopf hatte, war dieser Wettkampf ein schlauer Einfall. Wenn ich Erfolg hatte, würde er, ohne dass es ihn viel kostete, ein Stück von Celona bekommen. Schlimmstenfalls würde sich mein Ruf bei Hof minimal verbessern. Wenn ich hingegen versagte, würde ich mich vom Endlosen Walzer verabschieden müssen, und er konnte über mich alle Geschichten verbreiten, die ihm einfielen. Und wenn ich den Wettstreit ablehnte … Nun, nicht mal ich wollte beim König in Ungnade fallen.

»Ich werde das Bruchstück von Celona holen. Botschafter, wärt Ihr bitte so freundlich, die Bedingungen des Wettstreits zusammenzufassen?«

Zain rieb sich die Hände. »Genau dafür lebe ich. Der Wettkampf geht wie folgt vonstatten: Wenn Mikael Königmann Prinz Adreann das gerade eben vom Himmel gefallene Stück von Celona bringt, ist der Prinz dazu verpflichtet, sich für die Dauer des Endlosen Walzers nicht gegen Mikael Königmann auszusprechen. Wenn Mikael es nicht schafft, wird er sich vom Endlosen Walzer zurückziehen. Stimmen beide Seiten diesen Bedingungen zu?«

»Ja«, antworteten der Verdorbene Prinz und ich gleichzeitig.

»Dann soll die Glücksgöttin einen Sieger bestimmen und der Schicksalsmeister dafür sorgen, dass wir alle profitieren. Der Wettkampf möge beginnen.«

Der Verdorbene Prinz legte Zain einen Arm um die Schultern. »Lasst uns etwas trinken und ein wenig plaudern, während wir warten, Botschafter. Ich würde gern mehr über die Vakacha in Eurem Land erfahren.«

Zains Gesicht erhellte sich, und die beiden gingen dicht gefolgt von den Thronsuchern davon. Nana zwinkerte mir über die Schulter hinweg zu und wies mich noch einmal demonstrativ auf den Ring meines Vaters an ihrem Finger hin. Ohne ihn fühlte ich mich immer noch ganz nackt und wie ein Hochstapler, der nur vorgab, ein Königmann zu sein – obwohl ich mich angesichts der Vereinbarungen, die ich mit den Hochadligen getroffen hatte, und des Wettstreits mit dem Prinzen mehr und mehr wie meine Vorfahren benahm. Doch früher oder später würde mich ohne Zweifel das Glück verlassen.

Trey würdigte mich nicht mal eines Blickes.

Bevor das Mädchen mit dem roten Kleid anbieten konnte, mich zu begleiten, verließ ich schnell Burg Reitter, da ich nicht noch jemand anderen in Gefahr bringen wollte. Draußen suchte ich den Horizont nach Hinweisen ab, wo das Bruchstück von Celona heruntergekommen war. Als ich von der Insel Rauch aufsteigen sah, hielt ich auf sie zu, um nach dem einzigen Gegenstand zu suchen, mit dem sich ein Prinz besänftigen ließ.

Kapitel 16
Der Aufbereiter

Erst hatte ich befürchtet, das Stück von Celona hätte Burg Königmann getroffen, sodass ich gezwungen gewesen wäre, noch einmal in mein altes Heim zurückzukehren.

Aber so war es nicht.

Es war schlimmer.

Es war in die Kirche des Wanderers eingeschlagen, und beim Aufprall war eines der riesigen Kirchenfenster herausgefallen, auf dem die Reise ihres Propheten zu den Sternen dargestellt war. Daher lagen nun Hunderte, wenn nicht gar Tausende kleine bunte Glasscherben auf den Steinstufen vor dem Haupteingang verstreut.

Plünderer machten sich bereits darüber her und versuchten, so viele Stücke wie möglich einzusammeln, bevor die Mönche sie davon abhalten konnten. Auf dem Herweg war ich noch vielen weiteren Plünderern begegnet, die Fackeln und Waffen trugen. Ich versuchte, ihnen auszuweichen und sie zu ignorieren, aber dafür waren es zu viele. Von allen Seiten drängten Menschen heran, die sich gegenseitig schubsten und anschrien. Sie waren hinter dem Stück Mond in der Kirche her. Es kam zu Handgemengen, und bald breiteten sich Blutlachen auf der Straße aus.

Ich stieg über eine erste Leiche hinweg, die mit dem Gesicht nach unten auf dem Steinboden lag. Ganz in der Nähe krachte der Schuss einer Steinschlosspistole, und die meisten Umstehenden gingen ängstlich in Deckung. Andere beschimpften den Schützen und nahmen ihm rasch die Waffe ab, bevor er nachladen konnte.

Ich nutzte die momentane Verwirrung und hielt direkt auf die Kirchentür zu. Sie war alt und massiv, ein Überbleibsel aus den Tagen, als Türen wie diese noch nicht ausschließlich der Dekoration gedient hatten, sondern nötig gewesen waren, um Eindringlinge abzuhalten. Sie war von einem Durcheinander aus stumpfen Dornen bedeckt.

Anzuklopfen hatte keinen Sinn, die Tür würde bis zur nächsten Messe verschlossen und verbarrikadiert bleiben, egal, ob die Schäfchen der Kirche um Einlass baten oder nicht, und mich würden sie ganz bestimmt nicht hineinlassen. Jeder in Kessel hatte seine eigenen unerschütterlichen Ansichten über die Familie Königmann, die Kirche des Wanderers machte da keine Ausnahme. Im Gegensatz zur Kirche des Ewigen Feuers behauptete sie zwar nicht, wir wären Ketzer, aber sie misstraute uns, und das war hauptsächlich meine Schuld, denn in meiner Jugend hatte ich nur selten gewusst, wann es besser war, den Mund zu halten. Aber das spielte jetzt keine Rolle.

Da ich keine andere Möglichkeit sah, in die Kirche zu gelangen, schloss ich mich einer Gruppe an, die versuchte, an der Wand zu dem zerbrochenen Fenster hinaufzuklettern. Während ich die Tür erklomm, stieß und trat ich jeden, der mir im Weg war, zur Seite und kratzte mir die Knöchel und Waden an den Dornen auf. Ich fand gute Handgriffe in dem verwitterten Metall, an denen ich mich hochziehen konnte, und auch festen Tritt für meine Füße. Der Aufstieg war nicht leicht, aber da die Dornen relativ eng beieinanderlagen, schaffte ich ihn. Oben an der Tür zog ich mich über die Kante und stand schließlich vor dem Fensterrahmen.

Als ich wieder aufrecht stand, holte ich tief Luft und sah auf die Leute unter mir hinab. Ein paar waren mir heraufgefolgt. Da ich nicht noch mehr Aufmerksamkeit auf mich ziehen wollte, schlüpfte ich rasch durch die zerbrochene Scheibe, wobei ich sorgfältig den vielfarbigen Spitzen auswich.

Seit meiner Kindheit war ich nicht mehr in der Kirche des Wanderers gewesen und stellte überrascht fest, dass sich drinnen nichts verändert hatte. Im Hauptschiff standen mehrere Reihen Holzbänke. Dazwischen führte ein langer Gang zu einem Podium und der riesigen gesichtslosen Statue, für die die Kirche berühmt war. Es gab unzählige Theorien, was sie darstellte oder symbolisieren sollte, aber die waren mir immer egal gewesen.

Unter mir rannten weiß gekleidete Mönche hin und her. Einige von ihnen verbarrikadierten den Haupteingang mit Holz und Steinen, während andere die übrigen Türen nach draußen verrammelten. Die restlichen Glaubensbrüder hatten sich um die gesichtslose Statue versammelt und beteten entweder oder untersuchten den Schaden, den das Bruchstück von Celona angerichtet hatte. Es lag hinter der Statue in einem tiefen Einschlagkrater, um den herum alles in Trümmern lag.

Langsam und so leise wie möglich balancierte ich auf einem Sims um die Kirche herum und hielt nach einer Stelle Ausschau, an der ich herunterklettern konnte. Die Tür war relativ leicht zu erklimmen gewesen, doch die Steinoberflächen im Inneren waren glatter und wiesen keine Einkerbungen auf, an denen ich Halt hätte finden können. Daher war ich gezwungen, die Arme um eine Säule zu legen und wenig elegant an ihr herunterzurutschen. Als ich unten war, versteckte ich mich im Schatten der Holzbänke und hoffte, dass die Mönche zu abgelenkt waren, um mich zu bemerken. Angesichts der Plünderer, die vor mir eingedrungen waren, und jener, die nun im zerbrochenen Fenster auftauchten, waren sie vollauf damit beschäftigt, die Eindringlinge abzuwehren, wobei sie Stäbe und ihre bloßen Hände einsetzten. Sobald ich unbemerkt beim Podium angelangt war, legte ich mich flach auf den Bauch und robbte neben den betenden Mönchen auf das Bruchstück von Celona zu.

Einen Moment später hielt ich es in den Fingern und lehnte mich an den Fuß der Statue. Der Brocken war ungewöhnlich glatt und so klein, dass er in meine Hand passte. Er leuchtete unheimlich, als enthielte er sterbende Glühwürmchen. Es war das erste Mal, dass ich ein Mondstück sah, und ich fand den Anblick ein wenig enttäuschend für ein so begehrtes Objekt.

»Mikael Königmann«, sagte eine Stimme hinter mir.

Ich drehte mich um und sah einen alten Mann mit grau meliertem Haar über mir aufragen, die Finger vor dem Bauch verschränkt. Das Alter hatte ihn langsamer gemacht und ein wenig gebeugt. Es war der Aufbereiter.

Verdammt.

»Ja?«, erwiderte ich.

»Es überrascht mich, dich hier nach dem Mondfall so andächtig beten zu sehen. Besonders nach den Kommentaren, die du geäußert hast.«

»Findet Ihr es nicht ziemlich kleinlich, dass Euch die Kritik eines Kindes so lange beschäftigt?«

»Deine Anschuldigungen sind schwer zu vergessen«, erwiderte der alte Mann. »Schließlich hast du ein Jahr lang jeden Tag einen Brief an eine unserer Türen genagelt. Wenn du deine Erinnerung auffrischen möchtest ... Ich habe die besten aufgehoben.«

»Ja, nun, leider hab ich dafür jetzt keine Zeit. Ich muss noch woandershin, neue Freunde treffen, Briefe schreiben, Ihr wisst ja, wie das ist ...«

Der alte Mann vertrat mir den Weg und streckte eine Hand aus.

»Ich werde es Euch nicht freiwillig geben.«

»Das ist mir bewusst«, antwortete er und deutete mit dem Kopf zur Seite, wo drei Mönche mit Armbrüsten auf mich zielten. Offenbar hatten sie mich beobachtet, seit ich in die Kirche eingedrungen war. Warum sie noch nicht auf mich geschossen hatten, war mir ein Rätsel.

»Widerspricht das nicht Eurem Grundsatz der Gewaltlosigkeit?«

»Gott erlaubt Selbstverteidigung.«

Sie würden mich eiskalt töten.

»Ich werde es Euch nicht aushändigen«, sagte ich. »Wenn Ihr es wollt, werdet Ihr mich erschießen müssen. Ich brauche es. Meine Zukunft hängt davon ab.«

»Wenn du es wirklich bräuchtest, wäre es vor dir gelandet. Aber Gott hat es hierhergeschickt, damit wir seine Botschaft hören können. Bitte, Mikael, erspare uns das Blutvergießen.«

Ich zögerte und sah mich erneut in der Kirche um. Es würde mir nichts bringen davonzulaufen, geschweige denn, einen Kampf zu beginnen. Ich würde auf keinen Fall unbeschadet mit dem Stück von Celona entkommen können. Diese Situation verlangte Finesse.

Ich ließ theatralisch die Schultern sinken. »Na schön«, sagte ich und hielt ihm resigniert das Mondstück hin. »Ich werde gehen. Aber könntet Ihr mir wenigstens helfen, hier herauszukommen? Ich würde lieber nicht den Weg nehmen, auf dem ich hereingekommen bin.«

Der alte Aufbereiter ließ den kleinen Brocken in einer Tasche seiner Kutte verschwinden. »Folge mir. Ich zeige dir einen Weg hinaus, auf dem du niemandem begegnen wirst.«

Während die anderen Mönche mich misstrauisch im Auge behielten, führte mich der alte Mann zur Kellertür. Nachdem wir den feuchten Tunnel betreten hatten, nahm der Mönch eine Laterne von der Wand und ging vor mir her durch die Dunkelheit. Nach wenigen Schritten geriet ich ins Stolpern und taumelte gegen seinen Rücken. Er fing mich auf und stützte mich trotz der wilden Flüche, die ich ausstieß, bis ich das Gleichgewicht wiederfand.

»Entschuldige, Mikael. Ich hätte dich vorwarnen sollen, dass es hier unten ziemlich glatt ist.«

»Nein, es war mein Fehler«, knurrte ich. »Ich hätte vorsichtiger sein müssen. Kann ich Euch jetzt, da wir allein sind, eventuell dazu überreden, mir das Mondstück zurückzugeben?«

»Nein, das werde ich nicht tun. Egal, ob du an unsere Lehren glaubst oder nicht, jeder geht auf seinem eigenen Pfad durchs Leben. Du denkst vielleicht, dass deiner endet, wenn du das Stück von Celona nicht besitzt, aber ich kann dir versichern, dass es nicht so ist. Der Wanderer wird dich beizeiten wieder auf den rechten Pfad zurückführen. Auch wenn du nichts davon merkst.«

Ich unterdrückte ein Stöhnen. Da hätte ich mir ja noch lieber einen Weg aus der Kirche herausgekämpft, als mir diesen Quatsch anzuhören. Das war einer der vielen Gründe, weshalb ich den wirklich Frommen aus dem Weg ging. Domet war der gläubigste Mensch, den ich seit Jahren in meiner Nähe geduldet hatte.

»Da wir deinen versuchten Diebstahl mit solcher Nachsicht behandeln, möchte ich dich im Gegenzug auch um etwas bitten.«

»Ich werde nicht hier zur Messe gehen – nicht nach dem, was Ihr meinem Vater angetan habt.«

Der alte Mann seufzte so tief, dass alle Luft aus ihm zu entweichen schien. »Nein, darum würde ich dich auch nicht bitten.«

Wir waren am Ausgang angelangt, einer Falltür, die nach oben führte.

»Was möchtet Ihr dann?«

»Dass du deinen Hass auf diese Kirche mit mir begräbst«, sagte er. »Ich war der Aufbereiter, der zugelassen hat, dass dein Vater auf unserer Treppe hingerichtet wurde. Das war ein Fehler, den ich seit zehn Jahren bereue. Bis dahin hatten wir uns in allen politischen Fragen immer neutral verhalten, aber ... ich war von einem Ehrgeiz getrieben, der sich für jemanden in meiner Position nicht geziemt. Das war mein Fehler, Mikael, nicht der meiner Kirche.«

»Und?«

Der Aufbereiter sah mir in die Augen. »Also lass bitte einen Neuanfang zwischen dieser Kirche und deiner Familie zu, sobald meine Reise zu Ende ist. Dein Bruder und deine Schwester ...«

»Täuscht Euch nicht. Leon und Jenn sind nicht ich, und ich bin nicht sie.«

»Vielleicht kann ich mir ja eines Tages deine Vergebung verdienen.«

»Ihr solltet lieber Gott um Vergebung bitten, denn von mir werdet Ihr sie nicht bekommen.«

Während ich ohne ein weiteres Wort durch die Falltür hinaufstieg, spürte ich die schneidend kalte Luft auf meiner Haut.

Ich gelangte weit von der Kirche entfernt am anderen Ende des Großen Steinplatzes an die Oberfläche. Der Ausgang war von Büschen und Bäumen verdeckt. Seitdem ich in die Kirche eingedrungen war, waren noch weitere Plünderer hinzugekommen. Ihre brennenden Fackeln und funkelnden Klingen verbreiteten einen ebenso verschwenderischen Glanz wie die Sterne am Himmel. Rufe erklangen, dass die Kirche ihre Türen öffnen und ihnen das Bruchstück von Celona aushändigen solle. Ich sah Mönche das zerborstene Fenster bewachen, während andere begannen, es mit Brettern zu vernageln.

Wie schade, dass all diese Plünderer ihrer Zeit verschwendeten. Ich holte das Stück von Celona hervor, das ich dem Aufbereiter aus der Tasche gezogen hatte, als ich scheinbar gegen ihn gefallen war. Es war zwar ein bisschen schwerer und größer als alles, was ich normalerweise von den Niederadligen stahl, aber ich hatte es dennoch unbemerkt geschafft.

Da ich nun hatte, wohinter alle her waren, hätte ich mir vielleicht mehr Sorgen über das weitere Schicksal der Kirche machen sollen. Aber das tat ich nicht. Die Kirche des Wanderers würde mit oder ohne meine Einmischung überleben, so wie sie es immer getan hatte. Wäre es nach mir gegangen, hätte sie aber auch bis auf die Grundmauern niederbrennen können.

Nachdem ich das Mondstück wieder sicher in meiner Jacke verstaut hatte, machte ich mich auf den Rückweg zu Burg Reitter. Vielleicht würde ich ja unterwegs irgendwo anhalten können, um zu überprüfen, ob es mit mir sprach. Doch im Moment genoss ich den Spaziergang. Mein Weg führte mich am Ufer der Insel entlang bis zur westlichen Brücke, wo Nebel aus dem Wasser aufstieg und Bäume den Pfad säumten.

Während ich die Brücke überquerte, sah ich Wolken, die vor dem einzigen sichtbaren Mond vorüberzogen und langsam die Sterne bedeckten. Mit einem Mal wurde es kälter und dunkler. Der Nebel waberte langsam auf mich zu und schien nach meinen Knöcheln zu greifen.

Als die Laternen flackerten und erloschen, senkte sich eine tiefe Dunkelheit auf die Brücke herab. Ein Stück vor mir traten mitten auf der Brücke zwei Gestalten aus dem Nebel und stellten sich mir in den Weg.

Ihre Kleidung hing ihnen in Fetzen vom Leib. Bei ihrem Anblick war ich zunächst froh, dass ich im Gegensatz zu ihnen ausreichend dick eingepackt war – bis ich die klobigen Holzknüppel in ihren Händen bemerkte. Während ich hinübersah, tauchte hinter ihnen eine weitere Gestalt aus dem Nebel auf, die mit Goldketten behängt war und einen pelzgefütterten Mantel trug.

Mein Atem stieg in weißen Dampfwölkchen vor mir auf. »Ihr wollt mir doch nicht das Leben schwer machen, oder?«, rief ich zu ihnen hinüber.

»Gib uns den Stein!«, verlangte die linke Lumpengestalt mit einer Stimme, die wie tosendes Flusswasser klang.

»Wie bitte?«

»Den Mondstein!«, kreischte die Gestalt zur Rechten. Es war eine Frau. »Wir haben dich damit verschwinden sehen. Er steckt in deiner Tasche.«

Während sie sprach, wärmte ich mir, so schien es, die kalten Hände in den Jackentaschen, doch mit einer hielt ich das

Stück von Celona umklammert. Ich konzentrierte mich auf das Geräusch des fließenden Wassers unter meinen Füßen.

»Ich glaube, ihr verwechselt mich mit jemandem.«

Die Frau schnalzte mit der Zunge und drehte sich zu dem eleganten Mann um, wie ein Kind, das sich bei seinem Vater rückversichert.

Er seufzte. »Was hältst du davon, wenn wir einfach mal in deinen Taschen nachsehen?«

»Nein danke«, entgegnete ich, »aber nett, dass ihr vorher fragt.«

»Ich entschuldige mich, wenn ich mich missverständlich ausgedrückt habe. Du hast gar keine Wahl. Entweder du leerst sie freiwillig, oder meine Partner hier werden dir den Schädel einschlagen und deine Taschen anschließend umwenden.«

In der Stadt gab es eine Menge Leute, die hinter mir her waren. Vielleicht hatte ja einer von ihnen diese drei auf mich angesetzt. Aber es erschien mir wahrscheinlicher, dass es sich um einfache Banditen handelte, die glaubten, ein Stück von Celona an sich bringen zu können.

»So verlockend dieses Angebot auch ist, ich glaube, ich kehre einfach um, und ihr vergesst, dass ihr mich je gesehen habt«, sagte ich und wich ein paar Schritte zurück.

Auf dem Kopfsteinpflaster hinter mir klapperte etwas, und zwei weitere in Lumpen gekleidete Gestalten blockierten das andere Ende der Brücke. Anstelle von Holzknüppeln waren diese beiden mit Klingen aus rostigem Stahl bewaffnet.

Davonlaufen war also nicht mehr möglich.

»Hast du dich schon für eine der Alternativen entschieden?«, rief der elegante Mann.

»Ich glaube schon«, erwiderte ich. »Ach, bevor ich es vergesse: Keiner von euch arbeitet für einen Söldner, den Verdorbenen Prinzen oder einen Mann namens Trey, oder?«

Sie bewegten kaum merklich die Köpfe und sahen einander verwirrt an.

»Nehmt ihm den Stein ab«, befahl der elegante Mann ungerührt.

Alle vier griffen mich gleichzeitig an. Dem ersten Hieb eines rostigen Schwerts wich ich noch aus, aber dann trafen mich die beiden Holzknüppel im Magen und auf dem Rücken. Obwohl ich versuchte, mich vor den Schlägen zu schützen, musste ich einiges einstecken, während ich weiter zum Rand der Brücke zurückwich. Da ich nicht auf diese Weise sterben wollte, tat ich das einzig Mögliche und sprang über die Brüstung in den Fluss.

Einen Wimpernschlag später war ich von Wasser umgeben. Mit wilden Arm- und Beinbewegungen versuchte ich, an die Oberfläche zurückzukehren, doch stattdessen berührten meine Füße den Grund, und die Stiefel versanken im Schlamm. Während ich mich fest vom Boden abstieß und mit aller Kraft nach oben zu schwimmen versuchte, stiegen von meinen Lippen Blasen auf. Schließlich durchstieß ich mit dem Kopf die Wasseroberfläche und saugte Luft in meine brennende Lunge.

Ich bemühte mich, den Kopf, der auf den Wellen auf und ab hüpfte, über Wasser zu halten. Die Strömung wurde reißender, und ich trieb schneller stromabwärts. Das Wasser schlug über mir zusammen und zwang mich zurück in die Tiefe, dann spülte es mich wieder nach oben und zerrte mich gleich danach erneut hinunter. Es war ein quälender Kampf, und jeder hastig ausgeführte Atemzug schmerzte so sehr, als wäre meine Lunge mit Stacheldraht gefüllt.

Die Wellen droschen weiter auf mich ein, bis mein Kopf schließlich unter der Oberfläche verschwand und nicht wieder hochkam. Mein Körper sank wie ein Stück Blei auf den Grund des Flusses, wo Jamal, Jenn, Kai, Domet, Nana, Schwartz, Leon, Karolin, Chloe, der Verdorbene Prinz, Trey, Angelo, Sirash und das Mädchen mit dem roten Kleid auf mich warteten.

Sie standen in einem Kreis um mich herum, und es schien fast, als wären sie bereit, meine letzten Worte zu hören. Dort, wo normalerweise die Augen saßen, klafften schwarze Löcher in ihren Gesichtern. Dennoch empfand ich ihre Gesellschaft als tröstlich.

Als die letzten Blasen von meinen Lippen aufstiegen, zitterte ich nicht mehr. Noch nie hatte ich mich so warm gefühlt. Mein Körper kam mir ganz leicht vor, und es war, als schwebte ich auf einer Wolke. Nicht nur der Schmerz, sondern auch alle Sorgen und Ängste wichen von mir.

In diesem Moment, dem behaglichsten in meinem ganzen bisherigen Leben, akzeptierte ich mein Schicksal.

Plötzlich ertönte ein lauter Knall, und ein schwarzer Nebel trieb alle auseinander, die ich kannte. Jamal und Sirash lösten sich auf, als das schwarze Nichts sie durchschnitt. Gleich darauf hüllte es mich ein und zerrte an meiner Brust und den Armen. Kurz danach kehrte der Schmerz zurück und riss mich aus der Welt, die dort unten um mich herum entstanden war. Ich schrie und schrie, doch ich hatte keine Stimme, da mein Mund und die Nase voll gurgelndem Wasser waren.

Ich schrie, weil ich in meine warme Welt zurückwollte. Und ich schrie, weil ich wusste, dass der Trost, den ich dort gefunden hatte, für immer verloren sein würde.

Meine Kehle fühlte sich wund an, und mir war noch kälter als zuvor. Anstelle des Flusswassers brachte mich nun die Nachtluft zum Zittern. Ich hustete bellend, rollte mich zur Seite und erbrach das Wasser zurück in die Fluten. Die Steine, die mir in den Rücken stachen, brannten wie heiße Messer.

Neben mir kniete ein keuchendes Mädchen mit nassem Haar. Strahlend blaue Augen starrten mich an. »Mikael! Mikael! Wach auf!«

Ich kannte nur ein einziges Mädchen mit solchen Augen: Nana Deuter von der Waage. Hustend griff ich in meine Tasche und tastete hektisch nach dem Stück von Celona. Einen Moment später zog ich es heraus, und es schimmerte im fahlen Mondschein.

»Mikael, was ist passiert?«

Anstatt zu antworten, konnte ich nur stöhnen.

Kapitel 17
Der Junge und der Wolf

Nana, die mich aus dem Fluss gezogen hatte, half mir auf und wickelte mich in einen nach Rauch riechenden Mantel. Dann führte sie mich durch die Straßen von Kessel zu einem Ort, von dem sie behauptete, dass sie sich dort um mich kümmern könnte. Ich verstand nicht, wieso ich noch am Leben war. In den ersten Minuten nach meiner Rettung hatte ich Unmengen Wasser ausgehustet und nicht aufstehen, geschweige denn in einer geraden Linie gehen können. Mein Blick war glasig, und dann diese Kälte ... Sie durchdrang meinen gesamten Körper, von den Fingerspitzen bis tief in die Brust. Ich fühlte mich wie hinter einem Schleier und begann, an der Welt zu zweifeln: War sie noch real oder ein Gebilde meiner Fantasie? Erlebte meine Mutter sie so jeden Tag?

Ich erinnere mich daran, wie wir durch Kessel liefen. Ich hatte meinen rechten Arm um Nanas Schultern geschlungen, und sie drangsalierte mich mit Fragen. In meinen Ohren vermischten sie sich miteinander, bis ich nur noch den süßen Klang ihrer vorwurfsvollen Stimme hörte. Sie erinnerte mich an ein längst vergessenes Schlaflied, das ich als Kind gehört hatte. Während ich ihm lauschte, wurde mir so leicht ums Herz, dass ich an einen Ort davonschwebte, wo es für immer warm war.

Die Erinnerung an dieses Lied brachte meinen Verstand ins Wanken. Ich taumelte gegen eine Wand und rutschte daran hinab. Während der Wind auffrischte, kämpfte ich gegen einen heftigen Würgereiz, und Nana schrie irgendjemanden an.

Danach ging alles ganz schnell: In einem Moment waren wir noch auf der Straße und bereits im nächsten in einem kleinen Zimmer. Ich lag auf einem harten Bett, trug nichts außer meiner Unterwäsche und war bis unters Kinn zugedeckt. Nana saß auf einem Stuhl und tupfte mir mit einem feuchten Tuch die Stirn ab. Als der Stoff mich berührte, wurde er sofort trockener als Sand und rieb mir die Haut wund.

Plötzlich standen zwei Leute mit Laternen und Zangen über mir. Einer der beiden hob einen meiner Arme vom Bett und untersuchte ihn. Dann wandte er sich zu dem anderen um. »Ganz klar eine Typ-3-Infektion.«

Der zweite Mann nahm den anderen Arm und zeichnete die Muskeln mit Tinte nach, als wollte er mich für eine Schlachtung vorbereiten.

»Wirklich ein Jammer«, sagte der erste. »Besteht keine Hoffnung auf Heilung?«

Der zweite Mann schüttelte den Kopf und ließ den Arm fallen, der wie abgehackt zurück auf die Matratze fiel. »Nein. Verbrenne und markiere ihn.«

»Gerne.«

Sie nahmen die Decken vom Fußende des Bettes und zogen sie mir über den Kopf. Eine Welle unendlicher Dunkelheit schlug über meinem Gesicht zusammen und ertränkte mich. Ich schrie und schrie, aber kein Laut drang aus meiner Kehle. Die Finsternis umhüllte mich und zwang mir ihren Willen auf. Die Kälte kehrte zurück, stärker denn je. Ich lag hilflos da und fügte mich einmal mehr in mein ungewisses Schicksal.

Nein.

So war es nicht gewesen.

Es war wärmer als zuvor. Ich schlug die Augen auf, stemmte mich hoch und drängte die Dunkelheit zurück. Die Straße um mich herum zerbrach wie Glas. Asphalt, Nägel und Steine bröckelten weg, bis ich von einem Wald umgeben war. Aus dem Bett aufzustehen war schwerer, als ich gedacht hatte. Meine Knie fühlten sich an wie durchweichtes Papier. Die Bäume waren dick und hatten ausladende Äste. Um ihre Stämme herum war der Boden von Wurzeln durchzogen, und ich konnte das Blätterdach nicht sehen; so wusste ich nicht, ob es Tag oder Nacht war. Schatten beherrschten diesen Ort, als wären sie hier geboren und hätten noch nie das Sonnenlicht fürchten müssen.

Ich trat auf einen zerbrochenen Ast, der sich so tief in meine Fußsohle grub, dass sie blutete. Fluchend presste ich einen Daumen auf die Wunde. Das herausquellende Blut färbte ihn dunkelrot.

Der Wald war erfüllt von den musikalischen Klängen der Natur. Die Blätter raschelten und wurden von einem Wind erfasst, der sie um mich herumwirbelte und in die Höhe hob. Als er sich wieder legte, stand ein gut gekleideter Junge vor mir. Er war viel kleiner als ich, hatte ein kreisrundes Muttermal auf einer Schläfe und einen muskulösen Körper, in den er noch nicht hineingewachsen war. In seinen wirren rotbraunen Locken verbarg sich eine halbfertige Krone aus Eisen, und direkt über seinem Herzen war ein Wappen auf das Hemd gestickt. Es zeigte eine offene Handfläche, die dem Betrachter eine Krone hinhielt. Ich konnte es nicht einordnen und durchforstete meine Erinnerungen. Doch mir fielen nur mein Vater und unsere Familie ein.

»Wo bin ich?«

Der Junge hielt sich einen kleinen Zeigefinger an die Lippen. »Zu laut.«

Mit gesenkter Stimme wiederholte ich meine Frage.

»Dies ist der Ort, an den Engel kommen, um von Wölfen verspeist zu werden. Wo Dämonen sich vor aller Augen verstecken und behaupten, sie wären eigentlich die Guten. Wo Träume wahr werden, Legenden geboren werden, Kriege beginnen … und wo der Endlose Walzer endet.«

»Aha«, erwiderte ich gedehnt. »Wer bist du?«

»Wer bist du?«, äffte mich der Junge lächelnd nach.

»Mikael Königmann.«

»Ein Name sagt nichts über den Menschen aus, genauso wenig wie eine Lüge die ganze Geschichte erzählen kann. Normalerweise muss man einen Namen zweimal lesen oder hören, um ihn richtig zu verstehen.« Der Junge hob einen ganz gewöhnlichen Stein auf und zeigte ihn mir. »Das ist ein Diamant. Siehst du?« Bevor ich ihm widersprechen konnte, häutete sich der Stein vor meinen Augen und begann trotz des fehlenden Lichts zu funkeln. »Du hältst dich für klug, aber du bist genau wie dieser Stein.«

»Warum? Weil ich mich unter Druck entwickle?«

»Nein«, erklärte er. »Weil du die Welt über dich belügst. Du bist ein Kind, das nicht erwachsen geworden ist. Aber im Unterschied zu mir könntest du daran etwas ändern. Wenn du nur aufhören würdest, ständig zu jammern.«

»Ich soll ein Kind sein? Weißt du eigentlich, was ich alles durchgemacht habe, seit mein Vater wegen Verrats hingerichtet wurde? Die Beleidigungen, die ich von den Adligen erdulden musste, weil er den Prinzen getötet hat. Ich habe überlebt, obwohl alle mich tot sehen wollten.«

Der Junge schüttelte den Kopf. »Du klingst wie eine Spieluhr, die immer denselben Refrain wiederholt. ›Ich Armer. Habt Mitleid mit mir. Tötet mich nicht. Es ist nicht meine Schuld. Bla, bla, bla.‹ Du musst endlich erwachsen werden. Bist du ein Königmann oder nicht?«

In der Ferne durchbrach ein Heulen die nächtliche Stille. Die Bäume schwankten, als krächzende Vögel aus ihnen in den Himmel aufstiegen.

Der Junge wirkte unbeeindruckt. »Wusstest du, dass die Menschen früher Angst vor dem Wald hatten? Jetzt fürchten wir die Stadt. Findest du das nicht eigenartig?«

»Nein«, erwiderte ich. »In Städten leben Menschen. Welche Gefahren gibt es schon in einem Wald?«

Wieder ertönte das Heulen, und es klang blutrünstiger als zuvor. Als es verhallte, tauchten rechts von dem Jungen zwei rote Augen auf. »Tiere«, sagte er. »In einem Wald gibt es Tiere.«

Ich lächelte. »Ich hätte mehr Angst, wenn ich nicht wüsste, dass das hier nur einer meiner Albträume ist.«

Der Junge löste sich wie Dampf in der kalten Nachtluft auf. Bevor er ganz verschwand, sah er mich noch einmal durchdringend an. »Reiß dich endlich zusammen.«

Derweil kamen die roten Augen näher. Laub raschelte, Zweige brachen, und etwas atmete schwer. Schritt für Schritt schälte sich ein Wolf aus der Dunkelheit. Er war ein riesiges Tier, schwarz mit grauen Streifen. Sein Gebiss war unnatürlich weiß. Der Wolf hielt vor mir an, kauerte sich hin und bleckte die Reißzähne.

Ich wich nicht vor ihm zurück und grub stattdessen die

Zehen in das mit Zweigen bedeckte Gras. »Ich habe keine Angst vor Albträumen«, sagte ich. »Mein echtes Leben ist furchterregender.«

Er verzog die Lippen zu einem Grinsen.

Ich erwiderte es. »Hau ab.«

Er sprang mich an, warf mich um und schnappte nach meinem Hals. Mit den Krallen riss er lange Fleischstreifen aus meiner Brust und den Unterarmen. Ich trat um mich und schrie, bis der Wolf meine Kehle zerfetzte.

Der Tod war nichts Neues für mich. Ich wusste, dass er uns eines Tages alle holen würde. Die Frage war nur, wann.

Ich finde diesen Gedanken tröstlich, denn das ist die eine Sache, in der sich die Adligen und Königlichen nicht von den Bürgerlichen unterscheiden. Am Ende gehen wir alle in dieselbe Dunkelheit ein. Was uns dort erwartet, wissen wir nicht. An manchen Tagen glaube ich, dass ich in diesem Moment zum ersten Mal in meinem Leben Frieden finden werde.

Als der Wolf ging, starrte ich blicklos in den Himmel.

Schade, dass ich nicht starb.

Ich war geschrumpft und nur noch halb so groß wie normal. Mein Körper bewegte sich aus eigenem Antrieb. Ich ging einen Flur entlang und strich mit den Fingern über die Furchen im Rauputz. Am Ende des Flurs gelangte ich an eine Tür und stieß sie auf. Dahinter lag ein Schlafzimmer. An der gegenüberliegenden Wand stand ein riesiges, mit roten und grauen Decken belegtes Federbett. Nur die rechte Seite des Betts war zerwühlt, die linke glatt und flach. Porträts und andere Gemälde bedeckten die Wände, doch alle Gesichter waren verschwommen, wie von einem Nebel verhangen. Der Teppich unter meinen Füßen war weich und flauschig. Meine

Zehen klammerten sich darin fest. Dies war der realistischste Albtraum, den ich je gehabt hatte.

»Bist du sicher, dass es sein muss?«, hörte ich meinen Vater auf dem Balkon fragen.

Ich drehte mich um und ging dichter an die Glastüren heran. Soweit ich sehen konnte, war er allein auf dem Balkon. Führte er etwa Selbstgespräche?

»Es muss doch noch eine andere Möglichkeit geben!«, rief er mit rotem Gesicht. »Die Leute werden auf mich hören! Ich hätte mich darum kümmern können, wenn du früher zu mir gekommen wärst.«

Mein Schatten fing an, auf den Wänden zu tanzen, er wirbelte umher und schlug Saltos über der Balkontür. Zudem hörte ich ein langsames, tiefes Grollen. Es klang wie das Knurren des Wolfes.

Mein Vater setzte sich auf die Balkonbalustrade und blickte auf die Stadt hinab. Seine normalerweise ordentlich gekämmten braunen Haare standen ihm in allen Richtungen vom Kopf ab. »Nein, ich weigere mich. Es gibt immer eine andere Lösung. Der Prinz muss nicht sterben.«

Mein tanzender Schatten hielt rechts neben der Tür inne, seine leuchtend roten Augen beobachteten mich. Wie die des Wolfes.

»Papa?«

Mein Vater fuhr zu mir herum, seine Augen waren rotgerändert und geschwollen. »Mikael?«

Schweißnass schreckte ich aus dem Schlaf auf. Das harte Bett, auf dem ich lag, war so nass, als hätte ich während der Nacht meine Blase geleert. Hatte ich das alles nur geträumt? Was war gerade passiert? Ich erinnerte mich kaum, die Details begannen bereits zu verschwimmen. Und dieser letzte Traum über meinen Vater ... Von ihm hatte ich schon seit Jahren nicht mehr geträumt. In meinen Albträumen erlebte ich normalerweise nur die Aufstände in Burg Königmann nach.

Ich nahm meine fünf Sinne zusammen und merkte, dass ich tatsächlich bis auf die Unterwäsche nackt war. Zu meiner Überraschung befand ich mich in meinem Zimmer in der Enge. Auf dem Nachttisch lag ein halber Laib altes Brot, daneben entdeckte ich eine Schüssel mit kalter Suppe. Sie musste schon lange dort stehen, da sich auf der Oberfläche eine dünne Fettschicht gebildet hatte. Ich riss ein Stück vom Brot ab, rührte damit die Suppe um und steckte es mir in den Mund.

In der Zeit, die ich dafür benötigte, es so weit zu zerkauen, dass ich es im Magen behalten konnte, hätte ich auch mein eigenes Brot backen können. Leider war das mit fast allem so, was Angelo an Essen zubereitete.

Das Mädchen mit den strahlend blauen Augen schlief neben mir auf einem Stuhl. Sie hatte sich unter einer dünnen Decke eingemummelt, ihr braunes Haar fiel ihr seidig über die Stirn. Hätte ich es nicht besser gewusst, wäre sie mir süß vorgekommen. Wartete sie darauf, dass ich erwachte?

Es widerstrebte mir zwar, andere beim Schlafen zu stören, aber ich brauchte Antworten. Insbesondere musste ich wissen, wo das Bruchstück von Celona war. Also schlug ich mit der Faust laut genug gegen den Nachttisch.

Nana fuhr so abrupt hoch, dass die Decke von ihr herunterglitt und zu Boden fiel. Ihre ersten Worte waren kaum zu verstehen, aber sie hielt das Stück von Celona in der Hand.

»Wie bin ich hierhergekommen?«, fragte ich, während ich

auf einem weiteren Stück Brot herumkaute. Es war zwar alt, aber da es noch essbar war, würde ich es auf keinen Fall verschmähen.

Mittlerweile war Nana wach und sah mich an. »Ich habe dich hergeschleift.«

»Woher wusstest du, wo ich wohne?«

»Du hast es mir gesagt.«

»Und wieso warst du am Fluss?«

»Ich bin kurz nach dir gegangen«, sagte sie. »Ich habe dich aus der Ferne beobachten wollen, um dich notfalls zu beschützen ... Aber als ich bei dir war, warst du bereits mitten in einen Kampf verwickelt. Ich konnte dich nur noch aus dem Fluss ziehen.«

»Hat der Verdorbene Prinz mir diese Leute auf den Hals gehetzt?«

»Nein. Mit solchen Gestalten würde er sich nie abgeben. Das waren bloß irgendwelche Banditen.«

»Arbeitest du für ihn?«

»Glaubst du wirklich, ich hätte dich gerettet, wenn es so wäre?«

Das reichte mir als Antwort.

Ich schwang die Beine über die Bettkante. »Ist irgendwer von meiner Familie zu Hause?«

»Kommandeur Ombra war hier. Er hat mit mir zusammen so lange gewartet, bis dein Schüttelfrost aufgehört hat. Danach ist er zur Arbeit gegangen. Er hat gesagt, ich solle dasselbe tun, aber ich wollte bleiben, bis du aufwachst.«

Wenn ich ihn das nächste Mal sah, würde er mir bestimmt einen Vortrag halten, der sich gewaschen hatte. Ich hatte ihm nicht gesagt, dass ich am Endlosen Walzer teilnehmen würde, und er hatte es bestimmt nicht gern gesehen, dass ich, wirres

Zeug stammelnd, von einer Frau nach Hause geschleppt werden musste.

»Wieso bist du geblieben?«, fragte ich. »Ich bezweifle, dass das gut für deinen Ruf ist.«

Sie senkte den Blick und lachte leise. »Meinem Vater ist es bestimmt egal. Er hat sich nie groß darum geschert, was man in Adelskreisen für angemessen hält. Und ich bin geblieben, weil ich dich immer noch für den Endlosen Walzer brauche. Ich kann es nicht zulassen, dass du vorzeitig rausfliegst. Ohne dich wäre ich nie so nah an den Prinzen herangekommen.«

Na, wenigstens tat sie nicht so, als würde sie mich mögen.

»Wie lange war ich bewusstlos?«

»Nicht ganz einen Tag.« Sie verschränkte die Arme vor der Brust. »Es wird schon bald wieder dunkel.«

»Mist!«

Ich stand auf, wobei mir die Knie zitterten. Doch weil ich stehen bleiben musste, schaffte ich es, nicht hinzufallen, auch wenn ich mich schwach fühlte und am ganzen Körper zitterte.

Nana schob mich aufs Bett zurück und rollte mit den Augen. »Entspann dich. Du siehst genauso mies aus, wie du dich fühlst. Ruh dich noch ein bisschen aus. Ihr habt ja keine Zeit ausgemacht, wann du das Mondstück spätestens abliefern musst.«

»Soll er etwa denken, dass sein Plan aufgegangen ist? Nein, er bekommt es jetzt.«

»Und wie willst du das anstellen? Schließlich ist er nicht mehr in Burg Reitter.«

Ich zögerte. »Wo dann?«

»Keine Ahnung. Aber ich weiß, wo er heute Abend sein wird. Er will mit seinen Thronsuchern feiern, dass du den

Wettkampf offenbar verloren hast.« Ein durchtriebenes Lächeln breitete sich auf ihrem Gesicht aus. »Das wäre doch die perfekte Gelegenheit für dich, dort aufzutauchen und deinen Sieg zu verkünden.«

Ich sah sie misstrauisch an. »Weshalb ... hilfst du mir?«

Es klopfte an der Tür, und Nana stand auf und öffnete, statt meine Frage zu beantworten. Als sie zurückkehrte, hielt sie in einer Hand ein großes Paket und in der anderen einen kleinen klimpernden Stoffbeutel.

»Die sind für dich«, sagte sie und händigte mir beides aus. »Der Mann an der Tür meinte, du wüsstest schon, von wem sie sind.«

Zumindest hatte ich einen Verdacht, der sich bestätigte, als ich das Säckchen öffnete und fünf Sonnen darin vorfand. Das Paket enthielt feine Anziehsachen, die fast genauso aussahen wie die Kleidung, die ich bei meinem Sprung in den Fluss ruiniert hatte. Obenauf lag ein Zettel.

Darauf stand:

Für dein Treffen heute Abend.
Domet

Woher wusste er, was mir zugestoßen war, wo ich wohnte und was ich als Nächstes tun musste? Andererseits ... er war Domet. Er hatte bereits bewiesen, dass ihm nichts entging. Für ihn war das ein Klacks. Tatsächlich erstaunte mich nur, dass er nicht persönlich gekommen war, um sicherzugehen, dass ich mich nicht zwischenzeitlich abgesetzt hatte.

»Hast du etwa heimliche Bewunderer?« Nana kicherte. »Eifersüchtig?«

»Kein bisschen.«

»Wenn du das sagst.«

»Wenn du mich jetzt bitte entschuldigen würdest«, sagte sie. »Ich muss los zu meiner Arbeit. Wenn ich zurückkomme, bringe ich dich zum Verdorbenen Prinzen.«

»Und was soll ich in der Zwischenzeit machen?«

Bereits im Türrahmen, sah sie über die Schulter zurück. »Ruh dich aus.«

Ich blieb auf dem Bett sitzen, bis die Tür ins Schloss fiel. Obwohl ich etwas unternehmen wollte, merkte ich, dass ich Mühe hatte, wach zu bleiben. Die jüngsten Ereignisse hatten mich völlig erschöpft. Also würde ich mich ausnahmsweise tatsächlich ausruhen und einfach hoffen müssen, dass die Stadt in der Zwischenzeit nicht vor die Hunde ging.

Kapitel 18
Die Torheit eines Spielers

Wir hörten den Verdorbenen Prinzen, bevor wir ihn sahen, und allmählich hatte ich den Verdacht, dass dies wohl normal war. Er befand sich im Giftgarten, wo er mit Feuerwerkskörpern herumspielte. Er ließ Raketen in den Himmel aufsteigen, wo sie in leuchtenden Farben explodierten. Botschafter Zain und die Thronsucher waren bei ihm, aber Trey war nirgends zu sehen. Ich bemerkte auch ein paar Frauen, die ihnen Gesellschaft leisteten, doch so spärlich, wie sie bekleidet waren, bezweifelte ich, dass man sie als Gesprächspartnerinnen eingeladen hatte. Da Nana nicht mit mir zusammen gesehen werden wollte, blieb sie am Gartentor zurück.

Mit dem funkelnden Mondstück in der Hand humpelte ich in den Garten. Obwohl ich mich ausgiebig erholt hatte, tat mir immer noch alles weh. Aber dies war nicht der Zeitpunkt, um Schwäche zu zeigen. »Adreann, du hast den Wettkampf verloren!«

Mit einem Schlag brach das Gelächter ab. Nur Zain wirkte amüsiert, während Adreann Kessel ein Mädchen von seinem Schoß schob und aufstand. »Was?«

»Hier habe ich das Stück von Celona.« Ich hielt es in die Höhe.

»Soso, du hast es also geholt. Anders wäre es mir lieber gewesen, aber ich wollte ja schon immer so ein Stück besitzen, und ein Wettkampf ist ein …«

Er griff nach dem Bruchstück, aber ich zog es von ihm weg. »Ich glaube, du hast die Regeln des Wettkampfs missverstanden, Adreann. Ich bin nicht dazu verpflichtet, es dir auszuhändigen, ich muss es dir nur bringen.«

»Was heißt, dass du es mir gibst.«

»Das heißt es nicht. Du hättest dich genauer ausdrücken müssen.«

Der Verdorbene Prinz schnaubte. »Wenn du es mir nicht geben willst, nehme ich es mir eben und …«

Botschafter Zain trat lächelnd zwischen uns. »Mein lieber Prinz, ich fürchte, Mikael hat recht. Die Abmachung besagt nicht, dass Ihr das Stück von Celona bekommt, nur dass Mikael es Euch bringt.«

»Aber das bedeutet …«

»Und genau das hat er getan, Prinz Adreann. Ein Wort ist ein Wort, und was Ihr gesagt habt, war eindeutig. Wenn Ihr Euch auf mögliche Auslegungen der Vereinbarung berufen müsst, habt Ihr Euch nicht präzise genug ausgedrückt. Als Schiedsrichter bei diesem Wettstreit erkläre ich Mikael hiermit zum Sieger, und Adreann wird sich an seinen Teil der Abmachung halten. So entscheide ich, Zain Antoun, Botschafter des Goldader-Casinos in Goldono.«

Ich klopfte dem Prinzen auf die Schulter. »Es war mir ein Vergnügen, mit dir Geschäfte zu machen, Adreann.«

Während ich davonging und mich an seinem Zorn erfreute, glaubte ich fast die Hitze zu spüren, die von ihm ausging. »Ich schlage noch ein Spiel vor.«

Ich blieb stehen. »Was?«

»Noch ein Spiel. Diesmal ist der Einsatz das Bruchstück von Celona gegen die Eigentumsurkunde für Burg Königmann. Oder lebst du gern unter elenden Umständen in der Enge, Königmann?«

Irgendetwas stimmte nicht. Warum war Adreann so versessen darauf, ein Stück von Celona zu besitzen? Ich hatte gedacht, es wäre ihm nur um den Wettstreit gegangen, und als wir Kinder waren, hatte Jenn nie erwähnt, dass sich der Verdorbene Prinz für Celona interessierte. Er hatte noch nicht einmal Spaß daran gehabt, die Sterne zu beobachten. Meine Neugier machte es mir schwer, diesen neuen Wettstreit abzulehnen. Für mich hatte das Stück von Celona – abgesehen von seinem Verkaufspreis und dass ich damit den Verdorbenen Prinzen ärgern konnte – keinen besonderen Wert, daher war die Aussicht, möglicherweise Burg Königmann zu gewinnen, durchaus verlockend. Hätte ich mir je vergeben können, wenn ich diese Herausforderung abgelehnt hätte?

»Was für ein Spiel schwebt dir vor?«, fragte ich.

Der Verdorbene Prinz schnippte mit den Fingern, woraufhin einer der Thronsucher zwei Stühle, einen Tisch, zwei Becher und mehrere Würfel brachte. Nachdem wir gegenüber voneinander Platz genommen hatten, gab uns Botschafter Zain jeweils die gleiche Anzahl Würfel. »Das ist ein Spiel aus Goldono. Wir bringen es den Kindern bei, damit sie lernen, wie wichtig, aber auch verschlagen die Glücksgöttin ist. Die Regeln sind ganz einfach: Beide Spieler schütteln die Würfel und drehen dann die Becher um. Wer die höhere Augenzahl hat, gewinnt die Runde. Am Ende zählt nur der beste von drei Würfen, nicht die höhere Gesamtaugenzahl.«

»Das ist reine Glückssache«, sagte ich. »Dafür muss man nichts können.«

»Oh, man muss durchaus etwas können, Mikael«, widersprach Botschafter Zain. »Der Zweck dieses Spiels ist es, dass die Kinder lernen, wann sie mit dem Würfeln aufhören müssen. Wenn Ihr das Gefühl habt, dass Euch die Glücksgöttin nicht gewogen ist, könnt Ihr jederzeit vom Tisch aufstehen. Dann ist der Wettstreit zwischen Euch null und nichtig. Versteht Ihr die Regeln und seid Ihr mit dem Wetteinsatz einverstanden: ein Bruchstück von Celona gegen die Eigentumsurkunde für Burg Königmann?«

»Ja«, sagte ich.

»Ja«, echote der Verdorbene Prinz.

»Dann soll die Glücksgöttin einen Sieger bestimmen und der Schicksalsmeister dafür sorgen, dass wir alle profitieren. Der Wettkampf möge beginnen.«

Wir nahmen beide unsere Becher, bedeckten sie mit der Handfläche und begannen zu schütteln. Während das Klappern der Würfel den Giftgarten erfüllte, waren sämtliche Blicke auf uns gerichtet.

»Woher kommt dein plötzliches Interesse an Celona, Adreann?«, fragte ich.

»Unser Land wird von dem Mond mehr bedroht als alle anderen. Und wer sagt, dass ich mich nicht schon länger für Celona interessiere?«

»Meine Schwester.«

Der Verdorbene Prinz knallte seinen Becher auf den Tisch. »Sie sollte lernen, den Mund zu halten, solange ich ihr nicht befehle, ihn aufzumachen.«

Ich stellte meinen Becher ab. »Wieso? Stört es dich, dass sie dich besser kennt als du dich selbst? Deine Schwächen? Deine Stärken?«

»Deckt die Würfel auf!«, forderte Botschafter Zain.

Wir taten es. Der Verdorbene Prinz hatte zweiundzwanzig Punkte und ich dreiundzwanzig.

»Die erste Runde geht an Königmann. Wenn Ihr so weit seid, steckt die Würfel in die Becher und schüttelt sie.«

»Deine Schwester weiß überhaupt nichts über mich«, stieß der Verdorbene Prinz hervor, während wir nach den Bechern griffen. Er hatte es eilig gehabt, die zweite Runde zu beginnen, fast so, als wäre ihm das Stück von Celona das Wichtigste auf der Welt.

»Dann sag mir, wieso interessierst du dich für Celona?«

»Weshalb sollte ich dem Sohn eines Verräters und Kindsmörders irgendetwas erzählen?«

»Schämst du dich?«

»Ich kenne keine Scham.« Der Verdorbene Prinz knallte seinen Becher verkehrt herum auf den Tisch, und gleich darauf tat ich es ihm nach.

»Deckt die Würfel auf!«

Diesmal hatte ich zweiundzwanzig Punkte und der Verdorbene Prinz siebenundzwanzig.

»Die zweite Runde geht an Prinz Adreann. Wenn Ihr so weit seid, füllt die Würfel in die Becher und schüttelt sie. Letzte Runde.«

»Jetzt gilt es, Königmann«, sagte der Prinz mit hinterhältigem Lächeln. »Bist du bereit?«

Ich ließ die Würfel in den Becher fallen. Plötzlich wusste ich ohne den geringsten Zweifel, dass ich verlieren würde, wenn ich weitermachte. Mein Stolz hatte mich zu diesem Spiel verleitet, doch ich war nicht gewillt, dem Verdorbenen Prinzen irgendetwas zu geben, solange ich nicht seine Absichten durchschaute. Das war mir Burg Königmann nicht wert. Solange unsere Familienehre nicht wiederhergestellt war, war sie ohnedies nur ein Museum alter Erinnerungen.

»Ich verabschiede mich«, sagte ich und stand vom Tisch auf.

»Setz dich wieder hin und würfele!«, rief der Verdorbene Prinz.

»Nein, ich bin fertig. Ich weiß, wann ich aufhören muss.«

»Möchtest du denn die Burg nicht wiederhaben?«

»Ich hab keine Verwendung für sie.«

Der Verdorbene Prinz stieß schnaubend die Luft aus und wurde puterrot im Gesicht. »Genau wie damals. Du bist einfach davongelaufen, als Davi mit dir über ein Stück von Celona sprechen wollte. Und dann wurde er getötet. Kannst du dich noch an den Morgen erinnern, bevor Davi starb, Mikael?«

Ich konnte mich erinnern. Ich war an diesem Vormittag wie in Watte gepackt gewesen, da ich in der Nacht zuvor nicht richtig geschlafen hatte. Die Schwertübungen mit Leon, Jenn und den Königlichen waren ein Desaster gewesen. Sie hatten mich alle mit Leichtigkeit besiegt. Und während des Unterrichts war es genauso schlecht für mich gelaufen, da ich es nicht schaffte, auch nur eine Frage der Tutoren zu beantworten. Dieser Vormittag war so verheerend gewesen, dass ich irgendwann beschlossen hatte, meine restlichen Verpflichtungen sausen zu lassen und stattdessen den Palast zu erkunden.

Ich hielt mich von allen fern und kehrte erst bei Einbruch der Dunkelheit von meinen Abenteuern zurück. Ich hatte mich gerade in die Küche geschlichen, um etwas zu essen zu finden, als ich hörte, was mein Vater getan hatte. Das war der letzte Tag meiner Unschuld gewesen, denn seither lag die Bürde unseres Familienvermächtnisses auf meinen Schultern.

»Da du am Abend zuvor, als ein Stück von Celona vom Himmel fiel, nicht bei uns warst, werde ich dir erzählen, was geschehen ist«, sagte der Verdorbene Prinz. »Es schlug im königlichen Garten ein, und Davi rannte hin, um herauszufinden, ob es wirklich sprach. Er schwor uns, dass es so war, aber dein Vater hat es ihm weggenommen, bevor ich oder meine Schwester es ebenfalls hören konnten. Davi behauptete, es hätte gesagt, der Älteste müsste sterben, damit das Land gedeiht. Er hielt das für lustig ... Aber wie wir alle wissen, wurde er am nächsten Tag ermordet.«

»Bis dann, Adreann.«

»Ja, lauf einfach wieder weg! Dein Vater wird immer ein verräterischer Kindsmörder sein. Bleibt nur die Frage, wieso. War er ein Fanatiker? Ein Verrückter? Machtbesessen? Eines Tages werden wir es herausfinden.«

Ich ging, und als er dachte, ich wäre außer Hörweite, schrie der Verdorbene Prinz, die Feier sei vorbei und alle müssten jetzt gehen. Es hätte mich eigentlich freuen müssen, dass ich unseren Wettstreit gewonnen und seinen Abend ruiniert hatte, aber seine Geschichte ging mir nicht aus dem Kopf, und ich fühlte mich nicht wie ein Sieger. Er hatte mir klarmachen wollen, dass ich ein Verräter war. Er wollte, dass ich mich schuldig fühlte und mich für meinen Vater schämte. Wieso sonst hätte er mir diese Geschichte erzählen sollen?

Ich hätte gleich gehen sollen.

Draußen wartete Nana auf mich. »Wie ist es gelaufen?«

Ich zeigte ihr das Bruchstück von Celona. »Ganz gut.«

»Dir ist doch klar, dass er dir auch weiterhin Schwierigkeiten machen wird? Nur eben jetzt im Verborgenen.«

»Mit nichts anderem rechne ich«, erwiderte ich. »Und jetzt will ich meinen Ring zurück. Ich habe das Versprechen, das du mir mit deiner Armbrust abgerungen hast, mehr als erfüllt.«

»So, hast du das?«, fragte sie und drehte den Ring meines Vaters um ihren Finger. »Da bin ich mir nicht so sicher. Du hast mir fast gar nichts gegeben, und ich habe dich aus dem Fluss gerettet. Ich glaube, ich werde ihn noch ein bisschen länger behalten. Außerdem willst du doch erfahren, was der Verdorbene Prinz vorhat, oder nicht?«

»Gehörst du nicht zu den Thronsuchern? Was hast du davon, wenn du mir verrätst, was der Prinz plant?«

Nana strich mir mit der Hand über die Wange. »Dass ich dann garantiert gewinne. So einfach ist das.«

Mit einem Mal hatte ich das Gefühl, dass Nana viel gefährlicher sein könnte als der Verdorbene Prinz. Bei ihm wusste ich wenigstens, woran ich war, aber bei ihr … Ich würde mir über ihre Absichten wohl erst sicher sein, wenn sie mich entweder umarmte und küsste oder mir ein Messer in den Rücken stieß. Oder beides gleichzeitig. Ich hatte noch nie jemanden kennengelernt, der so ehrgeizig war, dass er gleichzeitig einen Königlichen hereinlegte und einen Königmann erpresste. Also musste ich vorsichtig sein.

»Wenn der Endlose Walzer vorbei ist, will ich aber meinen Ring wiederhaben.«

»Das finde ich gerecht«, sagte sie und winkte mir zu, während sie davonging. »Aber im Moment sieht er sehr schön an meinem Finger aus.«

»Da stimme ich zu. Aber eins überrascht mich, Nana. Willst du nicht wissen, ob ein Bruchstück von Celona etwas zu sagen hat?«

Nana ging weiter. »Ich habe bereits zugehört. Es ist ganz interessant. Mach dir nicht die Mühe, mich nach Hause zu begleiten, Mikael. In der Stadt gibt es nichts, vor dem ich Angst haben müsste.«

Während ich ihr hinterherblickte, lief mir ein Schauder über den Rücken. In diesem Land machte mich einiges nervös. Und in der Stadt gab es offenbar Dinge, die selbst den König und seine Raben in Unruhe versetzten. Bei Nana war das anders.

Ich richtete meine Aufmerksamkeit auf den dummen Stein, der für so viele Scherereien sorgte, und wollte selbst herausfinden, ob er sprach. Unsicher, was ich tun musste, hielt ich mir das Bruchstück von Celona vor die Augen und sah es intensiv an, wobei ich mich nicht nur auf den Stein, sondern auch auf die Wärme konzentrierte, die von ihm ausging. Enthielten diese Mondstücke wirklich Nachrichten von Gott, oder war das nur eine Geschichte, die sich jemand vor langer Zeit …

Die Botschaft kam wie ein auffrischender Wind. Zuerst war sie ein fernes Flüstern, dann wurde sie immer lauter, bis ich schließlich deutlich eine tiefe Stimme hörte, die feierlich verkündete:

»Des Königs Mann ist ein Verräter. Schneidet ihm den Kopf ab.«

Kapitel 19
Ein Pflegevater

Am nächsten Morgen versuchte ich gar nicht erst, vor Angelo davonzulaufen. Es wäre auch sinnlos gewesen, da er bereits vor Tagesanbruch aufgestanden war und in der Küche auf mich wartete. Dass er so früh auf war, erstaunte mich, noch überraschender fand ich jedoch, dass er Speck briet, denn das hatte mein Pflegevater in all den Jahren noch nie getan.

»Speck?«, fragte ich misstrauisch, als ich die Küche betrat.

»Speck«, sagte er.

»Sollte ich nicht das Frühstück zubereiten?«

»Damit kannst du morgen anfangen.«

Ich setzte mich mit Schwartz' Umschlag in der Hand an den Tisch. Ich war dankbar, dass ich ihn während der ersten Veranstaltung des Endlosen Walzers zu Hause gelassen hatte, ansonsten hätte das Flusswasser seinen Inhalt zerstört. »Gibt es einen Anlass?«

»Na ja, es sollte so eine Art Feier sein, aber da Jenn schon arbeiten gegangen ist ...«

»Jenn steht normalerweise doch nicht vor Mittag auf.«

Angelo fuhr mit dem Schaber durch die Pfanne, in der immer noch der Speck brutzelte. »Sie fängt eine neue Arbeit an. Oder bewirbt sich zumindest für eine. Aber was ich eigentlich sagen wollte: Das sollte eine Feier werden, weil Jenn seit drei Jahren für die Anstalt arbeitet und Leon Vater wird und ...«

»Du weißt davon? Bin ich wirklich der Letzte, der davon erfahren hat?«

»Würdest du bitte aufhören, mich dauernd zu unterbrechen, Mikael!« Streng sah er mich über die Schulter hinweg an. »Das hier sollte eine Feier für euch alle sein. Wir gönnen uns so selten etwas, und ich wollte würdigen, wie erwachsen ihr in letzter Zeit alle geworden seid. Manchmal erkenne ich euch gar nicht mehr wieder.«

Angelo nahm die Pfanne vom Herd und stellte sie auf dem Tisch ab, reichte mir eine Gabel und nahm sich selbst eine aus der Schublade. »Aber das heißt nicht, dass ich nicht noch mit dir über den Endlosen Walzer sprechen werde.«

Das hatte ich auch nicht angenommen. Ich spießte ein Stück Speck auf und steckte es mir in den Mund. Es schmeckte wunderbar fettig.

»Mal im Ernst, Mikael, bist du sicher, dass das eine gute Entscheidung von dir war?«

Ich schluckte erst einmal herunter, bevor ich antwortete. »Ich weiß es nicht. Aber ich habe sie nun mal getroffen.«

»Und was erhoffst du dir von deiner Teilnahme?«

»Eine bessere Zukunft für mich selbst und unsere Familie«, antwortete ich. »Gestern Abend war ich nur einen einzigen Würfelwurf davon entfernt, Burg Königmann zurückzubekommen.« Nichts davon war gelogen. Meine Arbeit für Domet hatte mir bereits eine Menge eingebracht, wenn auch weitere Probleme. Aber bald würde meine Familie für alle Zeiten ausgesorgt haben, und wenn ich Glück hatte, war dann vielleicht auch unsere Ehre wiederhergestellt.

Doch seit ich in der Nacht zuvor das Bruchstück von Celona gehört hatte, erschien mir das alles eher unwahrscheinlich. Seine Worte hatten sich in mein Gedächtnis gebrannt, und vor allem beunruhigte mich, dass ich nicht wusste, was da zu mir gesprochen hatte. Es hatte wie der Wind geklungen, und ich weigerte mich zu glauben, dass es eine Botschaft von Gott gewesen war. Aber was oder wer auch immer hinter diesen Worten steckte, die Botschaft war eindeutig.

Des Königs Mann ist ein Verräter. Schneidet ihm den Kopf ab.
Damit konnte nur ein Königmann gemeint sein.

»Dir ist klar, was du riskierst, oder?«, fragte Angelo. »Der Adel ist niemals aufrichtig. Wenn sie eine Möglichkeit sehen, dich zu vernichten, werden sie die ergreifen. Vielleicht tun sie sogar unserer ganzen Familie etwas an.«

»Das werde ich nicht zulassen«, erwiderte ich und nahm ein weiteres Stück Speck.

»Wieso glaubst du, dass du dich gegen sie wehren kannst? Wenn sie herausfinden, dass du auf Bewährung bist, können sie dir eine Verbindung zu den Rebellen andichten oder dir etwas noch Schlimmeres anhängen. Und dann schauen sie zusammen mit dem Rest der Stadt zu, wie du hingerichtet wirst.«

Ich verkniff mir eine Antwort, da Angelo es wohl kaum beruhigend gefunden hätte, dass ich Domet auf meiner Seite hatte und der verhindern würde, dass die Adligen mich allzu schnell einen Kopf kürzer machten. Oder dass ich am Vorabend einen Wettstreit mit dem Verdorbenen Prinzen für mich entschieden hatte, wodurch ich ein bisschen sicherer war. Die Teilnahme am Endlosen Walzer war nun mal gefährlich.

»Ich kann es dir nicht ausreden, oder?«

Ich schüttelte den Kopf. »Tut mir leid, ich werde es tun.«

Angelo lehnte sich auf seinem Stuhl zurück. »Hab ich dir je erzählt, wieso ich euch drei in Pflege genommen habe?«

»Nein, nicht genau.«

»Ich habe ein paar Probleme mit dem Adel«, erklärte er. »Was dich wahrscheinlich nicht besonders überraschen wird. Schließlich haben wir die alle. Aber in meiner Jugend habe ich gesehen, was sie mit ihren Untertanen anstellen, und es ... hat mich angewidert. Dieses stumpfsinnige, unstillbare Verlangen nach Extravaganz, egal, was es kostet. Nach Davis Tod habe ich deinen Vater für den Inbegriff eines arroganten Adligen gehalten. Dass man bei Hof so dumm war zu glauben, ausgerechnet der eine, auf den sie alle so große Stücke hielten, wäre nicht so gierig wie die übrigen Adligen. Ich ging zu seiner Hinrichtung, um den Tod eines Ungeheuers zu bejubeln. Doch stattdessen sah ich einen Mann, der vieles bedauerte und nur dafür sorgen wollte, dass sich jemand um seine Kinder kümmerte, wenn er tot war.«

Angelo drehte die Ringe an seinen Fingern. »Einige Zeit zuvor hatte ich meine Frau und unser ungeborenes Kind verloren, und seine bedingungslose Liebe berührte mich. Also ging ich zu meinem Kommandanten und bat darum, euch in Pflege nehmen zu dürfen. Vielleicht ist es meine Schuld, dass wir nie viel Geld hatten und du daher glaubst, nur diese eine Möglichkeit zu haben ... Aber was wäre, wenn ich dir eine Alternative zum Endlosen Walzer bieten könnte?«

Ich sah zu ihm auf.

»Ich habe gestern einen Brief von einem alten Freund erhalten. Er würde dich gern als Verwalter für einen Goldküsten-Clan anwerben. Und er ist bereit, dir alles beizubringen, was er weiß, vom Fechten bis zum Segeln. Irgendwann könntest du der Familie sogar als Ritter dienen.«

»Angelo, darüber haben wir doch bereits gesprochen …«

Er hob eine Hand. »Er will auch deine Mutter und Jenn aufnehmen.«

Ich fühlte, wie mir kalter Schweiß ausbrach. Bis zu diesem Moment hatte ich angenommen, Angelo hielte unsere Mutter für tot. Keiner von uns hatte ihm je die Wahrheit erzählt oder das Gerücht infrage gestellt, demzufolge sie bei den Aufständen in Burg Königmann ums Leben gekommen war. »Woher …?«, stammelte ich.

»Woher ich weiß, dass sie lebt? Reiner Zufall. Vor ungefähr einem Jahr wollte ich Jenn in der Anstalt besuchen und habe dort nach der Königmann gefragt. Du kannst dir vorstellen, wie überrascht ich war, als sie mich nicht zu Jenn gebracht haben.«

Der Speck hatte seinen Reiz für mich verloren. »Warum hast du nie etwas gesagt?«

»Weil ich, ganz ehrlich, nicht wusste, wie ich das hätte anstellen sollen. Ich wollte meine Nase nicht in einen Bereich eures Lebens stecken, den ihr mir verheimlichen wollt. Auch wenn wir eine Familie sind, wir sind nicht blutsverwandt, und da ich nicht Königmann heiße, gibt es Dinge, die ich wohl nie begreifen werde. In letzter Zeit hatte ich dann aber doch das Gefühl, mich einmischen zu müssen, um euch vor diesem Vermächtnis zu beschützen.«

»Was genau schlägst du mir da eigentlich vor?«

»Einen Weg, auf dem du aus Kessel wegkommst. Mein Freund will euch drei bei sich an der Goldküste aufnehmen. Dort kommen der König und seine Familie nicht an euch heran, und so könntet ihr in Ruhe und Frieden leben, ohne euch weiterhin über die politische Lage in Kessel und den Hass auf eure Familie, der hier herrscht, Sorgen machen zu müssen. Leon hätte er auch zu sich genommen, aber … der hat seinen Platz in Kessel gefunden, wenn auch nicht den eines Königmanns.«

Ich wusste nicht, was ich dazu sagen sollte. Angelos Angebot war so gut wie das von Domet, vielleicht sogar besser, und weit weniger riskant. Ich würde in Sicherheit sein und ebenso meine Familie, und ich würde mir keine Sorgen mehr darüber machen müssen, was Jenn vielleicht eines Tages aus Hass auf die Königsfamilie tun würde. Meine Mutter würde nicht bis ans Ende ihrer Tage im Verborgenen und in Schande leben müssen, und ich konnte weiterhin versuchen, ein Heilmittel für sie zu finden. Es wäre ein nahezu perfektes Leben, für das ich nichts weiter tun musste, als meine ohnehin geringe Hoffnung zu begraben, dass mein Vater eines Tages rehabilitiert werden könnte.

In Gedanken hörte ich erneut die Stimme des Mondstückes. *Des Königs Mann ist ein Verräter. Schneidet ihm den Kopf ab.*

»Wer weiß«, Angelo lachte, »vielleicht komme auch ich mit. Auf die regelmäßigen Überflutungen könnte ich verzichten, aber das Essen und die Landschaft sind einfach herrlich.«

»Angelo, das ist alles …« Ich verstummte.

»Denk darüber nach.« Er stand auf und legte mir eine Hand auf die Schulter. »Noch hast du Zeit, dir zu überlegen, was du tun willst. Aber sobald der König auf dich aufmerksam wird, wirst du nicht mehr viele Möglichkeiten haben.«

»Ich weiß.«

Angelo nickte, dann räusperte er sich. »Eines noch, Mikael. Das Mädchen, das du hierher mitgebracht hast … Wie viel weißt du über sie?«

»Nana? Nicht viel. Wieso? Kennst du sie?«

Er zögerte. »Ich habe vor Jahren Nana Deuters Bewerbungsschreiben an die Waage gelesen. Wahrscheinlich habe ich irgendwo noch eine Abschrift. Allerdings wäre die geheim, sodass du sie eh nicht lesen könntest, selbst wenn ich wüsste, wo ich sie abgelegt hab.« Sein Blick fiel wie zufällig auf einen Papierstapel auf dem Küchentisch. »Nimm dich vor ihr in Acht, Mikael. Sie ist ehrgeizig.«

Ich verstand, was er meinte, und nickte.

»Ich werde mich jetzt für die Arbeit umziehen«, sagte er. »Iss du den Speck auf und räum bitte danach die Küche auf.«

»Natürlich.«

Angelo lächelte und ließ mich allein zurück. Sobald er in seinem Zimmer war, durchsuchte ich die Unterlagen auf dem Tisch nach irgendeiner Erwähnung von Nana. Das meiste waren Briefe, Rechnungen und ein Schätzpreis für ein Gemälde seiner verstorbenen Frau.

Schließlich entdeckte ich Nanas Beurteilung:

Nana Deuter bewarb sich bereits mehrfach bei den Raben und der Waage. Nachdem sie bei den Raben den ersten Teil der Aufnahmeprüfung nicht bestand, versucht sie gerade zum dritten Mal, bei der Waage aufgenommen zu werden, diesmal mit erheblicher Unterstützung ihres Vaters Bertram Deuter, dem Kommandanten der Beschwörer-Division. An dieser Stelle sei angemerkt, dass ihre Mutter Evelyn Braun von einem Serienmörder umgebracht wurde, bekannt als der »Herzensbrecher«. Seit ihrem Tod sucht Nana nach einer Möglichkeit, die Bürger von Kessel zu beschützen.

Sie ist eindeutig klug und kompetent, doch ich kann

mich des Eindrucks nicht erwehren, dass sie zudem eine äußerst geschickte Lügnerin ist, was sie wahrscheinlich von ihrem Vater lernte. Ihre Fähigkeiten als Wind-Fabrikatorin könnten eine Bereicherung für die Waage sein. Allerdings ist sie auffällig ehrgeizig, und es könnte sein, dass sie eine Position bei der Waage nur dazu nutzen würde, ihre eigenen Ziele zu verfolgen. Dennoch bin ich nach unserem Bewerbungsgespräch der Ansicht, dass Nana Deuter eingestellt werden sollte, und zwar entweder bei der Beschwöreroder der Aufseher-Division. Mit der richtigen Anleitung und solange wir sicher sein können, dass sich ihre Ziele mit den unseren decken, wäre sie eine gute Führungskraft. Falls nicht, sollten wir ihr eine Aufgabe zuweisen, bei der sie ihre Fähigkeiten zu unseren Gunsten einsetzen kann, aber keine Weisungsbefugnis gegenüber ihren Kollegen hat.

Nanas Beurteilung durch die Waage bestätigte meine eigene Meinung über sie. Und nun wusste ich auch, dass sie mich über den Tod ihrer Mutter angelogen hatte. Ich musste also so schnell wie möglich herausfinden, was sie im Schilde führte, bevor es zu spät war. Berichtete sie der Waage, mich in Burg Königmann gesehen zu haben, würde ich sofort festgenommen und möglicherweise noch vor Tagesanbruch hingerichtet werden. Oder sogar noch vor der Abenddämmerung, wenn das dem König lieber war.

Ich legte alle Dokumente wieder so hin, wie ich sie vorgefunden hatte, und steckte Schwartz' Umschlag ein. Dann versteckte ich das Bruchstück von Celona, aß den restlichen Speck und räumte die Küche auf.

Es gelang mir tatsächlich, das Haus zu verlassen, bevor Angelo zur Arbeit aufbrach. Es war zwar immer noch früh, aber ich hatte auch einiges vor. Unter anderem wollte ich Domet besuchen.

Unterwegs ging ich in die Bäckerei in der Nähe der Hängegärten, wo ich allerdings wieder nichts Neues über Sirash erfuhr. Danach hatte ich noch mehr Angst um ihn und seine Familie. Doch da das Miliz-Viertel zerstört war und im Ostteil der Stadt immer noch Chaos herrschte, konnte es gut sein, dass er irgendwo weiter weg untergekommen war. Zumindest redete ich mir das ein, als ich zum Hohen Viertel weiterging.

Alle, an denen ich vorüberkam, schienen sich um Steckbriefe zu drängen oder nervös miteinander zu tuscheln. Die Stadt wirkte ungewöhnlich ruhig, als wäre sie zum ersten Mal seit Generationen zum Schweigen gebracht worden. Auf den Straßen patrouillierten auch weniger Advokatoren als sonst. Es war beunruhigend.

Ich machte mir noch mehr Sorgen um die Stadt, als ich an Domets Haus ankam. Das Hohe Viertel glich einem Friedhof. Nur Vogelgezwitscher durchbrach die Stille. Domet erwartete mich auf den Stufen zu seinem Haus. Er hatte seine übliche Ausrüstung dabei: den Stock in der einen, eine Flasche Rum in der anderen Hand.

»Ist dir zu Ohren gekommen, was passiert ist, während du auf der faulen Haut gelegen hast, Mikael?«

»Führen wir wieder Krieg mit Neu-Drakon?«, fragte ich scherzhaft.

»Nein«, antwortete Domet. »Die Waage hat den Rebellenkaiser erwischt. Sie halten ihn gefangen und werden ihn wegen Hochverrats vor Gericht stellen.«

»Was?«

Er nahm einen Schluck aus der Flasche. »Hab ich gestottert?«

»Wie? Wann?«

»Wenn die Gerüchte stimmen, haben sie ihn kurz nach dem Angriff auf das Miliz-Viertel geschnappt, es aber erst jetzt bekannt gegeben.«

Ich erinnerte mich an den Mann vom Friedhof, der nach Zitronen gerochen hatte. Den Mann, der für den Untergang von Naverre und Jamals Ermordung verantwortlich war. Ich hoffte, dass es stimmte und die Rebellion bald vorbei sein würde. Ich hatte es satt, unschuldige Menschen wegen angeblicher Verbrechen gegen den Staat hängen zu sehen.

»Wann soll der Prozess stattfinden?«

Domet nahm einen weiteren Schluck. »Am Tag nach der königlichen Geburtstagsfeier. Der König will, dass der gesamte Hof von Kessel dabei zusieht.«

»Es scheint Euch nicht zu freuen, dass sie ihn gefasst haben.«

»Ha, natürlich freu ich mich. Aber ich mach mir auch Sorgen darüber, was passieren wird, wenn die Adligen keinen gemeinsamen Feind mehr haben. Die vom Alten Blut werden sich an ihre Eide erinnern, aber bei der neuen Generation sieht das anders aus. Eines muss man dem Krieg lassen: Er schweißt die Menschen zusammen.«

»Wegen dieser Rebellion sind Tausende umgekommen.«

Domet stemmte sich hoch, und als er stand, schüttelte er die Beine aus. »Und es werden noch viele Tausende mehr sterben, wenn die Adligen anfangen, sich gegenseitig zu bekämpfen. Früher konnte sich Kessel darauf verlassen, dass die Königmanns die Ambitionen des Adels eindämmen, weil sie das Gemeinwohl im Auge hatten. Jetzt nicht mehr. Aber mit diesem Problem beschäftigen wir uns ein andermal, denn jetzt liegt eine Menge Arbeit vor uns, Mikael. Ich habe gehört, dass du auf Burg Reitter einen guten ersten Eindruck hinterlassen hast. Manche der Adligen haben ein kleines Vermögen gemacht, weil sie auf dich gewettet haben. Aber bei der zweiten Veranstaltung muss es noch besser für dich laufen.«

»Wie stellen wir das an?«

Domet lehrte die Flasche und ließ sie auf der Treppe stehen. »Die zweite Veranstaltung ist eine Jagd. Ich hab keine Ahnung, was ihr jagen werdet, aber wenn es etwas Exotisches ist, solltest du darauf vorbereitet sein.«

»Heißt das, dass Ihr mich nun endlich unterrichten werdet?«

»Ja, es wird Zeit, dass du fabrizieren lernst.«

Kapitel 20
Die Rabe

Langsam und vorsichtig stiegen wir die Steinstufen hinunter, um im Halbdunkel nicht über unsere eigenen Füße zu stolpern oder mit den anderen Besuchern zusammenzustoßen. Carl Domet zog mich von den aufgeregten Adligen weg und führte mich in eine abgelegene Ecke.

Mir drehte sich der Kopf, und ich musste mich am Geländer festhalten, während ich mich an die Umgebung gewöhnte. Wir hatten uns unter die Erde begeben und standen nun auf einem alten Gebäude, erbaut aus Metall und Holz. Von der Höhlendecke hingen Stalaktiten herab, und vom naturbelassenen Boden um die Ruinen herum ragten Stalagmiten auf. Die Luft war feuchtkalt, und es herrschte gerade genug Licht, um die unmittelbare Umgebung auszumachen. Weiter entfernte Bewegungen ließen sich dagegen nur erahnen. Als ich mich schließlich orientiert hatte, sah ich nach unten.

Worauf wir standen, war weniger ein Gebäude als eine unterirdische Arena. Das rechteckige Feld zwischen den langen glatten Wänden war mit zerbrochenen Steinplatten gepflastert, die zum Teil an aufgehende Blütenkelche erinnerten. Zwischen den Wänden und dem Feld verlief ein Graben. Das trübe Wasser, mit dem er gefüllt war, sah in diesem Licht grün aus. Auf dem flächigen Boden war bereits reichlich Blut vergossen worden, und auf den dichtbesetzten Balkonen, die das Feld säumten, kamen Arm und Reich zusammen, um zu trinken und ihren Wunsch nach Unterhaltung herauszubrüllen.

Domet stützte sich mit den Ellbogen auf die Steinbrüstung. »Hast du schon von diesem Ort gehört?«

Ich schüttelte den Kopf und beobachtete, wie zwei einfach gekleidete Männer mit ihren Gläsern anstießen und tranken.

Eigentlich hatte ich gedacht, jeden abseitigen Ort in Kessel zu kennen, aber von einer unterirdischen Arena hatte ich noch nie gehört, und das ärgerte mich. Ich hätte hier kämpfen beziehungsweise mich zusammenschlagen lassen und damit ein Vermögen verdienen können.

»Das sind die Zerbrochenen Steine«, erläuterte Domet. »Sie wurden auf den Ruinen der Wolfskönige erbaut und haben eine legendäre und äußerst blutige Vergangenheit. Hier ist einmal ein Prinz gestorben. Heute wirst du viel lernen. Pass gut auf und beantworte meine Fragen. Zwing mich nicht dazu, etwas zweimal zu sagen.«

»Ich bin kein mondsüchtiger Trottel.«

»Den Beweis musst du erst noch erbringen.« Domet nahm einen Schluck aus seinem Flachmann. »Es geht gleich los. Sieh dir alles gut an.«

Ein in üppige blau-goldene Gewänder gekleideter Mann trat auf einen Balkon, der weit in die Arena ragte, und wandte sich mit dröhnender Stimme ans Publikum: »Meine Damen und Herren, willkommen in den Zerbrochenen Steinen! Heute bieten wir Euch etwas ganz Besonderes: ein Raben-Blutbad!«

Die Zuschauer jubelten und stampften so fest auf die Holzböden, dass die Balkone vibrierten. Während der Arenasprecher darauf wartete, dass sich das Publikum wieder beruhigte, wandte ich mich an Domet. »Was ist ein Raben-Blutbad?«

»Der letzte Test für diejenigen, die Königsraben werden wollen. Hier in dieser Finsternis, umgeben von Blutgier, werden sie zu dem gemacht, was sie von da an sein müssen.«

Das klang zu poetisch, um wahr zu sein, doch bevor ich eine weitere Frage stellen konnte, ergriff der Arenasprecher wieder das Wort: »Ihr wisst, worum es dabei geht. Darum will ich euch nun gleich die Kämpfer vorstellen. Als Erstes den amtierenden Meister, der aus den dunkelsten Gruben von Goldono stammt, ein Verbrecher, der bereits drei Möchtegernraben die Federn gestutzt hat: *Fleischer!*«

Ein hochgewachsener Mann mit roter Haut stampfte auf einem der Zugangswege in die Arena. Seine Brust war zur Hälfte mit Metall gepanzert, auf dem Rest wuchsen dichte schwarze Haare, und eine breite rote Narbe verlief von seinem Kinn bis zum Nabel. Er schleifte eine große Streitaxt hinter sich her, und das laute Kreischen der Metallklinge erfüllte die Arena. Fleischer leckte sich über die Lippen. Er ignorierte die johlende Menge und behielt stattdessen den anderen Eingang im Auge.

»Nenn mir seinen ersten Fehler«, befahl Domet.

Nach kurzem Zögern antwortete ich: »Weil er seine Axt hinter sich herschleift, ist eine Seite der Klinge vermutlich stumpfer als die andere.«

Während Domet wortlos nickte, fuhr der Arenasprecher fort: »Und nun die Herausforderin – Chloe Maurer!«

Ich erinnerte mich an Chloe. Ich war ihr mit Domet beim Schrein begegnet. Sie war mir erstaunlich zierlich vorgekommen, und wir hatten uns ein bisschen angegiftet. Ich erinnerte mich kaum noch, worum es dabei gegangen war.

Ohne ihren Namen zu hören, hätte ich sie nicht wiedererkannt.

Sie war hohläugig, und die Haut hing ihr schlaff vom ausgemergelten Gesicht. Sie schaffte es kaum, die Beine zu heben, während sie sich vorwärtsschleppte, und die Bruchkanten der Steine schienen ihre Sohlen in Streifen zu schneiden. Blutige Fußabdrücke zeichneten ihren Weg durch die Arena nach. Hinter ihr folgte eine Frau in Rüstung, die drei Federn ins Haar geflochten hatte.

»Was ist mit ihr passiert?«

»Die Raben-Prüfung«, erwiderte Domet tonlos. »Dies hier ist der letzte Test. Davor müssen sie viele Gefahren und Qualen überstehen, die die meisten als unmenschlich bezeichnen würden. Die Kandidatinnen werden in finsteren Zellen gehalten und bekommen zwischen den einzelnen Prüfungen weder etwas zu essen noch Wasser. Wenn sie aufgeben, verrückt werden oder sterben, haben sie nicht bestanden.«

»Wieso sollte man sich so etwas antun wollen?«, fragte ich und dachte an Nanas Akte.

Chloe blieb immer wieder stehen, um Atem zu holen. Sie sah kaum noch wie eine Lebende aus und wirkte wie ein Skelett, das irgendein Mechanismus in Bewegung setzte. Sie tat dies hier, um ihr Leben für eine Stadt zu riskieren … und für einen König, denen sie beiden nichts schuldete. Bei diesem Gedanken wurde mir mulmig.

»Kann sie denn überhaupt gewinnen? Dieser Mann ist doppelt so groß wie sie, und im Gegensatz zu ihr kann er ohne Schmerzen atmen. Will man, dass sie verliert?«

»Nein«, antwortete Domet. »Es wird erwartet, dass sie

gewinnt. Das ist die Lektion des heutigen Tages. Wenn dieser Kampf vorüber ist, Mikael, wirst du die Stärke eines Fabrikators kennen. Schau zu und lerne.«

Als Chloe endlich ihre Position erreichte, war die Menge unruhig geworden und gierte nach Gewalt. Die Menschen kamen her, weil sie Blut sehen wollten, und wenn nicht bald welches vergossen wurde, würde der Unterlegene dieses Kampfes noch mehr verlieren, um ihre Gier zu stillen.

Der Sprecher räusperte sich, dann heizte er das Publikum an. »Wer ist bereit für ein Raben-Blutbad?« Die Zuschauer stampften erneut auf den Holzboden. »Die Regeln dieses Kampfes sind denkbar einfach: Wer als Erster das Blut seines Gegners auf den Zerbrochenen Steinen vergießt, ist der Gewinner! Der Kampf ist nicht vorbei, wenn einer der beiden das Feld verlässt oder abklopft, nur der Anblick von süßem Blut, das auf den Boden spritzt, beendet diese Auseinandersetzung! Also ... lasst das Raben-Blutbad beginnen!«

Fleischer hob die Streitaxt und schwang sie nach Chloe. Die wankte einen Schritt nach rechts, und die Klinge verfehlte sie knapp. Das Klirren des Metalls hallte noch durch die Arena, als Fleischer die Axt erneut hob und herabsausen ließ. Chloe fing an, ihn zu umkreisen, und wich jeder Attacke aus, doch sie unternahm keinen einzigen Gegenangriff. Es sah aus, als würden die beiden miteinander tanzen.

»Schlaues Mädchen«, sagte Domet und beugte sich über die Brüstung. »Sag mir, was sie tut.«

Der Tanz ging weiter. Chloe umkreiste Fleischer, der sie vor sich hertrieb. Wenn auch nur einer seiner Schläge sein Ziel fand, würde der sie in zwei Teile spalten. Die Arena der Zerbrochenen Steine war bereits mit ihren blutigen Fußabdrücken bedeckt. »Sie macht ihn müde.«

»Sie ist selbst erschöpft – ihn zu ermüden wird ihr nichts nützen. Denk nach.«

Ich rieb die Stelle an meinem Finger, wo normalerweise der Ring saß, und sah genauer hin. Wenn Fleischer nicht gerade seine gesamte Kraft aufwendete, um die Axt zu heben, schleifte er sie auf dem Boden hinter sich her. Und er schien sie ganz bewusst nicht nach links oder rechts zu schwingen. Offenbar war es ihm lieber, bei seinen Schlägen die Schwerkraft zu nutzen. »Die Axt ist zu schwer für ihn«, sagte ich. »Er sollte auf die Waffe verzichten.«

Domet nickte knapp. »Würde er irgendeine andere Waffe verwenden, wäre der Kampf schnell vorbei. Sie weiß das, aber er nicht. Was würdest du an ihrer Stelle mit diesem Wissen anfangen?«

Chloe war schneller als ihr Gegner, aber schwächer. Wenn er sie auch nur ein einziges Mal traf, war es aus mit ihr, und sie war nicht einmal bewaffnet. »Wisst Ihr, was ihre Fabrikations-Spezialisierung ist?«

»Blitze.«

»Warum schleudert sie ihm dann nicht einfach einen Blitz gegen die Brust? Damit könnte sie den Sack doch zumachen.«

Chloe tanzte immer noch um Fleischer herum. Der trieb sie langsam, aber sicher auf den Graben zu. Der Kampf war zwar nicht vorbei, wenn sie das Feld verließ, aber ich bezweifelte, dass sie genügend Kraft haben würde, sich über Wasser zu halten, wenn sie in den Graben fiel.

»Dann würde sie zeigen, was sie fabriziert. Das gehört zur ersten Lektion.« Domet drehte sich zu mir um und strich mit der Handkante über die Balustrade. »Weniger als ein Viertel der Menschen in Kessel hat die Fähigkeit zu fabrizieren, und davon weiß nur ungefähr die Hälfte, wie man es macht. Was verrät dir diese Information?«

»Dass dort unten eine Frau ist, die um ihr Leben kämpft?«, fragte ich. Domet sah mich ausdruckslos an. »Ich weiß es nicht.«

Er seufzte und wandte sich wieder dem Kampfgeschehen zu. »Wenn es um Fabrikatoren geht, ist Wissen Macht. Zu wissen, dass du einen Fabrikator zum Gegner hast, ist eine Form der Macht, zu wissen, *was* er fabriziert, eine andere. Besonders Banngeborene halten ihre Fähigkeiten so lange geheim, bis ihr Gegner die Deckung vernachlässigt.«

»Banngeborene?«

Er schnaubte ungeduldig. »Für diese Lektion bist du noch nicht bereit. Beweis mir erst, dass es kein Fehler ist, dir etwas beizubringen. Sag mir, was sie richtig macht.«

Ich dachte nach. »Sie bleibt ruhig.«

»Weshalb ist das wichtig?«

»Weil Fabrikatoren den Verstand verlieren können, wenn sie beim Fabrizieren zu emotional werden.«

»Auf welche Weise verlieren sie den Verstand?«

»Wenn sie von ihren Gefühlen überwältigt werden, fließt mehr Energie in ihre Fabrikationen, und das führt zu verstärktem Gedächtnisverlust. Das ist fast immer die Ursache, wenn jemand zu einem Vergessenen wird.«

»Gut. Du weißt also bereits das eine oder andere. Aber der Kampf ist noch nicht vorbei. Pass weiterhin gut auf.«

Fleischer hatte Chloe mittlerweile bis an den Rand der Arena getrieben, wo sie von einer Seite auf die andere schwankte, um seinen Axthieben auszuweichen. Sie hatte immer noch nicht zurückgeschlagen. Wankend stand sie am Rand des Grabens, doch plötzlich wirbelte sie herum, zog den

Fuß über das Wasser und spritzte Fleischer einen Schwall davon ins Gesicht. Er zuckte zurück und blinzelte, während ihm die Tropfen an den Wangen herunterliefen. Diesen Moment nutzte Chloe für ihren Angriff.

Sie hob die Arme, um ihre Hände knisterte es, dann trafen drei Lichtbogen Fleischer und drängten ihn zurück. Seine Streitaxt viel klappernd zu Boden. Chloe nutzte ihren Vorteil, und mit jedem Blitz, der ins Ziel traf, kehrte neues Leben in ihr Gesicht zurück.

Fleischer hielt sich die Unterarme vors Gesicht, doch das würde ihn nicht retten.

Schließlich stand Fleischer am Rand der Arena und zitterte bei jedem Treffer. Etwas stimmte nicht. Er benahm sich, als hätte er noch nie im Leben Schmerzen gespürt, und kauerte sich theatralisch nieder.

Als seine Absätze bereits über die Wasseroberfläche ragten, grinste Fleischer und ging seinerseits zum Gegenangriff über. Er schlug sich mit der offenen Hand seitlich gegen die Brust, und sein Körper begann sich zu verhärten. Er zog sich zusammen und sah einen Augenblick später aus, als bestünde er aus Metall. Jedes bisschen Fett an Fleischers Leib verwandelte sich in Muskelmasse.

Chloe klappte der Mund auf. Das Gebrüll der Menge wurde lauter und immer blutrünstiger, während er auf sie zustampfte.

»Fleischer ist ein Metall-Fabrikator«, keuchte ich.

»Noch dazu ein starker«, sagte Domet. »Unsere potenzielle Rabe hat ihn unterschätzt und ihr Blatt zu früh aufgedeckt.«

Chloe wurde wieder zurückgedrängt. Fleischer ging mit gebleckten Zähnen Schritt für Schritt auf sie zu. Als sie dicht genug am Wasser war, schaufelte sie es wieder mit dem Fuß in die Arena, wo es sich mit dem Blut vermischte, das bereits die zerbrochenen Steine bedeckte. Da sein Körper nun mit Metall verstärkt war, schien Fleischer es nicht einmal zu spüren.

»Hast du irgendeine Idee, was sie da tut, Mikael?«

Offensichtlich bezog sich Domets Frage auf ihre Fabrikationen und das Wasser, das sie in die Arena spritzte. Doch damit würde sie nicht viel bewirken, wenn sie ihn nicht irgendwie dazu bringen konnte, seine Fabrikation zu deaktivieren. Verstärker-Fabrikatoren verließen sich auf ihre Fähigkeit, Schmerzen auszuhalten, solange ihre Fabrikationen aktiv waren. Da ihm ein kleiner Blitz nichts anhaben konnte, hatte ich keine Ahnung, was sie vorhatte, und ließ Domets Frage unbeantwortet.

Als Fleischer Chloe in die Enge getrieben hatte, schlug er nach ihr. Sie wich dem Hieb zwar aus, schätzte aber ihre Distanz zum Graben falsch ein und verlor das Gleichgewicht, rutschte aus und fiel in das schmutzig grüne Wasser.

»Die Rabe ist untergegangen!«, rief der Arenasprecher. »Die Rabe ist *untergegangen!* Hat Fleischer es wieder geschafft? Werden wir heute Abend miterleben, wie einer weiteren Rabe die Flügel gestutzt werden?«

Die Blasen auf der Wasseroberfläche verschwanden. Chloe war nirgends zu sehen. Fleischer kniete sich an den Rand wie ein Bär, der einen Fisch fangen wollte, und steckte eine Hand in die trübe Brühe, um nach seiner Beute zu tasten.

Da tauchten zwei Hände auf, packten Fleischers Handgelenk und zogen ihn ins Wasser. Der Metall-Fabrikator konnte nicht schwimmen und versank sofort.

Stille breitete sich in der Arena aus, das Publikum hielt

den Atem an und wartete darauf, dass einer der beiden wieder auftauchte.

Es war Chloe, die als Erste die Hände auf die Grabenkante legte und sich mit zitternden Armen auf das Feld hievte. Ihre Kleidung klebte an ihr, als sie sich aufrappelte und eine elektrifizierte Hand über das Wasser hielt. Da tauchte auch Fleischer auf. Er fabrizierte nicht mehr.

Die Menge stimmte einen Sprechchor an: »Mach ihn kalt! Mach ihn kalt! Mach ihn kalt!«

Chloe drehte sich zu der Rabe um, die sie in die Arena eskortiert hatte und ihr nun kaum merklich zunickte.

Ich sah zur Seite.

Fleischers Schreie waren ohrenbetäubend, brachen aber nach ein paar Herzschlägen abrupt ab.

Dann brach die Menge in Jubel aus. Die Zuschauer johlten und klatschten begeistert, als der Arenasprecher wieder auf den Balkon trat. »Anscheinend haben wir eine Siegerin! Und der König eine neue Rabe: Chloe Maurer!«

Chloe sank auf die Knie, pitschnass und völlig erschöpft. Sie weinte, als die Rabe ihr erst eine Pfauenfeder ins Haar flocht und ihr dann aufhalf, damit sie die Jubelschreie entgegennehmen konnte.

»Sie hat gewonnen.«

»Ja, das hat sie«, bestätigte Domet. »Kannst du dir denken, wieso ich dich heute hierhergebracht habe?«

»Keine Ahnung. Ich habe jedenfalls nicht gelernt, wie man fabriziert.«

»Meinst du? Fabrikatoren machen nichts anderes, als eine Energieform in eine andere umzuwandeln. Feuer-Fabrikatoren tun heutzutage noch genau dasselbe wie vor Jahrzehnten. Ich bin mir sicher, dass Fleischer nicht zum ersten Mal einer Blitz-Fabrikatorin gegenübergestanden hat. Warum hat er dann verloren, obwohl er der Gesündere und Kräftigere der beiden war?«

»Chloe war klüger.«

»Ja!«, rief Domet und schlug mit der Faust auf die Balkonbrüstung. »Und das ist immer die richtige Antwort, Mikael. Gute Fabrikatoren wissen, wie sie mit den Händen Feuer oder einen Blitz verschießen oder Wolken erzeugen können. Aber wirklich *große* Fabrikatoren können einen Feuer-Fabrikator dazu bringen, dass er sich selbst verbrennt.«

»Also muss ich mich beim Fabrizieren klug anstellen?«, hakte ich nach.

»Nicht klug, sondern schlau. Du musst lernen, wie ein Fabrikator zu denken und zu kämpfen. Verrate nie ohne Not, was du fabrizieren kannst. Den Gegnern, die du kennst, musst du immer zwei Schritte voraus sein, den anderen sogar drei. Am Ende gewinnt immer der bessere Schwindler, Mikael. Die Leute, die wirklich erinnerungswürdige Dinge tun, bereiten sich darauf oft jahrzehntelang vor. Das ist es, was ich dir heute beibringen wollte: Um fabrizieren zu können, reicht es nicht, dass man weiß, wie man eine Fabrikation erzeugt. Man muss auch wissen, was man mit ihr macht, sobald man sie erzeugt hat. Und man muss vor jedem Angriff mit einer Fabrikation die möglichen Folgen abwägen.«

»Aber wieso muss ich die Regeln der Kriegsführung kennen, wenn ich noch gar nicht weiß, wie man mit der Waffe umgeht?«

»Weil es besser ist, die Regeln vorab zu lernen, als die Konsequenzen spüren zu müssen, wenn man sie bricht, Mikael. Fabrikationen verzeihen nicht.«

»Aber wie fabriziere ich denn nun?«

Domet klopfte mit dem Stock auf den Boden. »Lass uns hier verschwinden. Dieser Ort ist zu stickig für mich.«

Bevor wir die Zerbrochenen Steine verließen, sah ich noch einmal auf die Arena hinunter. Chloe hatte das Gesicht in den Händen vergraben und weinte. Die Pfauenfeder stach grell von ihren nassen schwarzen Locken ab. Ich hoffte, dass sie glücklich war, nachdem sich ihr Traum nun erfüllt hatte. Kurz glaubte ich, Jenn in der Menge zu sehen, mit Handschuhen und das Haar zu einem Pferdeschwanz gebunden, aber als ich noch einmal hinschaute, entdeckte ich die Frau nicht mehr. Wenn ich schon nichts von diesem Ort gewusst hatte, kannte Jenn ihn ganz sicher nicht.

Die schmale Treppe zu erklimmen war längst nicht so schlimm wie vorhin der Weg hinunter. Ich stützte mich mit einer Hand an der kühlen Wand ab, während ich zum kalten Herbstwind und den allmählich rot werdenden Blättern hinaufstieg.

Auf dem Rückweg zu seinem Haus gingen Domet und ich nebeneinanderher.

»Ich werde dir nicht beibringen, wie man einen Zauberstab schwingt, irgendwelche Worte murmelt oder die Hände auf bestimmte Weise bewegt. Die Fabrikation ist ein physikalischer Prozess, der sich im Körper abspielt. Und jeder Körper reagiert anders, je nachdem, was für eine Spezialisierung man hat.«

»Und womit fange ich an?«

»Nun, wir können deine Vergangenheit betrachten und gewisse Voraussetzungen daraus ableiten. Kampf-Fabrikationen sind naturgemäß am leichtesten zu erkennen, und es wäre dir aufgefallen, wenn du sie unbeabsichtigt eingesetzt hättest. Da du bei deinen bisherigen Kämpfen nichts Außergewöhnliches getan hast, steht für mich eigentlich fest, dass du diese Spezialisierung nicht hast. Aus dem gleichen Grund können wir auch die Verstärker-Fabrikationen wie Rauch, Metall oder Sand ausschließen.« Domet rieb sich das Kinn. »Es könnte sein, dass du ein Licht- oder Dunkel-Fabrikator bist und sich dieses Talent bei dir auf unklare Weise manifestiert. Du könntest eine seltene Fabrikations-Spezialisierung haben wie zum Beispiel Schatten. Das wäre deutlich schwerer festzustellen.«

»Was machen Schatten-Fabrikatoren?«

»Im Grunde sind sie Imitatoren. Wenn Schatten-Fabrikatoren andere Fabrikatoren berühren, können sie deren Spezialisierungen nachahmen.«

Mit dieser Fähigkeit würde ich alle beschützen können, die mir wichtig waren. Niemand wäre in der Lage, mich zu überrumpeln, wenn ich seine Spezialisierung stehlen und gegen ihn verwenden würde.

»Woran würde ich erkennen, dass ich ein Schatten-Fabrikator bin?«

Domet blieb stehen und hielt mir eine Hand hin. »Klau meine Spezialisierung.«

Ich umfasste sein Gelenk und wartete eine Weile. »Müsste ich irgendetwas spüren?«

»Macht dein Körper irgendetwas anders als vorher?«

Ich ließ sein Handgelenk los. »Nein.«

»Dann bist du wohl keiner.«

»Ich verstehe nicht, wie ich herausbekommen kann, was meine Spezialisierung ist«, maulte ich, während wir weitergingen. »Was soll ich denn tun?«

»Hör auf deinen Körper, Mikael. Alle Fabrikatoren verwenden ihre Spezialisierung erst einmal aus Versehen, bevor sie lernen, sie zu kontrollieren. Bei dir wird es genauso sein. Du weißt nur noch nicht, wie es geht.«

»Ich dachte immer, es gäbe irgendeine raffinierte Methode, das Fabrizieren zu lernen. So erscheint es mir sehr beliebig.«

»Früher gab es mal einen offiziellen Ausbildungsprozess, aber seit die Kessel-Akademie schließen musste, wird er geheim gehalten. Zwölf Fabrikatoren kennen den Lehrplan noch. Bis auf einen arbeiten sie alle für die Hochadligen und bilden deren Armeen aus. Wir haben keine Zeit, einen von ihnen anzuheuern, damit er dich unterrichtet.«

»Wahrscheinlich nicht. Wie erlebt Ihr denn das Fabrizieren?«

»Es ist, als würde ich tief Luft holen und sie dann wieder ausstoßen.«

Trey hatte gesagt, es wäre, als würde man versuchen, die Welt um sich herum zu erhellen. Aber wie würde es für mich sein?

Ich blieb stehen und sah Domet an. »Was ist eigentlich Eure Spezialisierung?«

Er kicherte und griff zu meiner Überraschung nicht nach dem Flachmann. »Mikael, du hast gerade gelernt, dass man seine Spezialisierung nur verraten soll, wenn es absolut unumgänglich ist. Wieso sollte ich es dir also sagen?«

»Weil Ihr mir erklären sollt, wie man fabriziert.«

»Und ich habe dir bereits alles beigebracht, was du wissen musst. Nun ist es an dir. Hör auf deinen Körper, Mikael. Beim Fabrizieren geht es neben der Magie auch um Anatomie.« Domet zählte fünf Goldsonnen in meine Hand. »Ich verabschiede mich für heute, da ich mich noch um einiges kümmern muss. Sei morgen vor Tagesanbruch hier. Du musst für die Jagd bereit sein. Also mach heute Nacht keine Dummheiten.«

Während er davonhinkte, gingen mir tausend Gedanken durch den Kopf. Versuchte mein Körper etwa schon seit Jahren, mir etwas mitzuteilen, und ich hatte es bislang ignoriert? Und wenn ich herausfand, was das war, würde ich dann fabrizieren können? Ich wusste es nicht, aber ich würde nicht aufgeben und war entschlossen, es so bald wie möglich zu lernen.

Wenn ich doch nur auf Trey gehört hätte.

Erst als Domet bereits nicht mehr zu sehen war, erinnerte ich mich wieder an die anderen Fragen, die ich ihm hatte stellen wollen: wieso Schwartz über zwei Spezialisierungen verfügte und wie es sein konnte, dass ich zwei Frauen aus meiner Vergangenheit vergessen hatte. Ich würde ihn bei unserer nächsten Begegnung danach fragen müssen oder nach wie vor ahnungslos sein, wenn ich einen der drei wiedersah.

Ich stand im Schatten eines Baumes und rieb mir die Arme. Tatsächlich wurde mir davon wärmer, trotz des kühlen Windes. Zum ersten Mal seit Tagen wusste ich nicht, was ich als Nächstes unternehmen sollte. Würde es mir beim Fabrizieren helfen, wenn ich meditierte, oder sollte ich etwas anderes tun? Wie konnte ich meine knapp bemessene Freizeit am besten füllen?

Leon und Trey wollten sich nicht mit mir abgeben, ich hatte keine Hinweise auf weitere natürliche oder magische Heilmethoden, die meiner Mutter vielleicht helfen konnten, und Jenn war … irgendwo. Sie war nicht zu Hause gewesen, und ihre Schicht in der Anstalt würde erst am frühen Abend beginnen. Manchmal schien sie einfach zu verschwinden und tauchte erst wieder auf, wenn sie entdeckt werden wollte. Ich hätte nach Sirash und seiner Familie im Ostteil sehen können, aber falls Schwartz mich beobachtete, wollte ich ihn auf keinen Fall zu ihnen führen. Es gefiel mir gar nicht, dass ich nicht wusste, ob es Sirash gut ging. Aber er würde nicht wollen, dass ich meine Verhaftung riskierte, anstatt ein paar Tage abzuwarten, bis ich von ihm hörte.

Für eine weitere Begegnung mit dem Söldner fühlte ich mich überhaupt nicht gewappnet. Aber ich würde ihm nicht ewig aus dem Weg gehen können, und wenn er auftauchte, um seine Dokumente zurückzufordern, musste ich in der Lage sein, ihm irgendetwas entgegenzusetzen. Ich wusste so gut wie nichts über ihn, nur was in dem Umschlag steckte, für den er getötet hatte: die erste Seite des Ermittlungsberichts über den Mord an Davi Kessel, ein Glasring sowie die Aufzeichnungen über den Kampf mit einer Söldnerkompanie, die hinter einem Buch namens *Das Tagebuch des Erzmagiers* her gewesen war.

Schwartz suchte vielleicht ebenfalls nach diesem Tagebuch. Wenn ich es zuerst entdeckte, hatte ich vielleicht etwas in der Hand, mit dem ich ihn davon abhalten könnte, mich sofort umzubringen, wenn er mich sah.

Da ich nicht meditieren wollte und auch ansonsten keine bessere Idee hatte, wie ich den Rest des Tages herumkriegen sollte, ging ich zur Kessel-Bibliothek, um nach diesem Buch zu suchen, das mir vielleicht das Leben retten würde. Um es zu bekommen, würde ich allerdings mit einem Verrückten verhandeln müssen, der es sich in den Kopf gesetzt hatte, das Vermächtnis meiner Familie zu zerstören.

Kapitel 21
Der König
der Geschichten

Die Kessel-Bibliothek war riesig. Die Bücherregale säumten die Wände oder ragten mitten im Raum auf, wo sie mithilfe von großen, seitlich angebrachten Drehrädern auf Schienen hin und her bewegt werden konnten. Dazwischen standen Stühle und Tische, die unter dem Gewicht von weiteren Büchern ächzten. Die Decke zierte ein Gemälde von zwei Drachen, einem silbernen und einem schwarzen, die das Oberlicht umkreisten. Direkt unter dem Oberlicht stand ein geschwungener Rotholztisch, an dem eine Archivarin saß. Ihr Gesicht war fast vollständig von ihrer roten Kapuze verdeckt.

Ich ging zu ihr. »Ich grüße Euch. Könntet Ihr mir bei der Suche nach einem Buch behilflich sein?«

»Selbstverständlich.« Die Archivarin legte die Schriftrolle beiseite. »Seid Ihr ein Adliger oder ein Mitglied der Waage?«

»Ich bin ...«

»Die Bibliothek darf von niemandem sonst benutzt werden. Es tut mir leid, mein Herr. Wir haben Regeln, die keine Ausnahmen ...«

Ich zog den Kragen nach unten und zeigte ihr mein Brandzeichen. »Ich bin Mikael Königmann, und ich bin gekommen, um ein Tauschgeschäft vorzuschlagen. Informationen gegen Informationen.«

Die Archivare behaupten, grundsätzlich neutral zu sein, wenn es um Politik, Rebellionen und Kriege geht. Angeblich ist ihnen nur daran gelegen, die wahre Geschichte von Kessel festzuhalten, wobei sie nach eigener Aussage stets versuchen, die objektiven Tatsachen von individuell gefärbten Meinungen zu unterscheiden. Was in einem Land, dessen Herrscher jederzeit das Gedächtnis verlieren kann, eine schwierige Aufgabe ist.

Sie drängten mich schon seit Jahren dazu, ihnen etwas über meinen Vater zu erzählen. Leon und Jenn hatten bereits beide mit ihnen gesprochen, ich hingegen hatte es bislang immer vermieden, da ich wusste, dass diese Informationen zu den wenigen wertvollen Tauschobjekten gehörten, die ich besaß, und dass ich eines Tages im Gegenzug etwas von ihnen würde haben wollen. Allerdings hatte ich immer damit gerechnet, dass ich ihnen mein Wissen erst im Greisenalter anbieten und so dafür sorgen würde, dass die Wahrheit über meine Familie in Erinnerung blieb.

Die Archivarin sah mich zweifelnd an. »Sie werden Euch über Euren Vater befragen wollen.«

»Das ist schon in Ordnung, solange es nicht um den Mord geht.«

Sie zögerte einen Moment, ehe sie antwortete. »Was möchtet Ihr dafür haben?«

»Uneingeschränkten Zugriff auf *Das Tagebuch des Erzmagiers*.«

Das überraschte sie, was wiederum mich erstaunte. Was war schon ein Buch unter Tausenden? Sie brauchte einen Moment, um sich wieder zu fassen. »Der Aufzeichner muss diesem Tausch zustimmen. Folgt mir.«

Die Archivarin stand unvermutet auf und ging so eilig davon, dass ich fast laufen musste, um mit ihr Schritt halten zu können. Ich folgte ihr, als sie sich zwischen den beweglichen Regalen hindurchschlängelte und dann über eine Treppe vier Stockwerke unter die Erde stieg.

Je tiefer wir kamen, umso kälter wurde es. Überall sah ich Archivare, die sich in Ecken zusammendrängten oder hinter Schreibtischen saßen. Doch keiner von ihnen hob den Blick, während wir vorübergingen. Hier unten stammte die einzige Beleuchtung aus durchscheinenden Röhren, die unter der Decke verliefen. Ich wusste nicht, wie sie funktionierten, verstand aber, wieso eine derartige Lichtquelle notwendig war. Nur Mondsüchtige hätten zwischen all diesen Büchern offenes Feuer gestattet.

Die Archivarin führte mich zu einer Tür am hinteren Ende des Stockwerks. Sie entriegelte sie mit einem der großen Eisenschlüssel, die sie am Gürtel trug, und wir traten ein.

Am einzigen Tisch im Raum saß ein junger Mann mit zurückweichendem Haaransatz, der sich offensichtlich irgendwann einmal die Nase gebrochen hatte. Er trug den roten Kapuzenumhang der Archivare, und ich wusste sofort, wer er war: Simon Anders, der selbst ernannte König der Geschichten. Wir waren einander bereits begegnet.

»Aufzeichner«, sagte die Archivarin, »Mikael Königmann schlägt ein Geschäft vor. Informationen über seinen Vater, allerdings nicht über den Mord an Davi Kessel, im Austausch für uneingeschränkten Zugriff auf *Das Tagebuch des Erzmagiers*.«

Simon schrieb noch ein letztes Wort, dann blickte er auf und nickte. »Ich erlaube es. Setz dich, Mikael Königmann, und wir können mit dem Austausch beginnen.«

Während die Archivarin hinausging, faltete Simon sorgfältig die Unterlagen auf dem Tisch zusammen und kramte ein Notizbuch aus seiner Tasche. Ich nahm derweil ihm gegenüber Platz.

»Wie lange ist das inzwischen her, Mikael?«

»Jahre«, erwiderte ich. »Die Höflichkeiten kannst du dir sparen. Unsere letzte Begegnung hat alle Freundlichkeit zwischen uns zunichtegemacht. Wenn es überhaupt noch welche gab, nach dem, was du über unsere Familie geschrieben hast.«

»Das war nur die Wahrheit.«

»Du hast alles, was meine Familie je getan hat, so verdreht, dass es zu deiner Sicht der Dinge passt. Es ist das eine, meinen Vater für seine Tat zu verurteilen, aber das gibt dir noch lange nicht das Recht zu behaupten, meine Familie hätte die Königlichen seit der Befreiung des Landes hinter den Kulissen kontrolliert. Du hast sogar die Mutter Königmann mit Dreck beworfen – und das nach allem, was sie für Kessel auf sich genommen hat.«

»In den Berichten über ihr Leben gibt es zahlreiche Ungereimtheiten, und auf die habe ich, wie es sich für einen anständigen Archivar gehört, meine Kollegen und die Adligen hingewiesen.«

»Du hast behauptet, meine Familie hätte den Mond zerbrochen! War das nicht vielleicht doch eher etwas Persönliches?«

Der Aufzeichner lächelte und entblößte dabei die Lücke zwischen seinen Schneidezähnen. »Die Geschichte wird einem von uns beiden recht geben, und da ich in Kessel derjenige bin, der darüber entscheidet, was wahr und was erfunden ist, wäre ich sehr überrascht, sollte sich herausstellen, dass ich es bin, der sich getäuscht hat. Du kannst froh sein, dass sich im Moment nur die Kirche des Ewigen Feuers meinen Thesen anschließt ... Obwohl ich annehme, dass mir auch die Königsfamilie bald zustimmen wird.«

»Dafür wirst du mehr Beweise brauchen.«

Er lachte leise. »Keine Angst, Mikael. Ich werde schon noch welche finden.«

Ich verkniff mir all die derben Kraftausdrücke, die mir im Lauf der Zeit zu ihm eingefallen waren. »Wie viele Fragen möchtest du im Gegenzug für den uneingeschränkten Zugriff auf *Das Tagebuch des Erzmagier*s stellen?«

»Vier.«

»Zwei. Und frag mich nicht nach der Ermordung des Prinzen.«

»Drei. Zwei jetzt, bei denen der Mord außen vor bleibt, und eine – ohne alle Einschränkungen –, die ich dir irgendwann später stellen werde.«

Nach kurzem Nachdenken willigte ich ein.

»Hervorragend.« Simon nahm den Federkiel, tauchte ihn in die Tinte und hielt ihn über das Notizbuch. »Die erste Frage: Wo wurde deine Mutter geboren?«

Damit hatte ich nicht gerechnet. »Keine Ahnung. Dieser Frage ist sie selbst immer ausgewichen. Wir wissen nur, dass sie aus irgendeinem Grund fliehen musste, nachdem sie meinen Vater kennengelernt hatte.«

Während Simon aufschrieb, was ich gesagt hatte, murrte er leise vor sich hin. »Ich habe gehofft, du wüsstest mehr darüber als deine Geschwister. Eine Frage verschwendet.« Er schlug eine andere Seite auf. »Wir wissen, dass dein Vater entweder ein Dunkel-, Schatten- oder Licht-Fabrikator war. Weißt du, welche Spezialisierung er hatte?«

»Nein, ich erinnere mich nicht daran, dass er je etwas in meiner Gegenwart fabriziert hat. Aber meine Mutter hat mal behauptet, er sei Feuer-Fabrikator gewesen.«

»Bist du bereit, dich einer Licht-Fabrikation zu unterziehen? Ich würde gerne herausfinden, ob deine Antworten zutreffen oder ob sich jemand an deinen Erinnerungen zu schaffen gemacht hat.«

»Glaubst du mir etwa nicht, Simon?«

»Nicht wenn es um deinen Vater geht.«

»Na schön, dann ruf einen Licht-Fabrikator her.«

Simon streckte eine Hand aus, in der ein helles Licht Gestalt annahm. Ich merkte, dass mir der Mund offen stand. Da Simon kein Adliger war, hätte ich nie gedacht, dass er ein Fabrikator sein könnte. Durch die Adern eines seiner Vorfahren musste adliges Blut geflossen sein, das war die einzige Erklärung, wieso er fabrizieren konnte. Und dass er die Fähigkeit hatte, die Wahrheit von Falschaussagen zu unterscheiden, erklärte vielleicht auch, weshalb er es trotz seiner jungen Jahre bereits zum Aufzeichner gebracht hatte.

Mein gesamter Körper wurde warm, als Simon sich von seinem Stuhl erhob und um den Tisch herumging. »Sag es mir sofort, wenn du einen Schmerz spürst. Denn das würde bedeuten, dass dein Geist durch eine Dunkel-Fabrikation beeinträchtigt ist. Verstanden?«

»Und ich dachte, die Schmerzen, die ich spüre, kämen von deiner Stimme.«

Ohne jede Vorwarnung drückte er mir die Lichtkugel seitlich gegen den Kopf. Ich weiß nicht, was ich erwartet hatte, aber als nichts geschah, wusste ich, dass wir beide aus unterschiedlichen Gründen enttäuscht waren. Ich spürte zwar immer noch eine ungewöhnliche Wärme, aber die tat nicht im Geringsten weh. Nachdem Simon mich einen Moment lang gemustert hatte, ließ er sich wieder auf seinen Stuhl sinken.

»Ich habe nicht gedacht, dass du geistig gesund bist, Mikael. Ich war mir sicher, dass dich irgendjemand einer Dunkel-Fabrikation unterzogen hat.« Er rieb sich die Augen.

»Vielleicht lese ich einfach zu viel.«

Ich war genauso überrascht wie er. Eine Dunkel-Fabrikation hätte erklärt, wieso ich die Rebellin und das Mädchen mit dem roten Kleid vergessen hatte. Nun konnte ich nur noch annehmen, dass ich als Kind unabsichtlich fabriziert und dabei die Erinnerungen an sie verloren hatte. Aber wie hätte ich das unbemerkt tun sollen? Und wie emotional musste ich dabei gewesen sein, da meine Kindheitserinnerungen derart bruchstückhaft waren? Doch für diese Fragen hatte ich im Moment keine Zeit.

»Das ist alles«, sagte ich. »Außer du willst mir jetzt gleich die dritte Frage stellen.«

»Nein«, erwiderte er. »Die spare ich mir auf, bis ich mir absolut sicher bin, dass ich eine Antwort von dir bekommen werde, mit der ich etwas anfangen kann.«

»Wo ist *Das Tagebuch des Erzmagiers*?«

Der Aufzeichner blinzelte mich überrascht an. »Na, genau hier. Wir befinden uns im Erzmagier-Raum, Mikael. Sie stehen überall um dich herum.«

Den Aufzeichnungen in Schwartz' Umschlag war nicht zu entnehmen gewesen, dass *Das Tagebuch des Erzmagiers* aus mehr als einem Band bestehen könnte. Tatsächlich füllte es ganze Regale, es waren mindestens tausend Bände.

»Der Erzmagier-Raum enthält sämtliche Tagebücher, die er seit seiner Jugend geführt hat. Sein Lehrling bringt uns jeden

Monat die kopierten Bände vorbei. Die dazugehörigen Kommentare stehen jeweils auf den Regalbrettern darüber. Suchst du nach einem besonderen Ereignis oder den Kommentaren einer bestimmten Person?«

Schwartz' Aufzeichnungen hatten keinen einzelnen Band hervorgehoben. »Wie viele sind es denn insgesamt?«

»Nach unserer letzten Zählung ungefähr tausendfünfhundert.«

»Wann war die?«

»Vor etwa fünf Jahren. Um ehrlich zu sein, kümmert sich normalerweise hauptsächlich der Lehrling des Erzmagiers um diesen Raum. Die Archivare haben aber alle einen Schlüssel, damit sie hier drinnen nach dem Rechten sehen können. Und ich komme her, wenn ich nicht in meinem Büro gestört werden möchte.«

Ich ging zum Regal ganz links und zog aufs Geratewohl irgendeinen Band heraus. »Das kann doch nicht sein, oder? Das ist ja über hundert Jahre alt. Wer war denn der vorherige Erz…«

»Es hat immer nur den einen gegeben«, unterbrach mich Simon, während er seine auf dem Tisch verstreuten Habseligkeiten einsammelte. »Seine frühesten Tagebücher stehen links, die neueren rechts. Irgendwo dazwischen ist er zu einem Vergessenen geworden. Wir gehen davon aus, dass ihn seine Fabrikationen als Nebeneffekt unsterblich gemacht haben, und ich schätze, dass er hundertsiebenundzwanzig Jahre alt ist. Warum siehst du mich so an? Überrascht es dich wirklich, dass jemand Unsterblichkeit erlangen könnte? Fabrikatoren können mit ihren Fingerspitzen Feuer erschaffen und Stürme mit ihrem Atem. Unsterblichkeit ist längst nicht so abwegig, wie viele glauben.«

»Wieso sollte es die Königsfamilie zulassen, dass ein Unsterblicher in unserer Stadt lebt?«

»Abgesehen davon, dass sie ihn nicht töten können? Der Erzmagier ist ein notwendiges Übel. Wer sonst wäre dazu bereit, all seine Erinnerungen aufzugeben, um die Anwendungsmöglichkeiten und Beschränkungen von Fabrikationen auszuloten? Die Königlichen brauchen ihn, und da er sich nicht in die Politik einmischt, lassen sie ihn schalten und walten, wie er will. Wenn er ehrgeiziger wäre, würden sie sicher etwas gegen ihn unternehmen.«

Ich war vom Anblick all der Bücher immer noch zu bestürzt, um gänzlich zu erfassen, was der Aufzeichner mir da sagte. »Und obwohl er seit Jahren ein Vergessener ist, forscht er noch immer und schreibt weiter seine Tagebücher?«

»Dass er sie führt, ist das Einzige, was der König von ihm verlangt. Er ist für sämtliche Hospitäler verantwortlich, und es würde uns um Jahre zurückwerfen, wenn er plötzlich verschwände. Diese Tagebücher sind eine Sicherheitsmaßnahme. Und soweit ich weiß, macht es ihm nichts aus. Er geht sogar immer mal wieder seine alten Tagebücher durch und merkt darin an, weshalb er bestimmte Dinge getan hat. Alle Erinnerungen, die zu wertvoll oder wichtig sind, um sie zu verlieren, lässt er sich auf den Körper tätowieren. Aber das machen die meisten Fabrikatoren.«

Da ich gerade selbst anfing, das Fabrizieren zu lernen, schoss mir der Gedanke durch den Kopf, was wohl meine erst Tätowierung sein würde.

»Ich bin wirklich überrascht«, sagte Simon und gestikulierte mit den Händen, in denen er seine Bücher hielt. »Hast du wirklich nichts von alldem gewusst, als du darum gebeten hast, sie einsehen zu dürfen?«

»Nein, überhaupt nichts.«

Das brachte ihn zum Lachen. »Na dann, viel Glück, Mikael. Ich werde allen Bescheid sagen, dass du vereinbarungsgemäß ungehinderten Zutritt zu diesem Raum hast. Der Rest der Bibliothek ist allerdings tabu für dich. Du musst dich nicht extra ausweisen. Dein Brandmal macht dich unverwechselbar. Möge der Wanderer dir dabei helfen, hier drinnen zu finden, was immer du suchst.«

Er schloss die Tür hinter sich und ließ mich allein mit über tausend Tagebüchern eines Mannes zurück, der Unsterblichkeit erlangt hatte.

Wollte Schwartz ebenfalls unsterblich werden? War er hinter den Aufzeichnungen her, weil sie einen Hinweis auf einen bestimmten Tagebuchband enthielten? Und was hatte die Söldnerkompanie aus Schwartz' Aufzeichnungen vor all den Jahren mit den Tagebüchern anfangen wollen? War ihnen bewusst gewesen, dass es ein ganzes Leben dauern würde, sie zu lesen?

Über ein paar der Regale hingen goldene Plaketten, die anzeigten, welche Bücher in den jeweiligen Abschnitten zu finden waren. Ein paar davon waren sehr spezifisch, wie *Die ersten zehn Jahre als Vergessener*, während andere eher vage gehalten waren. Auf einem Schild stand *Die Wanderjahre*. Eines der mehr als fünfzehnhundert Tagebücher würde möglicherweise darüber Auskunft geben, wieso eine ganze Söldnerkompanie die Kessel-Bibliothek überfallen hatte – und welchen Hinweis Jahre später ein anderer Söldner unbedingt finden wollte. Logischerweise würde ich in keinem der Tagebücher, die aus der Zeit nach dem Überfall stammten, entdecken, wonach die Söldner gesucht hatten. Aber es blieben genug Bände von den fünfzehnhundert übrig, wenn man diese wenigen Jahrzehnte ausschloss. Auf keinen Fall würde ich das alles innerhalb von ein paar Wochen lesen können. Dazu würden nicht einmal mehrere Jahre reichen. Wie lange würde es dauern, bis ich mir genügend Überblick über die Tagebücher verschafft hatte, um die wichtigen Informationen darin von den gedanklichen Abschweifungen eines Vergessenen zu unterscheiden.

Womit sollte ich anfangen? War es ratsam, wenn ich mit dem ersten Tagebuch begann und systematisch die gesamte Lebensgeschichte dieses Mannes durchlas? Oder sollte ich lieber nach diesem Überfall suchen und mich von da an rückwärts durch die Bände arbeiten? Vielleicht war es aber auch eine gute Idee, als Erstes den Eintrag über die Hinrichtung meines Vaters zu lesen, um herauszufinden, wie der Erzmagier zu meiner Familie stand – falls das für diese Suche eine Rolle spielte.

Bei alldem gab es einfach zu viele Faktoren, die mir unbekannt waren, um mir eine effektive Herangehensweise zu überlegen.

Also tat ich das aus meiner Sicht einzig Vernünftige und zog willkürlich irgendein Tagebuch aus einem der Regale, schlug es auf und begann, darin zu lesen.

Nachdem Gelb vor ein paar Wochen gegangen ist, haben sie mir heute einen neuen Lehrling gebracht. Ich würde gern behaupten, dass ich Gelb vermisse, aber ich bin froh, dass ich mich endlich wieder in meinem Büro zurechtfinde, da sie nicht mehr alles darin nach ihren eigenen Bedürfnissen sortiert und dabei meine mühsam aufrechterhaltene Anordnung zerstört. Nur weil ich ein Vergessener bin, glauben immer alle, dass ich ständig meine Dokumente verlege, aber da täuschen sie sich! Zumindest meistens. Und wenn ich mich wirklich mal nicht mehr daran erinnern kann, wo ich sie abgelegt habe, retten mich meine Routinen. Es ist schon erstaunlich, wie weit der Körper die Unzulänglichkeiten des Geistes wettmachen kann. Fast so, als würde er versuchen, meine Erinnerungslücken zu schließen.

Keiner von uns versteht wirklich, wie gut sich unsere Körper um uns kümmern. So wie eine Mutter oder ein Vater es tun würden. Ich muss meinem Lehrling – ich glaube, ich werde sie Grün nennen – beibringen, wie ich alles haben möchte und dass sie ihre Finger von allem lassen soll, was nicht ihr gehört. Ich finde einfach keine guten Hilfskräfte mehr. Vielleicht werde ich ja eines Tages wieder allein arbeiten dürfen. Wer immer darauf gekommen ist, dass ich einen Lehrling brauche, sollte entlassen werden. Habe ich denjenigen bereits rausgeschmissen? Ich glaube, ja. Zumindest hoffe ich, dass ich es gemacht habe. Ich muss es einfach getan haben. Ich kann ja nicht dulden, dass ein derart mondsüchtiger Dummkopf für mich arbeitet. Das wird Grüns erste Aufgabe sein. Sie soll herausfinden, ob ich diesen Trottel entlassen habe oder nicht. Damit habe ich sie zumindest eine Weile aus dem Weg. Ich muss mich auf meine Forschung konzentrieren. Es gibt immer noch so viel, was ich nicht weiß.

Ich schlug das Buch wieder zu und stellte es ins Regal zurück. Das war nichts Wichtiges gewesen. Danach nahm ich eines aus dem Abschnitt *Experimentierphase* aus dem Regal und machte einen weiteren Anlauf.

Ich muss dem König und Malko Königmann mitteilen, was

ich herausgefunden habe. Seit Generationen glauben wir, die Beschränkungen und Spezialisierungen der Fabrikatoren verstanden zu haben, doch jetzt stellt sich heraus, dass wir nur die absolut grundlegenden Regeln und Theorien begriffen haben. Das beunruhigt mich mehr, als ich zugeben möchte. Nachdem ich Fabrikatoren untersucht habe, die sich ihre Fähigkeiten allein und ohne Anleitung angeeignet haben, frage ich mich, ob Fabrikatoren bereits mit ihrer jeweiligen Spezialisierung geboren werden oder ob bei deren Festlegung auch die äußeren Umstände eine Rolle spielen. Doch bevor ich zu diesem Thema einen Brief an die Kessel-Akademie schreibe, sind noch weitere Forschungen nötig. Jedenfalls gibt es weit mehr Spezialisierungen, als wir bisher dachten.

In Braven wurde mir von einer Blinden mit einer Klang-Spezialisierung berichtet und von einem Schmied, der in seinen mittleren Jahren eine Rauch-Spezialisierung entwickelt hat.

In Vurano habe ich von eineiigen Zwillingen mit der Fähigkeit erfahren, andere Spezialisierungen zu neutralisieren und zu kopieren.

In Naverre hörte ich von einem wild aufgewachsenen Jungen mit einer Holz-Spezialisierung sowie von einem kränklichen jungen Mann mit einer Spezialisierung, die wir vorläufig als »giftig« bezeichnen, bis uns ein besserer Begriff einfällt.

In ...

Als ich merkte, dass sich die Liste mit Fabrikations-Spezialisierungen noch über drei Seiten hinstreckte, klappte ich das Buch wieder zu. Das war zwar interessant, aber nicht das, wonach ich im Moment suchte. Also näherte ich mich chronologisch weiter der Hinrichtung meines Vaters und wählte wieder nach dem Zufallsprinzip irgendein Tagebuch aus.

Vor Kurzem haben wir die Zahl der Hospitäler im Land von einem pro Großstadt auf vier in der Hauptstadt und jeweils zwei in den anderen wichtigen Metropolen erhöht. Dazu kommen noch ein paar Kliniken in den äußeren Regionen, in denen die Landbevölkerung wohnt. Ich musste mehr Reisen unternehmen, als mir lieb war, um sicherzustellen, dass sie alle über genug kompetente Ärzte und Krankenschwestern verfügten. Und neulich musste ich Naverre im Norden einen unangekündigten Besuch abstatten, um mich mit einem Arzt zu befassen, der anstelle von geeigneten medizinischen Maßnahmen zu Aderlässen riet. Wegen seines Unvermögens sind sowohl die Hochadlige Katherine Naverre als auch ihr ungeborenes Kind an Blutvergiftung gestorben. Wäre ich eher vor Ort gewesen, hätte ich die beiden vielleicht vor dem Tod bewahren können.

Um mehr Leben zu retten, müssen wir unser medizinisches Wissen erweitern und miteinander teilen. Wenn die Leute nur verstehen würden, wie wichtig das für das Gemeinwohl ist. In Kessel scheint es immer nur um Macht zu gehen. Manchmal sehne ich mich nach den Jahren zurück, bevor die Medizinschule gegründet wurde und als es nur mich und meine Forschung gegeben hatte. Obwohl ich natürlich weiß, wie gerne Isaak das Vermächtnis seines Vaters weiterführt und für das Wohl der Bevölkerung sorgt. Offenbar hat er mir bei unserer letzten Begegnung etwas Dementsprechendes gesagt, und Orange wird aus irgendeinem Grund nicht müde, mir immer wieder davon zu erzäh-

len, wenn wir in eine neue Gegend kommen. Ich schwöre, dass ich ihn demnächst zum Kräutersammeln schicke und allein im Wald zurücklasse. Sein Vater hätte sicher etwas dagegen und würde mich anschreien oder zu einem Duell herausfordern oder was immer diese Narren heutzutage tun, wenn sie sich ungerecht behandelt fühlen. Vielleicht mache ich es ja wirklich. Es wäre gewiss unterhaltsam. Besonders wenn wir uns in der Nähe der Ruinen von Vurano befinden. Außerdem hätte ich gerne ein bisschen Ruhe und Frieden für meine Forschungen. Ich brauche wirklich bessere Lehrlinge.

Das war immer noch nichts Wesentliches. Als ich nach einem weiteren Band griff, hielt ich inne. Anstatt nur einen einzigen zu nehmen, holte ich mir aus jedem Abschnitt einen Band und schleppte den schwankenden Stapel zum Tisch. Es würde vielleicht ein ganzes Leben dauern, sie alle zu lesen, aber irgendwo musste ich ja anfangen. Und über die Aussichtslosigkeit dieses Unterfangens zu verzweifeln würde mir ganz bestimmt nichts bringen.

Also begann ich zu lesen und hörte nicht mehr auf damit.

KAPITEL 22
DIE JÄGER

Am Morgen vor der Jagd brach ich sehr spät zu Domet auf.

Ich wurde von Geschrei geweckt, was nichts Neues für mich war. In meiner Familie brüllte in der Früh immer irgendwer. Das Außergewöhnliche an diesem speziellen morgendlichen Gekeife war jedoch, dass es von einer Archivarin stammte, die mich schlafend auf einem Bücherstapel vorgefunden hatte. Da sie sich um den Ruf ihrer Bibliothek sorgte, stieß sie mich vom Stuhl und machte mir Vorhaltungen, wie gedankenlos ich doch sei. Als mir bewusst wurde, dass ich fast den ganzen vorherigen Tag gelesen hatte und dann im Erzmagier-Raum eingeschlafen war, stimmte ich ihr insgeheim zu. Um mich nicht noch mehr zu verspäten, versteckte ich Schwartz' Umschlag rasch in einem Tagebuch, das mit dem Vermerk *Der Drachen-Irrtum* versehen war, und eilte dann zu Domets Haus.

Mein Magen knurrte, meine Kehle fühlte sich an, als hätte ich Sand geschluckt, und mein Rücken schmerzte wegen der unbequemen Haltung, in der ich geschlafen hatte. Ich hatte keine Zeit, meine zerknitterte Erscheinung in Ordnung zu bringen. Domet würde also bestimmt merken, dass ich gerade erst aufgewacht war, und mich deswegen rüffeln. Und als ob das nicht alles schon schlimm genug gewesen wäre, bog ich unterwegs falsch ab und musste danach auch noch einen gehörigen Umweg in Kauf nehmen. Für jemanden, der seine ganze Jugend auf den Straßen der Stadt verbracht hatte, war das ein bemerkenswert dämlicher Fehler, der meine Ankunft noch einmal erheblich verzögerte.

Und so sah ich Domet, als ich endlich ankam, wie erwartet auf den Stufen vor seinem Haus sitzen.

»Was ist mit dir passiert?«, fragte er.

»Ich war die ganze Nacht in der Kessel-Bibliothek und habe gelesen.«

»Weshalb?«

»Ich wollte mehr über das Fabrizieren herausfinden«, antwortete ich. Das war noch nicht einmal komplett gelogen: Der Erzmagier hatte verschiedene Methoden aufgelistet, wie man sich auf seine Fabrikationen konzentrieren konnte. Ich hatte sie ausprobiert, aber keiner seiner Vorschläge hatte bei mir funktioniert.

Domet musterte mich von Kopf bis Fuß. Mit seinem schlichten schwarzen Hemd und der schwarzen Hose, zu denen er einen Hut mit breitem Rand trug, war er nicht ganz so förmlich gekleidet wie sonst. »In diesem Aufzug kannst du nicht auf die Jagd gehen.«

»Es ist eine Jagd, kein Ball.«

»Hab ich je behauptet, die Jagd wäre weniger wichtig als der Ball? Die Adligen werden nicht auf Stil und Etikette verzichten, nur weil sie heute ein wildes Tier jagen. Außerdem wollen wir doch nicht riskieren, dass sie *dich* für das Tier halten.«

»Möchtet Ihr, dass ich nach Hause zurückgehe und mich umziehe? Mit ein bisschen Glück könnte ich auch noch irgendwo ein Bad nehmen.«

»Nein«, widersprach Domet. »Darum werde ich mich selbst kümmern. Komm, ich muss morgens oft weiß Gott Schlimmeres wieder in Ordnung bringen.«

Und er stand zu seinem Wort. Er steckte mich in ein heißes Bad, reichte mir einen Bimsstein und ein Stück Vanilleseife und befahl mir, mich so schnell wie möglich abzuschrubben. Als meine Haut rosa war und brannte, warf Domet einen kompletten Satz Jagdkleidung ins Badezimmer, der mir sicher nicht rein zufällig perfekt passte.

Schließlich war er mit dem Endergebnis zufrieden, und wir machten uns auf den Weg zum Königsgarten. Während ich im Gehen frühstückte, murmelte er irgendetwas Abfälliges über meinen Haarschnitt.

Burg Kessel war in jeder Hinsicht ein architektonisches Wunder, ein Meisterwerk aus hohen, durch Brücken miteinander verbundenen Steingebäuden, die am Westufer des Flusses aufragten. Sie stand bereits seit über einem Jahrtausend, und jeder neue Herrscher, egal, ob König oder Königin, hatte etwas hinzugefügt oder renoviert, bis die Burg zu einem unüberschaubaren Gewirr aus verschiedenen Stilrichtungen geworden war, die unerklärlicherweise miteinander harmonierten. Die linke Seite war hoch, spitz und verschnörkelt, mit einem Übermaß an Strebewerk, während die rechte schlicht, solide und ohne einen einzigen überflüssigen Stein erbaut worden war.

Die Burg barg dank einiger paranoider Könige und überambitionierter Architekten mehr Geheimnisse und Mysterien als der gesamte Rest von Kessel zusammengenommen, und als Kind hatte ich sie alle erkunden wollen. Das Beste, was ich je gefunden hatte, war eine leere Schatzkammer, in der sternenförmige Früchte verstreut gewesen waren und deren

Tür nicht ohne Weiteres geöffnet werden konnte. Sie war zu meinem persönlichen Versteck geworden.

Aber das alles war nichts im Vergleich zum Königsgarten, der sogar noch magischer und beeindruckender wirkte. Er liegt hinter der Burg, erstreckt sich über Meilen und scheint alle erdenklichen Baumarten und Tiere zu enthalten, von Winterblüten über Glyzinen und Rosen bis hin zu Rabenschwänzen, nur keine Mondtränen, denn die wachsen ausschließlich an ganz bestimmten Orten und können weder umgepflanzt noch aus Samen gezogen werden. Weshalb sie so schwer zu züchten sind, gilt als eines der großen Rätsel von Kessel.

Bevor wir durch das Gartentor traten, stoppte mich Domet. »Fühlst du dich bereit dafür? Heute wirst du auch auf ein paar Adlige aus der alten Generation treffen.«

»Was? Davon habt Ihr nichts gesagt.«

Er zögerte. »Ich hielt es für das Beste, es dir erst im letzten Moment mitzuteilen. Ich glaube zwar nicht, dass auch der König oder die Raben hier sein werden, aber ...«

»Aber möglich wäre es?«

Domet sah geradeaus. Aus dem Garten drangen Gelächter und Musik. »Ja, aber ich halte es für so gut wie ausgeschlossen, deswegen habe ich es nicht erwähnt. Nach allem, was ich gehört habe, werde ich nach dem Verdorbenen Prinzen der wichtigste Hochadlige bei dieser Veranstaltung sein.«

»Könnt Ihr mich, wenn nötig, vor ihm beschützen?«

»Nein«, antwortete er frei heraus. »Die anderen älteren Adligen und ich werden nicht an der gleichen Jagd teilnehmen wie ihr. Wenn überhaupt werden wir höchstens ein paar Vögel oder ein Wildschwein mit gebrochenem Bein vorgesetzt bekommen. Der Verdorbene Prinz wird bei dir sein. Das ist ein Vorteil, weil ich so den anderen ungestört nur Gutes über dich berichten kann. Wenn er nur lange genug abgelenkt ist, kann es gut sein, dass du zur königlichen Geburtstagsfeier am Hof von Kessel eingeladen wirst.«

»Dann werde ich ihn wohl ablenken müssen«, sagte ich.

»Und zwar möglichst ohne dabei getötet oder verstümmelt zu werden«, erwiderte er.

Ich sah Domet an. »Es ist eine zeremonielle Jagd, die strikten Regeln folgt. Wie soll ich dabei verletzt werden? Außer uns beiden werden noch Hunderte andere teilnehmen.«

»Was sollte ihn davon abhalten, dich bei der Jagd zu töten, wenn er das möchte?«

»Wir haben die Abmachung getroffen, dass er mich während des Endlosen Walzers in Ruhe lässt, und für die gibt es Zeugen.«

»Nun, bei Jagden gibt es andauernd Verletzte. Und je exotischer das Tier, das ihr heute jagen werdet, desto wahrscheinlicher kommt es zu einem Unfall. Außerdem hat er mehr als genug Thronsucher um sich herum, die ihm zu Gefallen sein wollen.«

»Ich werde aufpassen.«

Domet lachte und hinkte weiter. »Du bist genauso arrogant wie deine Vorfahren. Gib mir ein paar Minuten Vorsprung. Wir wollen doch nicht, dass sie glauben, wir würden zusammenarbeiten.«

Ich wartete länger als nötig. Ein Teil von mir sehnte sich nach der Zeit zurück, als ich mir noch vor allem um Geld Sorgen gemacht hatte. Manchmal war es ein mieses Leben gewesen, aber dafür mein eigenes, und meine Freunde und die Familie hatten es mir erleichtert. Jetzt schien jemand anders die Fäden zu ziehen.

Ich versuchte, diesen Gedanken abzuschütteln, bevor ich in den Garten trat. Die Torwächter hielten mich nicht auf und wollten auch nicht, dass ich mich auswies, wie sie es in der Vergangenheit vielleicht getan hätten. Schließlich konnten sie an meinem Brandzeichen erkennen, wer ich war, und mittlerweile wussten vermutlich sämtliche Adligen, was ich hier tat.

Es überraschte mich, wie viele zur Jagd erschienen waren. Als Kind hatte ich nie an einer teilnehmen dürfen und immer mit meinen Geschwistern und den Königskindern im Palast bleiben müssen. So verstand ich erst jetzt, als ich die Jagdgesellschaft mit eigenen Augen sah, von welcher Gefahr Domet gesprochen hatte. In der näheren Umgebung zählte ich mehr als fünfzig mit verschiedenen Adelswappen dekorierte Zelte, Dutzende Pferde von unterschiedlichem Geblüt und Hunderte, wenn nicht sogar Tausende Waffen. Ich wusste nicht, was wir jagen würden, aber es war gewiss kein Wildschwein mit einem gebrochenen Bein.

Der Trubel war überwältigend, und ich hatte keine Ahnung, wohin ich mich wenden sollte. Also spazierte ich einfach herum. Doch anstatt dabei nach dem Mädchen mit dem roten Kleid oder dem Wappen der Reitters Ausschau zu halten, schwelgte ich in Erinnerungen an vergangene Sommertage, die wir hier mit den Königskindern verbracht hatten. Genau an dieser Stelle hatten wir immer Verstecken gespielt. Leon und Davi waren dabei meistens über die Wiese gelaufen, während die Prinzessin lieber auf Bäume geklettert war. Da ich immer schon ambitioniert gewesen war, hatte ich nach ihr und nicht nach leichteren Zielen wie meiner Schwester oder dem Verdorbenen Prinzen gesucht. Die beiden waren damals noch zu jung gewesen, um zu begreifen, dass ein Gebüsch ihr Gelächter nicht genauso gut verbarg wie ihre Gesichter.

Meine Kindheit war völlig unbeschwert gewesen, und ich hätte alles dafür gegeben, wieder so leben zu dürfen.

Meine Füße trugen mich an den neugierigen Blicken einiger Niederadliger vorbei, die früher einmal meiner Familie gedient hatten, bis ich schließlich vor einem goldenen Zelt stand, über dem ein schwarzes Drachenbanner wehte und es als eines der Reitters auswies. Da ich kaum eine andere Möglichkeit hatte und es nur wenige Menschen gab, mit denen ich freundlich tun konnte, betrat ich das Zelt und hoffte, dass sich weder Karolin noch Leon darin aufhielten.

Die beiden waren nicht da, dafür aber Kai. Neben ihm saßen drei Hunde und ein zerbrechlich aussehender Junge. Letzterer trug weite Kleidung, die fast genauso hell war wie sein blasses Gesicht. Er hatte dünnes schneeweißes Haar, das von mehreren goldenen Strähnen durchzogen war. In einer Hand hielt er einen Holzdrachen, den er mit Gebrüll durch die Luft fliegen ließ. Wenn der Eintrag in Domets Buch stimmte, war das wohl Jon Reitter, der gebrechliche stumme Junge. Als ich eintrat, sprangen die drei Hunde auf und liefen zu mir herüber. Sie beschnupperten mich und behielten jede meiner Bewegungen im Blick.

»Wer ist da?«, fragte Kai.

»Mikael Königmann«, erwiderte ich, während mich die Hunde weiter inspizierten. »Es tut mir leid, dass ich mich so leise angeschlichen habe. Hast du mich nicht reinkommen gehört?«

Kai schnalzte mit der Zunge, worauf die drei Hunde sofort Sitz machten. Doch auch jetzt ließen sie mich keinen Moment aus den Augen. »Nein, aber nur weil es mir wegen des Lärms dort draußen schwerfällt zu fabrizieren. Egal, was führt dich her, Mikael?«

»Ich wusste nicht, wohin ich sonst gehen sollte. Ich habe ja kein eigenes Zelt.«

Und ich wollte auch nicht nach Domets Zelt suchen, aber das sagte ich ihm nicht.

»Das hätte ich mir eigentlich denken müssen«, erwiderte er. »Brauchst du etwas?« Er lächelte. »Ich bin immer gern bereit, alles mit meinem zukünftigen Schwager zu teilen.«

»Könntest du als Erstes deinen Hunden sagen, dass sie mich in Frieden lassen sollen?«

»Das habe ich bereits. Mein Vater hat sie darauf dressiert, andere Menschen anzustarren. Den meisten ist das unangenehm.«

Das war eine ziemliche Untertreibung. Ich schob mich zwischen den Hunden hindurch und setzte mich zu Kai an den kleinen Tisch. Sein Bruder spielte immer noch für sich alleine auf dem Boden. »Das ist Jon, richtig? Er nimmt nicht an der Jagd teil, oder?«

Kai schüttelte den Kopf und reichte mir einen prall gefüllten Wasserschlauch. »Nein, meine Mutter holt ihn bald ab. Vormittags passe ich immer auf ihn auf, damit sie ausschlafen kann und mein Vater nicht zu seiner Besprechung mit dem König zu spät kommt.«

»Das ist nett von dir.«

»In einer Familie hält man zusammen. Und währenddessen muss ich nicht darüber nachdenken, was ich mit dem Rest meines Lebens anfangen soll. Niemand hinterfragt es, wenn ich sage, dass ich der Hüter meines Bruders bin und bis auf Weiteres an den Übungen unserer Fabrikatoren-Armee teilnehme.«

»Du weißt nicht, was du mit deinem Leben anstellen sollst?«

Kai kicherte leise vor sich hin, dann legte er eine Rüstung und Panzerhandschuhe an. Ich verstand nicht, was er so lustig fand. »Da ich in meiner Familie der Drittgeborene bin, bleibt mir keine große Wahl. Karolin wird später die Matriarchin sein. Karin ist eine Rabe. Da muss ich irgendwie mithalten.«

»Und hast du schon irgendeine Idee, wie?«

»Nein«, antwortete er leise. »Mein Onkel ist in der Kirche des Wanderers. Er sagt, dass ich es dort weit bringen könnte, aber ich glaube, das möchte ich nicht. Ich habe den Verdacht, dass man mich nur noch ›den blinden Mönch‹ nennen würde, wenn ich es täte. Das ist kein Titel, mit dem ich mich schmücken möchte.«

»Verständlich.«

Er nickte. »Ich bin sicher, dass ich früher oder später herausfinde, was ich will. Bis dahin werde ich am Endlosen Walzer teilnehmen und so viel wie möglich über Fabrikationen und Politik lernen.«

»Keine schlechte Idee.« Zumindest war es ein besserer Plan als alles, was ich mir vor meiner ersten Begegnung mit Domet überlegt hatte. »Weißt du, was wir heute jagen werden?«

»Nein, aber es muss etwas Großes sein. Letztes Jahr war es ein Langzahntiger aus den Streitenden Reichen. Es heißt, der Prinz sei enttäuscht gewesen, dass er nur fünf Wächter und einen übereifrigen Niederadligen gerissen hat.«

Domet hatte recht, ich musste sehr vorsichtig sein. Trotz unserer Vereinbarung hatte es der Verdorbene Prinz bestimmt auf mich abgesehen. »Gibt es irgendetwas, das ich übers Jagen wissen sollte? Ich habe so etwas noch nie gemacht.«

»Sei kein Held. In Kessel sterben die Helden.«

»Das ist einfach. Sonst noch etwas?«

Kai bog den Rücken durch. »Nein, eigentlich nicht. Wir werden uns hinter den Lanzenreitern und Pikenieren halten. Solange du nicht aus der Formation ausbrichst, nach vorne läufst und das Vieh attackierst, sollte dir also nichts passieren. Und wenn doch etwas schiefgeht, bin ich an deiner Seite und sehe es noch vor dir.«

»Das ist ein Scherz, oder?«

»Ganz offensichtlich. Du darfst ruhig lachen, wenn ich mich über meine Blindheit lustig mache, Mikael.«

»Darf ich?«

»Ja, du darfst. Wie gesagt, ich möchte nicht für alle nur der Blinde sein. Meine körperliche Einschränkung ist nicht das Einzige, was mich ausmacht.«

»Ich werde es mir merken.«

Kai ging zum Waffengestell. »Brauchst du etwas für die Jagd?«

»Ja.« Ich stellte mich neben ihn, um die Waffen besser begutachten zu können. Ich hatte die Qual der Wahl zwischen Beilen, Äxten, Knüppeln und Speeren.

»Schwert?«, fragte Kai, nachdem er selbst einen Dreizack genommen hatte.

»Nein, damit kann ich nicht umgehen.«

Kai wandte mir seine milchigen Augen zu. »Das ist eine Lüge. Ich weiß, dass du ein guter Fechter bist.«

»Nein, das stimmt nicht …«

»Als Kind hast du an vielen Turnieren teilgenommen und auch einige davon gewonnen, wenn ich mich richtig entsinne.«

»Das ist …«

»Muss ich dich wirklich an die Schwertkampfschule der Königmanns erinnern? Vor eurem Fall war sie hochangesehen. Viel mehr als die der anderen Hochadligen, wenn man mal von der Schule der Königsfamilie absieht.«

»Das kann schon sein«, murmelte ich. »Aber ... ich fechte nicht mehr. Ich hätte lieber etwas anderes.«

»Warum lässt du so ein Talent ungenutzt?«

»Alles, was ich übers Fechten weiß, habe ich von meinem Vater gelernt. Nach seiner Hinrichtung erschien es mir nicht richtig, weiter das zu tun, was er mir beigebracht hat. Also habe ich seither kein Schwert mehr in die Hand genommen, und ich bezweifle, dass ich es je wieder tun werde.«

Abgesehen von den Geräuschen, die Jon beim Spielen machte, und dem Hecheln der Hunde wurde es still im Zelt.

»Du bist nicht dein Vater«, erklärte Kai schließlich. »Du bist ein Königmann, kein Verräter.«

Ich wählte einen hölzernen Langspitzschild ohne Wappen. »Das ist heutzutage ein und dasselbe.« Ich stellte die Riemen so ein, dass sie mir passten, und schlang mir den Schild über die Schulter. »Danke, dass ich den haben darf. Ich werde mich draußen mal weiter umsehen. Gibt es irgendeinen Treffpunkt, zu dem ich gehen muss?«

Ich merkte, dass Kai gerne noch mehr gesagt hätte, es mir zuliebe aber bleiben ließ. »Nein. Der Verdorbene Prinz wird mit einem Hornsignal alle um sich versammeln, bevor die Jagd losgeht. Brauchst du nicht noch etwas anderes? Eine Rüstung? Oder eine Waffe, die kein Schild ist?«

»Nein, ein Schild ist wunderbar, und eine Rüstung würde mich nur langsamer machen.«

Kai beließ es dabei und setzte sich seinen kleinen Bruder auf den Schoß. Während ich hinausging, beobachteten mich die Hunde genauso scharf wie bei meiner Ankunft.

Draußen war es inzwischen ein wenig heller geworden, und es waren noch weitere Leute eingetroffen. Eine Gruppe machte besonders viel Radau. Neugierig folgte ich den Lauten, um zu sehen, wer sie waren und was sie taten.

Wie sich herausstellte, waren es Teilnehmer der Seniorenjagd, die sich gerade hemmungslos betranken. Sie standen um eine Reihe Holzfässer herum, unter die jeder ein Gefäß halten und es bis zum Rand mit Bier füllen konnte. Unter dem guten Dutzend Leute entdeckte ich Domet und Botschafter Zain, die wie alle anderen einen vollen Humpen in der Hand hielten. Keiner der beiden nahm Notiz von mir, als ich an ihnen vorbeiging und mir einen Sitzplatz suchte, von dem ich das Kommen und Gehen beobachten konnte.

Ich erkannte zahlreiche Adlige, die in Domets Buch aufgelistet waren, darunter Ata Morales, das Oberhaupt seiner Familie, die erst vor Kurzem in den Hochadelsstand erhoben worden war, um die Naverres zu ersetzen. Außerdem mehrere Mitglieder der Familien Diener und Schneider, die ursprünglich den Königmanns die Treue geschworen hatten. Ich erblickte sogar ein paar Geopferte in der Menge, die ihren jeweiligen Adligen wie Lämmer folgten.

Und schließlich erspähte ich den Verdorbenen Prinzen auf einem riesigen weißen Pferd. Seine Thronsucher und zwei Raben folgten ihm zu Fuß. Von Nana entdeckte ich keine Spur und fragte mich, ob sie sich wirklich so sehr für den Prinzen ins Zeug legte, wie es zuletzt den Anschein gehabt hatte. Dafür war Trey bei ihm, der mich sofort bemerkte, obwohl eine große Menschentraube zwischen uns stand.

Sobald ihm der Verdorbene Prinz den Rücken zuwandte, kam er zu mir herüber. »Mikael.«

»Trey.« Ich stand auf. »Bist du …?«

Er öffnete mit ausdrucksloser Miene seine Jacke, sodass ich einen kurzen Blick auf die Steinschlosspistole erhaschen konnte, die er dort verborgen hielt. Gleich darauf bedeckte er sie wieder.

Ich hatte zwar nicht damit gerechnet, dass er auf mich hörte, aber ich hatte auch nicht erwartet, dass er eine Pistole in den Königsgarten mitbringen würde. Seit Jamals Tod war sein Urteilsvermögen offenbar getrübt, und sein Handeln wurde ausschließlich von seinen Gefühlen gelenkt. Das verhieß nichts Gutes.

»Bist du verrückt?«, fragte ich und hob abwehrend die Hände. »Wenn irgendwer die sieht, wirst du noch vor der Mittagsstunde am Galgen baumeln.«

»Jamal ist tot«, erwiderte er. »Es ist mir egal, was aus mir wird.«

»Aber mir nicht! Ich weiß, dass es mein Fehler war, aber lass mich dir ...«

»Ich könnte dich töten«, stellte er fest. »Ich könnte zu dem Wächter da hinübergehen, sein Schwert nehmen und es dir durchs Herz rammen, und der Verdorbene Prinz würde mich dafür wahrscheinlich zu einem Adligen ernennen. Jamal war immer neidisch auf sie. Er wollte auch ein Federbett haben. Er hätte etwas Besseres verdient.«

»Trey, lass es mich dir erklären, und dann kannst du tun, was du willst.«

Er lachte leise. »Wenn es umgekehrt wäre, und ich würde die Schuld am Tod deines Bruders tragen, würdest du dir dann meine Entschuldigungen anhören?«

Ich ließ die Hände sinken. »Nein, würde ich nicht.«

»Wenigstens bist du ehrlich.«

»Ich glaube, mit dieser Meinung stehst du ziemlich allein

da.« Ich schwieg einen Moment. »Und was passiert jetzt, Trey?«

»Ich werde mich rächen, Mikael. Aber nicht heute. Dich hier und jetzt zu töten wäre sinnlos. Wenn ich es tue, dann richtig. Ich werde deine Familie und euer Vermächtnis zerstören.«

Trey drehte sich um und ging davon.

»Warte«, sagte ich. Er blieb stehen, sah mich aber nicht an. »Willst du wissen, wer deinen Bruder getötet hat? Ich bin vielleicht dafür verantwortlich, aber ich habe es nicht selbst getan.«

»Wer war es?«

»Ein enger Verbündeter des Rebellenkaisers. Ein brutaler Mann mit einer Tätowierung am Hals. Es kann sein, dass ich ihm den Rücken gebrochen habe, nachdem er deinen Bruder erschossen hat.«

»Würdest du ihn wiedererkennen, wenn du ihn siehst?«

»Auf jeden Fall.«

»Gut«, sagte er und kehrte dann wieder zum Verdorbenen Prinzen zurück.

Ich wusste nicht, was ihm durch den Kopf ging. Der Kummer hatte ihn verändert. Vielleicht würden wir ja eines Tages wieder miteinander sprechen und Frieden schließen können. Ich hoffte nur, dass es geschehen würde, bevor er beim Versuch, sich an mir zu rächen, alle seine Erinnerungen verlor.

Ich vermisste ihn als Freund. Ich hatte nicht viele und wollte ihn nicht verlieren.

Bald darauf kamen Kai und das Mädchen mit dem roten Kleid zu mir herüber. Die beiden trugen schweres Leder, während ich bloß Kleidung aus Stoff anhatte. Kai war mit dem Dreizack bewaffnet und hatte sich zudem ein Netz über die Schulter geschlungen, das Mädchen hatte einen Streithammer in der Hand, und so, wie sie in hielt, schien sie damit erfahrener zu sein als ich im Umgang mit einer Gabel.

Keiner von uns sprach, während sich er Verdorbene Prinz aufführte, als wäre er bereits König. Ich konnte mir kaum vorstellen, wie es gewesen sein musste, ihn zu so einem Ungeheuer heranwachsen zu sehen.

Bei diesem Gedanken bekam ich Mitleid mit Jenn, die sich immer gefragt hatte, ob er sich zu einem anderen Menschen entwickelt hätte, wenn sie gemeinsam aufgewachsen wären. Dass die Prinzessin nach allem, was man so hörte, eine anständige Person sein sollte, tröstete mich ein wenig, auch wenn sie sich nur noch selten in Kessel aufhielt. Aber das konnte ich ihr kaum verdenken. Früher oder später würde sie die Krone tragen und danach nie mehr frei sein.

Als der Verdorbene Prinz in ein Knochenhorn stieß, drehten sich alle in seine Richtung. Es war fast genauso laut wie das Läuten der Glocken, wenn ein Stück von Celona vom Himmel fiel. Während sich die Jäger um ihn versammelten, ließ sein Ross einen großen Haufen Pferdeäpfel fallen.

»Willkommen, werte Damen und Herren, zur Jagd des Jahres!«, rief er und drehte sein Pferd im Kreis, damit er alle sehen konnte. »Diejenigen von euch, die am Endlosen Walzer teilnehmen, werden etwas Einmaliges erleben! Und die Übrigen werden möglicherweise ihr Leben verlieren. Im Gegensatz zu anderen vergleichbaren Veranstaltungen, bei denen Wildschweine, Hirsche, Hasen oder Fasane die Beutetiere sind, jagen wir hier nur die Besten der Besten. Natürlich können diejenigen, die nicht am Endlosen Walzer teilnehmen, auch ein Wildschwein jagen, wenn sie eher von Hunger und Durst als von Blutgier getrieben sind. Habe ich recht, Hochadliger Domet?«

Domet hob mit einem breiten Grinsen seinen vollen Humpen. »Das ist bereits mein zweiter, und ich hab nicht vor kürzerzutreten. Jeder, der sich traut, soll kommen und mit mir trinken, während die Namenlosen um Ehre und Ruhm kämpfen.«

Für seine Antwort erntete er ein paar Lacher aus dem Publikum, und als er einen großen Schluck trank, begann ich zu begreifen, wie er bei Hof so mächtig geworden war. Er war nicht streitlustig, aber ein Taktiker. Zu seinem Waffenarsenal gehörte auch ein Holzfass bei einer Feier. In diesem Moment wünschte ich mir, ich könnte an diesem Vormittag bei ihm bleiben, um ihn besser zu verstehen.

»Diejenigen von euch, die mit mir jagen gehen«, sagte der Prinz, »sollten wissen, dass unsere Beute bereits ein Stück entfernt im Garten freigelassen worden ist. Eine Rabe und ein Söldner behalten sie im Auge, damit sie die kostbaren Pflanzen meines Vaters nicht zu sehr beschädigt. Aber bevor ich noch die Überraschung verderbe, möchte ich ein paar Vermutungen von euch hören, was wir heute zur Strecke bringen werden.«

»Ein Mammut!«

»Zwei Langzahntiger!«

»Eine Bärenfamilie!«

»Einen Elefanten!«

»Falsch!«, rief der Verdorbene Prinz. »Heute werden wir die ältesten Traditionen ehren und Jagd auf einen Drachen machen!«

Ich schnaubte. Ziemlich laut sogar. Und zwar genau in dem Moment, als sich völlige Stille im Publikum ausgebreitet hatte. Fast alle drehten sich zu mir um, und der Verdorbene Prinz begegnete meinem Blick mit einem breiten Lächeln.

Mist.

Ich hatte ihm gerade einen Vorteil über mich verschafft, den er bestimmt nutzen würde. Offensichtlich war ich nicht gerade gut darin zu denken, bevor ich handelte.

»Ach, Mikael, glaubst du etwa nicht an Drachen? Dann wirst du heute eine Überraschung erleben. Denn was wir jagen, ist sehr, sehr echt und äußerst gefährlich.«

Ich setzte zu einer Antwort an, aber der Verdorbene Prinz redete einfach weiter. »Weißt du was, Mikael? Es ist zwar ein Bruch der Tradition, aber da wir deine Rückkehr an den Hof feiern, glaube ich, dass wir mal eine Ausnahme machen können. Wieso schließt du dich nicht den vordersten Pikenieren und Lanzenreitern an? Wir wollen doch nicht, dass du anschließend behauptest, es wäre nur ein als Drache verkleidetes Pferd gewesen, oder? Außerdem könnten wir so erleben, aus was für einem Holz ein Königmann geschnitzt ist. Was meint ihr anderen? Soll Mikael Königmann die heutige Jagd anführen?«

Darauf wurde es so laut, dass ich nichts mehr entgegnen konnte. Ich spürte, wie Domet mich von der anderen Seite des Kreises aus beobachtete.

»Das klingt, als hätten wir einen neuen Jagdführer!«, erklärte der Prinz sichtlich begeistert.

Erneut brandete Jubel auf, und die Leute stießen miteinander an, während ich völlig überrumpelt dastand. Ich konnte nicht einmal behaupten, dass er mich sabotierte, nachdem er mir diese »Ehre« zuteilwerden ließ, obwohl ich ihn vor allen lächerlich gemacht hatte.

Er kannte mich, meine Neigungen, meine Ansichten und

wahrscheinlich auch meine typischen Handlungsweisen. Es war idiotisch gewesen zu glauben, dass er nach all den Jahren vergessen hatte, wie ich tickte, und dass er einfach die Hände in den Schoß legen würde, nachdem ich unseren vorherigen Wettstreit für mich entschieden hatte. Aber ich beherrschte dieses Spiel ebenfalls. Schließlich gab es einen guten Grund, weshalb *ich* redete, während Sirash schoss.

»Mein lieber Prinz!«, rief ich und sprang auf einen Tisch in der Nähe, während sich alle erneut zu mir umdrehten. »Ich danke dir aus tiefstem Herzen für dieses ehrenvolle Angebot. Aber vielleicht verdient jemand anders diesen Ruhm mehr als ich.«

Das Lächeln des Verdorbenen Prinzen erlosch, und er brachte die Menge zum Schweigen. »Nein, ich glaube, das ist eine wunderbare Gelegenheit für dich, nach all dem Verrat auch mal wieder die heldenhafte Seite deiner Familie zu zeigen. Oder willst du dieses Geschenk ablehnen, Mikael?«

»Nein, mein Prinz«, sagte ich, während ich langsam auf dem Tisch hin und her ging. »Ich mache mir nur Sorgen, dass es für mich ein wenig ... überflüssig sein könnte. Immerhin bin ich ein Königmann, und durch meine Adern fließt das Blut des Eroberers. Ich bin mit Geschichten über den Entdecker und den Namenlosen Königmann aufgewachsen. Vielleicht würde ja jemand anders gern die Gelegenheit ergreifen. Im Vergleich zu der Bürde, die ich mit meinem Familienvermächtnis zu tragen habe, ist die Begegnung mit einem Drachen ein Klacks.«

»Die Familie Königmann hat noch nie einen Drachen getötet.«

Ich tippte mir mit einem Finger ans Kinn. »Du hast recht. Wie konnte ich das vergessen. Wenn das wirklich ein Drache ist, könnte ich wohl einen einzigartigen Beitrag zum ruhmreichen Vermächtnis meiner Familie leisten.«

»Vorausgesetzt, du hast Erfolg.«

»Keine Angst, mein Prinz«, sagte ich und lächelte. »Ich bin ein Königmann. Ich werde diese Jagd nicht nur anführen, sondern auch den Drachen erschlagen und damit etwas tun, was noch keinem meiner Vorfahren gelungen ist. Aber sage mir bitte: Glaubst du, ein Drachentöter wäre bei der Geburtstagsfeier deines Vaters willkommen? Oder reicht das nicht?«

In Burg Reitter hatte ich den Fehler begangen, meine Vereinbarung mit ihm im kleinen Kreis auszuhandeln. Dass ich das Stück von Celona, hinter dem die gesamte Stadt her gewesen war, beschafft hatte, war unglaublich beeindruckend, aber deswegen würden diejenigen, die bei diesem Wettstreit zugegen gewesen waren, noch lange nicht ihre Meinung über mich ändern. Die momentane Situation war jedoch anders. Wenn ich ihn dazu brachte zuzugeben, dass ein Drachentöter am Hof von Kessel willkommen wäre, würde ich garantiert eine Einladung zur Geburtstagsfeier des Königs erhalten.

Zum Glück hat mir der Auftritt vor einem großen Publikum schon immer mehr gelegen als ein Vieraugengespräch. Leider musste der Verdorbene Prinz das nun auf die harte Tour lernen. Alle sahen ihn an und warteten auf seine Antwort.

»Kessel hat schon seit einem Jahrzehnt keinen Königmann mehr. Glaubst du wirklich, du kannst diesen Platz nach dem, was dein Vater getan hat, wieder einnehmen?«

»Ich bin nicht mein Vater. Ich bin besser als er.«

Was immer dieser angebliche Drache in Wirklichkeit war, ich war zuversichtlich, dass ich es töten konnte.

Der Verdorbene Prinz schüttelte den Kopf. »Meine extrem gut ausgebildeten Pikeniere und Lanzenreiter würden dir einen unfairen Vorteil ...«

Ich ließ ihn nicht zu Ende sprechen. »Solange ich mehr als ein Dutzend Leute in gutem körperlichem Zustand an meiner Seite habe, die fähig sind, eine Waffe zu halten, kann ich sie zum Sieg führen.«

Er setzte ein Lächeln auf, dem ich zutiefst misstraute. »Ich glaube, dass ich eine durchaus angemessene Streitkraft aufstellen kann, die alles daransetzen wird, der Familie Königmann wieder zu ihrem angestammten Rang in Kessel zu verhelfen.«

»Ich danke dir, mein Prinz. Aber du hast meine Frage noch nicht beantwortet. Wäre ein Drachentöter am Hof von Kessel willkommen? Selbst wenn er ein Königmann ist?«

»Ja«, erwiderte er langsam, »ich glaube, das wäre er.«

Ich sprang mit ausgebreiteten Armen vom Tisch. »Na gut, wollen wir dann jetzt mit der Jagd beginnen?«

Der Jubel war ohrenbetäubend. Jeder wusste einen guten Auftritt zu schätzen. Vor allem die Adligen. Selbst Domet war sicher klar, dass ich das Richtige getan hatte, auch wenn er seinen Humpen so fest umklammert hielt, dass es aussah, als wollte er ihn zerbrechen. Anstatt mich zu verstecken, handelte ich wie ein Königmann und ließ mich von niemandem übervorteilen.

Daran würden sich die Geschichtsschreiber erinnern.

»Ich wollte immer schon mit der Vorhut reiten«, sagte Kai, als er und das Mädchen mit dem roten Kleid zu mir kamen. »Aber Vater hat mich nie gelassen. Er sagte, das ist der Platz, an dem gute Männer und Frauen sterben.«

»Ihr kommt mit mir?«, fragte ich erstaunt. »Das müsst ihr nicht ...«

»Zu spät«, unterbrach mich das Mädchen mit dem roten Kleid. »Wir haben uns bereits freiwillig gemeldet. Außerdem wirst du ein paar erfahrene Fabrikatoren an deiner Seite brauchen.«

In diesem Moment wollte ich ein Held sein. Genau wie meine Vorfahren, die sich ihren Feinden allein entgegengestellt hatten, als wären sie Götter, die auf der Erde wandelten, um nicht nur ihre Liebsten, sondern auch die Stadt zu beschützen, der sie die Treue geschworen hatten. Doch obwohl ich es gerade vor aller Welt herausposaunt hatte, wusste ich, dass ich nicht wie meine Vorfahren war. Ich konnte ja kaum meine Mutter beschützen, geschweige denn die Stadt. Wenn ich zur Feier des Königs wollte, brauchte ich also Verbündete.

»Vielen Dank. Ich schulde euch beiden etwas.«

Kai klopfte mir auf dem Rücken. »Das ist der Vorteil, wenn man Freunde hat.«

»Habt ihr eine Ahnung, was wir da tatsächlich jagen werden?«, fragte ich.

Das Mädchen mit dem roten Kleid und Kai schüttelten beide den Kopf.

In diesem Moment trat eine Rabe zu uns. »Es ist ein Drache, Königmann.«

Ich warf einen Blick aufs Haupt der Frau und entdeckte im Haar eine Feder. Es war also Chloe, auch wenn sie in ihrem schwarzen Kettenpanzer kaum zu erkennen war. Sie hielt ihren Helm in der Hand und hatte ein Kurzschwert mit einem Rubin im Knauf an der Seite hängen.

»Das glaube ich erst, wenn ich es sehe, Chloe.« Ich erinnerte mich noch genau daran, wie sie in den Zerbrochenen Steinen gekämpft hatte.

»Kennt Ihr beide euch?«, fragte das Mädchen mit dem roten Kleid.

»Wir sind uns bereits begegnet«, antworten wir gleichzeitig und wechselten daraufhin schweigend einen Blick.

»Chloe, weshalb bist du hier?«

Sie sah nicht zufrieden aus. »Prinz Adreann hat mir befohlen, mit dir in der Vorhut zu kämpfen.«

»Hat er dich geschickt, damit du mir in den Rücken stichst, während wir gegen das als Drache verkleidete Pferd kämpfen?«

»Nein«, erwiderte sie, »ich würde dich nur stechen, wenn du ein Mitglied der Königsfamilie bedrohst. Und zwar in die Brust.«

Das Mädchen mit dem roten Kleid verschränkte die Arme vor der Brust. »Zumindest ist sie ehrlich.«

Ich nickte. »Kannst du uns zum Rest der Vorhut führen?«

»Hier entlang!«

Chloe marschierte vor uns zu einer Lichtung in einem kleinen Pinienwäldchen, wo sich bereits eine größere Menschenansammlung eingefunden hatte. Sie trugen bunt zusammengewürfelte Rüstungsteile und Waffen, die ihre beste Zeit längst hinter sich hatten. Ich sah, dass alle Altersgruppen und beide Geschlechter vertreten waren, und je mehr ich mich ihnen näherte, desto besorgter wurde ich.

Als ich die Brandzeichen entdeckte, wurde mir flau im Magen.

Sie waren alle Geopferte oder, um genau zu sein, Geopferte der Königmanns, die nach den Unruhen in unserer Burg entsprechend gebrandmarkt worden waren – ausnahmslos ehemalige Diener, die versucht hatten, uns zu töten, um dem König zu gefallen.

Mir wurde übel. Der Verdorbene Prinz musste sie dazu gezwungen haben, die Speerspitze zu bilden, weil er wusste, dass sie nicht genug Erfahrung hatten für eine solche Jagd. Offensichtlich hatte er es von Anfang an darauf angelegt, mich in der Vorhut unterzubringen.

Mist. Ich musste Kai und das Mädchen mit dem roten Kleid ...

»Mikael, wir haben uns ja schon seit Jahren nicht mehr gesehen!«

Das war *er*. Lothar Preiss, der Mann, der geschworen hatte, meine Familie zu beschützen, doch uns stattdessen während der Aufstände zum Sterben zurückgelassen hatte. Er war einer der engsten Freunde meines Vaters gewesen und hatte während meiner Kindheit immer viel von Treue gesprochen. Doch als sie ihm nicht mehr in den Kram passte, hatte er sie einfach über Bord geworfen.

Ich schlug dem Eidbrecher ins Gesicht und hoffte, ihm mit dem Hieb die Nase gebrochen zu haben.

Kapitel 23
Die Geopferten

In den Tagen nach der Hinrichtung meines Vaters waren überall in der Stadt Unruhen ausgebrochen. Viele hatten gefordert, dass wir Kinder als Nächstes sterben sollten. Sie sagten, dass auch noch der letzte Funke Verrat ausgemerzt werden müsse, bevor sich einer von uns erheben und in der Nachfolge meines Vaters das Land zerstören würde.

Während dieses Durcheinanders aus Wut, Blutgier und Hass hatten sich meine Geschwister und ich in unserer Burg versteckt, umgeben von allen Menschen, die wir je gekannt hatten und die immer noch bei Sinnen waren. Die Wächter hatten tapfer versprochen, bei uns zu bleiben, bis alle wieder zur Vernunft gekommen wären. Doch nachdem ein paar von ihnen gestorben waren, waren sie die Ersten, die davonliefen. Als Nächstes wurde den Dienern bewusst, dass keines von uns Kindern auch nur annähernd so tapfer war wie unsere berühmten Vorfahren, also machten sie sich ebenfalls aus dem Staub. Doch davor plünderten sie noch die Burg. Ich werde nie die Frau mit den scharfen Fingernägeln vergessen, die der weinenden Jenn eine Kette unserer Mutter vom Hals gerissen hatte.

Nach den Dienern hatten auch die Ritter das Weite gesucht. Doch die waren niemals Helden gewesen, nur verwöhnte Adlige, die sich an die Rockschöße meiner Familie geklammert hatten. Und so verschwanden sie heimlich, still und leise in der Nacht.

Mein Vater hatte uns einmal gesagt, dass wir nie unser Schwert im Zorn erheben sollten, nicht mal im Krieg. Dass in einer Auseinandersetzung immer der Gelassenere siegen würde. Doch in dieser Nacht ignorierten wir seinen Rat und schlugen mit unseren provisorischen Waffen auf alle ein, die uns zu nahe kamen. Denn wir hatten Angst, dass sie uns nach dem Leben trachteten, nachdem einer versucht hatte, mir ein Küchenmesser in den Leib zu rammen, und mich an der Schulter verletzt hatte. Er war ein Freund gewesen. Ein Spielgefährte, dem ich alle meine Geheimnisse anvertraut hatte.

Leon rettete mich und tötete ihn.

Eigentlich hätten wir sterben müssen. Die Aufrührer hatten mit ihren Fackeln, Stöcken, Steinen, Schwertern und Messern die Burg umzingelt und waren bereit, hochadliges Blut zu vergießen, um der Gerechtigkeit Genüge zu tun. Doch das Schicksal machte ihnen einen Strich durch die Rechnung, denn plötzlich tauchten die Raben und eine kleine Armee auf und hielten sie davon ab, uns alle zu töten. Ich nehme an, der König hatte gar keine andere Wahl, als uns zu retten. Sicher hatte er verhindern wollen, dass die Menschen genauso schlecht über ihn dachten wie über meinen Vater. Ich werde nie verstehen, wie sie uns in der Vorratskammer so schnell finden konnten. Damals hatte ich das erste und letzte Mal in meinem Leben einer höheren Macht gedankt – und war gleich darauf wegen meines Blutverlusts, der Schmerzen und des Schocks ohnmächtig geworden. Seither habe ich mich nie mehr genau an diese Nacht erinnern können.

Aber das war mir egal. Manche Dinge waren auch nicht erinnerungswürdig.

In den darauffolgenden Monaten hatten die Raben des Königs jeden, der je für meine Familie gearbeitet hatte, aufgespürt und zusammen mit meinen Geschwistern und mir gebrandmarkt. Nicht weil sie Verräter gewesen wären, sondern weil sie schutzbedürftige Kinder im Stich gelassen hatten. Damit waren sie in den Augen des Königs ebensolche Ungeheuer wie mein Vater, der eigenhändig ein Kind ermordet hatte. Doch im Gegensatz zu uns hatten sie nicht so viel Glück, das Verrätermal zu empfangen. Stattdessen wurde ihnen das Zeichen der Geopferten eingebrannt.

Es gibt viele Geschichten, die Eltern ihren Kindern erzählen, damit die sich ordentlich benehmen: über die einst so große Familie Königmann, um sie daran zu erinnern, dass sie nichts als selbstverständlich hinnehmen dürften, oder über die Gold hortenden und Kinder raubenden Drachen und die Titanen, die sie schließlich ausgelöscht haben. Aber keine davon ist so schaurig wie die Geschichten über das Brandmal der Geopferten.

Im günstigsten Fall hat dieses Brandmal die Funktion einer Verbannung und besagt, dass sein Träger für die Gesellschaft nicht nur ungeeignet ist, sondern von ihr ausgeschlossen wurde. Schlimmstenfalls – und so ist es meistens – sind die Träger dieses Brandmals genau das, als was man sie bezeichnet: Geopferte. Und wie die Menschen, die in den Geschichten den Drachen geopfert werden, haben auch sie keine Zukunft. Das einzig Sinnvolle, was sie in ihrem Leben noch tun können, ist sterben. Es gibt kein Gesetz, keinen Ritter, Adligen oder König, der jemanden beschützen kann, der dieses Brandmal trägt. Und jeder Mann, jede Frau und jedes Kind, die aus unserem Haushalt geflohen waren, trugen es.

In meiner Kindheit hatte ich diese Strafe für angemessen gehalten. Ich wollte, dass sie alle genauso litten, wie wir es getan hatten. Dass sie erfuhren, wie es ist, wenn die Welt um einen herum in Flammen aufgeht und man verzweifelt versucht, die Asche von allem festzuhalten, was einem lieb und teuer ist. Wir drei Geschwister waren traumatisiert von diesen Unruhen, bei denen die Menschen, mit denen wir zusammengelebt, die wir gemocht oder sogar geliebt hatten, uns entweder im Stich gelassen hatten oder beim Versuch, uns zu retten, ums Leben gekommen waren. In dieser Nacht war Leon gezwungen gewesen, den Bäcker der Burg zu töten, nachdem der die zierliche siebenjährige Jenn mit einem Messer angriff. Sie trug immer noch die Narben am Bauch. Und dann war da noch das, was ich während dieser Unruhen getan habe – wobei ich so viel Blut verloren hatte, dass ich schließlich ohnmächtig geworden war. Doch wie die meisten meiner Erinnerungen an diese Zeit taucht auch diese nur noch in meinen Albträumen auf.

Doch mit jedem Geopferten, der im Lauf der Jahre starb, nahm mein Verlangen nach Rache immer weiter ab. Anfangs war ich blind vor Hass gewesen, aber irgendwann begriff ich, dass diese Menschen ebenso viel durchgemacht haben wie wir. Ein paar von ihnen haben nur ihre eigenen Kinder retten wollen, während andere, ohne nachzudenken, geflohen sind, als eine blutrünstige Horde die Burg gestürmt hat. Ich kann ihnen zwar nicht vergeben, aber zumindest verstehe ich im Rückblick, wieso sie so gehandelt haben.

Doch mein Mitgefühl endete bei Lothar Preiss.

Ich stand über dem Eidbrecher, der sich die blutende Nase

hielt. Er sah fast genauso aus, wie ich ihn in Erinnerung hatte: hellblonde Haare überall am Körper, kränklich blasse Haut und ähnlich kräftig gebaut wie der Verdorbene Prinz.

»Mikael«, sagte Lothar und sah zu mir auf. Er sprach nicht so fest wie früher, sondern mit einem leisen Jammern. Die Jahre waren nicht spurlos an ihm vorübergegangen. In den hellblonden Haaren zeigten sich weiße Strähnen, die darauf hindeuteten, dass er bereits zu lange lebte. »Das habe ich verdient.«

Ich hockte mich hin und sah ihm in die Augen. »Ich sollte dich auf der Stelle töten.«

»Aber leider brauchst du mich«, erwiderte er. »Ich bin hier der Einzige mit Kampferfahrung. Keiner von den Wächtern, die zu Geopferten gemacht wurden, hat so lange überlebt wie ich. Nur Frauen und Kinder.«

»Wie hat der Verdorbene Prinz euch so schnell hier versammeln können?«

»Wir arbeiten für ihn. Er erfreut sich an unserem Anblick und findet uns unterhaltsam.«

»Was für eine Verschwendung von …«

Eine Hand legte sich auf meine Schulter. Ich drehte mich um und sah das Mädchen mit dem roten Kleid. »Dafür haben wir jetzt keine Zeit, Mikael.«

Ich stand auf, ohne Lothar noch eines Blickes zu würdigen, und richtete meine Aufmerksamkeit auf die übrigen Geopferten. »Jeder, der schon einmal gekämpft hat, hebe die Hand.«

Von fünfzig meldeten sich drei sofort und dann nach kurzem Zögern vier weitere. Die Hälfte von ihnen hatte sichtlich keine Ahnung, wie man einen Speer hielt.

»Das ist nicht ideal«, kommentierte das Mädchen mit dem roten Kleid.

»Ich überlege mir etwas. Hör mal, Chloe, kannst du uns sagen, was für ein ... ein Drache das genau ist? Wir sollten wissen, ob er fliegen kann oder nicht, damit er uns nicht ...«, ich unterbrach mich, bevor ich *niedermetzelt* sagen konnte, »... überwältigt.«

»Keine Ahnung«, erwiderte sie. »Das hat man mir nicht mitgeteilt. Ich weiß bloß, dass er sich in der Nähe einer Höhle im Norden aufhält. Ich soll ins Horn stoßen, wenn wir dort ankommen, damit die anderen Bescheid wissen.«

»Darfst du uns auch beim Kämpfen helfen, oder bist du nur zum Tröten hier?«

Ihr Schweigen sprach Bände.

Kai stellte sich vor mich hin. »Wir brauchen einen Plan, Mikael. Mit meinen Klang-Fabrikationen kann ich seine ungefähre Position ermitteln, aber sofern dieser ... Drache nicht außergewöhnlich gut hört, werde ich ansonsten nur wenig ausrichten können.«

»Mit meinen Metall-Fabrikationen kann ich einiges einstecken«, sagte das Mädchen mit dem roten Kleid. »Aber ich werde mich nicht schnell bewegen können, wenn ich sie am ganzen Körper verwende. Falls unsere Beute schnell ist, wird sie mich ohne Probleme ausmanövrieren.«

Ich verschränkte die Hände hinter dem Kopf. Was sollte ich bloß tun? Ohne eine genaue Vorstellung zu haben, was uns erwartete, konnte ich mir keinen Plan zurechtlegen, der nicht von Anfang an zum Scheitern verurteilt sein würde.

»Ich kann die Jagd anführen«, erklärte Lothar. »Ich weiß, wie das geht.«

»Ich bin ein Königmann. Ich brauche deine Hilfe nicht.«

»Du bist ein Königmann, der nie gelernt hat, was das bedeutet«, konterte er. »Dein Vater hat fünfzehn Jahre lang

Militärstrategie studiert, bevor er zum ersten Mal in einem Gefecht die Führung übernommen hat. Du hast kaum fünf Jahre Erfahrung. Du trägst zwar den Familiennamen, aber du bist noch kein Königmann.«

»Glaubst du, du könntest es besser machen als ich?«

»Ich war im Schießpulverkrieg nicht ohne Grund die rechte Hand deines Vaters.«

Ich schwieg daraufhin. Ich wollte seine Hilfe nicht. Jeder andere wäre mir lieber gewesen. Ich wollte nicht mit dem Mann zusammenarbeiten, der meine Familie verraten hatte. Aber ich musste dies hier überleben, wenn ich an der Feier des Königs teilnehmen wollte. Davon hing nicht nur meine Zukunft ab.

»Was würdest du vorschlagen, Eidbrecher?«

Er hob einen Stock auf und zeichnete damit eine Schlachtenformation in den Staub. Wir versammelten uns um ihn, während sich Chloe und die Geopferten ein wenig abseits hielten. »Wir werden uns in zehn Gruppen von jeweils fünf Mann aufteilen, dich und deine Freunde nicht mitgerechnet. Vier dieser Gruppen werden jeweils eine Seite eines Karrees bilden, mit einer weiteren Gruppe direkt hinter sich. Wir müssen dieses Ungeheuer zusammen mit deiner Freundin, der Metall-Fabrikatorin, einkesseln, damit es nicht entkommen kann. Wenn sie es festhält, kann es der Rest von uns überwältigen. Selbst wenn die Hälfte unserer Leute davonläuft.«

»Und was ist, wenn es fliegen kann?«

»Dann beten wir zu jedem Propheten, der uns einfällt, dass sein Gehör so sensibel ist, dass dein Klang-Fabrikator es zum Landen zwingt.«

»Da wir überhaupt keine Ahnung haben, mit was wir es zu tun bekommen, ist das gar kein schlechter Plan«, sagte Kai.

Ich wollte es nicht zugeben, aber ich fand ihn ebenfalls gut. Stattdessen erklärte ich zusammen mit den anderen den Geopferten, wo sie stehen und wie sie ihre Waffen halten sollten. Außerdem machten wir ihnen klar, dass sie bei einer eventuellen Flucht unbedingt darauf achten mussten, nicht die anderen über den Haufen zu rennen.

Sobald alle in den Plan eingeweiht waren, marschierten wir zu der Stelle, wo das Ungeheuer zu finden sein sollte. Die Geopferten folgten mir und Lothar, während Kai, Chloe und das Mädchen mit dem roten Kleid die Nachhut bildeten.

Während wir gingen, drängte sich mir eine Frage auf, die ich Lothar stellen musste – da ich die Antwort noch hören wollte, falls er in Kürze sterben würde. »Wieso hast du uns verlassen? Wo warst du in jener Nacht?«

Er sah mich nicht an. »Es wundert mich, dass du danach fragst. Ich dachte nicht, dass es dich interessiert.«

»Vielleicht tut es das.«

Er stieß ein unangenehmes Lachen aus, das tief aus seinem Bauch zu kommen schien, und ich hörte die anderen hinter uns tuscheln. Dann endete sein Heiterkeitsausbruch so abrupt, wie er begonnen hatte. »Meine Tochter. Ich habe sie statt euch vor den Aufrührern gerettet. Sie sieht Jenn so ähnlich, dass ich Angst hatte, man könnte sie für deine Schwester halten. Und so war es dann auch. Sie hätten sie fast getötet, aber sie hat überlebt, allerdings mit einer Narbe, die von ihrem Auge bis zu ihrem Hals verläuft. Du erinnerst dich doch an sie, oder? Emilia Preiss. Sie hat sich zusammen mit Jenn immer kleine Theaterstücke ausgedacht, die wir uns dann alle ansehen mussten. Um deine Frage zu beantworten: In dieser Nacht habe ich das Leben meiner Tochter über meine Pflicht gestellt. So wie dein Vater es auch für jeden von euch getan hätte.«

»Ihr Leben war dir wichtiger als unseres?«, fragte ich, obwohl ich die Antwort bereits kannte.

Lothar schaute mich direkt an. Einen Moment lang schien das Alter von ihm abzufallen, und ich sah wieder den selbstbewussten jungen Mann vor mir, der er einmal gewesen war. »Immer.«

Wir gingen weiter im Schatten der Bäume und schwiegen, da zwischen uns keine Worte mehr nötig waren. Wenigstens wusste ich nun, wofür er seine Ehre eingetauscht hatte. Er hatte damals seine Wahl getroffen, und damit war das Thema für mich erledigt.

Wir marschierten mehrere Meilen weit, bis wir schweißnass waren und kein Wasser mehr hatten. Zum Glück erreichten wir schließlich ohne großes Gejammer die kleine Anhöhe mit der Höhle, in der das Ungeheuer zu finden sein sollte. Die Raben und Söldner, die es angeblich im Auge behielten, entdeckten wir jedoch nicht. Chloe entfernte sich ein Stück. Noch bevor wir ihr Hornsignal hörten, waren die Geopferten bereits in Position und stürmten den Hügel. Sie handelten tapferer, als ich es mir vorgestellt hatte. Vielleicht weil sie nun endlich die Gelegenheit bekamen, ihre lange angestaute Wut loszuwerden. Möglicherweise hofften sie auch, sich mit ihrer Kühnheit im Angesicht eines Ungeheuers rehabilitieren zu können. So oder so erwiesen sie sich als mutig.

Bis eine Bestie aus der Höhle herausflog, deren Gebrüll Chloes Knochenhorn übertönte.

Es war kein Drache. Jedenfalls keiner, wie ich ihn aus den Geschichten kannte, da er offenbar weder Feuer noch Eis oder Blitze spucken konnte und auch nicht die menschliche Sprache zu beherrschen schien. Außerdem war sein Körper nicht mit Metallschuppen bedeckt. Andererseits hatte dieses Geschöpf mit der berühmten Sagengestalt einiges gemein: Seine Krallen waren größer als meine Hand und schärfer als die Schwerter, die ein paar von uns trugen. Beim Fliegen setzte er seinen Stachelschwanz wie ein Steuerruder ein. Seine Flügel befanden sich nicht auf dem Rücken, sondern waren wie bei Fledermäusen an den Vorderbeinen festgewachsen. Es hatte zwar keine Schuppen, glitt aber aufgrund seiner glatten windschlüpfigen Haut in hohem Tempo durch die Luft. Als es direkt über uns hinwegsegelte und kurz die Sonne verdunkelte, erkannte ich, dass es nicht viel größer als ein Elefant war.

»Hol es runter, Kai!«, rief ich, ohne das Ding über mir aus den Augen zu lassen.

»Wo ist es? Gib mir wenigstens einen …«

Doch bevor wir es angreifen konnten, landete das Ungeheuer hinter uns.

»Rückzug!«, rief Lothar den Geopferten zu.

In diesem Moment ließen die meisten wie erwartet die Waffen fallen und rannten Hals über Kopf davon. Diejenigen, die blieben, rückten enger zusammen und schritten mit erhobenen Waffen auf die Bestie zu.

Das Mädchen mit dem roten Kleid war bereits fast bei ihm. Während sich ihre Haut und die Muskeln in Metall verwandelten, wurde sie zusehends langsamer, und ihre Schritte brachten die Erde zum Beben. Als das Biest mit dem Stachelschwanz nach ihr schlug, wehrte sie ihn mühelos ab. Dann versuchte sie, einen der Flügel zu packen und das Ungetüm am Boden zu halten, doch es wand sich aus ihrem Griff. Jedes Mal wenn die Metall-Fabrikatorin einen Treffer landete, brüllte es so laut, dass mir die Ohren klingelten. Derweil rückten die Geopferten mit Kai immer näher heran und kesselten das Ungeheuer mit ihren Speeren und Spießen ein.

Die Fabrikatorin schaffte es zwar, das Biest am Boden zu halten, doch anscheinend fügte sie ihm mit ihren harten Schlägen keine bleibenden Schäden zu. Während die beiden immer erbitterter miteinander rangen, wurden auch wir anderen in ihren Kampf hineingezogen. Lothar und Kai riefen den Geopferten Befehle zu und zogen alle aus der Formation, die das Biest mit dem Stachelschwanz erwischt hatte. Während ich einen der Geopferten mit dem Schild schützte und Holzspäne auf uns herabregneten, rief die Fabrikatorin: »In Deckung! Es will …«

Ehe sie den Satz beenden konnte, lehnte sich das Ungeheuer auf die Hinterbeine zurück, sprang über die Reihe der Geopferten vor ihm hinweg und landete krachend am Fuß des Hügels, wo es ein lautes Brüllen ausstieß.

»Es …«

Das Ungeheuer sprang erneut. Diesmal landete es mitten zwischen den Geopferten und zerbrach ihnen die Waffen und Knochen. Die Metall-Fabrikatorin umklammerte seine Beine und hielt es zurück, bevor es erneut angreifen konnte. So ermöglichte sie es zwar ein paar der Verletzten, sich aus dem Gefahrenbereich zu schleppen, doch der Schwanz des Ungeheuers peitschte weiter ungehindert hin und her und riss Kai von den Füßen. Einen Moment später traf die Stachelspitze Lothar an der Brust. Die beiden schlitterten über den Boden wie flache Steine, die über eine Wasseroberfläche hüpften.

Dann blieben sie reglos liegen, und ich hielt den Atem an, bis ich sah, wie Kai sich aufrappelte. Lothar hingegen rührte sich nicht.

Ich musste irgendetwas unternehmen. Offensichtlich konnten wir das Ungeheuer in einem direkten Kampf nicht bezwingen. Ich nahm an, dass seine Augen eine Schwachstelle waren, doch das nutzte mir wenig, da wir keine Projektilwaffen mit uns führen. Also brauchte ich eine andere Idee, und plötzlich glaubte ich, eine zu haben.

Die Geopferten hatten das Ungeheuer mittlerweile erneut eingekreist und hielten es mit ihren Speeren in Schach. Es kehrte mir den Rücken zu und konzentrierte sich auf den Schlagabtausch mit der Metall-Fabrikatorin.

Es war Zeit, dass ich mir ein Beispiel an meinen Vorfahren nahm und diesem vierbeinigen Hochstapler zeigte, dass die Legenden über meine Familie stimmten, während Drachen nur eine Ausgeburt der Fantasie waren.

Ich holte tief Luft und rannte los. Unterwegs hob ich einen Speer auf, den irgendwer hatte fallen lassen. Wenn es mir gelang, auf den Rücken der Bestie zu springen, kam ich vielleicht mit dem Speer an seine Augen heran. Damit würde ich das Biest zwar nicht gleich töten, aber wenn ich es blendete, wäre es nicht mehr in der Lage, uns anzuspringen oder gezielt mit seinem Schwanz nach uns zu schlagen. Natürlich …

Meine Gedanken wurden jäh unterbrochen, als mich der Schwanz an der Brust traf.

Es tat so weh, dass ich nicht einmal merkte, wie ich auf dem Boden aufschlug. Meine Sicht verschwamm, und mein Kopf dröhnte. Benommen machte ich rasch eine Bestandsaufnahme meines Körpers, um sicherzugehen, dass ich immer noch alles bewegen konnte. Keine meiner Wunden blutete allzu schlimm.

Während ich mich mühsam aufrappelte, sah ich, wie das Mädchen mit dem roten Kleid und Kai zusammen mit den

Geopferten das Biest angriffen. Kai stieß einen hohen Klagelaut aus, der sich eher nach einem Tier als nach einem Menschen anhörte, und bereitete der Bestie damit offenbar Schmerzen. Sie kauerte sich auf den Boden und kroch rückwärts, während die Geopferten mit ihren Speeren auf sie einstachen. Das Mädchen mit dem roten Kleid wehrte mit ihren Metall-Fabrikationen alle Angriffe der Kreatur ab, als würde sie eine Fliege verscheuchen.

Als ich endlich wieder stand, war das Ungeheuer mit einem Dutzend Speere gespickt und blutete auch noch aus zahlreichen anderen Wunden. Es wurde immer langsamer und wehrte sich kaum noch, während es winselnd von uns weghumpelte. Die Geopferten kreisten es misstrauisch ein und erwarteten offenbar, dass es erneut mit seinem Schwanz nach ihnen schlagen würde. Doch stattdessen blieb es reglos auf dem Bauch liegen.

Wir hatten gesiegt, und ich hatte nichts dazu beigetragen. Durfte ich mich überhaupt noch als Königmann bezeichnen, wenn ich nicht einmal einen falschen Drachen bezwingen konnte? Oder war ich etwa genauso ein Hochstapler wie dieses Ungeheuer?

Während das Mädchen mit dem roten Kleid und Kai das Biest untersuchten, ging ich zu der Stelle, wo ich zuletzt Lothar gesehen hatte. Wenn er tot war, wollte ich es wissen. Und wenn nicht, wollte ich herausfinden, wieso er so unverschämt viel Glück gehabt hatte.

Lothar lebte, war aber schwer verletzt. Er stand und presste eine Hand auf die Wunden an seinem Bauch. Sein Hemd war blutdurchtränkt. »Wir haben gewonnen«, sagte er, als er mich kommen sah.

»Ich hatte damit nichts zu tun«, erwiderte ich.

»Ich würde ja lachen«, sagte er, »aber es tut zu weh. Freu dich doch, Mikael. Das beweist doch nur, dass die Königmanns nicht mehr länger gebraucht werden. Nun können andere die Bürde übernehmen, die deine Familie trug, seit Adrian der Befreier vor zwölf Generationen den Thron bestiegen hat. Das Zeitalter der Königmanns und der Königsfamilie geht zu Ende. Und eine neue Generation rückt nach …«

»Es muss immer einen Königmann in Kessel geben«, zitierte ich, während ich zu dem Ungeheuer hinüberging.

»Das war vielleicht früher so, aber jetzt nicht mehr. Dafür hat dein Vater gesorgt, als er den jungen Prinzen getötet hat. Wir werden vielleicht nie herausfinden, wieso er es getan hat, aber offenbar ist er zu der Einsicht gelangt, dass die Königsfamilie nicht vertrauenswürdig ist und nicht mehr länger gebraucht wird. Und dass den Königmanns keine uneingeschränkte Macht zusteht. Also hat er eine Revolution begonnen, und ich hoffe, dass ich ihr Ende noch erleben werde.«

»Deine Meinung interessiert mich nicht.«

»Eines Tages wirst du die Wahrheit erkennen, Mikael«, sagte Lothar. »Dann wirst du dich entscheiden müssen, welcher Seite du dich anschließt. Die eine wird Kessel zu neuem Wohlstand verhelfen, die andere würde nur dafür sorgen, dass wir in den Annalen der Geschichte vergessen werden.«

Ein Stück vor uns standen das Mädchen mit dem roten Kleid und Kai bei dem gefallenen Drachen und steckten die Köpfe zusammen. Ich hörte eine Vielzahl von Pferden, die sich uns von Süden her näherten, und gleich darauf tauchte eine Reitergruppe aus dem Wald auf und kreiste uns ein. Der Verdorbene Prinz ritt zu uns herüber und stieg ab. Noch bevor seine Stiefel den Boden berührten, stand Chloe an seiner Seite.

»Na, sieh mal an«, sagte er mit der Hand am Schwertknauf. »Ihr habt es tatsächlich geschafft, ihn zu verwunden. Ich muss sagen, ich bin gleichzeitig überrascht und enttäuscht. Eigentlich hatte ich mir mehr Kampfgeist von ihm versprochen.«

Der Verdorbene Prinz trat dem Biest in die Seite, und es brüllte vor Schmerzen.

»Adreann«, sagte Kai, »du darfst es nicht töten.«

»Ach, und wieso das?«

Das Mädchen mit dem roten Kleid trat nun ebenfalls vor. »Der Hochadlige Reitter und ich glauben, dass das ein Zahnloser Lindwurm ist. Bis gerade eben galt er als ausgestorben. Er wurde mit Drogen aggressiv gemacht.«

»Ich warte immer noch auf den Grund, ihn am Leben zu lassen.«

»Ihn zu töten wäre Artenmord. Er könnte der Letzte seiner Art sein.«

»Das könnte sein.« Der Prinz tippte sich mit einer Hand ans Kinn. »Hochadliger Reitter, was wäre wertvoller für mich: seinen ausgestopften Kopf über meinem Thron hängen zu haben oder ihn für den Rest seines Lebens in meinem Garten anzuketten?«

Kai wusste darauf keine Antwort. Beide Optionen waren schrecklich, vor allem für jemanden, dessen Familienwappen ein Drache zierte. Für ihn war dieser Konflikt ein Albtraum, da er sich gegen den Prinzen im Königsgarten nicht durchsetzen konnte.

Der Prinz wandte sich zu Lothar und mir um. »Was meinst du dazu, Mikael? Soll ich ihn töten oder gefangen halten? Als Kind war ich immer neidisch auf eure Geopferten. Ich wollte immer etwas haben, das ich töten konnte, wenn ich Lust dazu hatte. Aber ich hätte lieber ein Geschöpf, das fast ein Drache ist, als den besten Freund deines verräterischen Vaters.«

»David Königmann war kein Verräter«, erklärte Lothar.

Der Verdorbene Prinz sah ihn mit gespieltem Erstaunen an. »Entschuldige bitte, Geopferter? Was hast du gerade zu deinem Prinzen gesagt?«

»David Königmann war ein Held, und ich werde beenden, was er begonnen hat.«

Was dann passierte, ging so schnell, dass ich keine Möglichkeit hatte zu reagieren.

Lothar zog eine Steinschlosspistole aus dem Hosenbund und zielte damit auf den Prinzen. Doch bevor er den Abzug betätigen konnte, trennte Chloe ihm mit einem einzigen Schwerthieb die Hand ab. Er schrie, als sie auf den Boden fiel.

Erst da sah ich auf der Innenseite seines Handgelenks die eintätowierte rote Rebellenfaust, die bisher von einer Bandage verdeckt gewesen war.

Der ehemalige beste Freund meines Vaters war ein Rebell, und er hatte gerade versucht, jemanden aus der Königsfamilie zu ermorden.

Mein Verstand raste, weil ich sofort begriff, wie leicht ich dadurch mit den Rebellen in Verbindung gebracht werden konnte, auch wenn es keine Beweise gegen mich gab.

Während ich mir noch Gedanken über die möglichen Konsequenzen machte, begann der Verdorbene Prinz zu lachen. Er packte Lothar an den Haaren und drehte ihn so, dass er mir zugewandt war. Dann zwang er ihn unter den Blicken der schweigenden Adligen mit einem Dolch am Hals auf die Knie.

»Kannst du dir vorstellen, wie verbittert dieser Bauer sein muss, Mikael? Er hat doch tatsächlich versucht, mich zu töten! Vor meinen Raben und all den Adligen, und das in meinem eigenen Garten!«

Ich wusste nicht, was ich darauf sagen sollte.

»Was soll ich mit ihm machen? Soll ich ihn gleich hier und jetzt töten oder ihn in meinen Kerker werfen, zu den ganzen anderen Rebellen, die dort landen und nie wieder das Licht des Tages erblicken? Mein Erzieher liebt ein bisschen frische Haut.«

Lothar starrte mich an und biss vor Schmerz die Zähne zusammen.

»Tatsächlich«, sagte der Prinz, »habe ich eine bessere Idee. Ich will, dass du ihn tötest, Mikael. Chloe, gib ihm dein Schwert.«

»Mein Prinz«, erwiderte sie sanft, »ich glaube ...«

»Habe ich dich nach deiner Meinung gefragt? Nein, also behalte sie für dich, Rabe. Aber wahrscheinlich wäre es unklug, dem Sohn eines berüchtigten Verräters unmittelbar nach einem fehlgeschlagenen Anschlag ein Schwert zu geben. Ich habe eine bessere Idee.« Der Verdorbene Prinz räusperte sich. »Mikael, ich werde ihn nicht töten, sofern du exakt die folgenden Worte wiederholst: ›Lass diesen Mann am Leben, mein Prinz.‹ Mehr musst du nicht tun.«

Mein Herz schlug wild. Lothars Leben lag in meinen Händen. Ich hegte keinerlei Sympathien für diesen Mann, nachdem er meine Familie betrogen hatte ... Aber wollte ich deswegen für seinen Tod verantwortlich sein? Es war das eine, jemanden zu hassen und ihm den Tod zu wünschen, ihm tatsächlich das Leben zu nehmen war jedoch etwas ganz anderes. Auch wenn er ein Rebell war und uns während der Unruhen in Burg Königmann im Stich gelassen hatte. Und dabei spielt es auch keine Rolle, dass er ohnehin im Sterben lag.

Wenn der Prinz ihn nicht so oder so töten würde, egal, was ich sagte.

»Wie sieht's aus, Mikael?«, fragte der Prinz und fuhr mit der Dolchklinge an Lothars Nackenmuskeln entlang.

Ich murmelte irgendetwas Unverständliches vor mich hin, da ich nicht sicher war, was ich erwidern sollte. Meine Brust fühlte sich an, als würde mir jeden Moment das Herz zerspringen.

»Nun mach schon, Mikael. Sag es, oder du bist schuld an seinem Tod.«

»Er wird sowieso sterben«, erwiderte ich ruhig. »Der König würde niemals einen Attentäter der Rebellen am Leben lassen.«

»Ach, bist du etwa zu stolz, jemanden vor dem Tod zu retten?«

Lothar gehörte nicht zur Familie, er war nicht einmal mehr ein Freund der Familie, nach dem, was er uns Kindern angetan hatte. Aber ich war besser als er und würde nicht die Verantwortung für seinen …

»Tja, zu lange gezögert, Mikael. Ich werde dir die Entscheidung abnehmen.«

Der Verdorbene Prinz schnitt Lothar mit einer einzigen Bewegung die Kehle durch und stieß ihn zu Boden, da er keine Blutflecken auf seiner Kleidung haben wollte.

Während die Umstehenden dem Verdorbenen Prinzen zujubelten, beobachtete ich, wie der beste Freund meines Vaters mit weit aufgerissenen Augen vor mir verblutete.

Kapitel 24
Die Frau, die Königin werden wollte

Es gab ein Fest, bei dem das Wildschwein, das bei der anderen Jagd erlegt worden war, an einem Spieß über einem offenen Feuer gebraten wurde. Es war nicht einmal annähernd durch, aber da nach wie vor Unmengen von Bier ausgeschenkt wurden, bezweifelte ich, dass sich die Adligen daran störten. Am liebsten hätte ich das Fest zusammen mit Kai verlassen, der bestürzt nach Hause gegangen war, nachdem der Verdorbene Prinz erklärt hatte, dass er den Drachen im Königsgarten gefangen halten wolle, aber Domet hätte mir das nie verziehen. Also tat ich so, als wäre ich ein guter mondsüchtiger Adliger und ließ mich von jedermann für meinen Heldenmut während der Jagd loben.

Das einzig Tröstliche an diesem Tag war, dass ich nun mit Sicherheit zur Geburtstagsfeier des Königs eingeladen und am Hof von Kessel aufgenommen werden würde. Als die Adligen hörten, dass ich ein Stück von Celona ergattert, einen Lindwurm bezwungen und den Tod eines Attentäters gutgeheißen hatte, waren sie viel zu begeistert von mir, um den neuen Königmann einfach wieder ziehen zu lassen.

Dann aber verteilte der Verdorbene Prinz Lothars Finger wie Trophäen an seine Günstlinge, und die Laune am Feiern war mir endgültig verdorben. Der Rest von Lothars Körper wurde bis auf sein Herz im großen Lagerfeuer verbrannt, und schon bald roch es nach verschmortem Speck. Das Herz aber wollten der Prinz und seine Thronsucher braten und essen, da Botschafter Zain ihnen erklärt hatte, dass sie dadurch zu stärkeren Fabrikatoren würden.

Zu sehen, wie sie mit den abgehackten Körperteilen eines Menschen herumliefen, bereitete mir Übelkeit. Das Mädchen mit dem roten Kleid versuchte zwar, meine Laune wieder zu bessern, doch als sie schließlich einsah, dass ihr das nicht gelingen würde, ging sie mit der erstbesten attraktiven Person tanzen.

Domet hatte sich nicht die Mühe gemacht, mir zu gratulieren. Ein verschlagenes Grinsen über die Wiese hinweg würde bis zum nächsten Tag reichen müssen. Ich hatte keine Lust, ihn wiederzusehen, und ich freute mich weder auf die nächste Veranstaltung mit all diesen Adligen noch auf den Diebstahl der königlichen Erinnerungen.

Alles in allem erschien mir Angelos Angebot, mich aus Kessel herauszubringen, immer verlockender, während ich den stolzen Adelssprösslingen dabei zusah, wie sie die erfolgreiche Jagd, den Tod eines verzweifelten Attentäters und die Gefangennahme des Rebellenkaisers feierten und dabei schäkerten und voreinander großtaten.

Nana ließ sich auf den Platz neben mir sinken und strich ihr Kleid glatt. »Glaubst du, dieser Ausschnitt ist tief genug?«

Ich würdigte sie keines Blickes. »Hängt davon ab, wen du damit beeindrucken willst.«

»Den Verdorbenen Prinzen, doch ich möchte weder zu damenhaft noch wie eine Hure wirken. Wenn eine Frau zu wenig zeigt, halten die Männer sie für prüde. Aber wenn es nur ein bisschen zu viel ist, gilt sie gleich als vulgär.«

»Daraufhin sah ich sie doch an.« »Dann ist es gut so. Du kannst dich ja immer noch ein bisschen mehr freimachen, wenn du bei ihm bist. Dann fällt es ihm sicher auf.«

»Gute Idee.«

»Wo warst du während der Jagd?«

»Ich hatte etwas Dienstliches zu erledigen. Mein Kommandant wollte einen kompletten Bericht über unsere letzte Mission hören.«

»Was für eine Mission?«

Sie zwinkerte mir übertrieben zu. »Das darf ich dir nicht sagen. Eine offizielle Angelegenheit der Waage, sehr geheimnisvoll.«

»Verstehe.«

Nana schlug mir gegen den Hinterkopf. »Du musst mich um mehr Einzelheiten anbetteln. Es macht keinen Spaß, wenn du so leicht aufgibst.«

»Wenn du nicht gekommen bist, um mir meinen Ring zurückzugeben, verstehe ich nicht, wieso du mit mir sprichst. Im Moment kann ich nichts für dich tun.«

»Ach, ich weiß nicht. Du bist doch der hiesige Held. Der Drachentöter. Ausnahmsweise ist es mal von Vorteil für mich, wenn ich mit dir gesehen werde.«

»Es war kein Drache«, murmelte ich, »sondern ein Lindwurm. Das ist nicht dasselbe.«

Sie verdrehte die Augen und richtete erneut ihr Kleid. »Außerdem finde ich es anstrengend, mich für diese Trottel zu verstellen. Manchmal bin ich gern ich selbst. Und da ich dich in der Hand habe und es mir egal ist, was du von mir hältst, kann ich mich bei dir ein bisschen erholen.«

»Wieso verstellst du dich überhaupt? Warum kannst du dich nicht so geben, wie du bist?«

Sie nahm eines der beiden Gläser vom Tisch und trank es aus.

»Ich weiß, dass du die Raben-Prüfung nicht bestanden und dich deswegen der Scharfrichter-Division angeschlossen hast. Und auch, wie deine Mutter in Wahrheit gestorben ist.«

»Hast du also endlich Nachforschungen angestellt. Es wäre auch dumm von dir gewesen, es nicht zu tun.«

»Was hast du vor, Nana?«

»Ist das nicht offensichtlich?« Ihre Miene verfinsterte sich, als sie sich zurücklehnte und den Blick über die Menge schweifen ließ. »Die Raben haben gesagt, mir würde es an Überzeugung fehlen. Ich hätte angeblich keine Ehre und kein Pflichtgefühl. Sie haben behauptet, ich hätte mich bei ihnen nur beworben, weil meine Mutter es so gewollt hätte und dass mich das nicht zu einer guten Rabe machen würde. Ich war deswegen wütend auf sie – noch wütender als auf das Monster, das meine Mutter getötet hat. Also habe ich mir etwas geschworen: Wenn sie mich nicht haben wollen, würde ich sie zu meinen Dienerinnen machen.«

»Aber sie beschützen doch nur die Königsfamilie ...« Ich verstummte, weil mir plötzlich klar wurde, was sie beabsichtigte ... und wer sie sein wollte.

Die Frau, die Königin werden wollte, erhob sich. »Wenn du mich jetzt entschuldigst, Mikael. Ich muss einen Prinzen verführen.«

Ich blickte ihr hinterher, während sie über die Wiese zum Verdorbenen Prinzen und seinen Thronsuchern ging, die jubelnd die Bierkrüge hoben, als sie neben dem Prinzen Platz nahm und sich von ihm seine Trophäen zeigen ließ. Sie sah noch einmal kurz zu mir herüber und zwinkerte mir zu, bevor sie sich wieder ihrer Gesellschaft widmete. Offenbar war ich zu nützlich für sie, um mich einfach zu ignorieren.

Nun wollte ich wirklich nicht mehr länger bleiben.

Ich wollte nichts mit einer Adelsgesellschaft zu tun haben, in der betrügerische und selbstsüchtige Feiglinge dafür belohnt wurden, dass sie einem königlichen Schmarotzer den Hintern küssten. Ich musste weg, ganz egal wohin. Also verließ ich die Feier und begab mich an den einzigen Ort, wo ich nicht dafür verurteilt werden würde, wer und was ich war. Und wo ich herausfinden konnte, ob es einen Sinn hatte, den Namen Königmann weiterhin zu tragen, oder ob ich ihn endlich aufgeben und mein eigenes Leben führen sollte.

KAPITEL 25
DER MANN, DER SEINEN ERINNERUNGEN NICHT TRAUT

In der Anstalt schloss eine Pflegerin die Tür zum Raum meiner Mutter für mich auf. »Ich sage Jenn, dass du hier bist.«

»Das ist nicht nötig«, erwiderte ich. »Ich brauche nicht lange.«

Die Schwester nickte. »Ich sperre nicht zu. Gib jemandem Bescheid, wenn du gehst.«

»Danke.« Ich betrat den Raum. Meine Mutter saß auf dem Bett, die Knie an die Brust gezogen, und starrte auf das Gemälde, das sie und meinen Vater an ihrem Hochzeitstag zeigte. Laut Jenn tat sie das oft. Da ich sie nicht stören wollte, setzte ich mich wortlos neben sie.

Nach einer Weile sagte sie: »Ich vermisse deinen Vater.«

»Ich auch«, erwiderte ich. Das tat ich wirklich, allerdings aus anderen Gründen. Ich vermisste die Zeit, als das Leben noch nicht so kompliziert gewesen war, als ich ihn noch wie einen Helden verehrt hatte, anstatt mich für ihn zu schämen.

»Es tut mir leid, was mit mir geschehen ist, Mikael«, sagte sie. »Von Jenn weiß ich, dass ich meistens nicht bei mir bin. Aber heute ist das anders. Es tut mir so leid. Ich hätte mich mehr um euch kümmern müssen, nicht andersherum.«

Ich nahm sie in den Arm, und sie legte den Kopf an meine Brust. Sie war so kalt, und ich spürte, wie meine Wärme auf sie überging. »Dafür kannst du nichts, Mama. Wir haben dir für das, was passiert ist, nie die Schuld gegeben.«

»Das macht es nicht besser«, erwiderte sie. »Ich wünschte, mir fiele ein … Ich wünschte … Jedes Mal wenn ich glaube, ich könnte mich daran erinnern, was passiert ist, dann …« Sie verstummte. Offenbar hatte sie vergessen, was sie sagen wollte.

»Ich weiß, Mama. Ich weiß.«

Sie hob den Kopf und wischte sich mit dem Handrücken über die Augen.

»Mama, darf ich dich etwas fragen?«

»Natürlich, Mikael. Immer.«

Ich senkte den Kopf und wich ihrem Blick aus. »Ich glaube, ich will kein Königmann mehr sein. In dieser Stadt kann ich kein Adliger sein. Ich kann es einfach nicht. Ich habe es versucht, aber es geht nicht.«

Meine Mutter umarmte mich und drückte mich an sich. »Du musst kein schlechtes Gewissen haben, wenn du das sagst, Mikael. Du bist ein Königmann, aber das bedeutet nicht, dass du die Familientradition fortführen musst. Auch dein Vater wollte nichts mit seinem Vermächtnis zu tun haben und war jahrelang fort aus Kessel, weil er sein Leben nicht dem Krieg widmen wollte.«

»Aber er ist zurückgekommen.«

»Ja, das ist er«, antwortete sie. »Aber erst nachdem seine Eltern, seine Schwester und die Königin ermordet wurden. Wenn sie damals nicht gestorben wären, würden er und ich wahrscheinlich immer noch … Ach, das spielt keine Rolle mehr. Es reicht, wenn ich dir sage, dass weder er noch ich in politische Intrigen hineingezogen werden wollten. Deswegen haben wir beide unsere Heimatländer verlassen.«

Meine Stimme brach wie die eines kleinen Jungen. »Aber es muss doch immer einen Königmann in Kessel geben. Jeder weiß ...«

»Zum Henker mit ihnen!«, stieß sie hervor. »Zum Henker mit den Adligen. Zum Henker mit der Königsfamilie. Zum Henker mit der Stadt. Du schuldest ihnen gar nichts. Du bist mein Kind, und wenn du gehen musst, dann geh. Lauf so weit wie möglich von Kessel weg und nimm deinen Bruder und deine Schwester mit!«

»Leon wird hierbleiben wollen. Er ... hat sich hier ein Leben aufgebaut. Aber was ist mit dir? Ich habe versucht, dich zu heilen, aber ... nichts, was ich ausprobiert habe, hat gewirkt.«

Sie strich mir mit den Fingern durchs Haar. »Mach dir keine Sorgen um mich, Mikael. Ich bin deine Mutter, und wenn ich weiß, dass du in Sicherheit bist, bin ich glücklich.«

Ich kämpfte gegen die Tränen an. »Ich liebe dich, Mama.«

Sie lächelte. »Ich dich auch, David. Hält der König heute Abend Kriegsrat? Wenn ja, muss ich das Treffen mit Edgar Naverre verschieben. Einer der Verehrer seiner Tochter bereitet ihm Sorgen, aber es scheint nicht so dringend zu sein, und wenn du willst, dass ich dich begleite ...«

Und damit war mein kurzes Glücksgefühl auch schon wieder verflogen. Die Worte aber, die meine Mutter zuvor gesprochen hatte, hallten immer noch in meinem Kopf nach. Ich stand vom Bett auf und sagte ihr, dass sie sich wegen des königlichen Kriegsrats keine Gedanken zu machen brauche. Dann ging ich, um Jenn zu finden.

Meine Mutter hatte recht. Unsere Familie schuldete dieser

Stadt nicht das Geringste, und meine jahrelangen Versuche, unser Vermächtnis zu bewahren, hatten mir rein gar nichts gebracht, abgesehen von ein paar Nahtoderfahrungen. Ich würde Angelos Angebot also annehmen, da er mir das Gleiche in Aussicht stellte wie Domet – ohne dass ich mich dafür mit dem Adel herumschlagen musste. Nun musste ich nur noch Jenn davon überzeugen, dass es das Richtige war. Ich hoffte, dass sie ihre Versuche, die Unschuld unseres Vaters zu beweisen, im Austausch für ein besseres Leben aufgeben würde.

Als ich das Zimmer erreichte, in dem sie sich gerade aufhielt, öffnete ich, ohne zu klopfen, die Tür und platzte mitten in eine Unterhaltung. »Nach der Ermordung von Davi Kessel hielt er die Pistole in der Hand, aber ...«

»Was?«, stieß ich verwirrt aus.

Jenn sprang vom Boden auf und eilte auf mich zu. Der Mann, der gerade gesprochen hatte, blieb dagegen reglos in seinem Ring aus Kerzen sitzen. Als ich ihn ansah, fiel mir wieder ein, dass Jenn ihn neulich Dunkelberg genannt hatte. Laut den Aufzeichnungen, die ich gefunden hatte, war Konrad Dunkelberg Augenzeuge der Ermordung von Davi Kessel gewesen. Und nun saß er hier und redete darüber.

»Mikael«, sagte Jenn, »du kannst doch hier nicht einfach so ...«

Ich trat ein und schloss die Tür. »Wie lange befragst du ihn schon? Hat er dir irgendwas erzählt?«

»Ich weiß nicht, was du ...«

»Stell dich nicht dumm. Beantworte meine Frage.«

Sie zögerte. »Wie viel weißt du?«

»Genug, um zu verstehen, von was er redet.«

»Kurz nachdem ich angefangen habe, hier zu arbeiten,

wurde mir klar, wer er ist. Er hatte Albträume, in denen unser Vater kam, um ihn zu töten.«

»Warum hast du mir nichts davon gesagt?«

»Weil es dich nichts angeht. Wen kümmert es, wenn ich mich mit dem Zeugen unterhalte, der dabei war, als unser Vater Davi umgebracht hat?« Jenn drehte mir den Rücken zu.

»Zum Beispiel den König. Wenn das an die falschen Ohren dringt, bekommen wir alle Schwierigkeiten, Jenn.« Ich sah Dunkelberg an, fragte aber Jenn: »Können wir gemeinsam mit ihm sprechen?«

»Das erfordert Geduld. Sein Verstand ist derart durch Dunkel-Fabrikationen verwirrt, dass er oft nur sinnloses Zeug brabbelt. Darum würde niemand glauben, was er sagt. So klar wie gerade war er schon seit Monaten nicht mehr. Um die Wahrheit über damals zu erfahren, muss ich seine gefälschten Erinnerungen aussortieren.«

»Kannst du es noch einmal versuchen?«

Jenn nickte und ging zu Dunkelberg zurück. Ich holte tief Luft und versuchte, mich zu beruhigen. Mir war nicht klar, worauf ich hoffte, aber wenn ich zusammen mit Jenn aus Kessel weggehen wollte, mussten wir vorher klären, ob unser Vater an Davis Tod schuld gewesen war. Andernfalls würde sie mich bestimmt nicht begleiten.

»Dunkelberg«, sagte sie, »das ist mein Bruder.«

»Welcher?«, fragte er. »Mikael oder Leonardo?«

»Mikael.«

»Ich wusste, dass noch weitere Kinder von Königmann kommen würden, um mit mir zu sprechen, seit …«, Dunkelberg zögerte, »… seit sie mich in diese Anstalt gesteckt haben und Jenn mich hier fand. Seit sich herausgestellt hat, dass mein Verstand mit Dunkel-Fabrikationen manipuliert worden ist. Könnt ihr euch vorstellen, wie das ist? Zu wissen, dass dein Verstand geschädigt ist? Dass alles, was du zu wissen glaubst, falsch sein könnte? Dass dein ganzes Leben eine einzige Illusion sein könnte?«

»Nein, das weiß ich nicht«, log ich, denn Jenn sollte nicht erfahren, dass ich selbst in letzter Zeit offenbar ein paar Leute vergessen hatte. Zumindest jetzt noch nicht.

Dunkelberg starrte an mir vorbei. »Nein, das wissen nicht viele. Die Vergessenen haben es da leichter. Die meisten glauben, es wäre schlimmer, sich an nichts zu erinnern, aber das stimmt nicht. Das Schlimmste ist, den eigenen Erinnerungen nicht mehr trauen zu können. Was ist eine Lüge und was die Wahrheit? Nichts ist real. Alles ist eingebildet.«

Diese Unterhaltung würde offenbar länger dauern. Ich rutschte an der Metalltür nach unten und setzte mich auf den Boden.

»Können wir noch einmal zu den damaligen Ereignissen zurückkehren?«, fragte Jenn.

»An jenem Tag«, sagte Dunkelberg langsam, »war Kendra gerade von ihrer Schicht zurückgekehrt. Es schien eine Ewigkeit her zu sein, seitdem wir uns zum letzten Mal gesehen hatten … Wir waren jung, wollten allein sein und konnten es gar nicht erwarten, nach Hause zu kommen. Zu dieser Zeit sollte niemand in der Sternenkammer sein. David Königmann war mit dem König verabredet, und Davi hätte eigentlich bei seiner Schwester sein müssen … Die Kammer hätte leer sein sollen. Aber als wir die Tür öffneten … sahen wir …« Er verstummte.

»Was hast du gesehen?«, drängte Jenn.

Dunkelberg zog die Knie an die Brust und legte die Hände seitlich an den Kopf. »Einen Dunstschleier. Dunkelheit. Ein

Pistolenschuss. Der Prinz starb. David Königmann hielt die Pistole … War sein Finger am Abzug? Ich weiß es nicht mehr … Aber er hat die Waffe gehalten. Ich kann noch immer die Hitze auf meinem Gesicht spüren. Der Rauch hat in meiner Lunge gebrannt. Kendra hat David Königmann festgenommen, und danach brach Chaos aus. Das absolute Chaos.«

Mir wurde die Brust eng. »Hast du gesehen, wie mein Vater den Prinzen erschossen hat?«

Er schüttelte schnell den Kopf. »Nein! Nein … Als ich mich das erste Mal daran erinnert habe, dachte ich, es wäre so gewesen. Aber nachdem sie mich hierhergebracht haben, hat sich etwas verändert. Er hatte die Pistole in der Hand, aber der Finger … sein Finger war nicht am Abzug. Er war auf dem Lauf. Auf dem Lauf!«

Ich streckte eine Hand aus und stellte mir vor, eine Pistole zu halten. So wäre es unmöglich, sie abzufeuern. Und wenn sich zufällig ein Schuss gelöst hätte, hätte Vater sich den Finger verbrannt. Aber davon hatte nichts im Ermittlungsbericht gestanden. War Dunkelbergs Erinnerung falsch? »Ihr müsst Euch täuschen.«

»Nein«, erklärte er gepresst. »Nein! Die Schatten sagen mir, dass es der Abzug war! Aber er hatte den Finger auf dem Lauf. Das ist die Wahrheit!«

Schatten sprachen mit ihm? Nicht einmal Schwartz' Dunkel-Fabrikationen konnten so etwas tun. Was war bloß mit dem Verstand dieses Mannes geschehen? Selbst in ihren schlimmsten Momenten war unsere Mutter in besserer Verfassung als er an seinen guten Tagen, so schien es mir. »Wenn unser Vater nicht den Abzug betätigt hat, wer dann? Woher ist die Pistole gekommen?«

»Die rauchende Pistole ist ihm in die Hand gefallen.«

Das machte seine Geschichte nicht gerade glaubwürdiger.

»Erinnerst du dich noch an irgendetwas anderes?«, fragte Jenn.

Dunkelberg antwortete nicht. Stattdessen krümmte er den Rücken und schlang die Arme um die Beine. Jenn, die sich neben ihm hingehockt hatte, ließ zu, dass er den Kopf auf ihre Schulter legte, und sie wirkte wie eine Mutter, die ihr Kind tröstet. Sie warf mir einen Blick zu, und ich fuhr mit der Befragung fort.

Um seine Zurechnungsfähigkeit zu überprüfen, erkundigte ich mich nach etwas, das ich bereits wusste. »Was ist mit deiner Rabenfrau? Was ist mit ihr geschehen?«

»Sie ist tot. Die Schatten haben sie vor sieben Jahren in Naverre getötet. Sie sagten zwar, es wären Rebellen gewesen, aber ich kenne die Wahrheit. Damals waren noch die ersten Erinnerungen in meinem Kopf.«

»Die Schatten?«

»Sie flüstern mir Lügen ein«, erklärte er. »Sie versuchen immer wieder, die Wahrheit durch die ersten Erinnerungen zu ersetzen, die sie mir eingepflanzt haben. Sie verdrehen alles. Jedes Mal wenn sie kommen, nehmen sie mir mehr. Sie wollen nicht, dass ich mich an sie erinnere, dass ich weiß, was sie tun. Deswegen lasse ich Tag und Nacht diese Kerzen brennen. Sie dürfen nie ausgehen. Niemals.«

»Wie hast du gemerkt, dass deine Erinnerungen durch Dunkel-Fabrikationen beeinträchtigt sind?«

Sein Atem verlangsamte sich. Er wiegte sich ein wenig vor und zurück und versuchte, sich wieder auf die Wirklichkeit zu konzentrieren. Jenn schien ihn nicht mehr trösten zu können.

»Es hat sich etwas verändert«, sagte er. »Es ist schwer zu erkennen, ob man sich nur falsch oder gar nicht erinnert. Wie viele Becher hatten beim Abendessen auf dem Tisch gestanden? Zwei oder drei? Anfangs waren es nur Kleinigkeiten, aber mit der Zeit wurden sie immer bedeutsamer. Denn wenn sie einmal angefangen haben, Erinnerungen zu verändern, müssen sie damit immer weitermachen, damit die alten Erinnerungen einen Sinn ergeben. Es ist ein Teufelskreis. Als sie irgendwann die Farbe von Kendras Hochzeitskleid verändert haben, wusste ich es. Diese Erinnerung leuchtete so hell in meinem Kopf, dass die Schatten sie nicht manipulieren konnten. Danach war es nicht schwer zu erraten, was mit meinem Verstand passiert war. Es mussten Dunkel-Fabrikationen sein. Die Leute dachten, die Trauer um meine Frau wäre zu viel für mich gewesen. Und dann zeigte mir meine Familie, wie viel ihr an mir liegt, indem sie mich an diesen Ort brachte. Sie behaupteten, hier könne ich mich erholen.«

Obwohl die Anstalt ursprünglich gegründet worden war, um den Menschen zu helfen, war sie inzwischen eher eine Art Gefängnis für alle, die bei ihren Familien nicht mehr willkommen waren.

»Weißt du, wer dir das angetan hat?«

Konrad Dunkelberg sah mich an, in seinem Blick lagen Sehnsucht und Bedauern. »Glaubst du, ich wäre hier, wenn ich das wüsste? Irgendwer hat mir mein Leben geraubt.«

»Können Licht-Fabrikationen den Prozess nicht umkehren?«

Er lachte. »Eine Zeit lang haben sie täglich versucht, mich mit Licht-Fabrikationen von dem zu heilen, was die Dunkel-Fabrikationen bei mir angerichtet haben. Aber damit haben sie meinen Verstand nur noch weiter geschädigt, bevor die Schatten den verlorenen Boden im Handumdrehen wieder zurückerobert haben. Keiner hat verstanden, wieso das so war, aber ich musste sie bitten, damit aufzuhören. Die Ärzte hier gehen davon aus, dass mein Geist irreparabel geschädigt ist. Sie warten nur darauf, dass ich sterbe.« Er verstummte, holte tief Luft und wich Jenns Blick aus. »Sie glauben, dass ich nicht verstehe, was ich sage.«

Da ich nicht wusste, wie ich ihn trösten sollte, stand ich einfach auf. Der Mann war eindeutig verrückt, und er hatte nichts gesagt, was die Theorien meiner Schwester über die Unschuld unseres Vaters bestätigte – und auch nicht Domets Ansicht, er sei in eine Falle gelockt worden. Nachdem ich ihm nun zugehört hatte, zweifelte ich sogar mehr denn je daran, dass es irgendeinen Unschuldsbeweis gab, den ich finden konnte, selbst wenn ich es schaffen würde, die Erinnerungen des Königs zu stehlen.

Und ich war mir nun noch sicherer, dass es das Beste wäre, aus Kessel wegzuziehen.

Nachdem Jenn Dunkelberg bequem hingelegt hatte, verließen wir beide den Raum, und sie sperrte die Tür ab.

»Siehst du? Unser Vater war unschuldig! Ein Dunkel-Fabrikator hat ihn reingelegt.«

»Das war das Gerede eines Verrückten, Jenn. Eine rauchende Pistole ist in die Hand unseres Vaters gefallen? Nichts, was er gesagt hat, beweist irgendetwas.«

»Haben wir beide der gleichen Unterhaltung zugehört? Hast du denn nicht mitbekommen, dass unser Vater die Pistole nicht richtig gehalten hat? Nichts geschieht zufällig. Das bedeutet ...«

Ich legte ihr die Hände auf die Schultern. »Angelo hat mir angeboten, mich aus Kessel herauszubringen. Und auch dich und Mutter. Wenn wir wollen, können wir von hier verschwinden. Dann kann es uns egal sein, was die Adligen über uns denken. Und wir müssen uns auch nicht mehr bemühen, dem Vermächtnis der Königmanns gerecht zu werden.«

»Jenn schüttelte meine Hände ab. »Natürlich müssen wir das nicht. Außer dir glaubt das niemand. In dem Moment, als wir die Brandzeichen erhielten, haben Leon und ich akzeptiert, dass man nichts mehr von uns erwartet. Es ist mir bloß nicht egal, weil ich weiß, dass es Auswirkungen auf meine Kinder haben wird – falls ich je welche haben werde.«

»Ich wusste nicht, dass du es so siehst«, sagte ich.

»Ich habe die Zukunft eben immer realistisch betrachtet. Du nicht.«

Ein Teil von mir dachte, dass ich die Familientradition außerhalb von Kessel weiterführen und mit den Jahren unsere Ehre wiederherstellen könnte. Aber insgeheim wusste ich, dass das Vermächtnis der Königmanns mit mir sterben würde, wenn ich Kessel verließ. Doch ich musste tun, was für mich am besten war, genau wie meine Mutter es gesagt hatte. Und es war egal, wie sehr ich mich der Stadt nach dem Verrat meines Vaters verpflichtet fühlte. Sie hatte inzwischen ein ganzes Jahrzehnt ohne Königmann überlebt und würde es auch in Zukunft schaffen.

»Du hast recht«, sagte ich. »Aber inzwischen bin ich erwachsen. Wir können Kessel hinter uns lassen, Jenn, und ein normales Leben führen.«

Sie fing an, auf und ab zu gehen. »Ich will diese Pistole haben. Ich werde die Stadt nicht verlassen, bevor ich sie nicht gesehen habe.«

»Was?«

»Die Pistole, mit der Davi getötet wurde ... Bring sie mir, und ich ziehe mit dir aus Kessel weg.«

Eher würde sich Celona selbst wieder zusammenfügen, als dass Jenn das wirklich tat. Wenn sie die Waffe hatte, würde sie ihre Nachforschungen eher noch intensivieren und Kessel niemals verlassen, solange ihr Hass auf die Königsfamilie nicht gestillt war.

»Ist dir eigentlich klar, was du da von mir verlangst, Jenn? Wenn die Pistole nicht längst zerstört ist, was ich für wahrscheinlich halte, hat sie sicherlich der König. Um an sie heranzukommen, müsste ich im Palast einbrechen.«

»Hast du das nicht sowieso vor?«, fragte sie. »Du nimmst doch nicht am Endlosen Walzer teil, um Zeit mit den Adligen zu verbringen. Du hast irgendetwas geplant – wahrscheinlich zusammen mit Domet –, und da du dich auf einmal für den Walzer interessierst, musst du es auf irgendetwas im Palast abgesehen haben.«

»Wieso bist du so sicher, dass die Pistole nicht zerstört wurde?«

Sie sah mich ernst an. »Würde mich jemand ermorden, würdest du doch auch nicht die Tatwaffe zerstören, oder? Stattdessen würdest du alles über sie herausfinden wollen: woher sie kam, wer sie konstruiert und wer sie gebaut hat und wie sie in die Hände des Mörders gelangt ist.«

»Ja, vielleicht hat der König sie noch.«

»Hilf mir. Liefere mir den Beweis, dass unser Vater ohne jeden Zweifel schuldig war, und dann können wir beide Kessel für immer den Rücken kehren.«

Wir besiegelten unsere Vereinbarung mit einer Umarmung.

Als ich aus der Anstalt trat, begannen die Schatten an den Wänden um mich herum zu tanzen, und ich wusste, dass mein Abend noch längst nicht vorbei war.

Schwartz wartete auf einer Bank vor dem Gebäude. Sobald er mich bemerkte, stand er auf und kam zu mir herüber. Die Dunkelheit schien ihn zu verzerren und seine Gesichtszüge im schwindenden Mondlicht zu verlängern. »Mikael, ich hoffe doch, dass ich nicht erst dich oder deine Schwester dort drinnen bedrohen muss, damit du mit mir kommst, oder?«

Ich schüttelte den Kopf. »Ich bin überrascht, dass du so lange gebraucht hast, mich zu finden.«

»Ich bin geduldig.« Schwartz drehte sich um. »Komm mit. Wir gehen an einen Ort, wo wir uns ungestört weiter unterhalten können.«

Ich folgte ihm. Wenn ich die nächsten Tage erleben wollte, durfte ich mir keinen Fehler erlauben. Aber da ich seinen Umschlag versteckt hatte, war meine Verhandlungsposition besser, als er womöglich dachte.

Zumindest redete ich mir das ein.

Kapitel 26
Der Söldner

Ich setzte mich mit dem Rücken zur Wand und sah zu, wie Schwartz ein Feuer im Ofen entzündete.

Auf dem Weg zu Burg Königmann hatten wir kein Wort gewechselt, vermutlich weil es erst mal nichts zwischen uns zu bereden gab. Er fütterte die ersten zarten Flammen vorsichtig mit Brennholz, bis sie allein überleben konnten. Dann stand er auf und wischte sich die Hände am Hemd ab.

Er wirkte ein wenig gepflegter als bei unserer letzten Begegnung. Seinen markanten Gesichtszügen nach stammte er aus Kessel, aber durch sein dichtes schwarzes Haar wirkte er dennoch fremdländisch. Er hatte seinen Bart gestutzt und das Haupthaar an den Seiten kurz geschoren. Das Deckhaar war zu einem Pferdeschwanz zusammengebunden. Seine Kleidung verbarg nicht, dass er genauso athletisch gebaut war, wie ich bei unserer ersten Begegnung vermutet hatte, und seine Jacke stand so weit offen, dass ich den Griff der Pistole sehen konnte, die er in einem Holster trug.

»Hier sind wir geschützt genug. Gib mir meinen Umschlag.«

»Ich habe ihn nicht dabei.«

Er sah mich an. »Das glaube ich dir nicht.«

»Dann traust du mir aber nicht viel zu. Ich kann zwar

manchmal ziemlich mondsüchtig sein, aber ich bin nicht schwachsinnig. Wieso sollte ich deinen Umschlag die ganze Zeit mit mir herumtragen und riskieren, ihn zu verlieren, wenn ich ihn an einem sicheren Ort aufbewahren kann?«

»Und wo soll das sein?«, fragte er erkennbar verärgert.

»Es ist ein Ort, zudem du ohne meine Hilfe keinen Zugang hast.«

»Das halte ich für unwahrscheinlich.«

»Da ihn die Tosburg-Kompanie nicht erstürmen konnte, bezweifle ich, dass du es allein schaffst.«

Schwartz sah mich einen Moment lang schweigend an. »Was weißt du über die Tosburg-Kompanie?«

Ich verkniff mir ein Lächeln. Mir war bewusst, dass ich ihm gegenüber zum ersten Mal die Oberhand hatte. Dennoch würde ich aufpassen müssen, damit ich lebendig hier herauskam. »Ich habe deine Dokumente gelesen.«

»Du hast meinen Umschlag geöffnet? Das war dumm von dir.«

»Würdest du mich denn anders behandeln, wenn ich es nicht getan hätte?«

Schwartz warf ein Holzscheit ins Feuer. »Wahrscheinlich nicht«, gab er zu und rieb sich das Kinn. »Ich weiß, dass die Tosburg-Kompanie die Kessel-Bibliothek angegriffen hat, um an eine bestimmte Information zu gelangen, und dass dieser Angriff fehlgeschlagen ist ... Daher gehe ich davon aus, dass du meinen Umschlag dort versteckt hast. Das ist unerfreulich, und ich weiß nicht, ob ich die Archivare noch einmal verärgern möchte. Aber ich werde tun, was nötig ist.« Seine Finger umschlossen den Pistolengriff. »Du nützt mir jetzt nichts mehr.«

»Ich kann ihn für dich holen, wenn du mir ein paar Garantien gibst.«

Er sah mich mit seinen grauen Augen an. »Mikael, lass mich eines klarstellen. Du hast mir etwas gestohlen. Wenn du versuchst, mich mit etwas zu erpressen, was rechtmäßig mir gehört, bring ich dich um. Und das ist ein Versprechen, keine Drohung.«

Ich hielt eine Hand in die Höhe, um ihn zu beschwichtigen. »Ich habe nichts gestohlen. Du hast mir gesagt, dass ich den Umschlag nicht verlieren soll. Und das habe ich getan. Da ich nicht wusste, wie ich dich kontaktieren kann, habe ich ihn an einem sicheren Ort hinterlegt und darauf gewartet, dass du mich findest. Man kann wirklich nicht sagen, dass ich dir aus dem Weg gegangen bin. Du kriegst ihn wieder, wenn du mir dein Wort gibst, dass damit die Angelegenheit zwischen uns beiden erledigt ist. Und wenn du mir sagst, was aus Sirash geworden ist.«

»Bist du taub? Hast du nicht gehört, was ich gerade zu dir gesagt habe?«

»Ich habe in letzter Zeit genügend Vereinbarungen mit anderen Leuten getroffen, um zu wissen, dass ich mich auf niemandes Zusagen verlassen kann.«

»Dir ist klar, *was* ich bin, oder?«, fragte Schwartz, während sich die Schatten um ihn herum verdichteten. »Ich bin kein einfacher Wegelagerer oder König, sondern ein Söldner. Begreifst du nicht, was das bedeutet?«

»Ich bin eher für meine Hartnäckigkeit als für meine Intelligenz bekannt.«

Schwartz warf den Kopf zurück und stieß ein dröhnendes Lachen aus. »Ich habe Fragen zu dieser Burg. Wenn du sie mir ehrlich beantwortest, verspreche ich dir im Gegenzug, dass ich dir nichts tun und dir verraten werde, was mit deinem Freund passiert ist.«

Was konnte eine Abmachung mehr oder weniger schon schaden? Bald würde der König der Einzige sein, mit dem ich noch keine getroffen hatte. »Was möchtest du wissen?«

Schwartz bedeutete mir, ihm zu folgen, und führte mich in mein altes Zimmer. Es war kalt und trocken. Der Wind hatte Blätter durch das offene Fenster hereingeweht. Draußen glitzerten auf dem Boden unter dem Fenster Glasscherben im Mondschein.

Er stand mitten im Raum und sah sich um. »Was sollen all diese Malereien?«

An den schwarz gestrichenen Wänden und der Decke waren neben Dutzenden Sternenkonstellationen wie dem Grauen Drachen und Gottes linkem Auge auch die sieben Hauptstücke des zerbrochenen Mondes und seine Trümmerwolke zu sehen. Wo früher mein Bett gestanden hatte, prangte eine Sonne auf dem Fliesenboden. Nachdem jahrelang niemand dieses Zimmer betreten hatte, waren zwar die Farben ein wenig abgeblättert, aber der Gesamteindruck war immer noch genauso überwältigend wie zu meiner Kindheit.

»Mein Vater hat es für mich gemalt. Ich war damals ... ungefähr sechs.«

Schwartz ging schweigend durch den Raum und sah sich alles an. »Ich wusste nicht, dass dein Vater so eine Begabung hatte.«

»Das wusste kaum jemand. Immer wenn er sich entspannen musste, malte er. Viele seiner Gemälde hingen in der Burg – hauptsächlich Porträts und Landschaften –, aber die sind alle weg.«

»In Kessel gibt es nicht viele so begabte Künstler.« Schwartz blieb stehen und deutete auf die Ecke des Raums, in der die sieben großen Stücke von Celona zu sehen waren. »Die

Pinselführung ist unglaublich. Selbst den großen Meistern fiel es schwer, Farben so ineinander übergehen zu lassen. Wo hat dein Vater das gelernt?«

Ich zuckte mit den Schultern. »Irgendwo im Ausland, nehme ich an.« Das war nur eines der vielen Dinge, die ich nicht über meinen Vater wusste. Alle sprachen über David Königmann den Verräter, aber ansonsten war kaum etwas über ihn zu hören. Ich wusste nicht einmal, wie sich meine Eltern kennengelernt hatten. »Hätte die Welt ihn nicht als Königmann gebraucht, wäre er wahrscheinlich Maler geworden.«

Schwartz ließ die Finger über die zum Teil abgeblätterte Farbe gleiten. Dann ging er einmal im Zimmer herum. »Wieso hat dein Vater das für dich gemalt?«

»Ich hatte Angst vor der Dunkelheit.«

»Der Dunkelheit?«

»Ja, schwer zu glauben, nicht wahr?« Ich kratzte mich am Hinterkopf. »Ich hab geglaubt, die Schatten, die sich in der Nacht bewegen, wären Ungeheuer, die es auf mich abgesehen haben. Damit habe ich unsere Diener in den Wahnsinn getrieben. Manchmal bin ich schreiend aus einem Albtraum erwacht und habe Kerzen angezündet, um die Schatten zurückzutreiben. Anschließend bin ich mit den brennenden Kerzen im Zimmer wieder eingeschlafen ... Eines Nachts haben die Vorhänge Feuer gefangen. Da hat mein Vater mich mit nach draußen genommen, und wir haben zusammen im Dunkeln gestanden.« Ich räusperte mich. »Er hat mir gesagt, dass alles, wovor ich in der Dunkelheit Angst habe, bei Licht auch da ist und es dann nur anders aussieht. Er ließ mich die blaugrauen Blumen anfassen. Ich ging mit ihm über das nasse Gras und beobachtete die Fische, die im grünen Flusswasser schwammen. Dann nahm er mich auf den Arm, und wir betrachteten die Sterne. Er hat gesagt, dass der größte Schatz, den die Welt zu bieten hat, nur nachts zu sehen ist, und dass wir nichts davon mitbekommen, wenn wir nicht im Dunkeln nach draußen gehen. Wovor sollte ich also Angst haben? Damals habe ich zum ersten Mal wirklich die Sterne und den Mond angeschaut. Sie waren wunderschön. Wir sind die ganze Nacht aufgeblieben, und er hat mir die Geschichte jedes einzelnen Sternbilds erzählt. Am nächsten Tag hat er dann angefangen, das hier zu malen.« Ich schwieg einen Moment lang. »Damals war er mein Held.«

»So sind Väter«, sagte Schwartz. Er schien mit sich selbst zu sprechen. »Sie enttäuschen ihre Kinder immer dann, wenn die sie am meisten brauchen.«

»Wieso willst du das alles wissen?«, fragte ich ihn.

»Im Palast gibt es einen Raum, der fast genauso aussieht. Ich wollte wissen, was dahintersteckt.«

»Und wieso kümmert dich das?«

»Das geht dich nichts an. Aber wenn es dich mehr interessiert als das Schicksal deines Freundes, sage ich es dir.«

»Nein, erzähl mir von Sirash.«

Ohne auf die Glasscherben zu achten, setzte sich Schwartz auf das Fensterbrett. »Er ist kurz nach dir weggerannt. Er hat nicht mal seine Bezahlung kassiert. Mehr weiß ich nicht.«

»Das glaube ich dir nicht. Woher soll ich wissen, dass du ihn nicht irgendwo als Geisel hältst?«

»Wenn ich das täte, würde ich es dir sagen.«

»Dann hast du also keine Ahnung, wo er sich aufhält oder was mit ihm passiert ist?«

»Nein, ich habe keinen Schimmer. Entweder ist er entkommen, oder die Waage hat ihn erwischt.«

Wenn die Waage ihn hatte, konnte seine Leiche jeden Moment in den Hängegärten auftauchen. Und wenn er nicht bezahlt worden war, steckte seine Familie in Schwierigkeiten. Wir hatten verabredet, uns in drei Tagen zu treffen, doch wenn die Waage Sirash geschnappt und davon erfahren hatte, war auch ich geliefert, wenn ich zu unserem Treffen auftauchte. Ich wusste nicht, was ich tun sollte.

»Morgen früh holst du meinen Umschlag aus der Kessel-Bibliothek und bringst ihn mir während der Verdunklung«, forderte Schwartz. »Das sollte eigentlich kein Problem für dich sein, da der dritte Teil des Endlosen Walzers dann schon vorbei ist.«

»Morgen? Willst du ihn nicht heute Nacht haben?«

Er zögerte, als müsste er erst einmal darüber nachdenken, was er sagte. »Nein. Wenn dich jemand dort sieht, wird er sich fragen, wieso du mitten in der Nacht in der Bibliothek bist.«

»Ganz wie du ...«

Aus einem der Räume ertönte ein Krachen.

Schwartz zog die Pistole und bedeutete mir mit einem Wink, dass ich mich in irgendeinem Zimmer verstecken solle. Dieser Aufforderung kam ich, ohne zu zögern, nach, da ich mich auf keinen Fall mit einem Söldner sehen lassen wollte. Doch ich zog die Tür nicht ganz hinter mir zu und spähte durch den Spalt, um herauszufinden, wer uns gefunden hatte.

Die Gestalt, die mit erhobenen Händen den Saal betrat, entpuppte sich als Trey.

Kapitel 27
Der Lehrling des Söldners

Bevor ich die Tür öffnen und Schwartz zurufen konnte, dass er ihn nicht erschießen solle, blieb Trey mitten im Saal stehen und hob sein Hemd, um zu zeigen, dass er unbewaffnet war.

Schwartz ließ die Pistole nicht sinken. »Wer bist du, und was willst du?«

»Ich heiße Treyvon Wickert«, antwortete er. »Und du bist Schwartz, ein Söldner der Orbis-Kompanie, richtig? Man nennt dich auch den Schwarzen Tod.«

Schwartz war der Schwarze Tod? Laut Angelo gingen weltweit mehr als fünfhundert Morde auf sein Konto. Er war ein Dämon in Menschengestalt. Nur der Sensenmann selbst hatte mehr auf dem Gewissen.

»Was willst du von mir?«, fragte Schwartz.

»Ich will mich der Orbis-Kompanie anschließen. Ich will Söldner werden.«

Als ich ihn diese Worte sagen hörte, glaubte ich im ersten Moment, mein Herz würde aussetzen.

Schwartz wirkte längst nicht so schockiert, wie ich es war. Stattdessen lachte er und steckte die Pistole in das Holster zurück. »Du willst Söldner werden? Und wen genau willst du umbringen, Treyvon?«

Diese Frage schien Trey auf dem falschen Fuß zu erwischen. »Was?«, stieß er hervor. »Ich will niemanden ...«

»Halt mich nicht für einen Narren«, erwiderte Schwartz. »Es gibt drei Arten von Leuten, die Söldner werden wollen. Den einen geht es ums Geld, und die meisten von denen sind Ritter im Ruhestand oder korrupte Waagen. Andere wollen Respekt, aber die gehen nicht mit erhobenen Händen auf einen Söldner zu. Daher gehörst du zur dritten Kategorie: Du willst ungestraft jemanden umbringen.«

»Ich wünschte, es wäre nicht so offensichtlich.« Trey ließ die Hände sinken.

»Wen willst du kaltmachen?«

»Den Rebellen, der meinen Bruder getötet hat.«

»Und wer ist das?«

»Ich hab keine Ahnung.«

»Hast du keinen Namen für mich? Eine Beschreibung? Seine Position in der Rebellenarmee? Vielleicht ist es dir ja noch nicht aufgefallen, aber im Moment stehen mehrere tausend Rebellen vor der Stadtmauer.«

»Ich weiß nichts Genaues.«

»Kennst du jemanden, der es weiß?«

»Ja«, blaffte Trey. »Aber den kann ich nicht fragen.«

»Weshalb nicht?«

»Das spielt keine Rolle. Ich ...«

»Weißt du überhaupt, was es bedeutet, der Lehrling eines Söldners zu sein? Willst du diese Person so dringend töten, dass du bereit bist, dafür deine Freiheit aufzugeben?«

»Ich dachte, Söldner können tun, was sie wollen.«

»Vollwertige Söldner, ja, aber auf Lehrlinge trifft das nicht zu. Bevor du mir auch nur einen Schritt von der Seite weichen darfst, musst du erst eine Prüfung bei der Orbis-Kompanie ablegen. Und die ist alles andere als leicht. Wir können es schließlich nicht zulassen, dass irgendwelche Dummköpfe in unserem Namen handeln.«

Trey ballte die Hände zu Fäusten. »Wie lange würde es dauern, bis ich ein echter Söldner wäre?«

»Wenn du Glück hast, zehn Jahre, ansonsten ein Leben lang.«

Zehn Jahre waren länger, als man sich bei den Fabrikatoren-Armeen der Hochadligen verpflichten musste.

»Würdest du mir helfen, diesen Rebellen zu töten, bevor ich dein Lehrling werde?«, fragte Trey.

»Ja«, erwiderte Schwartz. »Aber ich verstehe es nicht. Du willst mein Lehrling werden, um die Person zu töten, die deinen Bruder umgebracht hat, aber du hast keine Ahnung, wer derjenige ist. Ich finde es bizarr, dass du zu mir kommst, bevor du weißt ... Oh, Moment mal, wen machst du für den Mord an deinem Bruder verantwortlich?«

Treys Schweigen verriet mehr, als Worte es vermochten. Er sah Schwartz fest in die Augen.

»Das ist es, nicht wahr?«, sagte Schwartz. »Du willst nicht, dass ich dir dabei helfe, den schuldigen Rebellen zu töten. Du willst dich rächen, indem du den Kaiser tötest und die Rebellion niederschlägt, hab ich recht?«

»Sie haben meinem Bruder die Zukunft gestohlen. Da ist es nur gerecht, wenn ich ihnen auch ihre nehme.«

»Du bist entweder extrem dumm oder ein Selbstmörder. Warte auf die Gerichtsverhandlung. Ich werde keinen Lehrling aufnehmen, der aus Rache sein Leben wegwirft. Was hätte ich denn dann von dir? Du wärest wertlos für ...«

Treys Arme begannen grell zu leuchten. »Ich bin nicht wertlos!«, schrie er. Das Licht war noch blendender als in

Burg Marget. Er hatte geübt ... Wie viele Erinnerungen hatte er opfern müssen, um so weit zu kommen?

Schwartz zeigte sich unbeeindruckt. »Du bist ein Licht-Fabrikator. Und zwar ein reichlich ungeübter. Wer hat dich ausgebildet?«

Trey holte tief Luft, und das Licht um seine Arme löste sich auf wie Wasserdampf. »Ich habe es mir selbst beigebracht. Aber seit ein paar Tagen unterrichtet mich der königliche Fabrikatoren-Meister.«

»Der ist ein Dummkopf«, sagte Schwartz. »Hat er dir wenigstens beigebracht, wie man herausfindet, ob jemand mit Dunkel-Fabrikationen infiziert ist? Oder wie du mit deinem Licht Gegenstände erschaffen kannst?«

»Noch nicht. Aber du könntest das. Nimm mich als deinen Lehrling auf. Bring es mir bei. Ich bin ein Licht-Fabrikator, ein Thronsucher, und wenn ich will, kann ich bis Ende der Woche mit einer Niederadligen verlobt sein. Ich bin für dich durchaus wertvoll.«

Schwartz deutete nach oben, wo dunkle Ranken über Trey baumelten. Sie bewegten sich wie Würmer in der Finsternis und berührten seine Wangen. »Deine Stellung in Kessel ist mir egal. Wenn dir nicht einmal diese Dunkel-Fabrikationen aufgefallen sind – was dir mit deiner Spezialisierung eigentlich leichtfallen müsste –, kann ich dich nicht gebrauchen.« Schwartz wandte ihm den Rücken zu. »Verschwinde.«

»Erst wenn du mich als deinen Lehrling aufnimmst.«

Schwartz seufzte. »Na gut, dann kümmer ich mich eben selbst darum.«

Die schwarzen Ranken packten Trey an den Fußgelenken. Sie rissen ihn zu Boden und zerrten ihn davon. Er rollte auf den Rücken, ließ seine Hände erstrahlen und schlug auf die Ranken ein. Alle, die er traf, lösten sich auf, doch es erschienen immer neue.

»Nenn mir deinen Preis!«, rief Trey, während er sich nach Kräften wehrte.

Schwartz sah ihn an, und die Ranken hörten auf, an ihm zu zerren. »So etwas solltest du zu einem Söldner nie sagen.«

»*Nenne mir deinen Preis.*«

Die Finsternis schien um den Söldner zu tanzen, auf seinem Gesicht breitete sich ein gemeines Lächeln aus. »Bist du bereit, jeden zu töten, den ich dir nenne, wenn ich dir dafür verspreche, die Rebellion niederzuschlagen?«

Treys Fesseln verschwanden, und er rappelte sich auf. »Ja.«

»Sogar deine Mutter?«

»Die ist tot.«

»Deinen Vater?«

»Er hat mich verlassen, als ich klein war. Keine Ahnung, wo er ist.«

»Da bin ich neidisch. Ich würde alles tun, um meinen loszuwerden.« Schwartz dachte einen Moment lang nach. »Was ist mit deinem besten Freund?«

»Ich hatte nur meinen Bruder.«

»Das glaub ich dir nicht.« Schwartz ließ die Fingerknöchel knacken. »Wir fühlen uns alle mit irgendwem verbunden.«

»Ich nicht.«

»Dann kann ich ja vielleicht doch etwas mit dir anfangen. Hast du schon mal jemanden getötet?«

»Ich ... Es war kein ... Ich hatte keine ...«, stammelte Trey. Dann schloss er seufzend die Augen. »Ja.«

Trey hatte jemanden getötet?

»Bereust du's?«, fragte Schwartz. Die Schatten, die ihn umgeben hatten, waren zurückgewichen, und der Mond schien heller zu strahlen als zuvor.

»Nein«, flüsterte Trey. »Ich musste es tun, um zu überleben.«

»Wenn ich dir eine Pistole gäbe, würdest du zögern, einen Fremden damit zu erschießen?«

»Nicht wenn du mir versprichst, mir bei meiner Rache zu helfen.«

Schwartz breitete die Arme aus. »Dann lass es uns folgendermaßen machen: Im Moment bist du noch nicht gut genug, um mein Lehrling zu werden, aber ich könnte einen Assassinen brauchen – jemanden, der nicht zu mir zurückverfolgt werden kann. Wenn du tust, was ich von dir verlange, werde ich den Kaiser für dich töten. Und wenn du mich beeindruckst, mache ich dich vielleicht wirklich zu meinem Lehrling und heiße dich in einer Familie willkommen, die dich niemals verstoßen wird.«

»Wen soll ich für dich töten?«

Schwartz zögerte und sah in meine Richtung. »Wir treffen uns nach der Gerichtsverhandlung gegen den Kaiser wieder. Dann sage ich es dir. Es hat ja keinen Sinn, dass ich etwas gegen ihn unternehme, wenn er in Kessel hingerichtet wird.«

Er zögerte erneut. »Und so kannst du es dir auch noch einmal überlegen. Denn wenn du dich mir anschließt, bleibst du ein Leben lang bei mir. Willst du das wirklich?«

»Ich werde es mir nicht …«

»Ich werde dich finden, wenn es so weit ist«, unterbrach ihn Schwartz und schnippte mit den Fingern. »Verschwinde jetzt.«

Die schwarzen Ranken packten Trey am Oberkörper und rissen ihn von Schwartz weg. Er war fort, bevor er sich wehren konnte, aber eine Zeit lang hallten die Wände noch von seinen Flüchen wider, bis auch sie in der Ferne verklangen.

Als ich sicher war, dass Trey mich nicht mehr hören konnte, riss ich die Tür auf. »Was zum Henker war das, Schwartz …?« Schwartz hielt mir mit unbewegter Miene die Pistole an die Stirn. »Respektvolles Benehmen liegt dir offensichtlich nicht, Mikael.«

»Du willst einen meiner Freunde zu deinem persönlichen Assassinen machen. Du musst deine Abmachung mit ihm widerrufen.«

»Warum? Möchtest du an seine Stelle treten? Würdest du töten, um ihn zu beschützen?«

»Ich … Ich bin … Trey ist … Was hast du wirklich vor, Schwartz? Vor wem hast du so große Angst, dass du einen Assassinen vorschicken willst, anstatt denjenigen selbst zu töten?«

Schwartz ließ die Waffe sinken. »Ist das wichtig? Du weißt, was ich von dir will. Erledige es.« Er beugte sich vor, bis sich sein Mund dicht an meinem Ohr befand. »Und wenn du nicht aufhörst, mich mit solchen Fragen zu löchern, werde ich Trey bei unserer nächsten Begegnung vielleicht eine Kugel in den Kopf jagen. Vielen Dank, dass du mir ein weiteres Druckmittel gegen dich in die Hand gegeben hast, Mikael.«

Ich schluckte meinen Zorn herunter und ging, da ich ihn nicht weiter provozieren und dadurch noch jemand anderen gefährden wollte. Ich hatte mehr von ihm erfahren als erwartet und war immer noch am Leben. Daher wollte ich im Moment mein Glück nicht überstrapazieren, vor allem weil es offensichtlich noch so vieles gab, was ich nicht wusste. Wer konnte schon einem Söldner Angst einjagen?

Bevor ich den Raum verließ, hörte ich noch einmal Schwartz' Stimme: »Und, Mikael. Versuch nicht, mich auszutricksen. Tu, was ich sage.«

Auf meinem Weg aus der Burg versuchte ich zu ergründen, was ich dabei empfand, dass ein Söldner das Heim meiner Vorfahren in Beschlag genommen hatte. Aber ich betrachtete es bereits seit Jahren nicht mehr als mein Zuhause, und wenn ich wirklich Kessel verlassen würde, war es ohnehin nicht wichtig. Viel mehr betrübte mich die Vorstellung, Trey könnte aus Verzweiflung einen Fremden töten, um Rache zu nehmen. Wie sollte ich jemandem helfen, der so weit gehen wollte – und würde er es überhaupt zulassen?

Während ich durch die Straßen lief, trauerte ich um verlorene Freunde, und da ich schon dabei war, auch um mein längst verlorenes Zuhause.

KAPITEL 28
DER RETTER

Ich beugte mich mit verschränkten Händen so weit nach hinten, bis mein Rücken und meine Fingerknöchel knackten.

Auf dem Tisch lagen zahlreiche offene Tagebücher verstreut. Ich war früh in die Bibliothek gegangen, um in der Zeit, die mir zur freien Verfügung stand, so viel wie möglich zu schaffen. Ich musste herausfinden, wozu Schwartz dieses *Tagebuch des Erzmagiers* benötigte, weshalb er etwas über ein Gemälde erfahren wollte, das mein Vater vor vielen Jahren angefertigt hatte, und wieso er bereits vor unserer ersten Begegnung an meiner Familie interessiert gewesen war. Bislang war meine Suche ergebnislos geblieben, und ich würde bald aufbrechen müssen, weil mir Domet noch erklären musste, was mich bei der heutigen dritten Veranstaltung des Endlosen Walzers erwartete.

Jenn saß mir gegenüber. Sie hatte die Füße auf den Tisch gelegt und summte ein Lied vor sich hin, während sie in einem Buch über unsere Vorfahren las. Sie hatte mich gesehen, als ich in die Bibliothek ging, und war mir gefolgt, um drinnen zu lesen anstatt wie sonst am Fluss. Ich hatte sie gewarnt, dass die Archivare sie nicht hineinlassen würden, aber sie hatten sie anstandslos durchgelassen. Es ärgerte mich fast ein wenig, dass Jenn offenbar von meiner Abmachung profitierte. Sie aber hatte mir zugezwinkert und gesagt, mir würde so etwas auch gelingen, wenn ich nur ein bisschen charmanter wäre.

Als sie noch andauernd geweint hatte, war sie nicht so blasiert gewesen.

Abgesehen von den knarzenden Holzdielen und Jenns Summen herrschte absolute Stille im Raum. Und so wandte ich mich, so entspannt, wie schon lange nicht mehr, erneut dem Eintrag zu, in dem ich gerade gelesen hatte.

In diesem Krieg mit Neu-Drakon wurde mir klar, dass meine bisherigen Vorstellungen von Medizin zu eng gefasst sind. Es geht nicht mehr nur um Schwertwunden, abgehackte Gliedmaßen oder andere leicht zu behandelnde Verletzungen. Nein, inzwischen haben sie Kugeln. Ärgerliche kleine Eisenkugeln, mit denen sie Menschen töten. Dazu müssen sie nur einen Abzug betätigen. Wenn sie möchten, können sie jedes Kind in der Stadt mit diesen Pistolen ausstaffieren und uns ganz leicht zurückschlagen, falls wir es je schaffen sollten, ihnen zu nahe zu kommen. Die Kriegsführung hat sich verändert, und wir werden verlieren. Wir halten immer noch an unseren Glaubenssätzen fest, während David Königmann und König Isaak immer neue Strategien entwickeln, mit denen sie die Schusswaffen von Neu-Drakon unschädlich machen wollen, aber wir ...

»Wo findet die dritte Veranstaltung noch mal statt?«, fragte Jenn.

Ich sah nicht auf. »Im Theater im Hohen Viertel. Wir sehen uns eine Aufführung oder irgendwas in der Art an. Ich weiß es nicht genau.«

Jenn nickte nachdenklich und widmete sich wieder ihrer eigenen Lektüre. Jedes Mal wenn sie umblätterte, klang es, als würde sie die Seiten zerreißen.

... haben bloß noch nicht verloren, weil wir Fabrikatoren haben und der Feind nicht.
Heute Morgen habe ich eine Patientin mit einer Kugel in den Eingeweiden behandelt. Eine Verwundung, die zu einem langsamen Tod führt. Ein Bauchschuss ist mithin das Schlimmste, was es gibt. Wir taten, was wir konnten, und haben die Kugel entfernt. Danach haben wir die Wunde gesäubert und vernäht, aber ich fürchte, dass sie schon bald an Blutvergiftung ...

»Glaubst du, die Prinzessin hasst dich wegen dem, was unser Vater getan hat?«

Diesmal hob ich den Blick.

Diese Frage hatte sie mir noch nie gestellt. Wenn ich mich richtig erinnerte, hatte sie die Prinzessin seit der Hinrichtung unseres Vaters überhaupt noch nie auch nur mit einem Wort erwähnt. »Keine Ahnung. Ich habe sie seit damals nicht mehr gesehen. Doch wahrscheinlich beantwortet das deine Frage. Wenn sie mich nicht hassen würde, hätte sie sicherlich längst Kontakt mit mir aufgenommen.«

Sie nickte wieder und wirkte, als befände sie sich in ihrer eigenen kleinen Welt. Ich rechnete damit, dass sie mir noch eine Frage stellen würde, aber nach einem Moment nahm sie wieder ihr Buch in die Hand, und so wandte auch ich mich erneut den Tagebüchern zu.

… sterben wird. Wir wissen immer noch nicht, was diese Infektionen auslöst. Da wir unser Operationsbesteck immer ordentlich reinigen, muss es eine andere Ursache haben, vielleicht die Kugeln selbst. Es gibt so vieles zu erforschen, aber dafür ist mitten im Krieg keine Zeit. Sie heißt Amanda Trask, und ich fürchte, dass ich für ihren Tod verantwortlich bin. An manchen Tagen …

»Glaubst du, sie könnte …«

Ich schlug den Band geräuschvoll zu und legte ihn auf den Tisch. Wenn sie nicht bald auf den Punkt kam, würde ich es nach ihr werfen. »Was willst du wirklich wissen, Jenn?«

Sie schloss ihrerseits ihr Buch und legte es ebenfalls weg. »Es wird dir nicht gefallen.«

»Wer nicht wagt, der nicht gewinnt.«

Jenn schwieg einen Moment. »Wenn es dir ernst damit ist, dass du Kessel verlassen willst, sollten wir uns über die Königsfamilie unterhalten.«

»Was ist mit ihr?«

»Ich will damit sagen«, murmelte sie, »dass wir Königmanns sind. Wir sollten überlegen, wem wir die Verantwortung übergeben. Ob diejenigen für diese Aufgabe geeignet sind. Und was wir tun, wenn sie es nicht sind.«

»Wenn wir aus Kessel weggehen, dann doch nur, um das Vermächtnis der Königmanns hinter uns zu lassen, Jenn. Was du vorschlägst, würde uns nur noch weiter daran binden.«

Jenn stöhnte, wickelte sich eine Strähne ihres Haars um den Finger und lehnte sich auf dem quietschenden Stuhl zurück. »Vergiss es.«

Seufzend nahm ich ein anderes Tagebuch und schlug es an einer beliebigen Stelle auf. Doch bevor ich das erste Wort lesen konnte, fuhr Jenn fort: »Hättest du ehrlich kein Problem damit, Kessel seinem Schicksal zu überlassen? Ich meine, was ist, wenn Adreann den Thron besteigt? Ich fürchte, du weißt gar nicht, wozu er alles fähig ist. Als Kind ist er auch schon so gewesen. Damals wollte es nur keiner wahrhaben. Ich selbst eingeschlossen.«

»Natürlich hätte ich ein Problem damit. Aber was sollen wir dagegen tun? Er kann seine Position als zweiter Thronfolger nur verlieren, wenn die Prinzessin heiratet, ein Kind bekommt und er abdankt oder sich als illegitimer Sohn erweist.«

»Und nichts davon ist wahrscheinlich. Noch nie hat jemand versucht, der Prinzessin den Hof zu machen, Adreann ist viel zu stolz, um jemals abzudanken, und ich bezweifle, dass er illegitim ist.« Sie zögerte. »Es gibt noch eine andere Option, aber ...«

»Schlägst du vor, ihn zu töten?«

»Ja«, erklärte sie.

»Schlag dir das aus dem Kopf. Wir sind die Königmanns, und wir töten die Königlichen nicht, ganz gleich, wie wir persönlich zu ihnen stehen oder wie ungeeignet sie für ihre Herrscheraufgaben sind.«

»Und wenn einer von ihnen versuchen würde, mich oder Leon zu töten?«

Ich griff über den Tisch hinweg nach ihrer Hand und sah ihr in die Augen. »Wenn jemals jemand unsere Familie bedroht, werde ich alles Nötige tun, um uns zu beschützen. Und wenn es einer aus der Königsfamilie täte, würde das Vermächtnis der Königmanns definitiv mit mir enden.«

»Wieso entscheidest *du*, wann es endet?«

Ich ließ ihre Hand los. »Weil ich dein großer Bruder bin und dich beschütze. Sogar vor dir selbst.«

Jenn räusperte sich und sah zur Seite. Nach einer Weile fragte sie: »Wer war eigentlich die Frau, mit der Angelo dich gesehen hat?«

»Welche Frau?«

»Die dich neulich Nacht nach Hause gebracht hat.«

»Nana?«, fragte ich.

Sie zuckte mit den Schultern. »Ich kenn ihren Namen nicht. Ich hab nur den Klatsch und Tratsch gehört.«

»Du sprichst von Nana. Zwischen uns beiden ist nichts.«

»Zwischen dir und den Frauen, die du kennenlernst, ist nie irgendwas. Und jetzt fang nicht wieder an mit Lissa aus der Bäckerei. Du behauptest zwar immer, dass du bei ihrem Vater um ihre Hand anhalten möchtest, aber du tust es ja doch nicht.«

Ich fand nicht, dass man mir mein nichtexistentes Liebesleben zum Vorwurf machen konnte. Jedenfalls war es nicht gänzlich meine Schuld. Sobald die Frauen herausfanden, dass ich ein Königmann war, verloren die meisten das Interesse an mir.

»Wie wäre es, wenn wir Leon und sein Kind unterstützen, bevor wir uns um meine Herzensangelegenheiten kümmern?«

Jenn lächelte mich an, und es war ihr anzusehen, wie sich ihre Laune besserte. »Dann musst du dich aber zuvor bei Leon entschuldigen. Das Letzte, was ich gehört habe, ist, dass er dir den Kontakt mit Karolin und seinem Kind verboten hat.«

»Das steht auf der Liste der Dinge, die ich noch erledigen muss, bevor wir Kessel verlassen. Gleich unter ›Pistole finden‹ und ›Endlosen Walzer absolvieren‹.«

Jenn lehnte sich wieder auf ihrem Stuhl zurück. »Gut, aber an dieser Stelle müssen wir unser Gespräch leider abbrechen. Solltest du nicht schon längst zu Domet unterwegs sein? Ich bin froh, dass er nicht mehr in der Anstalt ist, und möchte, dass es auch so bleibt.«

»Mist, du hast recht«, sagte ich und räumte die Tagebücher in die Regale zurück. »Willst du mich nach dem Endlosen Walzer zur Gerichtsverhandlung gegen den Kaiser begleiten? Ich habe dich in letzter Zeit kaum gesehen, und irgendwie vermisse ich dich.«

»Mit Vergnügen«, antwortete sie. »Ich sehe zwar nicht gern zu, wenn Leon Leute hinrichtet, aber für den Kaiser mach ich eine Ausnahme. Er ist genauso verschlagen wie die Königsfamilie.«

Damit verabschiedete Jenn mich und vertiefte sich wieder in das Buch über unsere Familie. Ich lieh mir indes heimlich ein Tagebuch aus, steckte Schwartz' Umschlag hinein und brach auf.

Diesmal erwartete Domet mich nicht auf den Stufen vor seinem Haus, und so trat ich ein. Während ich den Flur entlangging, kam mir das Innere des Gebäudes verdächtig ruhig vor. Auch die Schatten machten einen eigenartigen Eindruck und erinnerten mich ein wenig an die Dunkelheit, die Schwartz umgab.

Domet befand sich in seinem Lieblingsraum. Er hatte eine Flasche Wodka neben sich stehen und starrte in das lodernde Kaminfeuer. »Die Kleidungsstücke liegen auf dem Tisch«, sagte er. »Sie sind ansehnlich, aber ein bisschen weniger förmlich als für die ersten beiden Anlässe. Da sind auch Handschuhe. Heute Nacht wird es kalt.«

Ich ging hinter einen Paravent und zog mich um. »Was steht heute an?«

»Ein Konzert, das vom Musikkolleg aufgeführt wird. Die

Gäste werden in kleine Gruppen aufgeteilt, um Gespräche zu ermöglichen. Ich habe dafür gesorgt, dass du mit dem Hochadligen Alexander Reitter und seiner Frau Alecia zusammen sein wirst. Nana Deuter, Botschafter Zain und seine Diener werden auch da sein. Es sollte eigentlich ein unkomplizierter Abend für dich werden. Seit deinem Auftritt im Garten sind die meisten Adligen dafür, dass du an den Hof zurückkehrst. Dass ich mich für dich ausgesprochen habe, hat auch geholfen. Du musst jetzt eigentlich nur noch zusehen, dass du's nicht versaust.«

»Das klingt nicht gerade sehr vertrauensvoll.«

»Ich vertraue dir durchaus, Mikael. Andernfalls hätte ich dich gar nicht angestellt. Und bald werden wir dank unserer gemeinsamen Anstrengungen der Erfüllung unseres Zieles einen großen Schritt näher kommen.«

Ich knöpfte mir die Hose zu. »Werdet Ihr mir je verraten, was wir auf der Feier des Königs tun werden?«

»Das sage ich dir erst, sobald das mit deiner Einladung sicher ist. Ich will das Schicksal nicht unnötig herausfordern.«

»Sagt mir wenigstens *irgendetwas*. Ich möchte nicht immer völlig unvorbereitet zu diesen Veranstaltungen gehen.«

Das war natürlich nicht die ganze Wahrheit. Ich brauchte auch mehr Informationen, um die Pistole zu finden, mit der Davi Kessel umgebracht worden war. Und ich hoffte, dass der König sie an derselben Stelle wie seine Erinnerungen aufhob. Wenn ich vom Erzmagier ausging, der Kopien von seinen Tagebüchern in der Kessel-Bibliothek hinterlegte, erschien es mir allerdings nicht ausgeschlossen, dass auch der König nicht alles an einem Ort verwahrte.

Domet nahm einen Schluck Wodka. »Die Aufzeichnungen seiner Erinnerungen findest du wahrscheinlich in seinem Arbeitszimmer im Königsturm, wo er alles aufbewahrt, was ihm lieb und teuer ist. Es wird nicht leicht sein, dort hineinzukommen, aber damit befassen wir uns, sobald es so weit ist.«

Das klang vielversprechend. »Habt Ihr eine Ahnung, wie er seine Erinnerungen festhält?«

»Wahrscheinlich in Tagebüchern. Für die intimsten Details hat er sich möglicherweise Tätowierungen stechen lassen, aber nicht für den Rest. Welcher König wird beim täglichen Blick in den Spiegel schon gern mit allen Fehlern seiner Herrschaft konfrontiert?«

»Ein fähiger König würde sich nicht viele Fehler erlauben.«

Domet genehmigte sich noch einen Schluck und erhob sich dann von seinem Stuhl. »So etwas wie einen fähigen König gibt es nicht.« Er straffte die Jacke, die er trug. »Bist du bereit, Mikael? Heute Abend sichern wir uns deine Einladung, und morgen stehlen wir dem König die Wahrheit. Die Rettung ist nahe.«

KAPITEL 29
MUSIKER

Gleich nach unserer Ankunft gingen Domet und ich zu unseren jeweiligen Plätzen im Theater und warteten auf den Beginn des Konzerts. Wir waren spät dran, und das fand ich gut, denn ich wollte nicht mit anhören, wie die Adligen über die Rebellion, das Attentat auf den Prinzen und den Kaiser debattierten; davon hatte ich nach der Jagd genug mitbekommen. Die Adligen zerbrachen sich vor allem den Kopf darüber, wie sie die Stadt Naverre und deren Umland unter sich aufteilen wollten, sobald die Rebellion niedergeschlagen war. Was sich im Miliz-Viertel ereignet hatte und wie viele Unschuldige dort ums Leben gekommen waren, kümmerte sie hingegen herzlich wenig. Stattdessen interessierten sie sich ausschließlich für den Tod anderer Adliger, und das auch nur, soweit ihr eigenes kostbares Leben davon betroffen war.

Um auch ja in kein Gespräch verwickelt zu werden, beschloss ich, nicht am Eingang auf Kai und das Mädchen mit dem roten Kleid zu warten, sondern begab mich direkt zur Loge von Alexander Reitter. Auf dem Weg dorthin zerrte ich an meinem Kragen und dachte darüber nach, was für ein Unsinn förmliche Bekleidung doch war. Kragen dieser Art trug man nur bei Beerdigungen, Hochzeiten oder Gerichtsverhandlungen und wenn man sich als jemand ausgeben wollte, der man nicht war. Zu meiner Schande musste ich mir eingestehen, dass ich in letztere Kategorie fiel.

Nana ließ sich auf den Plüschsitz neben mir fallen und strich sich das Kleid glatt. Ich hasste es, wie sie sich immer nahezu geräuschlos an mich heranschlich.

»Hör auf, an deiner Kleidung herumzuzupfen«, sagte sie mit gespieltem Ärger. »Du siehst gut aus.«

»Mir wäre es lieber, ich könnte atmen«, erwiderte ich und zerrte erneut an meinem Kragen.

»Was soll ich da mit meinem Korsett erst sagen?«

Ich ließ die Hand sinken und beobachtete, wie die Adligen die Sitze unter uns besetzten und nach und nach die anderen Logen bevölkerten. »Wie kommst du mit der Verführung des Prinzen voran?«

»Ganz hervorragend. Er war sehr charmant und aufmerksam und hat mir erst nach der Party einen Kuss auf die Wange gegeben. Wahrscheinlich hat er sich anschließend eine Hure für die Nacht gesucht, aber das ist mir egal.«

»Das stört dich nicht?«

»Huren? Nein, nie. Huren sitzen nicht auf einem Thron, und Bastarde erben nicht die Krone.«

»Und was ist mit Liebe?«

»Was soll damit sein?«, fragte sie aufrichtig interessiert.

»Keiner, der Macht hat, heiratet aus Liebe. Ich weiß sowieso nicht, ob ich jemanden lieben möchte. Ich habe miterlebt, was die Liebe mit Menschen macht.«

»Das ist niederschmetternd.«

»Genau wie ein gebrochenes Herz«, erwiderte sie.

An dieser Stelle beendeten wir unser Gespräch, da Botschafter Zain und seine beiden Freunde die Loge betraten. Wie üblich war Zain der Einzige von ihnen, der sprach. Sie setzten sich in die Reihe hinter uns, und Zain massierte mir spielerisch die Schultern. »Mikael! Wie geht es Euch, mein Freund? Ich habe von Euren Heldentaten bei der Jagd gehört und wünschte, ich wäre dabei gewesen. Ich wollte die legendären Königmanns immer schon mal in voller Aktion erleben.«

»Ich fürchte, das war nicht sehr glamourös, Botschafter.«

»Der Tod ist selten glamourös, mein Freund«, sagte Zain. »Genau deswegen gibt es diese Veranstaltungen ja – damit wir unseren Blutdurst stillen können. Habt Ihr die Musikerin, die heute Abend hier auftritt, diese Rot, schon einmal erlebt?«

»Nein. Bislang kannte ich noch nicht einmal ihren Namen. Aber alle scheinen sich auf sie zu freuen. Wer ist sie?«

»Das weiß niemand«, sagte Nana. »Sie trägt bei all ihren Auftritten eine wunderschöne Maske, und sie hat immer ihre eigene Entourage dabei, die sich um sie kümmert. Über ihre Identität kursieren jede Menge Gerüchte. Und woher der Name kommt, ist offenkundig, wenn man sie sieht.«

Botschafter Zain beugte sich vor und stützte die Ellbogen auf unsere Stuhllehnen. »Meiner Lieblingstheorie zufolge ist sie ein Bastard aus der Familie Haber von Goldküste. Sie soll sich von ihrer Sippe losgesagt haben und auf der Suche nach einem besseren Leben nach Kessel geflohen sein. Jetzt trägt sie zu ihrem Schutz eine Maske, falls einer der Habers auf die Idee kommen sollte, diesen Schandfleck auf der Flagge ihres heiligen Clans zu beseitigen.«

»Ich kenne eine noch bessere«, erwiderte Nana. »Manche sagen, sie sei in Naverre aufgewachsen, wo sie die Rebellion und die Kriegswirren überlebt haben soll. Es heißt, als man sie entdeckte, seien ihre Haare blutverschmiert gewesen, und sie habe so lange ›Die Engel von Naverre‹ gesungen, bis ihr die Stimme versagte ... ein paar Jahre bevor dieses Lied offiziell komponiert wurde. Nach diesem Trauma war sie nicht mehr in der Lage zu singen, aber als sie schließlich ihre Angst überwand, wurde sie wiedergeboren, und dieses Lied ist jetzt das beliebteste in ihrem Repertoire. Ihre Maske trägt sie in Erinnerung an alle, die damals gestorben sind.«

»Das klingt alles lächerlich«, meinte ich, denn diese Erklärungen waren viel zu romantisch, um etwas anderes als Märchen zu sein.

Zain lachte und schlug mir auf den Rücken. »Mein Freund! Was wäre die Welt ohne ein bisschen Spaß? Mir ist eine harmlose Lüge allemal lieber als eine langweilige Wahrheit. Wahrscheinlich ist sie eine ganz gewöhnliche Frau, die Angst davor hat, ihr Gesicht zu zeigen, weil sie nicht ans Licht der Öffentlichkeit gezerrt werden möchte. Es gibt viele Menschen, die nicht nach Macht und Einfluss streben.«

»Viele Narren, soll das wohl heißen«, flüsterte Nana.

»Nur wenigen nützt die Macht, und nicht jeder kann sie haben, Savaii.« Zain hielt den Blick fest auf Nana gerichtet, und auch der Knochenmann und Zains azilianischer Freund sahen sie durchdringend an. »Aber wenn es Euch je nach mehr verlangt, als dieser Ort hier bieten kann, dann lasst es mich wissen. Ihr könntet die schönste Ehefrau in Goldono sein und mir den Neid all der anderen männlichen Adligen dort bescheren.«

Mit unverhohlenen Schmeicheleien kam man bei Nana offenkundig am weitesten. Sie sah Zain tief in die Augen. »Ich fühle mich geehrt, Botschafter, aber leider gibt es da bereits jemanden.«

»Ich verstehe, Savaii. Aber sagt mir bitte Bescheid, wenn sich daran etwas ändern sollte.«

Bevor Alexander Reitter und seine Frau zu uns in die Loge stießen, wurde das Licht der Laternen, die das Theater säumten, schwächer. Nur nicht auf der Bühne, wo im hinteren Bereich ein paar Musiker mit ihren Instrumenten Platz nahmen. Gleichzeitig tauchten zwei komplett in Schwarz gekleidete Männer an den Rändern der Bühne auf und richteten dort rasch etwas her, nur um gleich darauf wieder zu verschwinden und die Musiker allein zurückzulassen. Stille breitete sich im Publikum aus.

Dann trat eine Frau in einem fließenden schwarzen Kleid und mit zierlichen weißen Handschuhen auf. Ein paar Zuschauer stießen Freudenrufe aus, und das Publikum brach in spontanen Beifall aus. Eine glänzende scharlachrote Maske bedeckte das Gesicht der Frau auf der Bühne und funkelte im Laternenlicht. Ihre rotbraunen Haare waren so drapiert, dass sie über die linke Seite der Maske herabfielen. Ihr Schatten schien so fest mit der Bühne verbunden, als wäre sie auf ihr geboren worden. Sie hob eine Hand, und der Applaus verstummte.

»Willkommen, ehrwürdige Mitglieder des Hofes von Kessel«, sagte sie. »Willkommen, Teilnehmer des Endlosen Walzers.« Ihre sanfte Stimme erfüllte das gesamte Theater. Die Männer links und rechts von ihr flüsterten sich etwas zu. »Ich danke Euch allen, dass Ihr heute Abend gekommen seid. Aber ich möchte Euch nicht länger mit Höflichkeiten langweilen. Kommen wir stattdessen zu dem Grund, aus dem Ihr alle hier seid.« Sie stieß einen Seufzer aus, und ich spürte, wie mir ein Schauder über den Rücken lief. »›Die Engel von Naverre‹.«

Bereits mit dem ersten Ton, den sie sang, hatte sie meine ganze Aufmerksamkeit. Sie beherrschte die Bühne, verzückte ihre Zuhörer und ließ uns an ihrem Unglück teilhaben, denn ihr Gesang war weder lieblich noch sanft, sondern von Schmerzen getragen. Und anstatt dieses Gefühl herunterzuspielen, betonte sie es noch mit ihrer rauen Stimme. Sie versuchte nicht, ihre technischen Mängel zu verbergen. Ihr Talent bestand vielmehr darin, das Publikum gerade mit diesen Fehlern zu berühren.

Mit ihrem Lied über Liebe und Hoffnungslosigkeit schlug Rot alle in den Bann. Ihre Stimme verlieh den geschichtlichen Ereignissen emotionale Tiefe. Wir erlebten gemeinsam mit Lyra, der Heldin des Liedes, ihren ganz persönlichen Albtraum. Rots Vibrato ließ uns spüren, wie einsam sie war, als die Stadt Naverre um sie herum in Trümmern zerfiel. Wir hörten Kinder, die schreiend versuchten, ihre toten Eltern wachzurütteln, und die Unschuldigen, die mehr Angst vor der Stille hatten als vor dem Lärm, während sie in den unterirdischen Schutzräumen darauf warteten, dass die Explosionen aufhörten. Als sie aus voller Kehle den Refrain sang, achtete sie nicht darauf, ob sie die richtigen Töne traf. Stattdessen ging sie ganz in Lyras Leid auf.

Gegen Ende des Stücks änderte sie die Klangfarbe. Ihre Stimme wirkte nun so grenzenlos wie der Sternenhimmel und so undurchdringlich wie die Dunkelheit in einer mondlosen Nacht. Sie hielt nichts zurück. Die Leidenschaft, die sich in ihrem rauen Gesang ausdrückte, harmonierte wunderbar mit dem ergreifenden Text und dem virtuosen Spiel der Musiker. Einzelne rotbraune Strähnen lösten sich aus ihrer kunstvoll hochgesteckten Haarpracht. Als sie von den Engeln sang, die vom Himmel herabstiegen, um über Naverre zu richten, änderte sie ein weiteres Mal die Tonalität, und während Lyras Geschichte schließlich ihrem tragischen Finale entgegenstrebte, lauschte das Publikum ehrfürchtig, wie sich Rots Stimme in erstaunliche Höhen aufschwang.

Dann war es vorbei. Rot stand atemlos und mit offenen Haaren auf der Bühne. Im Verlauf des Finales musste sie die Spange gelöst haben. Doch ich war zu sehr in der Welt gefangen gewesen, die ihre Stimme erschaffen hatte, um etwas davon mitzubekommen. Das Publikum blieb noch einen Moment lang still, viele waren zu Tränen gerührt. Dann sprangen sie alle gleichzeitig auf und brachen in Jubel aus. Das Theater hallte von donnerndem Applaus und schrillen Pfiffen wider.

Hinter mir war Botschafter Zain ebenfalls aufgestanden. »Brava! Brava! Zugabe! Zugabe!«

Nana schien hingegen nicht beeindruckt, dennoch klatschte sie, langsam und gleichmäßig. »Ich bin überrascht. Nach all diesen Lobeshymnen hätte ich nicht erwartet, dass ihre Stimme so dilettantisch ist. Der Junge, der letzten Monat vor meiner Division auf seiner Laute gespielt hat, war um einiges besser.« Da der Knochenmann und der Azilianer ihre Meinung wie erwartet für sich behielten, sah sie mich an. »Wie fandst du es?«

»Ganz in Ordnung.«

Ich weiß nicht, wieso ich log. Vielleicht war ich zu stolz, um zuzugeben, wie sehr mich das Lied berührt hatte. Möglicherweise wollte ich Nana auch nur nicht widersprechen. Oder es lag daran, dass die einzige Person in der Loge, die genauso begeistert schien wie ich, der Mann war, der seinem Diener die Zunge herausgeschnitten hatte. Und das war wirklich niemand, mit dem ich mich gemeinmachen wollte.

»Vielen Dank, Ihr seid sehr großzügig«, sagte Rot, die mittlerweile einen Strauß Mondtränen in den Händen hielt. »Ich werde später noch einmal auftreten. Jetzt wünsche ich Euch erst einmal gute Unterhaltung mit den Musikern des Kollegs. Es sind lauter wunderbare Menschen, und ich bin froh, gemeinsam mit ihnen die Bühne teilen zu dürfen.«

Während sie sich ein letztes Mal verbeugte, verabschiedeten die Zuschauer sie mit weiterem Beifall. Erst als sie nicht mehr zu sehen war, ließ sich Zain wieder auf seinen Platz sinken.

Mir war warm, und ich zerrte erneut an meinem Hemdkragen. Heißer Dunst schien vom Publikum aufzusteigen.

»Ich hoffe, der nächste Teil wird besser«, sagte Nana.

Ich konnte nicht länger in der Loge bleiben. Sie war viel zu stickig. Aber vielleicht lag es auch an den Leuten, mit denen ich sie teilte. Ich beugte mich zu Nana hinüber. »Ich gehe schnell mal frische Luft schnappen.«

»Viel Spaß«, antwortete sie nach kurzem Zögern.

Ich schob mich an ihr vorbei aus der Loge und ging auf den Ausgang zu. Als ich durch die Vorhänge getreten war, stieß ich erleichtert den Atem aus. Draußen war es erheblich angenehmer. Ich lehnte mich gegen die Brüstung der Treppe und sah zu den Sternen und den sieben großen Stücken des zerbrochenen Mondes hinauf.

Sofort dachte ich dabei an meinen Vater … und an die Zeit, als er noch mein Held gewesen war.

»Mikael? Bist du das?«

Ich drehte mich um und stellte erschrocken fest, dass Sirashs dunkelhaarige Freundin Gianna Lorenzo vor mir stand.

Kapitel 30
Diejenigen, die bleiben

Manchmal fühlte ich mich trotz meiner achtzehn Jahre wie ein kleines Kind, das gleich Ärger mit seinen Eltern bekommen wird. Diese Reaktion konnten bestimmte Menschen auf fast magische Weise in mir auslösen. Auch Leon war darin ein Meister.

Gianna Lorenzo trug zu ihrem schlichten weit geschnittenen weißen Kleid, das knapp unter ihren Knien endete, einfache Ohrstecker aus Kupfer. In einer Hand hielt sie eine Piccoloflöte. »Mikael? Was machst du?«

»E-es ist nicht das, wonach es aussieht«, stammelte ich.

»Was meinst du damit«, entgegnete sie. »Wonach sieht es deines Erachtens denn aus? Wo ist Sirash?«

Mir wurde kalt. »Weißt du es etwa nicht?«

»Nein. Das letzte Mal hab ich ihn nach dem Angriff auf das Miliz-Viertel gesehen, und er hat mir gesagt, dass er noch in derselben Nacht zusammen mit Arjay von zu Hause wegmüsse. Er sagte, er habe einen Auftrag in Aussicht, mit dem er das dafür nötige Geld beschaffen könne. Aber dazu würde er deine Hilfe benötigen. Also, was ist passiert, Mikael? Was ist mit ihm los?«

Tot. Lebendig. Vermisst. Im Gefängnis. In einem Versteck. Ich wusste nicht, wo er war und wie es ihm ging.

»Keine Ahnung«, antwortete ich, als ich die Stille nicht mehr ertragen konnte.

»Warst du in dieser Nacht nicht mit ihm zusammen?«, fragte sie mit bebender Stimme.

»Doch, aber die Advokatoren haben uns überrascht, und ich bin abgehauen.«

»Du ... du hast ihn im Stich gelassen? Seit ich dich kenne, erzählst du ständig, dass man sich in einer Familie umeinander kümmern muss. War das nur Blödsinn?«

»Ich hatte keine Wahl«, murmelte ich und glaubte, die Blicke meiner Vorfahren auf mir zu spüren. Wahrscheinlich fragten sie sich, wie ein Kind wie ich je in ihre Fußstapfen treten sollte.

Würde ich immer nur ein Hochstapler bleiben?

Gianna kniff die Augen zusammen und strich sich mit der freien Hand am Bein entlang. »Wieso bist du hier, Mikael? Was hattest du in der Familienloge der Reitters zu suchen? Und weshalb bist du so angezogen?«

»Ich nehme am Endlosen Walzer teil.«

»Wie kommst du dazu?«

»Das ist eine lange Geschichte.«

»Ich habe Zeit. Mein Auftritt ist der letzte, bevor Rot wieder singt.«

Aber *ich* hatte keine Zeit. Außerdem wollte ich unbedingt vermeiden, dass irgendwer aus der Loge kam und uns zuhörte. Wenn man mich im falschen oder – je nach Perspektive – richtigen Moment belauschte, würde vielleicht ans Licht kommen, was ich mit Domet ausgeheckt hatte. Und im ungünstigsten Fall hätte die Waage sogar einen Grund, mich wegen Unterstützung der Rebellen zu belangen.

»Können wir uns vielleicht nach dem Konzert treffen?

Dann erzähl ich dir alles von Anfang an. Und wir überlegen uns, wie wir ...«

»Ich verstehe schon«, erwiderte Gianna mit gekünsteltem Lächeln. »Du willst also nur Zeit mit mir verbringen, wenn es dir in den Kram passt. Ich dachte, wir wären Freunde.«

Ich blickte zum Vorhang hinüber, hinter dem sich die Loge befand. »So habe ich das nicht gemeint. Ich befinde mich nur gerade in einer sehr verzwickten Lage ...«

»Ach so?« Sie hob die Stimme. »Und dass Sirash vermisst wird, stört dich nicht?«

»Natürlich stört es mich! Sirash gehört zu meiner Familie, und in einer Familie ...«

In diesem Moment hob sie den Rock, zückte ein Messer, das sie versteckt am Oberschenkel getragen hatte, und drückte mir die Klinge an den Hals. »Sag mir, wo er ist, Mikael. Oder ich schlitz dir die Kehle auf und schaue zu, wie du verblutest.«

Ich knirschte mit den Zähnen. Sie hatte mich noch nie gemocht. »Ich habe keine Ahnung. Ich wusste ja nicht einmal, dass er vermisst wird. Wir haben ausgemacht, dass wir uns ein paar Tage lang nicht treffen, falls wir getrennt werden.«

»Das bezweifle ich«, fuhr sie mich an. »Du bist Sirash in den Rücken gefallen, um dir einen Platz beim Endlosen Walzer zu sichern. Hast du ihnen erzählt, dass er ein entflohener Knochenmann ist, oder hast du ihnen vorgelogen, er wäre ein Rebell? Ich hab dir nie vertraut, Mikael. Einmal ein Adliger, immer ein Adliger. Was hat es dir eingebracht, Arjay ans Messer zu liefern? Ein großes Federbett? Einen Goldring? Ich hoffe, es war sein Leben wert.«

»Wovon sprichst du? Was ist mit Arjay passiert?«

»Auch er wird vermisst«, zischte sie. »Ich habe ihn seit jener Nacht ebenfalls nicht mehr gesehen. War er ein kleiner Bonus für deine Freunde von der Waage?«

»Gianna, ich hatte keine Ahnung, dass er verschwunden ist. Wenn ich es gewusst hätte, hätte ich dir geholfen, nach ihm zu suchen.«

»Warum hast du nicht nach Sirash gesehen, Mikael? Er hätte es im umgekehrten Fall getan. Und dass er weg ist, hätte dich nicht daran hindern dürfen, mich und seinen Bruder weiterhin wie Freunde zu behandeln.«

»Das hatten wir so verabredet, Gianna, weil ich auf Bewährung bin. Wir haben ausgemacht, dass wir uns erst mal voneinander fernhalten, wenn etwas passiert. Sechs Tage lang. Ich habe keine Ahnung, was ihm zugestoßen ist. Ich habe mehrfach in den Bäckereien, für die er arbeitet, nachgefragt, ob er eine Nachricht für mich hinterlassen hat. Das musst du mir glauben.«

Gianna schüttelte den Kopf, doch sie nahm die Klinge von meinem Hals. Sie wich meinem Blick aus und wischte sich mit dem Handrücken über die Augen. »Inzwischen warte ich nur darauf, dass Sirashs Leiche auftaucht, damit ich ihn beerdigen kann. Wenn ich Glück habe, sind sie gemeinsam gestorben. Sie hatten ja nur einander.«

Das Herz schlug mir bis zum Hals, und ich vermied es ebenfalls, sie anzusehen. Meine feige Selbstsucht in jener Nacht hatte drei Leben ins Chaos gestürzt. Ich musste diese Angelegenheit in Ordnung bringen, bevor außer Jamal noch jemand anderes starb. Noch mehr Schuldgefühle würde ich auf keinen Fall ertragen können.

»Ich werde ihn finden«, sagte ich. »Ihn und Arjay. Und dann bringe ich die beiden nach Hause. Das verspreche ich dir.«

Sie sah mich verbittert an. »Mach keine Versprechungen, die du nicht halten kannst, Mikael.«

»Mikael?« Nana kam zu uns. »Ist alles in Ordnung?«

Gianna sah erst sie und dann mich an. »Für mich wird es Zeit. Ich muss noch Messer wetzen und Instrumente stimmen. Es war schön, dich zu sehen, Mikael.«

Ich sah ihr schweigend nach und schwor mir insgeheim, dass ich mein Versprechen halten und Arjay finden würde, ganz gleich, wo er war.

Als Gianna weg war, trat Nana dicht an mich heran und fuhr mit dem Finger an dem roten Strich entlang, den die Klinge an meinem Hals hinterlassen hatte. Er tat nicht sehr weh. »Was ist passiert?«, fragte sie flüsternd.

Da ich wusste, dass ihr Mitgefühl nur ein weiterer Manipulationsversuch war, schob ich ihre Hand fort. »Ich muss weg.«

»Was? Wieso?«

»Eine Familienangelegenheit.«

»Mikael, du kannst doch nicht den Endlosen Walzer ...«

»Erzähl mir später, wie die restlichen Auftritte waren.«

Ich ließ, immer zwei Stufen auf einmal nehmend, die Treppe hinter mir und rannte los, sobald ich unten war. Ich würde Gianna, Sirash und Arjay auf keinen Fall noch einmal enttäuschen.

Während Gianna beim Musikkolleg wohnte, lebten Sirash und Arjay im Osten von Kessel im Regenbogen-Bezirk. Dieses Viertel war nicht nur wegen all der Schwarzbeeren-Süchtigen, die dort vegetierten, bekannt, sondern auch für seine Färbergruben und kunterbunten Häuser. Es war die ärmste Gegend der Stadt, jedes zweite Gebäude stand offiziell leer und war mit Brettern vernagelt. In Wahrheit hausten in ihnen jedoch zahlreiche verzweifelte Menschen, darunter auch Sirash und sein Bruder.

Das Haus, in dem sie untergekrochen waren, stand am Rand des Bezirks und war grellrosa gestrichen, was sogar für diese Gegend ungewöhnlich war. Als ich davor ankam, ignorierte ich die verbarrikadierte Vordertür und ging gleich zu dem Fenster, das man stattdessen benutzte. Ich fand es sofort, da die Kanten, an der die Bewohner es hochschoben, um sich hindurchzuzwängen, frei von Staub waren.

Das Gebäude war geplündert worden.

KAPITEL 31
STEIN

Drinnen sah ich zertrümmerte Tische und schimmelige Brote auf der Küchentheke. Der Kamin war eingestürzt, an den Wänden und auf dem Fußboden klebte getrocknetes Blut. Irgendetwas Schreckliches war hier passiert. Aber ich konnte mir nicht vorstellen, was.

Ich durchstöberte das Haus. Sirash ließ für den Fall, dass etwas schiefging, immer Anweisungen für Arjay zurück, aber ich konnte nirgends welche finden. Dafür entdeckte ich einen spitzen Feuerstein, einen rostigen Dolch und eine Steinschlosspistole mit einer einzelnen Kugel und allem, was sonst noch nötig war, um sie abzufeuern. Ich nahm die Sachen an mich. Da ich nicht wusste, mit was ich es auf der Suche nach Arjay zu tun bekommen würde, konnte alles hilfreich sein.

Ich steckte die Pistole in den Hosenbund und verließ das Haus durch dasselbe Fenster, durch das ich hereingekommen war. Ich hatte keine Idee, wo ich mit meiner Suche anfangen sollte. Aber ich hatte Gianna versprochen, Arjay zu finden, also würde ich es auch tun. Irgendwie.

»In verlassenen Häusern gibt es nicht viel zu stehlen«, sagte ein Junge, der am Nachbarhaus lehnte. Er war schrecklich dünn, hatte dunkle Haut und viele fein geflochtene Zöpfe.

Um ihn herum waren mehrere Steinhaufen aufgestapelt. »Besonders in diesem da. Es steht noch gar nicht lange leer.«
Ich deutete mit dem Daumen hinter mich. »Weißt du, was mit den Leuten passiert ist, die darin gewohnt haben?«
Der Junge nahm ein paar Steine und ließ sie über die Straße hüpfen. »Der eine ist verschwunden, der andere wurde entführt. Wieso fragst du?«
»Weil es mich interessiert. Wohin wurde er entführt?«
Der Junge musterte mich von Kopf bis Fuß. »Warum sollte ich dir das sagen? Du bist nicht von hier. Dafür bist du zu sauber.«
Und ich hatte keinen Grund, ihm irgendetwas zu glauben. Zumal er mitten in der Nacht im gefährlichsten Bezirk der Stadt unterwegs war. Entweder war er übermütig oder dumm. Und was sollten diese Steine? Sie schienen sorgfältig aufeinandergeschichtet worden zu sein.
»Woher soll ich wissen, dass es stimmt, was du sagst?«
Der Junge deutete auf die Steinhaufen. »Was hätte ich davon, dich anzulügen? Du bist weder ein Drogensüchtiger noch ein Dimmer und wahrscheinlich auch nicht dumm genug, einen meiner wundermächtigen Anti-Sucht-Steine zu kaufen. Von dir ist für mich kein Geld zu holen.«
Das klang zwar logisch, bewies aber nicht, dass er mir die Wahrheit sagte. »Nenn mir deinen Preis.«
Der Junge schwieg einen Moment und machte den Eindruck, als würde er etwas im Kopf ausrechnen. »Deine Handschuhe sehen warm aus.«
»Einverstanden.« Schneller, als der Junge schauen konnte, schlüpfte ich aus den schwarzen Lederhandschuhen, die Domet mir gegeben hatte. Er zog sie langsam an und rieb sich mit schiefem Grinsen das Gesicht. »Was ist mit dem zweiten

Mann passiert? Wo ist er hin, und wer hat ihn mitgenommen?«

»Lass uns gehen. Wir reden unterwegs. Es gibt keinen Grund zu warten.«

Also brachen wir auf. Der große Junge, dessen Namen ich nicht kannte, durchquerte mit mir den Regenbogen-Bezirk. Wir gingen durch Gassen und offen stehende verfallene Gebäude. Da vor Kurzem bei einem Regenschauer die Abflussgräben übergelaufen waren, war alles mit Schlamm und wässerigen Fäkalien bedeckt. Überall wuchs Löwenzahn. Die Straßen waren zwar mit Steinen gepflastert, doch sie hatten Risse und zahlreiche Schlaglöcher.

Wir hielten uns von den Hauptstraßen fern, weil dort nachts die Drogensüchtigen herumlungerten. Normalerweise waren sie völlig weggetreten, aber nicht immer. Zwischen ihren Räuschen waren sie am gefährlichsten.

Der Junge sprach nur mit mir, wenn es unbedingt nötig war. Er fragte mich nicht nach meinem Namen und ich ihn auch nicht nach seinem. In Gedanken nannte ich ihn einfach nur »Stein«.

Nach einer ganzen Weile erreichten wir ein langes flaches Steingebäude, das rot und grau gestrichen war. Über dem Dach wehten zerfetzte Flaggen, sämtliche Fenster waren mit grauen Holzbrettern vernagelt, und auf die Vordertür hatte jemand eine schwarze Krone gemalt. Beim Anblick dieses Bauwerks wurde ich aus irgendeinem Grund nervöser, als ich mich je vor einer Festung der Hochadligen gefühlt hatte.

»Was ist das?«, fragte ich, während wir aus einiger Entfernung hinübersahen. Da in dem Gebäude kein Licht brannte, wirkte es unbewohnt. Es war zwar spät, aber eigentlich noch nicht Schlafenszeit.

»Die Burg der Drogensüchtigen«, erklärte Stein. »Sie ist merkwürdiger als ihre sonstigen Behausungen und wird von einem Metallmann geleitet, der verlangt, dass man ihn ›Herr‹ nennt. Manchmal holt sich dieser Herr Jungs. Aber nur welche, die ungefähr zehn Jahre alt sind. Sobald sie da drinnen sind, kommen sie nie wieder raus.«

»Herr?«, stieß ich aus. »Wer glaubt er, wer er ist?«

»Ein Ritter«, erwiderte Stein. »Der letzte Ritter. Oder zumindest der letzte mit Ehre.«

Ich biss mir auf die Zunge. Es gab keine Ritter mehr in Kessel. Im Schießpulverkrieg waren die meisten von ihnen umgekommen, und die überlebenden hatten sich entweder der Waage angeschlossen oder waren in den Ruhestand gegangen und führten seither mit ihrem unrechtmäßig erworbenen Geld ein luxuriöses Leben zwischen Lavendelfeldern. Nur wenige versahen nach dem Krieg weiter ihren Dienst, und das auch bloß, weil sie keine Wahl hatten.

Nachdem mittlerweile dreißig Jahre vergangen waren, konnte ich mir kaum vorstellen, dass noch welche existierten. Seit dem Aufkommen der Feuerwaffen waren Ritter, die in Rüstungen und hoch zu Ross in die Schlacht zogen, überflüssig geworden. Wenn dieser Mann Arjay wehgetan hatte und tatsächlich der letzte Ritter war, wie er behauptete … nun, dann würde das Rittertum mit ihm aussterben.

»Wenn dieser Mistkerl immer wieder Jungen entführt, wieso habe ich dann noch nie von ihm gehört?«

Stein sah mich ungerührt an. »Wo lebst du?«

»In der Enge.«

»Da hast du deinen Grund: Er entführt keine Jungs aus dem Westteil. Warum sollte es die Leute dort also interessieren. Wir kümmern uns ja auch nicht um den Rebellenkaiser.

Für uns spielt es keine Rolle, welcher feine Herr oder welche Dame gerade auf dem Thron sitzt.«

Stein hatte recht. Den Bewohnern des Ostteils mussten alle Menschen im Westen wie Adlige vorkommen: Wir lebten nicht in baufälligen Ruinen, und wir mischten unserem Getreide auch keine Maden zu, damit wir satt wurden. Außerdem gab es bei uns nicht so viele Drogenabhängige wie hier. Kaum auszudenken, wie von dieser Seite des Flusses aus betrachtet die Hochadligen und Königlichen wirken mussten.

Um das peinliche Schweigen zu beenden, stellte ich ihm eine andere Frage: »Soll das heißen, dass diese Abhängigen organisiert sind?«

»Sie folgen dem letzten Ritter. Sie gehen auf Patrouille, verteidigen das Haus und entführen die Jungen für ihn. Zur Belohnung versorgt er sie mit Schwarzbeeren. Alle, die sich ihm widersetzen, fliegen raus oder werden getötet.«

Ich betrachtete noch einmal das Haus. Die Vordertür war der einzige Zugang, den ich entdecken konnte. Im Gegensatz zu den anderen Gebäuden, an denen wir vorbeigekommen waren, wirkten die Bretter vor den Fenstern neu und stabil. Sie herunterzureißen würde ziemlichen Lärm verursachen. Und die Steinwände wirkten ziemlich massiv. Die Flaggen auf dem Dach erinnerten mich an etwas. Zuerst wusste ich nicht, was es war, doch dann fiel es mir ein, und ich wusste, was ich zu tun hatte.

Ich zog die Pistole und packte alles aus, was ich zum Laden brauchte. Stein sah mir schweigend dabei zu. Als ich fertig war, steckte ich die Waffe wieder in den Hosenbund. In der Dunkelheit musste man schon genau hinsehen, um die Ausbeulung zu bemerken.

»Was machst du da?«, fragte Stein.

Ich schwang mich über die Steinmauer, hinter der wir uns versteckt hatten. »Ich werde lügen. Komm mit.«

»Auf keinen Fall. Ich hab getan, wofür du mich bezahlt hast. Es gibt keinen ...«

Ich zog eine Sonne aus der Tasche. »Wenn du mich unterstützt, gehört sie dir.«

Stein streckte die Hand aus.

»Danach.«

»Und wenn du stirbst?«

»Dann darfst du meine Leiche fleddern.«

Die Situation, in der er sich befand, war mir vertraut, und ich wusste, dass er mein Angebot nicht ablehnen würde. Eine Goldsonne konnte sein Leben verändern, und klug, wie er war, würde er eine Menge damit anfangen können.

Nach kurzem Zögern kletterte Stein rasch zu mir herüber.

Ich klopfte an die Tür zur Burg der Drogensüchtigen und wartete. Noch bevor ich den nächsten Atemzug machte, schwang die Tür auf, und vor mir stand ein leichenblasser Süchtiger mit roten Augen. Seine gebleckten Zähne wirkten so spitz wie die eines Hundes. Er trug rot-graue Lumpen und bestätigte damit meinen Verdacht, dass sich der mysteriöse Ritter für einen Diener meiner Familie hielt. Rot und Grau waren unsere Farben.

Wenn sie dumm genug waren, sich mit ihnen zu zeigen, lebten sie vermutlich in der Vergangenheit.

»Führe mich zu meinem Ritter«, verlangte ich. »Sein Lord, David Königmann, wünscht ihn zu sehen.«

Der Süchtige sah mir in die Augen und fiel auf ein Knie. Von uns drei Geschwistern sah ich am ehesten wie mein Vater und ganz generell wie ein Königmann aus. Mein Plan basierte auf der Hoffnung, dass dieser Süchtige seit langer Zeit nur Drogen im Kopf hatte und nicht wusste, dass mein Vater vor zehn Jahren hingerichtet worden war. Seiner Reaktion nach schien mein Plan aufzugehen. »Mein Lord, es ist mir eine Ehre. Bitte folgt mir.«

Der Mann schlurfte ins Haus, Stein und ich folgten ihm in die Dunkelheit. Abgesehen von wenigen Kerzen, um die jeweils zwei oder drei Menschen kauerten, gab es kein Licht. Auf dem Boden waren Bettdecken ausgebreitet, von der Decke hingen nasse Stofffetzen, und ein widerlich süßer Geruch stieg mir in die Nase. Hier drinnen herrschte eine scheußliche Kälte, die Haut und Rachen wie mit Nadelstichen traktierte. Was ich sah, wirkte chaotisch und zugleich in gewisser Weise organisiert. Zumindest nach den Maßstäben eines Süchtigen.

»Lord?«, fragte Stein. »Ich hatte keine Ahnung, dass ich für einen Lord arbeite.« Sein Blick zuckte wild hin und her, während es um uns herum knarzte und knackte. »Auf was habe ich mich da bloß eingelassen?«

»Ganz ruhig.«

»Wenn wir sterben, werde ich dich verfluchen.«

»Uns passiert schon nichts«, entgegnete ich leise. »Beruhige dich.«

»Beruhige dich, sagt er. Tritt dem Tod stolz entgegen, sagt er. Keine Sorge, der Tod dauert nur für immer, sagt er.«

»Bist du endlich fertig? Oder versuchst du nur, noch mehr Geld herauszuschinden?«

»Das Geld wir mir nichts nützen, wenn ich tot bin.«

Darauf antwortete ich nicht mehr. Es war nötig, dass Stein ruhig und gelassen blieb, aber je mehr Zeit verging, desto weniger schien er dazu imstande. Und wenn ich mit ihm sprach, wurde er nur noch aufgeregter.

Der Süchtige führte uns in einen großen Raum voller Kerzen und mit einem Deckenfenster, durch das Mondlicht fiel. Bei jedem Schritt knirschte Wachs unter unseren Füßen. Auf der anderen Seite des Raums kniete ein Mann in einer Metallrüstung vor einem behelfsmäßigen Altar und betete. In der dunklen Ecke daneben lag ein kleiner Körper. Er wand sich, und als wir nahe genug heran waren, hörten wir ihn gedämpfte Laute ausstoßen.

»Herr«, presste der Süchtige hervor. »Unser Lord ist gekommen, um dich zu sehen.«

Zuerst rührte sich der Mann vor dem Altar nicht. »Unser Lord?«, fragte er dann und erhob sich. »Unser Lord? Wer wagt es, das Gedenken an unseren verblichenen Lord in den Dreck zu ziehen? Unser Lord hat sein Leben für diese Stadt gegeben und ...« Als er sich umdrehte und mich sah, war sein Zorn sofort verflogen, und er sank auf ein Knie. »Mein Lord, Ihr seid zurückgekehrt! Ich wusste, dass Eure Feinde Lügen über Euch verbreiten, aber ich hätte nicht gedacht, dass sie auch Euren Tod erfunden haben. Ich habe geglaubt ... ich habe geglaubt, ich hätte Euch auf den Stufen sterben sehen. Wie konntet Ihr das überleben, mein Lord? Waren es die Reitters oder die Solarins oder Morgensterns? Konnten sie sich an die Alten Worte erinnern? Ach, mein Lord, ich bin so froh, dass Ihr zurückgekehrt seid.«

Der Ritter verbeugte sich vor mir, kämpfte gegen die Tränen an und umschlang meine Beine. Der Krieg und das Alter hatten tiefe Furchen in sein Gesicht gegraben und ihm den Bart und das Haar grau gefärbt. Sein roter Kettenpanzer war auf Hochglanz poliert und schimmerte sogar im trüben Licht. Doch er hatte nur die obere Hälfte angelegt, seine Beine steckten in einer Lederhose. Ich sah ihn mir an, wie er schluchzend vor meinen Füßen kauerte und vor sich hin brabbelte.

Ich konnte mich nicht an ihn erinnern.

Der letzte Ritter, der vor dem Tod meines Vaters bei uns gewesen war, hatte Darius Wolfhard geheißen. Ein fetter, fröhlicher Mann, der gemeinsam mit seinem jungen Sohn und seiner Tochter in Burg Königmann gelebt hatte. Aber er war gestorben, als er meine Geschwister und mich vor den Aufrührern hatte verteidigen wollen. Vermutlich hatten seine Kinder Kessel längst verlassen und lebten irgendwo, wo der Name Königmann keinem etwas sagte. Wer immer dieser Ritter war, er hatte nie meinem Vater gedient. Er war ein Hochstapler, genau wie ich.

»Erhebe dich, mein Ritter«, befahl ich.

Er tat wie geheißen und stellte sich aufrechter hin, als ich ihm zugetraut hätte. Seine Hand ruhte auf dem Knauf seines Schwertes, aber nicht um Stärke zu demonstrieren, sondern aus reiner Gewohnheit.

»Im letzten Moment ist einer meiner Verbündeten an meine Stelle getreten und hat für mich den Kopf hingehalten. Berichte mir, was du seit unserer letzten Unterhaltung getan hast.«

»Mein Lord, ich habe getan, was Ihr mir vor Eurem Tod aufgetragen habt. Ich habe Euren jüngsten Sohn hergebracht, wo er vor Euren Feinden sicher ist. Wir warten nur auf eine Gelegenheit, ihn aus Kessel herauszuschaffen. Ich habe die Streitenden Reiche im Auge, aber ich werde tun, was Ihr befehlt. Ich muss zugeben, mein Lord, dass der König uns erheblich unter Druck gesetzt hat und dass ich daher gezwungen war«, er senkte die Stimme, »wenig ehrenwerte Männer einzustellen. Süchtige, die nur ihren Drogen gegenüber loyal sind. Aber solange ich sie damit versorge, werden sie uns bis ans Ende der Welt folgen.«

Ich sah wieder zu dem Jungen in der Ecke hinüber. Es musste Arjay sein. Nur wenige Kinder in seinem Alter waren so winzig wie er.

Stein stand die ganze Zeit neben mir und sah sich immer wieder nach den Süchtigen hinter uns um, von denen nur die roten Augen zu sehen waren.

»Ich kann dir gar nicht genug für die Treue danken, die du meiner Familie erwiesen hast«, sagte ich und klopfte dem Ritter auf die Schulter. »Aber jetzt nehme ich meinen Sohn mit nach Hause. Dort werde ich ihn verstecken, bis wir uns wieder an die Öffentlichkeit wagen können. Der König wird seine Rache nicht bekommen, indem er meine Kinder tötet.«

Der Ritter zeigte beim Lächeln seine gelben Zähne. »Natürlich, mein Lord, ich verstehe. Es war mir eine Ehre, für Euch auf ihn aufzupassen.«

Ich gab Stein ein Zeichen, dass er Arjay von seinen Fesseln befreien solle. Während sich der Junge schweigend ans Werk machte, stand der Ritter daneben, offenkundig stolz auf seine Verdienste. »Ich habe darauf gewartet, dass Ihr oder einer von Eurem Blut zurückkehrt, damit wir uns zurückholen, was wir damals verloren haben, als Davi Kessel von unseren Feinden ermordet wurde, mein Lord. Die Familie Königmann wird wieder zu alter Größe aufsteigen, dessen bin ich sicher.«

Ich nickte. »Das werden wir, mein Ritter. Die Familie Königmann wird nicht vergessen werden. Ich werde dafür sorgen, dass meine Vorfahren stolz auf mich sind.«

Arjay war inzwischen bis auf seine Fußfesseln befreit.

»Mein Lord«, sagte der Ritter leise, während sich seine Hand fest um den Schwertknauf schloss, »wie heiße ich?«

Ich wandte mich zu ihm um. »Stimmt etwas nicht, mein Ritter?«

Er zog das Schwert ein Stück aus der Scheide. »Wie heiße ich?«

»Nur die Ruhe, mein Ritter. Es gibt keinen Grund, das Schwert zu ziehen. Lass uns ...«

Seine braunen, fast schwarzen Augen verengten sich zu Schlitzen. »Wie lautet mein Name ... mein Lord?«

Ich zog die Pistole aus dem Hosenbund, aber ich war zu langsam, und er schlug sie mir aus der Hand. Sie schlitterte über den Boden auf die beiden Jungen zu. Da ich nun nicht mehr bewaffnet war, sprang ich geduckt vor und warf den Ritter zu Boden. Sein Schwert schlitterte zur anderen Seite des Raums. Ich schlug ihm zweimal ins Gesicht, bevor er mich mit dem Panzerhandschuh am Kinn traf und mich mit diesem Hieb von sich herunterschleuderte. Meine Sicht trübte sich. Er trat mir gegen die Brust, und als ich nach Luft schnappte, durchzuckte mich ein überwältigender Schmerz. Der Ritter rollte mich auf den Rücken und fing an, mich zu würgen. Während ich mit einer Hand versuchte, seinen Griff zu lösen, krallte ich mit der anderen nach seinem Gesicht, das sich jedoch außerhalb meiner Reichweite befand.

»Ich wusste, dass du ein Betrüger bist!«, schrie er mit rotem Gesicht. »Wie kannst du es wagen, dich als mein Lord auszugeben? Wie kannst du es wagen, mich, Tristin Hafenmeister, seinen letzten Ritter, zu verspotten? Kennst du jetzt meinen Namen, Betrüger?« Er verstärkte den Griff um meinen Hals noch einmal, und ich bekam nun gar keine Luft mehr. »Stirb im Namen der Familie Königmann! Stirb für meinen Lord und seine Kinder! Stirb! Stirb! Stirb!«

Doch so wollte ich nicht sterben, erwürgt von einem Verrückten, der sich einbildete, meinem Vater zu dienen. Ich versuchte, ihn irgendwo zu fassen zu kriegen, um ihm Einhalt zu gebieten, aber ... ich erwischte ihn nicht ... Ich musste irgendwie ...

Plötzlich krachte ein Schuss.

Blut spritzte mir aufs Gesicht.

Mit weit aufgerissenen Augen ließ der Ritter meinen Hals los und fasste sich an seinen eigenen. Blut rann durch seine Finger und tropfte mir aufs Gesicht. Halb keuchend, halb schreiend, schnappte ich nach Luft. Als ich den Ritter von mir stieß, fiel er widerstandslos auf den Rücken, und unter seiner Rüstung breitete sich eine Blutlache aus, die mit jeder Sekunde größer wurde. Die eine Hand immer noch um seinen Hals, streckte er die andere nach dem zerbrochenen Mond am Himmel aus, als versuchte er, nach etwas zu greifen, was gar nicht da war. »Mein Lord ...«, presste er zischend hervor, »es tut mir leid ... Ich habe Euch und Eure Kinder enttäuscht. Ich konnte ... Ich konnte sie nicht beschützen. Vergebt ... Vergebt ...«

Seine Hand sank fast geräuschlos zu Boden. Der letzte Ritter war an einer Schusswunde am Hals gestorben.

Während ich allmählich wieder zu Atem kam, wurde mir bewusst, dass wir uns in einem Haus voller Drogensüchtiger befanden und einer von uns gerade ihren Anführer erschossen hatte. Ich blickte in die Richtung, aus der der Schuss gekommen war, und sah Arjay auf dem Boden liegen, die Mündung der Waffe immer noch auf die Stelle gerichtet, an der gerade eben noch der letzte Ritter gekniet hatte.

Seine kleine Hand zitterte. Er war keine zehn Jahre alt und hatte bereits einen Menschen getötet – wegen mir. Wie sollte ich das bloß Sirash erklären?

»Ich ...«, begann er. »Ich ... hab auf sein Knie gezielt. Ich dachte ...«

Ohne ihn ausreden zu lassen, ging ich zu Arjay und nahm ihm die Waffe weg, dann legte ich den Arm um ihn. »Stein, wir müssen hier raus.«

Wir bemühten uns, so schnell und leise wie möglich aus der Burg hinauszugelangen. Dabei starrten uns in der Dunkelheit rote Augen hinterher. Ich rechnete jeden Moment mit einem Angriff, aber es erfolgte keiner. Möglicherweise hatten sie noch gar nicht begriffen, was geschehen war – oder ein paar von ihnen hatten es kapiert und suchten die Burg bereits nach den Schwarzbeeren ab. Vielleicht wollten sie aber auch die Leiche des letzten Ritters nicht verkommen lassen. Soweit ich wusste, waren die Süchtigen nicht gerade wählerisch, was ihre Ernährung anging. Mein Mitleid mit dem Mann wäre größer gewesen, wenn ich ihn gekannt hätte. Aber ich wusste nur, dass er wie ich ein Betrüger gewesen war, und mit denen nahm es selten ein gutes Ende.

Als wir endlich draußen waren, fiel die Tür hinter uns sofort ins Schloss. Offensichtlich waren wir hier nicht mehr länger willkommen.

Die Nacht war bereits weit fortgeschritten, und die Sterne leuchteten hell am schwarzen Firmament. Der Wind, der durch die Straßen wehte, kribbelte auf meiner Haut. Obwohl ich Arjay immer noch im Arm hielt, konnte er nicht aufhören zu zittern, und ich wusste, dass daran nicht die Kälte schuld war.

Stein blieb stehen und würgte, dann beugte er sich vor und erbrach sich an der Steinmauer, hinter der wir uns zuvor versteckt hatten. Ich konnte seine Reaktion gut nachvollziehen. Er hatte gerade mit ansehen müssen, wie ein anderes Kind einen Mann getötet hatte. Und dann war da auch noch ich, der Narr, dem er das zu verdanken hatte. Ein Bösewicht, der sich als Held ausgab.

Nachdem er ein letztes Mal ausgespuckt hatte, drehte Stein sich zu mir um. Er schien mich nach alldem mit anderen Augen anzusehen. »Also gut, mir reicht es für heute Nacht. Wir haben jetzt beide, was wir wollten, und ich hoffe morgen auf andere Kunden. Komm mich bitte nie wieder besuchen, außer du möchtest Wunderheiler-Steine kaufen. Du bist ja noch verrückter als ein Dimmer.«

Ich gab ihm seine Sonne, und er ging.

Es war ein weiter Fußmarsch bis zu Giannas Wohnung, und weder Arjay noch mir war nach einem Gespräch zumute. Als wir eine der Brücken überquerten, warf ich die Pistole in den Fluss, damit sie nicht mit Arjay, Sirash, Gianna, Stein oder mir in Verbindung gebracht werden konnte. Und ich bezweifelte, dass Arjay sie als Andenken an seine Tat behalten wollte. Ich wusste nicht, was ich zu ihm sagen sollte. Ein einfacher Dank schien nicht angemessen, vor allem da ich immer noch das Blut auf den Lippen schmeckte, obwohl ich es längst mit dem Ärmel abgewischt hatte.

Als wir ankamen, drückte ich Arjay noch einmal fest und ohne ein Wort zu sagen.

Er erwiderte die Umarmung. »Bring Sirash zurück, Mikael«, flüsterte er mir ins Ohr. »Ich brauche ihn.«

Nachdem er an die Tür geklopft hatte, dauerte es nicht lange, bis sie geöffnet wurde. Das Licht im Flur blendete mich. Gianna zog Arjay hinein und schloss ihn in die Arme. Dann bemerkte sie das Blut an uns beiden und sah mich durchdringend an. Ich nickte ihr zu und ging davon. Obwohl ich mein Versprechen gehalten hatte, waren wir wahrscheinlich keine Freunde mehr.

Irgendwie würde ich auch Sirash retten …

Kapitel 32
Brennholz

Bevor ich zu Domet ging, wusch ich mir das Blut des angeblich letzten Ritters mit Flusswasser ab. Ich war nass, mir war kalt, und ich konnte keinen klaren Gedanken fassen, aber ich wusste, dass Domet noch wütender werden würde, wenn ich mich nicht noch in dieser Nacht mit ihm traf. Er würde mir sicher nicht durchgehen lassen, dass ich aus dem Theater verschwunden war. Schließlich hatte ich damit alles riskiert, worauf wir hinarbeiteten.

Als ich eintrat, erkannte ich sofort, dass irgendetwas nicht stimmte. Es war so brütend heiß und stickig wie in einer Schmiede. Mehrere Gemälde hingen schief, auf dem Boden lag zerbrochenes Porzellan. Als ich den Hauptraum erreichte, sah ich Domet mit dem Gesicht nach unten auf dem Boden liegen, um ihn herum waren Flaschen verstreut.

»Domet?«, fragte ich.

Keine Antwort.

»Domet?«, wiederholte ich noch beunruhigter.

Wieder keine Antwort.

Ich bückte mich und schüttelte ihn. Als er sich nicht bewegte, drehte ich ihn auf den Rücken und tastete nach seinem Puls. Er war nur ganz schwach, vermutlich hatte Domet eine Alkoholvergiftung. Die hatte ich auch schon bei anderen erlebt, aber naiverweise angenommen, ein Alkoholiker wie er wäre dagegen gefeit. Offensichtlich hatte ich mich getäuscht. Ich musste ihn aufwecken und sicherstellen, dass er nicht im Schlaf starb.

Ich begann, das Haus nach etwas zu durchsuchen, das ich ihm anstelle von Riechsalz unter die Nase halten konnte. In seinen Küchenschränken fand ich nur Schnapsflaschen, etwas Obst und Gemüse sowie ein paar Scheiben Fleisch vom Metzger – bis ich einen Schrank öffnete, der mehr Gewürzsorten enthielt, als ich je zuvor gesehen hatte. Die würden reichen müssen. Ich nahm ein paar scharfe Pfeffer- und Paprikakörner und zerrieb sie alle in einem Mörser. Dabei entstand ein Geruch, der mir die Tränen in die Augen trieb und den kein lebendiger Mensch ignorieren konnte.

Doch als ich zurückkehrte, wartete er bereits in seinem Sessel auf mich und hielt eine neue Wodkaflasche in der Hand. Wie hatte er sich nur so schnell erholen können? Das war nicht normal. Er hätte eigentlich gar nicht imstande sein dürfen zu stehen, geschweige denn, verständlich zu reden. »Mikael.«

Ich stellte den Mörser mit dem Gewürzgemisch ab. »Domet, Ihr seid ja wach … Ihr solltet …«

»Ist dir klar, was du getan hast?«, knurrte er. »Weißt du eigentlich, wie sehr du alles gefährdet hast? Du hast heute Abend den Hochadligen Alexander Reitter vor den Kopf gestoßen. Jemanden, der auf unserer Seite gewesen ist. Ohne seine Unterstützung ist dir die Einladung zur Geburtstagsfeier des Königs nicht länger sicher.«

»Ich werde das in Ordnung bringen. Ich musste weg, weil ich etwas Wichtigeres zu erledigen hatte.«

»Etwas Wichtigeres? Was war wichtiger als unsere Vereinbarung?«

»Der Bruder eines Freundes war verschwunden. Ich musste ihn retten, und dabei habe ich herausgefunden, dass mein Freund auch vermisst wird. Die beiden gehören für mich zur Familie.«

»Familie?«, spottete Domet. »Gibt es etwa noch einen anderen Königmann, von dem ich nichts wusste? Dein Freund Sirash ist kein Königmann. Im Vergleich zu dem, worum es hier geht, ist sein Leben nicht von Bedeutung. Mir war klar, dass du abgelenkt sein würdest, wenn du wüsstest, dass er in Gefahr ist.«

»Wusstet Ihr etwa, dass er in Schwierigkeiten steckt?«

»Natürlich wusste ich das. Da du ihn bei unserer ersten Begegnung erwähnt hast, musste ich schließlich herausfinden, wer er war. Ich habe von meinen Informanten erfahren, dass er am nächsten Tag verhaftet worden ist, aber da er nicht weiter wichtig war, habe ich dir nichts von seinen Schwierigkeiten erzählt. Andernfalls hättest du bloß versucht, ihn zu retten, anstatt dich um den Endlosen Walzer zu kümmern.«

»Ihr habt es ... die ganze Zeit gewusst?«

»Drücke ich mich etwa unklar aus, Mikael? Er ist verzichtbar, und deine Teilnahme am Endlosen Walzer war wichtiger.«

In diesem Moment wünschte ich, ich hätte die Pistole nicht in den Fluss geworfen. »Wo ist er?«

»Wieso sollte ich dir das verraten? Du hast mich betrogen, Mikael.«

»Ich soll Euch betrogen haben?«, stieß ich durch zusammengepresste Zähne hervor. »Ihr habt geschworen, Euch um meine Freunde zu kümmern, wenn mir etwas zustößt.«

»Und, ist dir etwas zugestoßen, Mikael? Kannst du etwa nicht atmen? Oder nicht gehen? Bist du in Gefahr? Verrat mir doch bitte, was es ist, das mich dazu verpflichtet, für deine Freunde zu sorgen.«

Mein Gesicht fühlte sich heiß an, und mir schwanden die Sinne. Das war die Welt, in die ich freiwillig zurückgekehrt war. Die verkommene Welt, in der die Adligen nur auf ihren eigenen Vorteil aus waren und jene, die sie für unwichtig hielten, wie Ratten sterben ließen. Ich hasste sie. Jeden einzelnen von ihnen. Vielleicht hatten die Rebellen ja recht und es war wirklich Zeit, dass jemand anders die Herrschaft übernahm.

»Damit ist unsere Vereinbarung beendet, Domet.«

Er warf den Kopf in den Nacken und lachte übertrieben laut, bevor er aus seinem Sessel aufstand. »Nein, das ist sie nicht. Du wirst tun, was ich sage, Mikael. Du wirst die Erinnerungen des Königs stehlen und mir meine Wiedergutmachung ermöglichen, oder ...«

»Wenn Ihr meine Familie bedroht, werdet Ihr diese Nacht nicht überleben.«

Immer noch lachend ging Domet zum Kamin und nahm den Schürhaken. »Ich glaube, du verstehst nicht recht, wer ich bin, Mikael. Ich lüge dich nicht an. Ich brauche diese Wiedergutmachung. Ich muss wissen, was wirklich mit deinem Vater geschehen ist. Ohne diese Erlösung kann ich buchstäblich nicht sterben.«

Und mit diesen Worten rammte er sich den Schürhaken in den Bauch!

Er ließ mich nicht aus den Augen, während er mit dem Haken in sich herumwühlte und herausgerissene Fleischstücke und blutige Organe zu Boden fielen. Und damit ich auch ganz sicher begriff, was er da tat, zog er den Schürhaken heraus und stieß ihn sich in die Brust, wobei er seine gesamte linke Körperhälfte zerfetzte. Durch das Loch sah ich die Wand hinter ihm.

Nachdem er den Haken wieder entfernt hatte, riss er sein Hemd auf und ließ mich dabei zusehen, wie sein Körper rasend schnell heilte. Haut und Fleisch setzten sich nahtlos wieder zusammen.

Von diesem Anblick wurde mir schlecht. Was ich da sah, war wider die Natur. Und mir wurde klar, wie wenig Ahnung ich von der Welt hatte, wenn jemand wie er existieren konnte, ohne dass ich etwas davon wusste ... ohne dass alle davon wussten.

Als er den Mund aufmachte, rann Blut heraus. »Ich kann nicht sterben, Mikael. Ich bin dazu verdammt, so lange zu leben, bis ich sämtliche Fehler meines Lebens korrigiert habe. Du wirst mir nicht die Gnade des Todes nehmen. Verstehst du?«

»Wie ...?«

»Wie ich unsterblich geworden bin? Das werde ich dir nicht sagen, weil es dich nichts angeht.«

»Nein, ich will wissen, wie Ihr so lange Eure Unsterblichkeit verheimlichen konntet, ohne dass irgendwer das bemerkt hat.«

»Soll ich dir etwa eine Liste von allen geben, die ich bestochen habe oder die bedauerliche Unfälle hatten? Soll ich dir von allen Königen, Königinnen und Königmanns erzählen, die mir dabei geholfen haben, mich zu verstecken, und den anderen, die mich als Bedrohung ansahen? Nein, das werde ich nicht. Du musst nur wissen, was du für mich tun wirst.«

»Und wenn ich mich weigere?«

»Einen Söldner oder einen König zum Feind zu haben ist das eine. Aber willst du es dir wirklich mit einem reichen und gelangweilten Unsterblichen verscherzen, der unendlich viel Zeit hat, seine Rache zu planen? Ich war bereits da, als vor Hunderten von Jahren der erste Königmann in Erscheinung getreten ist. Und wenn du mir nicht hilfst, werde ich immer noch am Leben sein, wenn deine Kinder und deren Nachfahren an deine Stelle rücken. Darüber solltest du gut nachdenken, Mikael.«

Ich antwortete nicht, da mir die Worte fehlten. In was für eine Sache war ich da nur hineingeraten? Mit wem hatte ich die ganze Zeit zusammengearbeitet?

Schweigend wischte Domet den Schürhaken mit dem Hemd ab und stellte ihn wieder an seinen Platz zurück. »Ich werde deine eklatante Fehlentscheidung von heute Abend ausbügeln und dafür sorgen, dass du trotzdem eine Einladung zur Feier des Königs erhältst. Aber ich hoffe, dass dir von nun an klar ist, mit welcher Entschlossenheit ich meine Ziele verfolge. Du kannst froh sein, dass ich mich an unsere ursprüngliche Abmachung halten werde.«

»Und was ist mit Sirash?«

Er zuckte mit den Schultern. »Wenn du mich nicht weiter ärgerst, werde ich ihm vielleicht helfen. Du kannst jetzt gehen. Auf dem Tisch liegt mein Geldbeutel. Nimm dir heraus, was ich dir schulde.«

Während ich es tat, setzte sich Domet auf seinen Sessel vor dem leeren Kamin und trank wieder. Unsere Unterhaltung war vorbei.

Ich hatte immer geglaubt, Leon wäre der Kettenhund der Adligen. Aber wie sich nun herausstellte, gebührte dieser Titel wohl eher mir.

Ich verließ das Haus, blieb verdattert in der Kälte stehen und zog die Jacke fester um mich. Schon bald würde es schneien. Vielleicht ein oder zwei Wochen noch, wenn wir Glück hatten. Ich sah meinen dampfenden Atem aufsteigen und fragte mich, wo Sirash steckte. Ob er allein war und auch Angst hatte. Ich fühlte mich schuldig, wusste aber nicht, wie ich ihm helfen sollte, ohne Carl Domet zu erzürnen, weil ich mich auf etwas anderes als den Endlosen Walzer konzentrierte.

Domet war unfassbar reich und ... unsterblich. Ich konnte ihm nichts anhaben. Nicht im herkömmlichen Sinne. Aber vielleicht konnte ich ihn ablenken, indem ich ihm etwas wegnahm. Etwas, das ihm so viel bedeutete wie mir Sirash. Sobald er mich und den Endlosen Walzer nicht mehr so sehr im Fokus hatte, würde ich mich um meinen Freund kümmern können.

Als ich den Blick über die gerade erloschenen Laternen gleiten ließ und einen noch flackernden Docht in einer von ihnen sah, kam mir eine Idee. Ich würde Domet zeigen, dass er sich mit dem Falschen angelegt hatte.

Kapitel 33
Funke

Mit zwei Flaschen Kornbranntwein in den Händen näherte ich mich dem Schrein der Patronin Viktoria im Hohen Viertel. Bevor ich die Schwelle überschritt, zögerte ich kurz, doch mir passierte nichts, obwohl ich den Schrein mit Schuhen an den Füßen betrat. Allerdings hatte ich das auch nicht wirklich erwartet.

Ich zog den Korken aus der ersten Flasche und behielt ihn zwischen den Zähnen, während ich die Flüssigkeit über den Steinfliesen ausgoss, bis schließlich sämtliche Ritzen damit gefüllt waren. Als Nächstes überschüttete ich das Holz, bis es schwarz wurde. Dann zog ich einen Kreis um den Schrein und besprize die Wände. Es klang, als würde jemand ertrinken und prustend Wasser ausspucken.

Als im Außenbereich alles nach Alkohol stank, begab ich mich in den inneren Schrein. Er war schlicht eingerichtet. In der Mitte stand die Patronin Viktoria, eine aus Marmor gemeißelte Erinnerung. Mit ihren weit ausgebreiteten Armen wirkte sie, als sänge sie für eine lange verschollene Liebe. Mit den windzerzausten Haaren, die ihr Gesicht einrahmten, wirkte sie wie ein Sinnbild der Schönheit.

Ich nahm die Zaunwinden und Mondtränen, mit denen der Schrein dekoriert war, und legte sie der Statue zu Füßen.

Dann übergoss ich die Patronin mit Alkohol, sodass er ihr in dicken Tropfen am Gesicht herabrann. Jetzt hatte ich meinen Scheiterhaufen. Mit der restlichen Flüssigkeit in der Flasche zog ich einen geraden Strich von der Statue bis zum äußeren Rand des Schreins.

Ich nahm Sirashs Feuerstein und ein Messer und stellte mich über die Spur aus Alkohol. Würde ich es wirklich tun?

Ja.

Auf jeden Fall.

Als ich den Feuerstein gegen die Klinge schlug, entzündete sich der Alkohol sofort. Die Flammen breiteten sich rasch aus und hüllten den Schrein ein. Als Erstes brachen die kleineren Balken knisternd in sich zusammen.

Kapitel 34
Glut

Die Frommen standen scharenweise auf den Straßen. Brenner und Ewige Schwestern wanderten zur Kirche des Ewigen Feuers. Unterwegs zeigten sie den Kindern kleine Zaubertricks und baten deren Eltern um Spenden. Ein ganz normaler Tag mit einem ganz normalen Gottesdienst.

Mein Nacken und der Rücken waren steif, weil ich in der Nacht an eine kalte Steinmauer gelehnt geschlafen hatte, auf einem Dach, von dem ich die Überreste des Schreins sehen konnte.

Es war wirklich erstaunlich. Niemand blieb stehen und warf einen Blick zum niedergebrannten Schrein in der Gasse. Die Advokatoren waren zu sehr damit beschäftigt, die Menge unter Kontrolle zu halten, während die Brenner ihre Schäfchen zur Kirche führten, und alle anderen gingen mit demütig gesenkten Häuptern.

Einzig Carl Domet bildete eine Ausnahme: Er trug einen Strauß Zaunwinden und Mondtränen und schaute den Brennern ohne jede Scheu direkt in die Augen. Seine Kleidung war gewohnt förmlich und trotz seines Zustands am Vorabend so makellos wie immer. Vermutlich war das einer der Vorteile der Unsterblichkeit.

Erst als er in die Gasse einbog, war etwas anders als sonst.

Domet fiel schreiend auf die Knie, sein Stock landete neben ihm auf dem Boden, und der Strauß fiel in den Rinnstein. Die abgefallenen Blütenblätter bildeten weiße und violette Tupfer auf dem grauen Steinboden. Die Kirchgänger beobachteten, wie die Advokatoren zu ihm hinliefen.

Ich hoffte, dass der Anblick Domet so sehr peinigte, dass er sich für den Rest seines endlosen Lebens in den Schlaf trinken würde.

Niemand durfte mich mit meiner Familie erpressen, um seine eigenen Ziel zu erreichen.

Nicht einmal Gott oder ein Unsterblicher.

KAPITEL 35

ASCHE

Da ich bereits wach war, beschloss ich, an diesem Morgen mein Versprechen zu halten, das ich Angelo gegeben hatte, und Frühstück für die Familie zu machen.

Jenn war die Erste, die mich am Herd entdeckte, als sie von ihrer Nachtschicht in der Anstalt heimkehrte. Sie war müde und gähnte mir murmelnd etwas vor. Ich umarmte sie, und sie nahm daraufhin eine Scheibe Brot mit Himbeermarmelade und ging damit in ihr Zimmer. Gleich darauf hörte ich sie leise schnarchen.

Angelo kam als Nächster nach Hause. Er rieb sich die Augen, setzte sich in seiner Waage-Uniform an den Küchentisch und sah mich fragend an. »Frühstück?«

»Frühstück«, bestätigte ich und stellte einen Teller mit Eiern, Brot und Pilzen vor ihn hin, dann schenkte ich mir eine Tasse Tee ein. Ich hätte Angelo auch eine angeboten, aber er hasste Tee, und vom Geruch mancher Sorten musste er sogar würgen. Bei dieser Mischung war das zum Glück nicht der Fall.

»Das weiß ich sehr zu schätzen, Mikael. Es war ein schrecklicher Morgen, und ich bezweifle, dass der Rest des Tages viel besser wird.«

»Wieso? Was ist passiert?«

»Die Rebellen haben die Stadt infiltriert und letzte Nacht zugeschlagen. Bis heute Morgen ist das niemandem aufgefallen. Die eine Hälfte der Adligen ist wütend auf König Isaak und die andere auf die Waage, weil sie den Angriff nicht bemerkt und verhindert haben.«

»Was war denn das Ziel?«, fragte ich und hatte wieder den Schwefelgeruch aus dem Miliz-Viertel in der Nase.

»Der Schrein der Patronin Viktoria im Hohen Viertel. Sie haben ihn niedergebrannt.«

Obwohl ich ein guter Lügner war, konnte ich meine Bestürzung nicht verbergen. Man beschuldigte die Rebellen für etwas, was in Wirklichkeit ich getan hatte. Dabei hatte außer Carl Domet niemand zu Schaden kommen sollen.

»W-was …? Warum?«, stammelte ich.

»Keine Ahnung«, sagte Angelo, den Mund voller Pilze. »Diese Aktion passt nicht zu ihren bisherigen Anschlägen, aber die Adligen sind von ihrer Schuld überzeugt. Nach dieser Sache und dem Anschlag auf das Kolosseum wollen die Adligen kurzen Prozess mit dem Rebellenkaiser machen. Obwohl nach allem, was wir wissen, auch ein Machtkampf zwischen Adligen dahinterstecken könnte. Ich ziehe mich nur kurz um und muss dann gleich wieder zurück ins Hauptquartier, um herauszufinden, was da wirklich geschehen ist.«

»Gab es denn Zeugen?«

»Ja, und auch einen Verdächtigen. Die Advokatoren befragen den Mann, der den Brandanschlag auf den Schrein als Erster entdeckt hat. Und sie fahnden mit einer ganzen Division nach jemandem, der letzte Nacht in der Gegend gesehen wurde. Dabei werden sie von den Anhängern der Kirche des Ewigen Feuers unterstützt, obwohl der Flüsterer der Kirche sie eigentlich nur für die Landesverteidigung abstellen darf. Das schmeckt mir ganz und gar nicht.«

Ich stützte mich mit beiden Händen auf die Rückenlehne des Stuhls vor mir. »Wer hat den Brandanschlag denn entdeckt?«

Auf Angelos Teller lag nur noch eine Scheibe Brot. »Der Hochadlige Carl Domet. Ich kann nicht gerade behaupten, dass ich mich auf die Begegnung mit ihm freue. Dieser wichtigtuerische und elitäre Dreckskerl will unbedingt Blut sehen, und ich muss ihm diesen Wunsch erfüllen, wenn mir meine Stelle bei der Waage lieb ist.«

»Viel Glück«, erwiderte ich tonlos.

Angelo wischte sich mit dem Handrücken über den Mund und stand auf. »Keine Sorge, Mikael, ich hab schon Schlimmeres überstanden. Der Hochadlige Carl Domet wird mich nicht zu Fall bringen.« Er hielt inne und warf einen Blick auf eines der Tagebücher des Erzmagiers, jenes, das ich aus der Bibliothek entwendet hatte und in dem immer noch Schwartz' Umschlag steckte. Er nahm es und betrachtete es von allen Seiten. »Seit wann darfst du in die Kessel-Bibliothek?«

»Seit Kurzem«, entgegnete ich. »Ich habe einem Archivar ein paar Informationen gegeben, und er hat mir dafür den Zutritt gestattet. Du weißt von diesen Tagebüchern?«

Angelo fuhr mit dem Finger an der Seite des Buches entlang, als wollte er es aufschlagen, um darin herumzublättern. »Nach der Ermordung meiner Frau habe ich einige dieser Tagebücher gelesen. Das war, bevor ich euch zu mir genommen habe. Ich fand sie tröstlich, weil sie mich von meiner Trauer abgelenkt haben, auch wenn sie größtenteils nur die langatmigen Ergüsse eines Vergessenen beinhalten.«

Ich wusste nicht, was ich darauf sagen sollte. Angelo sprach nur selten über seine verstorbene Frau. Alles, was ich wusste, war, dass er sie von ganzem Herzen geliebt und viel zu früh verloren hatte. Ich kannte nicht einmal ihren Namen. »Wie viele hast du gelesen?«

»Genug, dass es bis ans Ende meines Lebens reicht.« Angelo lachte auf und legte das Tagebuch auf den Tisch zurück, ohne den Umschlag zwischen den Seiten bemerkt zu haben. Mir war klar, dass ich deswegen bald etwas unternehmen musste, aber ich wusste nicht, was.

»Hast du über mein Angebot nachgedacht?«, fragte Angelo unvermittelt.

»Ja, ich glaube, dass ich es annehme. Ich muss nur noch Jenn davon überzeugen, dass sie mich begleitet.«

»Sag mir Bescheid, wenn ihr so weit seid. Die Vorbereitungen werden ein paar Tage dauern, aber ich kann jederzeit damit loslegen.«

»Danke, Angelo.«

Er klopfte an den Türrahmen. »Dank mir nicht. Ich bin nichts ohne meine Familie.«

Damit ging er in sein Zimmer und ließ mich mit mehr Essen zurück, als ich allein bewältigen konnte. Ich setzte mich mit der Tasse an den Tisch. Während ich meinen Tee trank, versuchte ich mir darüber klar zu werden, welche Konsequenzen mein Handeln haben würde.

Jemand kam die Treppe herunter und unterbrach meine Grübeleien. Es war Leon, der die Küche betrat. Ohne etwas zu sagen, lud er sich einen Teller voll und nahm auf der anderen Seite des Tisches Platz.

Abgesehen von seinem Schmatzen und dem Kratzen, das sein Besteck auf dem Teller verursachte, herrschte Stille. Seit unserem letzten Gespräch war keinem von uns beiden nach Reden zumute. Ich hatte zwar zu Jenn gesagt, dass ich mich bei Leon entschuldigen wollte, aber ich wusste nicht, wie ich es anstellen sollte.

Als Leon endlich aufgegessen hatte, verschränkte er die Hände auf der Tischplatte. »Ich glaube, wir sollten miteinander reden.«

»Wenn du mich anschreien willst, werde ich nicht einfach nur dasitzen und es über mich ergehen lassen.«

»Ich werde dich nicht anschreien. Weshalb glaubst du immer, dass ich dich anschreien will?«

»Weil du es ständig tust und alle meine Entscheidungen kritisierst.«

»Aber nur weil alle deine Entscheidungen dumm sind.«

»Siehst du, genau das meine ich!«, erwiderte ich mit erhobener Stimme. »Wenn du mir nichts Neues mitzuteilen hast, werde ich ...«

»Ich bin stolz auf dich«, unterbrach er mich.

Ich neigte den Kopf zur Seite und sah ihn an. Noch nie hatte mich etwas so schnell zum Verstummen gebracht. Und ich hatte ihn noch nie das Wort »stolz« sagen hören, ganz besonders nicht in Bezug auf mich.

Leon lehnte sich seufzend zurück. »Ich bin stolz auf dich, Mikael. Als Angelo mir sagte, dass du am Endlosen Walzer teilnimmst, wollte ich dich erst umbringen. Vor allem wegen all dem Mist, den ich mir in den letzten Jahren von dir anhören musste, wegen der Dinge, zu denen mich der König zwingt. Dann hat er mir erzählt, dass du neulich Nacht fast ertrunken wärst, und das hat ... ich weiß nicht, etwas in mir verändert. Mir kam der Gedanken, dass unser Vater nicht mehr dazu gekommen ist, dir das Schwimmen beizubringen, und dass ich es hätte tun sollen. Da hatte ich das Gefühl, dass ich als dein großer Bruder versagt habe.«

Ich setzte zu einer Antwort an, aber Leon hob die Hand. »Lass mich ausreden. Wenn ich es jetzt nicht sage, mache ich es wahrscheinlich nie mehr.« Er tat einen tiefen Atemzug. »Ich weiß nicht, wieso du dich entschlossen hast, am Endlosen Walzer teilzunehmen, und wie du es überhaupt geschafft hast. Ich weiß auch nicht, weshalb du mich in den letzten Jahren so oft angelogen hast. Aber das ist mir jetzt egal. Ich bin dein Bruder, und ich will mich nicht andauernd mit dir streiten. Ich will mit dir über dein Leben sprechen. Und über mein Leben. Ist dir eigentlich bewusst, dass ich dir nie erzählt habe, wie ich Karolin kennengelernt habe? Ihr seid mir beide so wichtig, und ihr kennt einander nicht einmal. Ich möchte, dass sich das ändert.«

»Leon, ich …«

»Ich bin fast fertig, versprochen.« Er holte einen Umschlag aus seiner Jacke und schob ihn mir über den Tisch zu. Dann bedeutete er mir, ihn zu öffnen, und grinste verlegen, als ich es tat. Der Text auf dem dicken Karton lautete:

Mikael Königmann,
    hiermit seid Ihr offiziell zum fünfzigsten Geburtstag von König Isaak in Burg Kessel eingeladen. Die Feier beginnt heute Abend drei Glockenschläge vor der Verdunkelung.
    Die Auswahl der Geschenke liegt im Ermessen der Gäste.
    Willkommen zurück am Hof von Kessel, Mikael Königmann

Die Einladung war vom König signiert, und neben seiner Unterschrift prangte sein Wappen.

Ich hatte den Endlosen Walzer überstanden.
Nach all den Jahren würde ich wieder an den Hof zurückkehren.
Ich würde mich in der Gesellschaft des Königs und der Raben aufhalten.
Und ich würde den König bestehlen müssen.
Verdammt!

»Ich hab den Umschlag heute Morgen an der Tür gefunden, als ich von der Patrouille zurückkam«, sagte Leon. »In letzter Zeit sind wir beide nicht gut miteinander ausgekommen, und ich weiß, dass das genauso meine Schuld ist wie deine. Da Karolin und ich verlobt sind, werden wir gemeinsam zur Geburtstagsfeier des Königs gehen. Ich war zunächst unsicher, ob wir das tun sollen, wegen unseres Namens und weil man unser Kind als Fehler und als Skandal ansehen wird. Aber nun, da auch du dabei bist, fühle ich mich sicherer. Ich glaube, es wird Zeit, dass wir den Ruf unserer Familie wiederherstellen, nachdem unser Vater ihn zerstört hat, findest du nicht?«

Ich steckte die Einladung in den Umschlag zurück und legte ihn auf den Tisch. Ich wusste nicht, wie ich mit dieser Seite von Leon umgehen sollte. Es war leichter, wenn er mich anschrie. Gerade als ich beschlossen hatte, dem Vermächtnis der Königmanns den Rücken zu kehren, wollte er wieder ein Teil davon sein. Was sollte ich bloß tun?

»Ich konnte Karolin dazu bringen, auch eine Einladung für Jenn zu organisieren, als Gast der Familie Reitter. Dann könnten wir als Familie hingehen ...« Leon verstummte kurz. »Es hat ein bisschen gedauert, Jenn davon zu überzeugen, und sie will sich als Mann verkleiden, damit der Verdorbene Prinz sie nicht erkennt, aber sie wird auch dabei sein.«

Ich konnte mir nicht vorstellen, wie er sie dazu überredet hatte. Jenn war noch viel sturer als ich, und sie hatte geschworen, Burg Kessel so lange nicht mehr zu betreten, bis die Unschuld unseres Vaters erwiesen oder der König tot war.

»Wir werden zusammen dorthin gehen«, sagte Leon noch einmal. »Die drei Königmann-Kinder.«

»Ja, das werden wir«, erwiderte ich und zögerte dann kurz. »Leon?«

»Ja, Mikael?«

»Es tut mir leid, dass ich manchmal so fies zu dir bin. Wir sind eine Familie, und ich hab dich lieb. Ich möchte, dass du das nicht vergisst.«

Bevor er etwas erwidern konnte, entschuldigte ich mich unter irgendeinem Vorwand. Er hielt mich nicht auf. Stattdessen lächelte er entspannt, zufrieden mit dem Fortschritt, den wir in unserer Beziehung gemacht hatten. Mir ging es genauso, aber meine Gedanken kreisten um alles, was schiefgehen konnte, wenn ich in Gegenwart meines überkorrekten Bruders versuchte, die Erinnerungen des Königs und die Pistole zu stehlen, mit der Davi Kessel ermordet worden war. Am meisten fürchtete ich mich davor, was er tun würde, wenn ich sein ungeborenes Kind in Gefahr brachte.

Natürlich war mir klar, womit ich zu rechnen hatte, aber damit wollte ich mich erst einmal nicht befassen.

Als Erstes brachte ich Schwartz' Umschlag zur ehemaligen Burg unserer Familie und hoffte, er würde mir verzeihen, dass ich ihn in der Nacht zuvor versetzt hatte. Aber die Burg war leer, bis auf die kalten Steine und den moderigen Geruch, der sich hier überall festgesetzt hatte. Nichts deutete darauf hin, dass der Söldner jemals hier gewesen war. Sogar die Asche war aus dem Kamin verschwunden.

Da ich keine Ahnung hatte, wo ich nach ihm suchen sollte, ging ich wieder, bevor die Schatten an den Wänden erneut zu tanzen begannen. Vielleicht würde er ja später am Abend nach dem Fest des Königs hier noch einmal vorbeisehen.

Zunächst machte ich mich auf den Weg ins Hohe Viertel, um Carl Domet aufzusuchen, denn ich wollte herausfinden, ob er ahnte, dass ich den Schrein abgefackelt hatte. Unterwegs wurde ich von einem Ausrufer abgelenkt, der auf dem Platz der Flüchtlinge versuchte, die Passanten zu einer Sympathiekundgebung für die Rebellen zu bewegen. Nur wenige blieben stehen, um ihm zuzuhören, bevor die Advokatoren ihn davonjagten. In der Enge oder bei den Fischereien wäre er erfolgreicher gewesen, doch der Platz der Flüchtlinge ist kein geeigneter Ort, um die Stimmung unter den Bürgern auszuloten, da die meisten diesen Ort wie die Pest meiden.

Am besten wäre es gewesen, hätte er sein Glück in einer Bäckerei versucht. Angesichts der Preissteigerungen für Brot und Salz wären dort sicher ein paar Leute bereit gewesen, so einiges zu riskieren, um ihre Lebensumstände zu verbessern.

Schließlich im Hohen Viertel angekommen, setzte ich mich auf einen Brunnen in der Nähe von Domets Haus, und während ich darauf wartete, dass er von der Befragung durch meinen Pflegevater zurückkehrte, sah ich, wie Truppen der Advokatoren in der Gegend patrouillierten. Dabei horchte ich in mich hinein, ob ich vielleicht meine Fabrikations-Spezialisierung aufspüren konnte. Aus irgendeinem Grund fragte sich offenbar niemand, wieso ich mich im Hohen Viertel aufhielt, obwohl ich eindeutig nicht hierhergehörte. Ich schrieb es meinem Charme zu, aber wahrscheinlich hatten sie einfach Wichtigeres zu tun.

Als allmählich die Sonne unterging und sich Domet noch immer nicht hatte blicken lassen, machte ich mich auf den Heimweg, da ich mich noch auf den Geburtstag des Königs vorbereiten musste. Wenn Domet ebenfalls zur Feier erschien, würde ich ihn einfach dort aushorchen. Und falls er nicht auftauchte, würde ich den König eben ganz allein in seiner Burg bestehlen.

So oder so würde ich mir in dieser Nacht meine Freiheit verdienen und mit meiner Mutter und meiner Schwester aus Kessel verschwinden.

Kapitel 36
Der Adel

Jenn und ich gingen inmitten einer Schar Adliger auf einem Weg voll buntem Laub auf Burg Kessel zu. Die Bäume, von denen die Blätter stammten, waren kahl. Ich war genauso angezogen wie in Burg Reitter, und Jenn hatte sich ähnliche Kleidungsstücke von Leon geborgt. Um ihre Maskerade perfekt zu machen, hatte sie sich das Haar zu einem Dutt hochgesteckt und einen formell aussehenden Hut aufgesetzt. Trotz ihrer Verkleidung trug sie wie üblich das Tuch meiner Mutter, allerdings um die Hüften statt wie sonst um den Hals.

Es war kalt, und bis der erste Schnee fiel, würde es höchstens noch ein paar Tage dauern. Ich war von der Aussicht nicht gerade begeistert, da sich Schnee in der Stadt schnell in Matsch verwandelte, aber das war eines der wenigen Dinge, die ich an Kessel nicht mochte.

Ich merkte, dass Jenn nervös war. Auf dem Herweg hatte sie kaum gesprochen, da sie zu sehr darauf konzentriert war, jeden hochgewachsenen Mann zu beäugen, dem wir begegneten, und zu dankbar, wenn sie erkannte, dass es sich nicht um den Königssohn handelte, dem sie verpflichtet war. Es war, als versuchte ich, mich mit einer Süchtigen zu unterhalten, die mir nur mit Nicken und Brummen antwortete. Schließlich gab ich es auf und überlegte stattdessen, was ich in den nächsten Stunden zu tun haben würde.

Meine Kindheitserinnerungen an Burg Kessel waren äußerst vage. Egal, wie sehr ich mich bemühte, mir fielen immer nur einzelne Begebenheiten ein. Wie ich mit der Prinzessin einen toten Baum hochgeklettert war oder mit Davi in den Sternenhimmel geblickt hatte, wie ich mit Leon und Jenn Verstecken gespielt und mit Adreann Kämpfen geübt hatte. Doch als wir den Wachen unsere Einladungen präsentiert hatten und den Hauptbereich betraten, erkannte ich, dass Erinnerungen der Wirklichkeit ohnehin nicht gerecht geworden wären.

Gold-blaue Fahnen hingen von der Decke, und die Holzböden waren so glatt poliert, dass ich das Gefühl hatte, auf Glas zu laufen. Dicht an den Wänden standen runde Tische, um die sich einige Adlige versammelt hatten. Die Palastwachen standen starr wie Statuen im ganzen Raum verteilt, während Diener in den Farben des Königs mit Getränketabletts herumgingen. Zu meiner Erleichterung waren keine Knochenmänner darunter. In der Vergangenheit hatten trotz des Verbots der Sklaverei immer einige die Gäste bedient.

Aus Domets Buch wusste ich, wie königliche Festivitäten mittlerweile abliefen. Dieser Teil der Veranstaltung war, wenn ich mich nicht täuschte, die Begrüßungszeremonie.

Dies war der einzige Zeitpunkt, zu dem sich die Leibwächter im selben Raum aufhalten durften wie die Männer und Frauen, die sie beschützen, und normalerweise nutzten die Adligen diese Gelegenheit, um zu demonstrieren, was für wehrhafte Burschen ihnen zur Verfügung standen. Ein paar wenige heuerten zu solchen Anlässen sogar Söldner an, doch die meisten brachten ihre Burgwachen mit. Als es noch Ritter gegeben hatte, waren die für gewöhnlich für den Schutz der hohen Herrschaften zuständig gewesen.

Auf das richtige Aussehen kam es ebenfalls an. Der Schnitt, die Farbe und der Stoff – alles war wichtig. Denn wenn man sich bei der Kleiderwahl vergriff, war man ganz schnell gesellschaftlich geächtet. Wer ausschließlich die Farben der Königsfamilie trug, galt als rückgratlos. Wenn man sie überhaupt nicht zeigte, fragten sich die anderen Gäste, ob man dem König gegenüber wirklich loyal war. Allzu extravagante Kreationen galten als peinlich, außer bei Hochadligen. Wäre je einer von ihnen im Schlafanzug erschienen, hätte man ihn wahrscheinlich mit stehenden Ovationen empfangen. Was den Stoff anbelangte, so musste dieser nicht nur schön, sondern auch zweckmäßig sein. Von blinden Mönchen handgesponnene Seide sah zwar umwerfend aus, aber sie wärmte nicht, und wer sie trug, musste damit rechnen, dass man sich über ihn lustig machte.

Zu meinem Glück hatte ich mich ganz schlicht kleiden können. Schließlich wollte ich niemandem den Kopf verdrehen, und bei dieser Veranstaltung würde wohl auch kaum jemand versuchen, mit mir anzubandeln.

Jenn schob sich näher an mich heran. »Wir werden Kai treffen, oder?«

Ich sah mich im Raum um. Als ich seinen blonden Schopf in einer Ecke erspähte, bahnten wir uns einen Weg durch die Menge zu ihm hin. Kai hatte seinen kleinen Bruder dabei. Der saß auf dem Tisch und trug mit goldenen und schwarzen Applikationen verzierte weite Kleidung.

»Kai, wie schön, dich zu sehen«, sagte ich. »Und da ist ja auch Jon. Wie geht es dir heute Abend?« Ich verstrubbelte dem Jungen das ohnehin zerzauste blonde Haar. Er sah mich mit seinen strahlend blauen Augen an und lächelte breit. »Genießt du den Abend?«

Jon nickte.

»Weißt du zufällig, wo mein Bruder und eure Schwester sind?«

Jon schüttelte mit gerunzelter Stirn den Kopf und zupfte hilfesuchend Kai am Ärmel.

»Sie haben sich vorhin mit meinen Eltern und ein paar anderen Hochadligen unterhalten«, antwortete der. »Irgendwann kommen sie sicherlich hier vorbei. Ach ja, Mikael: Meine Eltern wollen sich mit dir darüber unterhalten, was im Theater vorgefallen ist.«

Ich ging nicht darauf ein und würde mich später um Kais Vater kümmern. Hoffentlich war er über mein Verhalten im Theater nicht so sehr verärgert wie Domet …

Aber so viel Glück hatte ich selten.

»Entschuldige, dass ich so unverblümt frage, Mikael, aber wer ist deine Begleitung?«

Bevor ich lügen konnte, ergriff meine Schwester das Wort. »Ich bin Jenn Königmann, Hochadliger Reitter. Ich wollte herkommen, doch ich habe mich als Mann verkleidet. Ihr versteht sicher, wieso ich inkognito bleiben möchte.«

Ich hatte nicht damit gerechnet, dass sie sich Kai gegenüber offenbaren würde. Wieso vertraute sie ihm so sehr? Sobald wir allein waren, würde ich sie danach fragen.

»Jenn«, sagte Kai, »ich bin sicher, du siehst heute Abend wundervoll aus.«

Jenn hatte die Hände in die Hosentaschen gesteckt. »Vielen Dank, Hochadliger Reitter.«

»Du darfst mich Kai nennen.«

Eine Hand strich an meinem Rücken hinunter, und gleichzeitig stieg mir ein süßer Parfümduft in die Nase. »Mikael«, hörte ich Nana sagen. »Ich hatte nicht erwartet, dich hier wiederzusehen, nachdem du so überstürzt das Theater verlassen hast. Ich dachte, man hätte dir die weitere Teilnahme am Endlosen Walzer verwehrt.«

»Mein Vater ist kein grausamer Mann«, sagte Kai. »Das würde er Mikael niemals antun. Beziehungsweise der Familie Königmann. Aber verzeih bitte, wer bist du?«

Nana streckte den Arm aus, damit Kai und Jenn ihr einen Handkuss geben konnten. Die Verkleidung meiner Schwester funktionierte besser, als ich erwartet hatte. Als die beiden nicht reagierten, zog Nana die Hand wieder zurück und versuchte, ihre Verärgerung zu verbergen. »Ich bin nur eine Freundin von Mikael, Hochadliger Reitter.« Sie drehte sich zu Jenn um. »Und wer seid Ihr? Entschuldigt bitte, dass ich Euch nicht alle gleich erkenne.«

»Ich heiße Dolin Holzmann und bin ein Niederadliger unter der Familie Reitter«, erwiderte Jenn leise.

»Niederadliger Dolin, verzeih die Frage, aber was führt dich hierher? Du hast nicht am Endlosen Walzer teilgenommen, und das Gebiet, das die Holzmanns verwalten, ist weit entfernt.«

Kai antworte für meine Schwester: »Der Niederadlige Dolin ist ein Kindheitsfreund von mir und auf meine Bitte hier. Mein Vater sagt immer, dass ich die Leute kennen soll, die unserer Familie treu ergeben sind, und ich versuche, seinen Rat zu beherzigen.«

»Das ist sehr ...«

»Entschuldige bitte die Unterbrechung, aber du hast noch gar nicht gesagt, wie du heißt«, sagte jemand hinter uns.

Als wir uns alle umdrehten, sah ich sie: Das Mädchen mit

dem roten Kleid trug kein rotes, sondern ein bodenlanges goldenes Kleid mit violettem Besatz und dazu passenden Spitzenhandschuhen. Ihre Haare waren zu einer kunstvollen Spirale hochgesteckt, aus der ein paar Strähnen über ihre Stirn fielen. Bis auf die fehlende Krone sah sie wie eine Prinzessin aus.

»Ich heiße Nana Deuter. Es freut mich, Euch kennenzulernen, Hochadlige Marget.«

Das Mädchen mit dem roten Kleid war eine Hochadlige? Wieso war mir das nicht aufgefallen?

Und wieso kam mir ihr Familienname so bekannt vor?

»Mich auch. Ich habe schon viel von dir gehört, Feldwebel Deuter.«

»Ach, tatsächlich?«, fragte Nana neugierig. Ich bemerkte, dass sie immer noch den Ring meines Vaters trug. »Nur Gutes, hoffe ich?«

Die Hochadlige Marget bedachte sie mit einem Blick, den ich nur als mitleidig bezeichnen kann. »Vielen ist aufgefallen, wie freundschaftlich du mit Prinz Adreann verkehrst.«

»Freundschaften mit den anderen Teilnehmern zu schließen ist, soweit ich weiß, der Zweck des Endlosen Walzers.«

»Das stimmt«, erwiderte die Hochadlige und trat dichter an mich heran. »Aber bist du sicher, dass du mit ihm befreundet sein willst? Ich weiß, dass die Adelsgesellschaft neu für dich ist.«

Nanas Nasenflügel bebten, aber sie atmete tief ein und lächelte dann gefasst. »Ich weiß natürlich, wer er ist, und kenne seinen Ruf. Ich bin nicht dumm.«

»Das dachte ich auch nicht, aber ich wollte sichergehen.«

»Wie überaus freundlich von Euch. Mikael, reservierst du mir bitte einen Tanz?« Damit drehte sich Nana um und verschwand in der adligen Gästeschar.

Der Raum füllte sich immer mehr. Aus dem Augenwinkel sah ich, wie Kai meiner Schwester etwas zuflüsterte, woraufhin sie die Hochadlige Marget mit großen Augen ansah.

»Also, das war ziemlich unangenehm«, sagte Kai.

Die Hochadlige Marget verschränkte die Arme und blickte in die Richtung, in die Nana gegangen war. »Ich mache mir Sorgen um sie. Sie ist nicht die Erste, die versucht, den Prinzen zu verführen, und ich bezweifle, dass sie die Letzte sein wird. Wie gut kennst du sie, Mikael?«

»Ich würde sie nicht als Freundin bezeichnen«, erwiderte ich. *Komplizin* traf es wahrscheinlich besser, obwohl sie mich ja eigentlich erpresste.

»Trotzdem hoffe ich, dass sie weiß, was sie tut.«

Jenn wollte sich gerade der Hochadligen Marget vorstellen, und ich hätte sie gern damit aufgezogen, dass ich nun endlich ihren Namen kannte, doch in diesem Moment wurde mit donnernden Fanfarenstößen die Ankunft des Königs angekündigt. Alle drehten sich zu den verzierten, bis hinauf zur Decke reichenden Holztüren um. Sie schwangen auf, die Musiker begannen zu spielen, und König Isaak trat ein, begleitet von Efyra Maurer, seiner neuen rechten Hand. Hinter den beiden hatten sämtliche Raben Aufstellung genommen.

Alle knicksten oder verbeugten sich vor ihnen, auch Jenn und ich, wenn auch nur angedeutet und zurückhaltend.

Ich hatte den König seit beinahe acht Jahren nicht mehr gesehen, doch damals hatte sich seine Erscheinung mit so großer Klarheit in mein Gedächtnis eingebrannt, dass ich kaum fassen konnte, ihn nun wirklich vor mir zu haben. Ich erkannte ihn nicht wieder. Er war groß und dünn, und das rote Haar, an dem man alle Mitglieder der Königsfamilie erkannte, war inzwischen zu einem gedeckten Kastanienbraun verblasst. Seine Haut war nicht so glatt wie die der meisten anderen Adligen, sondern mit dünnen silbernen Narben bedeckt. Auf seinen Locken saß eine Goldkrone mit einem Saphir, so groß wie ein Auge.

Vielleicht war es kindisch, aber ich musste die ganze Zeit daran denken, wie mein Vater von der Frau an der rechten Seite des Königs getötet worden war. An ihrer Position hatte viele Jahre lang immer ein Mitglied meiner Familie gestanden. Es kam mir falsch vor, dass nun jemand anders diese Stellung innehatte, und ich fragte mich, ob Jenn und Leon bei ihrem Anblick ebenso unbehaglich zumute war wie mir.

»Ich heiße die Mitglieder des Hofes von Kessel und auch die Teilnehmer am Endlosen Walzer herzlich willkommen«, sprach König Isaak mit seinem volltönenden Bariton. »Ich möchte euch alle in meinem Heim begrüßen und bedanke mich, dass ihr mich heute mit eurer Gegenwart beehrt, um mit mir meinen fünfzigsten Geburtstag zu feiern. Ich bedaure es sehr, dass weder meine Frau noch meine Tochter heute hier sein können, und gleichzeitig freue ich mich, dass mein jüngster Sohn und so viele Freunde erschienen sind. Eure unermüdliche Unterstützung erleichtert es mir, König von Kessel zu sein. Meine Damen, im Großen Ballsaal warten Kanapees auf euch. Meine Herren, ihr werdet in der Eingangshalle bedient. Die Leibwächter dürfen es sich auf dem Balkon über dem Großen Ballsaal bequem machen. Genießt den Abend. Esst, so viel ihr wollt. Trinkt, bis euch die Bäuche platzen. Und seid draufgängerisch, als wäre dies der letzte Abend eures Lebens.«

Während die Gäste in der Eingangshalle applaudierten, flüsterte die Frau mit dem rabenschwarzen Haar dem König etwas ins Ohr, woraufhin er nickte. Die Damen machten sich auf den Weg zum Ballsaal. Alle knicksten vor dem König, bevor sie die Eingangshalle verließen. Die Hochadlige Marget verabschiedete sich rasch von uns und lächelte vor sich hin, während sie den anderen hinterherging.

Einen Moment später zupfte Jon an Kais Jacke und klopfte ihm auf die Schulter. Kai trug seinen kleinen Bruder davon, um eine Toilette für ihn zu suchen, und ließ mich allein mit meiner Schwester zurück.

»Es kommt mir grotesk vor, dass wir ohne unseren Vater hier sind«, sagte ich.

Jenn lehnte sich mit gerunzelter Stirn gegen den Tisch. Ich wusste, dass sie dem König hinterherschaute, der gerade den Raum verließ. »Efyra Maurer scheint die Nähe zum König viel zu sehr zu genießen.«

»Mir gefällt das genauso wenig wie dir. Aber sie ist inzwischen schon seit einem Jahrzehnt an seiner Seite. Kein Wunder, dass sie sich benimmt, als gehöre sie dorthin.«

Jenn strich mit den Händen über den Tisch. »Ich habe immer geglaubt, dass sie es gewesen ist. Dass sie unseren Vater reingelegt hat. Dass sie ein bisschen zu sehr für den König geschwärmt hat. Ich erinnere mich an den Blick, den sie ...«

»Mikael Königmann, ich habe nicht erwartet, dich hier zu sehen. Was für eine angenehme Überraschung!«

Carl Domet legte mir eine Hand auf die Schulter und zwinkerte Jenn zu.

Zu wissen, dass er unsterblich war, machte diesen Auftritt nur noch gruseliger.

Kapitel 37

Gutherzig

Ich bekam eine Gänsehaut, als Domet sein fast leeres Rotweinglas auf dem Tisch abstellte. »Was führt dich heute Abend hierher? Ach, entschuldige bitte meine schlechten Manieren. Ich glaube, wir kennen uns noch nicht, junger Mann. Ich bin der Hochadlige Carl Domet.«

Jenn sah mich kurz an, während sie sich mit ihrem falschen Namen vorstellte und Domet die Hand schüttelte. Wieso tat er so, als würde er sie nicht erkennen? Warum wollte er sich mit uns unterhalten? Zumal er bislang immer darauf bestanden hatte, dass wir beide in der Öffentlichkeit nicht zusammen gesehen wurden. War es ihm inzwischen egal, was ich an diesem Abend tat und was geschehen sollte? Wollte er gar nicht mehr, dass ich die Erinnerungen des Königs stahl? Oder – was das Schlimmste wäre – wusste er, dass ich den Schrein der Patronin Viktoria abgefackelt hatte?

Domet sah Jenn an. »Junger Mann, wärst du so freundlich, mir ein Glas Wein zu holen? Aber bitte den weißen. Rotwein mag nicht besonders, er ist mir zu sauer. Du wärst mein Held, wenn du das für mich tätest.«

Jenn nickte und ging wortlos davon.

Sobald sie außer Hörweite war, raunte ich Domet zu: »War das Euer Ernst?«

»Natürlich nicht. Ich trinke fässerweise Rotwein. Aber sosehr ich die Gesellschaft deiner Schwester auch genieße, ich brauchte einen Vorwand – auch wenn das zugegebenermaßen ein schlechter war –, damit wir beide uns ungestört unterhalten können.«

»Ich meinte, wie Ihr gerade die Grenze zwischen Geschäftlichem und Persönlichem überschritten habt. Nach gestern Abend habt Ihr kein Recht, vor ihr so zu tun, als wären wir miteinander befreundet.«

Domet lachte und trank sein Glas aus. »Wie stellst du dir das vor? Wir können doch nicht so tun, als wenn wir einander fremd wären. Schließlich ist es kein Geheimnis, dass ich dich nach meiner Entlassung aus der Anstalt eingestellt habe, damit du mir bei meiner Genesung hilfst. Wieso sollten wir also vorgeben, uns nicht zu kennen? Das wäre unpraktisch. Außerdem, wen kümmert's? Mich jedenfalls nicht.«

»Mich aber. Sobald ich die Erinnerungen des Königs entwendet habe, werden wir uns nie wiedersehen.« Denn ich hatte vor, danach ihn und ganz Kessel hinter mir zu lassen. Inzwischen war mir auch das Geld egal oder ob ich fabrizieren lernte. Nach diesem Abend würde er nichts mehr gegen mich in der Hand haben, und ich wäre ihn ein für alle Mal los.

Domet wirkte amüsiert. »Hast du etwa vor, es ohne meine Hilfe zu tun? Da du nicht gekommen bist ...«

»Ich war bei Euch, aber Ihr wart nicht da. Ich habe so lange gewartet, wie ich konnte. Oder wolltet Ihr etwa, dass ich zu spät zu dieser Feier komme?«

»Ich musste mich heute um etwas anderes kümmern.« Domets Stimme klang gepresster als sonst. »Da wir gerade davon sprechen: Ich möchte unsere Abmachung ändern.«

Er musste an Wahnvorstellungen leiden, wenn er wirklich dachte, dass ich mich darauf einlassen würde. »Nein.«

»Ich dachte mir schon, dass du das sagen würdest. Aber hör mich erst mal an. Ich sorge dafür, dass Sirash freikommt, wenn du für mich herausfindest, wer den Schrein der Patronin Viktoria angezündet hat.«

Ich fühlte, wie das Blut aus meinem Gesicht wich. Das war zu schön, um wahr zu sein. »Ihr möchtet, dass ich den Schuldigen aufspüre? Vertraut Ihr etwa nicht darauf, dass die Beschwörer das hinbekommen?«

»Die Beschwörer«, sagte er, und es klang, als würde er Gift ausspucken. »Die sind überzeugt davon, dass die Rebellen dahinterstecken, weil ein paar verweichlichte Adlige nicht zwischen einem Terroranschlag und einem persönlichen Angriff unterscheiden können. Die Rebellen freuen sich, denn wenn sie beweisen können, dass der Kaiser nichts mit diesem Verbrechen zu tun hatte, können sie als Nächstes behaupten, er wäre auch nicht an der Attacke auf das Kolosseum beteiligt gewesen. Die Entschlossenheit des Adels, ihm diese Sache anzuhängen, wird die Beweisführung gegen ihn zunichtemachen, und sie sind zu dumm, um das zu begreifen.«

Wir verstummten, denn zwei Niederadlige waren so nahe bei uns stehen blieben, dass sie unsere Unterhaltung hätten belauschen können, wenn sie es darauf anlegten. Sie wirkten ein wenig verloren, wie sie sich mit ihren Weingläsern in der Hand im Raum umschauten. Als sie jemanden erblickten, den sie offensichtlich kannten, und weitergingen, nahm ich den Faden wieder auf.

»Was macht Euch so sicher, dass die Rebellen nicht dahinterstecken?«

»Der Schrein der Patronin ist kein Wahrzeichen unserer

Stadt. Ihn zu zerstören schadet weder der Stellung des Königs noch verhilft es den Rebellen zu mehr Macht. Es gibt nur sehr wenige Leute, die ihn besuchen, allen voran ich.« Domet wischte sich mit der freien Hand über den Mund. »Dieser Angriff war gegen *mich* gerichtet. Ich habe keine Ahnung, wieso, aber irgendwer will mich leiden sehen. Und derjenige wusste sehr genau, wie er mich am schmerzlichsten treffen kann.«

»Wieso könnt Ihr nicht selbst herausfinden, wer es war? Ihr habt ganz eindeutig besseren Zugang zu Informationen als ich.«

»Spiel nicht den Schlaukopf, Mikael«, knurrte Domet. »Sie wussten, wie sie mich verletzen können. Und vermutlich wissen sie auch über meinen Zustand Bescheid. Andernfalls hätten sie versucht, mich umzubringen, anstatt mir das Herz zu brechen. Sie wollen mich fertigmachen, aber so leicht geht das nicht bei mir. Nicht nach allem, was ich durchgemacht habe.«

»Wie soll ich Euch dabei helfen, denn Täter ausfindig zu machen? Es könnte jeder gewesen sein.«

»Das bezweifle ich. Nur zwei Sterbliche wissen über meinen Zustand Bescheid.« Domet zog ein zerknülltes Stück Papier aus der Jacke und reichte es mir. Und tatsächlich standen darauf zwei Namen: Efyra Maurer, die Hauptmännin der Raben, und König Isaak.

»Und was ist mit mir? Ich weiß es doch auch.«

Diese Bemerkung schien ihn zu erheitern. »Ganz ehrlich, Mikael: Dafür hast du weder den nötigen Mumm noch die Fantasie.«

Seine Worte klangen verletzend und waren vielleicht auch so gemeint, und ich bemühte mich, mir meine Erleichterung nicht anmerken zu lassen. »Ich soll also einen Beweis für Euch finden, dass einer von diesen Leuten hinter dem Anschlag auf den Schrein steckt?«

»Ja. Und das Motiv herausfinden. Und zwar heute Abend.«

»Das ist unmöglich.«

»Nein, ist es nicht. Wenn mein Verdacht stimmt, werden die Erinnerungen des Königs den Beweis enthalten. Keiner der beiden würde mich angreifen, ohne vorher den anderen zu konsultieren.«

»Wenn das stimmt, befindet sich alles, was ich brauche, an ein und demselben Ort.«

»Ganz genau.«

Diese Vereinbarung konnte ich gar nicht ablehnen. Nicht nur, weil ich wollte, dass Sirash freikam, sondern auch, weil Domet mich dann niemals verdächtigen würde, den Schrein zerstört zu haben. Und dass der König und die Frau, die meinen Vater hingerichtet hatte, den Kopf für mich hinhalten sollten, machte das Ganze nur noch reizvoller.

»Einverstanden.«

»Hervorragend. Dann geh während des ersten Tanzes aus dem Großen Ballsaal und auf den Balkon der Leibwächter. Ich werde die Wachen ablenken. Die dritte Tür auf der rechten Seite ist der Zugang zum Königsturm. Nimm nicht die erste oder die zweite, die führen beide zur Sternenkammer. Sobald du im Königsturm bist, durchsuchst du seinen Schreibtisch und die Bücherregale nach Geheimfächern. Verstanden?«

»Wie soll ich auf den Balkon mit den Leibwächtern raufkommen?«

»Das ist nicht mein Problem. Denk dir was aus.«

Ich hatte schon eine Idee, als Jenn an den Tisch zurückkam, ein volles Glas Rotwein in der Hand und mit Leon an ihrer Seite. Domet nahm den Wein entgegen, dankte ihr und trank einen Schluck. Leon sah nicht glücklich aus.

»Hochadliger Domet, ich freue mich, Euch heute Abend hier zu sehen«, begann er. »Entschuldigt bitte, dass ich gleich mit der Tür ins Haus falle, aber ich wusste gar nicht, dass Ihr meinen Bruder kennt.«

»Ich freue mich auch, Euch zu sehen, Leonardo. Ja, ich kenne Mikael. Er beaufsichtigt mich als ambulanten Patienten der Anstalt einen Monat lang, um festzustellen, wie ich mich mache. Mikael ist ein sehr charmanter junger Mann und eine viel angenehmere Gesellschaft als die steifen Adligen, wie Ihr Euch sicher denken könnt.«

Leon zögerte kurz und nickte dann. »Ja, das kann ich mir vorstellen.«

Domet trank noch einen Schluck und nickte uns zu. »Ich sollte mich unter die anderen Gäste mischen. Es gibt bestimmt welche, die nach mir und meinem Geld Ausschau halten. Genießt den Abend.« Er entfernte sich langsam vom Tisch und sah dabei jedem von uns dreien in die Augen. Einen Moment später schnippte er mit den Fingern in Richtung der Diener, damit sie ihm noch ein Glas Wein brachten.

»Wieso hat Domet mit dir gesprochen, Mikael«, zischelte Leon mich an. »Was hast du getan, um heute Abend ausgerechnet *seine* Aufmerksamkeit zu erregen?«

»Ich arbeite für ihn.«

»Domet geht nicht grundlos auf Leute zu. Auch nicht auf solche, die für ihn arbeiten. Er verfolgt sie, findet alles über sie heraus und zerstört dann ihr Leben. Er hat mehr Geld als der gesamte Staat, und keiner weiß, woher. Sei ehrlich: Hat er dir irgendein Angebot gemacht? Ich will alles wissen, selbst wenn es dir wie eine Kleinigkeit vorkommt.«

»Nein«, log ich, »hat er nicht.«

Mein Bruder stieß erleichtert den Atem aus. »Gott sei Dank. Geh ihm von jetzt an aus dem Weg. Bleib nie allein mit ihm, und nimm nichts von ihm an. Versprich es mir. Gib mir dein Wort als Königmann, dass du dich nie auf eine Abmachung mit ihm einlässt.«

Ich spürte einen Druck auf der Brust. Er hatte mich noch nie darum gebeten, auf die Ehre unserer Familie zu schwören. Offensichtlich meinte er es ernst. »Ich schwöre, dass ich von jetzt an nie etwas von ihm annehmen werde.«

»Gut«, sagte Leon. »Gut. Ich muss jetzt zurück zum Hochadligen Reitter und den anderen. Danke, dass du mir Bescheid gesagt hast, Jenn. Ich komme dann später wieder zu euch.«

Als er gegangen war, fragte mich Jenn: »Bist du sauer, weil ich Leon geholt hab?«

»Nein«, erwiderte ich. Ich war wütend, weil ich mein Wort als Königmann gegeben hatte, nie wieder eine Abmachung mit Domet zu treffen, und daran würde ich mich auch halten. Aber es war nicht mein Fehler, dass wir bereits Monate zuvor zu einer Vereinbarung gekommen waren. Und es wäre nicht anständig von mir, würde ich mich nicht daran halten, sagte ich mir, wohl wissend, dass ich mich damit selbst belog, wie so oft in letzter Zeit. »Ich bin nicht sauer. Du hast nur versucht zu helfen. Du kannst nichts dafür, dass Domet herübergekommen ist. Und dass er sich so merkwürdig verhalten hat.«

Jenn rieb sich den Nacken. »Ich wollte nicht, dass du mit ihm allein bist. Ich fand es besorgniserregend, dass er dich hier angesprochen hat. Irgendwas stimmt heute nicht mit ihm, und das hat mich nervös gemacht. Ich dachte eigentlich, ich hätte ihn schon in seinen schlimmsten Zuständen erlebt, aber so habe ich ihn noch nie gesehen. Eigentlich habe ich nach Kai gesucht, aber da der nicht zu finden war, bin ich schließlich zu Leon gegangen.«

»Leon und ich kommen inzwischen besser miteinander aus, und sobald er bei Karolin ist, hat er die Sache bestimmt gleich wieder vergessen.«

»Leon liebt sie wirklich, oder?«

Ich nickte und sah, wie Kai mit Jon auf dem Arm zu unserem Tisch zurückkehrte, wobei der Junge den blonden Kopf auf die Schulter seines großen Bruders gelegt hatte. »Ich habe ihn noch nie so glücklich erlebt. Diese Welt gefällt ihm.«

Kai hatte Jenns letzte Worte mitbekommen und sagte: »Meine Schwester war auch noch nie so glücklich. Schon als Kind ist sie immer aufgelebt, wenn sie mit ihm zusammen war. Ich bin froh, dass sie wieder zusammengefunden haben.«

»Wie geht es Jon?«, fragte Jenn. »Er sieht ganz schön erschöpft aus.«

»Ja, das ist er auch.« Kai streichelte Jon den Rücken, und der Junge zitterte kurz, wurde dann aber wieder reglos. »Wenn die Tanzveranstaltung beginnt, werde ich ihn heimbringen. Mein Vater bleibt hier. Die Hochadligen diskutieren über den Prozess gegen den Rebellenkaiser.«

»Glaubst du, dass sie ihn schuldig sprechen werden?«, fragte ich.

»Das weiß keiner. Wenn du mich vor zwei Tagen gefragt hättest, hätte ich, ohne zu zögern, Ja gesagt. Aber seit irgendein Fanatiker den Schrein der Patronin Viktoria niedergebrannt hat, ist alles viel komplizierter geworden. Ich wäre sehr viel zuversichtlicher, wenn der Kaiser nicht wegen sämtlicher

Terroranschläge vor Gericht stünde, die in letzter Zeit gegen die Bürger von Kessel verübt worden sind.«

Es war klar, was er damit sagen wollte.

»Morgen werden wir es ja erfahren«, sagte ich.

Ein Gong ertönte, und die Adligen wurden zum Abendessen in den Großen Ballsaal geführt. Während wir uns der Menge anschlossen, die geräuschvoll über den Fliesenboden schritt, hörten wir, wie ein Herold die Namen der jeweiligen Adligen verkündete, die gerade den Saal betraten.

Als ich mich der Tür näherte, nahm ich nur noch das heftige Trommeln meines Herzens wahr. An diesem Abend würde ich entweder alles verlieren oder die Freiheit erlangen. Ich beabsichtigte nicht unterzugehen, aber wer nahm sich so etwas schon bewusst vor?

Ohne mich nach meinem Namen zu fragen, rief der Herold: »Mikael Königmann schließt sich König Isaak und dem Hof von Kessel an.«

Kapitel 38
Vor aller Augen

Als Kind habe ich immer geglaubt, der Rhabarberkuchen, den die Adligen nach ihren eleganten Abendessen servieren, würde aus Pferdeäpfeln gemacht. Mittlerweile erinnert er mich eher an ranzige, mit zerquetschten Fliegen gesprenkelte Butter.

Der einzige Grund, warum es die Adligen danach verlangt und sie ihn köstlich nennen, ist, dass die Zutaten so schwer zu erhalten sind und giftig wirken, wenn man sich nicht exakt an das Rezept hält. Vor allem ist er sehr kostspielig, und die Köche haben alle Hände voll zu tun, wenn sie vor einer Veranstaltung wie der Geburtstagsfeier von König Isaak Dutzende dieser Kuchen backen müssen.

Als ich an jenem Abend an meinem Stück Kuchen herumknabberte, schmeckte es saurer als reiner Essig. Doch anscheinend ging es nur mir so, da sich alle anderen an meinem Tisch begeistert darüber hermachten.

»Ich glaube nicht, dass ich noch einen weiteren Bissen herunterbekomme«, erklärte Kai und lehnte sich auf seinem Stuhl zurück, während ein blau-golden gekleideter Diener die Überreste der gefüllten Salatblätter und des marinierten Goldküsten-Fleisches abtrug. Den heißen Stein, auf dem wir es gebraten hatten, nahm er ebenfalls mit. Kurz nachdem er verschwunden war, füllte ein anderer Diener unsere Gläser erneut mit Wein auf. An diesem Abend gab es alles im Überfluss. Das galt auch für den Anblick, der sich uns bot.

Der Große Ballsaal schien einem Märchen entsprungen zu sein. Er war riesengroß und rundherum von Tischen gesäumt. In der Mitte erstreckte sich eine leicht abgesenkte Tanzfläche, und über uns hing ein großer Balkon, auf dem die Leibwächter saßen und sich entspannten. Wenn die Musik leiser wurde, hörten wir sie miteinander anstoßen und lachen. Es hörte sich ganz danach an, als hätten sie eine gute Zeit.

Am hinteren Ende des Saals, so weit von der Tür entfernt wie möglich, stand der Tisch des Königs, in dessen Nähe die wichtigsten Gäste saßen. König Isaak thronte in der Mitte der Tafel, auf dem Stuhl zu seiner Rechten, der eigentlich einem Mitglied meiner Familie zugestanden hätte, hatte Efyra Maurer Platz genommen. Domet saß an dem Tisch unmittelbar daneben. Nun, etwas anderes hatte ich bei ihm auch nicht erwartet.

Auch der Verdorbene Prinz saß an einem eigenen Tisch seitlich neben dem des Königs. Er hatte seine Thronsucher um sich versammelt, die miteinander tranken, aßen und sich amüsierten, darunter auch Nana und Trey. Letzterer lachte nicht, aber das war für ihn nicht ungewöhnlich. In all den Jahren, die ich ihn inzwischen kannte, hatte ich ihn nur ein einziges Mal lachen sehen, nachdem ein Hochadliger ausgerutscht und mit dem Gesicht voran in Pferdemist gestürzt war.

Während ich Trey betrachtete, bemerkte ich einen mir bislang unbekannten hünenhaften Thronsucher. Von meinem Platz aus konnte ich allerdings sein Gesicht nicht genau sehen.

Doch solange sie mir nicht in die Quere kamen, waren mir an diesem Abend der Prinz, der König, die Raben und Nana egal. Das Festmahl ging allmählich zu Ende, und bald würde der Tanz beginnen. Bis dahin musste ich es auf den Balkon der Leibwächter schaffen. Ich nahm an, dass man vom unteren Balkon in der Nähe der Königstafel dort hinaufgelangen konnte. Aber das würde nicht leicht werden, denn sämtliche Ausgänge wurden von Raben bewacht, die jeden Winkel des Saals überblickten.

Während die Diener die letzten Teller abräumten, stand König Isaak auf und schlug mit dem Messer gegen sein Glas. »Meine lieben Mitbürger von Kessel, dürfte ich für einen Moment um eure Aufmerksamkeit bitten!« Er verstummte kurz und warf einen Blick auf die drei freien Plätze an seinem Tisch, von denen einer mit einem schwarzen Tuch verhängt war. »Wenn wir feiern, müssen wir stets auch derer gedenken, die nicht bei uns sein können. Meine Frau und meine Tochter sind heute Abend lediglich verhindert, aber ich würde gern eine gemeinsame Schweigeminute für meinen ältesten Sohn einlegen.«

Damit verschränkte er die Finger und neigte den Kopf. Stille breitete sich im Ballsaal aus, und auch die Leibwächter auf dem Balkon und das Gefolge des Prinzen hielten inne, um dem verstorbenen Prinzen die Ehre zu erweisen. Ich senkte ebenfalls den Kopf und bemühte mich, nicht zum König hinüberzusehen.

»Möge der Wanderer ihn auf seiner Reise ins Jenseits begleiten, während das Ewige Feuer ihm den Weg erhellt«, psalmodierte der König und hob dann den Kopf. »An meinem heutigen Geburtstag hätte ich sehr gern mit meiner Frau den Eröffnungstanz getanzt, aber sie ist, wie gesagt, leider indisponiert. Daher möchte ich diese Ehre gern dem Hochadligen Morales und seinem Ehemann überlassen.«

Ganz in der Nähe des Königs erhob sich ein elegantes dunkelhäutiges Paar und machte sich auf den Weg zur Tanzfläche, während sich die Musiker auf den nun anstehenden Tempowechsel vorbereiteten.

Kai beugte sich zur Mitte des Tisches vor. »Was glaubt ihr, wie viel sie für diese Ehre bezahlen mussten?«

»Sie errichten an der Goldküste eine Gedenkstätte für Davi«, sagte die Hochadlige Marget. »Meine Eltern haben mir gestern Abend davon erzählt. Anscheinend wird sie riesig. Hast du eine Idee, woher sie so viel Geld haben, Kai?«

»Nein. Im Gegensatz zu den alten hochadligen Familien ist ihr Reichtum neu und nicht dokumentiert. Die Andels sagen, es sei Drogengeld und dass die Morales diejenigen seien, die den Ostteil der Stadt mit Schwarzbeeren vergiften. Aber ihr wisst ja, wie gern sie alle verleumden, die nicht wie sie oder die Königsfamilie aussehen. Sicherlich ist es nur Gerede.«

»Vor allem weil doch jeder weiß, dass die Reitters die einzigen Hochadligen sind, die im großen Stil Drogen unters Volk bringen«, scherzte Jenn.

Kai grinste sie an. »Ich glaube, mein Vater bezeichnet sie als Medikamente, aber wir tun, was wir können.«

Sosehr ich Adelsklatsch liebte, im Moment konnte ich ihnen leider nicht weiter zuhören, da ich etwas anderes erledigen musste. Aus dem Augenwinkel bemerkte ich, wie Nana aufstand und zu dem unteren Balkon hinüberging.

Ich sah Jenn an. »Ich muss noch mal schnell auf die Toilette, bevor wir tanzen, aber ich bin gleich zurück«, versicherte ich ihr. Das Letzte, was ich jetzt brauchen konnte, war, dass sie mich fragte, wo ich hinging, oder mir sogar folgte. Aber die anderen setzten ihr Gespräch nahtlos fort, und so begab ich mich unauffällig zum unteren Balkon.

Als ich in die kalte Nacht hinaustrat, sah ich Nana, die mit einem Weinglas in der Hand an der Brüstung lehnte und den dunklen Horizont betrachtete. Es war immer noch früh, und bislang standen weder der Mond noch die Sterne am Himmel. Sie hob schweigend das Glas an die Lippen und trank einen Schluck, während ich mich ihr näherte.

»Sind deine Tischgenossen nicht anregend genug?«, fragte ich.

Sie schüttelte den Kopf. »Ich brauche nur etwas frische Luft.« Sie zögerte. »Und wieso bist du hier, Mikael?«

»Aus demselben Grund. Ich kann mir nicht die ganze Zeit über anhören, wo diese oder jene Familie ihr Geld herhat und wer für welchen Skandal verantwortlich ist.«

»Wenn es dir in solch einer Gesellschaft nicht gefällt, weshalb bist du dann zurückgekehrt? Offensichtlich hasst du ja alles, was mit dem Adel zu tun hat. Und sag jetzt nicht, dass ich dich dazu erpresst hätte. Du warst bereits zum Endlosen Walzer angemeldet, als ich dich an der ehemaligen Burg deiner Familie erwischt habe.«

»Damals wollte ich in die adlige Gesellschaft zurück.«

»Wirklich?« Sie nippte erneut an ihrem Wein. »Das glaube ich dir zwar nicht, aber es geht mich nichts an. Schließlich sind wir nicht miteinander befreundet. Allerdings würde ich dich auch nicht verurteilen, wenn du mir die Wahrheit erzählst.«

»Täte ich dies, dann wären wir Freunde, oder?«

Nana wandte sich abrupt von mir ab. »Dann lieber nicht. Ich möchte unsere gute Beziehung nicht ruinieren. Ach, und um dir die Frage zu ersparen: Ich werde dir deinen Ring heute Abend nicht zurückgeben.«

Damit hatte ich auch nicht gerechnet, aber ich stellte ihr trotzdem die Frage, die sie von mir erwartete. »Wieso nicht? Heute Abend endet der Endlose Walzer. Danach hat es keinen Sinn mehr, mich zu erpressen.«

Nana drehte sich wieder um, lehnte sich mit dem Rücken gegen die Brüstung und drehte den Ring meines Vaters an ihrem Finger. »Ich komme dich morgen Vormittag besuchen und gebe ihn dir dann wieder. Sobald der Endlose Walzer offiziell vorbei ist.«

Das war ungewöhnlich nett von ihr. Was bedeutete, dass sie es wahrscheinlich nicht tun würde. Wenn alles nach Plan verlief, würde ich Kessel vermutlich ohne den Ring meines Vaters verlassen müssen. Aber da ich dem Vermächtnis unserer Familie den Rücken kehren wollte, war es wahrscheinlich auch besser so.

»Vielen Dank«, antwortete ich.

Nana winkte ab. »Keine Ursache. Wenn du mich jetzt bitte entschuldigen würdest. Ich möchte mich noch mit meiner Raben-Freundin dort drüben unterhalten, bevor ich an die Seite meines zukünftigen Liebsten zurückkehre. Bis morgen, Mikael. Genieß den Abend.«

Bevor ich etwas erwidern konnte, ging Nana davon und verwickelte die Rabe, die auf dem Balkon Wache stand, in ein Gespräch. Ich wusste nicht, ob sie sie absichtlich von mir ablenkte, aber darüber konnte ich mir in diesem Augenblick keine Gedanken machen, da sich mir wahrscheinlich keine bessere Gelegenheit bieten würde, auf den oberen Balkon hinaufzugelangen. Ich stellte mich an die Brüstung und ließ den Blick am Gebäude hinaufwandern. Hier und dort waren Stücke aus der Fassade gebrochen oder abgeplatzt. Nach unten musste ich nicht sehen, da mir bereits klar war, wie tief ich fallen würde, wenn ich abstürzte.

Ich griff in eine Fuge zwischen zwei Ziegelsteinen, aus der sich zum Teil der Mörtel gelöst hatte, und zog mich hoch, wobei ich mich möglichst flach an die Wand drückte. Jedes Mal wenn ich einen neuen Haltegriff fand, stellte ich einen Fuß auf den bisherigen und schob mich so immer weiter nach oben. Von der Anstrengung verkrampften sich meine Unterarme, und ich merkte, wie die Finger allmählich taub wurden. Kurz unter dem Balkon war ich schweißnass, und alle meine Muskeln brannten. Noch schlimmer war jedoch, dass das letzte Stück Fassade zwischen mir und der Balkonkante völlig glatt war und ich nirgends einen Griff entdecken konnte.

Also würde ich springen müssen.

Ich holte tief Luft, ließ meinen letzten Halt los und schnellte in die Höhe. Einen Moment lang schwebte ich wie schwerelos in der Luft. Als meine Hände gegen den unteren Rand der Balustrade schlugen, packte ich zu. Zuerst dachte ich, meine Finger würden abrutschen, doch es gelang mir, den Griff um die Querstrebe zu verstärken. Nach einer kurzen Atempause zog ich mich hoch und über die Brüstung auf den Balkon.

Alles tat mir weh, und ich konnte nicht aufhören zu zittern, aber ich hatte es geschafft. Seufzend blickte ich in den Himmel und genoss einen Moment lang das Gefühl, dass ausnahmsweise mal nichts schiefgegangen war. Nach einer Weile hatte ich mich wieder einigermaßen gefasst und ging zu den Leibwächtern hinein.

Hier sah die Welt ganz anders aus.

Obwohl ich eindeutig nicht dazugehörte, drückten mir unmittelbar nach meiner Ankunft zwei Männer etwas zu trinken in die Hand und stießen mit mir an. Die Humpen waren mit der lieblichsten Flüssigkeit gefüllt, von der ich je gekostet hatte. Sie schmeckte viel besser als die Weine der Adligen. Den ersten Humpen trank ich fast auf einen Zug leer und stellte ihn auf einem Tisch ab, während ich weiter auf dem Balkon umherging. Obwohl alle hier oben tranken, wirkte keiner von ihnen alkoholisiert.

In einer Ecke spielten ein paar Leibwächter Drei Brüder, während andere ihnen dabei zusahen und verschiedene Kleinigkeiten wie Phiolen mit exotischen Gewürzen auf den Ausgang der Partien wetteten. Im Vorbeigehen aß ich einen köstlichen gegrillten Hühnerschenkel von einem Teller und entdeckte Unmengen buttriges Kartoffelpüree und glasierte grüne Bohnen, von denen sich ebenfalls jeder bedienen durfte. Ich schlug mir den Bauch voll. Diese herzhaften Gerichte lagen mir viel mehr als die vornehmen Speisen und der faulige Rhabarberkuchen, die unten serviert worden waren. Der Kontrast hätte nicht größer sein können.

Ich entdeckte auch Söldner aus drei der größten Kompanien. Sie hatten Spaß miteinander, erzählten sich Geschichten und protzten mit ihren unterschiedlichen Währungen. Söldner aus der Machina-Kompanie, der Schwarzen Kompanie und der Majestät-Kompanie machten miteinander Mätzchen und zogen sich gegenseitig auf, ohne dass einer von ihnen beleidigt wirkte. Doch sie legten Wert darauf, dass jeder um sie herum wusste, welcher Kompanie sie angehörten und welchen Rang sie darin innehatten, so als wäre ihnen das wichtiger als der eigene Name.

Während ich mit einem Söldner aus der Machina-Kompanie anstieß, versammelten sich immer mehr Leibwächter an der Balkonbrüstung. Ein paar von ihnen lehnten sich darüber und lachten. Ich gesellte mich zu ihnen, ohne den Humpen von den Lippen zu nehmen, und erkannte, dass der Eröffnungstanz vorüber war und mittlerweile alle tanzten. Von hier oben sahen die Paare wie sich im Kreis drehende Puppen aus. Das Einzige, was fehlte, waren die Marionettenschnüre.

Domet war nirgends zu entdecken.

Ich trank auch den zweiten Humpen leer und ging widerwillig zum Ausgang. Wenn mir irgendwer ein weiteres Getränk in die Hand gedrückt hätte, wäre ich geblieben. Aber niemand tat es, und so fiel die Tür hinter mir zu, und ich war vom Gelächter drinnen abgeschnitten. Während ich allein und unbemerkt durch den breiten Korridor auf die Treppe zum Königsturm zuging, fiel ein wenig Druck von mir ab. Domet hatte sein Versprechen gehalten: Im Flur war keine einzige Wache zu sehen.

Die dritte Tür auf der rechten Seite stand einen Spalt weit offen. Während ich hindurchging und die Stufen emporstieg, überlegte ich, wen ich Domet sinnvollerweise als Brandstifter präsentieren sollte. Am besten jemanden aus dem Umfeld des Rebellenkaisers. Doch darüber würde ich später weiter nachdenken müssen, denn nun betrat ich die Wohnräume der Königsfamilie.

Im Unterschied zum restlichen Palast, der unfassbar elegant war, wirkte dieser Bereich äußerst schlicht, beinahe langweilig. Die Wände des kreisrunden Eingangsbereichs waren schmucklos, der Hartholzboden stumpf und zerkratzt, mit ausgetretenen Pfaden, die zu den sechs abgehenden Türen führten. An der ersten stand *Esszimmer*, an der zweiten *Besprechungsraum*. Als Nächstes kamen die Zimmer des

Verdorbenen Prinzen und der Prinzessin, die beide abgesperrt waren. Die fünfte Tür war unbeschriftet, aber ich hatte den schlimmen Verdacht, dass dahinter Davis ehemalige Unterkunft lag. Die letzte führte zu den Wohnräumen des Königs und der Königin und war aus irgendeinem Grund nicht abgeschlossen.

Ich betrat das persönliche Gemach des Königs, das genauso schlicht gehalten war wie der Eingangsbereich, wenn man von einem detailreichen Wandteppich absah, auf dem verschiedene Ereignisse im Leben eines rothaarigen Mannes dargestellt waren, angefangen mit seiner Geburt oder wie ihm eine schwere Goldkrone aufs Haupt gesetzt wurde. Ich trat näher heran und sah, wie dieser Mann heiratete, wie er die Geburt seiner drei Kinder feierte – und den Tod seines Sohnes betrauerte. Der einzige gekrönte Herrscher, zu dem diese Erzählung passte, war König Isaak. Konservierte er mit diesem Wandteppich etwa seine Erinnerungen?

Irgendjemand unterbrach meine Grübeleien mit einer Pistolenmündung, die er mir gegen den Hinterkopf drückte.

»Mikael, wie oft muss ich dir denn noch sagen, dass du es dir nicht mit mir verscherzen sollst?«

Es war Schwartz. Er hatte mich gestellt. Und das ausgerechnet in Burg Kessel.

»Ich hab dich heute Morgen hier gesucht«, sagte ich, unfähig, den Kopf zu bewegen.

»Wenn du gestern Nacht gekommen wärst, hättest du dir das sparen können.«

»Es ist etwas dazwischengekommen. Ein Notfall ...«

Schwartz packte mich im Nacken und schleuderte mich gegen die Wand. Nun konnte ich den Kopf drehen und ihm ins Gesicht sehen. Für jemanden, der sich so feindselig verhielt, wirkte er ausgesprochen entspannt. »Glaubst du, es interessiert mich, weshalb du nicht aufgetaucht bist? Nimmst du mich etwa nicht ernst, Mikael? War ich zu großzügig? Zu nachsichtig? Hätte ich nach deinem ersten Fehltritt deinen Bruder und beim zweiten deine Schwester töten sollen?«

Er packte mich am Hals, würgte mich, und so konnte ich ihm nicht antworten, denn dafür fehlte mir die Luft.

»Wo ist mein Umschlag?«

Er nahm die Hand von meinem Hals, und ich fiel auf den Hintern. Es dauerte einen Moment, bis ich wieder sprechen konnte. »Zu Hause.«

»Bei dir zu Hause?«

Ich nickte, während ich noch immer nach Luft schnappte.

Schwartz steckte die Pistole ins Holster zurück. »Das ist ungünstig, aber ... Ich kann damit leben, wenn wir gemeinsam gesehen werden. Hast du wirklich geglaubt, du würdest damit durchkommen?«

»Nein. Ich wollte ihn dir zurückgeben. Es ist was dazwischengekommen. Es war keine Absicht.«

»Du Schwachkopf!« Schwartz zog mich auf die Beine. »Komm mit. Wir holen ihn jetzt gleich. Ich werde nicht mehr länger warten, bis du es von selbst tust.«

»Ich kann nicht, ich ...«

Schwartz versetzte mir einen Kinnhaken, und ich landete erneut auf dem Boden. Es war wohl keine gute Idee, Nein zu einem Söldner zu sagen. Wahrscheinlich hatte er dieses Wort noch nie gehört.

»Willst du es noch mal mit einer anderen Antwort versuchen?«, fragte er.

»Ich muss etwas im Arbeitszimmer des Königs finden.«

»Und?«

»Lass es mich suchen, bevor wir gehen.«
»Auf gar keinen Fall.«
»Wenn ich es nicht …«
»Ist mir egal. Du kommst mit mir.«
Mir blieb gar nichts anderes übrig, als ihm zu folgen. Mich ärgerte, dass ich wegen meiner Entscheidung, Arjay zu retten, die Verabredung mit Schwartz vergessen hatte, weil es mir jetzt alles verdarb. Ohne die Pistole, mit der David Kessel erschossen worden war, würde Jenn mich nicht zur Goldküste begleiten. Außerdem würde ich mir die lebenslange Feindschaft eines Unsterblichen einhandeln und niemals den Namen meiner Familie reinwaschen können, wenn ich nicht die Erinnerungen des Königs an mich brachte.

Immerhin würde ich Domet einen Namen nennen können. Vielleicht würde er es ja verstehen, wenn ich ihm erklärte, was geschehen war. Doch so versessen er drauf war zu sterben, konnte ich mir das kaum vorstellen.

Mit jedem Schritt, den wir uns von den königlichen Gemächern entfernten, wurde ich immer mutloser, bis ich schließlich der Verzweiflung nahe war, als wir den Großen Ballsaal betraten.

Der König und die meisten seiner Raben waren in der Zwischenzeit gegangen, nur zwei waren noch da und wachten über den Verdorbenen Prinzen. Auch das vorhin noch so ausgelassene Treiben auf dem oberen Balkon war merklich abgeflaut. Die Feierlaune der betrunkenen Adligen, die gerade eine Aufführung azilianischer Feuertänzer verfolgten, schien hingegen ungebrochen.

»Verabschiede dich von deinen Freunden«, sagte Schwartz, als wir in der Tür standen. »Ich möchte nicht, dass sie Verdacht schöpfen.«

Während ich mich auf die Suche nach ihnen machte, überlegte ich, was ich tun sollte. Kai und sein Bruder waren nirgends zu sehen, und meine Schwester und die Hochadlige Marget tranken Wein und lachten miteinander. Ich konnte mich nicht erinnern, wann ich Jenn zum letzten Mal lachen gehört hatte. Vor Monaten? Jahren?

Ich blieb nicht stehen, um ihnen nicht den Spaß zu verderben. Wahrscheinlich war ihnen noch nicht einmal aufgefallen, dass ich gegangen war, und dabei hielt ich sie für die Einzigen, denen meine Abwesenheit überhaupt auffallen würde. Dennoch drehte ich, um sicherzugehen, noch eine letzte Runde durch den Ballsaal.

Als ich am Tisch des Verdorbenen Prinzen vorbeikam, sah ich, wer sein neuer Freund war: ein brutal wirkender Mann mit gebrochener Nase, die bei jedem Atemzug pfiff.

Da ich ihn sofort erkannte, hielt ich mitten im Schritt inne. Er unterhielt sich, ein Weinglas in der Hand und ein breites Grinsen im Gesicht, mit Trey, und obwohl er es irgendwie geschafft hatte, seine Rebellentätowierung zu verbergen, erkannte ich ihn sofort wieder. Trey sprach mit dem Mann, der seinen Bruder getötet hatte.

Ich hatte keine Ahnung, wie es einem Rebell gelungen war, als Gast des Prinzen auf die Geburtstagsfeier des Königs zu gelangen, und ich wusste auch nicht, ob er mich erkennen würde, wenn er meiner ansichtig wurde.

Schwartz wartete auf mich, und ich wusste, was passieren konnte, wenn ich ihm wieder nicht gehorchte. Aber im Moment hatte ich keine Pistole am Kopf, und ich würde den Rebellen, der Jamal ermordet hatte, nicht ungestraft davonkommen lassen.

Die Frage war nur, was ich tun sollte.

Auf dem Tisch lag noch nicht abgeräumtes Besteck, darunter auch Tafelmesser. Ich konnte zum Tisch des Prinzen rennen, eines der Messer packen und es dem Rebellen in den Hals rammen. Aber wenn ich ausgerechnet an diesem Tisch nach einem Messer griff, würden die Raben mich sofort unschädlich machen. Danach wäre ich auf keinen Fall mehr im Besitz all meiner Gliedmaßen.

Es musste doch auch noch eine andere, für mich weniger gefährliche Lösung geben.

Der Söldner stand an einem Ausgang des Ballsaals und hatte eine Pistole. Wenn es mir gelänge, sie an mich zu bringen, könnte ich damit quer durch den ganzen Raum schießen und … Nein, das war auch nicht viel besser. Wenn ich es unglaublicherweise tatsächlich schaffte, Schwartz die Pistole zu entwenden, wäre es ein noch größeres Wunder, würde ich mit der Kugel den Rebellen und nicht einen der zahlreichen Umstehenden treffen.

Aber irgendetwas musste ich tun. Ich konnte doch nicht einfach dabei zusehen, wie Jamals Mörder mit Trey trank und lachte. Noch während ich darüber nachdachte, trugen mich meine Beine zu dem Rebellen. Es war die reine Wut, die mich mit geballten Fäusten vorantrieb.

Die Raben kamen nicht mehr dazu, mich aufzuhalten, und mit einem Satz stand ich auf dem Tisch des Prinzen. Ich holte mit dem Fuß aus und zielte auf das Kinn des Rebellen.

Doch Trey fing den Tritt ab, ehe er sein Ziel fand, und streckte mich mit einem Faustschlag nieder, sodass ich schmerzhaft mit dem Rücken auf die Tischplatte krachte.

Trey musste geglaubt haben, ich wollte ihn attackieren.

Verdammt!

Der Verdorbene Prinz schüttete sich aus vor Lachen, und

Nana sah mich mit großen Augen an. Die beiden Thronsucher am Tisch wirkten ähnlich schockiert wie sie, während mich die zwei Raben mit den Händen an den Schwertgriffen misstrauisch beäugten.

»Mikael«, knurrte Trey, »hat dir mein Bruder noch nicht gereicht? Willst du mir etwa alles nehmen? Darf ich nicht glücklich sein, solange du es nicht bist?«

Mir drehte sich der Kopf, mein Rücken schmerzte, und mir wollte partout nicht einfallen, was ich sagen sollte. Genau wie der Prinz bekam sich auch der brutale Rebell gar nicht mehr ein vor Lachen.

Ich bekam nicht mit, wie Trey sich bewegte, aber im nächsten Moment war er auf mir und schlug mit den Fäusten auf mich ein. Ich tat mein Bestes, um seine Hiebe abzuwehren, aber er landete mehr Treffer, als mir lieb sein konnte. Nachdem er mir aufs Auge geschlagen hatte, zog ihn endlich eine der Raben von mir herunter. Die andere zerrte mich vom Tisch.

Trey sah mich mit gerötetem Gesicht an. »Genieße deine letzten Atemzüge, Mikael. Du bist so gut wie tot. Und das gilt auch für die anderen Königmanns.«

Um uns herum hatte sich mittlerweile eine Menschentraube gebildet, und auch der Verdorbene Prinz, der sich nie einen guten Kampf entgehen ließ, wirkte interessiert. »Oh, Trey, Mikael Königmann war für den Tod deines Bruders verantwortlich? Das hast du mir gar nicht erzählt. Nur dass es jemand sehr, sehr Wichtiges war. Ich möchte wirklich gerne sehen, wie du deinen Rachedurst stillst, und ich habe da auch schon eine gute Idee. Das wird sehr unterhaltsam.«

Trey und ich sahen ihn verständnislos an.

Prinz Adreann klatschte lächelnd in die Hände. »Meine

Damen und Herren! Ich hoffe, ihr seid bereit für eine besondere Darbietung. Mikael Königmann schwor einen Eid, ein Kind zu beschützen, doch er hat ihn gebrochen, und das Kind ist tot. Nun möchte der Bruder dieses Kindes Rache nehmen. Ich, der Prinz von Kessel, verfüge, dass sich die beiden hier und jetzt bis zum Tode duellieren sollen, um die Angelegenheit zu bereinigen!« Der Verdorbene Prinz wandte sich Trey zu. »Als der Rächer hast du die Wahl der Waffe.«

»Ein Duell?«, brauste Trey auf. »Ich will mich nicht mit ihm duellieren, sondern seine Familie vernichten!«

Der Prinz brachte Trey zum Schweigen, indem er ihm in die Wange kniff. »Und davon werde ich dich auch nicht abhalten. Aber ich bin der Prinz, und ich habe bestimmt, dass ihr beide euch duellieren werdet. Du wirst dich mir nicht widersetzen. Verstanden?«

Trey nickte langsam. »Pistolen. Ich will Pistolen. Ansonsten werde ich mich nicht mit Mikael Königmann duellieren. Da er als Hochadliger aufgewachsen ist, hat er mit allen anderen Waffen zu viel Erfahrung.«

»Pistolen?«, fragte der Prinz amüsiert. »Nun, da mein Vater nicht da ist ... Wieso nicht? Hat irgendwer hier zwei Pistolen?«

Niemand von den Umstehenden reagierte. Aber das war nicht weiter verwunderlich. Schließlich war der Besitz von Schusswaffen in Kessel nach wie vor verboten.

»Niemand? Dann vielleicht ...« Der Prinz verstummte, und sein Blick fiel auf Schwartz. »He, du, Söldner! Du und deinesgleichen dürfen in Kessel Pistolen tragen. Würdest du einem Prinzen diesen Gefallen erweisen? Ich würde dich für deine Freundlichkeit auch großzügig belohnen.«

Schwartz trat nach vorn und zog zwei Pistolen unter seiner Jacke hervor. Eine war die Steinschlosspistole, die andere ein ausgereifteres Modell, offenbar eine, mit der man, ohne nachzuladen, mehrmals hintereinander schießen konnte. So eine hatte ich noch nie gesehen. Meines Wissens gab es solche Pistolen nicht einmal in Neu-Drakon, wo wesentlich fortschrittlichere Feuerwaffen hergestellt wurden als in Kessel.

»Gegen ein kleines Entgelt überlasse ich sie Euch für diesen Anlass«, sagte Schwartz. Obwohl er mich nicht ansah, wusste ich, was er dachte. Das war in seinen Augen meine gerechte Strafe dafür, dass ich ihn zum Narren gehalten hatte. Da er jetzt wusste, wo der Umschlag war, brauchte er mich nicht mehr. Natürlich würde er ohne mich nicht ganz so leicht an ihn herankommen, aber es würde ihm dennoch gelingen, schließlich war er Söldner, wer also konnte ihn aufhalten. Vielleicht Angelo, aber meine Geschwister bestimmt nicht.

»Nur dass Ihr es wisst: Eine ist besser als die andere«, erklärte Schwartz. »Sie ist zielgenauer und muss nicht so oft nachgeladen werden wie die Pistolen, die Ihr gewohnt seid.«

»Das sind marginale Unterschiede«, erwiderte der Prinz. »Das Einzige, was zählt, ist, dass man mit beiden einmal schießen kann. Meine Damen und Herren, wir haben ein Duell!«

In der Menge erklang Jubel, aber für mich gingen die Rufe in einem Rauschen unter, während ich Trey anstarrte und er meinen Blick erwiderte. Er wusste genauso gut wie ich, dass nur einer von uns beiden diesen Zweikampf überleben würde.

Kapitel 39
Rechtmäßig

Natürlich bekam ich die Steinschlosspistole. Der Verdorbene Prinz schickte Trey und mich auf die Tanzfläche, während er es sich auf dem Platz seines Vaters gemütlich machte. Chloe und die Rabe mit den drei Federn, die ich schon bei den Zerbrochenen Steinen gesehen hatte, als Chloe gegen Fleischer angetreten war, stellten sich neben ihn. Alle anderen – darunter die Hochadlige Marget, Jenn, Nana, Botschafter Zain, sein Knochenmann, der Azilianer und der grobschlächtige Söldner – sahen von der Brüstung über uns aus zu. Da der Prinz das Duell eingeläutet hatte, konnte keiner von ihnen mehr mit mir sprechen.

Der Einzige, der es hätte tun können – aber nicht wollte –, war Trey. Er gestand mir nicht seine Angst und bat mich auch nicht darum, ihn in Erinnerung zu behalten, falls ich gewann. Stattdessen drehte er den Zylinder der Pistole, in dem die Patronen steckten, und betrachtete die Waffe, mit der er auf mich schießen würde.

Ich wusste nicht, was ich tun sollte. Trey und ich hatten jeweils einen Versuch, und der Prinz hatte klargemacht, dass das Duell vorbei sein würde, wenn wir beide unser Ziel verfehlten. Aber dafür würde Trey danebenschießen und auf seine Rache verzichten müssen. Für ihn war ich jedoch schuld an Jamals Tod, weil es mir nicht gelungen war, ihn zu beschützen. Wenn ich Trey doch nur hätte erklären können, was passiert war und dass ein Rebell am Tisch des Prinzen saß, dann würde die Angelegenheit vielleicht unblutig enden. Aber ich machte mir nichts vor: Ich stand vor der Wahl, ob ich danebenzielen oder tatsächlich auf meinen Freund schießen wollte.

»Trey«, sagte ich leise und hoffte, dass der Prinz uns nicht hören konnte. »Ich habe nicht dich, sondern den Kerl neben dir angegriffen. Er ist der Rebell, der Jamal auf dem Gewissen hat. Er hat ein Zeichen …«

Trey schien mir gar nicht zuzuhören und richtete schweigend die Pistole auf mich. So viel dazu, dass wir beide danebenschossen und am Leben blieben. Jemand würde in dieser Nacht hier sterben. Und wenn ich es nicht war, dann nur, weil ich meinen Freund tötete. Würde ich mit dieser Schuld weiterleben können?

»Ich glaube, unsere Duellanten sind bereit!«, rief der Verdorbene Prinz von seinem Platz über uns. »Schluss mit dem Getrödel! Es gibt auch keine letzten Worte mehr. Fangt an!«

Zu meinem Erstaunen senkte Trey die Waffe. »Einen Moment noch. Ich möchte Euer Wort, dass ich keine Anklage zu befürchten habe, wenn ich den Mann töte, der meinen Bruder ermordet hat.«

Alle im Großen Ballsaal warteten gespannt auf die Antwort des Prinzen.

»Natürlich gebe ich dir mein Wort darauf«, erwiderte dieser lächelnd. »Und auch der Königmann wird nicht belangt, wenn er in Notwehr tötet, auch wenn er für den Tod deines Bruders verantwortlich ist. Wenn du sonst nichts mehr auf dem Herzen hast, beginnt das Duell auf mein Zeichen!«

Trey und ich stellten uns Rücken an Rücken und gingen dann voneinander weg.

Beim ersten Schritt begann mein Herz so wild zu pochen, dass meine Ohren rauschten.

Beim zweiten wurde meine Hand schweißnass und zitterte so stark, dass ich kaum mehr die Pistole halten konnte.

Beim dritten sah ich, wie die Hochadlige Marget meine Schwester zurückhielt, damit sie nicht über die Brüstung sprang und sich schützend vor mich stellte.

Beim vierten erblickte ich den verdammten Rebellen, der sich über die Brüstung beugte und seine Freude hinausschrie, weil er gleich jemanden sterben sehen würde.

Beim fünften merkte ich, dass mich die Laternen über mir blendeten. Würde ich beim Zielen nicht richtig sehen können?

Beim sechsten Schritt geriet ich in Panik. Würde meine Familie mich mit anderen Augen betrachten, wenn ich meinen besten Freund tötete, um zu überleben? Wie wäre ich ihnen lieber, als lebendiger Mörder oder als toter Ehrenmann?

Beim siebten dachte ich an meinen Vater, meinen vergessenen Helden. Früher hatte er mir alles bedeutet, und ich vermisste ihn sehr. Ich wollte nur, dass er stolz auf mich war.

Beim achten fiel mir Domet ein. Stahl er die Erinnerungen des Königs gerade selbst, nachdem klar geworden war, dass ich versagt hatte? Oder sah er von oben zu und würde miterleben, wie ich starb, und das ausgerechnet hier?

Beim neunten holte ich tief Luft und horchte in mich hinein. Nun war es wirklich höchste Zeit, dass ich herausfand, was für ein Fabrikator ich war. War ein Metall-Fabrikator kugelsicher? Ich wusste es nicht.

Nach zehn Schritten blieb ich stehen und sah die Zuschauer an. Niemand rührte sich, alle hielten den Atem an. Sobald der Prinz »Feuer!« rief, würde ich mich umdrehen und schießen, aber ich hatte immer noch keine Ahnung, was ich …

»Feuer!«

Ich drehte mich um und warf die Pistole zur Seite. Ein Keuchen ging durch die Menge, als sie über den Boden schlitterte. Wenn ich schon sterben musste, dann wenigstens in Würde. Ich wollte lieber als ein Königmann in Erinnerung bleiben, der versagt hatte, als erst den einen Bruder sterben zu lassen und dann den zweiten selbst zu töten. Trey gehört zu meiner Familie. Und in einer Familie tötet man sich nicht gegenseitig.

Trey war nicht so heldenhaft. Er hob die Waffe, machte einen tiefen Atemzug und zielte auf mich.

Ich schloss die Augen und blieb unbeweglich stehen.

Vielleicht würde mich die Kugel ja nicht töten. Und falls doch, würde mich meine Familie hoffentlich als jemanden in Erinnerung behalten, der versucht hatte, sein Bestes zu geben.

Ich atmete gerade ein, als Trey schoss. Der laute Knall schien die Luft zu zerreißen, und ich machte unwillkürlich einen Schritt nach hinten. Eigenartigerweise fühlte ich keinen Schmerz. Ohne die Augen zu öffnen, tastete ich mich ab, für den Fall, dass ich getroffen worden war und nur wegen des erlittenen Schocks nichts spürte. Aber da war kein Blut, kein Loch in meiner Kleidung.

Hatte Trey mich absichtlich verfehlt?

Endlich öffnete ich die Augen.

Die Pistole in Treys Hand rauchte, und ich sah, wie ihm

der Schweiß vom Gesicht tropfte, während er mich unbewegt anstarrte.

Nein, sein Blick war gar nicht auf mich, sondern auf etwas hinter mir gerichtet. Als ich über die Schulter blickte, begriff ich, was geschehen war. Der Rebell hing zusammengesunken über der Brüstung, von der Blut herabtropfte.

Keiner der Adligen, nicht einmal der Prinz, kommentierte, was gerade geschehen war.

Trey ging an mir vorbei auf den toten Rebellen zu. Er leckte sich am Daumen und rieb damit über den Hals des Mannes, bis eine grellrote Faust zum Vorschein kam.

»Er war der Rebell, der während des Angriffs auf das Miliz-Viertel meinen Bruder umgebracht hat«, erklärte Trey. »Ich wusste nicht, wer er war, bis ich von der Tanzfläche aus die Tätowierung an seinem Hals durchschimmern sah. Deswegen habe ich auf mein Recht verzichtet, Mikael Königmann zu erschießen, obwohl er für den Tod meines Bruders mitverantwortlich ist, und stattdessen den wahren Mörder getötet. So wie ich es vorhin mit dem Prinzen abgesprochen habe.«

»Wie kannst du sicher sein, dass er deinen Bruder umgebracht hat?«, rief jemand aus der Menge.

»Er ist ein Rebell und entsprach der Beschreibung, die ich hatte«, erwiderte Trey. »Außerdem, wen kümmert es, wenn ich mich irre? Wer weiß, was er heute Abend so nahe beim Prinzen vorgehabt hat? Wir sollten dankbar sein, dass jede Speise des Prinzen vorgekostet wurde und dieser Mann auch sonst keine Gelegenheit hatte, den Prinzen zu vergiften.«

Die Adligen tuschelten miteinander, während sie auf die Reaktion des Königssohnes warteten. Trey hatte völlig rechtens gehandelt. Es war nur nicht das Ergebnis, das sich der Verdorbene Prinz gewünscht hatte.

Er erhob sich schweigend und kam, flankiert von den Raben, auf die Tanzfläche herunter. Aus irgendeinem Grund folgte ihm auch Nana.

»Das hättest du deinem Prinzen alles erzählen sollen, bevor du ihn erschossen hast«, sagte er und wischte Trey einen Staubfleck von der Kleidung. »Ich hätte dir erlaubt, ihn zu töten. Ich hätte dir sogar die Folterkammer des Palasts zur Verfügung gestellt. Unser Erzieher hätte schon dafür gesorgt, dass er den Mord an deinem Bruder bereut. Es macht mich traurig, dass ein Rebell und Kindermörder so leicht mit einem schnellen Tod davongekommen ist.«

»Ich war mir, wie gesagt, bis zum allerletzten Moment nicht sicher, mein Prinz.«

Adreann hielt ihm die offene Hand hin. »Gib mir die Pistole.«

Zögerlich reichte Trey ihm die geladene Waffe.

Der Prinz ging an ihm vorbei, kam auf mich zu und blieb erst stehen, als er nur noch eine Armlänge von mir entfernt war. »Du bringst mich in eine schwierige Lage, Treyvon. Einerseits hast du auf dein Recht verzichtet, heute Abend Mikael Königmann das Leben zu nehmen. Andererseits...«, er zielte mit der Pistole auf mich, »... ist er ein Königmann, der nicht einmal ein Kind vor den Rebellen beschützen konnte. Ist er es wert, am Leben zu bleiben? Er ist genau wie sein Vater eine Schande für seine Familie.«

»Mein Prinz«, sagte Chloe, »ich glaube, Ihr habt zu viel...«

Er blickte über die Schulter. »Habe ich dich nach deiner Meinung gefragt, Rabe? Habe ich das je getan?«

Chloe schüttelte den Kopf und wich vor ihm zurück.

»Euer Gnaden, Mikael Königmann hat erst letzte Woche vor Euren Augen bewiesen, dass er ein besserer Mann ist als sein Vater«, warf Botschafter Zain von oben mit einem Lächeln ein. »Ich und vermutlich auch andere hier werden gern bezeugen, dass er ein würdiger Königmann ist.«

Viel mehr, als ich erwartet hatte, pflichteten ihm bei, Jenn natürlich am lautesten von allen.

Der Prinz sah ausdruckslos in die Runde, hielt aber weiterhin die Pistole auf meine Brust gerichtet.

»Ich kann auch nur Gutes über den jungen Königmann sagen«, erklärte Domet mit lauter Stimme und drängte sich durch die Zuschauer nach vorn. »Er ist dabei, die Ehre seiner Familie wiederherzustellen, und auch wenn es noch ein langer Weg bis dahin ist, diese Stadt wurde von den Königmanns erbaut und musste bereits viel zu lange ohne einen auskommen.«

Wieder stimmten viele zu. So laut diesmal, dass Jenns Stimme nicht herauszuhören war.

Und dennoch zielte der Prinz immer noch auf mich. Ich versuchte, ohne mich zu bewegen, Schwartz in der Menge zu entdecken, um zu sehen, ob er es zulassen würde, dass ein Prinz mit seiner Waffe einen Königmann tötete. Zu meinem Pech war es ihm offenbar egal.

»Prinz Adreann«, sagte Nana, trat von hinten an ihn heran, und als sie ihm mit der Hand über den Rücken strich, ließ er die Waffe ein wenig sinken, »lasst den Königmann gehen. Er ist nicht einmal das Metall wert, aus dem die Kugel gemacht ist. Wen kümmert es, was er tut? Ihr seid der Prinz von Kessel, und daran wird niemand etwas ändern. Er ganz bestimmt nicht.«

»Du hast recht«, sagte der Verdorbene Prinz und senkte die Pistole endlich ganz. »Ihr habt alle recht! Und ich habe dir mein Wort gegeben, dass ich während des Endlosen Walzers nichts gegen dich unternehmen werde, Mikael. Aber ich kann nicht einfach dabeistehen und tatenlos zusehen, wie du mit deinen verräterischen Plänen ungestraft davonkommst. Heute Abend muss Blut vergossen werden.«

Ich erstarrte.

»Anfangs fand ich es noch amüsant«, sagte er. »Aber dass du so dreist bist, und das ausgerechnet hier ...«

Ich sah zu Domet hinüber. Sogar er wirkte verunsichert. Hatte der Prinz etwa herausgefunden, dass wir die Erinnerungen des Königs hatten stehlen wollen?

»Kannst du irgendetwas zu deinen Gunsten vorbringen?«

Ich stellte mich nur aufrechter hin.

»Schade, ich hätte dich gern betteln gehört.«

Damit drehte sich der Prinz um, sah Nana an – und schoss ihr in den Bauch!

Meine Beine zitterten so heftig, dass ich ihr nicht zu Hilfe eilen konnte. Als Nana umkippte, fing die Rabe mit den drei Federn sie auf, während Chloe ihr die Hand auf den Unterleib presste, um den Blutfluss zu stoppen. Die beiden riefen sich gegenseitig und den anderen in der Menge etwas zu. Ich konnte kein einziges Wort verstehen, da ich ausschließlich den lachenden Prinzen vor mir wahrnahm.

»Hältst du mich für einen Idioten, Mikael? Ich wusste, dass sie sich mit uns beiden trifft. Dachtest du, das würde niemandem auffallen? Ich bin der Prinz von Kessel, und ich lasse mich nicht von einem Königmann und einer Hure zum Narren machen!«

Adreann drehte sich zu der schweigenden Schar Adliger um. »Jedem, der ihr hilft, werde ich den Titel und sein Land aberkennen, sobald ich die Macht von meinem senilen Vater und meiner abwesenden Schwester übernommen habe. Ob es euch gefällt oder nicht, *ich* werde euer König sein!«

Sogar aus dieser Entfernung konnte ich spüren, wie der Zorn in Jenn hochstieg.

Doch zu meiner Überraschung machte ihm keiner im Raum seinen Anspruch streitig. Sogar Domet stand steif wie eine Statue da und weigerte sich, das Mädchen anzusehen, das vor ihm verblutete. Der Einzige, der sich rührte, war Schwartz, der gelassen vortrat und seine Pistolen zurückforderte.

»Söldner«, sagte Chloe, deren Hände mittlerweile blutüberströmt waren, »hilf uns. Bitte. Du hast doch sicher Erfahrungen mit Schusswunden.«

Schwartz antwortete ihr nicht und starrte stattdessen Nanas unnatürlich ruhigen Körper an.

»Ich gebe dir alles, was du willst. Aber rette sie, bitte.«

»Uneingeschränkten Zugang zu den königlichen Archiven?«

»Gewährt.«

»Rabe!«, rief der Prinz. »Missachtest du meine Befehle?«

»Nein«, erwiderte sie, während sie Schwartz Platz machte, damit der sich um Nana kümmern konnte. »Ich heuere einen Söldner an, damit er etwas tut, was ich nicht kann. Bestraft mich für meinen Ungehorsam, wenn Ihr nicht anders könnt, aber ich habe weder Titel noch Ländereien, die Ihr mir nehmen könnt. Nur mein Leben, das ich gemäß meinem Schwur opfern werde, um Euch zu beschützen.«

»So sei es.« Adreann blickte auf Chloe hinab. »Aber erst musst du mich darum bitten, dass ich dem Söldner erlaube, ihr das Leben zu retten. Sonst ...« Der Prinz zog ein Messer aus dem Gürtel und hielt es Nana vors Auge.

»Bitte, mein Prinz, erlaubt dem Söldner, Na...«

»Benutze ihren Titel«, befahl er.

»Bitte lasst den Söldner das Leben ... der Hure retten.«

»Siehst du, du musstest nur fragen, Rabe. Merk dir das für die Zukunft. Und jetzt ... schafft mir die Hure schnell aus den Augen, bevor das Blut nicht mehr von den Fliesen abgeht!«

Die beiden Raben hoben Nana unter Schwartz' Anleitung sanft an. Bevor sie gingen, wandte Schwartz sich noch einmal zu mir um. »Morgen, zur gleichen Zeit an derselben Stelle. Verstanden?«

Ich nickte, dann bahnten sich der Söldner und die Raben einen Weg durch die Adligen. Nur diese drei hatten sich dem Prinzen widersetzt, während es alle anderen schweigend hingenommen hatten, wie er seine Macht gefestigt und eine regelrechte Schreckensherrschaft begonnen hatte.

All diese Adligen waren Feiglinge und machten sich zu Komplizen seiner Eskapaden, solange der Prinz ihnen und ihrem Besitzstand nicht schadete. Sie trugen genauso viel Schuld am Niedergang dieses Landes wie die Königsfamilie.

Aber es brachte nichts, an einem Symptom herumzudoktern, solange man nichts gegen die ursächliche Krankheit unternahm. Als Königmann hatte ich die Pflicht, dieses Land zu verteidigen, ganz egal, was dabei aus mir selbst wurde oder was ich dafür tun musste. Vielleicht hatte es mein Vater ja irgendwann genauso gesehen.

»Du wirst niemals auf dem Thron sitzen«, sagte ich.

Der Verdorbene Prinz drehte sich zu mir um. »Wie war das, Königmann?«

»Habe ich mich undeutlich ausgedrückt?«

Niemand lachte, nur Adreann grinste höhnisch. »Drohst du etwa deinem Prinzen?«

»Das ist keine Drohung, sondern eine Feststellung.«

Im nächsten Augenblick flog ich rückwärts durch die Luft und starrte gegen die goldene Decke. Mir klingelten die Ohren, und ich bekam keine Luft, während ich versuchte, mich mit den Fingernägeln an den Fugen zwischen den Fliesen festzukrallen. Mit dröhnendem Kopf sah ich zum Prinzen hoch. Jeder Muskel an seinem Körper trat deutlich sichtbar hervor, und es sah aus, als hätte jemand mit einem Messer alles Fett von ihm abgeschnitten.

Er war ein Metall-Fabrikator, noch dazu ein mächtiger. Ich hatte gar keine Zeit gehabt, auf seinen Angriff zu reagieren.

»Adreann, hör auf damit!«, schrie Jenn.

Der Verdorbene Prinz kauerte sich vor mich hin, sein Gesicht so dicht an meinem, dass nur ich hören konnte, was er sagte. Dabei behielt er meine Schwester im Blick. Offenkundig wusste er genau, wer sie war. »Deine Hure wird noch heute Nacht sterben. Und sobald sie unter der Erde liegt, kann ich mich voll und ganz auf deine Schwester konzentrieren. Was für eine schöne Überraschung, sie heute hier zu sehen. Ich muss unbedingt herausfinden, ob sie noch unschuldig ist. Ich würde beim ersten Mal nicht sanft zu ihr sein, wenn sie bereits in der ganzen Stadt herumgereicht wurde.«

Ich schnappte nach Luft.

Während ich schreiend mit der Faust ausholte, stieg Wärme in mir auf. Es war mir völlig egal, welche Konsequenzen meine nächste Handlung haben würde. Die Wärme überflutete mich. Ich stieß sie aus meinem Körper hinaus in den Großen Ballsaal und schlug den Prinzen gegen das Kinn. Doch statt des erwarteten Metalls traf meine Faust auf weiche rosafarbene Haut.

Der Verdorbene Prinz fiel schockiert auf sein Hinterteil. Er starrte an sich hinab, sein Blick zuckte zwischen mir und seinen eigenen Händen hin und her.»Meine Fabrikationen ... haben nicht funktioniert? Sie hätten dich aufhalten müssen, aber ... das haben sie nicht getan. Wieso? Oh, ich habe dich unterschätzt. Wie ... dumm von mir.« Er verstummte, weil ihm bewusst wurde, dass niemand auf ihn achtete.

Mehrere Adlige sahen ihre Hände an, als hätten sie einen Finger verloren. Die Hochadlige Marget musste von einem Diener gestützt werden, da sie nicht mehr genug Kraft hatte, sich allein auf den Beinen zu halten. Ängstliches Getuschel erhob sich in der Menge, und keiner schien den Verdorbenen Prinzen zu beachten, alle waren mit sich selbst beschäftigt.

Domet trat auf ihn zu. »Anscheinend habt Ihr einen Streit mit einem Annullierungs-Fabrikator vom Zaun gebrochen, mein Prinz. Eure Metall-Fabrikationen können Euch nicht vor ihm schützen.«

Annullierung. Ich ballte die Rechte zur Faust und sah meine Muskeln zucken. Während sich mein Atem allmählich beruhigte, spürte ich erneut die Wärme in meinem Körper. Wenn ich mich ein wenig konzentrierte, konnte ich dieses Wärmegefühl beliebig ausdehnen, bis es meinen ganzen Leib wie eine zweite Haut bedeckte. Ich drehte meine Hand langsam um und versuchte, ein äußeres Anzeichen für diese Wärme zu entdecken, die ich in sie hineingeleitet hatte. Aber die Hand sah aus wie immer. Kein Wunder, dass mir nicht bewusst gewesen war, welche Spezialisierung ich hatte, da sie nur an ihrem Effekt zu erkennen war. Ich fragte mich, wie oft ich sie bereits unwissentlich eingesetzt hatte. Dutzende, vielleicht Hunderte Male? Und vielleicht waren mir dabei ebenso viele Erinnerungen verloren gegangen.

Aber diese Kraft reichte aus, um alle zu beschützen. Nun ja, alle bis auf mich. Der Verdorbene Prinz dachte gar nicht daran aufzugeben. Stattdessen hatte er sich von einem seiner Diener ein Schwert geholt. Noch nie hatte ich ihn so breit grinsen sehen. Er sah aus, als hätte er einen teuflischen Spaß.

»Zum Glück muss ich mich nicht allein auf meine Fabrikationen verlassen, Hochadliger Domet. Aber wie sieht es mit dir aus, Mikael? Könntest du mich in einem Duell besiegen? Wann hast du zum letzten Mal ein Schwert geführt?«

Jenn trat zwischen uns. Sie wirkte ganz ruhig und hielt ein Schwert mit schmaler Klinge in der Hand. »Es reicht, Adreann.«

Der Verdorbene Prinz sah mich an. »Schickst du jetzt immer deine kleine Schwester vor, Mikael?«

Ich blickte zu Jenn hoch. Das zerbrechliche, weinerliche Mädchen, das ich so viele Jahre gekannt hatte, war verschwunden. Stattdessen sah ich eine Frau vor mir, die sich einem Ungeheuer in den Weg stellte.

Da sie von Geburt an dazu verpflichtet war, den Verdorbenen Prinzen zu beschützen und ihn anzuleiten, wusste ich, dass dies nun nicht mehr mein Kampf war.

Nun war sie an der Reihe.

Kapitel 40
Beifall

»Adreann«, sagte Jenn und stellte sich vor mich hin, »weißt du, wieso die Königmanns und die Königsfamilie aneinander gebunden sind.«

»Erspar mir die Geschichtsstunde, Jennilein«, entgegnete der Verdorbene Prinz, »und geh mir aus dem Weg, damit ich deinen Bruder töten kann!«

»Du hast im Unterricht nie aufgepasst. Also lass mich es dir erklären. Die Familie Königmann soll das Gegengewicht zu den Königlichen sein. Wir streben nicht nach Macht, sondern wollen nur unserem Land dienen und dem jeweiligen Königlichen, zu dessen Schutz wir verpflichtet sind. Und manchmal müssen wir dafür Dinge tun, die unserem Schützling nicht gefallen.«

»Ach, Jennilein, wenn du mir dienen willst, fallen mir durchaus ein paar Dinge ein, die mir gefallen könnten. Wie erfahren bist du in der Horizontalen?«

»Verstehst du wirklich nicht, was ich dir damit sagen will, Adreann?« Die beiden begannen, voreinander auf und ab zu gehen, immer knapp außerhalb der Schwertreichweite des anderen. »Denk darüber nach.«

»Jenn, es freut mich zwar zu sehen, wie erwachsen du geworden bist, aber ich gebe nicht das Geringste auf ...«

Diesen Augenblick wählte Jenn für ihren Angriff. Doch als sie vorsprang, fing der Verdorbene Prinz lächelnd ihre Klinge ab und zog sie so dicht an sich heran, dass sie die gleiche Luft atmeten. »Zu langsam, Jennilein. Versuch es noch einmal.« Er stieß sie von sich, und Jenn fiel fast hin. Arrogant wie eh und je legte der Verdorbene Prinz sein Schwert auf den Boden und trat es weg. »Ich wollte deinen Bruder damit demütigen, weil er früher für seine Fechtkünste bekannt war. Aber du, Jennilein ... Ich glaube, für dich brauche ich es nicht. Und ich möchte deine schöne Haut doch nicht mit Narben verunzieren.«

»Du würdest selbst Gott noch unterschätzen, wenn er vor dir stünde, Adreann«, sagte Jenn.

»Wie sollte Gott auch sonst lernen, was wahre Perfektion ist?«

»So wie wir alle. Mit viel Übung.« Jenn griff erneut an, doch diesmal wirbelte sie, kurz bevor der Prinz ihren Hieb abfangen konnte, um die eigene Achse und trat ihm in die Kniekehlen. Zum ersten Mal gereichten dem Prinzen seine Größe und sein Gewicht zum Nachteil: Er stürzte und krachte auf den Fliesenboden.

Jenns Schwertspitze berührte ihn an der Kehle. Sie wirkte angespannter, als ich sie je erlebt hatte. Ich sah, dass ihre Hand zitterte, und wusste, worüber sie nachdachte. Ich hoffte, dass sie es nicht tun würde.

Nicht, während sämtliche Adligen von Kessel zusahen.

Den Prinzen zu schlagen war dumm von mir gewesen, und ich würde deswegen wahrscheinlich noch Probleme bekommen. Was Jenn gerade tat ... Es war, als wäre eine echte Königmann aus dem Geschichtsbuch gestiegen, um einem Königlichen seine Grenzen aufzuzeigen. Das war eine Meisterleistung, die ein Jahrzehnt lang niemand mehr gesehen hatte.

Wie lange schon hatte ich ihre wahre Größe nicht erkannt?

»Adreann, das Gesetz verpflichtet mich dazu, dich zu beschützen, und dazu gehört auch, dass ich dich für dein ungeheuerliches Benehmen zur Rechenschaft ziehe.«

»Ich habe dich eindeutig unterschätzt, Jenn. Das wird mir nie wieder passieren. Aber glaubst du wirklich, ein veraltetes Gesetz kann dich retten? Mein Vater wird erfahren, was ihr beiden Königmanns euch heute Abend geleistet habt.«

»So wie du geraten bist, glaube ich nicht, dass er sich für dich interessiert. Ansonsten wäre nämlich sicher ein besserer Mensch aus dir geworden. Aber erzähl ihm ruhig, was hier geschehen ist. Sag ihm, dass du an seinem Geburtstag ein Pistolenduell angezettelt hast. Dass du erst eine Frau angeschossen hast, weil du eifersüchtig warst, und dass dir dann eine andere vor den Augen des versammelten Adels den Hintern versohlt hat. Er findet sicher, dass das einem Mann, der König werden will, gut zu Gesicht steht.«

Die Wangen des Prinzen wurden so rot wie sein Haar, und er atmete in schnellen flachen Zügen. Ohne meine Schwester aus den Augen zu lassen, stieß er die Klinge von seinem Hals und erhob sich. Als er stand, kratzte er sich Nanas Blut von den Sohlen. »Das werde ich nicht vergessen, Jenn.«

»Das solltest du auch nicht.«

Ohne ein weiteres Wort stürmte der Verdorbene Prinz davon, und die Thronsucher, die das Fest noch nicht verlassen hatten, folgten ihm. Als er weg war, zogen sich auch die Adligen rasch zurück, um nur ja nicht in der Nähe von David Königmanns Kindern gesehen zu werden.

Ich wollte zu Jenn, doch Domet fing mich ab, bevor ich

sie erreichte. »Du und deine Schwester, ihr habt den Prinzen attackiert. Beide Angriffe waren töricht und werden nicht folgenlos bleiben. Aber ...«

»Ich habe die Erinnerungen des Königs nicht gefunden, Domet. Jemand hat mich bei der Suche unterbrochen, und dann ist das hier passiert.«

»Vielleicht ergibt sich ja noch eine weitere Gelegenheit.«

»Nein«, sagte ich. »Keine Abmachungen mehr mit Euch oder irgendwelchen anderen Adligen. Ich sage Euch, wer den Schrein in Brand gesteckt habt, Ihr befreit Sirash, und danach trennen sich unsere Wege. Ich brauche weder Euer Geld noch Eure Unterstützung für meine Mutter. Ich schaffe das alles auch allein.«

»Das ist nicht das, was ...«

»Was ist Euch wichtiger, Euer Tod oder Eure Rache?«

Er zögerte keine Sekunde. »Wer war es? Und wieso?«

Wenigstens wusste ich jetzt, was ihm das Allerwichtigste war. »Der Söldner Schwartz. König Isaak hat ihn angeheuert, aus Angst, Ihr könntet es auf den Thron abgesehen haben.«

Schwartz versuchte zwar gerade, Nanas Leben zu retten, aber ich wusste nicht, was er tun würde, sobald er die Dokumente hatte. Ich hatte Domet seinen Namen genannt, um zu verhindern, dass er mir oder gar meiner Familie nachstellte. Denn wenn überhaupt irgendwer gegen einen Söldner bestehen konnte, dann nur ein unsterblicher Hochadliger.

Dass ich den König in die Sache hineingezogen hatte, war etwas Persönliches. Endlich hatte ich ein Ventil, um der Wut Luft zu machen, die sich ein Jahrzehnt lang angestaut hatte.

»Also gut, Mikael, vielen Dank. Dein Freund wird morgen nach dem Prozess gegen den Kaiser freikommen.«

»Ich danke Euch.« Damit ließ ich Domet stehen. Ich wollte

nichts mehr mit ihm zu tun haben und konnte mir nicht mehr erklären, weshalb ich mir so viel von ihm erhofft hatte. Was er mir nicht alles versprochen hatte: eine Ausbildung zum Fabrikator, meine Rückkehr an den Hof, Informationen über meinen Vater und die Heilung meiner Mutter. Nichts davon hatte er wahrgemacht.

Mein Kopf dröhnte, und ich merkte, wie rissig meine Lippen waren, als ich mich zu Jenn und der Hochadligen Marget gesellte, die gerade miteinander an einem Tisch Platz nahmen. Die Hochadlige Marget hatte eindeutig Schmerzen.

»Was ist passiert?«, fragte ich.

Jenn trank Wein, das Schwert mit der schmalen Klinge lag vor ihr auf dem Tisch. »Ich weiß es nicht genau. Es schien ihr gut zu gehen, und dann ist sie ganz plötzlich in sich zusammengesackt. Ein Diener hat sie aufgefangen und …«

»Mir geht es gut«, stieß die Hochadlige Marget durch zusammengebissene Zähne hervor. Offensichtlich stimmte das nicht, aber weder Jenn noch ich konnte erkennen, was ihr fehlte. »Viel wichtiger ist doch, wie es euch beiden geht.«

»Ich weiß es nicht«, antwortete ich. Und das stimmte.

»Das überrascht mich nicht«, sagte Jenn. »Schließlich hast du dem Prinzen vor einer ganzen Schar Adliger eine verpasst.«

»Und du hast ihm eine Klinge an den Hals gehalten.«

»Ich habe keine Angst vor ihm. Dafür kenne ich ihn zu gut.«

»Es war trotzdem dumm. Was ist, wenn der König dich dafür bestraft?«

Jenn trank einen weiteren Schluck Wein. »Ich musste es tun, Mikael. Irgendjemand musste ihn aufhalten, und ich bin offenbar die Einzige, die dazu in der Lage ist. Ich hoffe bloß, dass ich genug getan habe.«

»Du hast auf jeden Fall …«

Wieder wurden wir unterbrochen. Diesmal von einem blonden Mann, der eine Flasche Whisky und zwei leere Gläser an unseren Tisch brachte. Er war in Gelb und Schwarz gekleidet und hatte eine übel aussehende Narbe auf dem Nasenrücken. Das Alter hatte es nicht gut mit ihm gemeint, aber früher oder später hinterließ es bei allen seinen Spuren. »Mikael, komm mit mir. Wir sollten reden. Und trinken.«

Jenn sprach für mich. »Nein. Mir ist egal, wer Ihr seid oder was Ihr wollt. Wir gehen jetzt nach Hause.«

Die Hochadlige Marget legte ihr eine Hand auf die Schulter. »Jenn, ich möchte dir Kais Vater, den Hochadligen Alexander Reitter, vorstellen. Er ist ein Freund der Königmanns. Er wird Mikael nichts tun, und nachdem dein Bruder den Prinzen geschlagen hat, braucht er jede Unterstützung, die er kriegen kann. Er ist nicht wie du dadurch geschützt, dass er an ihn gebunden ist.«

»Oh«, sagte Jenn. »Hochadliger Alexander, es tut mir sehr …«

Alexander Reitter wirkte amüsiert. »Keine Angst, Jenn. Dein Vater wäre stolz auf dich, hätte er gesehen, wie du dem Prinzen die Stirn geboten hast, um deinen Bruder zu verteidigen.«

»Ich danke Euch, Herr.« Jenn konnte man kein größeres Kompliment machen.

»Sie wird heute als mein Gast bei mir bleiben«, verkündete die Hochadlige Marget. »Prinz Adreann wird uns nicht behelligen, das kann ich Euch versichern.«

Ich sah Jenn an, die zustimmend nickte.

Ich verabschiedete mich von den beiden und folgte Alexander Reitter in eine Ecke des Raums, wo wir uns an einen leeren Tisch setzten. Er schob mir eins der Gläser zu und füllte beide mit Whisky. »Zum Wohl.«

»Zum Wohl«, erwiderte ich und setzte das Glas an die Lippen. Noch nie hatte ich das brennende Gefühl in der Kehle so sehr genossen wie in diesem Moment. Der erste Schluck war immer der schlimmste. Danach war es, als würde man Zitronenwasser trinken.

»Lange Nacht gehabt?«, fragte Reitter und knöpfte sich die Jacke auf. Als er sich bequem zurücklehnte, sah er für mich nicht wie ein Hochadliger, sondern wie ein Soldat aus, der gerade seine Nachtschicht beendet hatte.

»Ein langer Abend«, bestätigte ich. »So einen langen hatte ich schon lange nicht mehr.«

»Das kann ich mir vorstellen. Dass du den Prinzen geschlagen hast, wird vermutlich kein großes Problem sein. Solange du nicht damit angibst.«

Darauf stießen wir an.

»Das Mädchen, das der Prinz angeschossen hat ... War sie deine Freundin?«

»Nein, sie ist eine ...« Mittlerweile wusste ich immer weniger, wie ich diesen Satz beenden sollte. Weder »Bekannte« noch »Freundin« hörte sich richtig an, und mir fiel auch kein anderes Wort ein, das mir stimmig erschien. Denn obwohl sie ein doppeltes Spiel getrieben hatte, fühlte ich mich zum Teil verantwortlich dafür, dass sie angeschossen worden war.

»Also kompliziert«, sagte Reitter. »Verstehe. Dein Vater hat oft mit mir über deine Mutter gesprochen. Er hat sie abgöttisch geliebt und nie auch nur eine andere angeschaut. Er sprach, wir tranken, und manchmal sagte auch ich etwas. Es war eine gute Freundschaft. Ich vermisse ihn jeden Tag.«

Er machte eine Pause. »Dein Vater war einer meiner besten Freunde, und nun wird einer seiner Söhne meine Tochter heiraten. Gott hat einen interessanten Sinn für Humor.«

»Kanntet Ihr meinen Vater gut?«

»Das will ich meinen. Wir sind zusammen aufgewachsen, und wir haben die meiste Zeit unseres Lebens Seite an Seite gekämpft, vom Krönungstag bis zum Schießpulverkrieg.«

»Krönungstag?«

Er ließ den Whisky im Glas kreisen. »Du hast wahrscheinlich schon davon gehört. Es war die erste große Schlacht, die dein Vater geführt hat. Wir waren Studenten an der Kessel-Akademie, als die Söldner der Tosburg-Kompanie sie angriffen und alle Lehrer töteten. Wir waren gezwungen, gemeinsam mit den anderen Studenten gegen sie zu kämpfen, und dein Vater hat uns zum Sieg geführt. Natürlich hat ihn das verändert. Es hat uns alle verändert. Du weißt nicht, was ein echter Konflikt ist, solange du noch nicht einem Freund die Hand auf die Wunde gepresst hast, während er schreiend verblutet. An diesem Tag habe ich drei Menschen getötet, allesamt Söldner.« Wieder machte er eine Pause. »Ich kann mich immer noch an ihre Gesichter erinnern.«

Alexander Reitter verstummte und trank einen großen Schluck. »Das ganze Land hat deinen Vater damals für seine Taten gerühmt, für seinen Heldenmut und seine taktische Brillanz. Da bekam er Angst, dass er bis ans Ende seines Lebens nur noch Kriege führen musste. Also lief er davon und blieb, wenn ich mich recht entsinne, fünf Jahre lang spurlos verschwunden. Als er schließlich mit deiner Mutter nach Kessel zurückkehrte, herrschte Krieg, und er erfuhr, dass seine Eltern, seine ältere Schwester und seine Königin umgebracht worden waren. So folgte er seinem Vater als rechte Hand des

Königs nach, und der Rest ... steht in den Geschichtsbüchern.«

Der Krönungstag ... Reitter hatte recht, ich hatte schon davon gehört, aber noch nie in allen Einzelheiten. Wenn es stimmte, was Alexander Reitter sagte, stammte der Bericht, den ich in Schwartz' Umschlag gefunden hatte, von meinem Vater.

Er hatte Angst gehabt, dass man ihn vergessen würde, und jetzt ...

»Warum erzählt Ihr mir das alles?«

»Weil ich meinen Freund vermisse. Er hat mein Leben ruiniert, als er so jung starb und mir eine Menge Pflichten hinterließ. Ich kann nicht behaupten, dass ich sie gern erfülle, auch wenn ich damit dem Land diene. Dein Vater war immer derjenige, der gesprochen hat, während ich trank. Und jetzt muss ich beides tun. Meine Frau und meine Kinder sind klug genug, keine Fragen zu stellen, wenn ich mit dem einen oder dem anderen anfange.«

»Ihr seid der Erste, den ich seit seiner Hinrichtung positiv über meinen Vater reden höre.«

»Das tue ich, weil ich weiß, dass er Davi Kessel nicht ermordet hat.«

Wie war das? Ich glaubte, mich verhört zu haben.

»Er hatte keinen Grund dazu. Die Leute sagten, er wäre halb verrückt vor Trauer um deine Mutter gewesen. Ja, er war darüber verbittert. Und ja, der Kummer hat ihn verändert. Aber er hat dich, Leon und Jenn über alles geliebt. Er hätte nie etwas getan, das euer Leben gefährdet – nicht aus Rache oder um der Gerechtigkeit willen und auch nicht für Geld oder Macht. So ein Mann war er nicht. Er war der Beste von uns.«

Mein Herz fing an, wie wild zu schlagen. Das konnte nicht sein. Nein, nein, nein. Es war eine Sache, dass Domet – der irrsinnige, unsterbliche Domet – so etwas behauptete, aber wenn Alexander Reitter das Gleiche sagte, dann hatte Domet ja vielleicht recht. Ich spürte einen Kloß im Hals und konnte kaum sprechen. »Was wurde eigentlich als sein Motiv angegeben?«, brachte ich schließlich heraus.

»Das wurde nie veröffentlicht. Nur der König, der Richter und die Ratsmitglieder, die über sein Schicksal entschieden haben, wissen davon. Ich habe immer vermutet, dass damit irgendjemand anders geschützt werden sollte und dass David sich schuldig bekannt hat, damit die Wahrheit nicht ans Licht kommt.«

Mir wurde so schwindelig, dass ich kaum das Glas halten konnte. »Glaubt Ihr … irgendjemand könnte ihm … den Mord in die Schuhe geschoben haben?«

»Daran habe ich nicht den geringsten Zweifel. Es wurde ganz eindeutig der falsche Mann hingerichtet.«

»Warum habt Ihr dann …?«

»Wieso ich nichts gesagt habe? Ich frage den König bei jeder Gelegenheit nach der Wahrheit.«

Ich holte tief Luft. Das waren zu viele Informationen, um sie alle auf einmal zu verarbeiten. Ich musste ihm die richtigen Fragen stellen, da ich nicht wusste, ob ich noch einmal so eine Gelegenheit bekommen würde.

»Wie soll man herausfinden, wer ihm das angehängt haben könnte? Hat er sich vielleicht Feinde im Ausland gemacht, als er fünf Jahre lang weg war?«

»Meiner Meinung nach gibt es drei Möglichkeiten.« Reitter griff nach der Flasche und schenkte sich nach. »Vielleicht war es jemand aus Kessel. Der Prinz war tot, und es hieß, der beste Freund des Königs hätte ihn ermordet. Während danach sowohl die Königlichen als auch die Königmanns zusehen mussten, dass ihre Familien nicht auseinanderbrachen, konnten andere ungehindert zur Macht aufsteigen. Zehn Jahre später sind die Ideale, auf denen unser Land einst gegründet wurde, vergessen und nichts mehr wert. Was damals passiert ist, war mehr als nur ein Attentat auf die Königsfamilie. Es war ein Anschlag auf die Herzkammer unseres Landes.«

Er trank einen Schluck, bevor er weitersprach. »Die zweite Möglichkeit ist, dass jemand aus der Familie Schuster versucht hat, das Land zu destabilisieren, um dafür zu sorgen, dass Neu-Drakon eine wichtigere Rolle auf der Weltbühne spielt. Das halte ich allerdings für wenig wahrscheinlich, da Neu-Drakon uns in dem Fall angegriffen hätte.«

Das ergab alles einen Sinn für mich. Vor dem Fall meiner Familie hatten Emporkömmlinge in Kessel einen schweren Stand gehabt. Die alten Familien hatten nichts von ihrer Macht abgeben wollen und sie seit Generationen nur untereinander aufgeteilt. Doch heutzutage stiegen regelmäßig neue Familien auf, während ein paar der hochadligen aus meiner Kindheit inzwischen in der Versenkung verschwunden waren. Auch der Endlose Walzer hatte sich von Grund auf verändert.

»Wer könnte es denn gewesen sein?«, fragte ich.

Reitter lachte leise in sich hinein. »Vermutlich jemand mit Ehrgeiz, der in letzter Zeit viel Macht hinzugewonnen hat.«

Darum ging es doch immer. Die Frage lautete also: Wer strebte nach Macht und war geduldig genug, um mehrere Jahre auf sie zu warten? Domet wollte sie nicht, er war bereits mächtig genug, damit schied er schon mal aus. Adreann wollte zwar mehr Macht, aber Geduld war nicht gerade seine

Stärke. Außerdem war er zum Zeitpunkt von Davis Ermordung noch ein Kind gewesen.

Die einzige Person, die ich kannte, die entschlossen genug wirkte und der man den steilen Aufstieg anmerkte, war Schwartz. Er hatte mich wegen seiner Dokumente verfolgt und hätte mir noch jahrelang nachgestellt, wäre ich ihm weiterhin aus dem Weg gegangen. War meinem Vater dasselbe passiert? Moment ... war die Antwort etwa so offensichtlich? Hatte mein Vater vielleicht ähnliche Probleme gehabt wie ich?

»Was ist mit dem Krönungstag?«, fragte ich. »Der Anführer der Tosburg-Kompanie konnte damals fliehen, oder?«

»Ich habe keine Ahnung. Dein Vater war der Einzige, der sein Gesicht gesehen hat, als sie sich zu Verhandlungen trafen. Später hat er behauptet, die Leiche des Anführers sei nicht unter den Toten gewesen. Da wir anschließend nichts mehr von der Tosburg-Kompanie gehört haben, sind wir dem nie nachgegangen. Es gab immer irgendetwas Wichtigeres zu tun.«

»Könnten die Söldner ihn reingelegt haben?«

Alexander Reitter lehnte sich erneut auf seinem Stuhl zurück. Er wirkte alt und ausgelaugt, mit seinen dünnen blonden Haaren, den tiefen Furchen im Gesicht und den dunklen Augenringen. Ich fragte mich, wie er wohl in meinem Alter ausgesehen hatte. Wie Kai?

Nachdem er einen Moment lang nachgedacht hatte, sah er mir in die Augen. »Abgesehen von ein paar wenigen Erwähnungen in den Geschichtsbüchern haben wir keine Informationen über die Tosburg-Kompanie. Ich kann mich nicht einmal mehr an ihr Symbol erinnern. Was war das gleich noch ...?«

Ich rieb mir die Augen und schüttelte den Kopf. Also war doch alles nur ein Hirngespinst. Wieso hörte ich schon wieder einem Betrunkenen zu? Vor allem nach meinen jüngsten Erfahrungen. Vielleicht weil er behauptete, ein Freund meines Vaters gewesen zu sein, und an seine Unschuld glaubte. Natürlich tat Domet das auch, aber der hatte andere Prioritäten.

»Es war das genaue Gegenteil des Königmann-Symbols.«

Mein Blick zuckte zu Alexander Reitter. »Was?«

»Das Symbol der Tosburg-Kompanie war das exakte Gegenteil eures Symbols. Das ist das Einzige, woran ich mich erinnere. Das war mein Gedanke, als ich es zum ersten Mal sah. Kurz bevor ihre Sturmspitze angriff.«

Ich wusste nicht, was ich mit dieser Information anfangen sollte. »Wenn Ihr ein so guter Freund meines Vaters wart und ihn sogar für unschuldig gehalten habt ... Wo wart ihr dann, als wir allein und verängstigt aus unserer Burg vertrieben wurden? Warum habt ihr uns nicht aufgenommen?«

Er atmete durch die Nase ein und schloss einen Moment lang die Augen. »Weil ich meine Familie beschützen musste. Kurz nach dem Prozess galt jeder, der den König infrage stellte, als Verräter. Ich will hoffen, dass euer Vater es mir verziehen hätte. Er hat euch drei mehr geliebt als sein Leben, und mir geht es mit meinen Kindern genauso. Ich würde die Stadt bis auf die Grundmauern niederbrennen, um sie zu beschützen.«

»Was soll das hier dann? Nachdem ich es jetzt so lange allein geschafft habe, wollt Ihr ...«

»Ich habe immer ein Auge auf dich und deine Geschwister gehabt, Mikael. Auch wenn ihr es nicht gemerkt habt. Dein Pflegevater hat euch vom Hof ferngehalten, aber ich habe getan, was ich konnte. Hast du dich nie gefragt, woher dein Pflegevater immer wieder neue Kleidungsstücke hatte, als ihr jung wart und gewachsen seid? Oder wie deine Schwester zu der Arbeit in der Anstalt gekommen ist und wer deinen Bruder so nachdrücklich für eine Stellung bei der Waage empfohlen hat? Oder wieso ihr in der Anstalt so problemlos ein Privatzimmer für eure Mutter kriegen konntet? Normalerweise hätte die Familie eines Verräters niemals so viel Glück.«

Ich starrte ihn an und schluckte. »Wie ... wie lange habt Ihr ...?«

»Ich habe mich immer nur eingemischt, wenn es nötig war, Mikael. Wenn ich mir um die Kinder eines meiner besten Freunde Sorgen gemacht habe. Der König, die Raben und fast alle Adligen haben die Alten Worte vielleicht vergessen, aber meine Familie nicht. Wir wissen, wem unsere Loyalität gilt, Mikael, und so wird es immer bleiben.«

Ich nickte, während er das Glas an die Lippen hob. Mir war bewusst, dass ich ihm niemals angemessen für den Schutz meiner Familie würde danken können. »Ihr habt von drei Möglichkeiten gesprochen. Was wäre die letzte?«

Alexander Reitter schenkte mein Glas randvoll. »Dein Vater. Er könnte sich selbst falsch beschuldigt und die Verantwortung für einen Unfall auf sich genommen haben.«

»Einen Unfall? Wieso sollte mein Vater die Verantwortung ...?«

»Er hätte es getan, wenn eines seiner Kinder ihn verursacht hätte.«

Mit einem Mal war es, als stünde die Zeit still, und nichts erschien mir mehr real. Wenn Alexander Reitter damit andeuten wollte, was ich vermutete ...

»Glaubt der König, einer von uns hätte seinen Sohn getötet? Ist das Motiv deswegen nie bekannt gegeben worden? Ist das der Grund für die Ungereimtheiten bei seinem Prozess und die manipulierten Erinnerungen der Zeugen? Hat mein Vater sein Leben gegeben, damit nicht einer von uns sterben musste?«

Alexander Reitter schwieg, bis er sein Glas ausgetrunken hatte. »Jetzt hör mal auf, mich zu löchern. Wir brauchen mehr zu trinken. In der Hinsicht hinken wir ziemlich hinterher.«

Und tatsächlich ließ Kais Vater meine letzten Fragen unbeantwortet, während wir die Flasche leerten und immer betrunkener wurden. Stattdessen erzählte er mir Geschichten von meinem Vater, angefangen von seiner Jugend bis hin zu seinen letzten Tagen. Während ich ihm lauschte und selbst kaum etwas sagte, fing ich wieder an, meinen Vater als Helden zu betrachten.

Als außer uns keiner mehr im Großen Ballsaal war, kamen schließlich zwei Wachleute und brachten Alexander Reitter nach Hause. Anschließend blieb ich noch eine Weile allein am Tisch sitzen. Ich betrachtete die Sterne durch die Fenster und fragte mich, welche Entscheidungen mein Vater hatte treffen müssen und wie es ihm dabei gegangen war. Ob er wohl den gleichen dumpfen Schmerz in seinem Herz gefühlt hatte wie ich jetzt?

Kapitel 41
Stillstand

Krankenhäuser kann ich schon seit meiner Kindheit nicht leiden, seit den ersten Besuchen bei meiner Mutter, als die Probleme mit ihrem Verstand begannen und niemand sagen konnte, woran es lag. Damals verbrachte ich ganze Tage in Hospitälern, und ihr saurer Geruch bringt mich nach wie vor zum Würgen. Es gefällt mir nicht, dass sie alle so karg und trostlos sind, als wären sie Gefängnisse für die Sterbenden und nicht Orte, an denen Kranke wieder gesund werden.

Doch trotz dieser tiefen Abneigung musste ich nach den Geschehnissen des Vorabends in ein Krankenhaus, um jemandem einen Besuch abzustatten.

Nanas Zimmer befand sich am Ende des Korridors, hinter der letzten Tür auf der linken Seite. Ich klopfte, ehe ich öffnete. Vor dem Eintreten lugte ich hinein und sah, dass neben dem Bett, in dem Nana schlief, ein Mann saß.

Er drehte sich nicht um, als ich hereinkam, und so sah ich sein Gesicht erst, als ich neben ihm stand. Es war Nanas Vater Bertram Deuter, der Leiter der Beschwörer-Division der Waage. Er war ein kräftiger Mann mittleren Alters, seine glasigen Augen waren vom Schlafmangel gerötet, und er hatte einen Bartschatten.

»Wie geht es ihr?«, fragte ich. Nana schlief friedlicher, als ich es bei jemandem, der gerade angeschossen worden war, für möglich gehalten hätte. Sie sah nicht aus, als litte sie große Schmerzen. Vielleicht weil sich ihr Verstand in die Bewusstlosigkeit geflüchtet hatte.

Ihr Vater antwortete nicht gleich, doch schließlich räusperte er sich. »Sie schläft. Ihr Zustand ist stabil. Zwar hat sie viel Blut verloren, und es besteht immer noch ein hohes Infektionsrisiko. Außerdem wird es noch eine Weile dauern, bis wir das ganze Ausmaß ihrer Verletzungen kennen. Aber sie lebt. Dieser Söldner hat ihr das Leben gerettet.«

»Ich bin froh, dass er ihr geholfen hat.«

»Ich auch.« Er holte tief Luft. »Du bist Mikael Königmann, nicht wahr?«

»Ja, das stimmt.«

»Ich habe gehört, der Prinz hat auf sie geschossen, weil er dachte, ihr beide hättet eine Beziehung. Stimmt das, habt ihr eine Beziehung?«

»Nein, zumindest keine Liebesbeziehung.«

Ich sah, dass er etwas in der Hand hielt. »Warum hatte sie dann deinen Ring am Finger? Ich habe ihn gleich erkannt. Dein Vater hat ihn getragen. So wie du die meiste Zeit deines jungen Lebens. Leugne es nicht.«

Obwohl ich neben seiner verletzten Tochter stand, würde ich ihm nicht sagen, unter welchen Umständen Nana und ich uns kennengelernt hatten, schließlich hatte ich gegen meine Bewährungsauflagen verstoßen. »Er war ein Pfand. Ich habe ihr einen Gefallen geschuldet, und sie wollte ihn bis nach dem Endlosen Walzer behalten.«

Bertram Deuter schnalzte mit der Zunge. »Meine Tochter wollte anscheinend gleichzeitig den Prinzen und einen Königmann an der Nase herumführen«, sagte er leise. »Es war dumm von ihr zu glauben, dass das funktionieren würde.«

Ich antwortete zwar nicht darauf, doch insgeheim stimmte ich ihm zu.

Bertram gab mir den Ring. »Nimm ihn zurück. Sie braucht ihn nicht, und ich will nicht, dass man euch beide in Verbindung bringt, sonst wäre ihr Ruf für alle Zeiten ruiniert. Im näheren Umfeld des Prinzen nennen sie bereits einige die Königmann-Hure.«

»Es tut mir leid, was mit ihr passiert ist.«

»Mir auch, aber das hat sie sich selbst eingebrockt. Ach ja, Mikael ...« Er warf mir etwas zu.

Als ich es fing, sah ich, dass es eine Patrone war. Vermutlich war es das Projektil, das beinahe Nanas Leben beendet hatte.

»Wenn du je wieder meiner Tochter zu nahe kommst, schieß ich dir eine Kugel wie diese in den Bauch. Ich weiß, dass sie vermutlich selbst an allem schuld ist, aber ich bin ihr Vater, und ich werde sie vor jedem beschützen, egal, ob derjenige aus der Königsfamilie stammt oder ein Königmann ist. Verstanden?«

»Ja, verstanden«, antwortete ich und steckte die Patrone ein.

»Lass uns jetzt allein.«

Das war mir nur recht, da ich so schnell wie möglich von Nanas Vater wegkommen wollte, bevor er noch etwas Unvernünftiges tat.

Auf dem Weg nach draußen streifte ich mir den Ring meines Vaters über den Mittelfinger und war erleichtert, als ich nach einer Woche wieder das vertraute Gewicht spürte.

Kapitel 42

Irrsinn

Als meine Freunde und ich die westliche Brücke zur Insel überquerten, um die Urteilsverkündung im Prozess gegen den Kaiser zu hören, ging bereits die Sonne unter. Der König, der Flüsterer der Kirche des Ewigen Feuers und der Hochadlige Ata Morales leiteten die Verhandlung bereits seit dem Morgengrauen. Ein Hochverratsprozess war eines der wenigen Dinge, die das Königshaus nicht vollständig kontrollieren konnte. Nachdem unter König Georg dem Paranoiden mehr als fünfzig Personen zu Unrecht als Verräter hingerichtet worden waren, hatte die Familie Königmann erfolgreich darauf bestanden, dass jedem Hochverratsprozess drei Richter vorsitzen mussten.

Die Eingangstüren zum Gericht waren verriegelt, da bis zum Prozessende niemand das Gebäude verlassen durfte, aber wir hatten beschlossen, gemeinsam mit ein paar Hundert anderen auf den Urteilsspruch zu warten. Wir sahen die Schaulustigen bereits von der Brücke aus. Mit Sprechgesängen und lauten Rufen forderten sie den Kopf des Kaisers. Sollte er schuldig gesprochen werden, würde man das Urteil unverzüglich vollstrecken, damit seine Anhänger nicht auf die Idee kamen, ihn aus der Gefängniszelle befreien zu wollen oder seine Freilassung zu erpressen. Vor allem hoffte man, dass die

Rebellion nach seinem Tod sang- und klanglos in sich zusammenbrach. Doch ob es wirklich so kommen würde, musste sich erst noch zeigen.

Die meisten, die sich vor dem Gericht eingefunden hatten, stammten aus dem Westen von Kessel, wie man an den Münzen hörte, die in ihren Taschen klimperten. Als ich nach Süden blickte, sah ich Burg Königmann und wie dort die Mondtränen im schwindenden Licht schimmerten. Doch ich wollte mich der Burg zunächst nicht wieder nähern, bis ich nicht genügend Zeit gehabt hatte, über alles nachzudenken. Wenn ich weiterhin versuchte, die Wahrheit zu ergründen, würde ich dann erfahren, dass nicht mein Vater, sondern ich der Verräter war? Bis gestern Nacht war es nur darum gegangen, die Unschuld meines Vaters zu beweisen. Doch jetzt würde die Wahrheit vielleicht mich, Jenn oder Leon belasten. War es das noch wert? Ich wusste es nicht.

Jenn führte uns zum Rand der Menschenmenge. Dort waren wir nahe genug, um das Urteil zu hören, und gleichzeitig so weit entfernt, dass wir nicht zwischen verschwitzten Menschen eingeklemmt waren, die schon den ganzen Tag in der Sonne gestanden hatten. Dutzende bewaffneter Advokatoren patrouillierten auf dem Gelände. Ich fragte mich, ob sie mit einem Aufstand rechneten oder Angst vor Rebellenagenten in der Menge hatten, die nur auf ein Angriffssignal warteten. Nach den Bombenanschlägen im Miliz-Viertel war ein weiteres Attentat dieser Größenordnung nicht auszuschließen. Diese Angst erklärte auch, weshalb keine Adligen gekommen waren; zumindest konnte ich keine sehen. Natürlich hatte ich keine Ahnung, wer sich im Gerichtsgebäude befand. Leon hielt sich sicher dort drinnen auf.

Als Jenn und Kai ein Stück zur Seite gingen, um ungestört

miteinander zu sprechen, setzte sich die Hochadlige Marget neben mich und schlug die Beine übereinander. »Ich mache mir Sorgen wegen des Urteils. Eigentlich sollte es bis zum Mittag verkündet werden.«

»Es wird schon alles gut werden«, sagte ich und überprüfte, ob Schwartz' Umschlag immer noch in der Innentasche meiner Jacke steckte. »Womöglich haben sie den ganzen Tag gebraucht, um sämtliche Verbrechen des Kaisers gegen die Krone aufzuzählen.«

Sie nickte und starrte weiterhin zum Gerichtsgebäude hinüber.

»Aber du weißt wahrscheinlich besser als ich, wie solche Prozesse ablaufen«, sagte ich. »Die einzige Gerichtsverhandlung, an der ich je teilgenommen habe, war die meines Vaters.«

Sie strich sich eine Strähne aus dem Gesicht und klemmte sie sich hinters Ohr. »An die kann ich mich noch sehr genau erinnern. Mein Vater war einer der Geschworenen. Er hatte sich auf langwierige Diskussionen eingestellt, bei denen die Hochadligen entweder die Seite der Königmanns oder der Königsfamilie ergreifen würden.«

»Ich glaube, damit hat jeder gerechnet. Doch dann hat er sie alle überrascht, indem er auf schuldig plädierte.«

»›Überrascht‹ ist noch stark untertrieben. Damit hat er vielleicht einen Bürgerkrieg abgewendet. Aber das ist alles Schnee von gestern. Wie geht es Nana? Du warst heute Morgen bei ihr, richtig?«

Die Hochadlige Marget hatte ein Talent dafür, Themen zur Sprache zu bringen, über die ich nicht reden wollte.

»Sie ist stabil. Aber es dauert noch, bis man weiß, wie schlimm ihre Verletzungen sind.«

»Hat sie eine Infektion?«

Ich schüttelte den Kopf. »Derzeit nicht, aber es besteht ein erhöhtes Risiko.«

»Kann sie noch alles bewegen?«

»Das weiß ich nicht, aber da ihr Vater nichts Gegenteiliges gesagt hat, gehe ich davon aus.«

Die Hochadlige Marget legte sich die Hand ans Kinn. »Wahrscheinlich wird man erst wissen, wie ihr es geht, wenn sie wieder komplett bei Bewusstsein ist. Hoffentlich hat die Kugel nicht ihr Rückgrat verletzt. Es wäre schlimm, wenn sie wegen eines Missverständnisses mit dem Prinzen ein Leben lang gelähmt bliebe.«

»Woher weißt du so viel über Schusswunden?«

Sie presste kurz die Lippen zusammen, bevor sie antwortete. »Ich habe mehr Zeit in Hospitälern als in meiner eigenen Burg verbracht. Dabei habe ich gut zugehört und viel gelernt.«

»Wieso warst du so viel in Krankenhäusern? Aus dem gleichen Grund, weshalb du zusammengebrochen bist, als ich auf der Feier des Königs alles annulliert habe?«

Sie setzte zu einer Antwort an, doch dann schloss sie die Augen und seufzte. »Es ist eine lange Geschichte, und die sollte ich dir erst erzählen, wenn du wieder weißt, wer ich bin. Egal, was du jetzt sagst, du würdest mich mit anderen Augen sehen, und das will ich jetzt noch nicht.«

»Aber ich weiß doch, wer du bist. Die Hochadlige Marget.«

Sie lachte. »Ach ja. Ich hatte ganz vergessen, dass Nana mich vor dir mit meinem Namen angesprochen hat. Wie ärgerlich.« Sie zögerte. »Vielleicht sollte ich dann also abwarten, bis du dich an meinen Spitznamen erinnern kannst.«

»Ist das nicht langweilig, da ich jetzt schon weiß, wie du heißt.«

Sie ließ sich rückwärts auf den Steinboden sinken und streckte den Arm nach oben, als versuchte sie, den Himmel in die Hand zu nehmen. »Mag sein, aber ich finde es schön, wenn es jemanden gibt, dem mein Titel egal ist. Kai würde dir dasselbe sagen. Als Hochadlige haben wir nicht viele echte Freunde. Alle um uns herum wollen nur mehr Macht, mehr Geld oder mehr Land, und sie würden vor nichts zurückschrecken, um es zu bekommen. Deswegen ist ein echter Freund viel mehr wert als alles Gold in unseren Schatzkammern.«

»Wart ihr beiden deswegen so nett zu mir? Weil ihr meine Freunde sein wollt?«

»Offensichtlich.«

»Wir haben seit zehn Jahren nicht mehr miteinander gesprochen. Wieso glaubst du, dass ich immer noch derselbe Mensch wie in unserer Kindheit bin.«

»Weil du Mikael Königmann bist«, sagte sie und sah mir in die Augen. »Du hast immer schon alle beschützen wollen, die du zu deiner Familie zählst.«

Ich schwieg einen Moment. »Und ich dachte schon, du wolltest mir den Hof machen.«

Die Hochadlige Marget fing an zu lachen und hörte auch dann nicht damit auf, als ich rot wurde und offensichtlich peinlich berührt war.

»Dir den Hof machen?«, sagte sie schließlich. »Ach, Mikael, nie und nimmer. Das habe ich nicht mal getan, als wir noch klein waren und ich Ehrfurcht vor dir und deinen Geschichten hatte. Du warst immer nur ein Freund für mich, nie mehr. Und selbst wenn ich dich auch nur annähernd attraktiv fände, wärst du immer noch für eine andere bestimmt.«

»Eine andere?«

Sie kicherte. »Sie wird es dir sagen, wenn sie es für richtig hält. Aber jetzt sollten wir zu Jenn und Kai gehen, bevor du mich noch in Schwierigkeiten bringst.«

Frustriert, weil sie nicht mehr sagen wollte, folgte ich ihr zu den beiden, die mit vor der Brust verschränkten Armen zum Gericht blickten.

Vor dem Gebäude stand mittlerweile der Richtblock und ragte trotz seiner geringen Größe über der Menge auf. Offenbar hatte irgendwer beschlossen, dass der Rebellenkaiser wie ein Adliger sterben und nicht wie ein Bürger baumeln sollte, wenn er für schuldig befunden wurde. Wahrscheinlich hatte er sich dieses Vorrecht dadurch verdient, dass er sich selbst Kaiser nannte und Kessel mit einer ganzen Armee belagert hatte.

Aufseher standen am unteren Treppenabsatz und hielten die Menschen zurück. Diese Metallungeheuer der Waage waren in der Öffentlichkeit fast nie zu sehen.

»Die Aufseher hatte ich heute nicht erwartet«, sagte ich. »Was glaubt ihr, weshalb sie hier sind?«

»Ich weiß es nicht«, erwiderte Kai. »Anscheinend rechnen sie nach dem Urteilsspruch mit Protesten.«

»Ganz offensichtlich«, bestätigte die Hochadlige Marget.

»Wenn Kämpfe ausbrechen, sollten wir schnell von hier verschwinden. Ich will nicht auf der Insel festsitzen.«

»Oder wir ziehen uns in Burg Königmann zurück«, sagte ich.

Meine Schwester unterdrückte ein Lachen, als mir die anderen beiden ihre verdutzten Gesichter zuwandten.

»Das war ein Witz.«

Manche Leute hatten einfach keinen Sinn für …

Die Türen des Gerichtsgebäudes schwangen auf, und die

Menge verstummte. Eine wunderschöne Frau trat heraus, ohne Ketten oder Fesseln, flankiert von zwei Rebellen mit roten Fäusten auf der Kleidung.

Sie also war der Kaiser!

Die Frau, die vor dem Grab meines Vaters gekniet hatte. Mir hätte damals sofort klar sein müssen, dass sie und nicht der nach Zitronen riechende Mann der Kaiser war. Schließlich hatten alle auf sie gehört.

Diese auffallend junge Frau, deren Körper von frischen Blutergüssen und Schürfwunden übersät war, wirkte ganz und gar nicht wie eine Terroristin, sondern eher wie eine heldenhafte Eroberin. Ihr schlichtes fließendes Kleid war rot und grau, die Farben meiner Familie. Das war mit Sicherheit kein Zufall. Jeder, der in den Farben der Königmanns aus einer Gerichtsverhandlung wegen Hochverrats kam, traf damit eine eindeutige Aussage.

Dann sah ich das Zeichen der Geopferten an ihrem Hals. Und damit begriff ich endlich.

Emilia Preiss war der Rebellenkaiser, die Tochter von Lothar Preiss, dem ehemaligen Hauptmann der Wache von Burg Königmann, der versucht hatte, den Verdorbenen Prinzen zu töten. Als ich sie in den Farben meiner Familie und mit dem Brandzeichen der Geopferten am Hals sah, erinnerte ich mich wieder an sie. Sie war eine Freundin von Jenn gewesen, und eine Zeit lang hatte Leon für sie geschwärmt. Sie war mit uns aufgewachsen, hatte mit uns geträumt und genauso zur Familie Königmann gehört wie wir drei. Und nun führte sie einen Aufstand gegen jene an, die sie unrechtmäßig gebrandmarkt hatten, und auch gegen all jene, die tatenlos dabei zugesehen hatten.

Der König hatte sie zu dem gemacht, was sie war. Wegen

seiner Befehle hatte sie eine Rebellion begonnen, bei der Tausende ums Leben gekommen waren. Um ein Unrecht aus der Welt zu schaffen. Laut Lothar Preiss vergöttern die Rebellen meinen Vater, und nach allem, was Emilia auf dem Friedhof gesagt hatte, glaubte sie wahrscheinlich, in seinem Sinne zu handeln.

Mir wurde übel. Würde das, was sie tat, etwa das Vermächtnis meiner Familie bestimmen?

Der Königmann ist ein Verräter. Schneidet ihm den Kopf ab.

»O mein Gott.« Die Hochadlige Marget schlug sich die Hand vor den Mund. »Der Kaiser ist eine Frau. Und noch dazu so jung. Sie kann nicht viel älter sein als wir, höchstens ein paar Jahre.«

»Uns Hochadligen hat man etwas ganz anderes erzählt«, murmelte Kai. »Wieso haben sie die Wahrheit verschwiegen? Weil sie eine Geopferte war? Mikael, Jenn, kennt einer von euch beiden sie?«

Jenn stand stocksteif da und hielt meinen Arm umklammert, während sie die Frau fixierte, die man Kaiser nannte. Ich antwortete nicht, aus Feigheit und in der kindischen Hoffnung, dass sie sich vielleicht in Luft auflösen würde, wenn ich sie nicht beachtete.

Es funktionierte nicht.

Der Kaiser – vielmehr, die Kaiserin – stellte sich auf die oberste Stufe und rief: »Heute ist ein historischer Tag für die freien Staaten von Kessel! In den letzten sieben Jahren hat mich eure Regierung mit Vorwürfen überhäuft, doch heute ist es ihnen nicht gelungen, mich zu verurteilen. Zwei der drei Richter haben sich geweigert, mich für schuldig zu befinden – mich, die Anführerin einer offenen Rebellion gegen euren König. Fragt euch also, was sie uns Rebellen sonst noch zu Unrecht in die Schuhe geschoben haben. Den Angriff auf das Kolosseum! Den Untergang von Naverre! Den Brandanschlag auf den Schrein der Patronin Viktoria! Das Ackerland-Massaker! Welche anderen Unwahrheiten haben sich noch verbreitet, um ihren ungerechtfertigten Größenwahn zu nähren? Verlangt nach der Wahrheit! Glaubt nicht an die Lügen, die sie euch erzählen!«

Das Gemurmel und Gemurre der Menge wurde immer lauter. Ich verschränkte wie verzweifelt die Hände hinter dem Kopf. War es meine Schuld? Hatte der Brand des Schreins tatsächlich den Prozess gegen die Rebellenkaiserin gekippt? War sie freigesprochen worden, weil sie nachweislich nicht hinter dieser Tat gestanden hatte? Oder sagte sie gar die Wahrheit?

König Isaak tauchte inmitten seiner Raben im Eingang des Gerichtsgebäudes auf. Er fuhr sich mit den Händen durch die krausen Haare und ging dann von hinten auf den Kaiser zu, während sie weiter die Anklagepunkte anprangerte, die gegen sie erhoben worden waren. Die Menge blickte in ehrfürchtigem Schweigen zu der vernarbten Frau hinauf, die gar nicht wie der führende Kopf einer Rebellion aussah.

»… Lügen und noch mehr Lügen! Hört nicht auf sie. Findet selbst die Wahrheit heraus. Die Wahrheit, für die David Königmann gestorben ist!«

Sie hielt inne, als König Isaak an ihr vorbeiging, um die Treppe des Gerichtsgebäudes hinunterzugehen. Die Menge blieb weiterhin stumm, und in der Stille war nur zu hören, wie der König und seine Raben die Stufen hinabstiegen. *Klapp. Klapp. Klapp.* »Das ist der Mann, den ihr euren König nennt. Ein Feigling, der nicht mal der Frau in die Augen schauen kann, die er eben noch hinrichten lassen wollte! Der Mann, der eure jungen Menschen in einem sinnlosen Kampf verheizt.

Seine einzige Tochter lässt es sich derweil in der befestigten Stadt ihrer Mutter an der Goldküste gut gehen. Und seinem verbliebenen Sohn gestattet er, sich in Kessel aufzuführen, als wäre es sein ganz persönliches Bordell! Ist das der Mann, der uns repräsentieren soll? Der Mann, der Kinder für die Taten ihrer Väter brandmarkt? Der Mann, der Kessel nichts außer Krieg gebracht hat? Seht ihr nicht, wie jämmerlich er ist? Denkt doch nur, wie viel besser wir ohne ihn dran wären! Für Kessel gibt es keine Hoffnung, solange er hier regiert!«

König Isaak blieb nicht stehen, um sich der Kaiserin zu stellen. Stattdessen ging er durch die Menschengasse, die die Aufseher für ihn bildeten, und bestieg dann zusammen mit seinen Raben eine Kutsche, die vor dem Gericht auf ihn gewartet hatte. Niemand stellte sich ihm in den Weg. Nicht einmal die Kaiserin versuchte noch, ihn mit Worten aufzuhalten. Und so fuhr König Isaak unbehelligt davon. Er hatte also nicht einmal den Mut, sich den Vorwürfen, die gegen ihn erhoben wurden, zu stellen ...

Aber vielleicht war es auch tapfer von ihm zu gehen. Ich wusste es nicht.

Sobald der König außer Sicht war, setzte die Kaiserin ihre Tirade fort: »Ich bitte Euch, alles zu hinterfragen. Vertraut nicht blind den Lügen des erbärmlichen Königs, dem ihr alle die Treue geschworen habt. Erkennt die Wahrheit! Die Tage der Königlichen und der hochadligen Familien sind gezählt. Dies ist unsere Stadt! Unser Land! Unsere Rebellion! Wir holen uns wieder, was uns gehört!«

Kai tippte mir auf die Schulter. »Wir gehen besser, bevor Unruhen ausbrechen.«

Er hatte recht. Obwohl ich nicht erwartete, dass etwas passierte, war es schwer zu ...

Irgendwo in der Menge knallte ein Schuss.

Kurz darauf ertönten Schreie, und vor dem Gerichtsgebäude brach Chaos aus.

Ich sah zur Kaiserin hinauf. Sie stand auf dem oberen Treppenabsatz und sah lächelnd auf die blindlings fliehenden Bürger hinunter. Am unteren Ende der Treppe sah ich einen Rebellen mit einem grellroten Fleck mitten auf der Brust. Wer auch immer ihn erschossen hatte, wurde gleich darauf von den Aufsehern enthauptet.

Wieso durfte sie frei vor der Menge sprechen? Wieso hatte man sie nicht daran gehindert? Was war im Gerichtsaal passiert, dass gleich zwei Personen sie für unschuldig befunden hatten? Und was hatte sie vor?

»Mikael«, sagte Kai. »Wir müssen hier weg!«

Auf unserem Weg von der Insel bogen wir möglichst oft in Gassen ab, um große Menschenansammlungen zu vermeiden. Während die anderen schweigend die Brücke in den Westteil von Kessel überquerten, hielt ich noch einmal an und blickte zurück.

Vor dem Gerichtsgebäude drängten sich immer noch viele Menschen. Sie versuchten von dort wegzukommen, doch die Advokatoren zwangen sie, sich zuerst in einer Schlange anzustellen und nach Waffen durchsuchen zu lassen.

Ich wusste nicht, wieso, aber dieser Anblick verstörte mich.

Wir blickten uns immer wieder zur Insel um und erwarteten, dass die Menge zu uns aufschließen würde, aber niemand kam uns nach.

Als wir schließlich vor unserem Haus in der Enge ankamen, war uns klar, dass die Waage die Aufstände auf der Insel eindämmte. Darüber waren wir alle erleichtert.

Jenns Hand zitterte, als sie den Türgriff berührte. »Sie hätten sie töten sollen.«

Keiner von uns erwiderte etwas.

»Bin ich deswegen ein böser Mensch?«, fragte sie. »Weil ich mir ihren Tod wünsche, obwohl zwei von ihnen sie freigesprochen haben? Gegen unseren Vater haben weniger Beweise vorgelegen als gegen sie, daher verstehe ich nicht, wieso sie leben darf, wenn er sterben musste. *Ihr* Kopf hätte die Stufen hinunterrollen sollen.«

Die Hochadlige Marget strich ihr über den Arm. »Wir sollten hineingehen, Jenn. Drinnen können wir uns besser unterhalten.«

»Nein.« Jenn ließ den Türgriff los. »Ich werde nicht zulassen, dass die ... der Kaiser ungestraft mit Massenmord davonkommt. Ich werde mich selbst um sie kümmern. Wie ich es auch schon gestern Abend mit dem Verdorbenen Prinzen hätte tun sollen.«

»Das wäre Mord, Jenn«, sagte Kai. »Und hüte deine Zunge: Den Prinzen zu bedrohen ist Verrat. Auch wenn dir alle zustimmen. Sie werden dich hinrichten, wenn du einem von beiden etwas antust! Du wirst dich nicht darauf hinausreden können, dass sie eine Geopferte war. Nicht nachdem sie durch das Gerichtsverfahren als Bürgerin von Kessel anerkannt wurde.«

»Das ist mir egal«, stieß Jenn hervor. »Wenn sie tot ist, kann sie niemanden mehr umbringen und auch nicht mehr unseren Vater als Galionsfigur für ihre Rebellion missbrauchen. Da ich bereits als Verräterin gebrandmarkt bin, kümmert es niemanden, ob ich sterbe, wenn ich damit ...«

Die Hochadlige Marget verpasste ihr eine Ohrfeige, und Jenn verstummte augenblicklich. Sie war von dem Schlag so schockiert, dass sie nicht mal die Hand zu dem roten Abdruck hob, der sich auf ihrer Wange bildete.

»Dein Leben ist wichtig«, sagte die Hochadlige Marget mit erhobener Stimme. »*Jedes* Leben ist wichtig. Das der Wachen in meiner Burg genauso wie das der Arbeiter in den Färbergruben im Osten der Stadt. Wirf es nicht weg, bloß weil du auf dieses rot-graue Miststück sauer bist. Was würde dein Vater dazu sagen? Wenn du sie aufhalten willst, dann verändere das Land. Sorge dafür, dass wir nie wieder eine Rebellion wie diese erleben müssen. Wenn du auf den Verdorbenen Prinzen wütend bist, dann unterstütze die Prinzessin, damit er niemals den Thron besteigt. Du bist eine Königmann, und es wäre feige von dir, sinnlos dein Leben zu opfern. Hast du verstanden? Oder soll ich es dir noch einmal erklären?«

Keiner von uns drei anderen sagte etwas. Jenn und ich sahen uns an, und auch Kai wandte den Kopf in ihre Richtung.

»Ich will wissen, ob du mich verstanden hast?« Die Hochadlige Marget starrte Jenn an.

Meine Schwester nickte, ihr Ärger war längst verflogen.

»Dann sag es.«

»Ich habe es verstanden. Ich werde mein Leben nicht mit dem Versuch verschwenden, an der Kaiserin oder am Verdorbenen Prinzen Rache zu nehmen.«

»Gut. Dann lasst uns jetzt reingehen, etwas trinken und ...« Die Hochadlige Marget verstummte, als sie einen Brief bemerkte, der zwischen Türblatt und Rahmen steckte. Als sie ihn herauszog, sah sie meinen Namen auf dem Umschlag und reichte ihn mir wortlos.

Die krakelige Handschrift kam mir nicht bekannt vor. Ich öffnete den Umschlag und las den mit schwarzer Tinte geschriebenen Brief:

Ich habe deinen Freund.
Wenn du heute Abend nicht zu unserer Verabredung erscheinst, schieße ich ihm eine Kugel in den Hinterkopf und werfe ihn in den Fluss.

Ich selbst bekam von meinem Schrei gar nichts mit. Doch den anderen war anzusehen, dass ich einen ausgestoßen hatte.

Meine Freunde und meine Schwester waren sofort bei mir und fragten mich, was passiert sei, aber ich konnte nicht sprechen. Stattdessen zerrte ich mir so fest an den Haaren, dass ich ein Büschel ausriss. Schwartz hatte Sirash in seiner Gewalt. Er konnte niemand anderen meinen. Schwartz hatte Sirash gefunden und als Geisel genommen. Damit war mein Albtraum wahr geworden.

Die Hochadlige Marget packte mich und zwang mich dazu, ihr in die Augen zu schauen. »Was ist los, Mikael?«

Ich knallte ihr den Brief an die Brust und ging ein paar Schritte davon. Hier draußen war es so heiß, dass ich kaum Luft bekam, als sie ihn für die anderen laut vorlas.

»Von wem stammt diese Nachricht, Mikael?«, fragte Kai. »Wer hat wen?«

»Sie kommt von einem Söldner«, sagte ich keuchend. »Er hat Sirash und mich angeheuert, damit wir ein paar Aufzeichnungen für ihn stehlen. Wir sind in einen Hinterhalt geraten, und ich bin mit den Dokumenten geflohen. Seither stellt er mir nach, um sie wiederzubekommen. Ich wollte sie ihm gestern Abend zurückgeben, aber … dann ist das mit Nana und dem Prinzen passiert, und er hat sich auf eine Abmachung mit einer Raben eingelassen … und … und er hat meinen Freund.«

Jetzt war es die Hochadlige Marget, die schrie: »Mikael!

Du hast einen Söldner bestohlen? Was hast du denn gedacht, was danach passieren würde? Bist du nicht ganz bei Trost?«

»Auch wenn es sich komisch anhört: Ich hab ihn nicht absichtlich beklaut.«

»Wie ist es dann passiert?«, fragte sie.

»Wen hat er entführt?«, ging meine Schwester dazwischen.

»Sirash?«

»Verdammt. Sind Gianna und Arjay in Sicherheit?«

»Eher nicht.«

Die Hochadlige Marget sah mich an. »Moment mal. Dieser Söldner hält einen Freund von dir gefangen?«

Ich nickte. »Er muss ihn sich geschnappt haben, nachdem Domet ihn aus dem Gefängnis freibekommen hat.«

»Aus dem Gefängnis? Weshalb war er im Gefängnis?«

»Domet? Was hat *er* damit zu tun?«

Die drei traktierten mich gleichzeitig mit Fragen. Ich hatte Angst, dass mir gleich der Schädel platzen würde, und hielt eine Hand in die Höhe, damit sie damit aufhörten.

»Ich habe mich auf eine Vereinbarung mit Domet eingelassen, damit er ihn befreit. Das war eine der Bedingungen, unter denen ich am Endlosen Walzer teilgenommen habe.«

»Domet wollte, dass du am Endlosen Walzer teilnimmst?«, fragte Kai.

Die Hochadlige Marget schüttelte den Kopf. »Wir können dir nur helfen, wenn du uns nichts verheimlichst, Mikael.«

Ich zwang mich dazu, ruhig zu atmen, und sah sie nacheinander an. Die Hochadlige Marget hatte recht. Für die drei musste es sein, als würden sie am Endlosen Walzer teilnehmen, ohne zu wissen, wer zur Königsfamilie gehörte. Ich konnte kaum erwarten, dass sie unter diesen schwierigen Voraussetzungen alles verstanden. Wenn ich ihre Unterstützung wollte, musste ich sie in alles einweihen. Wenn ich mich schon früher einem von ihnen anvertraut hätte, wäre es vielleicht gar nicht erst so weit gekommen.

Also tat ich das einzig Richtige und sagte ihnen alles, was ich wusste.

Und zwar in allen Einzelheiten.

Ich begann, wie man es bei allen Geschichten machen sollte, am Anfang. Mit meinem ersten Zusammentreffen mit Domet, als wir miteinander eine Vereinbarung geschlossen hatten, die auf unseren jeweiligen Interessen und nicht auf Freundschaft gründete. Danach erzählte ich ihnen, wie ich Schwartz begegnet war und seine Dokumente mitgenommen hatte und wie Sirash und ich uns dabei aus den Augen verloren hatten. Anschließend kam ich zu Nana und wie sie mich während des Endlosen Walzers erpresst hatte, damit ich ihr bei ihren Plänen half. Da sie bereits eine Vorstellung davon hatten, mit was ich während des Endlosen Walzers konfrontiert gewesen war, berichtete ich nur das, was sie vielleicht nicht mitbekommen hatten.

Ich sprach ohne Punkt und Komma und berichtete wirklich alles. Sogar wie Treys Bruder vor meinen Augen gestorben war und wie ich Schwartz den Brandanschlag auf den Schrein angehängt hatte.

Allerdings verschwieg ich, dass ich selbst den Schrein niedergebrannt hatte und auch dass Domet ein Unsterblicher war. Diese Bürde musste ich allein tragen, und so viel, wie ich ihnen mitzuteilen hatte, war es nicht schwer, diese beiden Punkte unter den Tisch fallen zu lassen. Möglicherweise ahnten sie, dass ich etwas verheimlichte, aber keiner von ihnen sagte etwas. Schließlich hatten sie auch so schon genug zu verarbeiten.

Als ich fertig war, herrschte erst einmal Schweigen. Die einzigen Geräusche stammten von den knisternden Laternenflammen und dem Wind, der pfeifend zwischen den Gebäuden blies.

Jenn ergriff wieder das Wort. »Das ist ganz schön ... viel, Mikael.«

Ich trat nach einem Steinchen, das vor mir auf dem Boden lag. Ob sie mich jetzt wohl anders sahen? Bevor ich ihnen diese Geschichte erzählt hatte, war ich in ihren Augen kein Verräter gewesen, aber vielleicht war das jetzt anders. Immerhin hatte ich den König bestehlen und zusammen mit Domet beweisen wollen, dass meinem Vater der Mord an Davi Kessel nur in die Schuhe geschoben worden war.

»Ist das alles?«, fragte Kai.

Ich nickte. »Ja, das ist alles.«

Erneut herrschte Schweigen. Da ich nicht stillhalten konnte, trat ich gegen weitere Steine und begann, auf und ab zu gehen. Ich wollte, dass einer von ihnen etwas sagte. Irgendwas.

»Das alles erklärt aber nicht, wieso sich der Söldner Sirash geholt hat, wenn ihr heute Abend sowieso miteinander verabredet seid«, bemerkte Jenn.

»Vielleicht weiß Schwartz, dass Domet glaubt, er habe den Schrein abgefackelt«, spekulierte Kai. »Es könnte ein Racheakt sein.«

Ich schüttelte den Kopf. »So schnell hätte Domet nichts gegen Schwartz unternommen.«

»Was könnte dann der Grund sein?«

»Keine Ahnung«, entgegnete meine Schwester, »aber es ergibt keinen Sinn. Domet ist viel zu berechnend, um etwas zu überstürzen. Er hätte nicht ...«

»Der Ring.«

Wir alle wandten uns der Hochadligen Marget zu. Es waren die ersten Worte, die sie gesagt hatte, seit ich mit meiner Geschichte fertig war.

»Du hast gesagt, der Ring war in dem Umschlag, oder? Um ihn geht es. Bestimmt will ihn irgendwer anders haben. Deswegen will Schwartz ihn so dringend noch heute Abend zurück. Wer immer sonst hinter ihm her ist, muss herausgefunden haben, dass er ihn nicht hat.«

»Was redest du da?«, fragte Kai. »Wieso sollte sich ein Söldner mehr für einen Ring als für einen Haufen belastender Dokumente interessieren?«

»In denen es hauptsächlich um meine Familie geht«, fügte ich hinzu.

»Wie sorgt man dafür, dass etwas auf keinen Fall gefunden wird? Indem man es so versteckt, dass jeder es sehen kann. Und ein Haufen Dokumente über die verräterischen Königmanns ist das beste Versteck, das man sich vorstellen kann.«

Es konnte unmöglich so einfach sein. Sie musste sich irren.

»Denk doch mal nach«, fuhr die Hochadlige Marget fort. »Du hast gesagt, dass er dir irgendwie merkwürdig vorgekommen ist, als er bei eurer ersten Begegnung erfahren hat, wer du bist. Vermutlich hat er darüber nachgedacht, welche Möglichkeiten sich für ihn daraus ergeben, wenn er ausgerechnet einen Königmann zur Übergabe von Dokumenten mitnimmt, in denen es um die Familie Königmann geht. Er hat den Mann getötet, der ihren Inhalt kannte, ließ aber den anderen am Leben, damit er berichten konnte, dass er einen Königmann in der Gesellschaft eines Söldners gesehen hat. Jeder, der die Dokumente gelesen hätte, musste nun davon ausgehen, dass du hinter Informationen über den Mord an Davi Kessel her warst und einen Söldner angeheuert hast, um das Geschäft ohne Risiko für dich über die Bühne bringen zu können. Also hätte man gegen dich ermittelt, der König hätte vielleicht sogar eine ganze Kompanie der Waage auf dich angesetzt. Aber keiner hätte sich über den Söldner Gedanken gemacht, der dich offenbar in dieser Nacht nur begleitet hat. Selbst wenn sie ursprünglich wegen ihm gekommen sind, sie hätten sich danach nur noch auf dich konzentriert, und er hätte sich währenddessen unbemerkt mit dem Ring aus dem Staub machen können.«

»Das kann er so nicht geplant haben«, sagte Kai.

»Das hat er auch nicht. Er ist rein zufällig an Mikael geraten und hat spontan das Beste daraus gemacht.«

»Du glaubst, er hat das alles nur für den Ring getan?«

Die Hochadlige Marget nickte. »Wenn er nicht ein bislang unbekanntes Mitglied deiner Familie ist. Ich bezweifle, dass irgendwer sonst für eine Seite aus der Ermittlungsakte im Mordfall Davi Kessel und einen handschriftlichen Bericht über den Krönungstag töten würde. Hast du den Ring dabei, Mikael?«

Ich langte in die Tasche, holte den Ring aus dem Umschlag und reichte ihn ihr.

Sie hielt den Ring vor eine Laterne und schnappte nach Luft, als sie sah, dass das Licht durch ihn hindurchschien, wobei er in allen Farben des Regenbogens erstrahlte. »Du bist echt begriffsstutzig, Mikael. Ist dir klar, was das ist?«

»Es ist ein Glasring. Ja und?«

»In den Streitenden Reichen und an der Goldküste sind Verlobungsringe aus Glas sehr verbreitet. Am Hof von Kessel werden sie auch immer beliebter, aber hier bevorzugen die meisten immer noch die Erinnerungstätowierung. Wie konntest du nur die Inschrift auf der Innenseite übersehen? Hast du ihn dir überhaupt richtig angeschaut, Mikael?«

»Was steht denn da?«, fragte ich.

»*Für das Licht meines Lebens: Ich werde für immer dein sein.*«

»Dann ist das also Schwartz' Ring?«

»Nein. Glasringe werden von Frauen getragen. Ich tippe darauf, dass er einer Frau gehört, die er liebt. Deswegen hat er so viel riskiert, um ihn zu bekommen, und das ist auch der Grund, warum er so hartnäckig hinter dir her ist.«

»Hast du vorhin nicht gemeint, noch jemand anderes wäre hinter ihm her? Wer könnte ihn denn sonst noch wollen?«

»Vielleicht hat der Ring ja seiner Mutter gehört. Ich weiß es nicht.«

Plötzlich ergab Schwartz' Bemerkung über seinen Vater einen ganz neuen Sinn. Wenn es wirklich der Ring seiner Mutter war und sein Vater ihn zurückhaben wollte, würde das erklären, wieso er anfangs so lange gezögert hatte, mich zu kontaktieren, und weshalb er nun, nachdem einige Zeit vergangen war, so fest entschlossen schien, ihn sich zurückzuholen. Ich fragte mich, wie mächtig sein Vater sein musste, wenn er einem Söldner Angst einjagen konnte.

Aber ganz egal, ob die Hochadlige Marget nun recht hatte oder nicht, ich musste Sirash befreien, und daran würde mich auch kein Söldner hindern.

Bislang hatte ich versucht, mich an die Spielregeln der anderen zu halten, doch damit war ich gescheitert.

Nun würde ich alle nach meiner Pfeife tanzen lassen.

»Ich muss noch vor der Verdunklung in Burg Königmann sein«, sagte ich entschlossen.

Jenn klatschte unternehmungslustig in die Hände. »Nun

gut, dann machen wir uns besser auf den Weg. Wer weiß, was seit unserem Aufbruch auf der Insel geschehen ist.«

»Die Waage blockiert vermutlich sämtliche Brücken«, sagte Kai.

Die Hochadlige Marget gab mir den Ring zurück. »Wir finden schon einen Weg. Viel wichtiger ist, dass wir jetzt im Vorteil sind, weil wir wissen, was Schwartz wirklich will.«

Ich wog den Glasring in der Hand, erstaunt, wie viel dieser Söldner für etwas so Kleines auf sich genommen hatte. »Ihr müsst mich nicht begleiten. Das ist nicht euer Problem.«

Kai lachte mich aus. »Du beherrscht deine Fabrikationen noch nicht zuverlässig, und wenn es hart auf hart kommt, wirst du uns alle brauchen. Zumal wenn Schwartz zwei Fabrikations-Spezialsierungen hat. Wie auch immer, ich habe bereits mein Sehvermögen geopfert, um einem Freund aus der Patsche zu helfen. Kaum jemand kennt die Risiken des Fabrizierens so gut wie ich.«

»Wir kommen alle mit«, entschied meine Schwester und schenkte mir ein breites Lächeln. »Sirash gehört zur Familie, und in einer Familie hält man zusammen.«

Vielleicht musste ich meine Bürde ja doch nicht allein tragen.

Es wurde Zeit, dass wir Sirash nach Hause brachten.

KAPITEL 43
SEHNSUCHT

Während uns die sanfte Flussströmung auf Burg Königmann zutrieb, klammerte ich mich so fest an den Rand des Ruderbootes, dass sich mir ein paar Spreißel in die Haut bohrten.

Die Bootsfahrt war nicht meine Idee gewesen, aber wir hatten keine Wahl. Die nächstgelegene Brücke zur Insel war von Advokatoren gesperrt, und wir hatten nicht genug Zeit, um bis zur nächsten zu gehen. Marget und Kai wollten an der Absperrung auch nicht ihren Status als Hochadlige geltend machen, da die Advokatoren sie dann wahrscheinlich, zu ihrer eigenen Sicherheit, nach Hause eskortiert hätten. Also hatten wir einem Dimmer vier Flaschen Wein aus unserem Haus gegeben und dafür sein verrottetes altes Boot, ein Tau und eine Laterne bekommen. Das Boot war unsere einzige Möglichkeit, rechtzeitig zur Burg zu gelangen. Außerdem verschaffte es uns den Vorteil, dass Schwartz bestimmt damit rechnete, dass ich durch den Dienstboteneingang kommen würde. Da wir auf dem Wasserweg eintrafen, konnten wir uns durch den Keller in die Burg schleichen und ihn überrumpeln. So war es zumindest geplant.

Hoffentlich würden wir nicht absaufen, bevor wir unser Ziel erreichten. Immerhin war ich gerade erst beinahe ertrunken.

Während ich mich an der Bordwand festhielt, bediente die Hochadlige Marget das Steuer, und Jenn ruderte uns langsam durch den kalten Nebel. Keiner von uns war warm genug angezogen. Kai saß mir gegenüber und drückte sich ruhig atmend die Laterne an die Brust. Obwohl es dunkel war, hatten wir sie nicht entzündet, da wir nicht entdeckt werden wollten. Solange wir nicht zu weit fuhren und an den Felsen jenseits der Burg zerschellten, würde uns nichts passieren.

Hoffentlich.

Als wir uns der Burg näherten, fiel mir auf, dass sie vom Fluss aus betrachtet viel einschüchternder wirkte als vom Land her. Aus dieser Perspektive sah sie aus wie eine hoch in den Himmel aufragende baufällige Steinsäule, deren Spitze weit über uns in den Dunstwolken verschwand. Nicht einmal die an der Fassade emporrankenden Mondtränen nahmen dem Bauwerk etwas von seiner Strenge.

Die Hochadlige Marget sah Jenn und mich an. »Weiß einer von euch noch, wo die Zufahrt ist?«

Ich deutete auf eine Krümmung, hinter der mehrere scharfkantige Felsen lauerten, die einem das Fleisch schneller von den Knochen schneiden konnten als jeder Schlachter. »Bleib dicht am Inselufer. Der Eingang befindet sich direkt hinter der Biegung.« Ich nahm das Tau. »Sobald ich das am Anlegepfahl befestige, haben wir es geschafft.«

Keiner antwortete. Falls es mir nicht gelang, würden wir alle ein unfreiwilliges Bad nehmen. Hoffentlich waren die anderen bessere Schwimmer als Jenn und ich.

Wahrscheinlich war es kein gutes Zeichen, dass ich mir so viele Hoffnungen machen musste.

Während das Wasser vor uns gegen die Felsen klatschte, lenkten die Hochadlige Marget und Jenn das Boot quer zur nun stärker werdenden Strömung an den Flussrand. Kai band das andere Ende des Taus hastig an einer Klampe fest. Kaum hatte er den Knoten festgezurrt, als das Boot so heftig zu schaukeln begann, dass er und ich uns an den Spanten abstützen mussten. Fluchend korrigierten die beiden Frauen den Kurs. Je stärker die Strömung wurde, desto mehr Wasser schwappte über die Seiten herein. Kai schöpfte es mit beiden Händen in den Fluss zurück, ich wartete darauf, dass hinter der Biegung der Zufluss zur Burg auftauchte.

Auf einmal schlugen mehrere Wellen wie eine Breitseite gegen das Boot und spülten mich über Bord. Das Gesicht voran tauchte ich ins Wasser ein, das mir wie brennende Kohlen in die Nase und in den Hals drang, während ich mich mit aller Kraft am Tau festhielt, um nicht in der finsteren Tiefe zu versinken. Ich spürte eine Wärme in der Brust, die sich bis zu meinen Fußspitzen ausbreitete. Jemand zog an dem Tau, und ich strampelte hektisch mit den Beinen, bis mein Kopf schließlich die Wasseroberfläche durchbrach. Ich hatte gerade noch genügend Zeit für einen bittersüßen Atemzug, bevor ich mit der Schulter schmerzhaft gegen das Boot schlug.

»Wir werden gegen die Felsen prallen!«, rief die Hochadlige Marget, während sie das Boot hart nach backbord steuerte. »Wirf das Tau!«

Mein Kopf tanzte wie ein Korken auf den Wellen, und ich wusste, dass ich den Pfahl vom Wasser aus nie treffen würde. Also musste ich etwas anderes versuchen. Ich wickelte mir das Tau um eine Hand, hielt mich kurz an der Bordwand fest und stieß mich dann in Richtung Zufluss ab. Erneut ging ich unter, aber diesmal hatte ich keine Angst. Die angenehme Wärme in meinem Körper machte mir Mut, trotz der Strömung, die das Boot – und mich – weiter auf die Felsen zutrieb.

In der Dunkelheit unter Wasser konnte ich nichts erkennen, doch schließlich knallte ich mit den Rücken gegen die Anlegestelle und hievte mich daran hoch. Gerade noch rechtzeitig, denn nun straffte sich das Tau und zerrte mich in Richtung Boot zurück. Ich biss mir schmerzhaft auf die Zunge, stemmte mit gesenktem Kopf die Füße gegen den Holzboden und hielt schreiend dagegen.

Als ich den Blick hob, erwartete ich, das Boot zu sehen. Doch stattdessen tauchte die Hochadlige Marget aus dem Wasser auf. Einen Moment später hatte sie die Anlegestelle erklommen und half mir, Jenn und Kai aus dem Fluss zu ziehen. Ich ließ das Tau los, es schnellte davon und hinterließ einen grellroten Striemen auf meiner Handfläche.

Die Hochadlige Marget schlug Kai auf den Rücken, bis er Wasser spuckte. Ich war dankbar, dass wir alle noch lebten, und auch der Fluss sah ruhiger aus, jetzt, da wir uns nicht mehr auf ihm befanden. Die Wellen, die eben noch rau gegen die Felsen geschlagen hatten, kamen mir nun wie eine sanfte Dünung vor. Ständig schien sich alles zu verändern, aber damit konnte ich mich nun, da ich nicht mehr allein war, besser abfinden.

Als ich mich aufrichtete, knarrte der Holzsteg unter meinen Füßen. »Wo ist das Boot?«

Die Hochadlige Marget wies zu den Felsen. »In tausend Stücke zerbrochen. Es ist zerschellt, als du unter Wasser warst. Wir haben alle das Tau gepackt und gehofft, dass du es bis zum Steg schaffst. Seit wann kannst du schwimmen?«

»Das kann ich gar nicht.« Ich hustete. »Ich hab nur gelernt, nicht zu ertrinken.«

Kai, der immer noch zusammengekrümmt auf dem Boden lag, lachte leise. »Ich werde nie wieder in die Nähe von Wasser gehen.«

Ich inspizierte das Metallgitter, das den Eingang zur Burg versperrte, und rüttelte an den Stäben. Sie waren stabil und kaum verrostet. Mit bloßen Händen war da nichts auszurichten.

Die Hochadlige Marget winkte mich aus dem Weg. Sie rollte die Ärmel hoch und zertrümmerte mit einem Schlag das Metallschloss. Entweder war es brüchiger gewesen, als es ausgesehen hatte, oder sie war stärker, als ich angenommen hatte. Bei ihr wusste man nie so genau, woran man war.

Sie schwang das Gitter auf und drehte sich zu uns um. »Kommt ihr?«

Wir betraten das Untergeschoss der Burg, wo kleine Wellen gegen einen Fußweg plätscherten. Oberhalb der Wasserlinie waren die Ziegelsteine mit Moos bedeckt. Als wir die Treppe emporschlichen, stieg uns ein muffiger Geruch in die Nase. Sämtliche Türen auf unserem Weg waren unversperrt. Als ich gerade die letzten Stufen zur großen Halle hinaufsteigen wollte, packte mich Kai an der Schulter. »Einen Moment, Mikael.«

»Was ist?«

»Wir brauchen einen Plan, falls dort oben alles schiefgeht.«

Ich dachte einen Moment nach. »Wenn einer von uns erschossen wird, schlagen die anderen so lange auf den Söldner ein, bis er am Boden liegt und nicht mehr aufsteht.«

Kai schüttelte den Kopf, und wir gingen weiter. Am oberen Treppenabsatz zog ich die Tür einen Spaltbreit auf und sah ein loderndes Feuer im Kamin. Schwartz saß davor und stocherte mit einem Schürhaken in den glühenden Kohlen herum, während an allen Wänden Schatten tanzten. Neben dem Kamin lag reglos ein Mensch. Ich konnte zwar das Gesicht nicht sehen, aber ich wusste, dass es Sirash war. Wer sollte es sonst sein? Leider konnte ich nicht ausmachen, ob sich seine Brust hob und senkte, und hatte daher keine Ahnung, ob er überhaupt noch lebte.

Als ich die Halle betrat, rief Schwartz: »Du bist früh dran, Mikael. Anscheinend hast du meinen Brief bekommen.«

Ich bedeutete den anderen, dass sie hinter der Tür warten sollten. Als sie zurückwichen, holte ich tief Luft und ging weiter in die Halle hinein. »Ich wollte nicht zu spät kommen. Die Insel ist abgeriegelt. Hat irgendwas mit einer Gerichtsverhandlung zu tun. Wahrscheinlich hast du davon nichts mitbekommen, weil du damit beschäftigt warst, meinen Freund zu entführen.«

Das Feuer knisterte. »Als wir das erste Mal hier waren, hast du einen Fehler gemacht: Du hast dir etwas genommen, das mir gehört. Ich habe dir mehrmals die Möglichkeit gegeben, es mir zurückzubringen. Deswegen wollte ich sichergehen, dass du diesmal nicht wieder davonläufst. Außer dir ist egal, was mit deinem Freund passiert.«

»Ich hatte immer vor, es dir zurückzugeben.«

»Dann hat dein Freund ja nichts zu befürchten«, sagte er. »Und jetzt hätte ich gern wieder, was mir gehört.«

»Ich habe es dabei«, erwiderte ich mit klopfendem Herzen. »Aber du hattest vor, mich reinzulegen, ist es nicht so? Du wolltest, dass ich für den Inhalt des Umschlags den Kopf hinhalten muss. Also lass uns mit den Spielchen aufhören. Leg endlich die Karten auf den Tisch und verrate mir, wieso dieser Ring so wichtig für dich ist.«

Schwartz wandte zwar nicht den Blick vom Feuer, aber

er ließ den Schürhaken sinken.»Ich soll die Karten auf den Tisch legen? So selbstbewusst warst du noch nie, Mikael. Ich frage mich, was da passiert ist. Aber bilde dir nicht zu viel ein. Jeder Dummkopf hätte sich zusammenreimen können, dass es mir um den Ring geht. Du hast sogar ziemlich lange gebraucht dahinterzukommen, also was ... Ach ja, richte deinen Begleitern aus, dass sie herauskommen sollen. Reitter, Marget und auch die andere. Sei nicht so unhöflich, Mikael.«

Ich fluchte leise, während die anderen drei heraustraten und sich neben mich stellten.

Schwartz hatte sich immer noch nicht umgewandt. Einen Moment lang waren in der Burg lediglich das knisternde Feuer und unsere Schritte zu hören. Dann legte er langsam die Hände auf seine Oberschenkel und stand stöhnend auf. Während er sich zu uns umdrehte, ließ er die Knöchel knacken, dann reckte er die Arme.»Ich will meinen Ring zurück.«

»Woher weiß ich, dass du Sirash nichts antust, wenn du ihn hast?«

»Weil er schon längst tot wäre, wenn ich ihn töten wollte. Nachdem du erfahren hast, dass ich ihn habe, wärst du so oder so gekommen.«

Damit hat er nicht unrecht.»Wie wollen wir es machen?«

Schwartz streckte eine Hand aus.»Gib ihn mir, und du kriegst deinen Freund zurück.«

Ich fühlte, wie die Wärme wieder über meine Haut glitt und meinen Körper schlagartig annullierte. Zwar wusste ich nicht genau, wie es funktionierte, aber in diesem Augenblick schien es mir das Richtige zu sein. Ich nickte Jenn zu, dann ging ich zu Schwartz. Die Entfernung zwischen uns schien riesig. Ich hatte gesehen, wozu er imstande war, das Gemetzel, das er unter einem Trupp der Waage angerichtet hatte. Dennoch hielt ich den Kopf hocherhoben, während ich auf ihn zuging. Ich musste tapfer sein, wenn schon nicht für mich selbst, dann zumindest für Sirash. Ich würde Schwartz meine Angst nicht zeigen, das war vorbei. Ich war ein Königmann, und Menschen waren auf meinen Schutz angewiesen.

Ich legte Schwartz den Glasring in die offene Handfläche. Während er langsam die Finger zur Faust ballte, murmelte er mit geschlossenen Augen leise etwas vor sich hin. Dann sah er mich wieder an. »Gut, damit wäre diese Angelegenheit erledigt. Unser Geschäft ist abgewickelt, und dein Freund gehört dir. Wenn du das schon vor ein paar Tagen getan hättest, wäre ich nicht gezwungen gewesen, ihn in meine Gewalt zu bringen und deine Familie zu bedrohen. Richte deinen Geschwistern bitte meine Entschuldigung aus.«

Ich kümmerte mich nicht darum, was Schwartz sagte, und kniete bereits neben Sirash.

Er lag immer noch auf dem Steinboden neben dem Kamin. Seine Augen waren geschlossen, doch sein Atem ging gleichmäßig. Doch er sah gar nicht gut aus. Blutverkrustete Wunden bedeckten seinen Körper, und seine rechte Wange war schlimm verbrannt. Seine kupferfarbene Haut war blass, und er wirkte stark abgemagert.

Als ich ihm mit der Hand über die unversehrte Wange fuhr, zog er scharf die Luft ein und drehte sich von mir weg. Er war nicht nur aufs Übelste misshandelt worden, sondern auch unterernährt. Wenn ich ihn doch nur früher gefunden hätte.

Mein Körper war immer noch warm, als ich aufstand und Schwartz erneut in die Augen sah. »Hast du ihm das angetan?«

Schwartz schüttelte den Kopf. »Er sah schon so aus, als sie ihn aus dem Kerker schleiften. Anscheinend hat ihn die Beschwörer-Division erwischt, als er neulich Nacht versucht hat zu entkommen. Sie haben ihn wahrscheinlich gefoltert, um an Informationen über mich heranzukommen, die er zu seinem Pech natürlich nicht hatte. Allerdings kann er auch von Glück reden, weil er wahrscheinlich der erste Mensch überhaupt ist, der es lebend aus dem Kerker des Palastes rausgeschafft hat.«

»Wieso sollte sich jemand im Palast für einen Söldner wie dich interessieren? Schließlich können sie dich nicht wegen Staatsverbrechen verhaften.«

»Aber sie können mich töten. Oder es zumindest versuchen. Du hast ja gesehen, was passiert, wenn sie es probieren.« Schwartz hatte sich wieder umgedreht und hielt die Hände über die Flammen. Da mittlerweile feststand, dass er nicht auf einen Kampf aus war, kamen die drei anderen zu uns herüber.

»Das beantwortet nicht meine Frage.«

»Das sollte es auch nicht.«

»Es geht um deinen Vater, nicht wahr? Du willst ihm den Ring deiner Mutter vorenthalten. Er ist derjenige, den Trey für dich töten soll. Hat dein Vater Angst, dass du mit ihm in Verbindung gebracht werden könntest? Hat dir die Waage deshalb eine Einheit Advokatoren auf den Hals gehetzt? Hat irgendwer seinen Einfluss spielen lassen, um dich fertigzumachen?«

Schwartz antwortete nicht und blickte nur in die Flammen.

Während der Feuerschein über sein Gesicht flackerte, fiel mir wieder auf, dass er trotz seines dunklen Haars und der grauen Augen wie jemand aussah, der aus Kessel stammte.

Mehr noch, seine Sprechweise und sein Benehmen waren ganz die eines Hochadligen aus Kessel. Womöglich hatte er sich beides in seiner Kindheit angeeignet, und so hielt ich es für durchaus möglich, dass er der Bastard eines Hochadligen war. Entsprechende Gerüchte gab es immer wieder, und warum sollte nicht eines davon wahr sein? Es wäre auf jeden Fall eine Erklärung, weshalb sein Vater hinter ihm und dem Ring her war, denn ein unehelicher Sohn, noch dazu ein Söldner, wäre für einen Hochadligen äußerst beschämend. Sein Vater sah möglicherweise keinen anderen Ausweg, als sämtliche Spuren, die von Schwartz zu ihm führten, zu beseitigen.

»Wer ist dein Vater?«, fragte ich.

Wieder antwortete er nicht, und nur das leichte Zucken seiner Mundwinkel verriet mir, dass er mich überhaupt gehört hatte.

Inzwischen hatten sich Jenn und unsere Freunde zu uns gesellt. Die Hochadlige Marget und Jenn, die beide mehr von Medizin verstanden als ich, kümmerten sich um Sirash. Kai stand neben mir. Schwartz fing derweil an, seine Sachen zusammenzupacken. Nun hatte er, was er wollte. Alles andere war ihm offenbar egal.

Bei allem, was sich in diesem Moment um mich herum abspielte, konnte ich nur tatenlos zusehen. Nervös spielte ich mit der Pistolenkugel, die Nanas Vater mir gegeben hatte. Ich fand es immer noch erstaunlich, dass so ein dummes kleines Metallding einen derart großen Schaden anrichten konnte. In einer Welt, in der manche Kinder imstande sind, Wirbelstürme heraufzubeschwören, und Erwachsene Lügen verbreiten, hinter denen die Wahrheit nicht mehr zu erkennen ist, schien dieser unscheinbare Gegenstand kaum von Belang zu sein. Und doch gelten Kugeln, Feuerwaffen und Schießpulver als die großen Gleichmacher unserer Welt, da sie magisch Begabte genauso verletzen können wie alle anderen auch. Kein Wunder, dass sie in Kessel verboten sind. Die Adligen wollen an der Macht bleiben, und wo Schießpulver existiert, sind sie keine wandelnden Naturgewalten mehr, sondern nur noch Menschen, die sich als Götter ausgeben. Kaum zu glauben, dass es Leute gibt, die die Stirn haben, ihre Kugeln zu markieren. Möglicherweise wollen sie ja, dass alle wissen, wer hinter dem steckt, was sie mit ihnen anrichten.

Auch diese Kugel war markiert, mit einer Krone, die von zwei Händen zerbrochen wurde.

Mein Herz blieb fast stehen.

Eine Krone, die zerbrochen wurde … Dieses Symbol war auch in die Kugel eingraviert gewesen, die Davi Kessel getötet hatte, das hatte ich gelesen. Und diese Kugel war speziell für eine Waffe angefertigt worden, in eine andere hätte sie nicht gepasst. Aber das war unmöglich. Bei der Pistole, mit der Davi getötet worden war, hatte es sich um ein Einzelstück gehandelt. Wieso besaß Schwartz eine, mit der die gleichen Kugeln verschossen werden konnten? Entweder war mit seiner Waffe Davi getötet worden, oder sie hatte einen Zwilling. Vielleicht konnte man mit seiner Waffe die Spur zu jener Person zurückverfolgen, die diese Pistole – beziehungsweise die beiden Pistolen – besessen hatte, bevor mit einer davon Davi ermordet worden war.

Schwartz besaß also, wonach ich die ganze Zeit gesucht hatte. Eine Pistole, die ich zwar mehrfach gesehen hatte, die mir aber nicht weiter wichtig erschienen war, obwohl ich damit fast getötet und Nana schwer verletzt worden war. Eine Pistole von unbestimmter Herkunft, die möglicherweise dem Bastard eines Hochadligen gehörte und bei der es sich vielleicht um die Tatwaffe …

Doch mit diesen Gedanken konnte ich mich im Moment nicht weiter beschäftigen, also schob ich ihn beiseite.

Bislang war ich mir nur sicher, dass eine Verbindung zwischen Schwartz, meinem Vater und dem Mord an Davi Kessel bestand. Wenn ich die Pistole von ihm bekäme, würde ich Jenn davon überzeugen können, dass es die Mordwaffe war, die sie haben wollte. Und dann würde sie mit mir Kessel verlassen …

Aber konnte ich nach alldem wirklich aus Kessel weggehen, solange ich nicht sicher wusste, ob mein Vater nicht vielleicht doch unschuldig gewesen war? Mittlerweile musste ich mich nicht nur auf das Geschwätz eines betrunkenen Unsterblichen verlassen. Auch ein durchaus angesehenes Mitglied der Adelsgesellschaft war überzeugt davon, dass mein Vater kein Mörder gewesen war. War es da nicht meine Pflicht als Königmann und auch als Sohn, die Wahrheit zu ergründen?

Leider gab es dafür nur eine Möglichkeit.

»Warte mal, Schwartz. Ich brauche deine Hilfe.«

Der Söldner drehte sich zu mir um, und auch die anderen sahen mich erstaunt an.

»Ich möchte dich anheuern, damit du mich in den Königsturm von Burg Kessel bringst.«

Meine Familie stand zwar schon seit Generationen mit Gott auf Kriegsfuß, und ich misstraute auch jeder anderen Art von organisierter Religion, aber als Schwartz mich anlächelte, hatte ich dennoch das Gefühl, mich auf einen Handel mit einem Dämon einzulassen.

»Erzähl mir mehr«, sagte er.

Kapitel 44
Eine Pattsituation

Selbstverständlich hielten mich die anderen für vollkommen verrückt.

Jenn machte ihrem Unmut am lautesten Luft. »Mikael, was zum Henker …? Du willst zusammen mit einem Söldner in den Palast einbrechen?«

»Er hat deinen Freund entführt!«, fügte Kai hinzu.

»Ich bin genauso überrascht wie ihr«, sagte Schwartz. »Aber ich werde ihn nicht abweisen, wenn er mich anheuern will. Sie können mich nicht für die gleichen Dinge anklagen wie ihn.«

Die Hochadlige Marget schwieg und kümmerte sich weiterhin um Sirash, während sie dem Gespräch folgte.

»Ich habe keine andere Wahl«, erklärte ich. »Ich muss in den Palast, und dafür brauche ich seine Hilfe.«

»Das ist Verrat, Mikael«, sagte Kai. »Wenn sie dich dabei erwischen, wirst du noch vor Tagesanbruch hingerichtet.«

»Letzte Nacht habe ich den Verdorbenen Prinzen geschlagen, und seither ist mir noch nichts zugestoßen.«

»*Noch*«, wiederholte Kai. »Er überlegt sicher gerade, wie er sich an dir und Jenn rächen kann.«

»Was hoffst du denn, im Palast zu finden, dass du deswegen sogar einen Söldner um Hilfe bittest?«, fragte Schwartz.

»Die Wahrheit über meinen Vater. Sein Geständnis wurde nie veröffentlicht, und wenn es irgendwo festgehalten wurde, dann in den Erinnerungen des Königs. Ich habe es satt, mich für meinen Familiennamen zu schämen. Ich muss wissen, was damals wirklich geschehen ist.«

»Das klingt zwar interessant, aber ich ...«

»Und ich will mehr über deine Pistole erfahren.«

»Meine Pistole?«

»Es ist entweder die Waffe, mit der Davi Kessel getötet wurde – die angeblich ein Unikat gewesen ist –, oder ein identisches Exemplar«, erklärte ich. »Alles, was du mir über sie erzählen kannst, führt mich möglicherweise zu der Person, die meinen Vater reingelegt hat. Wenn es denn so gewesen ist.«

»Was?«, hörte ich meine Schwester flüstern.

Der Söldner ignorierte sie. »Wieso sollte ich dir etwas über diese Waffe erzählen? Was springt für mich dabei heraus?«

»Sagen wir, es gehört zu unserer Abmachung.«

Alle waren still.

»Komm mit mir«, sagte Schwartz schließlich. »Wir sollten uns darüber unter vier Augen unterhalten.«

Erstaunt folgte ich ihm in mein ehemaliges Zimmer. Dort sah er mich fragend an. »Befürchtest du denn nicht, dass *ich* dahinterstecke? Hast du nicht darüber nachgedacht, dass ich für den Tod deines Vaters und von Davi Kessel verantwortlich sein könnte?«

Ich musterte ihn von Kopf bis Fuß. Er war ein Söldner und für mich wie ein Albtraum. Aber ich wusste, dass er es nicht gewesen war. Er war zu jung, nur ein paar Jahre älter als ich. Wie sollte ein Kind einen Prinzen ermorden und meinen Vater zum Sündenbock machen? Tatsächlich suchte ich nach jemandem wie ihm, nur älter.

Statt zu antworten, fragte ich ihn: »Ist das die Waffe, mit der Davi Kessel getötet wurde, oder ein Duplikat?«

Schwartz griff unter seine Jacke und zog die Pistole hervor. Nach kurzem Zögern hielt er mir den Griff hin. »Betrachte das als Entschuldigung, dass ich sie dem Prinzen nicht früher weggenommen habe. Die Pistole hat tatsächlich einen Zwilling.«

Ich nahm sie ihm aus der Hand. Sie hatte einen Spornabzug und einen langen Lauf. Das Griffstück war aus Knochen gefertigt und fühlte sich glatt an, obwohl es schartig und verkratzt war. In der Mitte saß eine Trommel, die sechs Kugeln aufnehmen konnte. Sie lag etwas schwerer in der Hand, als ich erwartet hatte. Die Patronen unterschieden sich von den gängigen Kugeln, da sie ohne zusätzliches Schießpulver abgefeuert werden konnten. Es war eine besondere Waffe, mit deren Gegenstück offenbar Davi Kessel ermordet worden war.

»Wieso ist sie technisch so viel ausgereifter als alles, was ich bisher gesehen habe?«

»Das ist ein sogenannter Revolver. Ein Prototyp. Davon gibt es nur zwei Stück.«

»Wie bist du an ihn gekommen?«

»Ich habe ihn von einem Niemand gestohlen, der behauptet hat, ihn gebaut zu haben.«

»Hat er gesagt, er hätte beide gebaut?«

»Ja, aber er hat gelogen.«

»Woher weißt du das? Wer war er?«

Schwartz streckte die Hand nach dem sogenannten Revolver aus. Als er ihn wiederhatte, sah er mir in die Augen. »Jemand, der schon lange tot ist.«

»Sag es mir.«

»Was willst du tun, Mikael? Ihn ausgraben? Seine nächste

Verwandtschaft aufspüren? Willst du versuchen, in seiner Biografie irgendeinen Hinweis zu finden, der dir möglicherweise weiterhilft? Das würde nicht funktionieren. Es gibt keinen Beweis, dass er sie gebaut hat, er selbst kann sich dazu nicht mehr äußern, und wahrscheinlich hat er, wie gesagt, ohnehin gelogen. Es gibt niemanden mehr, der weiß, wer sie konstruiert hat.«

»Irgendjemand *muss* es wissen.«

Schwartz schüttelte den Kopf und steckte den Revolver ins Holster zurück. »Geh nach Hause, Mikael. Knutsch mit einem Mädchen rum, hab Spaß mit deinen Freunden, und nimm deine verbliebenen Verwandten in den Arm. Werde endlich erwachsen, und tu so, als hättest du das Leben verdient, das du wegzuwerfen versuchst.«

Ich schüttelte entschieden den Kopf. »Ich will in den Königsturm einbrechen. Nenn mir deinen Preis.«

Er sah mich an, und seine Augen funkelten kalt. Ich konnte mir seinen Blick nicht erklären, genauso wenig wie ich wusste, weshalb dieser Ring so wichtig für ihn war. »Bist du dir sicher, dass du das willst?«

»Ja.« Noch nie hatte ich dieses Wort so schnell und selbstgewiss ausgesprochen. In meinen Ohren klang meine Stimme, als würde ich Eisen schmieden und über den Donner gebieten. Es fühlte sich gut an.

»Dir muss klar sein, dass es nicht so einfach wird, wie du glaubst.«

»Ich habe dich nicht um einen Vortrag gebeten«, erwiderte ich. »Nenn mir deinen Preis oder verschwinde. Ich mach es auch allein, wenn es sein muss.«

Was eine Lüge war, aber das konnte er nicht wissen.

Schwartz verschränkte die Arme vor der Brust und sah

mich schweigend an. Vielleicht versuchte er, sich ein Urteil über mich zu bilden oder herauszufinden, wie ernst es mir war. Ein Einbruch in den Palast war kein Kinderspiel. Da nach den Aufständen auf der Insel in der gesamten Stadt bestimmt Ausgangssperre und verschärfte Sicherheitsmaßnahmen herrschten, konnten wir uns dem Palast wahrscheinlich nicht einmal ungesehen nähern. Und selbst wenn wir hinein- und wieder herausgelangten, würde man uns verfolgen. Logisch betrachtet war diese Nacht der denkbar schlechteste Zeitpunkt für so ein Vorhaben, aber ich musste es tun. Denn ich würde Kessel erst verlassen können, wenn ich die Wahrheit kannte.

»Abgesehen von der Vordertür weiß ich keinen anderen Eingang in den Palast«, sagte Schwartz langsam. »Kennt dein Freund vielleicht noch einen?«

»Wer?«

»Wie immer er heißt? Der Junge mit der Brandwunde, der gefoltert wurde.«

Sirash? Sprach er etwa von Sirash? »Wieso sollte er einen Weg in den Palast kennen?«

»Natürlich nicht bewusst«, erwiderte Schwartz. »Aber er wurde im Kerker gefangen gehalten, und ich habe von Geheimgängen gehört, die den gesamten Palast durchziehen sollen. Es würde mich nicht überraschen, wenn es einen Zugang vom Fluss gäbe, so wie in dieser Burg. Aber solange wir nicht wissen, wo er hinführt, wäre es Selbstmord, ihn blindlings zu benutzen.«

»Wieso glaubst du, Sirash wüsste, wohin dieser Wasserzugang führt? Oder dass er uns überhaupt helfen will? Er hat bereits genug durchgemacht. Ich möchte ihn nicht noch weiteren Gefahren aussetzen.«

»Es ist sein Leben«, antwortete Schwartz. »Er kann selbst darüber entscheiden.«

»Angenommen, Sirash kennt einen Weg in den Palast. Wäre es dann machbar?«

Schwartz verschränkte erneut die Arme. »Die Erinnerungen des Königs befinden sich höchstwahrscheinlich im Königsturm. Und König Isaak wurde wegen der Aufstände wahrscheinlich in ein sicheres Geheimversteck gebracht, von dem die Rebellen nichts wissen. Es wäre also durchaus denkbar, dass du dort einbrechen und, ohne erwischt zu werden, deine gewünschten Informationen stehlen kannst.«

»Weißt du auch, wie?«

»Ich habe da eine Vermutung.«

»Und was möchtest du dafür haben?«

»Eine Blutprobe von dir.«

Eine Blutprobe von mir? Ich machte den Mund auf, um ihn nach dem Grund dafür zu fragen, aber es spielte keine Rolle, da ich ohnehin zustimmen würde.

»Abgemacht. Ich werde mit Sirash reden. Aber vorher habe ich noch eine Frage: Ich habe gesehen, wie du sowohl Eis als auch Dunkelheit fabriziert hast. Weshalb hast du zwei Spezialisierungen?«

Er lachte leise. »Für einen Königmann hast du erstaunlich wenig Ahnung, wie es in der Welt zugeht.«

»Nein, das stimmt nicht.«

»Ach, wirklich?«, spottete er. »Kannst du die Masken der verschiedenen Goldküsten-Clans auseinanderhalten? Kannst du zwischen einer Pistole aus Neu-Drakon und einer aus Eham unterscheiden? Und was bedeutet es, wenn sich jemand in den Streitenden Reichen als Wintermann oder Sommermann bezeichnet? Kannst du eine einzige meiner Fragen beantworten?«

»Hör zu, ich werde nicht ...«

Er ließ mich nicht ausreden. »Falls du glaubst, Fabrikatoren wären die Einzigen, vor denen sich die Königsfamilie fürchtet, täuschst du dich. Aber im Moment kann ich dir nicht erklären, wer oder was ich bin. Geh zu deinen Freunden und verschwende nicht meine Zeit.«

Enttäuscht gesellte ich mich zu den anderen, die sich neben Sirash zusammengedrängt hatten und leise miteinander sprachen. Vermutlich diskutierten sie gerade darüber, ob ich den Verstand verloren hatte und was sie tun sollten, wenn es denn so war.

Sirash saß auf einem Stuhl und starrte ins Feuer. Ich setzte mich neben ihn auf den Boden und wusste nicht recht, wie ich ihm sagen sollte, wie leid mir alles tat. Oder was mit seinem Bruder geschehen war, den ich eigentlich hätte beschützen sollen. Nichts davon konnte ich in Worte fassen.

»Du bist entkommen«, sagte er, ohne den Blick von den knisternden Flammen abzuwenden.

»Es tut mir leid.«

»Ich bin nicht wütend«, erwiderte er. »Anfangs vielleicht, aber jetzt nicht mehr. Du hast mich dort rausgeholt. Das rechne ich dir hoch an.«

»Woher weißt du ...?«

»Dass du für meine Freilassung verantwortlich bist?«, fragte er. Er rutschte auf seinem Stuhl hin und her. »Der Erzieher des Palastes hat mir gesagt, dass ich auf Bitte des Hochadligen Domets entlassen werde, doch dieser Wahnsinnige ist nicht gerade für seine Wohltätigkeit bekannt. Wieso sollte er sich für einen Knochenmann wie mich interessieren. Ich bin ein Niemand. Und ich habe auch keine anderen Freunde, die ihren Einfluss bei der Waage geltend machen könnten.

Es war mir also klar, dass du dahintersteckst. Ich weiß nicht, was du getan hast, um mich dort herauszubekommen, und es ist mir auch egal. Zwischen uns ist alles gut. Und daran wird sich nie etwas ändern.«

»Sirash, ich ...«

»Es ist schon verrückt. Ich war so sicher, dass ich dort drinnen sterben würde, und hatte bereits mit meinem Leben abgeschlossen. Jetzt habe ich wieder eins und weiß nicht, was ich damit anfangen soll. Ich verschwende es, indem ich hier rumsitze, aber ich habe keine Ahnung, was ich sonst tun soll.«

»Gianna vermisst dich.«

Er nickte ernst. »Mir ist noch nicht klar, wie ich ihr gegenübertreten soll. Ein Teil von mir will sie ganz fest in die Arme nehmen und nie mehr loslassen. Ein anderer ...« Er holte tief Luft. »Vielleicht ist es besser, wenn sie und Arjay mich für tot halten.«

»Sirash.« Ich stellte mich hin und sah ihn durchdringend an.

Er erwiderte meinen Blick mit ausdrucksloser Miene. »Ohne mich wäre sie besser dran. Ohne meine Probleme. Ich bin nur eine Belastung für sie. Sie verdient etwas Besseres. Deshalb war ich so stolz, als sie ans Musikkolleg gegangen ist.«

»Gianna liebt dich, Sirash. Das hat sie schon immer getan.«

Er vergrub sein Gesicht in den Händen. »Ohne mich wird sie besser dran sein.«

»Und was ist mit Arjay? Willst du den auch im Stich lassen?«

»Der braucht mich schon längst nicht mehr.«

Ich verschränkte die Hände hinterm Kopf. Sirash war im Augenblick eindeutig nicht in der Lage, sich seinen Ängsten zu stellen. Wie sollte ich da von ihm verlangen, dass er uns zu jenem Ort führte, wo er gefoltert worden war? Nie hätte ich gedacht, dass es so schlecht um ihn stand. Er würde uns nicht helfen können. Ich musste mir einen anderen Plan überlegen. Vielleicht gab es sonst noch jemanden, der wusste, wie man in den Palast hineinkam. Oder mir fiel etwas anderes ein. Irgendeine Lösung musste es geben.

»Kannst du dich noch an früher erinnern?«, fragte Sirash. »Als wir jede Nacht unterwegs waren, um Geld zu verdienen? Wie oft wir im Dunkeln gesessen und uns unterhalten haben? Im Kerker habe ich viel über diese Gespräche nachgedacht. Meine Erinnerungen an dich, Gianna und Arjay haben mich am Leben erhalten.«

Ich hatte einen Kloß im Hals, der einfach nicht verschwinden wollte.

»Ich glaube nicht, dass ich hiernach noch weiter Adlige reinlegen kann. Ich brauch ein solides Leben, weit weg von allen Leuten mit echter oder eingebildeter Macht.«

Ein Leben ohne Machtwahn. Das hatte ich auch einmal gewollt. Bevor Domet aufgetaucht war, hatte ich nichts anderes getan, als meine Familie zu beschützen und das Geld für unsere monatlichen Ausgaben zusammenzukratzen. Damals waren meine Ziele noch einfach gewesen: Ich hatte ein Heilmittel für meine Mutter finden und verstehen wollen, wieso mein Vater mir vor seinem Tod einen nutzlosen rostigen Ring gegeben hatte.

»Weißt du noch, wie ich davon geträumt hab, König Isaak auszurauben?« Sirash lachte leise. »Ich hatte diese kindlichen Vorstellungen von verborgenen Türen und Geheimgängen. Und glaub's mir oder nicht, die haben sie gegen mich verwendet. Während sie mich gefoltert haben, sagten die Erzieher, es gäb 'nen Weg vom Kerker bis zum Fluss, ich müsse ihn nur finden. Ich glaube, sie haben es genossen, mich durch das Labyrinth rennen zu sehen. Tatsächlich habe ich ihn fast entdeckt. Ich bin die Gänge in einem bestimmten Suchmuster abgegangen, und eines Tages haben sie mich ganz aufgeregt zu meiner Zelle zurückgeschleppt. Danach haben sie mich nie mehr rausgelassen.«

Ich wusste, das war der Moment, der mich möglicherweise noch jahrelang in meinen Albträumen verfolgen würde – je nachdem, was ich nun als Nächstes sagte. Eigentlich hatte ich gedacht, Jamals Tod würde mir bis an mein Lebensende den Schlaf rauben, aber als er ermordet wurde, war ich nur Zeuge gewesen. Man kann beobachten, wie jemand anderem ein Leid widerfährt, und trotzdem nachts schlafen. Aber nur ein Ungeheuer belügt und manipuliert einen Freund, der bereits am Boden liegt. Wenn mir wirklich etwas an Sirash lag, würde ich ihm jetzt erzählen, was seinem Bruder widerfahren war, und ihn noch an diesem Abend zu Arjay bringen, damit er ihn gesund pflegen konnte.

Ich bin nicht stolz auf das, was ich stattdessen tat, aber ich konnte nicht anders. Nicht mit der Wahrheit in Reichweite.

»Der Mann, der das mit deinem Gesicht angestellt hat ... Was ist, wenn ich dir sage, dass wir uns an ihm rächen können?«

Sirashs Augen begannen zu glitzern, und damit stand unser Plan.

Ich hatte nicht damit gerechnet, dass sie meinem Plan zustimmen würden, am wenigsten meine Schwester.

Und ich hatte recht.

»Ich lasse dich nicht allein gehen«, erklärte Jenn.

»Ich auch nicht«, sagte Kai. »Vielleicht will dich dieser Söldner töten, und dann könnten wir nichts dagegen unternehmen. Oder er verrät dich, wenn ihr im Palast seid. Ich bezweifle, dass der König gnädig mit dir umgehen würde.«

»Ich will aber eure Hilfe nicht«, erwiderte ich. »Ich werde gehen, und ihr drei bleibt hier.«

»Wir bitten dich nicht darum, mitkommen zu dürfen, Mikael«, sagte Jenn, »wir tun es einfach.«

»Wenn sie euch erwischen, klagt man euch wegen Hochverrats an. Ich will nicht, dass meinetwegen jemand hingerichtet wird.«

Jenn wandte sich an Kai. »Lässt du uns bitte einen Moment allein?«

Er zögerte kurz, nickte dann aber und ging. Die Hochadlige Marget lehnte ein Stück entfernt an der Wand und beobachtete uns, die Arme vor der Brust verschränkt.

Jenn sah mir in die Augen. »Dann sollen wir also hierbleiben und in aller Seelenruhe abwarten, ob sie dir morgen früh den Kopf abhacken? Sind die Erinnerungen des Königs wirklich dieses Risiko wert? Was versprichst du dir von ihnen?«

»Es geht um unseren Vater, Jenn. Was ist, wenn er all die Jahre zu Unrecht beschuldigt wurde? Was, wenn ...«

»Mir war schon immer klar, dass er unschuldig war, Mikael«, fiel sie mir ins Wort. »Wir brauchen nicht irgendein Dokument aus dem Palast, um uns das zu beweisen. Es gibt doch bestimmt auch noch eine andere Möglichkeit.«

»Nein. Alles, was ich über unseren Vater und den Prozess gegen ihn herausgefunden habe, verweist auf den König. Wenn wir die Wahrheit erfahren wollen, ist das der einzige Weg.«

»Schwörst du, dass es keine andere Möglichkeit gibt?« Sie sah mich durchdringend an. »Dass es das Risiko wert ist?«

»Ja«, antwortete ich, ohne zu zögern.

»Wenn du das wirklich tun willst, werde ich dich unterstützen. Aber du setzt damit alles aufs Spiel, was du während des Endlosen Walzers erreicht hast. Wenn sie dich erwischen, kann nichts und niemand dich mehr retten. Wenn du diesen blödsinnigen Plan hingegen nicht durchziehst, können wir gemeinsam das Vermächtnis der Familie Königmann zu neuem Leben erwecken. Und wir können die Prinzessin suchen und sie tatkräftig unterstützen, um sicherzustellen, dass der Verdorbene Prinz niemals Kessel regieren wird.«

»Willst du es denn nicht auch? Vor einer Woche hättest du für eine Gelegenheit wie diese noch getötet.«

»Vor einer Woche hätte ich diese Stadt noch niedergebrannt, um unseren Vater zu rehabilitieren«, bestätigte sie. »Aber jetzt weiß ich, wie sich Rache anfühlt, und ich möchte nicht, dass sie mein Leben bestimmt. Ich will nicht wie unsere Vorfahren einen Krieg nach dem anderen führen. Wenn es eine Möglichkeit gibt, wie wir diesem Land dienen können, ohne andere zu töten, würde ich es gern versuchen. Und das kann ich nur, wenn ich meinen Hass auf die Königsfamilie begrabe. Bitte, Mikael, bleib bei mir.«

»Ich muss gehen«, antwortete ich, allerdings weniger nachdrücklich, als ich beabsichtigt hatte. »Ich muss wissen, ob unser Vater unschuldig war.«

In Jenns Blick lagen weder Wut noch Trauer. Sie schien zu erschöpft, um sich noch weiter mit mir auseinanderzusetzen. Ich fragte mich, wie sie es in all den Jahren ertragen hatte, die Einzige zu sein, die von der Unschuld unseres Vaters überzeugt war. Da nun auch ich daran glaubte, begann der Zorn, der sie in dieser Zeit beherrscht hatte, zu verrauchen.

Kein Wunder, dass sie so müde wirkte.

»Tu, was du nicht lassen kannst.« Sie seufzte. »Viel Glück, Mikael. Versprich mir, dass du vorsichtig bist.«

»Ich verspreche es, Jenn.«

»Ich hab dich lieb, Mikael. Vergiss das nicht.«

»Ich hab dich auch lieb, Jenn. Und ich werde es nicht vergessen.«

Meine Schwester ging zu Kai, um mit ihm zu besprechen, wie sie die Nacht verbringen wollten, bis die Absperrungen aufgehoben wurden. Ich wusste, dass ich an seiner Stelle mit ihr hätte zusammensitzen sollen, um gemeinsam die nächsten Schritte zu planen. Aber ich tat es nicht, und was mir in den nächsten Stunden widerfahren würde, war ganz allein meine Verantwortung.

An der Tür wartete die Hochadlige Marget auf mich.

»Wenn Jenn mich nicht dazu überreden konnte hierzubleiben, schaffst du es auch nicht«, sagte ich zu ihr.

»Ich habe nicht vor, dich aufzuhalten, Mikael. Ich will mich nur von dir verabschieden.«

»Für den Moment verabschieden«, stellte ich klar. »Ich komme wieder.«

Sie stieß sich mit dem Fuß von der Wand ab und legte mir lächelnd eine Hand auf die Schulter. »Danke, dass du mich wie einen ganz normalen Menschen behandelt hast. Das weiß ich sehr zu schätzen. Mehr, als du dir vorstellen kannst.«

»Ich werde nicht sterben«, rief ich ihr nach, als sie davonging.

»Das wirst du nicht. Aber zuweilen ist es wichtig, sich daran zu erinnern, dass wir sterblich sind und uns manchmal für immer verabschieden müssen, auch wenn wir es nicht wollen.«

Fast gegen meinen Willen stieß ich die Kellertür auf und ging hinunter, um Sirash und Schwartz am Flusszulauf zu treffen.

Die beiden warteten auf dem Steg auf mich. Als ich mich näherte, sah Sirash mich fragend an. »Was war los? Wieso hast du dich mit deiner Schwester gestritten?«

»Das erkläre ich dir nachher. Aber jetzt müssen wir erst in den Palast einbrechen.«

KAPITEL 45
NUANCEN

Auf einer Eisschicht gingen wir langsam flussaufwärts. Bei jedem Schritt, den der Söldner machte, gefror das Wasser unter seinen Füßen in einer Symphonie aus Knacklauten. Wir folgten ihm vorsichtig. Links und rechts der schmalen Eisbrücke, die er schuf, rauschte das Wasser an uns vorbei. Mir war nicht danach, in dieser Nacht noch einmal schwimmen zu gehen. Ich fror auch so schon genug im kalten Wind und würde froh sein, wenn ich den Fluss endlich wieder verlassen konnte.

Keiner von uns sprach. Schwartz war voll und ganz auf den Eispfad konzentriert, und Sirash hatte in seinem angeschlagenen Zustand Mühe, auf dem glatten Untergrund zu gehen. Es schien, als würde mit jedem weißen Dunstwölkchen, das beim Ausatmen über seine Lippen kam, alle Wärme aus seinem Körper weichen. Ich stützte ihn, so gut es ging. Es war meine Schuld, dass er überhaupt hier war. Ich hätte ihn nie mitnehmen dürfen.

»Bist du müde?«, fragte ich ihn. »Sag, wenn du eine Pause brauchst.«

Sirash schüttelte den Kopf. »Nein. Je früher wir dort sind, desto besser.«

Er zitterte und schwankte auf dem Eis hin und her, als

würde er es darauf anlegen, ins Wasser zu fallen. Ich zog meine Jacke aus und legte sie ihm trotz seiner Proteste um die Schultern. Wenn ich ihm damit half, machte mir die beißende Kälte nichts aus.

»Du musst mir nicht deine Jacke geben.«

Ich zuckte die Achseln. »Mir ist eh viel zu warm. Du tust mir einen Gefallen, wenn du sie mir abnimmst.«

»Lügner. Erzählst du mir jetzt endlich, was vorhin zwischen dir und Jenn los war? Oder wollen wir weiter so tun, als wäre nichts zwischen euch vorgefallen?«

»Da war nichts.«

»Ich hab euch beide schon früher miteinander streiten sehen. Das gerade eben sah anders aus.«

Ich blieb auf dem Eis stehen. Der Wind zerzauste mir das Haar, aber ich zitterte nicht, die Kälte machte mir tatsächlich nichts aus. »Anders muss doch nicht schlecht sein.«

»Jenn ist im Streit von dir gegangen. Das hat sie noch nie getan. Jetzt steh nicht einfach so rum. Geh weiter und erzähl mir, was los war. Oder lass es bleiben. Es ist deine Entscheidung.«

Sirash setzte sich wieder in Bewegung und folgte Schwartz, während ich schweigend zurückblieb. Ich rieb mir die Unterarme, dann ging auch ich weiter und schloss schon bald wieder zu Sirash auf. »Meine Schwester und ich haben darüber gestritten, was ich tue. Sie will sich nicht mehr damit befassen, was mit unserem Vater war. Aber ich … ich …«

»Du kannst das nicht ruhen lassen.«

»Nein, noch nicht.«

»Wieso nicht?«

»Weil mein Vater womöglich unschuldig war. Vielleicht kann ich beweisen, dass er als Sündenbock herhalten musste.«

»Geht es dir darum, dir selbst zu beweisen, dass er unschuldig war oder dass es alle anderen auch erfahren?«

»Beides.«

»Weshalb?«

»Weil wir Königmanns sind, und Königmanns ...«

»Mikael, du nimmst dir euer Familienvermächtnis viel zu sehr zu Herzen. Eines Tages wird es dich das Leben kosten.«

»Aber nur weil ich dafür sorgen muss, dass meine Familie ...«

Er unterbrach mich erneut. »Wenn es dir wirklich um deine Familie ginge, wäre es dir nicht wichtig, was andere von dir denken, sogar Leute, die dich hassen. Es würde dich nicht kümmern, für was dich die Adligen halten, die wir seit Jahren übers Ohr hauen. Aber es *ist* dir wichtig. Es geht dir stets darum, wie andere dich sehen.«

»Ich hasse die Adligen. Mir ist egal ...«

»Soll ich dir ein paar Beispiele aufzählen?«, fiel er mir wieder ins Wort.

Ich hielt den Mund.

»Du weißt nicht, wie du mit dem umgehen sollst, was deinem Vater widerfahren ist. Das verstehe ich. In deiner Erinnerung ist er ein Held, aber kein Elternteil ist perfekt, und es gehört zum Erwachsenwerden, dass man das erkennt. Wenn du weiterhin so tust, als wäre die ganze Welt gegen deine Familie, wirst du damit alle verprellen, denen du am Herzen liegst.«

»Ich bin ein Königmann, und ich muss ...«

Sirash hatte sich offenbar vorgenommen, mich keinen Satz beenden zu lassen. »Mikael, dein Vater hat das Vermächtnis eurer Familie nicht zerstört. Das war der König. Er hat dich und deine Geschwister vom Hof verbannt und in Sippenhaft genommen, als er euch als Verräter gebrandmarkt hat. Das ist weder euer noch eures Vaters Schuld, aber hör auf, so zu tun, als würde die ganze Welt ihr Augenmerk auf dich richten.«

»Sirash, ich ...«

Er blieb auf dem Eis stehen und drehte sich zu mir um. »Omari Torda. So heiße ich wirklich, und ich habe mein eigenes Familienvermächtnis, dem ich gerecht werden muss.«

»Warum hast du mir deinen richtigen Namen nicht schon früher verraten?«

»Du hast nie danach gefragt. Ich war ein Kind, als ich in die Sklaverei gezwungen wurde, und man hat mir damals eingeredet, mein Leben wäre weniger wert als das meiner Dienstherren. Und obwohl das schon lange zurückliegt, denke ich häufig immer noch so. Darum hat ein Teil von mir stets geglaubt, dass du dich eines Tages von mir abwendest.« Er zögerte. »Aber jetzt glaube ich das nicht mehr.«

Ich wusste nicht, was ich darauf erwidern sollte. Ich fühlte mich schuldig. So abgrundtief schuldig, dass mir davon der Kopf schwirrte, weil ich so selbstsüchtig gewesen war.

Mein Vater war tot, und ich jagte nicht für ihn oder Jenn der Wahrheit hinterher, sondern für mich, damit ich weiterhin an den Mann glauben konnte, den ich früher für einen Helden gehalten hatte. Aber Sirash – Omari – hatte recht, das war es nicht mehr wert. Wenn ich so weitermachte, würde mir mein Familienvermächtnis eines Tages wirklich noch das Genick brechen.

Aber noch war es nicht so weit.

Zum Henker mit ihnen allen!

Was wir hier machten, war ein Fehler, und den musste ich korrigieren.

»Omari, wie wäre es ...?«

»Gefällt euch beiden die Kälte, oder können wir uns ein bisschen beeilen?«, blaffte Schwartz uns über die Schulter an. Auch er war stehen geblieben und wartete vor einer Mauer, die am Fluss entlangführte. Als ich den Blick hob, durchlief mich ein Zittern.

Über uns ragte Burg Kessel auf.

Omari Torda klopfte mir lächelnd auf den Rücken und ging dann zu Schwartz. Der stand vor einer schmalen dreieckigen Metalltür in der Mauer. Ein Streifen aus Rost markierte den Hochwasserpegel des Flusses. Omari kniete sich hin und machte sich am Schloss zu schaffen.

»Was liegt hinter dieser Tür?«, fragte Schwartz.

»Der Kerker«, antwortete Omari. »Ich kann euch in den Keller des Palastes führen und von dort in den Turm.«

»Schaffen wir das, ohne gesehen zu werden?«, fragte ich. »Wir sind nicht gerade wie Adlige gekleidet.«

Schwartz bedachte mich mit einem verächtlichen Blick aus seinen grauen Augen.

»Deswegen geben wir uns auch als Advokatoren aus«, erwiderte Omari. »Im Kerker oder im Keller finden wir bestimmt die passenden Uniformen. Wenn nicht, schlagen wir ein paar Wächter nieder und nehmen ihre. Es sollte kein Problem sein, leere Zellen zu finden, in denen sie ein Nickerchen machen können.« Das Schloss klickte, und die Tür öffnete sich einen Spalt. »Hereinspaziert.«

Schwartz zog die Tür auf. Der Wind heulte durch einen leeren Korridor, und ein Stück weiter rasselten Ketten. »Als Erstes gehen wir in den Aufenthaltsraum der Folterer und holen uns die Uniformen. Von dort suchen wir uns einen Weg durch den Palast bis zu König Isaaks Arbeitszimmer. Irgendwelche Fragen?« Bevor ich gegen seinen Plan protestieren konnte, stieß Schwartz mich durch die Tür. »Gut. Du gehst voraus, Mikael. Aber leise.«

Sobald wir alle eingetreten waren, schloss Schwartz die Tür und vereiste sie mit einer Fabrikation, sodass sie von einer dünnen Schicht bedeckt war. Wenn wir ohne ihn hinauswollten, würden wir eine andere Tür nehmen müssen.

Nur das Platschen unserer Stiefel war zu hören, während wir schweigend den überfluteten Korridor entlangmarschierten. Als der Boden allmählich trockener wurde, gelangten wir an eine von Fackeln beleuchtete Weggabelung. Über jedem der drei Korridore, die von hier abgingen, prangte ein Symbol. Aus keinem von ihnen drang ein Geräusch, nur ohrenbetäubende Stille.

»Welchen sollen wir nehmen?«, fragte Schwartz.

»Ich weiß es nicht genau«, erwiderte Omari. »Ich dachte, ich kenne den Weg von meiner Zelle bis zum Fluss, aber mir war nicht bewusst, dass drei Gänge zum Kerker führen.«

»Es war ja klar, dass es nicht so einfach werden würde«, murmelte Schwartz. »Wenn wir an der falschen Stelle herauskommen, können wir unseren Plan vergessen. Wir haben keine Ahnung, wo diese Korridore enden.«

»Darauf sind wir nicht vorbereitet«, sagte ich. »Vielleicht sollten wir wieder gehen und mit einem besseren Plan zurückkehren. Wir müssen es ja nicht unbedingt heute Nacht machen.«

Die beiden sahen erst mich an und dann einander. »Wir haben zwei Optionen«, sagte Schwartz. »Entweder erkunden wir die verschiedenen Strecken gemeinsam, oder jeder von uns geht in einen der Korridore, und wir treffen uns im Inneren des Palastes wieder.«

»Wir kommen schneller voran, wenn wir uns aufteilen«, meinte Omari.

»Aber dann ist jeder auf sich allein gestellt, wenn etwas schiefgeht«, gab ich zu bedenken.

»Dann sorg dafür, dass nichts schiefgeht«, entgegnete Schwartz. »Jeder geht seinen eigenen Weg, und wir sehen uns im Palast wieder. Das hat auch den Vorteil, dass wir uns einzeln leichter unter die Leute mischen können.«

»Dieser Plan gefällt mir nicht.«

Omari legte mir eine Hand auf die Schulter. »Mach dir keine Sorgen, wir können alle ganz gut auf uns allein aufpassen.«

»Und wo werden wir uns treffen?«

»In der Sternenkammer. Sie ist gleich neben der Königstreppe. Dann merken wir es rechtzeitig, wenn eine Patrouille kommt.«

Omari und ich wechselten einen kurzen Blick. »Gut, dann los.«

Schwartz nahm den mittleren Korridor und verschwand ohne ein weiteres Wort in der Dunkelheit. Ich wartete kurz, bevor ich mich für den linken entschied. »Bist du sicher, dass du allein zurechtkommst?«

Omari stand mittlerweile aufrechter und mit herausgereckter Brust da. Er zitterte nicht mehr, während er mir entschlossen in die Augen schaute. »Vertrau mir. Wir treffen uns in der Sternenkammer, sobald ich meine Angelegenheit erledigt habe.«

Ich hielt ihm meine Hand hin. »Wir sehen uns auf der anderen Seite?«

Er ergriff meine Hand und hielt sie länger als gewöhnlich. »Wir sehen uns unter den Sternen?«

Obwohl ich ihm seine Rache versprochen hatte, konnte ich

nicht beiseite stehen und zusehen, wie er zum Mörder wurde, wie ich es bei seinem Bruder getan hatte.

Als er ging, blieb ich stehen, bis seine Schritte verklungen waren, dann folgte ich ihm durch den scheinbar endlosen Gang.

Nach einer Weile wurde die Luft wärmer und so feucht, dass ich immer wieder an meinem Hemdkragen zupfte, der mir bald schweißnass am Hals klebte. Die Tür am Ende des Korridors war wegen der feuchten Luft und der Hitze ganz verzogen, und als ich die Tür aufstemmte, zerbrach das Schloss mit einem lauten Krachen. Eine Dampfwolke schlug mir ins Gesicht.

Omari musste eine Abzweigung genommen haben, die ich verpasst hatte.

Ich hustete laut in meinen Ärmel und spürte, wie mir die Tränen in die Augen stiegen.

»Hallo?«, rief eine Frau.

Ich hielt den Atem an und ging ein Stück weiter in den Dampf hinein, bevor ich mich hinter einer Säule verbarg. Mein Hals brannte, aber ich unterdrückte ein weiteres Husten. Ein Geruch von Orangen und Zitronengras hüllte mich ein.

Wieder ertönte die Stimme: »Ist da jemand? Karin? Ronja? Efyra? Chloe? Ist das eine von euch?« Ich hörte ein Seufzen. »Anscheinend habe ich es mir nur eingebildet. Aber das wundert mich nicht. Die Rebellen haben den Krieg erklärt. Der sogenannte Kaiser ist auf freiem Fuß, die Stadt ist abgeriegelt, und ich stehe unter Hausarrest, anstatt mit den anderen Beschwörern dort draußen zu sein und … Und jetzt rede ich auch noch mit mir selbst. Na großartig.«

Es klatschte, als sie offenbar frustriert auf eine Wasseroberfläche schlug.

Allmählich erkannte ich, wo ich gelandet war: in den Bädern unter Burg Kessel. Zusammen mit einer mir unbekannten Beschwörerin. Wenn sie mich erwischte, würde sie mich vermutlich erst ertränken und dann Fragen stellen.

Die Frau begann zu summen, während sie sich ins Wasser sinken ließ, eine langsame und einfache Melodie, fast wie ein Schlaflied. Sie erschien mir so vertraut, dass ich mich unwillkürlich entspannte. Die Lider wurden mir schwer, und ich musste ein Gähnen unterdrücken. Es war fast wie Magie. Wie schaffte sie das? Wer war sie? Und woher kannte ich diese Melodie? Sie klang nicht wie ein klassisches Kinderlied.

Die Tür flog auf, und eine Stimme rief: »Prinzessin! Wir haben einen Notfall!« Eine Gestalt kam herein, die Rüstung, die sie trug, klapperte bei jedem Schritt.

Prinzessin? Konnte das wirklich sein, oder hatte ich mich verhört?

Die Angesprochene fluchte und stemmte sich aus dem Bad. »Erstatte mir Bericht. Und reich mir ein Handtuch.«

»Wir werden angegriffen. Der Folterknecht wurde in einer der Kerkerzellen gefunden. Ihm wurde die Kehle durchgeschnitten, und er hat keine Zunge mehr.«

»Rebellen?«

»Nichts deutet darauf hin, Prinzessin. Und warum sollten sie den Folterknecht meucheln?«

»Das stimmt. Wer weiß es sonst noch?«

»Außer mir nur der Wachmann, der ihn gefunden hat, und jetzt Ihr. Ich wollte Euch noch vor Eurem Vater informieren.«

Omari. Er musste es getan haben. Ich hatte es nicht geschafft, ihn aufzuhalten.

»Riegle den Palast ab und alarmiere die Raben. Zwei sollen die Tür zu den Gemächern meines Vaters bewachen und eine den Haupteingang. Schick noch eine zu meinem Bruder, wo immer der gerade ist. Der Rest kommt mit mir. Wenn mein Vater oder Efyra fragen, was das Ganze soll, sagt ihr ihnen, es sei eine Übung. Ich werde allein damit fertig. Wer immer es war, ist noch im Palast. Wir werden ihn schon bald erwischen. Verstanden?«

»Ja, Prinzessin. Wenn Ihr angezogen seid, stehen wir bereit, um den ganzen Palast zu durchsuchen.«

»Danke, Karin. Du ... Einen Moment noch, Karin. Gibt es eine Verbindung zwischen den Bädern und dem Kerker?«

»Ich glaube, ja, Prinzessin. Wieso? Macht Ihr Euch Sorgen, dass der Eindringling versuchen könnte, auf diesem Weg zu fliehen?«

»Nein ... nein, das glaube ich nicht. Ich habe nur aus Neugier gefragt. Du kannst jetzt gehen.«

Die Rabe verließ eilig das Bad und schlug die Tür hinter sich zu. Kurz darauf ging die andere Frau leise durch den Raum. Schwartz hätte mich deswegen einen Schwachkopf genannt, und ich wusste selbst, dass ich es nicht tun sollte, aber ich lugte um die Säule herum. Ich musste einfach wissen, ob *sie* es war.

Tatsächlich, in den Dampfschwaden sah ich die Prinzessin von Kessel. Sie hatte sich ein kurzes Handtuch umgeschlungen, das sich strahlend weiß von ihrer sanft gebräunten Haut abhob, und flocht sich die rotbraunen Haare zu einem seitlichen Zopf. Ich errötete und versteckte mich mit laut pochendem Herzen wieder hinter der Säule. Ich hatte das Gefühl, jeden Moment zu platzen. Ich hatte die Königstochter, an die ich gebunden war, seit Jahren nicht mehr ...

»Ich weiß, dass du hier bist.«

Mein Herz schien einen Schlag auszusetzen.

»Ich werde ehrlich sein«, fuhr sie fort. »Ich hatte nichts für unseren Folterer übrig. Er war ein wirklich übler Mann und nur deswegen so lange bei uns, weil mein Vater seine Dienste für nötig hielt. Ich wollte ihn ohnehin sobald wie möglich loswerden.«

Ich begann mich zu fragen, wie lange ich ohne Herzschlag überleben konnte.

»Ich weiß nicht, weshalb du ihn getötet hast, und es ist mir auch egal. Wenn du auf demselben Weg hinausgehst, auf dem du hereingekommen bist, wird heute Nacht niemandem sonst etwas geschehen. Wir haben wichtigere Probleme, um die wir uns kümmern müssen. Vor den Mauern der Stadt tobt eine Rebellion, falls es dir entgangen sein sollte. Aber wenn du auch nur einen einzigen Schritt aus den Bädern hinein in den Palast machst, werde ich dir eigenhändig zeigen, was wir in Kessel unter Gerechtigkeit verstehen. Habe ich mich klar ausgedrückt?«

Ich schloss die Augen und lehnte den Kopf an die Säule.

»Also ver...«

»Es war ein Fehler herzukommen«, krächzte ich. »Aber ich glaube, dass ein Freund von mir den Folterknecht getötet hat. Ich muss ihn finden und beschützen.«

»Ist er das Risiko wert?«

»In einer Familie lässt man sich nicht im Stich.«

»Das sagen viele, aber kaum jemand lässt diesen Worten auch Taten folgen.«

»Ich bin hier, oder nicht? Eure Verbrecherbrandzeichen machen mir keine Angst, ihn zu verlieren hingegen schon.«

Sie zögerte, holte tief Luft und stieß sie langsam aus. »Ich wünsche dir Glück bei der Suche nach deinem Freund und hoffe, dass wir uns heute Nacht in diesen ehrwürdigen Hallen nicht mehr wiedersehen.« Sie zögerte erneut. »Wer immer du bist.«

Ich wartete, bis sich die Tür hinter der Prinzessin von Kessel schloss, und überlegte, ob unsere Unterhaltung anders verlaufen wäre, hätte sie gewusst, wer ich war. Schließlich kam ich aus meinem Versteck heraus. Es gab zwei Türen, die aus den Bädern hinausführten: eine für die Männer und eine für die Frauen. Ich nahm die für die Männer, durchquerte einen kleinen Umkleideraum, wobei ich mir eine schmutzige Advokator-Uniform schnappte, und rannte die Treppe zur Sternenkammer hinauf. Dabei versuchte ich, mir so viel wie möglich über die Prinzessin von Kessel in Erinnerung zu rufen und gleichzeitig nicht darüber nachzudenken, was passieren würde, falls wir uns erneut begegneten.

KAPITEL 46
VERSCHWUNDEN

Da ich wie ein Advokator gekleidet war, achtete niemand auf mich.

Die Diener wichen den Blicken von allen aus, die förmlicher gekleidet waren als sie selbst, und hielten die Köpfe gesenkt. Die Adligen standen hier und dort in Grüppchen, unterhielten sich und schenkten anderen Menschen um sie herum kaum Beachtung, als wollten sie damit demonstrieren, dass jemand, den sie nicht kannten, es auch nicht wert sei, von ihnen angesprochen zu werden. Selbst die Wachen vor den Türen sahen nicht nach links oder rechts. Vermutlich gingen sie davon aus, dass alle, die sich im Palast aufhielten, auch hierhergehörten. Da ich selbstbewusst ausschritt, dauerte es nicht lange, bis ich wieder im großen Korridor war und erneut nach der Tür zur Sternenkammer Ausschau hielt.

Ich entdeckte sie, stieß sie, ohne zu zögern, auf – und sah Schwartz, der ebenfalls eine Uniform trug und am Kopfende eines Tisches saß. Die Wände um ihn herum waren mit einem mir vertrauten Nachthimmel bemalt. »Du hast ja ganz schön lange gebraucht.«

»Wo ist Omari?«

»Mach die Tür zu. Oder willst du, dass uns jemand hier sieht?«

Ich tat es und wiederholte dann meine Frage.

»Offensichtlich ist er nicht hier.«

»Es reicht!«, fuhr ich ihn an. »Mir hat dieser Plan von Anfang an nicht gefallen, und jetzt ist der Palast abgeriegelt, während sie nach ihm suchen. Wir müssen ihn vor ihnen finden!«

»Beruhige dich. Sie überwachen nur die Ausgänge. Wenn er eine Uniform gefunden hat und nicht versucht abzuhauen, passiert ihm nichts. Lass uns zum Königsturm gehen. Eine bessere Gelegenheit …«

»Wir warten auf ihn.«

»Ihm geschieht schon nichts, und er hat für die perfekte Ablenkung gesorgt. Der Königsturm ist unbewacht, da die Königsfamilie während einer Abriegelung an einen anderen Ort gebracht wird. Also heißt es jetzt oder nie.«

»Dann nie. Wenn ich die Wahl habe zwischen Informationen über meinen toten Vater und das Leben eines Freundes, ist die Entscheidung für mich klar.«

Schwartz erhob sich von seinem Stuhl und stützte sich mit beiden Fäusten auf den Tisch. »Du, Mikael, hast mich dazu überredet, dich zu begleiten. Nachdem uns jetzt das Unmögliche gelungen ist und wir in den Palast eingedrungen sind, willst du wirklich, dass wir umdrehen und nach Hause gehen? Wo liegt das Problem?«

»Meine Prioritäten haben sich geändert.«

»Ach wirklich? Und was steht jetzt an vorderster Stelle?«

»Sir… Ich meine, Omari finden und hier herauskommen, ohne festgenommen zu werden.«

Schwartz kam um den Tisch herum auf mich zu. »Ich sehe dir jetzt schon eine ganze Weile dabei zu, wie du eine dumme Entscheidung nach der anderen triffst und anschließend jedes

Mal so lange darüber jammerst, bis dir schließlich das, was du eigentlich wolltest, erneut vor der Nase baumelt und der Teufelskreis wieder von vorne beginnt.«

»Das wird nicht mehr passieren.«

»Das wird immer wieder passieren, weil du dich wie ein Kind benimmst. Triff einmal in deinem Leben eine Entscheidung und bleib dabei. Hin und her zu schwanken, wie du es tust, bringt niemandem etwas. Damit machst du nur allen um dich herum das Leben schwer.«

»Sagt der Söldner, der andere eiskalt ermordet.«

»Und du hast mich nicht davon abgehalten. Damit bist du genauso schlimm wie ich. Wenn nicht sogar schlimmer.« Schwartz packte meine Hand und schnitt mir, bevor ich aufschreien konnte, mit seinem Dolch den Unterarm auf. Das Blut, das danach eine Seite der Klinge benetzte, füllte er in eine Phiole. Als er damit fertig war, riss er einen Stofffetzen aus meinem Ärmel und verband damit die Wunde. »Im Gegensatz zu dir tue ich wenigstens meinen Freunden und meiner Familie nichts an. Kommst du nun mit?«

»Ich warte auf Omari.«

»Dann gehe ich jetzt. Ich habe mich nicht dafür anheuern lassen, auf Säuglinge aufzupassen, und ich habe keine Lust auf eine Begegnung mit …«

»Mit deinem Vater?«, fragte ich.

Schwartz lachte. »Ja, und wenn du klug wärst, hättest du auch Angst vor ihm. Und vor seinen Augen. Die sind nämlich überall. Leb wohl, Mikael. Das sollten wir auf keinen Fall wiederholen.«

Damit verließ er, ohne sich noch einmal umzudrehen, die Sternenkammer.

Das alles war nicht mein Fehler, sondern Domets … Nein,

ich musste zugeben, dass es doch meiner war. Und ebenso, dass ich mir mein Vermächtnis zu sehr zu Herzen nahm. Domet hatte mir vielleicht die Informationen gegeben, mit denen die ganze Sache angefangen hatte, aber ich war zu ihm gegangen, um für ihn zu arbeiten. Und dann hatte ich ihm das Einzige genommen, was ihm noch etwas bedeutet hatte.

All das war meine Schuld. Je früher ich es mir selbst gegenüber zugab, umso schneller ließ es sich wiedergutmachen. Sobald ich Omari in Sicherheit gebracht hatte, würde ich Domet erzählen, was ich getan hatte, und dann mit den Konsequenzen leben.

Da ich im Moment sonst nichts zu tun hatte, setzte ich mich auf einen Stuhl gegenüber der aufgehenden Sonne, die eine der Wände zierte. Obwohl ich noch nie in diesem Raum gewesen war, kam er mir bekannt vor, denn wie mein damaliges Kinderzimmer waren sämtliche Wandflächen mit sorgsam gemalten Sternen und Sternbildern bedeckt, und umgeben von solch einer vertrauten Umgebung entspannte ich mich allmählich, während ich schweigend dasaß.

Plötzlich hörte ich schwere Stiefelschritte hinter mir. Jemand war hereingekommen.

»Omari?«, fragte ich und drehte mich zur Tür um.

Doch stattdessen sah ich Trey Wickert vor mir, der mich mit weit aufgerissenen Augen anstarrte. Fast wie aus einem Mund sagten wir: »Was machst du denn hier?«

Wir hatten zwar gleichzeitig gesprochen, aber nur Trey lachte darüber, während er sich auf den Stuhl neben mir setzte. »Ich nehme an, keiner von uns beiden gehört wirklich hierher, meinst du nicht?«

»Trey, wegen Jamal ... Es tut mir so leid. Ich wünschte, ich hätte ihn beschützen können.«

Trey strich mit den Fingern über die Maserung des Holztisches. »Ich wollte, dass du stirbst. Nein, das ist gelogen: Ich wollte deine Familie vor deinen Augen töten, um dich wenigstens einen Bruchteil meines Schmerzes spüren zu lassen. Aber das hätte Jamal nicht gewollt. Du hattest erzählt, ein Rebell hätte ihn getötet, also nahm ich mir vor, sie einen nach dem anderen auszulöschen, bis ich den Kaiser gefunden und ihn – oder wie wir jetzt wissen: sie – eigenhändig getötet hätte. Dabei habe ich fast eine Vereinbarung getroffen, die ich sicher bereut hätte. Aber nach der Feier des Königs und was dort geschah, habe ich noch mal nachgedacht.«

»Weil du mir ab da geglaubt hast?«

»Nein, daran hat es nicht gelegen. Aber Jamal hätte dir geglaubt. Er hatte Vertrauen in deine Familie, den Heldenmut und die Ehre, für die sie früher stand. Auf sein Urteil habe ich mich verlassen, als ich statt auf dich auf den Rebellen geschossen habe. Wobei es mir bei der Entscheidung sehr geholfen hat, dass du deine Pistole weggeworfen hast.«

»Und was heißt das jetzt? Können wir wieder Freunde sein?«

Er sah mich an. »Ich weiß es nicht. Du hast sicherlich dein Möglichstes getan, um meinen Bruder zu beschützen, auch wenn er dennoch gestorben ist. Aber jedes Mal, wenn ich dich ansehe, muss ich an Jamal denken und werde wütend, weil er so jung sterben musste, während andere, die es wirklich verdient hätten zu sterben, immer noch leben. Was das für uns beide heißt, kann ich dir heute noch nicht sagen. Und ich glaube auch nicht, dass ich es morgen oder nächste Woche weiß.«

Im Anbetracht der Umstände war das nur allzu verständlich. Trey hatte noch nicht genug Zeit gehabt, seinen Bruder zu betrauern, und Jamals Tod würde ihn noch lange verfolgen. Es würden sicher noch Monate vergehen, bevor er sich auch nur annähernd wieder als er selbst fühlte, allerdings mit einer Wunde im Herzen, die nie wieder heilen würde. Vielleicht würden wir eines Tages wieder Freunde sein, aber ich wollte ihn nicht bedrängen, sondern einfach nur für ihn da sein, wenn er mich brauchte.

»Jetzt verrate mir, Mikael, warum du hier bist. Und warum trägst du eine Advokator-Uniform?«

»Ich warte auf einen Freund. Und du? Bist du hier, um jemanden für Schwartz zu töten?«

»Was? Woher weißt du …? Nein, ich habe das Angebot des Söldners abgelehnt. Letzten Endes war mir meine Freiheit wichtiger als Rache. Ich bin hier, weil ein Mann namens Shadom mir Zutritt zum Palast verschafft hat und ich ihn hier treffen soll. Er behauptet, dass er weiß, wer mein adliger Vater ist.«

»Shadom?«, fragte ich. »Hast du ihn bereits getroffen? Weißt du, wie er aussieht?«

Trey sah mich neugierig an. »Weder … noch. Ich habe einen Brief mit Anweisungen erhalten, die ich befolgen soll, um die Informationen zu bekommen, die ich haben will. Warum interessiert dich das?«

»Shadom kannte meinen Vater.« Ich ließ mich stöhnend auf dem Stuhl zurücksinken. »Es überrascht mich ein wenig, dass du einem anonymen Brief vertraust.«

»Das tue ich nicht.« Er öffnete seine Jacke, sodass ich die Steinschlosspistole sehen konnte, die er darunter trug. »Aber was habe ich noch zu verlieren? Die habe ich mitgebracht für den Fall, dass mich mein erbärmlicher Vater in eine Falle locken will. Und da der Palast abgeriegelt ist, kann ich mir kaum vorstellen, dass Shadom auftaucht. Vielleicht ist es ja besser so.«

»Bist du verrückt?«, fuhr ich ihn an. »Du hast eine Pistole in den Palast gebracht? Wozu? Um Rache zu nehmen? Ich dachte, es wäre dir inzwischen egal, wer dein Vater ist.«

»Das war es auch, aber jetzt ist er der einzige Mensch, mit dem ich blutsverwandt bin. Ich will wissen, wer er ist und warum er uns verlassen hat.«

»Trey ...«

»Spar dir deine Worte, Mikael. Ich sollte jetzt gehen ... Aber eine Frage habe ich noch: Ist dir je aufgefallen, dass mit deinem Schatten etwas nicht stimmt? Er ist irgendwie verdreht. Ich habe schon ähnliche Schatten gesehen, aber deiner ... ist anders, stärker verändert als die anderen. Das ist eigentlich für jeden sichtbar und doch kaum zu bemerken. Jahrelang dachte ich, meine Augen würden mir einen Streich spielen, aber inzwischen kenne ich mich besser mit Fabrikationen aus und weiß, was es ist.«

Das war ein merkwürdiger Themenwechsel. »Wovon sprichst du?«

Trey legte die Hände flach auf den Tisch. »Das wird wehtun.« Nachdem seine Hände grell zu leuchten begannen, berührte er mit ihnen mein Gesicht. Einen Moment lang blendete mich ein weißes Licht, bevor meine Umgebung ganz langsam und wie hinter einem schmutzigen Nebelschleier wieder sichtbar wurde. Es fühlte sich an, als wäre mir mein Schatten vom Körper gerissen und gegen die Wand hinter mir geklatscht worden. Ich rutschte vom Stuhl und sank zitternd und nach Atem ringend auf ein Knie.

Undeutlich nahm ich wahr, dass Trey über mir aufragte und etwas sagte, doch die Worte schienen sich aufzulösen, bevor sie meine Ohren erreichten. Schließlich drückte er meine Schulter und war von einem Moment auf den anderen verschwunden. Ich hatte ihn nicht einmal die Tür aufmachen sehen.

Immer noch völlig benommen, lehnte ich mich mit dem Rücken an das Bild der Sonne, und als ich sicher war, dass mein Herz weiterschlagen würde und ich wieder atmen konnte, spürte ich, wie mir allmählich das überschüssige Blut aus dem Gesicht wich. Während ich mich fragte, was Trey mit mir gemacht hatte, ließ ich den Blick durch die Sternenkammer schweifen.

Von meiner momentanen niedrigen Perspektive aus betrachtet, sah sie wie eine fast identische Nachbildung meines Kinderzimmers in Burg Königmann aus. An meinen Wänden hatte mein Vater offensichtlich noch geübt, da hier alles perfekt war, bis hin zu den großen Bruchstücken des Mondes Celona. Aber etwas stimmte nicht. Inmitten der sieben, die ich aus meiner Kindheit kannte, befand sich noch ein achtes Stück. Ich kannte den Nachthimmel gut genug, um zu wissen, dass es dort nicht hingehörte. Und meinem Vater war das ganz bestimmt ebenfalls klar gewesen. Ich ging auf wackligen Beinen zu der entsprechenden Wand und strich mit den Fingerspitzen über jeden einzelnen der gemalten Sterne. Die nachtblaue Farbe hatte er mit sanften Pinselstrichen aufgetragen und anschließend die funkelnden Sterne und Sternbilder mit der flachen Seite des Pinsels auf den dunklen Himmel getupft. Mein Daumen verharrte vor dem überzähligen Stück von Celona.

Um eine erhabene Stelle herum war ein kleiner Kreis in die Wand geritzt. Die Furche war unter der Farbe kaum auszumachen. Und plötzlich wurde mir klar, wieso mein Vater mir den Ring gegeben hatte. Dass es etwas gab, was er mir hatte zeigen wollen. Etwas, das er mir vor seinem Tod nicht hatte sagen können und stattdessen in meinen bruchstückhaften Kindheitserinnerungen zurückgelassen hatte. Und das konnte nur eines sein: die Wahrheit.

Ich streifte den Ring meines Vaters vom Finger und fügte ihn in die Vertiefung ein. Er passte perfekt. Der Schlüssel steckte ihm Schloss, ich drückte das überzählige Stück von Celona mit einem Klicken in die Wand.

Daraufhin glitt die Wand zu meiner Linken rumpelnd zur Seite und enthüllte eine Treppe, die sich in einer Aufwärtsspirale um den Raum wand. Ich nahm den Ring wieder aus seiner Halterung und stieg die Stufen hinauf. Auf der Treppe bemerkte ich, dass die Wand mit Hunderten kleiner Löcher übersät war. Unzählige zwischen den Sternen versteckte Gucklöcher für einen Spion oder Schießscharten für den Lauf einer Pistole. Der ideale Ort für einen Anschlag.

Ich stieg, den Hinweisen meines Vaters folgend, ins Unbekannte hinauf, in der Hoffnung, oben einen weiteren Hinweis zu finden und dass Omari in der Sternenkammer auf mich warten würde, wenn ich zurückkehrte. Als ich das obere Ende der Treppe erreichte, zog ich an einer Metallkette, die von der Decke hing. Erneut bewegte sich eine Wand zur Seite und gab den Weg frei in einen weiß getünchten und mit einem schlichten blauen Teppich ausgelegten Korridor.

An einer Wand hing ein Gobelin, in den verschiedene Szenen eingewebt waren. Eine zeigte einen Jungen und ein Mädchen mit rostroten Haaren, die miteinander spielten, eine andere einen jungen Mann, auf dessen rothaarigem Haupt eine Krone gesetzt wurde. Ein Stück weiter war zu sehen, wie derselbe junge Mann eine besorgt dreinblickende Frau auf die

Wange küsste und fest umarmte. Im nächsten Abschnitt liefen drei Kinder um die beiden herum, und im letzten sah ich ihn schließlich weinend vor einer Gedenkstätte stehen, während neben ihm ein Mann ohne Kopf kniete.

Ich kannte diese Leute und wusste, wo die Treppe mich hingeführt hatte.

»Wer bist du?«, verlangte jemand hinter mir zu wissen.

Ich hob die Hände, sodass der Ring meines Vaters zu sehen war, und drehte mich zu König Isaak um, der eine Armbrust auf mich gerichtet hielt. Das zehn Jahre alte Zeichen auf meinem Hals fühlte sich an, als wäre es mir gerade erst eingebrannt worden. »Ich heiße Mikael Königmann. Vielleicht erinnert Ihr Euch an mich.«

KAPITEL 47
KÖNIGSMACHER

Es gab viele Leute, die wegen etwas, was ich getan hatte, wütend auf mich waren, unter anderem Domet, Nana und Schwartz. Aber König Isaak war der Einzige, der mich allein aufgrund meines Familiennamens töten wollte.

Er nahm den Finger nicht vom Abzug, und als niemand kam, um nach ihm zu sehen, war ich mir sicher, dass wir allein in seinen Gemächern waren. Niemand würde meinen Tod bedauern, am wenigsten er. Würde er ihn als Gerechtigkeit betrachten? Ein Sohn für einen Sohn? War er immer noch zornig auf seine ehemalige rechte Hand, oder war dieses Gefühl zusammen mit meinem Vater gestorben? Wieso hatte mein Vater mir einen Weg zu König Isaak gewiesen, den sicher nicht viele kannten? Gab es etwas, das ich zu Ende bringen musste? Oder sollte ein weiteres Mitglied der Königsfamilie sterben? Eines, das dem Land mehr schadete als nützte. Ich hielt weiter meine schweißnassen Hände erhoben und hoffte, dass ich lange genug leben würde, um die Antworten zu erfahren.

»Wie bist du hier hereingekommen?«

Ich nickte zu dem geheimen Eingang hinüber.

»Es gibt nur zwei Menschen, die diesen Zugang kennen: ich und die Hauptmännin meiner königlichen Garde. Wie hast du ihn entdeckt?«

»Mein Vater hat mein Zimmer genauso bemalt wie die Sternenkammer. Der einzige Unterschied ist das zusätzliche Stück von Celona. Damit und mit dem Ring, den mein Vater mir vor seinem Tod gegeben hat, konnte ich den Geheimgang öffnen. Allerdings wusste ich nicht, wohin die Treppe führt.«

König Isaak fuchtelte mit der Armbrust. »Obwohl inzwischen zehn Jahre vergangen sind, grassiert dein Vater immer noch wie eine unheilbare Krankheit in meiner Stadt.« Er zögerte. »Wieso bist du hier?«

»Um nach Beweisen zu suchen.«

Er sah mich an und vergaß dabei, auf mich zu zielen. »Beweise für was genau?«

»Beweise, dass mein Vater hereingelegt wurde und Ihr einen unschuldigen Mann habt hinrichten lassen.«

König Isaak senkte die Armbrust, bis der Bolzen auf den Boden zeigte. »Du weißt schon, mit wem du sprichst, oder?«

»Ich kann es beweisen.«

Unmittelbar neben mir schlug der Armbrustbolzen in ein Bücherregal ein. Ich bekam eine Gänsehaut. Ich hatte ihn nicht einmal den Abzug betätigen sehen.

»Dann tu es.« König Isaak drehte sich um und bedeutete mir mit einem Wink, ihm zu folgen. »Beweise einem König, dass er sich irrt.«

Ich war an diesem Ort ihm gegenüber eindeutig im Nachteil. Also hatte ich keine andere Wahl: Ich musste den König davon überzeugen, dass mein Vater unschuldig war.

Ich folgte König Isaak in seine Gemächer und versuchte, meine Gedanken zu ordnen, während er in einem Ledersessel vor dem Kamin Platz nahm. Auf dem Tisch vor ihm stand eine längliche rechteckige Kiste aus rotem Holz mit einem einfachen Eisenschloss. Ich setzte mich ihm gegenüber und wartete ab, während er sich an dem Schloss zu schaffen machte. Es klang, als würde er mit den Fingernägeln über eine Wand kratzen. »Wirst du es mir noch erklären? Oder war das, was du vorhin gesagt hast, nur ein Ablenkungsmanöver?«

»Nein«, erklärte ich. »Ich meinte, was ich gesagt habe. Ich überlege nur, wo ich anfangen soll.«

»Am besten am Anfang.«

Da ich das Ende noch nicht kannte, blieb mir wohl auch nichts anderes übrig. »Wieso habt Ihr geglaubt, mein Vater hätte Euren Sohn erschossen?«

König Isaak hörte auf, am Schloss herumzufummeln, und sah mir in die Augen. »Eine Rabe und ihr Mann haben ihn mit der rauchenden Pistole in der Hand erwischt. Außer ihm war niemand im Raum, und es gab keinen Grund, wieso Davi in der Sternenkammer hätte sein sollen, wenn dein Vater ihn nicht dorthin eingeladen hatte. Daher weiß ich, dass es so war.«

Ich holte tief Luft und stieß sie wieder aus. Wenn ich ihm klarmachen konnte, dass er sich irrte, würde er erkennen, dass mein Vater in eine Falle gelockt worden war. Dafür musste ich die Beweiskette jedoch Glied für Glied zusammenfügen.

»Woher wisst Ihr, dass er derjenige war, der den Abzug betätigt hat? Es war gar nicht nötig, dass außer ihm jemand im Raum war. Der Mörder hätte die Kugel von der Geheimtreppe aus abfeuern und dann die Pistole in die Hand meines Vaters fallen lassen können, bevor dem bewusst wurde, was geschehen war.«

»Unmöglich. Das würde bedeuten, dass entweder ich, meine Hauptmännin oder der Erbauer ... Wenn der Täter die Geheimtreppe benutzt hat, belastet das deinen Vater nur noch mehr. Insbesondere da sie nur mit einem Ring wie dem deinen geöffnet werden kann. Und bevor du fragst: Die Person, die den Treppenaufgang gebaut hat, ist seit langer Zeit tot. Sie starb vor meiner Geburt. Und ich weiß, wo sich die übrigen Ringe befinden. Ich hatte mich schon gefragt, wo der deines Vaters geblieben ist. Ich hätte nie gedacht, dass du ihn hast ... und dass er in so schlechtem Zustand ist.«

»Was ist mit der Hauptmännin Eurer Raben?«

König Isaak lachte. »Was für eine lächerliche Vorstellung. Sie würde sich eher in ihr Schwert stürzen, als mich zu verraten.«

»Ich wette, dasselbe hättet Ihr auch über meinen Vater gesagt.«

»Ja, doch dann hat er meinen Sohn ermordet.«

»Hört mir zu. Er wurde zwar mit der Waffe in der Hand in dem Raum aufgegriffen, aber es ist doch möglich, dass jemand Dunkelbergs Erinnerungen mit Dunkel-Fabrikationen manipuliert hat. Er hockt inzwischen in einer Irrenanstalt und fürchtet sich vor den Schatten, die seine Erinnerungen verändert haben. Und er hat mir gesagt, der Finger meines Vaters sei auf dem Lauf und nicht am Abzug gewesen. So hätte er auf keinen Fall schießen können. Diese Griffhaltung ist vielmehr ein Indiz dafür, dass ihm die Pistole zugeworfen wurde.«

König Isaak hob den Deckel der Kiste an. Von meinem Platz aus konnte ich nicht sehen, was sich darin befand. Er fuhr mit den Fingern über die Seiten der Kiste und sah hinein, während er sprach. »Ich muss dir zugutehalten, dass du besser mit den damaligen Ereignissen vertraut bist, als ich dachte. Ich habe mit einem Kind gerechnet, das mir heulend Vorhaltungen macht und versuchen würde, mir wegen meiner Entscheidungen ein schlechtes Gewissen einzureden.

Doch das tust du nicht, und darum werde ich dich auch dementsprechend behandeln. Um deine Frage zu beantworten: Wir haben es zwar nicht an die große Glocke gehängt, aber wir haben den Niederadligen Dunkelberg mehreren Licht-Fabrikationen unterzogen. Dadurch haben sich seine Erinnerungen nicht verändert, und es gab auch keine Anzeichen, dass er unter dem Einfluss von Dunkel-Fabrikationen stand. Ich muss zugeben, dass wir meine Rabe keinen Licht-Fabrikationen unterzogen haben, da sie selbst eine Licht-Fabrikatorin war. Erst nachdem sie in Naverre gestorben war, wurde Dunkelberg verrückt und begann, die Geschichte anders zu erzählen. Das ist kein Beweis. Der Tod eines geliebten Menschen kann einen dramatisch verändern, und nicht alle erholen sich vollständig davon. Dunkelberg hat alles verloren, bis auf seine Trauer, seine Reue und den Wunsch, in alldem einen Sinn zu erkennen. Das kannst du ihm nicht zum Vorwurf machen.«

»Aber seine Geschichte hat sich verändert! Diese Tatsache könnt ihr nicht einfach ignorieren. Selbst wenn diese Veränderung wirklich durch seine Trauer ausgelöst worden sein sollte.«

»Du bist auch ein Fabrikator, richtig?«

Ich nickte.

»Die meisten von uns haben Angst, dass wir unsere Erinnerungen verlieren, wenn wir fabrizieren. Man bringt uns bei, welchen Preis wir für unsere Macht möglicherweise zahlen müssen. Aber das Problem ist: Je älter du wirst, desto mehr erkennst du, dass sich Erinnerungen auch ganz ohne Fabrikationen verändern. Ein paar verblassen, andere verändern sich minimal, und wieder andere sind ein Jahrzehnt nach den ursprünglichen Ereignissen so grundlegend anders, dass niemand sicher sagen kann, was die Wahrheit ist. Daher glaube ich diesem Mann nicht, der Jahre später, nachdem er die Liebe seines Lebens verloren hat, plötzlich seine Zeugenaussage komplett revidiert. Denn es geht ihm nicht mehr um die Wahrheit, sondern um die Befriedigung, die er empfindet, wenn er anderen seine Version der Geschichte erzählt. Du bist nicht der Erste, dem er dieses Märchen erzählt, und du wirst auch nicht der Letzte sein. Du bist bloß derjenige, den es am meisten schmerzt.«

Ich ballte die Hände zu Fäusten. »Aber dass sich seine Geschichte verändert hat, muss doch etwas bedeuten.«

»Nein«, erwiderte König Isaak, »tut es nicht. Er ist seit Jahren in einer Anstalt und damit kein verlässlicher Zeuge mehr.«

»Und was ist mit Euch? Wart Ihr ein absolut unvoreingenommener Richter, als Ihr entschieden habt, meinen Vater hinrichten zu lassen?«

»Natürlich nicht. Ich hätte nie neutral bleiben können. Deswegen hat mich auch die Hauptmännin meiner Raben bei diesem Prozess vertreten.«

»Findet Ihr nicht, dass das ein merkwürdiger Zeitpunkt war? Kurz nachdem eine Rabe Zeugin des Mordes geworden war? Mir kommt das ein bisschen zu perfekt vor.«

»Willst du damit sagen, ich hätte den Mord an meinem Sohn ungesühnt lassen sollen?« Ich öffnete den Mund, um ihm zu widersprechen, aber der König ließ sich nicht unterbrechen. »Aber ja, diese Möglichkeit haben wir auch in Erwägung gezogen. Die Rabe absolvierte gerade ihre zweite halbtägige Schicht in Folge, nachdem sie kurzfristig mit einer ihrer Schwestern getauscht hatte. Das wäre unmöglich vorherzusagen gewesen. Und soweit ich weiß, sind die Dunkelbergs normalerweise nicht in diesen Raum gegangen, wenn sie ungestört sein wollten.«

Mein Gesicht brannte, während er sämtliche Beweise zerpflückte, die ich gesammelt hatte, als wären sie das Geschwätz eines Kleinkinds. Doch ich versuchte, mich nicht beirren zu lassen. »Die Pistole und die Markierungen auf den Kugeln, die nur diese Waffe verschießen kann ... Diese Markierungen gehören zu einem Söldnerhaufen, der sogenannten Tosburg-Kompanie. Sie waren diejenigen, die am Krönungstag gegen meinen Vater gekämpft haben. Der Anführer dieser Kompanie konnte damals entkommen. Was ist, wenn er sich Jahre später an meinem Vater gerächt hat? Es könnte doch sein ...«

König Isaak griff in die Kiste und holte einen Revolver daraus hervor. Die Waffe sah exakt wie die von Schwartz aus. Da es kein drittes Exemplar gab, war das mit Sicherheit der Revolver, mit dem Davi Kessel erschossen worden war.

Der zukünftige König.

Isaak platzierte den Revolver zwischen uns auf dem Tisch und legte zwei Patronen daneben. In beide war eine Krone eingraviert, die von zwei Händen zerbrochen wurde.

»Das ist die Waffe, mit der man meinen Sohn getötet hat«, sagte er. »Seit diesem Tag habe ich unentwegt versucht, ihren Konstrukteur ausfindig zu machen. Mir ist bewusst, dass die Tosburg-Kompanie dieses Wappen getragen hat. Ich weiß aber auch, dass diese Kompanie seit dem Krönungstag nie mehr in Erscheinung getreten ist und dass es an der Goldküste, in den Streitenden Reichen und in Neu-Drakon eine Handvoll andere gibt, die dieses Symbol verwenden, da ich jeden Einzelnen von ihnen aufgespürt habe. Trotzdem habe ich nie herausfinden können, woher diese Waffe und die Patronen stammen. Also sitz nicht hier rum und halt mir einen Vortrag über den entflohenen Anführer einer Söldnerkompanie, der möglicherweise zwei Jahrzehnte lang auf deinen Vater wütend war und dann nach Kessel zurückgekehrt ist, um meinen Sohn zu töten und ihm diesen Mord anzuhängen. Wage es ja nicht!«

Ich schluckte. »Und was ist mit Shadom? Er wurde in den Berichten erwähnt. Wer ist das?«

»Das ist kein Name, sondern ein Kennwort für vertrauliche Gespräche in der Sternenkammer, damit alle wissen, dass sie währenddessen nicht eintreten dürfen. Damals hat es nicht funktioniert.«

Damit hatte ich keine Fragen mehr. Sie waren alle beantwortet. Nach allem, was ich getan hatte, um die Wahrheit aufzudecken, empfand ich nun nichts als Scham.

»Eines würde ich gerne noch wissen«, sagte ich leise. »Wieso hat er auf schuldig plädiert?«

König Isaak nahm den Revolver und lud ihn mit einer der Patronen. Es ging ganz schnell, als hätte er es schon sehr oft getan. Dann legte er die Waffe wieder zwischen uns. »Euer Vater hat euch drei geliebt. Letztlich hat er sich wegen seiner Familie schuldig bekannt.«

»Wirklich? Denn mir kommt es vor, als wären wir ihm wesentlich weniger wert gewesen als diese verdammte Stadt und die Krone, die Ihr tragt!«

»Er bekannte sich schuldig, nachdem ich jeden von euch trotz seiner flehentlichen Schreie vor seinen Augen gebrandmarkt hatte. Ich sagte ihm, dass ich euch am Leben lassen würde, wenn er gestand. Wenn nicht, so sagte ich ihm, würde ich dich, Leon und Jenn an meinem Balkon aufknüpfen.«

Meine Ohren klingelten, und ich blinzelte, da der König, der vor mir saß, zu verschwimmen schien. Um ihn herum waberten dunkle Linien. »Wie bitte?«

Er sah mir ausdruckslos in die Augen. »Ich drohte ihm, dass ich, wenn er auch nur ein einziges Wort zu seiner Verteidigung vorbringen würde, seine Kinder töten würde, so wie er meinen Sohn getötet hatte.«

»Ihr habt ihn umgebracht.«

»Ja, stimmt. Nachdem er meinen Sohn umgebracht hat. Ich habe es getan, um weiteres Leid zu verhindern. Die Königmanns gegen die Kessels. Dieser Konflikt hätte einen Bürgerkrieg ausgelöst, an dem das Land zerbrochen wäre.«

»Ihr habt gesagt, der Prozess wäre unparteiisch gewesen. Deswegen habt Ihr Euch doch von der Hauptmännin Eurer Raben vertreten lassen.«

»Der Prozess war unparteiisch, ich nicht. Ich wollte Rache. Ich wollte, dass er stirbt.«

»Er hätte unschuldig sein können. Ihr habt ihn daran gehindert, sich zu verteidigen.«

»Er war schuldig.«

»Woher wisst Ihr das? Ihr habt ihm ja keine Möglichkeit gegeben, sich zu verteidigen! Er war Euer bester Freund, und Ihr habt ihn ermordet! Und dieses Brandzeichen, das Ihr meinen Geschwistern und mir verpasst hab, wozu war das gut?«

Anstatt zu antworten, sah König Isaak mich reglos an. Er hatte meine Geschwister und mich aus Zorn bedroht. Er hatte seine Macht missbraucht und meinen Vater umgebracht. Dieser Feigling! Was für ein König war er eigentlich? Ein verruchter Herrscher für eine verruchte Stadt. Ich hatte in letzter Zeit viele wunderbare Menschen kennengelernt, die meine Vorurteile über den Adelsstand widerlegten. Aber in ihm hatte ich mich nicht geirrt. Er war nicht besser als sein nichtsnutziger Sohn.

»Willst du die Tradition weiterführen und mich aus Rache

töten?«, fragte er. »Für alles, was ich dir und deiner Familie angetan habe?«

Ich erhob mich mit pochendem Herzen von meinem Stuhl. Mein Brandzeichen pulsierte schmerzhaft, und mein Verstand setzte aus. Es gab für mich auf einmal nur noch den König und seine Sünden.

»Wenn nicht, solltest du nicht länger diesen Revolver auf meinen Kopf richten.«

Ich blinzelte und sah erstaunt, dass ich die Waffe, mit der Davi Kessel getötet worden war, in meiner rechten Hand hielt und damit auf den König zielte. Ich hatte gar nicht gemerkt, dass ich sie vom Tisch genommen hatte. Aber ich hielt sie ganz ruhig, und mein Finger lag fest am Abzug.

»Willst du das, Mikael?« Er schwieg kurz. »Genau so etwas passiert, wenn Menschen das Recht in die eigenen Hände nehmen, weil sie finden, dass die Gerichtsbarkeit versagt hat. Wenn du das tust, wird man sich an dich nur als den Sohn deines Vaters erinnern. Niemand wird sich für die Wahrheit interessieren, die du deiner Meinung nach aufgedeckt hast. Damit wirst du das Vermächtnis der Königmanns, das dein Vater bereits schwer beschädigt hat, endgültig ruinieren.«

»Wer seid Ihr, dass Ihr mir solche Vorträge haltet? Haltet Ihr Euch für etwas Besseres? Nach dem, was Ihr getan habt?«

»Nein, meine Moral ist zusammen mit meinem Sohn gestorben. Seither habe ich lediglich versucht, die Stadt am Leben zu erhalten. Von meiner Herrschaft wird nur Tod und Krieg in Erinnerung bleiben, das habe ich akzeptiert. Mein Großvater hat sich darum gekümmert, dass jeder in dieser Stadt eine gewisse Bildung erhält, dafür gesorgt, dass heutzutage fast jeder lesen kann. Mein Vater hat die medizinische Versorgung verbessert und Hunderte vor der Pest gerettet.

Mich werden die Historiker wahrscheinlich mit jenem König vergleichen, der während des Stammbaumkriegs regiert hat, da ich genau wie er eine ganze Generation von Kessels Besten und Klügsten ausgemerzt habe.«

»Ihr habt meinen Vater umgebracht«, wiederholte ich und spürte, wie meine Augen brannten.

»Das ist noch das geringste meiner Verbrechen. Ich habe unser Land in den Schießpulverkrieg geführt, weil ich mich nicht vor den Fremden verbeugen wollte, die meine ältere Schwester umgebracht haben. Ich bin verantwortlich für das Blutbad von Vurano, und es war auch mein Fehler, dass Naverre den Rebellen in die Hände fiel und all diese unschuldigen Menschen starben. Die Rebellenführerin ist immer noch auf freiem Fuß, weil mein Justizsystem zu schlecht funktioniert, um sie zu verurteilen. Außerdem habe ich die Familie meines besten Freundes vernichtet, um mich für den Tod meines Sohnes zu rächen. Und das ist nur das, woran ich mich auf meine alten Tage noch erinnere, doch ich habe noch mehr auf dem Kerbholz, viel mehr.«

Ich umfasste den Pistolengriff auch noch mit der zweiten Hand, um mein Zittern zu unterdrücken. »Ich hasse Euch.«

»Du und jede Menge andere. Wenn ich nicht jede Woche ein Fest veranstalte, um zu zeigen, dass alles in Ordnung ist, glauben die Adligen, dass ich entweder nutzlos oder ein Vergessener bin. Die meisten von ihnen warten nur darauf, dass ich sterbe und jemand anderer an meine Stelle tritt. Sie wollen sich alle die Macht aneignen, die sie mir unterstellen. Und dann sind da noch die Bürger dieser Stadt, die mich für einen unersättlichen Gierschlund halten, der hinter den Mauern dieses Palastes hockt und zulässt, dass seine Wachen sich über das Volk lustig machen, während die Menschen im

Ostteil hungern und sich in den Färbergruben oder auf den Bauernhöfen zu Tode schuften. Sogar meine eigenen Kinder hassen mich, und meiner Frau bin ich weniger wert als die Muscheln, die sie von ihren Schiffen kratzt. Jeder in diesem Land verachtet mich. Der Einzige, der das nicht getan hat, war dein Vater. Und du weißt, wie ich es ihm vergolten habe.«

»Ohne Euch wären wir besser dran«, flüsterte ich.

»Ganz recht. Was gibt mir das Recht zu regieren, wenn ich nicht einmal meinen eigenen Sohn schützen kann?«

»Vielleicht ist an diesem Tag in der Sternenkammer ja der falsche Königliche gestorben. Vielleicht hat mein Vater eigentlich Eure inkompetente Herrschaft beenden wollen.«

»Dieser Gedanke ist mir unzählige Male durch den Kopf gegangen.«

Wieder herrschte Schweigen.

»Tu, was du tun musst, Mikael Königmann.«

Ich visierte König Isaak über den Lauf der Waffe an. Mein Finger berührte leicht den Abzug.

Bei meinen endlosen Versuchen, der Mann zu sein, der ich sein wollte – oder meiner Meinung nach sein musste –, hatte ich in letzter Zeit einiges getan, was ich seither bereute. Aber eines wusste ich genau: Ich war kein Königsmörder.

Ich war ein Königmann, und ich würde nicht zulassen, dass sich meine Nachfahren für mich schämen mussten.

Es stimmte, was Jenn gesagt hatte: Die Königmanns töteten keine Mitglieder der Königsfamilie, egal, wie bösartig sie waren oder was ein abgebrochenes Stück des Mondes verkündete. Ich fragte mich, was sie von dieser Situation halten würde. Vielleicht würde sie stolz auf mich sein, weil ich genau wie sie darauf verzichtete, einen Königlichen zu töten.

Ich legte den Revolver auf den Tisch zurück, setzte mich

wieder und legte den Kopf auf meine verschränkten Arme. Doch es gelang mir nicht zu weinen. Es schien, als würden meine Tränenkanäle wegen mangelnden Gebrauchs nicht mehr funktionieren. Nachdem ich alles für die Wahrheit geopfert hatte, hatte ich eine Schusswaffe auf den König gerichtet. Ich war ein Kind, das Beschwörer spielte. Wem wollte ich etwas vormachen?

König Isaak kam zu mir herüber, strich mir einmal mit der Hand über den Rücken und zog mich dann sanft auf die Füße. Als er mir bedeutete, ihm auf den Balkon zu folgen, ging ich ihm hinterher und behielt dabei die ganze Zeit die Pistole im Auge, die er nun wieder in der Hand hielt. Draußen stellte er sich an die Brüstung und sah in die Ferne.

Von hier oben konnte man ganz Kessel überblicken, von der Insel mit der Kirche des Wanderers und Burg Königmann bis zu den Färbergruben im Ostteil. Die gerade aufgehende Sonne schien durch die Lücken zwischen den Gebäuden und tauchte die gesamte Stadt in ihr warmes orangefarbenes Licht. Der Tag brach an, und alles war wie immer. Die Rebellen hatten nicht über Nacht zum großen Schlag ausgeholt, die Wachen versammelten sich nicht, um ihren König zu retten. Unter uns waren wie an jedem anderen Wintermorgen bereits ein paar Bürger unterwegs. Darum verstand ich nicht, weshalb ich das Gefühl hatte, die Welt hätte sich verändert.

»Wir alle treffen im Leben unsere eigenen Entscheidungen, Mikael«, sagte König Isaak. »Einige sind gut, andere schlecht. Dein Vater hat seine vor langer Zeit getroffen.«

»Ich vermisse ihn.«

Er nickte. »Ich vermisse meinen Sohn. Und die Familie, die ich früher für selbstverständlich gehalten habe. Ich war ein schrecklicher Ehemann. Und deinen Vater vermisse ich auch.

Er war mein bester Freund, mein Vertrauter und zuverlässigster Berater. An dem Tag, als er starb, habe ich alles verloren.«

»Ich auch. Kann ich ihn immer noch lieben, obwohl ich mich für das schäme, was er nach Ansicht aller getan hat?«

»Wir lieben die Menschen trotz ihrer Fehler, nicht weil sie keine haben.«

Einen Moment lang beobachteten wir schweigend, wie die Sonne weiter am Himmel aufstieg. Die Sterne waren immer noch schwach zu erkennen. Der Mond Tenere war unversehrt und groß, eine vollkommene blau-orange gestreifte Murmel. Mein Brandzeichen juckte nicht einmal mehr, die ganze Welt wirkte friedlich.

»Wusstest du, dass bisher noch kein König und keine Königin von Kessel ihren fünfzigsten Geburtstag erlebt haben?«, fragte mich Isaak. »Sie sind alle vorher gestorben.«

»Dann gratuliere ich Euch, dass Ihr der Erste seid.«

Er schüttelte den Kopf und lehnte sich ein bisschen weiter über die Brüstung der aufgehenden Sonne entgegen. Auf seinem Gesicht lag ein leises Lächeln. »Mein richtiger Geburtstag ist erst in ein paar Tagen. Das ist so Brauch: Mitglieder der Königsfamilie haben offizielle und private Geburtstage. Doch das wissen die wenigsten. Dein Vater hat es gewusst und immer versucht, meinen richtigen Geburtstag mit mir gemeinsam zu begehen, auch wenn das jahrelang nicht möglich war.« Er rieb sich mit der freien Hand über die Augen. »Ich nehme an, er wäre ein besserer König gewesen als ich. Alle haben ihn geliebt und respektiert, von den Hochadligen bis zu den Hafenarbeitern. Deswegen besagt das Gesetz auch, das neben dem Thron immer ein Königsmann stehen muss, der ein Gegengewicht zur Königsfamilie bildet und jemand ist, dem das einfache Volk vertrauen kann. Der König kann das nicht sein. Das wäre in meiner Position viel zu gefährlich.«

»Der Königmann steht neben dem Thron«, sagte ich leise. Das war das Motto meiner Familie.

König Isaak richtete sich auf. »Ja, das tut ihr. Ich hoffe, du und deine Geschwister werden die Prinzessin beschützen, wenn sie auf dem Thron sitzt. Geh nicht zu hart mit ihr ins Gericht, wenn du sie das nächste Mal siehst. Sie hatte eine schwere Kindheit und keine Unterstützung von ihrer Familie. Aber sie wird eine gute Königin sein. Eine kluge und gerechte Herrscherin. Viel besser als ihr wertloser Vater. Sie erinnert mich an meine Schwester.« Er atmete vernehmlich ein. »Ich hätte nie König werden sollen. Die Krone war ein Erbe, das ich genauso akzeptieren musste wie dein Vater sein Familienvermächtnis. Wir hatten beide ältere Schwestern, die zu früh starben und uns mit Pflichten zurückließen, nach denen es weder ihn noch mich drängte. Nachdem wir uns an Neu-Drakon gerächt hatten, wollte ich abdanken, aber immer war noch irgendetwas Wichtiges zu tun. Bürger, die vor den Rebellen beschützt werden mussten, Adlige, mit denen ich mich gutstellen musste, damit im Winter niemand Hunger litt, eine politische Ehe, die zwei Länder zusammenschweißen sollte, Kinder, die ich glücklich machen wollte, und, und, und... Das einzig Gute, was ich je getan habe, war, meine Kinder in die Welt zu setzen. Kannst du mir einen Gefallen tun, Mikael?«

Ich nickte. Wenn ich wirklich ein Königmann sein wollte und nicht nur ein Hochstapler, würde ich dem König dienen müssen. Egal, was ich von ihm oder seinem Sohn hielt. Ich würde unser Vermächtnis nicht verraten.

»Sag meinen Kindern, dass ich sie liebe. Dass ich es für Kessel getan habe. Dass dieses Land ohne mich aufblühen wird. Ich hoffe, dass sie es verstehen werden, wenn sie älter sind.«

Ich sah ihn an. Er stand aufrecht da, das Gesicht der Morgensonne zugewandt und immer noch dieses sanfte Lächeln im Gesicht. Ich verstand nicht, was er mir damit sagen wollte. »Davi«, murmelte er, »gleich bin ich wieder an deiner Seite. Leb wohl, Mikael. Ich bin froh, dass ich diesen Morgen gemeinsam mit dir begrüßen durfte.«

Lächelnd hob König Isaak den Revolver und hielt ihn sich unters Kinn. Ein lauter Knall ertönte, von dem mir die Ohren klingelten. Blut spritzte mir ins Gesicht.

Während Isaak zusammensackte und über die Brüstung kippte, fiel klappernd die Pistole zu Boden.

Unwillkürlich hob ich sie auf. Sie war noch warm und stank nach Schießpulver. Dann lehnte ich mich über die Brüstung und sah nach unten. Vielleicht war es nicht passiert. Vielleicht war er nicht …

Tief unten lag König Isaak, die Pflastersteine um ihn herum rot von Blut.

Mit einem Mal konnte ich wieder hören und vernahm die Schreie von Leuten, die zu ihm hinrannten. Zwei Raben knieten sich neben ihn. Die eine vergewisserte sich, ob er wirklich tot war, während ihm die andere auf die Brust schlug und laut weinend von ihm verlangte, er solle aufstehen. Advokatoren, Brenner und Adlige drängten sich um ihn und starrten seine Leiche mit stummem Entsetzen an.

Dann sah eine Rabe nach oben und entdeckte mich, mit der Pistole in der Hand und Blut überall an meiner Kleidung und in meinem Gesicht.

»Königsmörder!«, schrie sie und deutete auf mich. »Er hat den König umgebracht! Schnappt den Königsmörder!«

Kapitel 48
Die wahre Geschichte

Ich atmete tief ein und aus.
Einen Moment lang verspürte ich den Impuls, mich ebenfalls vom Balkon zu stürzen, um neben Isaak Kessel auf dem Boden aufzuschlagen. Es wäre ein sauberer und schneller Tod gewesen. Ein kurzer Moment der Angst, aber dann wäre alles vorbei. Ein besserer Tod, als er einem Verräter und Königsmörder zustand.

Doch dann setzte mein Verstand aus, und ich konnte mich nicht mehr bewegen. Mir war klar geworden, was für eine Schande ich für meine Vorfahren war. Das Vermächtnis der Königmanns würde mit mir enden. Und das war nicht einmal meine eigene Entscheidung.

Ich kann mich nicht erinnern, wie ich in seine Räume zurückgekehrt war oder wie lange ich in seinem Sessel gesessen hatte, bis schließlich jemand kam und gegen die Tür hämmerte. Eine sanfte Hand geleitete mich erst durch ein Loch in der Wand, dann eine steile Treppe in die Dunkelheit hinunter und schließlich durch gold-blaue Gänge. Sie bedeutete mir, wann ich gehen, wann ich anhalten und wann ich still sein sollte, während Männer mit Metallhänden durch die Korridore patrouillierten.

Als wir draußen waren, spürte ich den warmen frühmorgendlichen Sonnenschein auf dem Gesicht. Doch diese Empfindung dauerte nicht lange, denn gleich darauf schlug mir ein starker Wind entgehen, und ich fror wieder. Es war so frostig, dass mir die Zähne klapperten und die Knie schlackerten.

Die sanfte Hand legte mir einen Umhang um die Schultern, nahm mich dann wieder an die Hand und führte mich durch den fallenden Schnee, der wie Glasscherben unter meinen Stiefeln knirschte, bis wir ein Haus betraten und man mich auf einen Diwan legte. Ich merkte nach wie vor nicht, wie die Zeit verging, und schlief ein.

Als ich aufwachte, wartete ein geruchsloses, fade schmeckendes Essen und stilles Wasser auf mich.

So ging es eine ganze Weile weiter. Ich schlief, ohne zu träumen, aß ohne Appetit, trank, um zu überleben, und ging, ohne nachzudenken, auf die Toilette, als wäre ich in meinem Kopf eingesperrt. Meine ewig währende Bestrafung für all die Handlungen, die dazu geführt hatten, dass ich hatte zusehen müssen, wie König Isaak sich selbst das Leben nahm, anstatt sich mutig der Stadt zu stellen, die ihm seine Familie genommen hatte. Ich verstand ihn besser, als ich mir eingestehen wollte.

Ich wünschte fast, ich wäre ihm gefolgt. Noch nie hatte ein Mitglied der Königsfamilie in Kessel Selbstmord begangen. Und es würde auch niemand davon ausgehen, dass dies geschehen war, nachdem man mich mit dem Revolver in der Hand auf dem Balkon gesehen hatte.

Mein einziger Trost war, dass ich mich meinem Vater so nahe fühlte wie nie zuvor.

Ich lebte in einer endlosen Nacht, die ein Meer aus Finsternis war, und die einzige Abwechslung waren die Momente, in denen ich aß, bevor ich wieder in Schlaf versank. Nachdem sich an diesem Ablauf geraume Zeit nichts geändert hatte, ging ich davon aus, dass ich für immer in diesem Zustand gefangen sein würde, als Sklave meines eigenen Verstandes und Körpers.

Einmal wachte ich auf, und alles um mich herum war weiß. Es war ein grelles, blendendes Weiß, als würde ich direkt in die Sonne blicken. Es brannte in meinen Augen und weckte mich aus meinem Traum. Anschließend aß und trank ich mehr als sonst. Als ich danach wieder einschlief, kehrte ich erneut an diesen eigenartigen weißen Ort zurück und merkte, dass sich meine Augen bereits an ihn gewöhnt hatten. Er war der einzige mögliche Ausweg aus meinem zerstörten Leben.

Anfangs schien diese weiße Wüste dem dunklen Meer zu ähneln, in dem ich mich so lange aufgehalten hatte. Doch sie unterschieden sich voneinander. In der weißen Wüste konnte ich meine Hände und Füße sehen. Auch sie waren leuchtend weiß, die Haut so weich wie die eines Säuglings. Meine Schwielen, blauen Flecke und Schnitte waren verschwunden, als wären sie wie auf einer Schiefertafel ausgewischt worden. Ich nahm an, dass ich tot war und mich in irgendeinem Jenseits befand.

»Du bist nicht tot«, hörte ich. »Du hast nur Schwierigkeiten, dich zu erinnern.«

Meine Ohren dröhnten, als wäre erneut ein Pistolenschuss erklungen. Ich drehte mich in Richtung der Stimme. Ihre Gesichtszüge waren ununterscheidbar weiß, und nur das braune Haar hob sich davon ab. Aber mir war zum ersten Mal seit langer Zeit warm.

Ich machte den Mund auf, um etwas zu sagen, doch ich fand keine Worte. Nicht einmal ein Grunzen oder Flüstern brachte ich hervor.

Die Gestalt übernahm das Sprechen. »Anfangs wirst du Schmerzen haben. Aber das ist nun mal so, wenn der Heilungsprozess einsetzt. Bevor man sich ganz erholt, tut es immer weh. Konzentriere dich auf mich.«

Ich versuchte es. Braunes Haar, das zu einem Pferdeschwanz gebunden war, ein paar Strähnen, die der Gestalt in die Stirn fielen. Ein bisschen zu große Schneidezähne. Ein Lächeln, das mich mit Wärme erfüllte. Es war nicht dieselbe Wärme, die ich empfand, wenn ich Dinge annullierte. Sie war wohltuender. Tröstlicher. Beinahe mütterlich. Vertraut.

»Überanstreng dich nicht«, sagte sie und nahm meine Hände in ihre, führte sie langsam an ihre Lippen und küsste sie. »Viel besser.«

Ich schluckte. »Wer bist du?«, fragte ich. Meine Stimme war kaum mehr als ein Krächzen.

»Immer schön eins nach dem anderen, Mikael«, mahnte die Gestalt, während sie meine Hände vor- und zurückschwang. So mädchenhaft. So unschuldig. Unwillkürlich lächelte ich. Es war, als durchlebte ich mit ihr erneut meine Kindheit.

»Jetzt«, sagte sie mit ernster Stimme, »möchte ich, dass du mir eine Geschichte erzählst.«

»Eine Geschichte?«

»Eine Geschichte«, bestätigte sie. »Erzähl mir eine gute Geschichte.«

Und das tat ich.

Wir setzten uns in all dem Weiß nieder und hielten uns an den Händen, während ich ihr die Geschichte eines Mannes erzählte, der zu einem Helden wurde, weil er einen Drachen tötete. Ich schmückte die Geschichte aus, um meine Erzählung möglichst episch zu gestalten. Ich schwärmte von den Drachenschuppen, metallisch grauen mit grünen Flecken, die mit den Jahren stumpf geworden waren. Ich beschrieb den heißen Atem des Drachen eindringlich, damit er ihr auf der Haut prickelte und sie auch riechen konnte, wieso sein stechender scharfer Gestank den Menschen das Bewusstsein raubte. Ich machte das Geschehen für sie real und mit allen Sinnen erfahrbar. Den Kampf zwischen dem Helden und dem Drachen schilderte ich ebenfalls in allen Einzelheiten. Von den Scharten auf der Klinge und dem Moment, als er das Schwert einölen musste, während der Drache den Felsen, hinter dem er Schutz gesucht hatte, zu schmelzen versuchte. Mir ging es vor allem um die kleinen Details, auf die sonst keiner achtet, die jedoch erst für die richtige Authentizität sorgen. Die Geschichte war perfekt, die großartigste, die ich je erzählt hatte.

Als ich fertig war, schüttelte sie den Kopf. »Nein, ich habe dich um eine gute Geschichte gebeten, nicht um eine so dick aufgetragene.«

Ich holte tief Luft. Beim Erzählen ging es nicht zuletzt darum, die richtige Geschichte für das jeweilige Publikum auszuwählen. Vielleicht waren Ausschmückungen nicht das Richtige für sie. Aber mit ein bisschen Geduld würde ich die Geschichte, die zu ihr passte, schon noch finden. Also erzählte ich ihr eine andere, über einen Mann, der alles für seine Liebste tat, bis sie in einer sternenklaren Nacht tragisch ums Leben kam. Der Mann verzehrte sich danach, noch einmal ihr Gesicht zu sehen, und war bereit, alles dafür zu tun. Und so brachte er einen Gott dazu, ihr Gesicht in einen Mond zu gravieren, und der Gott machte den Mann für alle Zeiten zu dessen Hüter. Jeden Tag zog er den Mond an einer langen Kette über den Himmel, die mit einem massiven Anker am Meeresgrund befestigt war.

Ich beschrieb, wie er sich die Hände in den ersten qualvollen Wochen blutig scheuerte und seine Handflächen schon bald schwielig und so hart wie Diamanten wurden. Ich schilderte ihr, wie er den Mond immer nur für ein paar kurze Momente in seiner Unterwasserhöhle betrachten konnte, bevor er seine Liebe wieder in den Himmel entließ. Wie sehr bei jedem Zug an der Kette sein Rücken schmerzte. Den Kummer, den er empfand, wenn er am Morgen den Mond und sein Licht ins finstere Wasser herabzerrte. Die Seelenqualen, die sein Herz allmählich erkalten ließen, und die Scham, weil er aus reiner Selbstsucht alles tat, um sie nicht loslassen zu müssen. Und dann die freudige Erleichterung, wenn sie hell am Himmel stand und der ganzen Welt ihr Licht schenkte.

Aber als ich damit fertig war, schüttelte sie erneut den Kopf. »Das war auch nicht das, worum ich dich gebeten habe.«

Schon bald war mein Selbstvertrauen ebenso aufgebraucht wie mein kostbarer Geschichtenvorrat. Und ich schaffte es nicht einmal, sie zum Lächeln zu bringen. Sie war hinter einer Nebelwand verborgen, die ich mit meinen Erzählkünsten nicht durchdringen konnte.

»Ich habe keine mehr für dich«, sagte ich schließlich. »Mir sind die Geschichten ausgegangen.«

Wieder spürte ich die Wärme ihres Lächelns. »Dann erzähl mir eine andere Geschichte, eine, die noch nie jemand von dir gehört hat.«

»Ich weiß nicht, was du meinst.«

Einen Moment schwig sie und schien nachzudenken. »Erzähl mir eine wahre Geschichte«, sagte sie schließlich.

Wahr sollte sie also sein. »Einverstanden.«

Meine Geschichte begann mit einer Burg am Ufer des trüben Flusses, in der jeden Tag Dutzende von Menschen ein und aus gingen. Sie war fast so etwas wie eine eigene Stadt innerhalb einer viel größeren. Ich beschrieb die Fenster mit den Buntglasscheiben und schilderte, wie das Gebäude bei Sonnenaufgang und Sonnenuntergang weithin sichtbar wie ein Leuchtturm erstrahlte. Auch alles andere, was ich über diese Burg wusste, berichtete ich, bis hin zu den kleinsten Details, wie zum Beispiel, wo welche Stufen knarzten und wie der Wind an Frühlingstagen durch die Korridore heulte.

Ich sah das Schlafzimmer meiner Eltern vor mir, mit dem großen Federbett, das mit roten und grauen Decken drapiert war. Nur die rechte Seite des Bettes war zerwühlt, die linke hingegen unberührt. Ich beschrieb ihr den Teppich, der so weich und flauschig war, dass man die Zehen darin vergraben konnte. Die Balkontüren aus Glas, die immer blitzblank waren. Und die blass schimmernden Mondtränen, die wie Wilder Wein über die Brüstung rankten. Ich sagte ihr, dass mein Vater in warmen Nächten immer draußen gesessen und gearbeitet hatte und ihn der Nachthimmel stets zu beruhigen schien, wenn die Verantwortung für die Zukunft des Landes allzu schwer auf seinen Schultern lastete. Immer wenn er bedrückt war, setzte er sich mit einem Glas Wein draußen hin und …

»Nein«, unterbrach sie mich, »das ist nicht wahr.«

Ich blinzelte. »Ja, du hast recht. Mein Vater hat nach dem, was meiner Mutter passiert war, nie mehr Alkohol getrunken. Er nahm keinen Wein mit nach draußen, nur Wasser.«

Plötzlich ertönte ein dumpfes Dröhnen, und ich hielt mir die Ohren zu. Außerdem schienen alle Konturen im Zimmer dunkler zu werden.

»Aber wieso standen dann da draußen Weingläser?«, fragte sie, und damit war ich wieder in meiner wahren Geschichte.

Wir standen gemeinsam in dem Zimmer und sahen auf den Balkon hinaus. Auf dem kleinen Beistelltisch standen zwei Weingläser, eines leer, das andere halb voll. Wieso stand dort draußen Wein, obwohl mein Vater Jahre zuvor dem Alkohol abgeschworen hatte? Das war falsch.

»Ich weiß es nicht«, sagte ich. »In einer meiner letzten Erinnerungen an meinen Vater hatte er dort draußen zwei Weingläser stehen. Irgendetwas stimmt nicht.«

Die Dunkelheit tat sich auf und verschluckte mich. Sie hüllte mich von einem Augenblick zum anderen ein und betäubte meine Sinne. Sie zog an meinen Gliedmaßen und schabte mir über die Haut. Ohne Spuren an mir zu hinterlassen, versuchte sie unermüdlich, mir alles wegzunehmen.

Mein Verstand driftete wieder davon, so wie er es getan hatte, bevor das Weiße aufgetaucht und mein Gedächtnis plötzlich klar geworden war.

Nun verschwammen meine Erinnerungen wieder, bis auf die, dass zwei Gläser Wein auf diesem Tisch gestanden hatten, obwohl mein Vater abstinent gewesen war.

An dieser Erinnerung hielt ich mich fest, wie ein Kind, das sich an einer Laterne festklammert, wenn die Finsternis hereinbricht. Ich sagte sie mir immer wieder vor: zwei Weingläser, obwohl mein Vater nichts trank ... zwei Weingläser, obwohl mein Vater nichts trank ... Mit jeder Wiederholung fühlte ich, wie die Wärme meiner Macht stärker in mir anschwoll. Zwei Weingläser, obwohl mein Vater nichts trank ... Kurz darauf bedeckte die Wärme meinen ganzen Körper, und ich empfand Frieden. Zwei Weingläser, obwohl mein Vater nichts trank ... Bald war die Wärme überall und nahm mich vollständig ein. Ich war kein Kind mehr. Ich konnte Menschen beschützen. Ich hatte meine eigene Macht.

Schreiend stieß ich die Wärme aus mir heraus.

Die Dunkelheit um mich herum löste sich auf und wurde von einem grellen Licht ersetzt. Ich stand im Zimmer meiner Eltern und sah, wie sich die Finsternis zurückzog. Doch ich schrie weiter, so lange, bis kein einziger Schatten mehr im Raum und alles mit dem blendenden Licht erfüllt war, das ich ausstrahlte. Noch nie hatte ich mich so gut gefühlt, als wäre ich endlich vollständig.

»Willkommen zurück, Mikael«, sagte sie.

Endlich erkannte ich, wer das Mädchen mit dem roten Kleid wirklich war. Die Hochadlige Danila Marget, die von ihren Freunden und ihrer Familie Dana genannt wurde, stand lächelnd vor mir. Ich kannte dieses Lächeln seit unserer Kindheit. Zum ersten Mal hatte ich es gesehen, als ich bei ihr zu Hause gewesen war und versucht hatte, sie zum Lachen zu bringen, weil sie wegen ihrer Beine den ganzen Tag hatte liegen müssen. Während ich Dana nun im Zimmer meiner Eltern betrachtete und über unsere Kindheit nachdachte, erinnerte ich mich wieder daran.

Wie sie im Bett lag, während ich ihr Geschichten von den Abenteuern erzählte, die ich erlebt hatte. Und wie sie immer lächelte, wenn ich sie besuchte, und wie viel ihr meine Besuche bedeuteten. In ihrer Jugend waren ihre Beine schwach gewesen, die Knochen brachen leicht. Erst als sie fabrizieren lernte, konnte sie sich sorglos bewegen. Doch wie alles hatte auch das seinen Preis. Eines Tages würde sie gezwungen sein, sich zwischen ihrer Bewegungsfreiheit und ihren Erinnerungen zu entscheiden. Ihr typisches Lächeln rührte aus der Zeit ihrer Krankheit, und es würde sie bis ans Ende ihrer Tage begleiten.

Ich erinnerte mich an den schüchternen Kai, der immer tollpatschig hinter seinen großen Schwestern hergerannt war.

Wie ich ihn aufhob, wenn er hinfiel. Wie kränkend es für ihn gewesen sein musste, dass ich mich nach unserer langjährigen Freundschaft nicht an ihn erinnert hatte. Dann fiel mir der wahre Grund für seine Blindheit wieder ein: Er hatte seine Klang-Fabrikationen auf die gesamte Stadt ausgedehnt, um meine Geschwister und mich während der Aufstände aufzuspüren, die nach der Hinrichtung meines Vaters ausgebrochen waren. Mit diesem Opfer hatte er mir das Leben gerettet, und dann hatte ich ihn einfach vergessen. Doch obwohl ich ihn so verletzt hatte, war er mir nach wie vor ein treuer Freund und immer an meiner Seite, wenn ich ihn brauchte.

Ich erinnerte mich an Burg Königmann in all ihrer Herrlichkeit. Die Köche, die mir Gebäckstücke gaben, wenn ich morgens vor den Öfen auf das frische Brot lauerte. Die Hunde der Wachleute, die in den Fluss sprangen und danach in der gesamten Burg den Geruch ihres nassen Fells verbreiteten. Die Feste, die wir feierten, und die steifen Kleidungsstücke, die ich zu diesen Anlässen tragen musste. Mein Bruder, der immer mit den Rittern sprach und sich darauf vorbereitete, eines Tages selbst ein Anführer zu werden. Meine Schwester, die eine ziemliche Heulsuse war und sich immer an den Beinen meiner Mutter festklammerte. Die Prinzessin, deren Stimme ich so liebte. Und König Isaak, der mir das Haar zerzauste und sagte, er könne es gar nicht erwarten, den Mann kennenzulernen, der einmal aus mir werden würde, während mein Vater zusah und lächelte.

Schließlich dachte ich an Davi Kessel, aber diese Erinnerungen kamen nicht in Form von Worten oder Bildern, sondern mit den Tränen, die mir in die Augen stiegen, als er mir in den Sinn kam. An dem Tag, als er starb, hatten Leon, Jenn und ich unseren Bruder verloren.

Dana schlang die Arme um mich und drückte mich. Ich wischte mir mit dem Ärmel über die Augen und konzentrierte mich mit meiner neu entdeckten Wärme auf den Balkon, um zu beobachten, was sich dort abspielte. Nun würde ich die Wahrheit erfahren, nach der ich die ganze Zeit gesucht hatte. Mein achtjähriges Selbst stieß die Balkontüren auf. »Papa?«

Mein Vater sah es mit rot geschwollenen Augen an. »Mikael?« Er schniefte und wischte sich die Tränen von den Wangen. »Wieso bist du denn noch so spät wach, Mikael?«

Mein jüngeres Selbst gähnte. »Ich habe gehört, wie du jemanden angeschrien hast.«

»Ach, Mikael, das tut mir leid. Ich wollte dich nicht wecken. Ich habe nur mit meinem Freund hier gesprochen. Shadom ... ich meine, Domet, entschuldige dich dafür, dass wir ihn gestört haben.«

Carl Domet nippte an seinem Weinglas und warf meinem Vater einen bösen Blick zu. »Ich entschuldige mich, Mikael. Ich dachte nicht, dass wir hier oben zu hören sind.« Er schien in den vergangenen zehn Jahren um keinen einzigen Tag gealtert zu sein. Aber das wunderte mich nicht, schließlich war er unsterblich.

»Mein Fenster stand offen.«

»Ah, das erklärt es«, sagte mein Vater. »Na gut, Mikael, da wir so laut sind, machen wir es jetzt so: Wir arbeiten hier weiter, und du wirst heute bei den Margets übernachten. Ich bin sicher, Dana freut sich, dich zu sehen.«

»Ja!«

»Schön, dass dir die Idee gefällt.« Er verwuschelte mir das Haar. »Domet, könntest du bitte Tristin Hafenmeister sagen, dass er Mikael zu Burg Marget bringen soll? Er müsste unten sein. Und bevor du fragst: Ich vertraue ihm voll und ganz. Er wird den Befehl nicht infrage stellen und auch niemandem erzählen, dass er dich heute Nacht hier gesehen hat. Eher würde er für meine Familie und mich sterben, als uns zu verraten.«

Domet erhob sich von seinem Stuhl. »Ich vertraue auf dein Urteil. Wenn ich es nicht täte, wäre ich nicht hier. Aber ich werde noch eine Flasche Wein mitbringen. Ich bin immer noch ziemlich durstig.«

Mein Vater sah ihm schnaubend hinterher, während Domet ohne seinen Stock mit dem Wolfskopf davonging. Dann zerzauste er mir erneut das Haar.

»Papa, was ist denn los?«

»Nichts, worüber du dir Sorgen machen musst, Mikael. Der Hochadlige Domet hat mich nur vorgewarnt, dass morgen ein paar böse Menschen versuchen könnten, Davi etwas anzutun.«

»Du hält sie davon ab, oder? Du wirst Davi doch retten?«

»Natürlich. Sooft es nötig ist. Das ist die Aufgabe unserer Familie.«

Mein jüngeres Selbst schlang meinem Vater zufrieden die Arme um die Brust. »Glaubst du, dass ich ein guter Königmann sein werde?«

»Ganz bestimmt, Mikael. Es wird Tage geben, an denen du es hasst, und andere, an denen du dir kein besseres Leben vorstellen könntest. Aber so oder so wirst du dich über all das Gute freuen, das unsere Familie tut. Auch wenn du wieder einmal viel zu lange mit Hochadligen über Hochzeitsarrangements und Gebietsansprüche verhandeln musst oder wenn es wieder einmal nötig ist, den Königlichen, an den du gebunden bist, daran zu erinnern, mit wem er spricht, oder wenn dir die Händler wegen der Steuern die Ohren volljammern ... Es ist eine große Verantwortung, und unser

Vermächtnis zwingt uns dazu, keine Fehler zu machen, da wir ständig unter Beobachtung stehen.«

»Das stört mich nicht!«, erklärte mein jüngeres Ich selbstbewusst. »Ich werde der beste Königmann sein, den es je gab! Besser als der Eroberer oder der Erste Königmann. Keine Sorge, Papa. Ich werde als Held in die Geschichte eingehen. Genau wie du.«

Darüber lachte mein Vater. »Mir ist unser Vermächtnis schon lange egal, Mikael. Du, deine Geschwister und deine Mutter, ihr seid das Einzige, was für mich zählt. Ich würde alles aufgeben, um euch zu beschützen. Eines Tages wirst du verstehen, dass es Wichtigeres im Leben gibt als das Vermächtnis der Königmanns. Vermutlich erst, wenn du eine Frau und ein Kind hast, aber eines Tages wirst du es begreifen.«

Mein jüngeres Selbst stimmte ihm zwar nicht zu, protestierte aber auch nicht. Ich wusste, was mir damals durch den Kopf gegangen war: Träume von Kriegen, in denen ich kämpfte, und von einem Heldentod, wie ihn meine Vorfahren gestorben waren. Die Königmanns lebten selten lange, aber dafür erinnerte man sich bis in alle Ewigkeit an uns, und das war mir in meiner Kindheit als das einzig Wichtige erschienen.

»Gibst du mir bitte mal den Stock da, Mikael?«

Ich reichte ihm Domets Stock, und er hielt ihn so vor mich hin, dass ich direkt in die Augen des Wolfes blickte. Während ich mich auf sie konzentrierte, formte mein Vater eine tiefschwarze Kugel in seiner Hand, eine Dunkel-Fabrikation. »Es tut mir leid, Mikael.« Es schien, als spräche er mit sich selbst. »Das ist nur eine Vorsichtsmaßnahme. Ich darf nicht zulassen, dass du etwas von dem erzählst, was du heute Abend gehört hast. Denn falls der Attentäter etwas mitbekommt, ändert er vielleicht seine Pläne. Morgen werde ich es wieder rückgängig machen, aber heute Nacht wirst du von einem Teil deiner Erinnerungen abgeschnitten sein.« Er hielt mir die Kugel hinters Ohr, und sie verschwand wohl in meinem Kopf. In diesem Moment färbten sich die Augen des Wolfes rot. »Magie! Ganz schön beeindruckend, nicht wahr?«

Mein jüngeres Selbst war überwältigt. »Wie hast du das gemacht?«

Mein Vater fuhr mir ein weiteres Mal mit den Fingern durchs Haar und setzte mich auf seinen Schoß zurück. »Das verrate ich dir, wenn du älter bist.«

Nun streckte ich meine Hand aus und ballte sie zur Faust. Die Szene aus meiner Erinnerung hielt an, als wäre sie in der Zeit eingefroren.

Ich hatte gar nicht gemerkt, dass ich weinte. »Er war unschuldig«, sagte ich. »Er hat mich einer Dunkel-Fabrikation unterzogen, um mich zu beschützen, und wollte es am nächsten Tag wieder rückgängig machen. Aber da er es nie tat, konnte ich mich nicht mehr an dich erinnern, Dana, weil wir während dieser Unterhaltung auch über dich gesprochen hatten. Die Dunkel-Fabrikation muss jede Erinnerung auch an dich, die sie finden konnte, aus meinem Gedächtnis entfernt haben. Vielleicht habe ich mich deswegen auch nicht an Kai erinnern können, weil er ebenfalls einer meiner Kindheitsfreunde war. Die Dunkel-Fabrikation hat mir Stück für Stück alles genommen, was mich zu dieser Erinnerung hätte zurückführen können. Das ganze Unglück in meinem Leben – und das Unglück, das ich verursacht habe, weil ich mich nicht erinnern konnte –, all das rührte nur daher, dass mein Vater versucht hat, mich vor jemandem zu beschützen, der Davi töten wollte.« Ich lachte laut. »Und Domet wusste es. Er wusste von dem Mordplan gegen Davi Kessel und hat meinem Vater davon erzählt, damit er sich darum kümmert. Aber ... irgendetwas muss schiefgegangen sein. Der Attentäter hatte Erfolg und bekam zusätzlich zu dem Prinzen auch noch meinen Vater mitgeliefert. Doch vielleicht gehörte das alles ja zum Plan. Vielleicht war Domet eingeweiht. Oder der Attentäter hat ihn irgendwie missbraucht, um an meinen Vater heranzukommen.«

»Aber jetzt erinnerst du dich wieder«, sagte Dana hinter mir. Sie hatte mich die ganze Zeit nicht losgelassen und mit mir gemeinsam die Ereignisse auf dem Balkon verfolgt. »Dazu war es nur nötig, dass die Wahrheit ans Licht kommt.«

Meine Wahrheit. Jede Lüge, die mir in den vergangenen Jahren über die Lippen gekommen war, hatte mir den Blick auf die Wahrheit verstellt. Aber jetzt erinnerte ich mich wieder.

Ich schloss die Augen und seufzte tief. Diesmal erwartete mich weder Dunkelheit noch ein Licht, nur eine neue Perspektive auf mein Leben.

Das nun endlich wieder mir gehörte.

Kapitel 49
Mikael Königmanns letzter Akt

Ich erwachte, als mir der Geruch von heißem, mit Pfeffer gewürztem Öl in die Nase stieg. Im nächsten Moment hörte ich Fleisch in einer Pfanne brutzeln. Ich schwang die Beine über die Kante des Diwans und rieb mir die Augen. Mein Körper war verspannt, und wenn ich mich bewegte, knackten die Gelenke.

Auf dem Tisch vor mir standen mehrere Teller mit Essensresten und halb volle Wassergläser. Meine Umgebung wirkte opulent. Offenbar befand ich mich nicht in einer Gefängniszelle. Aber man kann auch ohne Gitterstäbe gefangen sein.

Aus der Küche gegenüber von meinem Platz drang Gesang. Er war schrecklich, jeder Ton glich einem Kreischen. Die Stimme war mir nicht vertraut.

Ich stutzte. Wie war ich aus den Räumen des Königs entkommen, ohne verhaftet oder getötet zu werden? Hatte doch noch jemand anders über die Geheimtür in der Sternenkammer Bescheid gewusst?

Schritte näherten sich. Ich senkte den Kopf und versuchte, geistesabwesend zu wirken. Solange ich keine Ahnung hatte, was vor sich ging, sollte die Person, die kam, nicht wissen, dass ich wieder bei Sinnen war.

Jemand setzte sich vor mir auf einen Stuhl. Ich sah nicht, wer es war, bloß die abgewetzten Schuhe und den Teller mit gepfeffertem Schweinefleisch und geröstetem Brot, der vor mich hingestellt wurde.

»Guten Morgen, Mikael«, sagte Carl Domet. »Ich habe eine weitere köstliche Mahlzeit für dich zubereitet. Hoffentlich schmeckt sie dir besser als die bisherigen. Ich bin sicher, in dieses Gericht wirst du dich verlieben und es dir von nun an jedes Mal von mir wünschen.«

Ich war in Carl Domets Haus. Natürlich war ich das. Es war mir unmöglich, ihm zu entkommen. Ich hob den Blick, als er gerade ein Glas Wein an die Lippen hob. Typisch. Ich musste herausfinden, weshalb und wie er mich gerettet hatte. Er musste derjenige gewesen sein, der mich aus dem Palast geführt hatte. Warum hatte er das getan? Und wie hatte er mich gefunden? Nach wie vor waren viele Fragen offen.

»Und, schmeckt's dir?«, fragte Domet.

Ich kaute auf einem Stück Schweinefleisch herum und schluckte es dann runter. Er wartete ungeduldig auf mein Urteil.

»Wenn ich die Frage verneine«, antwortete ich, »erzählt Ihr mir dann weiterhin Lügen über meinen Vater und darüber, was Davi Kessel zugestoßen ist?«

»Mikael, wovon sprichst du? Ich ...«

»Ich erinnere mich an die Nacht auf dem Balkon mit meinem Vater. Ich erinnere mich an Euch, Domet.« Ich hob die Stimme. »Wieso lügt Ihr mich an? Ihr wusstet, dass mein Vater unschuldig war, weil Ihr Shadom wart. Ihr habt ihm selbst von dem geplanten Attentat erzählt.«

Domet stellte das Glas auf den Tisch zurück. »Ich tat, was ich damals für richtig hielt.«

»Warum bin ich hier? Wie habt Ihr mich hierhergebracht? Ich erinnere mich nur noch daran ...« Ich verstummte und dachte an Isaak, die Pistole und den Knall, mit dem sich der Schuss gelöst hatte. »... was auf dem Balkon geschehen ist.«

»Willst du nicht hören, was mit deinem Vater passiert ist? Ich dachte ...«

Ich sah vom Teller auf. »Nichts, was Ihr mir erzählen könnt, wird Davi oder meinen Vater oder den König wieder zum Leben erwecken. Für mich zählt allein, dass meine Freunde und meine Familie in Sicherheit sind. Die Wahrheit wird sie nicht beschützen. Erzählt mir lieber, was seit dem Schuss passiert ist.«

Domet fuhr mit einem Finger am Rand des Glases entlang. »Sie suchen überall nach dir. Die Advokatoren klopfen an jede Tür, die Raben führen Verhöre durch, der Verdorbene Prinz hat seine Ambitionen auf den Thron angemeldet, und die Prinzessin will dein Blut sehen. Du bist der meistgesuchte Mann in diesem Land.«

»Geht es meinen Freunden und meiner Familie gut?«

»Die Adligen werden von ihren Familien beschützt. Angelo wurde von der Waage verhört, wusste aber nichts. Die Einzigen, denen Gefahr droht, sind Leon und Jenn.«

»Werden sie ihnen etwas antun?«

Domet zögerte und griff mit zitternder Hand nach dem Glas. »Nur wenn sie dich nicht erwischen.«

Ich nickte und aß dann das knusprige, mit Butter bestrichene Brot und das gesalzene Fleisch. Dabei ging mir Nana nicht aus dem Kopf. Würde sie, obwohl unsere Beziehung nicht gerade freundschaftlich war, Schwierigkeiten bekommen, weil sie mich kannte? War sie in Sicherheit? Würde sie ihre Stellung bei der Waage behalten? Merkwürdig, dass ich mir Sorgen um sie machte, obwohl ich wusste, dass sie mich manipuliert hatte. Und dann war da noch Omari. Ich fragte Domet nach ihm.

»Sirash?«, wiederholte er den Namen, den ich ihm genannt hatte. »Nein, der wurde nicht verhaftet. Wieso auch?«

Ich seufzte erleichtert. Offenbar war er entkommen, und bestimmt würden sie mir seinen Mord an dem Folterknecht auch anlasten. Wenn das bei meinem Prozess überhaupt noch eine Rolle spielte. Vielleicht hatten sie aus ihren Fehlern bei der Gerichtsverhandlung gegen den Kaiser ja etwas gelernt. Aber wenn Omari nichts passierte, wenn sie alle in Sicherheit waren, war mir der Rest egal.

»Mach dir keine Gedanken wegen ihnen«, sagte Domet. »Sobald ich dich aus Kessel herausgeschafft habe, kann ich auch sie wegbringen. Ich bringe euch alle fort von hier, weit weg von Kessel und seinen politischen Intrigen. An einen Ort, wo ihr vor der Prinzessin, dem Verdorbenen Prinzen, den Raben und sämtlichen Hochadligen sicher seid.«

»Wenn ich untertauche, suchen sie sich einfach ein paar andere Sündenböcke. Das hier muss mit mir aufhören.«

»Ich werde dich beschützen.«

Ich sah ihn wieder an. Seine Hände lagen auf dem Tisch und zitterten ein wenig. Den Wein hatte er noch nicht wieder angerührt. »Wieso fragt Ihr mich nicht, ob ich den König getötet habe?«

»Ich weiß, dass du es nicht getan hast. Genau wie ich wusste, dass dein Vater nicht Davi Kessel getötet hat.«

»Seid Ihr Euch sicher? König Isaak schien sich ziemlich sicher zu sein, dass er der Täter war.«

»Ja, das hat er sich jeden Tag aufs Neue eingeredet, um damit leben zu können, dass er seinen besten Freund und seine rechte Hand zum Tod verurteilt hat.«

Vielleicht war es meine Schuld, dass sich der König umgebracht hatte. Möglicherweise hatte schon ein kleiner Zweifel genügt, um ihn so weit zu treiben.

Ich lehnte mich auf dem Diwan zurück. »Was kümmert es Euch, was mit mir und meiner Familie passiert? Bislang habt Ihr mein Leben nur schlimmer gemacht. Ihr habt mich glauben lassen, mein Vater wäre unschuldig gewesen, habt die Gefangenschaft meines Freundes vor mir verheimlicht und dafür gesorgt, dass ich mich weder im Osten noch im Westen der Stadt jemals wieder blicken lassen kann. Und jetzt wollt Ihr mir helfen? Gebt mir einen guten Grund, wieso ich noch irgendetwas glauben sollte, was Ihr von Euch gebt. Nach allem, was ich weiß, muss ich davon ausgehen, dass das nur wieder einer von Euren Tricks ist.«

»Ich bin der Grund, weshalb dein Vater gestorben ist«, sagte Domet, ohne zu zögern. »Ich bin dafür verantwortlich, dass er in der Sternenkammer war, als Davi ermordet wurde, und ich bin derjenige, der ihm dazu geraten hat, dem König und den Raben nichts von dem bevorstehenden Attentat zu erzählen.« Er stockte und ließ den Blick auf den Tisch sinken. »Ich erfuhr, dass Davi Gefahr drohte ... von jemandem, den ich vor vielen Generationen versehentlich erschaffen hatte. Ich habe deinen Vater darauf aufmerksam gemacht. Ich dachte, es wäre das Klügste, den Mann vorzuwarnen, dessen Pflicht es war, die Königsfamilie zu beschützen. Deshalb war ich an jenem Abend dort. Um ihm zu sagen, was ich getan habe. Um mich zu entschuldigen. Aber ich habe den Attentäter unterschätzt: Er hat die neuen Umstände zu seinem Vorteil genutzt, um nicht nur einen Königlichen, sondern auch einen Königmann zu erledigen. Er war schlauer, als ich es mir je hätte vorstellen können.«

»Wenn Ihr also schon damals wusstet, wer der wahre Täter war, wozu habt Ihr dann mich gebraucht? Wieso habt Ihr mich da hineingezogen?«

»Nach deinem Vater musste ich etwas anderes versuchen. Ich musste jemanden aufbauen, der in der Lage sein würde, ihn aufzuhalten. Ich musste dafür sorgen, dass entweder du, deine Schwester oder dein Bruder klüger, stärker und unermüdlicher als alle anderen sein würde. Also habe ich im Hintergrund die Fäden gezogen, während ich euch alle im Auge behielt. Dachtest du wirklich, irgendwer könnte mich gegen meinen Willen in eine Anstalt sperren? Oder hast du dich je gefragt, weshalb die Pfleger immer mehr Geld aus euch rauspressen wollten? Das war ein Trick, um dir und deiner Familie so nahe wie möglich zu kommen. Anfangs hielt ich Jenn für die Richtige, aber auf die hatte bereits jemand anders Anspruch angemeldet, und Leon war zu tief in die Politik von Kessel verstrickt, also habe ich mich auf dich konzentriert. Mit allem, was ich getan habe, wollte ich dafür sorgen, dass du am Leben bleibst und Aussicht auf Erfolg hast ...«

»Was meint Ihr damit, dass Ihr ihn erschaffen habt?«, unterbrach ich ihn.

Domet schluckte. »Vor langer Zeit habe ich einen Mann und seinen Sohn kennengelernt. Ich hatte getrunken und glaubte, die beiden wären harmlos. Der Vater spielte den Amateurhistoriker und stellte mir Fragen über die Geheimnisse der Stadt, nach Dingen, die die meisten Menschen als Mythen abtun. Da noch nie jemand über all das mit mir hatte reden wollen, erzählte ich ihm sämtliche Geschichten. Er schien sie zu glauben und fragte mich nach Unsterblichkeit, was man tun müsse, um jemanden von den Toten zurückzuholen, und ich sagte ihm, was ich darüber wusste. Am Ende des Abends unterzog mich der Vater einer Dunkel-Fabrikation – der stärksten, die ich je erlebt habe –, um sein Gesicht aus meinem Gedächtnis zu löschen. Ich kann mich nur noch an seine Augen erinnern. Diese verdammten grauen Augen. Die Erinnerung an unser Gespräch ließ er mir jedoch. Womit er mir einen üblen Streich spielte. Er wollte, dass ich nichts von dem vergaß, was ich zu ihm gesagt hatte. Egal, wie viel ich fabriziere oder trinke, diese Unterhaltung bleibt mir für immer im Gedächtnis, und ich führe sie jede Nacht aufs Neue, während ich schlafe. Als hätte er gewollt, dass ich nie vergaß, wie ich erneut gegen Gottes Regeln verstieß. Ich weiß, dass er derjenige war, der das Attentat geplant hat. Wie viele andere hätten mich so leicht hereinlegen können?«

»Wie hieß der Mann?«

»Auch daran erinnere ich mich nicht.« Domet sah mich an, als würde er auf Vergebung hoffen. Ob für den Geheimnisverrat oder für den Schaden, den er unbeabsichtigt meiner Familie und unserem Vermächtnis zugefügt hatte, wusste ich nicht. Ich hatte ihn überschätzt. Der Alkohol machte ihn nicht unvorsichtig, stattdessen war er seine Stütze. Ohne ihn war er nichts.

Wie erbärmlich.

Wie hatte ich je in Erwägung ziehen können, dass er mit der Person, die Davi Kessel getötet hatte, im Bunde stand?

»Ich war bloß ein Trunkenbold, der bereits zu lange gelebt hatte«, sagte er dann auch. »Ich verstand nicht, mit was ich es wirklich zu tun hatte. Ich kannte den ersten König von Kessel und den Ersten Königmann, der ihm im Kampf gegen die Altvorderen Könige zur Seite stand. Ich kannte deines Vaters

Vater und auch dessen Vaters Vater. Ich habe den Aufstieg deiner Familie miterlebt und alles beobachtet, was sie je getan haben, um die Krone und die Familie Kessel zu schützen. Meine Arroganz hat mich blind gemacht. Wenn ich nicht so oft betrunken gewesen wäre, hätte ich ...«

»Haltet den Mund!«, sagte ich.

Domet verstummte, seine Augen waren rot und geschwollen.

»Schluss mit den Entschuldigungen. Wir alle tragen Verantwortung für unsere Handlungen. Sich ihr nicht zu stellen hilft niemandem, und mit Jammern kann man nichts verändern!« Ich hätte über mich selbst lachen können, während ich steifbeinig aufstand. Ich war so ein Heuchler und voller Widersprüche.

Trotz allem, was zwischen uns vorgefallen war, hatte ich Mitleid mit Domet. Er war ein Chronist der Welt und hatte nie etwas Eigenes erreicht. Er hatte keine Freunde, keine Familie, kein Vermächtnis, nur leere Flaschen und Schuldgefühle. Wieso hatte ich vor einem Mann Angst gehabt, der sich so verzweifelt an dem Wenigen festklammerte, was ihm geblieben war? Kein Wunder, dass er sterben wollte.

Die Ewigkeit muss entsetzlich langweilig sein, wenn man sie mit niemandem teilen kann.

Er beugte sich auf seinem Stuhl vor. »Wo willst du hin?«

Ich ignorierte ihn. Es gab immer noch so viel zu tun.

Domet packte mich am Handgelenk. »Warte! Wenn du dieses Haus verlässt, werden sie dich verhaften!«

»Darum geht es mir ja.«

»Sie werden dich töten. Die Gerichtsverhandlung wird eine reine Formsache sein. Dass du unschuldig sein könntest, werden sie nicht einmal in Erwägung ziehen. Ich habe sehr viele

Fehler gemacht, aber dich werde ich nicht im Stich lassen. Gib mir ein bisschen Zeit, damit ich ...«

»Wenn Ihr helfen wollt«, sagte ich, »dann beschützt meine Freunde und meine Familie. Etwas anderes war mir nie wichtig.«

»Nein, ich werde nicht zulassen, dass du stirbst und dein ganzes Potenzial vergeudet ist! Ich war viel zu lange nur Zuschauer. Ich werde nicht einen weiteren Königmann ...«

»*Ich* habe es getan«, sagte ich und schaute ihm direkt in die Augen. »Nicht Schwartz und auch nicht irgendein feindlicher Spion oder ein König oder ein Adliger oder ein militärisches Genie, das Euch treffen wollte – *ich* war es! Ich habe Euch gehasst, weil Ihr meine Familie bedroht habt und weil Ihr mir nicht gesagt habt, dass Sirash im Kerker saß. Deswegen habe ich den Schrein der Patronin Viktoria angezündet. Um Euch zu verletzen! Denn ich bin ganz und gar nicht so gut wie meine Vorfahren. Ich habe mir das alles selbst zuzuschreiben. Ich habe es verdient. Wenn Ihr trotzdem etwas für mich tun wollt, dann beschützt meine Freunde und meine Familie vor dem Verdorbenen Prinzen, wie Ihr es anfangs versprochen habt. Sie verdienen es nicht, wegen meiner Taten zu leiden. Tut das, wenn Ihr helfen wollt. Aber ich brauche Euch nicht mehr.«

Domets Finger erschlafften, und er ließ mein Handgelenk los. Er starrte mit offenem Mund durch mich hindurch, und ich ließ ihn in seinem Wohnzimmer zurück, wo das Feuer in seinem Herd langsam verglimmte.

Draußen war es bitterkalt. Ich vergrub die Hände in den Taschen und sah, wie mein Atem kleine Dampfwölkchen bildete.

Ich wünschte, ich hätte in der kurzen Zeit, die mir danach noch in Freiheit blieb, mehr erledigen können. Im Schnee spazieren und dem Knirschen meiner Schritte lauschen, während ich das Gesicht in die Sonne hielt. Einmal noch die Stadt ablaufen und mir alles ansehen, von den Färbergruben bis zur Burg Königmann. Oder auch nur ein letztes Mal frisch gebackenes Brot mit Butter essen.

Und die Menschen, mit denen ich gerne noch ein letztes Mal gesprochen hätte: Omari, Gianna, Arjay, Jenn, Leon, Angelo und Trey. Aber wenn man mich mit ihnen erwischte, würden sie das gleiche Schicksal erleiden wie ich. Ich bezweifelte, dass die Prinzessin oder der Verdorbene Prinz auch nur einen Hauch von Gnade zeigen würden, solange mein Kopf noch auf meinen Schultern saß.

Aber einmal musste ich noch selbstsüchtig sein.

Ich war froh, dass der Weg, den ich am Morgen nach meinem Anschlag auf den Schrein genommen hatte, nicht allgemein bekannt war. Auf ihm konnte ich ohne Probleme ein ansonsten stark bewachtes Gebiet durchqueren. Als ich schließlich auf eine belebte Straße hinaustreten musste, hatte ich mein Ziel fast schon erreicht.

Erst roch ich Rauch und Moder und sah dann die leer stehenden Gebäude, in denen früher die Kessel-Akademie untergebracht war. Kurz danach erblickte ich auch die Bibliothek. Danach wurde es sogar noch einfacher. Die Archivare waren so sehr auf ihre Arbeit konzentriert, dass sie gar nicht bemerkten, wie ich mich an ihnen vorbei- und in die Bibliothek schlich. Da ich mich in dem Gebäude gut auskenne, wählte ich meine Route zum Erzmagier-Raum so, dass ich den meisten Archivaren aus dem Weg ging.

Als ich eintrat, sprang der Aufzeichner erschrocken von seinem Stuhl auf und warf ihn dabei um. Er riss die Augen auf und öffnete den Mund, doch ich ließ ihn nicht zu Wort kommen. »Bevor du deinen Atem verschwendest, um mir diese eine Frage zu stellen, möchte ich dir etwas Besseres anbieten. Wieso solltest du dich mit Ja oder Nein als Antwort zufriedengeben, wenn du stattdessen auch die gesamte Geschichte hören kannst? All die Ereignisse, die dazu geführt haben, dass man mich nun einen Königsmörder nennt. Und im Gegenzug für diese fesselndste Geschichte aller Zeiten bitte ich dich nur um einen kleinen Gefallen – und dass du mich lange genug leben lässt, damit ich sie dir zu Ende erzählen kann.«

Simon klopfte mit dem Finger auf den Tisch. »Du wirst es mir erzählen? Alles? Dir ist klar, was du mir damit an die Hand geben würdest, oder? Du legst mir dein Vermächtnis und das Vermächtnis deiner Familie vor die Füße, sodass ich es entweder erhalten oder zerstören kann.«

»Das ist mir bewusst.«

»Und um welchen kleinen Gefallen willst du mich bitten?«

»Ich brauche deine Licht-Fabrikationen, um meine Mutter zu heilen. Sie befindet sich seit einem Jahrzehnt mit den Symptomen einer Vergessenen in der Anstalt. Ich habe sie mit allem zu heilen versucht außer mit Magie, und bevor ich sterbe, will ich sichergehen, dass ich auch wirklich alles Menschenmögliche getan habe.«

»Mach die Tür zu«, sagte er und hauchte dann: »Julia Königmann ist gar nicht tot? Ich komme mir wie ein Idiot vor. Und das solltest du auch. Vergessene kann man nicht heilen.«

»Sie kann keine Vergessene sein, da sie keine Fabrikatorin ist. Ihr Zustand muss mit Dunkel-Fabrikationen herbeigeführt worden sein.«

Simon stellte seinen Stuhl wieder hin und nahm darauf

Platz. Dann holte er eine rote Kutte aus einem Beutel und schob sie mir über den Tisch zu. Sie sah genauso aus wie seine. »Zieh die an und streif die Kapuze über. Es ist keine besonders gute Verkleidung, aber sie verschafft uns genügend Zeit, damit du mir auf dem Weg zur Anstalt deine Geschichte erzählen kannst.«

Ich nahm sie und streifte sie über. »Nein, ich erzähle dir die erste Hälfte jetzt und die zweite, nachdem du meine Mutter gesund gemacht hast.«

Simon schüttelte den Kopf. »Es wird lange dauern, bis du mir die ganze Geschichte erzählt hast, und ich habe alles hier, um sie aufzuzeichnen. Wenn du mir nicht glaubst, dass ich mich an meinen Teil der Abmachung halte, kannst du das hier als Pfand behalten.« Er reichte mir ein kleines abgegriffenes Buch und fuhr sanft mit den Fingern darüber. »Das ist mein Tagebuch. Ich schreibe jeden Tag etwas hinein. Falls ich mein Gedächtnis verliere, brauche ich es, um mich an irgendetwas aus meinem Leben zu erinnern. Wenn ich mein Versprechen breche, kannst du es vernichten.«

Ich blätterte die eng beschriebenen Seiten durch. Simon sagte die Wahrheit: Die Einträge datierten bis zu seinem neunten Lebensjahr zurück. Es war seine Rettungsleine, falls ihm beim Fabrizieren etwas zustoßen würde. Natürlich war es nicht so wertvoll wie die Geschichte, die ich ihm erzählen wollte, aber es genügte mir als Garantie, dass er mich nicht hereinlegen würde. Also nahm ich Platz.

Simon hatte bereits eine Schreibfeder in der Hand, und neben ihm lag ein Stapel Pergamente. »Fang einfach an, wann immer du bereit bist.«

Ich holte tief Luft. »Ich werde diese Geschichte so erzählen, wie ich sie erlebt habe.«

KAPITEL 50
MIKAEL KÖNIGMANNS LETZTE AUSSAGE

»... deswegen bin ich hier bei dir. Und tausche meine Geschichte gegen die Möglichkeit, meine Mutter zu retten.«

Simon legte seine Schreibfeder auf den Tisch. »Ich hätte merken müssen, dass du meine Licht-Fabrikation annulliert hast, als ich sie auf dich angewendet habe. Es war dumm von mir zu glauben, ich hätte deinen Schatten nicht richtig gesehen, als du hier gewesen bist.«

»Meinen Schatten?«

»Ja. Wenn jemand mit Dunkel-Fabrikationen manipuliert worden ist, sieht sein Schatten für Licht-Fabrikatoren meistens verzerrt aus. Bei deinem war es nicht leicht zu erkennen – er flackerte ein wenig –, aber das ist bei jedem anders.«

»Wieso wusste ich das nicht?«

»Mit wie vielen ausgebildeten Licht-Fabrikatoren hast du denn im Alltag zu tun? Unerfahrene Licht-Fabrikatoren würden nicht verstehen, was sie da sehen. Das ist ein Geheimnis, das wir sorgfältig hüten.«

Plötzlich ergaben Treys Worte einen ganz neuen Sinn. Aber auch nachdem ich meine Geschichte dem Aufzeichner erzählt hatte, fragte ich mich, wie viel ich noch nicht verstand, was ich alles übersehen hatte.

»Bestimmt wird dir niemand glauben, dass sich der König selbst das Leben genommen hat«, sagte Simon.

»Es reicht mir, dass wenigstens einer die Wahrheit kennt.«

»Wenn du es sagst.« Er steckte die Pergamentseiten und seine Bücher in seinen Beutel. »Zieh dir die Kapuze tiefer ins Gesicht. Wir gehen jetzt zur Anstalt.«

Noch nie war es für mich so angenehm gewesen, durch die Stadt zu gehen wie jetzt mit Simon, nicht einmal vor der Hinrichtung meines Vaters. Alle blickten zur Seite und machten Platz, wenn sie uns in unseren roten Kutten kommen sahen.

In der Anstalt wies Simon die Pflegerinnen knapp an, uns zur Zelle meiner Mutter zu führen. Sie schlief. Als wir mit ihr allein waren, setzte ich mich auf ihr Bett, während Simon die Ärmel hochkrempelte.

Ich strich ihr sanft mit den Fingern durchs Haar. »Ist ihr Schatten verzerrt?«

»Ohne Sonnenlicht ist das schwer zu sagen. Ich werde sie auf jeden Fall einer Licht-Fabrikation unterziehen.« Als er meine Mutter an der Stirn berührte, ging ein strahlendes Licht von seiner Hand aus, das sie wie ein Schleier einhüllte.

Simon badete sie wesentlich länger in dem Licht, als er es mit mir in der Bibliothek getan hatte. Als er damit fertig war, trat er vom Bett zurück und rang nach Atem.

»Hat es funktioniert?«, fragte ich.

»Ich bin mir nicht sicher, aber ich habe mehr Magie auf sie verwendet als auf einen älteren Herrn, dessen Verstand ich von zwanzig Jahre alten Dunkel-Fabrikationen befreien konnte. Wenn es nicht geklappt hat, kann ich nichts für sie tun.«

»Wann werden wir es wissen?«

»In ein paar Stunden, Tagen oder Wochen, das kann man nicht so genau sagen. Aber sicher innerhalb eines Monats.«

»Ich habe keinen Monat.«

»Dann musst du auf das Beste hoffen.«

Ich küsste meine Mutter auf die Stirn und ließ meine Wärme wie eine Decke auf ihren Körper gleiten, um sie vor dem zu schützen, was ihr bevorstand. Mit etwas Glück würde diese Wärme eventuelle Magiefragmente annullieren, die Simons Licht-Fabrikation nicht erwischt hatte. Ich hoffte, dass sie gewirkt hatte und Jenn und Leon ihre Mutter zurückbekommen würden. Wenn nicht, wäre es schön, wenn sie mich vergaß, anstatt um ihren toten Sohn trauern zu müssen.

»Ich muss jetzt gehen«, sagte ich. »Könntest du bei ihr bleiben, bis Jenn kommt? Wenn du Erfolg hattest, möchte ich nicht, dass sie beim Aufwachen allein ist.«

Simon überlegte kurz. »Na gut. Ich kann mich ja noch einmal deiner Geschichte widmen, während ich warte.«

»Vielen Dank.« Ich gab ihm sein Tagebuch zurück.

»Bedank dich nicht bei mir. Umgekehrt würde ich es nicht tun.«

»Glaubst du, dass sie sich an mich erinnern werden?«

»Die Welt wird deinen Namen im Gedächtnis behalten.« Simon hielt mir die Hand hin, und ich zögerte nicht, sie zu ergreifen und zu schütteln. Es tröstete mich, dass jemand die Wahrheit kannte. Vielleicht würde er Jenn und Leon auch einen Teil meiner Geschichte erzählen. Dann würden sie wissen, dass ich das, was ich nun vorhatte, tat, um sie zu beschützen.

Ich sagte dem selbst ernannten König der Geschichten Lebewohl und verließ ohne Hast die Anstalt, da ich es nicht eilig hatte, meinem Schicksal zu begegnen.

In meiner Verkleidung wäre es mir nicht schwergefallen, unbemerkt aus der Stadt zu verschwinden, um irgendwo an der Goldküste unterzutauchen und herauszufinden, wo mein Vater während seiner jahrelangen Abwesenheit aus Kessel gelebt hatte. Über diesen Teil seiner Vergangenheit wusste ich kaum etwas. Wahrscheinlich würde ich nie herausfinden, wie er meine Mutter kennengelernt hatte. Doch das war egal: Wo ich hinging, spielte die Wahrheit keine Rolle. Ich nahm denselben Weg, den er vor einem Jahrzehnt gewählt hatte, allerdings aus anderen Gründen. Seit ich Domets Haus verlassen hatte, wusste ich, wie ich diese Angelegenheit zu Ende bringen musste und wen ich mir dabei an meine Seite wünschte.

In Nanas Haus brannte nur ein einziges Licht. Ich wartete die Verdunklung ab und ging dann in meiner Archivaren-Kutte zum Vordereingang. Nachdem ich den Türklopfer aus Metall betätigt hatte, sah ich, wie sich das Licht hinter den Fenstern nach unten bewegte. Nana öffnete die Tür, mit einer Laterne in der einen und einem Stock in der anderen Hand. Sie sah mich an, sagte aber kein Wort. Sie war blasser, als ich sie in Erinnerung hatte, aber das war nach ihrem Bauchschuss auch kein Wunder. Sie trat zu mir auf die Straße hinaus, sodass wir gemeinsam im Schneefall standen.

Ich streifte die Kapuze zurück. »Nana.«

Ihre strahlend blauen Augen musterten mich genauso scharf wie bei unserer ersten Begegnung.

Ich hielt ihr die Handgelenke hin. »Ich will mich stellen.«

Nana betrachtete meine Hände und sah mir dann wieder ins Gesicht. »Hast du es wirklich getan?«

»Würdest du mir denn glauben, wenn ich dir sage, dass ich es nicht war?«

»Warum bist du dann hier?«

»Ich habe es satt zu lügen und davonzulaufen.«

»Und weshalb kommst du damit zu mir?«, fragte sie mit erhobener Stimme. »Warum gehst du nicht einfach in den Palast oder zum Hauptquartier der Waage? Ich brauche deine gönnerhafte Hilfe nicht!«

»Ich will nicht allein sein. Ich vertraue dir.«

Das entsprach der Wahrheit. Sie war zwar durchtrieben und ehrgeizig, aber auch aufrichtig, und dort, wo ich hinging, würde ich nicht auf viele ehrliche Menschen treffen.

Nana wischte sich unerwartet eine Träne aus dem Gesicht, die erste echte Gefühlsregung, die ich je bei ihr gesehen hatte. »Dann verhafte ich dich, Mikael Königmann, hiermit im Namen der Beschwörer-Division der Waage wegen des Mordes an König Isaak Kessel.«

Kapitel 51
Leben und Tod
von Mikael Königmann

Sie misshandelten mich. Es war keine systematische Folter, aber sobald ich in meiner Zelle war, prügelten verschiedene Leute abwechselnd auf mich ein, bis ich Blut spuckte und meine Brust wie ein farbiges Gemälde aussah. Am schlimmsten waren die Raben, denn sie wollten mich unbedingt leiden sehen. Die anderen schlossen sich ihnen nur an. Wie der Vater, so der Sohn, sagten ein paar von ihnen zu mir, während sie sich mein Blut von den Knöcheln wischten. Bestimmt war mein Vater ein Jahrzehnt zuvor in den Genuss der gleichen Handlung gekommen.

Eine von ihnen hielt mich fest, während eine andere mir lange, wenn auch nicht tiefe Schnittwunden zufügte. Sie wollten nicht, dass ich zu sehr blutete. Es ging ihnen um den Schmerz. Am qualvollsten waren die Schnitte an den Fingern, die von den Nagelbetten über die Knöchel bis zu den Handflächen verliefen. Sie brannten entsetzlich, wenn ich die Hände öffnete oder schloss, und noch mehr, als sie die Wunden mit Kornbranntwein übergossen. Sobald sich ein Schnitt geschlossen hatte, machten sie direkt daneben einen neuen.

Irgendwann hielten sie mir eine Zange vors Gesicht und drohten, mir damit so lange einen Fingernagel nach dem anderen auszureißen, bis ich wegen der Schmerzen versuchen würde, mir selbst die Kehle zu zerfetzen. Eine andere wollte mir die Zunge herausreißen. Wieder eine andere dachte laut darüber nach, mich zu kastrieren und meine Hoden an mich zu verfüttern. Und eine Rabe sagte, sie würde Glasscherben in mein Essen mischen, die mir die Gedärme zerschneiden sollten. Ich war dankbar, dass Efyra mich in einem Stück in den Gerichtssaal schaffen musste und mir all das erspart blieb.

Weder Chloe noch Kais ältere Schwester gehörten zu den Raben, die über mich herfielen. Vielleicht weil ihre Rachgier nicht so groß war wie die der anderen. Aber was wusste ich schon? Möglicherweise durften mich auch nur die oberen Ränge quälen. Das war nur eine der unzähligen Fragen, die ich mir in der Zelle stellte. Und obwohl die Peinigungen gnadenlos waren, sagte ich nie auch nur ein Wort zu ihnen. Ich gönnte ihnen nichts außer meinen Schreien.

Für die Nacht vor dem Prozess hatten sie sich etwas ganz Besonderes überlegt. Nachdem sie mich in einer finsteren Zelle ohne Fenster hatten hungern lassen, holten sie mich nun heraus und behandelten mich wie einen Prinzen. Dieselben Raben, die mir so schreckliche Schmerzen zugefügt hatten, wuschen mich nun von Kopf bis Fuß mit Bürsten und Lavendelseife. Sie säuberten und verbanden meine Wunden, schnitten mir die Haare und riefen einen Barbier, der mich rasierte. Schließlich steckten sie mich in die elegante Kleidung, die Domet mir gegeben hatte, und sagten, wie stattlich ich aussähe, wie stolz mein Vater wäre, könnte er sehen, was für ein Mann aus mir geworden sei.

Was sie mir bisher hatten angedeihen lassen, hatte ich ihnen nicht verübelt. Aber wie sie mich nun behandelten war menschenverachtend und machte mir so große Angst, dass ich keiner von ihnen in die Augen schauen konnte. Ich fühlte mich wie ein Schwein, das dem Metzger vor der Schlachtung mit rosigen Wangen und einer Schleife auf dem Kopf vorgeführt werden sollte.

Als die Verhandlung endlich begann, war ich erleichtert. Domet gehörte zu den Geschworenen, die über mein Schicksal entscheiden würden. Damit machte sich bezahlt, dass wir unsere Verbindung geheim gehalten hatten, obwohl ich sicher war, dass man uns mit ein wenig Entschlossenheit auf die Schliche gekommen wäre. Allerdings spielte es keine große Rolle, da Domet zwar meine Freunde und meine Familie, aber nicht mich beschützen sollte.

Die Anklage hätte eigentlich keine stichhaltigen Beweise gegen mich vorbringen können, nur die Aussagen von Zeugen, die gesehen hatten, wie König Isaak auf dem Boden aufgeschlagen war und ich oben auf dem Balkon mit dem Revolver in der Hand gestanden hatte. Doch die meisten von ihnen, wenn auch nicht alle, logen und behaupteten, sie hätten mich auf ihn schießen sehen, bevor er über die Brüstung gestürzt war.

Nach ihren reißerischen Aussagen begann die Anklage, den Tathergang zu rekonstruieren und über meine Motive zu spekulieren. Ein verängstigter Wächter mit frisch polierten Stiefeln belastete mich schwer. Er erzählte eine haarsträubende Geschichte, der zufolge ich den Turm hinaufgeklettert und durch ein Fenster in die königlichen Gemächer eingedrungen wäre. Niemand konnte seine Aussage bestätigen, allerdings fand sich auch keiner, der sie widerlegte. Tatsächlich gab es nur zwei echte Zeugen, aber Schwartz war nirgends zu finden, und Omari würde dank Domet nicht vor Gericht erscheinen müssen.

Auch Trey wurde nicht in den Zeugenstand gerufen, obwohl er mich in der Sternenkammer gesehen hatte. Gegen Prozessende stellte er sich in der Uniform eines Advokators hinten in den Gerichtssaal und beobachtete mich. Er musste zwar etwas von der geheimen Treppe geahnt haben, aber ich nahm an, dass er wegen unserer gemeinsamen Vergangenheit Schweigen bewahrte.

Im Verlauf des Prozesses traten mehrere Personen auf, die sämtliche Fehltritte meiner Vergangenheit aufzählten. Damit sollte bewiesen werden, dass ich bereits früh in die Fußstapfen meines Vaters getreten war und darauf hingearbeitet hatte, ein Königsmörder wie er zu werden. Die Geschworenen und das Publikum konnten gar nicht genug davon bekommen.

Nana machte keine Aussage. Entweder wollte sie nicht, oder ihre Vorgesetzten hatten es ihr untersagt, vielleicht auch ihr Vater, damit ihr Spitzname Königmann-Hure mit mir begraben würde.

Noch überraschender war, dass die Prinzessin nicht gekommen war, obwohl sie in den Bädern mit mir gesprochen hatte. Vielleicht blieb sie aus Scham oder Wut fern, weil sie die Gelegenheit, mich aufzuhalten, nicht ergriffen hatte.

Der Richter, der mich fortwährend beschimpfte und entmenschlichte, stellte mir immer wieder dieselben Fragen: »Hast du irgendetwas zu deiner Verteidigung vorzubringen?« und: »Plädiert du darauf, ein Vergessener zu sein?« Beide Fragen waren lächerlich.

Wenn ich mich verteidigte, würde ich die Königlichen nur noch mehr gegen mich aufbringen. Und damit wäre die Gefahr gestiegen, dass sie sich auch an meinen Verwandten rächten, sobald ich tot war. Die schützte ich am besten, wenn ich schwieg.

Und nein, ich war kein Vergessener. Ich erinnerte mich an alles, mittlerweile mehr denn je. Ich bedauerte nur, dass ich mich nicht mehr mit meiner Familie und meinen Freunden aussprechen konnte. Eines Tages würden sie vielleicht verstehen, was ich für sie getan hatte, so wie es mir mit meinem Vater ergangen war.

Der Schuldspruch ließ nicht lange auf sich warten und fiel wenig überraschend aus: Ich wurde für schuldig befunden und sollte hingerichtet werden. Allerdings hatte ich nicht mit der Anweisung des Richters gerechnet, dass man mich auf dieselbe Weise exekutieren sollte wie meinen Vater. Er war offensichtlich ein Romantiker. Damit würde bereits der zweite Verräter aus der Familie Königmann auf dem oberen Treppenabsatz vor der Kirche des Wanderers enthauptet werden. Vielleicht würde ja irgendjemand ein Gedicht oder ein Lied darüber schreiben und so meinen Namen verewigen.

Ich wollte nicht vergessen werden. Doch solange sich meine Freunde an mich erinnerten, würde ich nicht vollständig verschwunden sein. Vielleicht würden sie mit ein wenig Glück ihren Kindern von mir erzählen. Von der Zeit, als meine größte Sorge noch darin bestanden hatte, wo ich das Geld für den Anstaltsaufenthalt meiner Mutter herbekommen würde. Als ich noch zu dumm gewesen war, um zu erkennen, wie gut ich es doch gehabt hatte.

In den Tagen, die auf meinen Schuldspruch folgten – ich sage Tage, obwohl ich nicht weiß, wie viel Zeit ich tatsächlich in dieser dunklen Zelle verbracht habe –, dachte ich über mein Leben nach. Die Wut, die mich jahrelang angetrieben hatte, verwandelte sich in Bedauern, während ich überlegte, was ich alles verpassen würde. Ich würde meine Freunde nie wiedersehen und auch nicht zu Leons Hochzeit gehen und sein Kind halten. Ich würde nie mehr Jenn ärgern können, mich nicht in die Richtige verlieben und Kinder haben oder auch nur noch einmal in den Sternenhimmel aufblicken. Die Liste nahm kein Ende. Zum ersten Mal verstand ich, was es bedeutet, sein Leben zu bereuen.

Anfangs weinte ich deswegen, aber nach einer Weile versiegten meine Tränen. Danach saß ich wie betäubt in der Dunkelheit, doch mit dem Wissen, dass ich mich richtig entschieden hatte.

Aber ich wollte es nicht. Mehr als alles andere wünschte ich mir, die Sonne zu sehen und ihre Wärme auf meiner Haut zu spüren. Oder einen Vollmond vor einem Himmel voller Sterne. Ganz einfache Dinge. Doch das würde nicht passieren. Das einzige Licht, das ich zu Gesicht bekam, war das der Wachen, wenn sie mir gerade so viel Essen und Wasser brachten, damit ich lange genug am Leben blieb, um später für sie zu sterben. Dennoch freute ich mich, diesen Lichtschein zu sehen, der kurz durch den Türspalt fiel. Er belebte mich zwar nicht wie ein Sonnenstrahl, aber dieses Licht war ein greifbarer Beweis dafür, dass jenseits dieser Zelle immer noch eine Welt existierte, wenn auch eine Welt, die sich vor mir zurückgezogen hatte.

Nur ein einziges Mal sah ich mehr Licht. Es erschien aus dem Nichts, eine schwach flackernde Flamme in einer Laterne. Sie kam näher und lockte mich mit ihrem Tanz. So verzaubert war ich von ihrem Anblick, dass ich Angelo erst bemerkte, als er direkt vor mir stand, mit der Laterne in der einen Hand und einem schmalen Buch in der anderen.

Seine Stimme war die erste, die ich nach einer scheinbaren Ewigkeit vernahm. Ich weiß nicht mehr, ob ich gleich verstand, was er sagte. »Mikael, ich bin's, Angelo. Ich bin hier, um dich zu besuchen. Gestattest du das?«

Ich nickte langsam, nicht sicher, ob ich ihn mir nicht nur einbildete. Die Dunkelheit hatte mir auch schon zuvor Streiche gespielt, aber wenn ich jetzt einen Menschen herbeifantasiert hätte, wäre Leon eigentlich der logischere Kandidat gewesen, von Jenn ganz zu schweigen.

Angelo nahm mir gegenüber auf dem Boden Platz und stellte die Laterne zwischen uns ab. Er trug einen struppigen schwarzen Bart, den ich noch nie zuvor an ihm gesehen hatte.

»Wie geht es dir, Mikael? Kümmern sie sich ordentlich um dich?«

Ich nickte langsam und rieb die juckende Haut unter meinen Handschellen.

Er zögerte. »Ich bin hier, um dir zu sagen, dass die Hinrichtung morgen Mittag stattfinden wird. Ich bin mit der Aufgabe betraut worden, mir deine letzten Worte anzuhören. Leon hat sich dafür eingesetzt, dass ich und nicht ein Brenner oder ein Aufbereiter deine letzten Wünsche bezeugt, und ich hoffe, dass du damit einverstanden bist. Gibt es etwas, das du mir sagen möchtest, bevor ... es passiert?«

Meine letzten Wünsche. Meine letzten Worte. Von ihnen hing ab, wie man sich an mich erinnern würde. Doch Worte konnten verdreht und manipuliert werden. Es war vielleicht schwerer für sie zu ertragen, aber mein Schweigen würde sie alle beschützen. Ich würde sterben, ohne ein Wort zu sagen. Eines Tages würden sie mir vergeben.

Ich zog meine Knie an die Brust und blieb stumm.

Angelo seufzte. »Ehrlich gesagt habe ich das erwartet. Deswegen habe ich dir dieses Buch mitgebracht. Es ist eines der

Tagebücher des Erzmagiers. Es enthält einen meiner liebsten Abschnitte, den du, glaube ich, noch nicht gelesen hast. Deswegen möchte ich ihn dir vorlesen. Ich weiß, dass du dich gern mit diesen Tagebüchern beschäftigt hast, mein Sohn.«

Ich nickte. Es hätte ein ganzes Leben gedauert, sie alle zu lesen. So viel Zeit hatte ich nicht mehr. Es war schade, dass ich nie mehr herausfinden würde, was die Söldner in den Tagebüchern gesucht hatten. Oder weshalb das Bruchstück von Celona behauptet hatte, der Königmann wäre ein Verräter, obwohl ich wusste, dass mein Vater alles andere als das gewesen war. Vielleicht war ja auch beides unwichtig. Zu diesem Zeitpunkt spielte jedenfalls weder das eine noch das andere eine Rolle.

Angelo räusperte sich und begann vorzulesen:

Ich glaube nicht, dass ich je verstehen werde, was Macht ist. Nach all den Jahren, in denen ich die Fabrikationen erforscht habe, halte ich mich immer noch für einen Anfänger auf diesem Gebiet. Um ehrlich zu sein, fühle ich mich weiter denn je von den Antworten entfernt, nach denen ich suche. Bin ich nur auf der Stelle getreten und habe nicht mitbekommen, wie sich die Welt um mich herum verändert hat? Wie soll ich die wahre Natur der Macht auch nur ansatzweise begreifen, wenn jeder sie anders definiert?

Ist Macht die Fähigkeit, unsere Freunde und Verwandten zu beschützen? Ist sie das brennende Verlangen, die Welt nach unseren Vorstellungen zu formen? Ist sie Liebe? Oder ist sie etwas ganz anderes? Etwas, das wir gar nicht einheitlich definieren können, weil wir alle so unterschiedlich sind?

Kann man einem Mann vorwerfen, dass er nach dem Verlust seiner Frau nach der Macht greift, um seine Kinder zu schützen? Ich weiß es nicht. Und das sorgt mich. Wie kann ich für dieses unsterbliche Leben Buße tun, wenn ich nicht einmal verstehe, wie ich es am besten nutzen soll? Ich fühle mich wie ein Kind. Vielleicht habe ich schon so lange gelebt, dass ich inzwischen nicht mehr weiß, wie es ist, den Tod zu fürchten. Vielleicht sollte meine Sühne darin bestehen, dass ich eine Möglichkeit finde, Unsterbliche zu töten. Denn da ich diesen Zustand erreicht habe, ist es womöglich auch anderen gelungen, doch es ist den Menschen nicht bestimmt, ewig zu leben. Wir kosten unser Leben bis zur Neige aus und sterben dann in der Hoffnung, in unserer kurzen Zeit auf Erden etwas Erinnerungswürdiges getan zu haben.

Macht. Immer geht es nur darum.

Angelo schlug das Buch sachte zu, hielt es in der linken Hand und legte die rechte darauf. »Diese Passage hat mich nach dem Tod meiner Frau immer getröstet. Ich hoffe, dass sie auch dir ein wenig Trost bringt, bevor du gehst, mein Sohn.«

Ich seufzte tief und konzentrierte mich wieder auf die flackernde Laternenflamme, die ihr Licht in die Ecken und auf die Steine warf. Ich prägte mir die Flamme ein, damit ich sie mir in Erinnerung rufen konnte, wenn Angelo fort war. Dann würde ich nicht mehr im Dunkeln sitzen müssen.

Die Laterne spendete gerade genug Licht, um die Ringe an seiner rechten Hand zu sehen, mit denen er stets gegen irgendetwas klopfte. Ich kniff die Augen zusammen, um das Siegel auf einem von ihnen zu identifizieren.

Eine gravierte Krone, die von zwei Händen zerbrochen wurde.

Dasselbe Symbol wie auf den Kugeln, die Davi und Isaak

Kessel getötet hatten. Fast das exakte Gegenteil des Familienwappens der Königmanns.

Alexander Reitter hatte behauptet, es sei das Siegel der Tosburg-Kompanie, jener Söldnerkompanie, die Kessel angegriffen hatte, um an »Das Tagebuch des Erzmagiers« in der Bibliothek zu gelangen. Ein Vorhaben, das von Anfang an zum Scheitern verurteilt gewesen war, da es ein ganzes Leben dauerte, sämtliche Bände dieses Tagebuchs zu lesen. Ein Leben voll Ruhe und Frieden, das einem Söldner verwehrt war. Ein Leben, das Adligen, Mitgliedern der Königsfamilie und anderen privilegierten Personen vorenthalten war. Ein Leben, das zu einer Ehe und Kindern geführt hätte. Oder vielleicht auch Adoptivkindern.

Ich sah Angelo Ombra in die rauchgrauen Augen. Sie waren unverwechselbar und sahen doch fast genauso aus wie die von Schwartz.

Augen, wie sie auch Domet beschrieben hatte. Ein Junge und dessen Vater hatten solche Augen gehabt. Die beiden Menschen, denen er das Geheimnis der Unsterblichkeit verraten hatte. Augen, die er nie vergessen hatte. Und die zusammen mit dem Familiengewerbe weitervererbt wurden.

In diesem Moment wusste ich ohne jeden Zweifel, dass sich der Mann, der meinen Vater hereingelegt hatte, in meiner Zelle zu mir gesetzt und mir vor meiner Hinrichtung eine Passage aus »Das Tagebuch des Erzmagiers« vorgelesen hatte. Und er hatte mich *Sohn* genannt.

»Es war deine Kompanie«, flüsterte ich und spürte ein Stechen im Hals, weil ich so lange nicht gesprochen hatte. »Die Pistole, der Anschlag, die Tagebücher, all das. Du hast mich großgezogen, mich gefördert und gesagt, ich wäre der Sohn, den du dir immer gewünscht hättest … Wolltest du meinen wirklichen Vater damit ein letztes Mal beleidigen? Wolltest du ihm auch noch seine Kinder nehmen, nachdem du ihm bereits sein Leben genommen hattest?«

Angelo beugte sich zu mir vor. »Entschuldige. Ich habe nicht gehört, was du gesagt hast. Könntest du es noch einmal wiederholen?«

»Die Tosburg-Kompanie. Damals am Krönungstag. Das war deine, oder nicht?«

Stille.

Ich starrte ihm in die Augen. Ich wusste es. Und er wusste es auch. Ich wusste, wer er war. Ich wusste, was er getan hatte. Nun war mir alles klar. Eine kleine Unachtsamkeit, geboren aus Hochmut, mehr hatte es nicht bedurft. Er hätte nicht so kühn sein dürfen, diesen Ring zu tragen. Nicht vor mir. Die Antwort war die ganze Zeit direkt vor meiner Nase gewesen. Wenn ich ein besserer Mann gewesen wäre, würde König Isaak immer noch leben.

Angelo klopfte mit seinem Ring gegen den steinernen Boden, und ich bekam eine Gänsehaut, als das klirrende Geräusch von den Wänden der Zelle widerhallte. Wie oft hatte er das schon getan. Und ich hatte nicht aufgepasst. Aber mein Blut kochte nicht vor Wut, stattdessen konzentrierte sich die Wärme in mir auf ihn, als nähme sie ihn ins Visier.

»Ich glaube, ich sollte jetzt gehen, Mikael. Ich wollte dich nicht verärgern. Das hatte ich nie vor. *Ehrlich.* Ich hoffe, du hast unsere gemeinsame Zeit genossen und verstehst, dass … ich nur versucht habe, dir zu helfen. Ich habe dich aufgenommen, da ich der Einzige war, der dein Potenzial erkannte. Dass du zu Größerem bestimmt warst als dein Vater. Und vermutlich ist ein Königsmord wirklich eine größere Leistung als der Mord an einem Prinzen.«

»Warum? Sag es mir.«

»Ich weiß nicht, was du dir zusammengereimt hast, Mikael, während du so lange in dieser schrecklichen Dunkelheit eingesperrt warst. Aber ich würde dir raten, nicht mit Anschuldigungen um dich zu werfen, die du nicht beweisen kannst. Die Justiz kann ein schreckliches Monstrum sein, das bei seiner hartnäckigen Suche nach der Wahrheit ganze Familien auslöscht. Es wäre doch schrecklich, wenn Leon, sein ungeborenes Kind oder Jenn im Schlaf sterben würden, nicht wahr?«

Ich biss mir auf die Zunge, während Angelo ohne ein weiteres Wort ging. Die Laterne nahm er mit, doch mit der Dunkelheit kam nicht die Kälte zurück, und die jüngsten Erkenntnisse standen mir klar vor Augen. Allerdings musste ich vorsichtig sein, da mich mein letzter Versuch, die Wahrheit aufzudecken, hierhergebracht hatte, wo ich nun in der Einsamkeit darauf wartete, hingerichtet zu werden. Ein weiterer Versuch würde womöglich auch anderen großen Schaden zufügen.

Ich steckte in einer Zwickmühle. Ich wusste, dass Angelo der Schuldige war, und er trug den Beweis dafür am Finger. Sein Sohn trug das Duplikat jener Pistole bei sich, die Davi und Isaak Kessel getötet hatte. Doch er bedrohte meine Familie und meine Freunde, und Domet konnte mich nicht vor ihm beschützen. Nach allem, was geschehen war, konnte ich ihn auch nicht gesetzlich belangen.

Wieder glitt die Wärme über meine Haut. Dieses Gefühl war fast eine Beleidigung, da es mich daran erinnerte, wer ich war und was aus mir hätte werden können, wenn ich mich nicht so zwanghaft in das Vermächtnis unserer Familie hineingesteigert hätte.

Ich seufzte tief und wartete.

Kapitel 52
Mikael Königmanns
Hinrichtung

Es war der Tag meiner Hinrichtung. Ich wurde aus dem Kerker geholt und anschließend auf einer sorgfältig geplanten Route von einem unscheinbaren Haus ins nächste gebracht. Die Überführungen verliefen so reibungslos, dass ich irgendwann glaubte, an Langeweile und nicht auf dem Richtblock sterben zu müssen. Fast hätte ich mir gewünscht, irgendwer würde mich, als wir wieder mal ein Haus verließen, erschießen, um mich von meinem Leiden zu erlösen.

Mittlerweile waren wir nur noch ein paar hundert Meter von der Kirche des Wanderers entfernt. Mehrere Advokatoren huschten um mich herum, um sicherzustellen, dass auch alles perfekt funktionierte. Die Raben, die mich bewachten, sahen allerdings ganz entspannt aus. Sie schienen als Einzige zu begreifen, dass dies eine Hinrichtung und keine Festivität war.

Ein Truppenführer kam zu uns in eines der Häuser. Er trug eine frisch gepresste Uniform, polierte schwarze Stiefel und jede Menge Orden. Dies war ebenso sein Tag wie meiner. Er salutierte vor der Rabe mit den drei Federn, die ich damals bei den Zerbrochenen Steinen gesehen hatte und die auch dabei gewesen war, als der Verdorbene Prinz Nana niedergeschossen hatte. »Wir sind bereit, zum Richtblock zu gehen. Der Aufseher wartet darauf, dass ich ihm die Ketten übergebe. Seid ihr ebenfalls so weit?«

Die Rabe mit den drei Federn nickte. »Ich gehe voraus, und Chloe bildet die Nachhut.«

»Beweg dich, Königsmörder!«, brüllte der Offizier, und als er ruckartig an meinen Handschellen zerrte, fiel ich gegen ihn. Er stieß mich von sich fort, und ich landete krachend auf dem Boden.

Der Offizier trat mir gegen den Oberkörper. Ein scharfer Schmerz durchzuckte mich, und ein weißer Schleier legte sich vor meine Augen.

Chloe packte mich im Nacken und zerrte mich unsanft auf die Beine. »Pass auf, Kommandeur. Er muss aus eigener Kraft zu seiner Exekution gehen können und für das Volk unversehrt aussehen. Habe ich mich klar ausgedrückt?«

Der Offizier zögerte kurz und verbeugte sich dann vor ihr. »Ja, Rabe.« Er nahm erneut meine Ketten in die Hand und führte mich deutlich vorsichtiger zum Ausgang.

Als er die Tür öffnete, stand draußen bereits der Aufseher, der eine komplette Rüstung trug. Er übernahm die Ketten von dem Offizier und wickelte sie sich um den Panzerhandschuh.

Die Schreie um mich herum verwoben sich zu einem weißen Rauschen. Ich hatte noch nicht einmal das Glück, unter einem blauen Himmel zu sterben. Stattdessen verhüllten graue Wolken die Sonne.

Inmitten der Zuschauer klaffte eine schmale Gasse, durch die mich der Aufseher zur Kirche des Wanderers führte. Vor ihm ging die Rabe mit den drei Federn, während Chloe meinen Rücken im Auge behielt. Derweil schirmten Advokatoren mich und meine Eskorte von der Menge ab. Bestimmt waren auch Beschwörer im Einsatz, die unter den Zuschauern nach verdächtigen Subjekten Ausschau hielten. Sie würden kein Risiko eingehen. Nicht mit mir. Nicht an diesem Tag. Nicht nach dem, was im Gerichtssaal geschehen war.

Am oberen Treppenabsatz war bereits der Richtblock für mich aufgebaut. Dahinter ragte die große Steinkirche auf, die komplett von weiß schimmernden Mondtränen bedeckt war.

Dort oben wartete die gesamte Führungsriege von Kessel auf mich – nur nicht die Prinzessin, was keinen Sinn ergab, wenn sie sich derzeit in Kessel aufhielt.

Efyra und der Verdorbene Prinz standen zu beiden Seiten des Richtblockes. Der Prinz hatte ein breites Grinsen im Gesicht und das Henkersbeil in den Händen. Offenbar hatte er beschlossen, mich lieber selbst zu töten, als meinen Bruder dazu zu zwingen.

Meine Wächter brachten mich zu ihnen und befestigten meine Ketten so am Richtblock, dass ich davor knien musste. Anschließend stellten sie sich hinter mich. Ich drückte die Knöchel gegen den Holzblock, weil ich noch etwas spüren wollte, bevor sich die Axt in meinen Nacken grub.

Zu meiner Linken brachte Hauptmännin Efyra die Menge mit erhobener Hand zum Schweigen. »Wir haben uns heute hier versammelt«, rief sie, »um der Hinrichtung von Mikael Königmann beizuwohnen, der wegen Königsmords zum Tode verurteilt wurde. Möge dieses Ereignis allen zeigen, dass jeder Feind von Kessel gefasst und mit der vollen Härte des Gesetzes bestraft wird. Kessel kann sich auf sein Rechtssystem verlassen, und das ist es, was Verrätern widerfährt. Sie werden nicht länger …«

Was für eine Scharade. Sie diente nur dafür, das Vertrauen der Bevölkerung in die Herrschenden zu stärken. Das war auch nötig, nachdem der Kaiser seiner gerechten Strafe entgangen war. Und ich wurde dafür geopfert.

Aus dem Augenwinkel beobachtete ich, wie Angelo die Kirche des Wanderers betrat. Anscheinend hatte er nicht vor, diesem Theater weiter beizuwohnen. Wollte er nicht mit eigenen Augen sehen, wie sein Plan aufging?

Ich merkte, dass ich das Ende von Efyras Rede verpasst hatte, da sie nun unter dem Jubel des Publikums mit dem Verdorbenen Prinzen den Platz tauschte. Es wurde Zeit für die Hauptattraktion.

»Es reicht!«, rief eine Stimme hinter mir.

Ich konnte zwar den Kopf nicht richtig drehen, aber ich sah aus dem Augenwinkel, wie der Aufbereiter und alle Mönche aus der Kirche kamen.

»Ich werde nicht zulassen, dass Ihr ihn tötet«, verkündete er. »Ich habe bereits seinen Vater auf diesen Stufen sterben sehen. Doch ich werde verhindern, dass noch ein Königmann auf diese Weise ums Leben …«

Der Verdorbene Prinz trat auf den Aufbereiter zu, packte ihn und schlug seinen Kopf gegen die Kirchenwand. Die alten Knochen brachen mit einem vernehmlichen Knacken, ein paar Zuschauer keuchten auf und drehten sich weg, während der Aufbereiter zusammensackte, aber die meisten sahen ungerührt zu.

Als sein Blut über die Steine zu rinnen begann, wurde mir übel. Obwohl ich ihn ausgetrickst und bestohlen hatte, war der alte Mann zu meiner Verteidigung herbeigeeilt – und für nichts gestorben. Der dumme Alte … Ich hoffte, dass er im Jenseits seiner Glaubensgemeinschaft Frieden fand.

»Wer sich in eine Hinrichtung einmischt, wird mit dem Tod bestraft!«, rief der Verdorbene Prinz. »Will noch jemand Einwände erheben, oder erlaubt uns die Kirche fortzufahren?«

Niemand rührte sich, während der Prinz an seine Position zurückkehrte. Mein Nacken kribbelte, als die Axt darüber schwebte.

Das also war das Ende.

Wegen allem, was ich sein wollte, hatte ich mich nie wirklich damit abgefunden, wer ich war. Ich war nie ein Adliger gewesen, nicht einmal bevor meine Familie entehrt und den Wölfen zum Fraß vorgeworfen worden war. Die vergangene Woche hatte mich gelehrt, dass ich mich nie an ihr Leben würde anpassen oder ihre Spielchen würde spielen können. Selbst in meinen besten Momenten hatten sie mich hereingelegt und manipuliert. Wäre ich länger ein Hochadliger geblieben, hätte ich mich längst nicht mehr im Spiegel anschauen können. Aber ich hatte herausgefunden, wofür sie standen, und war dabei ein besserer Mensch geworden.

Ich hatte es erst akzeptiert, als ich in einem Kerker gelandet war, in dem es kein Licht gegeben hatte und wo ich über nichts anderes hatte nachdenken können: Ich war kein Adliger und auch kein Dieb oder Betrüger. Aber genauso wenig war ich ein einfacher Bürger. Ich war Mikael ... Mikael Königmann. Und wie man sich an mich erinnern würde, spielte letzten Endes keine Rolle, solange meine Familie und meine Freunde nur wussten, dass ich sie liebte.

Der Verdorbene Prinz hob die Axt hoch über meinen Hals.

Aber ich war ein geübter Taschendieb.

Und es war einfacher gewesen, einen arroganten Offizier zu bestehlen als einen König in seinem Palast.

Der Schlüssel zu den Ketten rutschte aus meinem Ärmel und fiel wie magnetisch angezogen in das Schloss, und ich sperrte es mit flinken Fingern auf. Die Axt sauste nieder, die Klinge krachte ungebremst auf den Block und vibrierte, als wäre sie von einem Blitz getroffen worden.

Im nächsten Moment schwang ich die Ketten nach dem Verdorbenen Prinzen. Er ließ das Henkersbeil fallen und schlug die Hände vors Gesicht. Blut spritzte zwischen seinen Fingern hervor.

Als ob ich so sang- und klanglos abtreten würde. Eine Sache musste ich noch erledigen.

Bevor irgendwer seine Armbrust heben konnte, nahm ich Chloe vor den Augen ihrer Mutter als Geisel. Mit einer Hand schlang ich ihr die Ketten um den Hals, mit der anderen zückte ich ihr Schwert und fuchtelte wild damit herum und hielt so die Umstehenden auf Distanz. Dabei wich ich langsam zum Portal der Kirche des Wanderers zurück.

Efyra, die Hauptmännin der Raben, richtete zwar ihre Schwertspitze auf mich, doch gleichzeitig hob sie die Hand, um alle anderen zurückzuhalten. »Niemand schießt! Nicht solange meine Tochter getroffen werden könnte. Lass sie gehen, Königmann! Ich schwöre bei Gott, dass ich dich nicht noch jemanden töten lasse.«

Ich zog mich weiter zurück. Angelo war irgendwo dort drinnen, und ich musste noch einen Augenblick am Leben bleiben, damit ich ihn stellen konnte.

»Du bist ein abartiges Ungeheuer, Königmann, genau wie dein jämmerlicher Vater!«, zischte Efyra. »Bereitet es dir ein perverses Vergnügen, Menschen zu töten, du mieser kleiner Dreckskerl? Ich hätte dich gleich nach der Hinrichtung deines Vaters kaltmachen sollen, so wie ich es eigentlich vorhatte.«

Ohne etwas darauf zu erwidern, ging ich rückwärts in die

Kirche. Sobald ich die Eingangsschwelle überschritten hatte, rief ich: »Schließt die Tür! Tut es, oder ich werde sie töten!«

Efyra fuhr zu zwei Advokatoren herum. »Los, schließt die Türen. Sperrt diesen Hurensohn ein. Soll er doch Gott um Vergebung bitten, bevor ich ihm die Eingeweide herausreiße. Macht schon!«

Die Advokatoren warfen Efyra unsichere Blicke zu, bevor sie die Kanten der massiven Türflügel packten und sie zuschoben. Efyra stand mitten in dem kleiner werdenden Spalt und beobachtete mich, bis die Tür schließlich krachend ins Schloss fiel.

Ich ließ das Schwert fallen und senkte schnell den Riegel herab, als von draußen bereits jemand gegen das Holz hämmerte.

»Es tut mir leid«, sagte ich zu Chloe, während ich meine Ketten um ihre Handgelenke wickelte. »Aber mir blieb keine Wahl. Du bist die Einzige, deren Leben deine Mutter garantiert nicht riskiert hätte.«

»Bist du wahnsinnig?«, fragte sie mich. »Wie willst du lebendig hier rauskommen?«

»Das hab ich gar nicht vor.« Nachdem ich noch einmal die Ketten festgezogen hatte, stieß ich sie um. Ihre Rüstung klirrte, als sie auf den Steinboden schlug. Dann hob ich das Schwert auf und schritt durch den Gang auf den Mann zu, der hinter dem Podium auf mich wartete.

Kapitel 53
Mikael Königmanns Vermächtnis

Angelo Ombra lehnte am Podium und sah mich mit seinen grauen Augen unverwandt an. Seine Uniformjacke war makellos, seine Haare ordentlich gekämmt, und der Bart, den er im Kerker getragen hatte, war verschwunden. Er war nicht mal ein klein wenig rot im Gesicht. »Ganz ehrlich«, sagte er, »damit habe ich nicht gerechnet, Mikael.«

»Ist es nicht das, was du wolltest? Du hattest doch vor, nach meiner Flucht unter vier Augen mit mir zu sprechen. Wieso sonst hättest du während meiner Hinrichtung hier reingehen sollen?«

Er schüttelte wie mitleidig den Kopf. »Wenn du dich freiwillig stellst, hat Efyra vielleicht Erbarmen mit dir und köpft dich nur.«

»Wieso hast du meinen Vater hereingelegt? War es wirklich Rache, weil er dich am Krönungstag besiegt hat?«

Angelo sah zu Chloe hinüber, die immer noch auf dem Boden lag. »Ich weiß nicht, wovon du sprichst, Mikael.«

»Lüg mich nicht an! Wieso hast du meinem Vater den Mord an Davi in die Schuhe geschoben?«

»Du leidest an Wahnvorstellungen, Mikael. Ich habe deinem

Vater nichts getan. Ich kannte ihn nicht einmal. Als ich nach Kessel gekommen bin, war er schon lange tot.«

Ich klopfte mit der Schwertspitze auf den Steinboden. »Hör auf, mich anzulügen. Sag mir die Wahrheit über den Mord an Davi Kessel. Ich weiß, dass es deine Waffe war, die ihn getötet hat. Das Symbol auf den Kugeln ist identisch zu dem auf deinem Ring!«

Er hob die Hände. Der Ring, auf dem eine Krone zerbrochen wurde, war verschwunden. »Was für ein Ring, Mikael? Du hast den Verstand verloren. Leg das Schwert weg. Es gibt keinen Grund für weiteres Blutvergießen.«

Ich fluchte. »Ich hätte wissen müssen, dass du den Ring abnimmst. Aber da ist immer noch ...«

Ein scharfer Schmerz durchzuckte mich, und ich stürzte schreiend zu Boden. Das Schwert fiel neben mich. Ich versuchte, mich zu annullieren, aber ... es war so kalt, dass ich die Wärme kaum aufrechterhalten konnte, geschweige denn auf meinen ganzen Körper ausdehnen.

»Kommandeur Ombra!«, rief Chloe aus dem Eingangsbereich. Ihre Hände waren elektrifiziert und die Ketten in zwei Hälften geschnitten. »Geht es dir gut?«

»Ja. Sei vorsichtig! Er ist ein Annullierungs-Fabrikator. Er ist vielleicht stärker, als er aussieht.«

Chloe jagte mir einen weiteren Blitz in die Brust, und ich zuckte krampfhaft. Anschließend nagelte sie mich mit einer ganzen Salve am Boden fest, bis mein Körper so taub war, dass ich keinen Schmerz mehr fühlte. Ich schloss die Augen und konzentrierte mich auf den kleinen Rest Wärme in meiner Brust. Solange er nicht erlosch, hatte ich noch eine Chance.

Als ich aufhörte, mich zu bewegen, stieg Chloe über mich hinweg, hob ihr Schwert auf und ging zu Angelo hinüber.

»Kommandeur Ombra, wir sollten das Portal öffnen und ihn der Hauptmännin überlassen. Mir ist das Wichtigste, dass du in Sicherheit bist.«

Nein, noch nicht. Ich stemmte mich stöhnend vom Boden hoch und drückte die wackligen Knie durch. Ich konnte nicht aufgeben und Angelo gewinnen lassen. Ich musste aufstehen. Für Davi, für Jenn, für Leon, für meinen Vater und für alle anderen, denen ich wehgetan hatte, indem ich versucht hatte, das Vermächtnis meiner Familie wiederherzustellen.

Jeder Muskel in meinem Körper zitterte, aber ich richtete mich trotzdem weiter auf, bis ich schließlich stand und ihnen in die Augen blickte. Das kleine bisschen Wärme in meiner Brust war unverrückbar wie ein einsamer Stern an einem bewölkten Himmel.

»Ich habe dich gewarnt, dass er einiges aushält«, erklärte Angelo.

»Nicht mehr lange«, erwiderte sie und elektrifizierte ihre Hand. »Bleib zurück, Kommandeur. Ich bringe das jetzt ein für alle Mal zu Ende.« Chloe erhöhte die Ladung und schleudert einen Blitz auf mich.

Ich streckte die Hand aus und dachte an die Geschichten aus meiner Jugend, über meine Vorfahren und die legendären Taten, die sie vollbracht hatten. Ich ließ die Wärme meine Finger einhüllen und pflückte den Blitz aus der Luft. Als ich das laut knisternde Ding in meiner Hand betrachtete, fühlte ich mich bereits deutlich sicherer auf den Beinen.

Vielleicht stand ich ja doch in einer Reihe mit meinen Vorfahren.

Jenn wäre stolz auf mich gewesen.

Mit all meiner verbliebenen Kraft schleuderte ich den Blitz zurück zu Chloe. Sie machte keinen Versuch, ihm auszuweichen, sondern riss die Augen auf, als er sie mitten in die Brust traf.

Die Rabe stürzte zu Boden wie ein Vogel mit gestutzten Flügeln.

Ich fiel schwer atmend auf die Knie. Nun hatte ich keine Kraft mehr. Ich hatte gar nichts mehr. Angelo war dagegen unversehrt.

Er trat Chloe gegen den Leib, doch sie rührte sich nicht. Für mich war nicht zu erkennen, ob sie noch atmete.

»Interessant«, sagte er. »Du hast gelernt, deine Verteidigungs-Fabrikation als Waffe einzusetzen. Wäre ich nicht so wütend, wäre ich beeindruckt. Wieso musstest du in der Vergangenheit graben, Mikael? Du hättest an meiner Seite stehen können, anstatt dich mir zu widersetzen.«

»Wieso hast du meinen Vater hereingelegt?«

Er lachte und nahm Chloe das Schwert aus der Hand.

»Weißt du, wie ich so viel im Leben erreicht habe, Mikael? Ich kam nicht mit einem Adelstitel zur Welt, doch ich wuchs bei einem Vater auf, der mir beibrachte, dass der Wert eines Menschen von seiner Macht abhängt. Bei meiner Geburt hatte ich nichts und musste mir alles erarbeiten, ohne einen Funken von Macht. Ich bin nicht mal ein Fabrikator, wusstest du das?«

»Beantworte meine Frage.«

»Tue ich das nicht?« Er kam mit ausgebreiteten Armen auf mich zu. »Ich weiß nicht, wie dein Vater herausfand, was ich an diesem Tag vorhatte, aber er tauchte ausgerechnet zum falschen Zeitpunkt am falschen Ort auf und hätte beinahe alles ruiniert. Fast hätte er den Attentäter geschnappt und den Prinzen gerettet, daher tat ich das einzig Mögliche und befahl dem Attentäter, den Prinzen vor den Augen deines

Vaters zu ermorden. Ehrlich gesagt hatte ich nicht erwartet, dass es funktionieren würde. Aber der König glaubte sofort, sein bester Freund hätte seinen Sohn umgebracht. Ich musste mir nicht einmal ein Motiv für deinen Vater ausdenken. Der König ging einfach davon aus, dass er es auf den Thron abgesehen hatte. Ich liebe es, wenn die Leute alle Vernunft vergessen und nur noch auf ihre Gefühle hören. Dann sind sie leichter zu manipulieren.«

»Ich verstehe es nicht.«

»Du verstehst was nicht? Dass ich die Liebe deines Vaters zu seiner Familie und seine Treue zu seinem Land ausgenutzt habe, um ihn zu vernichten? Ich wusste, wenn König Isaak dich und deine Geschwister bedroht, würde dein Vater dem Druck nicht standhalten und ein falsches Geständnis abgeben, dass er den Prinzen ermordet hatte, um euch zu schützen. König Isaak schluckte bedenkenlos die Lüge, die ihm in diesem Moment und an den Tagen danach vorgesetzt wurde. Aber das kann man ihm wohl kaum verdenken. Trauer ist eine entsetzliche Last, unter der schon stärkere Männer als er zusammengebrochen sind. Ehrlich gesagt hat es mich überrascht, dass er so lange durchgehalten hat, bevor er sich selbst das Leben nahm.«

Ich machte den Mund auf, um eine Frage zu stellen, aber Angelo ließ mich nicht zu Wort kommen.

»Woher ich weiß, dass du es nicht getan hast? Ganz einfach. Der König war schon lange ein gebrochener Mann und kaum mehr als eine Marionette. Und so sollte es bleiben, bis seine Tochter die Herrschaft übernommen hätte, und dann ... Nun, ich möchte dir nicht die Überraschung verderben, aber ich glaube, du hast meinen Zeitplan ein kleines bisschen vorverlegt. Ich konnte dich nicht von deiner verrückten

Idee abbringen, das Vermächtnis deiner Familie wiederherstellen zu wollen. Gott sei Dank hatten Jenn und Leon keine derartigen Ambitionen. Und falls sie es jetzt versuchen, wird es wohl erheblich leichter sein, auch sie zu vernichten. Dein Tod wird sie für den Rest ihres Lebens verfolgen. Die letzten Angehörigen der Familie Königmann. Was für ein Titel.«

Angelo stach mir mit der Schwertspitze in die Haut über dem Herzen, und ich sank wie ein verendendes Tier auf den Rücken. Jeder Atemzug schmerzte. Ich hatte alles verloren.

»Weshalb hast du uns aufgenommen? Wieso hast du dich um uns gekümmert?«

»Weil ihr noch Kinder wart und ich euch formen konnte, wie es mir gefiel. Hast du geglaubt, ich hätte euch geliebt? Lass es mich dir ganz klar sagen, Mikael: Ihr wart nur Spielfiguren für mich, mit denen ich eines Tages Kessel bezwingen wollte. Ich träumte davon zu erleben, wie die Familie Königmann das Land zerstörte, dem sie so lange gedient hatte. Und ich war so dicht davor. Was für eine großartige Ironie das doch gewesen wäre.«

»Aber wieso?«

»Weil du ein Hochadliger bist und ich meine Blutschuld tilgen muss. Ich werde euch allen zurückzahlen, was ihr der Liebe meines Lebens und unserer ungeborenen Tochter angetan habt. Keine Sorge, die anderen von deiner Art erleiden schon bald dasselbe Schicksal wie du. Niemand wird benachteiligt.«

Angelo stieß die Schwertspitze durch mein Hemd und bohrte sie ein kleines Stück in meine Brust. Ich konnte nicht einmal schreien. Stattdessen schnappte ich nach Luft, packte die Klinge, und während ich vergeblich versuchte, sie mir aus dem Leib zu ziehen, floss das Blut aus meinen aufgeschnittenen Handflächen am Metall herab. Ich war wieder nutzlos und ohnmächtig. »Mach es nicht schwieriger, als es sein muss. Dies war nie deine Geschichte, Mikael, *sondern meine.*«

Angelo stieß das Schwert herab und wühlte damit lächelnd in meiner Brust herum. Als meine Sicht verschwamm, hörte ich hinter mir Holz bersten.

So würde ich also sterben. Ich spürte keine Wärme so wie im Fluss. Ich fühlte nichts.

Meine Suche war vorbei, mein Vermächtnis geschrieben, und nun war es für mich an der Zeit, meinem Vater zu begegnen und ihm zu sagen, dass ich meine ...

»Geh verdammt noch mal von meinem Sohn weg!«

»Und würdest du bitte das Schwert aus der Brust meines Lehrlings ziehen?«

Mama? Schwartz? Was ...? Wie ...?

Als die Klinge aus meiner Brust herausglitt, schnappte ich krampfhaft zuckend nach Atem und bedeckte mit den Händen die Wunde, aus der das Blut nur so strömte. Während ich mich bemühte, Druck darauf auszuüben, verdrehte ich die Augen in Richtung Eingang und sah, wie meine Mutter, Schwartz, Leon, Jenn, Carl Domet, der Flüsterer der Kirche des Ewigen Feuers sowie die Hauptmännin der Raben gefolgt von sämtlichen Raben in Kessel auf uns zukamen.

Die Raben umstellten Angelo und mich. Hinter ihnen tauchten wie lächelnde Riesen noch andere auf.

»Hauptmännin Efyra«, sagte Angelo, »ich kümmere mich gerade um den Königsmörder. Er hat mich in blinder Wut attackiert, doch glücklicherweise konnte ich ihn entwaffnen, nachdem Eure Tochter ihn abgelenkt hat. Ich ...«

»Wo ist sie?«, verlangte Efyra zu wissen.

Angelo deutete hinter das Podium.

Ich spürte, wie die Hauptmännin mir aufs Handgelenk trat, als sie zu ihrer Tochter ging. Sie kniete sich neben Chloe, entfernte ihren Brustpanzer und berührte sie am Hals. »Sie atmet. Dem Himmel sei Dank. Anscheinend hat der Wanderer Gott dazu bewegt, sie zu beschützen.«

Meine Mutter stellte sich zwischen Angelo und mich und winkte Jenn und Leon zu sich. Ich hatte mich noch nie im Leben sicherer gefühlt und begriff plötzlich, was für eine Stellung die Familie Königmann einst innegehabt hatte. Obwohl meine Mutter die Witwe eines angeblichen Verräters war, führte sie das Kommando, und alle folgten ohne Widerrede ihren Anweisungen.

Leon sank neben mir auf die Knie und legte mir eine Hand auf die Wunde, mit der anderen strich er mir durchs Haar. Jenn weinte. Mein Blut durchtränkte ihre Kleidung, als sie mich in ihre Arme schloss.

»Wir sind alle hier, Mikael«, sagte Leon und sah meine Mutter an. »Alles wird gut. Du musst nur noch ein bisschen durchhalten. Atme tief und langsam. Wir passen auf dich auf. Sie ist wieder da, Mikael. Ich habe keine Ahnung, wieso, aber Mama ist wieder gesund.«

Angelo sah sich zu Efyra um. »Ich begreife nicht, was das soll.«

Die Hauptmännin hatte den Kopf ihrer Tochter in ihrem Schoß gebettet und streichelte ihr mit beiden Händen über das krause schwarze Haar.

Meine Mutter antwortete an ihrer Stelle. »Es hat einen Fehler gegeben.«

»Einen Fehler?«

»Ja«, schaltete sich Carl Domet ein. Er schien nicht in meiner Nähe zu stehen. »Ein Fehler, Kommandeur Ombra. Wir hätten aufgrund falscher Angaben um ein Haar ein Mitglied der Orbis-Kompanie hingerichtet und damit einen Krieg heraufbeschworen. Zum Glück kam dieser Söldner hier mit seinen Kämpfern gerade noch rechtzeitig, um dies zu verhindert.«

»Was? Könnt Ihr das bitte erklären?«

Schwartz richtete sich auf und sah seinem Vater mit einem breiten Grinsen ins Gesicht. »Ich dachte, das hätte ich schon beim Eintreten getan. Er ist mein Lehrling. Und du hättest ihn fast getötet. Diese Schwachköpfe hier hätten sich wenigstens mit irgendwelchen politischen Zwängen hinausreden können, aber du ... Was wäre wohl mit dir passiert, wenn du einen Krieg mit Söldnern angezettelt hättest?«

Hinter den Raben ertönten laute Rufe.

»Er? Ein Söldner? Seid ihr alle blind? Wie könnte er ein Söldner sein? Ich bin sein Vater und ...«

»Sein Pflegevater«, verbesserte ihn meine Mutter mit eiskalter Stimme.

»Pflegevater«, wiederholte Angelo höhnisch. »Und zwar seit zehn Jahren. In all der Zeit hat Mikael keine der nötigen Prüfungen abgelegt, vom Papierkram ganz zu schweigen, um ...«

Schwartz zog ein zusammengerolltes Bündel Papiere aus der Tasche. Als alle im Raum es sahen, täuschte er Bestürzung vor. »Ach du meine Güte. Ist das etwa das, wofür ich es halte? Ein mit Mikaels Blut unterschriebener Söldnervertrag? Keine Sorge, es ist wirklich sein Blut. Dafür gibt es Zeugen. Darunter sogar ein oder zwei respektable. Ob es dir gefällt oder nicht, Mikael Königmann ist ein Söldner und bereit, seiner Kompanie zu dienen. Er gehört *mir*.«

»Wann hat er diesen Vertrag unterschrieben?«

Schwartz tippte sich ans Kinn. »Wann war das gleich noch? Es muss vor dem Tod des Königs gewesen sein, aber ganz genau kann ich es dir nicht sagen. Vielleicht habe ich die Erinnerung daran beim Fabrizieren verloren. Sowas passiert. Ist aber nicht weiter schlimm, da wir es ja schwarz auf weiß haben.«

Im hinteren Bereich der Kirche meldete sich Efyra zu Wort. »Solange wir nicht zweifelsfrei beweisen können, dass Mikael Königmann wirklich König Isaak getötet hat, sind wir gezwungen, ihn in Schwartz' Obhut zu übergeben.« Sie hatte eine Hand sanft auf Chloes Wange gelegt.

Einer der anwesenden Priester schüttelte ungläubig den Kopf. »Ein Königsmörder wird freigelassen? Erst die Anführerin der Rebellen und nun auch noch der Königsmörder? Was ist nur aus diesem Land geworden, wenn wir diese beiden nicht ihrer gerechten Strafe zuführen können?«

»Seid ihr denn bereit, einen Krieg mit jeder Söldnerkompanie auf diesem Kontinent vom Zaun zu brechen?«, entgegnete Schwartz. »Ihr alle kennt die Regeln: Liefert uns einen hieb- und stichfesten Beweis, dass er schuldig ist, und meine Kompanie wird euch seinen Kopf auf einem Silbertablett präsentieren. Aber die Entscheidung liegt bei uns. Nur Söldner dürfen über Söldner richten.«

»Hört, hört!«, erschallte es hinter den Raben.

»Mikael Königmann darf diese Stadt nicht verlassen, bis wir ganz genau wissen, was auf dem Balkon passiert ist«, erklärte Efyra. »So lautet die Abmachung. Deine Söldner wollen Beweise sehen? Wir werden ihnen so viele Beweise geben, dass sie daran ersticken. Jeder Beschwörer, jeder Adlige, alle Kopfgeldjäger, Beerensüchtigen, Königlichen und sämtliche

Spione der Waage werden hinter ihm her sein. Ihr zögert die Vollstreckung des Urteils nur hinaus, mehr nicht. Früher oder später wird er sein gerechtes Ende finden. Egal, ob auf der Straße oder unter dem Beil des Scharfrichters. Unser König wird gerächt werden, und unser Land wird seine Vergeltung bekommen.«

»Vielleicht«, sagte Domet mit einem kurzen Blick auf mich, »sind wir aber auch davor bewahrt worden, einen weiteren unschuldigen Königmann hinzurichten.« Daraufhin sahen ihn alle an, bis auf meine Mutter, die mich anlächelte. »Beachtet mich gar nicht. Ich bin immer noch von gestern betrunken.«

»Efyra hat recht, er kann seiner gerechten Strafe nicht für immer entgehen«, erklärte Angelo. »Mikael Königmann wird sterben, bevor wir den nächsten König krönen. Ich vertraue darauf, dass unsere Stadt imstande ist, das Böse auszumerzen. Kessel hat nicht so lange überlebt, weil es schwach und machtlos ist.«

»Nein«, erwiderte meine Mutter. »Kessel hat wegen meiner Familie überlebt, und jetzt sind wir zurück, um einen Krieg zu verhindern. Dafür könnt ihr euch später bei uns bedanken.«

Ich betrachtete das farbige Licht, das durch die Buntglasfenster hereinfiel. Ich war frei. Nun ja, so frei, wie ich nach meiner Verurteilung wegen Königsmords nur sein konnte. Zwar waren die Regierenden immer noch hinter mir her, aber ich spürte wieder die Wärme auf meiner Haut. Sie war wie ein helles Licht, als läge ich im Sonnenschein auf einer Wiese. Ich hatte nicht gedacht, dass ich mich noch einmal so fühlen würde.

Während über mir die Glocken läuteten und mein Bruder

und meine Schwester mir tröstliche Worte ins Ohr flüsterten, verlor ich allmählich das Bewusstsein.

Ich hatte meine Wahrheit, meine Freiheit und mein Leben.

Angelo Ombra würde ich an einem anderen Tag töten.

Epilog
Ein neuer Tag bricht an

»Hallo, Papa.«
Das Grab meines Vaters war von Unkraut überwuchert, der Grabstein war verfärbt und schneebedeckt. Die Halterungen für Kerzen und Weihrauch waren leer, und die Grabstelle war seit Jahren nicht mehr gepflegt worden. Die Natur hatte sich diesen Platz, für den sich niemand zuständig gefühlt hatte, zurückerobert. Der Grabstein trug nicht einmal seinen Namen. Stattdessen waren in schlichten Lettern die Worte *Möge er im Tod Frieden finden* hineingraviert.

Er lag weit entfernt von den Ruhestätten meiner übrigen Vorfahren. Um von hier bis zu deren Wasserkrypta unter Burg Königmann zu gelangen, musste man zuerst die halbe Stadt durchqueren. Das war König Isaaks letzter Racheakt gewesen. Aber vielleicht hatte er meinem Vater damit auch eine Gnade erwiesen. Und vielleicht wäre ich neben ihm begraben worden, an diesem menschenleeren Ort am Stadtrand, wo es nur tote Bäume und kalten Steinboden gab.

Ich fragte mich, ob mein Grab wohl irgendwann wie seines jetzt ausgesehen hätte. Wahrscheinlich, da niemand die Grabstätte eines verurteilten Königsmörders besucht. Auch ich hatte da keine Ausnahme gemacht, obwohl er mein Vater gewesen war.

Ich kniete mich vor sein Grab und begann das Unkraut auszurupfen. Das würde eine Weile dauern, aber wir hatten ja auch einiges nachzuholen.

»Mein letzter Besuch ist ein paar Jahre her. Ich ... äh ... ich wollte häufiger kommen. Es tut mir leid, dass ich es nicht getan habe.«

Ich riss ein ganzes Büschel aus dem Boden. Die Stacheln gruben sich in meine Handflächen, die daraufhin taub wurden. Aber vielleicht lag es auch an der Kälte. Es herrschte tiefster Winter, obwohl der Schnee inzwischen größtenteils geschmolzen war. Nur die Bitterkeit und eine Erinnerung an den Frühling waren geblieben.

»Ich glaube, es war vor fünf Jahren«, sagte ich. »Ich hatte nie vor, nicht mehr zu kommen. Ich habe nur ... Mir kam es so vor ... Ich habe aufgehört zu kommen, weil ich mich für dich geschämt habe. Ich habe versucht, die Vorwürfe gegen dich nicht zu glauben, und habe es auch eine ganze Weile geschafft. Ich habe mich wirklich lange bemüht, alles abzustreifen. Bis zu meinem letzten Besuch. Du hast wahrscheinlich gesehen, was mir diese Kinder an dem Tag angetan haben. Danach habe ich aufgegeben. Es war einfacher, dich zu hassen, als weiterzukämpfen. Ich war nicht stark genug, um dich zu verteidigen. Und auch nicht klug genug, um zu erkennen, dass du aus Selbstlosigkeit deinen Stolz für uns geopfert hast. Du hast das alles für uns getan.«

Ich schluckte schwer. Alles Unkraut war gejätet. Als Nächstes wollte ich den Schnee vom Grabstein wischen. Das war das Mindeste, was ich nach all den Jahren für ihn tun konnte.

»Ich hoffe, du kannst mir vergeben. Es war nur so ... schwer. Aber das ist keine Entschuldigung, oder? Jedenfalls keine gute. Ich bin ein schrecklicher Sohn, nicht wahr? Ich weiß nicht, was ich sagen soll, außer dass es mir leidtut. Und dass ich versuchen werde, dir ein besserer Sohn zu sein. Es geht mir jetzt gut. Jedenfalls so gut, wie es unter diesen Umständen möglich ist. Angelo lebt noch und ist auf freiem Fuß. Da ich jetzt sein Geheimnis kenne, wird er sich an mir rächen wollen. Ich muss Beweise gegen ihn sammeln und sichergehen, dass ich die ganze Geschichte kenne, bevor ich etwas unternehme. Domet hat sich noch nicht wieder mit mir in Kontakt gesetzt, aber ich bin davon überzeugt, dass er das noch tun wird. Und Mama ist wieder gesund, Papa. Die Licht- oder die Annullierungs-Fabrikationen haben gewirkt, und sie ist wieder da. Wir wissen nicht, wieso, aber es ist uns auch egal. Wir wohnen jetzt alle zusammen, und es ist wirklich toll mit Leon, Jenn und Mama. Jenn sagt, dass ich der erste Söldner in der Geschichte der Familie Königmann bin. Sie sagt, das sei eine große Sache, weil unsere Vorfahren sonst schon alles getan haben. Also habe ich rein zufällig mein eigenes Vermächtnis begründet, und das war allein Leons Idee. Er hat mir das Leben gerettet. Dann ist da noch Schwartz. Ich werde bald mit ihm zusammenarbeiten müssen. Ich weiß nicht, wieso er sich darauf eingelassen hat, mich zu retten. Ich weiß auch nicht, was er vorhat. Ich weiß gar nichts. Und ich hab keine Ahnung, ob ich es schaffen werde, Papa. Ich habe so viele Fehler gemacht. Wie soll ich die je wiedergutmachen? Ich fühle mich total überfordert.«

Der Grabstein meines Vaters blieb stumm. Und daran würde sich auch nie etwas ändern. David Königmann konnte mir nicht antworten. Aber er hatte mit seinen letzten Handlungen Liebe und Mut demonstriert, und dank seines Vorbildes wusste ich, was für ein Mensch ich werden wollte. Egal, wie lange es dauern würde.

»Es sieht besser aus«, bemerkte Leon, als er und Jenn sich zu mir ans Grab gesellten. Während Jenn einen Strauß Mondtränen hielt, trug Leon eine Bürste und einen Eimer mit Seifenlauge. Unsere Mutter stand hinter ihnen und biss in einen Hähnchenschenkel. Sie versuchte, sich wieder etwas von der Muskelmasse und dem Fett anzuessen, die sie im Lauf der Jahre verloren hatte.

»Ja, nicht wahr?«, bestätigte Jenn. »Wir haben Vater Blumen mitgebracht.«

Leon kniete sich neben mich, tauchte die Bürste in die Lauge und begann, den Grabstein abzuschrubben. Wir hatten die Aufgaben unter uns aufgeteilt. Ich hatte das Grab von Unkraut und Schnee befreit, Leon machte den Stein sauber, und Jenn würde das Grab mit Blumen schmücken. Blut ist dicker als Wasser, egal, was passiert. Wir hatten bloß eine Weile gebraucht, um das zu erkennen.

»Euer Vater sollte mit dem Rest der Familie in der Krypta unter Burg Königmann liegen«, sagte meine Mutter. »Darum müssen wir uns so schnell wie möglich kümmern.«

»Dafür müssten wir erst Burg Königmann zurückbekommen«, antwortete ich. »Und das wird wahrscheinlich nicht passieren.«

»Wieso nicht?«, fragte Mutter. »Sie ist unser Heim, und ich würde gern sehen, wer mich davon abhalten will, nach Hause zurückzukehren.«

»Wir sind keine Hochadligen mehr, Mama.«

»Und?«

»Wir können dort nicht leben. Das ist ...«

»Es ist unser Zuhause. Das war immer so und wird immer so sein. Wenn es ihnen nicht passt, sollen sie es mir sagen.«

Ich wusste nicht, was ich darauf erwidern sollte. Von ihren

Worten bekam ich ein Kribbeln im Bauch. Meine Geschwister gaben nicht zu erkennen, was sie von dieser Sache hielten. Leon sprach mit sich selbst, während er den Grabstein reinigte, und Jenn saß neben ihm auf dem kalten Boden, die Mondtränen auf dem Schoß. Nach all den Jahren machte es ihr wahrscheinlich nichts aus, noch ein paar Minuten zu warten, bevor sie die Blumen auf das Grab meines Vaters legen konnte.

Sie hatte recht gehabt. Unser Vater war unschuldig gewesen. Er hatte mir zwar nichts hinterlassen außer einem schlagenden Herzen, einem verunglimpften Namen und dem Glauben, dass die Familie das Wichtigste auf der Welt ist. Aber er hatte es mir auch ermöglicht, zu dem Mann zu werden, der ich sein wollte. Von nun an würde es von uns abhängen, wofür die Familie Königmann bekannt war. Davon, was wir taten oder was wir nicht taten. Die Welt würde es uns nicht leicht machen. Aber ich wusste, dass wir alles schaffen konnten, solange wir nur zusammenhielten. In Zukunft würde ich mich nicht mehr allein für das Vermächtnis unserer Familie verantwortlich fühlen müssen.

»Mama«, sagte ich und stand auf. »Ich gehe zu …«

Meine Mutter küsste mich auf die Stirn. »Geh schon. Mach dir keine Sorgen um uns. Wir werden zu Hause sein. Bring deine Freunde zum Abendessen mit, wenn du sie siehst, und komm nicht zu spät.«

Ich blieb noch einen Moment vor dem Grab meines Vaters stehen und drehte seinen Ring um meinen Finger. Ich weinte nicht. Dazu hatte ich keinen Grund mehr … Dachte ich zumindest, denn in diesem Moment rannen dann doch die ersten Tränen über mein Gesicht. Ich ging mit gesenktem Kopf über den Friedhof und sah, wie Atemwolken von meinem Mund aufstiegen.

Trey ging vor dem Eingang zum Friedhof auf und ab. Ich hielt an und überlegte, was ich zu ihm sagen sollte, und er verharrte ebenfalls mitten im Schritt, als er mich sah. So standen wir einander eine Weile schweigend gegenüber.

»Trey«, sagte ich schließlich.

»Mikael.«

Wir vermieden es, uns anzusehen.

»Wieso bist du hier?«, erkundigte er sich.

»Ich habe meinen Vater besucht. Willst du zu deiner Mutter und Jamal?«

Trey nickte. »Ich war noch nicht hier seit ... seit Jamal gestorben ist, und ich wollte sehen, wo sie ihn begraben haben. Er soll gleich neben meiner Mutter liegen. Keiner von beiden hat Grabsteine oder irgendetwas, das ihre Grabstellen kennzeichnet.«

»Na dann lass ich dich jetzt ...«

»Ich kann mich nicht erinnern.«

Ich zögerte. »An was?«

Trey hielt den Blick gesenkt. Wofür schämte er sich so?

»Ich weiß nicht mehr, wo meine Mutter begraben ist«, sagte er. »Ich bin schon eine Weile hier und versuche, mich daran zu erinnern, aber es fällt mir nicht ein. Ich weiß nicht, wo sie liegt, und das bedeutet, dass ich auch Jamals Grab nicht finden kann, und ... und ich will mich von ihm verabschieden.«

Hatte er diese Erinnerung verloren, als er mich im Palast seiner Licht-Fabrikation unterzogen hatte? Ich legte ihm eine Hand auf die Schulter und versuchte ein Lächeln. »Ich erinnere mich. Ich bringe dich hin.«

Er nickte wie ein Kind. Auf dem Weg zu ihren Gräbern sagten wir kein Wort. Als wir sie erreicht hatten, fiel er vor zwei Erdhügeln auf die Knie. Einer der beiden war noch frisch und kleiner als der andere. »Ich danke dir.« Er schwieg einen Moment. »Ich habe dir nie erzählt, wie meine Mama gestorben ist.«

»Nein, das stimmt.«

»Wenn ich es dir erzähle ... wirst du mir dann ehrlich sagen, ob du den König getötet hast oder nicht?«

»Natürlich«, antwortete ich, und ich meinte es so.

Trey sah ein paar Spatzen hinterher, die über uns hinwegflogen. »Ich habe sie getötet. Sie hat mich mit knallroten Augen angegriffen, und ich habe auf sie eingestochen. In den Bauch, ins Herz und dann noch in die Schulter, bevor sie endlich aufhörte, sich zu bewegen.«

Ich antwortete nicht und ließ ihn reden.

»Ich ertrug es nicht, wie sie uns behandelt hat. Als wären wir ihre Geldgeber. Ich bin ausgerastet. Ich glaubte, ich könnte damit umgehen, dass ich sie getötet habe, wenn unser Leben dadurch besser würde. Aber als sie starb ... da sagte sie, dass es ihr leidtat. Sie bat mich um Verzeihung und meinte, dass sie wegen der Schwarzbeeren nicht gewusst hätte, was sie tat. Sie sagte, dass sie mich liebhat ... Obwohl ich sie gerade tödlich verletzt hatte.«

»Trey, du ...«

»Ich gebe allein ihr die Schuld an dem, was passiert ist«, knurrte er. »Sie war diejenige, die beschlossen hatte, Schwarzbeeren zu nehmen. Es war die richtige Entscheidung. Sie war eine Schmarotzerin und hat mich nur ausgenutzt. Aber ich konnte es Jamal nicht sagen. Ich wollte nicht, dass er mich verlässt. Doch das hat er schließlich getan.«

»Trey«, sagte ich sanft, »was willst du tun, wenn du deinen Vater gefunden hast?«

»Ich werde ihn nicht töten«, erwiderte er langsam. »Erst will ich ein paar Antworten hören, und dann werde ich dafür sorgen, dass er es bereut, mich verlassen zu haben. Obwohl ich aus dem Ostteil stamme, werde ich in der Gesellschaft aufsteigen und all die nutzlosen Regeln, auf denen dieses Land gegründet wurde, umschreiben, damit niemand mehr so leben muss wie wir damals. Mein Bruder hatte etwas Besseres verdient. In seinem Andenken werde ich dafür sorgen, dass andere wie er es an seiner Stelle bekommen.«

»Weshalb willst du wissen, ob ich den König getötet habe?«

»Ist das nicht offensichtlich? Ich bin der Bösewicht, Mikael, und ich will wissen, ob du auf meiner Seite oder mir im Weg sein wirst. Ich kann die Regeln in diesem Land nur neu schreiben, wenn ich die bestehende Ordnung zerstöre, und du bist nun mal ein Königmann. Also, hast du den König umgebracht?«

»Nein, er hat sich selbst getötet. Aber ich war kurz davor. Mein Vater hat Davi Kessel auch nicht getötet. Er wurde von jemandem in die Falle gelockt, und ich weiß nun, wer es war.«

»Wer?«

»Angelo Ombra.«

In den Zweigen über uns zwitscherten Vögel.

»Dein Pflegevater? Warum?«

»Das weiß ich noch nicht genau. Aber die Hochadligen haben ihm und seiner Familie irgendetwas angetan, und seither sinnt er auf Rache.«

Trey schüttelte den Kopf und stand auf. »Was passiert jetzt? Willst du Angelo suchen und ihm zur Vergeltung eine Kugel in den Kopf schießen?«

»Nein, ich werde mein Leben nicht auf diese Weise wegwerfen. Das hätte mein Vater nicht gewollt.«

»Du willst dich nicht rächen? Das ist ...«

»Oh doch, das will und werde ich. Ich werde ihm Stück für Stück alles nehmen, bis er sich wünscht, er hätte mich in der Kirche getötet. Und dann nehme ich Rache am Rebellenkaiser, weil sie das Andenken an meinen Vater besudelt hat und weil diese Rebellen so vielen Menschen geschadet und so viele getötet haben, nicht zuletzt Jamal. Der Justiz von Kessel konnte sie vielleicht entgehen, aber nicht meiner Gerechtigkeit.«

»Wie willst du das anstellen?«

»Da ich nun meine Familie wiederhabe, werde ich König sein. Ein Söldnerkönig.«

»Mikael«, sagte Trey und blickte mir in die Augen, um sicherzugehen, dass ich ihm zuhörte, »wenn du ein König wirst oder auch nur an der Seite der Prinzessin bleibst, werde ich dich zu Fall bringen. Es wird keine Könige mehr geben, keine Königinnen und keinen Adel. Denn solange sie existieren, wird es auch Menschen geben, die wie Jamal und ich leben müssen. Verstehst du, was ich dir sage?«

»Ja, ich verstehe. Aber da es im Moment keine andere Möglichkeit gibt, werde ich tun, was nötig ist. Wenn dir eine Lösung einfällt, bei der du nicht jeden Adligen töten musst, werde ich dir zuhören.«

»Aber nicht vorher.«

»Nein, nicht vorher.«

Und so blieben wir noch eine Weile unter der kalten Wintersonne vor zwei Gräbern stehen und genossen die Gesellschaft des jeweils anderen. Schon bald würden wir getrennte Wege gehen.

Doch jetzt standen wir zusammen.

DANKSAGUNG

Ich möchte all den wunderbaren Menschen der JABberwocky Literary Agency danken, John Berlyne sowie meinem Agenten Joshua Bilmes. Ich hatte Glück, jemanden zu finden, der an mich glaubte und während des gesamten Weges mein vehementester Fürsprecher war. Es ist kaum in Worte zu fassen, was mir dies bedeutet hat.

Als Nächstes ein Dankeschön an alle bei Saga Press, Gollancz und an meine Lektoren Joe Monti und Gillian Redfearn. Joe war immer bereit, sich meine Tiraden über die wesentlichen Bestandteile meines Buches und was ich darin zu vermitteln versuchte anzuhören. Er hat mir gezeigt, dass jemand all die Geheimnisse, die sich im Buch verstecken, entdecken will. Gillians chirurgischer Rotstift hat all die unwichtigen Teile rausgeschnitten. Sie hat immer hinterfragt, was ich geschrieben habe und warum. Ohne diese beiden hätten es all die guten Szene vielleicht nicht ins Buch geschafft.

Danke an meine Redakteure Stephen Breslin und David Chesanow ebenso wie an meine Korrektoren Christopher Milea und Kate Rizzo.

Danke an Lauren Jackson, Madison Penico, Stevie Finegan und Brendan Durkin für ihre harte Arbeit.

Danke an meine Coverkünstler Richard Anderson und Bastien Lecouffe-Deharme für ihre atemberaubende Kunst.

Es fließt so viel Aufwand in ein Buch auf dem Weg von der Konzeption bis zum Druck, dass das Schreiben wie der leichteste Teil davon erscheint. Ihr alle habt dazu beigetragen, aus einer Idee in meinem Kopf ein gedrucktes Werk zu machen. Dafür werde ich euch auf ewig dankbar sein.

Danke an meine Mutter, meine Familie, meine Großeltern, der Kirche des Overlords, der Aikens Group und diesem Graham-Kind, Jamie Nelson, Joshua Palmatier, Elise Salada Hazlett, Kyle Van Larr, Erin McKeown und alle, die mir geholfen haben, hierher zu gelangen.

Abschließend danke ich meinem Dad. Er hat mich einmal gefragt, damals als ich in die achte Klasse ging, ob ich es ernst meinen würde mit diesem Schreibdingens. Und er sagte, dass er mich immer unterstützen würde, wenn es so sei. Über ein Jahrzehnt ist seitdem vergangen, aber nun bin ich hier, endlich. Es war längst überfällig.